2012考研思想政治理论历年真题精解与考点透析

主　编：中国人民大学　祁非

副主编：哈战荣

北京航空航天大学出版社

内容简介

本书严格按照最新考研思想政治理论大纲的要求编写,包括三部分内容:第一篇为历年真题热门考点透析,将2003~2011年考研政治真题中考过的知识点按学科和章节归纳讲解,并配以命题分析和知识拓展,使考生清楚历年的高频考点及该考点的考查重点,并掌握其最新命题动向;第二篇为2003~2011年真题,供学生自测之用;第三篇为2003~2011年真题精解,包括参考答案(客观性试题)、答案要点(主观性试题)、核心考点、解题思路和相关知识。本书有两大亮点:一是按照最新大纲划定的学科知识点,对历年真题考点进行归类,有助于考生高效、集中地复习高频考章考点;二是真题解析部分由点及面、重点突出,用分析法和联想记忆法解析答题思路,可从根本上帮助考生提高答题技巧。本书适合所有考研学生全面复习及冲刺演练之用。

图书在版编目(CIP)数据

2012考研思想政治理论历年真题精解与考点透析/
祁非主编. -- 北京:北京航空航天大学出版社,2011.7
ISBN 978-7-5124-0472-4

Ⅰ.①2… Ⅱ.①祁 Ⅲ.①政治理论—研究生—入学考试—自学参考资料 Ⅳ.①D0

中国版本图书馆 CIP 数据核字(2011)第 107643 号

2012考研思想政治理论历年真题精解与考点透析
祁非 主编
策划编辑 谭 莉
责任编辑 王冰洁
*
北京航空航天大学出版社出版发行
北京市海淀区学院路 37 号(邮编 100191) http://www.buaapress.com.cn
发行部电话:(010)82317024 传真:(010)82328026
读者信箱:bhpress@263.net 邮购电话:(010)82316936
保定市中画美凯印刷有限公司印装 各地书店经销
*
开本 787×1092 1/16 印张:22.5 字数:590千字
2011 年 7 月第 1 版 2011 年 7 月第 1 次印刷
ISBN 978-7-5124-0472-4 定价:39.00 元

前 言

　　凡是参加过研究生入学统一考试的考生都知道,研究历年真题是应对考研的最佳方法,也是绝对不能忽视的关键环节。对于广大考生而言,历年真题的价值是任何其他复习资料都不可取代的。通过对历年真题的研究和分析,考生就能够比较准确地把握历年常考的知识点,复习的针对性和目的性就会大大增强。

　　为了使考研莘莘学子在复习备考思想政治理论课时既能准确把握真题的难易程度,又能明晰对每个重要知识点进行考查的最可能形式;既能准确掌握答题的基本思路,又能巧妙地组织答案(主观性试题),在复习时做到有的放矢,在考场上应答自如,考出满意的成绩,作为对考研思想政治理论课有多年授课经验的中国人民大学老师和对历年真题有深入研究的专家,我们特别编写了本书,使考生在复习备考时减少无谓辛劳之苦,达到事半功倍之效。

　　本书在编写时体现了一切为考生着想,真正为考生提供最佳复习方法的宗旨,从而达到引导考生取得良好成绩的初衷。本书包括三部分:

　　第一篇:历年真题热门考点透析。这部分是本书的精华。本部分将 2003～2011 年真题中考过的每道试题的考点与最新大纲要求的每门课的具体知识点对应起来归纳讲解,并配以命题分析和知识拓展,既便于考生首先从学科的角度弄清重点章节,又能根据命题点的密集程度一目了然看出历年的高频考点及其考查重点和考查方式。作者还结合当前的形势和热点话题,以考点点拨和练习题拓展两种形式对 2012 年考研政治的最可能考点作了提示。

　　【第一篇最佳使用方法】

　　强烈建议考生在全面系统复习考研思想政治理论之前先认认真真地把第一篇的内容系统地研读一遍,这样可以有针对性地分配精力和时间。全面系统复习考研思想政治理论可参阅《2012考研思想政治理论辅导经典教材》(北京航空航天大学出版社出版,该书每部分前面给出本部分复习提要,从章节逻辑导读、命题趋势预测、常见错误点拨三个方面对考生进行指点。每部分正文严格按照新大纲以章为单位,分为本章内容概要、考点逻辑结构、核心考点详解、近 5 年真题链接四部分)。建议考生要认真学习每个知识点中的[命题分析]和[知识拓展],以便在复习基础知识的同时抓住 2012 年考研政治的最可能考点,有针对性地备考。

　　第二篇:2003～2011 年真题。本部分精选了 2003～2011 年的 9 套真题,按由近到远的顺序排列,既向考生清晰地展示了这 9 年间考研政治真题的演化历程,以便考生能准确地预测 2012 年的命题趋势(本书第一篇已清楚地指明了 2012 年的最可能考点),又全方位地向考生罗列了历年的考点,以使考生在研究真题的过程中清楚每门课的考查重点。可以让考生进行自测,以锻炼自己的应试能力,同时检测自己掌握的知识的强势点和薄弱点。

【第二篇最佳使用方法】

强烈建议考生先用本部分提供的历年真题严格按照考试所规定的时间和要求进行自测,然后针对自测中所暴露的薄弱点进行有针对性的复习,系统复习一遍之后再用一两套题进行自测,看自己的薄弱环节是否解决了,成绩是否提高了,然后再针对自测暴露的问题确定自己的复习计划,采取有效措施,提高复习效率和应试能力。

第三篇:2003～2011 年真题精解。本部分与第二部分相配套和呼应,针对第二部分的真题,从[参考答案](客观性试题)、[答案要点](主观性试题)、[核心考点]、[解题思路]和[相关知识]几个方面作全方位、多角度的解析和提示,[参考答案]、[答案要点]便于考生评判自己所做的答案是否正确,[核心考点]帮助考生弄清每一道试题考查的知识点。[解题思路]直接、清晰地为考生点出解题的便捷思路和应具备的答题方式。[相关知识]列出了相关的知识点,使考生做每道试题都能联想起有关的知识点,在检测中复习,在复习中把相关的知识串起来,形成知识链,提高考生的应试技能。

【第二篇最佳使用方法】

建议考生先用本部分提供的标准答案评判自己所做试题是否正确,给出一个总的分值,判断自己的总体状况和实力。然后将自己的解题思路与所给的解题思路进行对比,找出最佳的解题方法,形成自己有效的应试技巧。尤其要对自己做错的试题出错的原因进行分析,搞清出错是粗心大意所致,还是基础知识掌握不到位(尤其是细微的区分点是否弄清)所致,从而做到有针对性地纠错,避免弱点,发挥优点,提升应试能力。最后,对提供的相关知识要有意识地记忆。

真心希望我们精心编写的这本书能助诸位考生一臂之力,在全面系统复习考研思想政治理论之前就抓住重点、扣紧热点,在短时间内取得好的效果,考出好成绩,早日实现自己的读研深造梦!

祁非

于中国人民大学

2011 年 7 月

目 录

第一篇　历年真题热门考点透析

第二篇　2003~2011 年真题

第三篇　2003~2011 年真题精解

第一篇　历年真题热门考点透析

（本篇按2003～2011年真题对应科目知识点归类罗列）

第一部分　马克思主义基本原理概论

第一章　马克思主义是关于无产阶级和人类解放的科学

知识点一　马克思主义的产生（近年没考过）

【考点精解】　1.资本主义经济的发展为马克思主义的产生提供了经济、社会历史条件。

2.无产阶级反对资产阶级的斗争日趋激化，对科学理论的指导提出了强烈的需求。

3.马克思恩格斯的革命实践和对人类文明成果的继承与创新。

【命题趋势】　本知识点被考查的几率不高，近十多年没有命制过试题。如果要考查的话，也只能是选择题。所以考生熟记上面的考点精解所述内容即可，不必花太多的时间和精力。

知识点二　马克思主义的理论品质（近年没考过）

【考点精解】　坚持一切从实际出发，理论联系实际，实事求是，在实践中检验真理和发展真理，是马克思主义最重要的理论品质。

【命题趋势】　本知识点尽管近年没有考查过，但是结合近几年中央的宣传重点和形势，本知识点还是比较重要的。一般会作为选择题进行考查。所以考生还是应该加强对本知识点的记忆。

【知识拓展】　与本知识点相关的主要考点还有：

1.辩证唯物主义与历史唯物主义是马克思主义最根本的世界观和方法论。

2.鲜明的阶级性和实践性是马克思主义的根本特性。

3.是否始终站在最广大人民的立场上，是唯物史观与唯心史观的分水岭，也是判断马克思主义政党的试金石。

4.马克思主义理论的本质属性，在于它的彻底的科学性、坚定的革命性和自觉的实践性，而彻底的科学性是最根本的。

第二章　世界的物质性及其发展规律

知识点一　物质世界和实践（考查15次）

【考点集萃】　2010年第3题（单）：人与自然的关系。

2009年第1题（单）：哲学的基本问题及其适用范围。

2008年第1题(单):坚持从客观的物质实践活动去理解现实世界是马克思主义哲学与唯心主义哲学、唯物主义哲学的根本区别。

2008年第2题(单):作为物质运动存在形式的时间具有相对性。

2008年第3题(单):实践具有直接现实性。

2008年第17题(多):努力实现人类社会与自然界的协调发展。

2007年第1题(单):动与静的辩证关系。

2007年第17题(多):意识的本质。

2007年第18题(多):努力实现人类社会与自然界的协调发展。

2006年第1题(单):物质运动的绝对性和相对性及其辩证关系。

2006年第17题(多):人对物质世界的实践把握的基本环节。

2005年第34题(分析):努力实现人类社会与自然界的协调发展。

2004年第2题(单):努力实现人类社会与自然界的协调发展。

2003年第1题(单):唯物主义历史观是马克思的伟大发现。

2003年第2题(单):实践是人与世界相互作用的中介。

【考点精解】 1.哲学基本问题

(1)哲学的基本问题,是思维和存在的关系问题。

(2)哲学基本问题包括两个方面的内容:其一,意识和物质、精神和自然界,究竟谁是世界的本原,即物质和精神何者是第一性、何者是第二性的问题;其二,思维能否认识或正确认识存在的问题。

2.唯物主义与唯心主义

对哲学基本问题的回答,是解决其他一切哲学问题的前提和基础:

(1)根据对上述基本问题第一方面的不同回答,哲学可划分为唯物主义和唯心主义两个对立的基本派别。

(2)唯物主义把世界的本原归结为物质,主张物质第一性,意识第二性,意识是物质的产物;唯心主义把世界的本原归结为精神,主张意识第一性,物质第二性,物质是意识的产物。

(3)根据对上述基本问题第二方面的不同回答,哲学又可以划分为可知论和不可知论。可知论认为世界是可以被认识的,不可知论认为世界是不能被人所认识或不能被完全认识的。

(4)社会存在与社会意识的关系问题是社会历史观的基本问题。历史唯物主义认为社会存在决定社会意识,历史唯心主义认为社会意识决定社会存在。

3.物质范畴是唯物主义哲学关于世界本原和统一性的最高抽象,是唯物主义世界观的基石。

4.意识的起源和本质

(1)意识是物质世界长期发展的产物,是人脑的机能和属性,是物质世界的主观映象。意识从其起源来看是自然界长期发展的产物。

(2)意识是物质的产物,但又不是物质本身,意识在内容上是客观的,在形式上是主观的。

5.世界的物质统一性

(1)世界是统一的,即世界的本原是一个;世界的统一性在于它的物质性。

(2)物质世界的统一性是多样性的统一,而不是单一的无差别的统一。

6.实践的本质含义、基本特征和基本形式

(1)实践是人类能动地改造世界的客观物质性活动。

(2)实践具有物质性、自觉能动性和社会历史性等基本特征。

(3)实践的基本形式有:生产劳动实践;处理社会关系的实践;科学实验。

【命题分析】　本知识点考点集中,历年命题的几率都很高,所以考生应注意加强本知识点的备考。但是由于本知识点主要是概念的阐释和解析,所以命题以选择题为主,分析题很少。考生备考的重点是对概念的理解与记忆和对相关概念、观点的区别与辨析。

【知识拓展】　1.了解不同派别哲学家在哲学基本问题上的观点表述,这一般是命题的题干材料。

2.辩证法与形而上学的内涵及其区分,尤其是对同样的表述、客观事实的不同理解和观点。

3.掌握唯物主义和唯心主义对客观现象的不同观点及其解释,尤其是一些著名哲学家的经典表述。

4.中国古代哲学家的不同观点(唯物的和唯心的)。

知识点二　事物的普遍联系与发展(考查17次)

【考点集萃】　2011年第1题(单):唯物辩证法的适度原则问题。

2011年第34题(分析):矛盾分析法原理及其现实应用。

2010年第2题(单):质量互变规律的内涵。

2009年第34题(分析):现象和本质的内涵、辩证关系及其现实意义。

2008年第34题(分析):矛盾的对立统一性原理。

2007年第2题(单):可能性与不可能性的区分。

2007年第18题(多):联系的客观性、规律的客观性

2007年第19题(多):发展的本质。

2007年选做题Ⅱ(分析):矛盾同一性和斗争性对事物发展的作用和中国的和平发展对中国的意义。

2006年第34题(分析):从对立中把握同一、在同一中把握对立。

2006年第38题Ⅱ(分析):运用普遍联系的观点说明人类发展所面临的三重困境。

2005年第16题(多):联系的客观性、普遍性和多样性。

2004年第17题(多):矛盾双方的辩证依存互动关系。

2004年第31题(辨析):唯物辩证法的普遍联系原理(整体与部分的辩证关系)。

2003年第16题(多):中国传统哲学中的矛盾观及其现代意义。

2003年第34题(分析):现象和本质之间的关系。

2003年第37题Ⅱ(分析):矛盾的不平衡性原理。

【考点精解】　1.事物的普遍联系

(1)联系是指事物内部各要素之间和事物之间相互影响、相互制约和相互作用的关系。

(2)联系的特点:①客观性,②普遍性,③多样性。

2.对立统一规律是唯物辩证法的实质和核心,是事物发展的根本规律。

(1)矛盾的同一性指的是矛盾双方相互联系、相互吸引的性质和趋势。矛盾的斗争性是指矛盾双方相互分离、相互排斥的性质,它体现了矛盾双方的差别性和对立性。

①在事物的矛盾中,矛盾的斗争性是无条件的绝对的,矛盾的同一性是有条件的相对的。

②矛盾斗争性的绝对性体现了物质运动的绝对性,矛盾同一性的相对性体现了物质静止的相对性。

③无条件的绝对的斗争性与有条件的相对的同一性相结合,构成事物的矛盾运动,推动事物的发展。

(2)矛盾的同一性和斗争性之间相互联系:认识事物必须在矛盾的对立性中把握同一

性,在矛盾的同一性中把握对立性。

矛盾双方的同一性和斗争性的相互结合,不仅是事物内部对立双方的本质联系,而且是事物发展的源泉和动力。

3.矛盾的同一性和斗争性在事物发展中的作用

(1)矛盾的同一性在事物发展中的作用表现在:

第一,同一性是事物存在和发展的前提,在矛盾双方中一方的发展以另一方的发展为条件。

第二,同一性使矛盾双方相互吸取有利于自身的因素,在相互作用中各自得到发展。

第三,同一性规定着事物转化的可能和发展的趋势。

(2)矛盾的斗争性在事件发展中的作用表现在:

第一,矛盾双方的斗争为促进矛盾双方向对立面的转化、事物的质变创造条件。

第二,矛盾双方的斗争,是一种矛盾统一体向另一种矛盾统一体过渡的决定力量。

(3)矛盾的斗争性和矛盾的同一性在事物发展过程中是相互结合共同发生作用的。但在不同条件下,二者所处的地位会有所不同。

和谐是相对的有条件的,只有在矛盾双方处于平衡、协调、合作的情况下,事物才展现出和谐状态。

4.矛盾的普遍性和特殊性及其相互关系

(1)矛盾的普遍性是指矛盾存在于一切过程中,并贯穿于一切过程的始终,即矛盾无时不有、矛盾无处不在。

(2)矛盾的特殊性是指矛盾着的事物及其每一个侧面都各有其特点。

(3)两者的关系是:①矛盾的普遍性和特殊性是相互联结的,二者又是相互区别的。②矛盾的普遍性和特殊性在一定条件下可以互相转化。

5.矛盾分析方法

(1)在唯物辩证法的方法论体系中,矛盾分析法居于核心地位,是根本的认识方法。

(2)矛盾分析法包含广泛而深刻的内容,如分析矛盾特殊性的方法,"两点论"与"重点论"相结合的方法,抓关键、看主流的方法,在对立中把握同一和在同一中把握对立的方法,批评与继承相统一的方法等,都是矛盾分析法的具体体现。

6.事物发展中的肯定和否定及其相互转化

(1)肯定是事物中保持其存在的方面,它肯定这一事物是它自身而不是其他事物;否定是事物中促使其灭亡的方面,它破坏现存事物使之转化为其他事物。

(2)在新事物取代旧事物的过程中,辩证的否定是决定性的环节。发展的实质是新事物的产生和旧事物的灭亡。肯定和否定既对立,又统一。

(3)辩证的否定观认为,否定是事物内在矛盾所引起的自我否定;否定是发展的环节和联系的环节,是包含肯定的否定,作为发展环节和联系环节的否定就是扬弃,即既克服又保留。

(4)形而上学否定观则认为,否定是外在的否定、主观任意的否定;否定是绝对的否定,是不包含肯定的否定,这就既割断了事物的联系,又使发展中断。

(5)辩证的否定不是一次完成的,而是经历两次否定、三个阶段的有规律过程,即"肯定—否定—否定之否定"的过程。

事物的这种否定之否定过程,从内容上看,是自己发展自己、自己完善自己的过程;从形式上看,是螺旋式上升或波浪式前进的过程,方向是前进上升的,道路是迂回曲折的,是前进性和曲折性的统一。

7.现代科学思维方法

(1)随着现代科学的发展,产生了现代科学思维方法。

(2)辩证思维方法与现代科学思维方法有着方法论上的共同性,二者是相互联系、相互补充的。

①一方面,辩证思维方法是现代科学思维方法的方法论前提,辩证思维的基本精神和原则贯穿于现代科学思维方法之中。

②另一方面,现代科学思维方法又丰富了辩证思维方法。

【命题分析】 本知识点内容很多,既有概念的介绍,又有基本原理的表述,还有几对范畴的辨析,而且这些知识点都比较重要,是历年命题的集中区。命题的形式多样,既有选择题,考查考生对基础知识的掌握情况,又有材料分析题,考查考生运用基本原理分析解决问题的能力。根据近几年的命题趋势来看,《马克思主义基本原理概论》的材料分析题基本上都在本知识点,命题的思路基本上都是以当前的时事热点或理论热点为材料,然后与相关的原理结合起来命题。这一状况和趋势近几年不会改变,所以提醒考生多花精力和时间加强对本部分内容的理解与掌握。

【知识拓展】 1.运用矛盾的同一性和矛盾的斗争性的原理指导实践,还要正确把握和谐对事物发展的作用。

2.“凡事预则立,不预则废”,这句话反映的是以下哪种关系(　　)

　　A.可能和现实　　　B.原因和结果　　　C.现象和本质　　　D.必然和偶然

3.把握可能性这个范畴,要注意区分以下哪几种情况(　　)

　　A.可能性和不可能性　　　　　　B.好的可能性和坏的可能性

　　C.真实的可能性和虚假的可能性　D.现实的可能性和抽象的可能性

4.在哲学史中我们可以看到,各种唯心主义派别之间的差异和矛盾,常常有利于唯物主义的发展,这一事实说明(　　)

　　A.矛盾一方克服另一方促使事物发展

　　B.矛盾一方的发展可以为另一方的发展提供条件

　　C.矛盾双方中每一方自身矛盾,可以为另一方的发展所利用

　　D.矛盾双方的融合促使事物发展

参考答案 2. B　3. ABD　4. B

5.思考毛泽东在《矛盾论》中阐明的关于事物矛盾问题的精髓的原理以及这一原理对中国现阶段社会主义建设的指导意义。

6.如何理解量变和质变的关系及其对制订和实现我国“十二五”规划发展的战略目标的意义。

7.十一届三中全会以来,我国实施的一系列改革措施,取得了举世瞩目的巨大成就,但也出现了某些负面效应。请用辩证唯物论主义的矛盾学说,阐述你对这个问题的认识。

8.一些中国古代思想家认为:

“一阴一阳谓之道”,“几物必有合,……有合各有阴阳”,“天地万物之理,无独必有对”,“万物莫不有对”,“有无相生,难易相成,长短相形,高下相倾,音声相和,前后相随”。

思考上述论点中包含的辩证法思想,阐明马克思主义哲学在这方面的基本原理及其对实际工作的指导意义。

9.辨析下列观点的正误:

(1)联系和发展的观点是唯物辩证法的总特征,也是辩证法和形而上学对立的焦点。

(2)矛盾是事物发展的动力和源泉,因此,社会矛盾越多,社会发展自然就越快。

(3)在矛盾的两种基本属性中,斗争性是无条件的、绝对的,因而是主要的;同一性是有条件的、相对的,因而是次要的。

知识点三 客观规律性与主观能动性(考查10次)

【考点集萃】 2010年第17题(多):意识的能动作用。

2010年第20题(多):社会规律的客观性。

2009年第17题(多):意识的能动性原理。

2008年第4题(单):文化的社会功能。

2007年第4题(单):社会意识的相对独立性。

2006年第18题(多):社会规律及其特点。

2006年第19题(多):文化与文明及其相互关系。

2005年第1题(单):意识对物质的能动作用。

2005年第17题(多):共产党执政规律、社会主义建设规律、人类社会发展规律的关系。

2003年第31题(辨析):文化的本质和功能。

【考点精解】 1.规律及其客观性

(1)规律揭示的就是事物运动发展中的本质的、必然的、稳定的联系。只要条件具备,某种规律就会重复起作用。

(2)规律是客观的。客观性是规律的根本特点,它的存在不依赖于人的意识而存在。相反,人的意识活动要受规律的支配。

2.自然规律与社会规律的联系与区别

(1)自然规律是自然现象固有的、本质的、必然的、稳定的联系。

(2)社会规律是通过人们的活动表现出来的社会生活过程诸现象间的本质的、必然的、稳定的联系。

(3)自然规律与社会规律之间有一定联系,也有区别。

①两者之间的联系主要表现在:自然规律和社会规律都具有不以人的意志为转移的客观性。

②两者之间的区别主要表现在:自然规律是作为一种盲目的无意识的力量起作用,社会规律则是通过抱有一定目的和意图的人的有意识的活动实现的。

3.意识能动作用的表现

(1)辩证唯物主义在坚持物质决定意识,意识依赖于物质的同时,又承认意识对物质有能动作用。

(2)意识的能动作用主要表现在:

第一,意识是能动的,具有目的性和计划性。

第二,意识不仅反映事物的现象,还具有能动创造性。

第三,意识具有指导实践改造客观世界的作用。

第四,意识还具有指导、控制人的行为和生理活动的作用。

4.主观能动性与客观规律性的关系

首先,必须尊重客观规律。

其次,在尊重客观规律的基础上,要充分发挥主观能动性。

5.社会历史趋向与主体选择的关系

(1)社会历史趋向与主体选择的关系是同主观能动性与客观规律性辩证统一原理相关联的问题。

(2)历史发展的必然性,规定了人们的活动要受规律性的制约,但不否定人在可能性空间内的选择。

(3)在社会发展的每一个具体阶段上,都存在着各种不同的客观趋势和可能性,需要作出选择。

【命题分析】 与上个知识点相比,本知识点主要讲述的是相关的概念,基本原理的介绍相对少一些,表现在历年真题上,就是考查对概念的理解与记忆的选择题多一些(而且每年基本上都有试题出现),考查基本原理应用的材料分析题少一些。这一趋势在以后的几年基本上不会有变化。这就提醒考生在复习备考这部分内容时,应该把精力和时间放在对基本概念的理解与记忆上。

【知识拓展】 1.根据唯物辩证法的过程论(　　)

A.事物的发展是新事物通过艰苦的斗争不断壮大并逐渐战胜旧事物的过程,但由于条件的复杂性,发展的具体道路又是曲折的

B.事物的发展既有高潮也有低潮,既有前进也有倒退

C.发展仅仅是一种直线式的过程

D.我们既要对前途充满信心,又对困难有足够的估计,准备走曲折的道路

2.由于社会历史是有意识有目的活动着的人创造的,因此(　　)

A.社会规律是由人所创造的

B.人们可以改造或消灭社会规律

C.社会发展规律只能通过人的自觉活动起作用

D.人的活动都体现社会规律

3.主观能动性和客观规律性的关系包括(　　)

A.客观规律性要服从主观能动性

B.只有发挥主观能动性才能尊重客观规律性

C.尊重客观规律性是充分发挥主观能动性的关键

D.客观规律性和主观能动性互为前提互相决定

4.从实际出发,实事求是,在哲学上体现了(　　)

A.主观和客观的统一

B.唯物论和辩证法的统一

C.相对真理和绝对真理的统一

D.客观规律性和主观能动性的统一

参考答案　**1.ABD　2.C　3.CD　4.ABD**

5.辨析观点的正误:规律具有重复性的特点,因此在事物发展过程中具体事件经常重复出现。

6.辨析观点的正误:在人们创造历史的活动中,"谋事在人,成事在天"。

答案要点　该命题认为在历史活动中"谋事在人",即承认人的能动作用,这是有积极意义的。但是认为"成事在天",即认为事情的成败完全由客观必然性或某种超自然力量所决定,有宿命论和唯心史观的色彩。历史是人们自己创造的,而人们自己创造历史的活动受到客观条件和客观规律的制约。人们应当充分发挥自己的主观能动性,认识和利用客观条件和客观规律,来实现自己的目的,获得成功。

7.分析题

南昆铁路从南宁盆地爬上云贵高原,其高差为1940米,它在有"地质博览,地下迷宫"之称的地质环境中,一路穿过258座隧道,经过476座大中桥梁,桥隧总长占全线总长的近三分之一,这在中外铁路史上是空前的。打通属于九级地震区的草原勘测和科技攻关,通过反复勘测掌握了山内"隐形水库"的特点,并根据地球磁场变化的规律,经过周密策划决定造船进洞治理塌方和涌水。在职工的支持下,由23名党员组成的

"敢死队"乘3只小船进入掌子面,同大山进行短兵相接的较量,终于制服了涌水、泥石流和塌方,保证了隧道提前竣工。

运用所学知识回答:

(1)南昆铁路的建成说明了什么问题?

(2)如何正确地认识这个问题?

第三章 认识世界和改造世界

知识点一 认识的本质及规律(考查8次)

【考点集萃】 2011年第17题(多):现实生活对人们认识和实践活动的启示。

2010年第34题(分析):实践活动中的主体与客体的关系。

2007年第34题(分析):实践与认识的辩证关系。

2006年第2题(单):认识是在实践基础上主体对客体的能动反映。

2006年第3题(单):实践和认识及其辩证关系。

2005年第3题(单):实践与认识的相互关系。

2004年第34题(分析):理性因素与非理性因素在认识活动中的作用。

2003年第3题(单):认识的本质是能动反映,是反映与创造的统一。

【考点精解】 1.实践观点是马克思主义认识论的首要的和基本的观点。

2.实践对认识的决定作用:

第一,实践是认识的来源。

第二,实践是认识发展的动力。

第三,实践是检验认识是否具有真理性的标准。

第四,实践是认识的目的。

3.两条根本对立的认识路线

(1)在认识的本质问题上,存在着两条根本对立的认识路线:一条是坚持从物到感觉和思想的唯物主义路线,另一条是坚持从思想和感觉到物的唯心主义路线。

(2)唯物主义哲学坚持反映论的立场,认为物质第一性,意识第二性,认识是主体对客体的反映。

(3)唯心主义哲学颠倒物质和意识的关系,否认认识是人脑对客观世界的反映,把认识看做是先于物质、先于实践经验的东西。

①主观唯心主义认为人的认识是主观自生的,是"内心反省"的结果,是心灵的自由创造物。

②客观唯心主义认为人的认识是上帝的启示或绝对精神的产物。

③二者说法和表现形式有所不同,但本质上并没有差别,都否认认识是人脑对客观世界的反映,反对唯物主义的反映论,坚持唯心主义的先验论。

4.能动反映论的主要内容

马克思主义哲学把实践引入认识论,把辩证法应用于反映论,创立了能动的反映论,科学地揭示了认识的本质,指出认识是在实践基础上主体对客体的能动反映。其主要内容是:

(1)认识是主体对客体的反映。

(2)主体对客体的反映是一个能动的创造性的过程。

(3)主体对客体的能动反映是以实践为中介而实现的。

5.从实践到认识:感性认识到理性认识的飞跃

(1)认识运动的辩证过程,首先是从实践到认识的过程。在这个过程中,认识采取了感性认识和理性认识两种形式,并经历了由前者到后者的能动飞跃。

(2)感性认识和理性认识是统一的认识过程中的两个阶段,它们既有区别,又有联系:

首先,理性认识依赖于感性认识,理性认识必须以感性认识为基础。

其次,感性认识有待于发展和深化为理性认识。

最后,感性认识和理性认识相互渗透,相互包含,二者的区分是相对的,人们不应当也不可能把它们截然分开。

(3)感性认识和理性认识是辩证统一的,统一的基础是实践。如果割裂二者的辩证统一关系,就会走向唯理论和经验论,在实际工作中就会犯教条主义和经验主义的错误。

6.从认识到实践:理性认识到实践的飞跃

(1)从认识到实践,是认识过程的第二次能动的飞跃。

(2)实现从理性认识到实践的飞跃,必须具备一定的条件。

7.认识过程中的反复性和无限性

(1)认识过程的反复性和无限性是指人们的认识过程既不是封闭式的循环,也不是直线式的前进,而是螺旋式的曲折上升运动。

(2)从形式上看,表现为认识和实践的反复循环;从内容上看,实践和认识之每一循环,都比较地进到了高一级的程度。

正是认识运动中实践和认识的这种循环往复和无限发展,体现了认识的本质和一般发展规律。

8.认识和实践的具体的历史的统一

从实践到认识,再从认识到实践,实践、认识、再实践、再认识,认识运动不断反复和无限发展,这是人类认识运动的辩证发展过程,也是人类认识运动的基本规律。

这一认识运动和基本规律决定了主观和客观、认识和实践的统一是具体的和历史的。

【命题分析】　本部分内容属于马克思主义认识论的内容,介绍的概念多,原理也不少,而且都很重要,体现在历年真题的命制上,近几年每年都有考题,既有选择题,又有材料分析题,所以本部分内容很重要,考生要高度重视,既要注意基本概念的理解与记忆,又要联系本年度的热点时事,备考材料分析题。

【知识拓展】　1.成为人们认识基础的有(　　)

A.事物的质　　　　　　　　　　B.事物的量

C.事物矛盾的特殊性　　　　　　D.社会实践

2.温家宝总理曾在给一位国务院参事的回信中,引用了两句诗:"知屋漏者在宇下,知政失者在草野。"这一古训蕴含的哲理是(　　)

A.人的经验是判断是非得失的根本尺度

B.直接经验比间接经验更重要

C.感性认识高于理性认识

D.人民群众的直接经验即实践是认识的重要基础

3."只有音乐才能激起人的音乐感;对于没有音乐感的耳朵说来,最美的音乐也毫无意义"。这表明(　　)

A.人的认识是主体与客体相互作用的过程和结果

B.人的感觉能力决定认识的产生和发展

C.人的认识能力是由人的生理结构决定的

D. 事物因人的感觉而存在

4. 在感性认识和理性认识的关系上,唯理论的错误在于(　　　)

A. 夸大理性认识的重要性,否认或轻视感性认识的作用

B. 夸大感性认识的重要性,否认或轻视理性认识的作用

C. 把感性认识和理性认识等同起来

D. 认为感性认识是可靠的,理性认识是不可靠的

参考答案 1. ACD　2. D　3. A　4. A

5. 运用"实践、认识、再实践、再认识"的原理,说明正确地对社会主义进行再认识的必要性。

答案要点 (1)"实践、认识、再实践、再认识"是认识发展的总规律,表现的是主观和客观、认识和实践的具体的历史的统一。由于客观事物的复杂性而且是一个无限发展的过程,因此,人们不可能通过实践和认识的一次循环而穷尽对所有事物的认识,必须随着实践的展开和发展,不断地解决主观和客观的矛盾,使认识同不断发展的客观实际相适宜,正确指导实践。(2)这一原理说明了正确地对社会主义进行再认识的必要性。马克思19世纪总结了无产阶级的斗争经验,提出了科学社会主义,这是从实践到认识的产物;科学社会主义理论被无产阶级掌握,引导他们自觉地进行斗争,这是从认识回到实践的过程。社会主义在不断的实践中,使我们对社会主义的认识进入到一个新的阶段,这是一个再实践基础上的再认识的过程。这中间,更多的是从实践中获得的新的感性经验的概括和总结,使其上升到新的理性认识。

6. 16世纪时,丹麦天文学家第谷连续20年观测天体,并详细记录了行星在公转过程中位置的变化。开普勒仔细研究了第谷的观测资料,经过多年的刻苦计算,否定了19种假说,于1609年、1619年先后提出了太阳系行星运动的三大定律。后来,牛顿又在更广阔的范围内、更抽象的程度上进行思考和研究,于1687年正式公布了万有引力定律。到20世纪时,人们发现以牛顿运动定律为基础的经典力学只适用于解决宏观物体、低速运动问题。适应解决微观粒子和高速运动问题的需要,出现了相对论和量子力学。

请回答:人类对天体及其运行规律的探索过程,体现了哪些理论?

答案要点 (1)认识总是在实践的基础上不断深化、不断扩展、不断向前推移。从第谷的观测资料到开普勒提出行星运动三大定律、到牛顿发现万有引力定律、再到相对论和量子力学的出现体现了这一哲学道理。(2)实现感性认识到理性认识的飞跃,必须在实践的基础上,发挥主观能动性,创造两个必要条件:一是占有丰富可靠的感性材料。第谷长期观测天体,积累了大量观测资料,创造了这一条件;二是运用科学思维方法,对感性材料进行加工制作。开普勒和牛顿的思考与研究工作,创造了这一条件。(3)在认识事物的本质和规律过程中,合理想像与创造性思维有着重要作用。开普勒多年刻苦思考,先后否定19种假说,牛顿在更广阔的范围内、更抽象的程度上进行思考和研究说明他们具有丰富的想像力和创造性思维能力。

知识点二 真理与价值(考查9次)

【考点集萃】 2009年第2题(单):检验真理的标准的客观性的特点。

2009年第19题(多):理论创新的现实指导作用。

2009年第20题(多):个人价值的实现及其与社会价值的关系。

2008年第19题(多):理论创新与实践创新过程中的各种理论及其关系。

2006年第20题(多):人的价值及其实现。

2006年第34题(分析):真理的具体性。

2005年第2题(单):真理的绝对性与相对性及其辩证关系。

2005年第31题(辨析):人的价值及其实现。

2004年第3题(单):人的价值及其实现。

【考点精解】　1.真理的客观性

(1)真理是人们对于客观事物及其规律的正确认识。

(2)真理具有客观性,凡真理都是客观真理:内容是客观的;检验的标准也是客观的。

(3)在认识真理思想内容客观性的同时,还必须正确认识真理形式的主观性。

①我们既不能把真理思想内容的客观性等同于客观对象的客观性,把真理当做客观实在,又要反对唯心主义否认客观真理的错误观点。

②实用主义者把"有用"和"真理"完全等同起来,从根本上否认了客观真理的存在。

(4)真理的客观性决定了真理的一元性。

2.真理的绝对性和相对性

(1)真理的绝对性,是指真理的无条件性、无限性。

首先,任何真理都必然包含着同客观对象相符合的客观内容,都同谬误有原则的界限,都不能被推翻。

其次,人类认识按其本性来说,能够正确认识无限发展着的物质世界,认识每前进一步,都是对无限发展着的物质世界的接近,这一点也是绝对的、无条件的。

(2)真理的相对性即具有相对性的真理,是指真理的有条件性、有限性。

首先,真理所反映的对象是有条件的、有限的。

其次,真理反映客观对象的正确程度也是有条件的、有限的。

(3)真理的绝对性和相对性是辩证统一的:

第一,具有绝对性的真理和具有相对性的真理是相互渗透和相互包含的:

一方面,相对之中有绝对,绝对寓于相对之中;真理的相对性之中,也包含着绝对性的颗粒。

另一方面,绝对之中有相对,真理的绝对性通过相对性表现出来,无数具有相对性的真理之总和构成具有绝对性的真理。

第二,具有相对性的真理和具有绝对性的真理又是辩证转化的。真理永远处在由相对向绝对的转化和发展中,这是真理发展的规律。任何真理性的认识都是由相对性真理向绝对性真理转化过程中的一个环节。

(4)绝对性真理和相对性真理不是两个真理,而是同一个真理的两种不同属性。在这个问题上,我们必须反对割裂二者辩证关系的绝对主义和相对主义。

3.真理与谬误

(1)真理与谬误相比较而存在,相斗争而发展,这也是真理发展的规律。

(2)真理与谬误的根本区别就在于主观是否与客观符合。符合的就是真理,不符合的就是谬误。

(3)真理与谬误既对立又统一。

首先,真理与谬误是对立的。

其次,真理与谬误又是相互联系的。

再次,真理的发展也是通过与谬误的斗争来实现的。

最后,真理与谬误在一定条件下相互转化。谬误也可以在一定条件下转变为真理。谬误不同于偏见。

4.实践是检验真理的唯一标准。这是由真理的本性和实践的特点决定的。但这并不排斥逻辑证明的作用。

5.实践标准的确定性与不确定性

(1)确定性即绝对性,是指实践作为检验认识真理性的标准的唯一性。即离开了实践,再也没有另外的标准。这是实践标准的确定性。

(2)不确定性即相对性,则是指实践对认识真理性的检验的条件性。

(3)坚持实践标准的确定性和不确定性的统一,既可防止唯心主义的随意性,又可避免形而上学的绝对化。

6.实践活动的真理尺度和价值尺度

(1)人们的实践活动总是受着真理尺度和价值尺度的制约。

(2)任何成功的实践都必然是真理尺度和价值尺度的统一。

7.价值评价及其特点

(1)价值评价是一种关于价值现象的认识活动。只有正确地反映了价值关系的评价才是正确的评价。实践是检验评价结果的标准。

(2)不同主体对同一个事物的价值评价也常常会产生差异或矛盾。

(3)价值评价的结果只有与人民、人类整体的要求或利益相一致,才是正确的价值评价。

(4)价值评价在实践中起着激励、制约和导向作用。

8.树立正确价值观的意义

(1)价值观与世界观和人生观是一致的。

(2)价值观对人的行为起着规范和导向作用。

(3)拥有科学知识并不能保证人们行为的价值取向的正确。

(4)在当前我国社会主义建设条件下,建设社会主义核心价值体系是推动社会主义文化发展和繁荣,促进社会进步的重要工作。

①社会主义核心价值体系是社会主义意识形态的本质体现。

②用中国特色社会主义共同理想凝聚力量,用以爱国主义为核心的民族精神和以改革创新为核心的时代精神鼓舞斗志,用社会主义荣辱观引领风尚,从而巩固人民群众团结奋斗的共同思想基础,推动中国特色社会主义建设事业的全面发展。

【命题分析】 本部分知识点主要的内容是概念的介绍,其次才是一些原理的表述,而且原理的表述相对于上一个知识点来说,不是很重要,所以本知识点的考查一般以选择题为主。另外,本知识点2010年、2011年都没有命题,根据以往命题的规律,2012年就是命题的高频点,希望考生备考时关注这一点。

【知识拓展】 1.真理的特性有( )

A.客观性 　　B.绝对性 　　C.相对性 　　D.持续性

2.实践作为检验认识真理性的标准具有的特性是( )

A.确定性 　　B.长期性 　　C.不确定性 　　D.持续性

3.社会主义意识形态的本质体现是( )

A.社会主义核心价值体系

B.马克思主义的指导地位

C.以爱国主义为核心的民族精神

D.以改革创新为核心的时代精神

参考答案 1.ABC 　2.AC 　3.A

知识点 三　认识与实践的统一（考查2次）

【考点集萃】　2005年第4题(单)：尊重和保障人权写入宪法体现了我国社会主义政治文明的进步。

2004年第16题(多)：流浪人员求助管理法的颁布体现了社会文明进步。

【考点精解】　1.从实际出发、实事求是和解放思想

(1)一切从实际出发，就是要把客观存在的事物作为观察和处理问题的根本出发点，这是马克思主义认识论的根本要求和具体体现。

(2)从实际出发，关键是要注重事实，从事实出发。

(3)一切从实际出发，说到底，就是要做到实事求是。

(4)一切从实际出发，在当代中国，就是一切要从社会主义初级阶段这个最大的实际出发。

2.在实践中坚持和发展真理

(1)实践基础上的理论创新是社会发展和变革的先导。

(2)通过理论创新推动制度创新、科技创新、文化创新以及其他各方面的创新，不断在实践中探索前进，是我们的治党治国之道，是坚持和发展马克思主义之道。

3.认识世界和改造世界

(1)认识世界和改造世界是人类创造历史的两种基本活动。

(2)认识世界和改造世界是相互依赖、相互制约，是辩证统一的。

(3)认识世界和改造世界的过程，既是认识和改造客观世界的过程，也是认识和改造主观世界的过程。核心是改造世界观。

4.认识世界和改造世界的过程

认识世界和改造世界是一个充满矛盾的过程。

(1)主观和客观的矛盾是人类实践活动中的最普遍、最根本的矛盾，是人类世界形成和发展的动力。

(2)认识世界和改造世界、改造客观世界和改造主观世界的过程，也就是从必然走向自由的过程。

①自由是对必然的认识和对客观世界的改造。

②由必然到自由表现为人类不断地从必然王国走向自由王国的过程。

【命题分析】　本知识点的内容很重要，不过，这些知识点在内容上往往与本门课的其他章节内容或《毛泽东思想和中国特色社会主义理论体系概论》中的相关内容交叉或重复，所以，要考查的话，也一般是与其他内容相结合，分散在其他章节或课程中考查的，所以本部分内容近几年命题比较少，这一特点在以后的几年中基本上不会变，但是考生备考时还是要重视的，尤其是与其他章节或课程的内容结合着备考。

【知识拓展】　1.当代中国最大的实际，也是决定我们一切从实际出发的立足点的是（　　）

A.已经建立起了社会主义制度　　B.处在社会主义初级阶段

C.国富民强　　D.综合国力强

2.创新是（　　）

A.一个民族进步的灵魂

B.一个国家兴旺发达的不竭动力

C.一个政党永葆生机的源泉

D.一种活力的表现

3. 人类实践活动中最普遍、最根本的矛盾，或者说人类世界形成和发展的动力是（　　）

　　A. 生产力和生产关系的矛盾运动　　　B. 主观和客观的矛盾

　　C. 阶级斗争的推动　　　　　　　　　D. 科学技术的作用

参考答案　1. A　2. ABC　3. B

第四章　人类社会及其发展规律

知识点一　社会基本矛盾及其运动规律（考查6次）

【考点集萃】 2011年第2题（单）：生产方式是人类社会存在最基本的因素。

2009年第3题（单）：与一定的生产力相适应的生产关系的作用。

2006年第4题（单）：社会生产实践（劳动）和生产方式在人类社会存在和发展中的作用。

2006年第18题（多）：生活规律得以存在并发生作用的条件是人的有目的有意识的活动。

2004年第1题（单）：社会生产实践（劳动）和生产方式在人类社会存在和发展中的作用。

2004年第16题（多）：上层建筑的变革及其现实意义。

【考点精解】 1. 社会存在与社会意识的关系问题，是社会历史观的基本问题。

2. 唯物史观和唯心史观

（1）在对待社会历史发展及其规律问题上，历来存在着两种根本对立的观点：一种是唯物史观，另一种是唯心史观。

（2）唯心史观的主要缺陷是把社会历史看成是精神发展史，根本否认社会历史的客观规律，根本否认人民群众在社会历史发展中的决定作用。

（3）马克思发现了人类社会发展的客观规律，科学地解决了社会存在与社会意识的关系问题，创立了唯物史观。

3. 社会存在和社会意识的内涵及其作用

（1）社会存在是社会生活的物质方面，主要是指物质生活资料的生产及生产方式，也包括地理环境和人口因素。

①地理环境是人类社会生存和发展的永恒的、必要的条件，而且它作为劳动对象也不断进入人们的物质生产领域。

②人口因素也是重要的社会物质生活条件，对社会发展起着制约和影响的作用。

③无论是地理环境还是人口因素，都不能脱离社会生产而发生作用，都不能决定社会的性质和社会形态的更替。

④在人们的社会物质生活条件中，生产方式是社会历史发展的决定力量。

（2）社会意识是社会生活的精神方面，是社会存在的反映。

①属于上层建筑的社会意识形式称为社会意识形态。

②在阶级社会中，占统治地位的思想文化，本质上是经济上占统治地位的阶级的意识形态，因而具有鲜明的阶级属性。

4. 社会存在和社会意识的关系

（1）社会存在决定社会意识，社会意识是社会存在的反映，并反作用于社会存在。

（2）社会意识具有相对独立性，它在反映社会存在的同时，还有自己特有的发展形式和规律。主要表现在：

首先，社会意识与社会存在发展的不平衡性。

其次,社会意识内部各种形式之间的相互影响及各自具有的历史继承性。

最后,社会意识对社会存在的能动的反作用。这是社会意识相对独立性的突出表现。

5. 生产力与生产关系矛盾运动的规律,是人类社会发展的基本规律。

6. 生产力与生产关系的相互关系

(1)在社会生产中,生产力是生产的物质内容,生产关系是生产的社会形式,二者的有机结合和统一,构成社会的生产方式。

(2)生产力与生产关系的相互关系是:生产力决定生产关系,而生产关系又反作用于生产力。

在二者的矛盾运动中,生产力是居支配地位、起决定作用的方面。生产关系对生产力的反作用也是由生产力决定的。生产关系对生产力反作用的性质也是取决于它是否适合生产力的状况。

7. 生产力与生产关系矛盾运动规律

生产力与生产关系的相互作用是一个过程,表现为二者的矛盾运动。这种矛盾运动中的内在的、本质的、必然的联系,就是生产关系一定要适合生产力状况的规律,亦称生产力与生产关系的矛盾运动规律。

8. 经济基础与上层建筑的关系

(1)首先是经济基础决定上层建筑。具体表现在:

①经济基础的需要决定上层建筑的产生。

②经济基础的性质决定上层建筑的性质。

③经济基础的变化发展决定上层建筑的变化发展及其方向。

(2)其次,上层建筑对经济基础具有反作用。

上层建筑反作用的性质,取决于它所服务的经济基础的性质,归根到底取决于它是否有利于生产力的发展。

9. 经济基础与上层建筑矛盾运动规律:经济基础决定上层建筑的产生、性质和发展变化的方向,上层建筑的反作用取决于和服务于经济基础的性质和要求。

10. 社会形态的内涵

(1)社会形态包括社会的经济形态、政治形态和意识形态,是三者的历史的、具体的统一。

(2)经济形态是社会形态的基础,生产资料所有制关系具有决定性的意义。

11. 社会形态更替的统一性和多样性

(1)人类社会发展的五种形态的依次更替,是社会历史运动的一般过程和一般规律,表现了社会形态更替的统一性。

(2)但是就某一国家或民族的社会发展的历程而言,情况就不一样了。

12. 社会形态更替的必然性与人们的历史选择性

(1)社会形态更替归根结底是社会基本矛盾运动的结果。其中,生产力的发展具有最终的决定意义。就是说,生产力与生产关系矛盾运动的规律性,从根本上规定了社会形态更替的客观必然性。

(2)社会形态更替的规律,并不排斥人们在遵循社会发展规律的基础上,对于某种社会形态的历史选择性。

人们对于社会形态的历史选择,最终取决于人民群众的根本利益、根本意愿以及对社会发展规律的把握和顺应程度。

13. 社会形态更替的前进性与曲折性

(1)社会形态的更替,还表现为历史的前进性与曲折性、渐进性与跨越性的统一。

(2)社会形态更替的前进性、渐进性主要是指五种社会形态依次演进的基本趋势,其历史过程是一个"扬弃"的过程。但是,社会形态更替的前进性、渐进性并不否认历史发展的曲折性和跨越性。

【命题分析】 本部分内容既有概念的介绍,也有基本原理的阐述,如社会存在与社会意识的关系、生产力与生产关系矛盾运动的规律、经济基础与上层建筑矛盾运动的规律、社会形态更替的一般规律等,都很重要。但是与近几年的时事热点、社会热点扣得不是很紧,所以命题的几率相对于上述章节就低一些,而且以选择题为主。这一趋势在近两年还不会变。

【知识拓展】 1.社会意识相对独立性的突出表现是( )

A.社会意识与社会存在发展的不平衡性

B.社会意识的历史继承性

C.社会意识的能动反作用

D.社会意识的广泛群众性

2.社会关系中最基本的关系是( )

A.政治关系   B.经济关系

C.生产关系   D.家庭关系

3.社会主义民主的本质和核心是( )

A.对资产阶级民主的辩证否定   B.人民群众当家作主

C.民主发展的历史性飞跃   D.社会意识的不断升华

4.社会形态包括( )

A.经济形态   B.政治形态

C.意识形态   D.国家形态

参考答案 1.C 2.C 3.ABC 4.ABC

知识点二 社会历史发展的动力(考查2次)

【考点集萃】 2010年第18题(多):科技革命的重要作用。

2009年第19题(多):科学技术的现实作用。

【考点精解】 1.社会基本矛盾的内容

(1)生产力和生产关系的矛盾、经济基础和上层建筑的矛盾是人类社会的基本矛盾。

(2)生产力和生产关系的矛盾是更为根本的矛盾,它决定和制约着经济基础和上层建筑矛盾的性质和发展方向;生产力和生产关系的矛盾又受到经济基础和上层建筑矛盾的影响和制约,它的解决有赖于经济基础和上层建筑矛盾的解决。

2.社会基本矛盾在社会发展中的作用

(1)生产力是社会基本矛盾运动中最基本的动力因素,是人类社会发展和进步的最终决定力量。

生产力是社会进步的根本内容,是衡量社会进步的根本尺度。

(2)社会基本矛盾特别是生产力和生产关系的矛盾,决定着社会中其他矛盾的存在和发展。

3.阶级斗争的含义和作用

(1)阶级斗争根源于阶级之间物质利益的根本对立,根源于社会经济关系的冲突。

（2）阶级斗争是阶级对立社会发展的直接动力。

（3）在认识和处理阶级矛盾时，要严格区分阶级矛盾和非阶级矛盾，区分对抗阶级与非对抗阶级之间的矛盾，区分敌我矛盾和人民内部矛盾。

（4）在我国社会主义初级阶段，阶级斗争还将在一定范围内长期存在，在某种条件下还有可能激化，但已经不是主要矛盾。

4. 革命是社会发展的重要动力

革命是解决社会基本矛盾的主要方式之一，是推动社会发展特别是社会形态更替的重要动力。

马克思主义重视革命的伟大作用，同时也不否认改良作为革命的一种补充手段、为争取劳动者境况的改善所起的作用。马克思主义不拒绝改良，但反对改良主义。

5. 改革在社会发展中的作用

（1）改革在一定程度上是解决社会基本矛盾，促进生产力发展，推动社会进步的有效途径和手段。

（2）社会发展离不开改革。社会主义社会的改革是一场伟大的改革。

6. 科学技术革命的作用

现代科技革命推动生产方式、生活方式、思维方式的变革。

7. 科学技术社会作用的两重性

（1）科学技术像一把双刃剑，既能通过促进经济和社会发展以造福于人类，同时也可能在一定条件下对人类的生存和发展带来消极后果。

（2）消极后果就是产生了"全球问题"：

①"全球问题"的出现，深刻地反映了人类与自然的矛盾。

②解决"全球问题"有赖于多方面的努力和条件。

【命题分析】　本知识点在2002年以单选题的形式考查过"科学技术是当代先进生产力的集中体现与主要标志"之后，在以后的6年中没再命制过试题，之后，随着新的科技成果的不断涌现，社会上又热谈科技在社会发展中的重要作用了，所以本知识点又成了命题点，不过考查的角度很集中，都是围绕科学技术在社会发展中的作用来命制的，题型以选择题为主。考生在备考该知识点时，复习的重心和题型的准备以这一趋势为参照即可。

【知识拓展】　1. 生产力是（　　　）

　A. 社会进步的根本内容　　　　　B. 衡量社会进步的根本尺度

　C. 社会物质文明发展的基本内容　D. 政治文明、精神文明发展的基础

2. 阶级斗争（　　　）

　A. 是阶级对立社会发展的直接动力

　B. 是人类社会发展到一定阶段才出现的社会现象

　C. 根源于阶级之间物质利益的根本对立

　D. 根源于社会经济关系的冲突

3. 革命的根本问题是（　　　）

　A. 国家的国体　　B. 国家的政体　　C. 国家的政权　　D. 国家的发展

4. 科学技术革命的作用表现在（　　　）

　A. 对生产方式产生了深刻影响

　B. 对生活方式产生了巨大影响

　C. 促进了思维方式的变革

　D. 也可能在一定条件下对人类的生存和发展带来消极后果

参考答案　1. **ABCD**　2. **ABCD**　3. **C**　4. **ABCD**

知识点三 人民群众在历史发展中的作用(考查3次)

【考点集萃】 2009年第4题(单):人的本质的现实性。

2006年第4题(单):人类生存的最基本要素。

2003年第17题(多):人民群众是历史的创造者。

【考点精解】 1.两种历史观在历史创造者问题上的对立

(1)在怎样看待人民群众和个人历史作用的问题上,唯心史观从社会意识决定社会存在的基本前提出发,否认物质资料生产方式是社会发展的决定力量,抹杀人民群众的历史作用,宣扬少数英雄人物创造历史,因而这样的观点被称为英雄史观。

(2)与唯心史观相反,唯物史观主张,"全部历史本来是由个人活动构成,而社会科学的任务在于解释这些活动"。

2.人的本质

(1)人的本质问题包括两个方面:一是人与动物的区别,二是人与人的区别。

(2)从人与动物相区别的层次上说,人的本质在于社会劳动;从人与人相区别的层次上说,人的本质在于社会关系。

(3)马克思指出:"人的本质不是单个人所固有的抽象物,在其现实性上,它是一切社会关系的总和。"

3.人民群众在创造历史过程中的决定作用

(1)人民群众是一个历史范畴。人民群众从质上说是指一切对社会历史发展起推动作用的人们,从量上说是指社会人口中的绝大多数。

(2)在不同的历史时期,人民群众有着不同的内容,包含着不同的阶级、阶层和集团。

(3)人民群众的最稳定的主体部分始终是从事物质资料生产的劳动群众及其知识分子。

(4)在社会历史发展过程中,人民群众起着决定性的作用。人民群众的总体意愿和行动代表了历史发展的方向,人民群众的社会实践最终决定历史发展的结局。

(5)人民群众创造历史的活动要受到一定社会历史条件的制约。这些条件包括经济条件、政治条件和精神文化条件。

4.群众观点和群众路线

(1)唯物史观关于人民群众是历史创造者的原理,是无产阶级政党的群众观点和群众路线的理论基础。

(2)群众观点就是坚信人民群众自己解放自己的观点,全心全意为人民服务的观点,一切向人民群众负责的观点,以及虚心向群众学习的观点。

(3)群众路线的内容是:一切为了群众,一切依靠群众,从群众中来,到群众中去的路线。

(4)群众路线是无产阶级政党的根本路线,也是党的根本领导方法和工作方法。

5.历史人物在历史发展中的作用

(1)历史人物是历史事件的发起者、当事者。

(2)历史人物是实现一定历史任务的组织者和领导者。

(3)历史人物可以加速或延缓历史任务的解决。

历史人物对历史发展的具体过程始终起着一定的作用,有时甚至对历史事件的进程和结局产生决定性的影响,但不能决定历史发展的基本趋势。

【命题分析】 人民群众在历史发展中的作用历来都是很重要的知识点,但是在马克思主义哲学与马克思主义政治经济学合并,再加上科学社会主义的内容之后,本知识点的热门程度和被考查的频率有所降低。围绕社会热点和本知识点的结构,近几年命题的热点还是人的本质、人民群众是历史的创造者这两个考点,题型以选择题为主。

【知识拓展】　1.群众观点就是(　　)

A.坚信人民群众自己解放自己的观点

B.一切向人民群众负责的观点

C.虚心向群众学习的观点

D.一切为了群众、一切依靠群众的观点

2.唯物史观主张在考察个人的历史作用时,要具体分析(　　)

A.个人本身　　　　　　　　　　B.个人作用的性质

C.个人作用的大小　　　　　　　　D.个人的社会地位

参考答案　1.ABC　2.ABC

第五章　资本主义的形成及其本质

知识点一　资本主义的形成及以私有制为基础的商品经济的矛盾

（考查9次）

【考点集萃】　2011年第3题(单):私人劳动与社会劳动之间的矛盾(的解决方式)。

2011年第20题(多):马克思恩格斯把社会主义由空想变为科学的理论基石。

2009年第5题(单):货币流通规律的应用计算。

2008年第21题(多):劳动生产率与商品价值量之间的关系。

2007年第5题(单):货币的本质。

2005年第5题(单):货币的形式和职能。

2004年第17题(多):生产劳动过程中各相关要素之间的关系。

2003年第4题(单):生产关系是生产力发展的社会条件。

2003年第5题(单):货币的起源。

【考点精解】　1.商品经济产生的历史条件

(1)自然经济是一种以自给自足为特征的经济形式。它是同社会生产力水平低和社会分工不发达相适应的。

(2)商品经济是以交换为目的而进行生产的经济形式。

(3)商品经济产生的历史条件有两个:一是社会分工的出现,二是生产资料和劳动产品属于不同的所有者。

2.商品的二因素和生产商品的劳动的二重性

(1)商品是用来交换的劳动产品,具有使用价值和价值两个因素,是使用价值和价值的矛盾统一体。

(2)使用价值是指商品能满足人们某种需要的属性,即商品的有用性,是商品的自然属性,是一切劳动产品所共有的属性。

①使用价值构成社会财富的物质内容。

②商品的使用价值,不是用来满足生产者自身需要的,它是通过交换用来满足别人的、社会的需要的。

③使用价值是交换价值的物质承担者。

(3)交换价值首先表现为一种使用价值同另一种使用价值相交换的量的关系或比例。决定商品交换的比例的,不是商品的使用价值,而是价值。

（4）价值是凝结在商品中的无差别的一般人类劳动,即人类脑力和体力的耗费。价值是商品所特有的社会属性。

①使用价值不同的商品之所以能按一定比例相交换,就是因为它们都具有价值。

②商品的价值在质上是相同的,因而它们可以相互比较。

③价值是交换价值的基础,交换价值是价值的表现形式。

（5）商品交换实际上是商品生产者之间相互交换劳动的关系,商品的价值在本质上体现了生产者之间的一定的社会关系。

（6）商品的价值和使用价值之间的关系是对立统一的关系。

其对立性表现在:商品的使用价值和价值是相互排斥的,二者不可兼得,即没有任何一个人能同时拥有商品的使用价值和价值。

而其统一性表现在:作为商品,必须同时具有使用价值和价值两个因素。

（7）一种物品如果没有使用价值,就肯定没有价值。一种物品尽管具有使用价值,但如果不是劳动产品,也没有价值。

（8）生产商品的具体劳动形成商品的使用价值,抽象劳动形成商品的价值实体。任何一种劳动,一方面是特殊的具体劳动,另一方面又是一般的抽象劳动,这就是劳动的二重性。正是劳动的二重性,决定了商品的二因素。

（9）具体劳动和抽象劳动也是对立统一的关系。

一方面,具体劳动和抽象劳动不是各自独立存在的两种劳动或两次劳动,是同一劳动过程的不可分割的两个方面;

另一方面,具体劳动所反映的是人与自然的关系,它是劳动的自然属性,而抽象劳动所反映的是商品生产者的社会关系,它是劳动的社会属性。

3.商品价值量的决定

（1）决定商品价值量的,不是生产商品的个别劳动时间,而只能是社会必要劳动时间。

"社会必要劳动时间是在现有的社会正常的生产条件下,在社会平均的劳动熟练程度和劳动强度下制造某种使用价值所需要的劳动时间。"

（2）商品的价值量与生产商品所耗费的劳动时间成正比,与劳动生产率成反比。

（3）商品的价值量同简单劳动与复杂劳动间的关系。

①形成商品价值量的劳动,是以简单劳动为尺度的。复杂劳动等于自乘的或多倍的简单劳动,也就是说,少量的复杂劳动等于多量的简单劳动。

②在相同的劳动时间里,复杂劳动创造的价值大于简单劳动创造的价值。

③在以私有制为基础的商品经济条件下,复杂劳动转化为简单劳动,不是商品生产者自觉计算出来的,而是在商品交换过程中自发实现的。

4.价值规律及其作用

（1）价值规律是商品经济的基本规律,它的基本内容和客观要求是:

①商品的价值量是由生产商品的社会必要劳动时间决定的。

②商品交换以价值量为基础,按照等价交换的原则进行。

（2）价值规律的表现形式是,商品的价格围绕商品的价值自发波动。

（3）价值规律的作用表现在:

第一,自发地调节生产资料和劳动力在社会各生产部门之间的分配比例。

第二,自发地刺激社会生产力的发展。

第三,自发地调节社会收入的分配。

（4）价值规律的消极后果:

其一,可能导致垄断的发生,阻碍技术的进步。

其二,可能引起商品生产者的两极分化。

其三,价值规律自发调节社会资源在社会生产各个部门的配置,可能出现比例失调的状况,造成社会资源的浪费。

5.价值形式的发展与货币的产生

(1)商品价值形式的发展经历了四个阶段,即简单的或偶然的价值形式、总和的或扩大的价值形式、一般价值形式和货币形式。

(2)商品的交换是以货币为媒介的。货币是在长期交换过程中形成的固定充当一般等价物的商品。

(3)货币具有五种基本的职能,即价值尺度、流通手段、贮藏手段、支付手段和世界货币。

(4)随着货币的产生,商品内在的使用价值和价值的矛盾发展成为外在的商品和货币的矛盾。

6.私有制基础上商品经济的基本矛盾

(1)在私有制为基础的商品经济中,商品生产者的劳动具有两重性:既是具有社会性质的社会劳动,又是具有私人性质的私人劳动。

(2)私人劳动和社会劳动的矛盾构成私有制商品经济的基本矛盾。

7.马克思劳动价值论的理论和实践意义

第一,马克思劳动价值论为剩余价值论的创立奠定了基础。劳动二重性理论成为"理解政治经济学的枢纽"。

第二,马克思劳动价值论揭示了商品经济的一般规律,为社会主义市场经济发展提供了理论指导。

【命题分析】　本知识点属于马克思主义政治经济学的基础部分,主要是概念的介绍,比较重要,基本上每年都命题,上述的考点集萃说明了这一点。不过本知识点都是以选择题的形式来考查的,不会命制分值大的材料分析题。这一趋势在以后不会改变。考生以这一考查的趋势和特点为据复习即可。重点是对概念和基础知识的理解与记忆。

【知识拓展】　1.马克思主义政治经济学研究的根本任务是揭示(　　　)

　　A.资本家剥削工人阶级的秘密　　　B.商品经济产生的必然性

　　C.经济规律　　　D.剩余价值规律

2.支配和推动社会经济发展和经济制度变革的规律是(　　　)

　　A.价值规律　　　B.剩余价值规律

　　C.社会基本经济规律　　　D.生产关系必须适合生产力发展的规律

3.马克思主义政治经济学与资产阶级政治经济学相比,其鲜明的特征是(　　　)

　　A.阶级性与科学性的统一　　　B.生产力与生产关系的统一

　　C.经济基础与上层建筑的统一　　　D.理论性与实践性的统一

4.经济规律的特点是(　　　)

　　A.大多数经济规律在一切社会形态中都起作用

　　B.经济规律的作用可以不依赖人类活动而独立地起作用

　　C.在阶级社会中人们认识和利用经济规律总要受到一定的阶级利益的制约

　　D.经济规律是人们对于经济现象内在本质的正确认识

5.马克思说:"一切商品对它们的所有者是非使用价值,对它们的非所有者是使用价值。"这句话表明(　　　)

　　A.有使用价值的不一定有价值

　　B.商品的使用价值是对它的购买消费者而言的

　　C.商品所有者同时获得使用价值和价值

D. 商品是使用价值和价值的对立统一

6. 马克思指出:"如果物没有用,那么其中包含的劳动也就没有用,不能算作劳动,因此不形成价值。"这句话说明(　　)

A. 只要物是有用的,它就有价值

B. 价值的存在以物的有用性为前提

C. 价值的存在与物的有用性互为前提

D. 物越是有用就越有价值

7. 简单商品经济的基本矛盾是(　　)

A. 使用价值和价值的矛盾　　　　　　B. 具体劳动和抽象劳动的矛盾

C. 个别价值和社会价值的矛盾　　　　D. 私人劳动和社会劳动的矛盾

8. 商品内在的使用价值和价值的矛盾,其完备的外在表现形式是(　　)

A. 商品与商品的对立　　　　　　　　B. 具体劳动与抽象劳动的对立

C. 私人劳动与社会劳动的对立　　　　D. 商品与货币的对立

9. 价值规律是商品经济的基本规律,它的作用是通过(　　)

A. 生产者之间的竞争实现的

B. 消费者之间的竞争实现的

C. 生产者和消费者之间的竞争实现的

D. 价格机制、供求机制和竞争机制实现的

10. 在简单商品经济中存在的矛盾有(　　)

A. 使用价值与价值的矛盾

B. 具体劳动与抽象劳动的矛盾

C. 私人劳动与社会劳动的矛盾

D. 个别劳动时间与社会必要劳动时间的矛盾

参考答案 1. C　2. D　3. A　4. C　5. B　6. B　7. D　8. D　9. D　10. ABCD

知识点二 资本主义经济制度的本质(考查29次)

【考点集萃】 2011年第19题(多):马克思对资本主义经济危机科学分析的基本理论。

2010年第4题(单):劳动力成为商品是货币转化为资本的前提条件。

2009年第7题(单):资本的价值构成。

2009年第22题(多):劳动力商品的价值构成。

2008年第5题(单):剩余劳动时间和必要劳动时间。

2008年第6题(单):存款利息率和土地价格的计算。

2008年第22题(多):社会资本简单再生产的实现过程。

2007年第6题(单):级差地租Ⅱ的归属问题。

2007年第7题(单):作为商品的资本实为借贷资本。

2007年第21题(多):商品市场价格变化的内因。

2007年第22题(多):提高利润率的途径。

2007年第24题(多):资本总公式。

2006年第5题(单):年剩余价值量和年剩余价值率的计算。

2006年第6题(单):利润转化为平均利润,商业资本和商业利润。

2006年第21题(多):资本的集中与集聚。

2005年第5题(单):货币的价值尺度职能。

【考点精解】　1. 资本主义生产过程的两重性及其特点

(1)资本主义的生产过程具有两重性,一方面是物质资料的生产过程,另一方面是剩余价值的生产过程,即价值增殖过程。资本主义生产过程是劳动过程和价值增殖过程的统一。

(2)资本主义劳动过程是生产剩余价值的过程。

2. 剩余价值的含义

(1)在价值增殖过程中,雇佣工人的劳动分为两部分:

一部分是必要劳动,用于再生产劳动力的价值;另一部分是剩余劳动,用于无偿地为资本家生产剩余价值。

(2)剩余价值是雇佣工人所创造的并被资本家无偿占有的超过劳动力价值的那部分价值,体现了资本家与雇佣工人之间剥削与被剥削的关系。

3. 资本的本质

(1)资本是可以带来剩余价值的价值。

(2)在资本主义社会里,资本不是物,而是在物的外表掩盖下的资本主义生产关系,即雇佣与被雇佣的关系,剥削与被剥削的关系,这就是资本的本质。

4. 不变资本和可变资本的区分及其意义

(1)根据资本在剩余价值生产中所起的不同作用,可以将资本区分为不变资本与可变资本。

(2)不变资本是以生产资料形态存在的资本,如机器、厂房、原材料、燃料等,其价值在生产过程中被转移到新产品中,只改变自己的物质形态,不会发生价值量的变化,叫做不变资本。

(3)可变资本是以劳动力形态存在的那部分资本,其价值在生产过程中不是被转移到新产品中去的,而是由工人的劳动再生产出来的。由于这一部分资本的价值发生了变化,所以叫做可变资本。

(4)把资本区分为不变资本和可变资本表明,剩余价值不是由不变资本创造的,而是由可变资本创造的。雇佣劳动者的剩余劳动是剩余价值的唯一源泉。

(5)剩余价值率

①是剩余价值与可变资本的比率。用公式表示: $m' = m/v$。

②剩余劳动与必要劳动的比率,或者剩余劳动时间与必要劳动时间的比率来表示: $m' =$ 剩余劳动/必要劳动 = 剩余劳动时间/必要劳动时间。

5. 生产剩余价值的两种基本方法

(1)最基本的方法有两种,即绝对剩余价值的生产和相对剩余价值的生产。

（2）绝对剩余价值

①绝对剩余价值是指在必要劳动时间不变的条件下，由于延长工作日的长度而生产的剩余价值。

②绝对剩余价值生产主要的方法：延长劳动时间和提高工人劳动强度。

③在资本主义发展的初期，资本家一般靠延长工作日的方法获得剩余价值。

（3）相对剩余价值

①相对剩余价值是指在工作日长度不变的条件下，通过缩短必要劳动时间而相对延长剩余劳动时间生产的剩余价值。

②缩短必要劳动时间是通过全社会劳动生产率的提高实现的。

③全社会劳动生产率的提高是资本家追逐超额剩余价值的结果。

（4）超额剩余价值

①超额剩余价值，是指企业由于提高劳动生产率而使商品的个别价值低于社会价值的差额。

②追求超额剩余价值的结果，是整个资本家阶级普遍获得相对剩余价值。

6.生产自动化条件下剩余价值的源泉

（1）资产阶级经济学家根据"无人工厂"等情况，指出技术和科学"成为独立的剩余价值源泉"，马克思的剩余价值学说已不适用于现代资本主义了。这种观点是错误的。

（2）资本主义国家生产自动化的普遍采用会大幅度地提高劳动生产率，使资本家阶级获得比过去更多的剩余价值，雇佣工人的剩余劳动仍然是这种剩余价值的唯一源泉。

7.资本积累

（1）把剩余价值转化为资本，或者说，剩余价值的资本化，就是资本积累。

（2）资本家获得剩余价值后，如果将其完全用于个人消费，则生产就在原有规模的基础上重复进行，这叫资本主义简单再生产。

（3）资本主义再生产的特点是扩大再生产。

（4）资本积累是资本主义扩大再生产的源泉。

①资本积累的本质，就是资本家不断地利用无偿占有的工人创造的剩余价值来扩大自己的资本规模，进一步扩大和加强对工人的剥削和统治。

②随着资本积累必然加剧社会的两极分化。资本积累也是资本主义社会失业现象产生的根源。

8.资本有机构成

（1）资本技术构成和资本价值构成

①由生产的技术水平所决定的生产资料和劳动力之间的比例，叫做资本的技术构成。

②从价值形式上看，资本可分为不变资本和可变资本，这两部分资本价值之间的比例，叫做资本的价值构成。

（2）资本有机构成

①由资本的技术构成决定并反映技术构成变化的资本价值构成，叫做资本的有机构成，通常用 c:v 来表示。

②在资本主义生产过程中，资本有机构成有提高的趋势。

9.相对人口过剩

（1）资本有机构成的提高不可避免地造成大批工人失业，形成相对过剩人口。

（2）所谓相对过剩人口，就是劳动力供给超过了资本对它的需要。资产阶级政府通过各种干预措施可能在一定程度上缓解失业，但是不可能彻底消灭失业。

10.资本积累的历史趋势

资本主义积累的历史趋势是资本主义制度的必然灭亡和社会主义制度的必然胜利。

11. **资本的循环与周转**

(1)资本循环是资本从一种形式出发,经过一系列形式的变化,又回到原来出发点的运动。

(2)产业资本在循环过程中要经历三个不同的阶段,与此相联系的是资本依次执行三种不同的职能。

第一个阶段是购买阶段,即购买生产资料与劳动力,它出现在流通领域。在这一阶段,产业资本执行的是货币资本的职能,其作用是为生产剩余价值做准备。

第二个阶段是生产阶段,即生产商品和劳动力的耗费过程,资本退出了流通领域。在这个阶段上,产业资本执行的是生产资本的职能,其作用是生产剩余价值。

第三个阶段是售卖阶段,即商品资本向货币资本的转化阶段,资本又回到流通领域。在此阶段产业资本所执行的是商品资本的职能,其作用是实现剩余价值。

(3)产业资本的运动,必须具备两个基本前提条件:

一是产业资本的三种职能形式必须在空间上同时并存。

二是产业资本的三种职能形式必须在时间上前后继起。

产业资本的连续循环,是流通过程和生产过程的统一,也是它的所有三种循环形式的统一。

12. **资本周转**

(1)资本只有在运动中才能增殖。这种周而复始、不断反复着的资本循环,就叫做资本的周转。

(2)影响资本周转快慢的因素有许多,关键的因素有两个,一是资本周转的时间,二是生产资本的固定资本和流动资本的构成。

要加快资本周转速度,获得更多的剩余价值,就要缩短资本周转时间,加快流动资本的周转速度。

13. **社会再生产**

(1)社会再生产的核心问题是社会总产品的实现问题,即社会总产品的价值补偿和实物补偿问题。

(2)为了深刻阐明社会总产品的实现问题,进而揭示再生产的一般规律,马克思将社会总产品在物质上划分为两大部类,在价值上划分为三个组成部分。

①社会生产可以划分为两大部类:第一部类(Ⅰ)由生产生产资料的部门所构成,其产品进入生产领域;第二部类(Ⅱ)由生产消费资料的部门所构成,其产品进入生活消费领域。

②在价值形态上分为三部分,在产品中的生产资料的转移价值(c)和凝结在产品中的由工人必要劳动创造的价值(v),以及凝结在产品中的由工人在剩余劳动时间里创造的价值(m)。

(3)社会再生产的顺利进行,要求生产中所耗费的资本在价值上得到补偿,同时要求两大部类内部各个产业部门之间和两大部类之间保持一定的比例关系。

如果失衡或脱节,会造成实物替换和价值补偿难以顺利进行,甚至引发经济危机。

(4)经济危机的发生,实际上是资本主义条件下以强制的方式解决社会再生产的实现问题的途径,这种解决方式是以社会经济生活的严重混乱和瘫痪以及社会资源和财富的极大浪费为代价的。

14. **资本主义工资的本质和形式**

(1)在资本主义制度下,工人工资是劳动力的价值或价格,这是资本主义工资的本质。

工资表现为"劳动的价格",或工人全部劳动的报酬,模糊了工人必要劳动和剩余劳动的界限,掩盖了资本主义的剥削关系。

(2)资本主义工资的形式主要有两种,即计时工资和计件工资。19世纪末20世纪初流行"泰罗制"和"福特制"。

15.利润和平均利润

(1)当剩余价值转化为利润时,剩余价值与可变资本的关系便被掩盖了。

(2)资本主义生产的目的是获得利润。

①利润率平均化是剩余价值规律和竞争规律作用的必然结果,体现着不同部门的资本家集团按照等量资本要求等量利润的原则来瓜分剩余价值的关系。

②在利润率平均化的过程中,形成了社会的平均利润率。按照平均利润率来计算和获得的利润,叫做平均利润。

③在利润率平均化的过程中,产业资本家得到产业利润,商业资本家得到商业利润,银行资本家得到银行利润,土地所有者得到地租,这些不同部门的资本家瓜分到的利润都只是平均利润。

(3)平均利润率

①平均利润率是剩余价值总量对社会总资本的比率。

②每个资本家所得利润多少不仅取决于他对本企业工人的剥削程度,而且还取决于整个资产阶级对整个工人阶级的剥削程度。

16.马克思剩余价值理论的意义

(1)阐示了剩余价值的运动机种及其作用,创立了剩余价值理论。

(2)深刻揭露了资本主义生产关系的剥削本质。

(3)剩余价值论是马克思主义经济理论的基石。

(4)揭示了商品经济和社会化生产的一般规律。

17.资本主义基本矛盾

生产资料资本主义私人占有和生产社会化之间的矛盾,是资本主义的基本矛盾。

18.资本主义经济危机

(1)资本主义经济危机爆发的根本原因是资本主义的基本矛盾。

(2)资本主义经济危机具有周期性。一般包括危机、萧条、复苏和高涨四个阶段。只要存在资本主义制度,经济危机就是不可避免的。

【命题分析】 不管是从知识点的多少来看,还是从历年命题的频次来看,本知识点都很重要。在各章内容没有合并之前,本部分内容每年都有几道题,就是合并之后,也是每年都有试题出现,说明本知识点很重要。不过,本知识点介绍的主要是基本概念和基础知识,所以本知识点的考查方式都是选择题,一般不会有大的材料分析题。在近两年这一趋势不会改变,考生据此可以明确自己的复习方向和备考重点。

【知识拓展】 1.弄清楚资本的本质不是物,而是在物的外表下掩盖的一种资本家与无产阶级之间剥削与被剥削的关系。

2.资本主义利润与资本主义平均利润、资本主义剩余价值之间的关系。

3.资本的价值构成、资本的物质构成和资本有机构成之间的关系。

4.资本循环流通的大循环与三个小循环之间的关系,资本循环过程中的三种形态、所起的作用的异同。

5.资本主义工资的本质。

知识点三 资本主义的政治制度和意识形态(考查1次)

【考点集萃】 2010年第19题(多):资本主义政治制度的实质。

【考点精解】　1.资本主义政治制度及其本质

（1）资本主义政治制度包括资本主义的民主与法制、政权组织形式、选举制度、政党制度等。宪法是资本主义国家法律制度的核心，是建设法制、实行法治的法律基础。

（2）当代资本主义国家实行的基本上是政党制度，大致有两党制和多党制等形式。

（3）资本主义政治制度的本质是为资产阶级服务的，是服从于资产阶级进行统治和压迫需要的政治工具。

2.资本主义意识形态及其本质

资本主义意识形态是在资本主义国家中占统治地位的、反映了作为统治阶级的资产阶级的利益和要求的各种思想理论和观念的总和。其本质是资产阶级的阶级意识的集中体现。

【命题分析】　本知识点是近年新增的一个知识点，难度不大，属于基础的介绍，考查的频率相对不高，考查的方式主要是选择题。考生掌握基本的概念就行，不需要花太多的精力和时间。

第六章　资本主义发展的历史进程

知识点一　从自由竞争资本主义到垄断资本主义（考查6次）

【考点集萃】　2011年第18题（多）：金融寡头对资本主义社会的影响方式。

2009年第6题（单）：国家垄断资本主义条件下政府对经济生活进行干预和调节的实质。

2008年第35题（分析）：垄断和竞争的关系以及垄断条件下竞争的特点。

2006年第22题（多）：垄断资本主义生产关系的特征。

2004年第37题Ⅱ（分析）：两种制度并存的背景下，社会主义如何才能实现自身的快速发展。

2003年第10题（单）：20世纪90年代我国的对外开放新格局。

【考点精解】　1.资本主义发展的两个阶段

（1）资本主义的发展经历了两个阶段：自由竞争资本主义和垄断资本主义。

（2）垄断资本主义的发展包括私人垄断资本主义和国家垄断资本主义两种形式。

2.生产集中与资本集中

（1）自由竞争引起生产集中和资本集中，生产集中和资本集中发展到一定阶段必然引起垄断，这是资本主义发展的客观规律。

（2）生产集中和资本集中是资本家追求剩余价值的结果。

3.垄断的形成及本质

垄断组织是指在一个经济部门或几个经济部门中，占据垄断地位的大企业联合。常见的垄断组织有卡特尔、辛迪加、托拉斯和康采恩等。

4.垄断条件下竞争的特点

（1）垄断并不能消除竞争，反而使竞争变得更加复杂和剧烈。这是因为：

第一，垄断没有消除产生竞争的经济条件。

第二，垄断必须通过竞争来维持。

第三，社会生产是复杂多样的，任何垄断组织都不可能把包罗万象的社会生产都包下来。

（2）垄断条件下的竞争同自由竞争相比，在竞争目的、竞争手段、竞争范围上具有一些新特点。

5. 金融资本与金融寡头

(1)金融资本是由工业垄断资本和银行垄断资本融合在一起而形成的一种垄断资本。

(2)在金融资本形成的基础上,产生了金融寡头。

①金融寡头是指操纵国民经济命脉,并在实际上控制国家政权的少数垄断资本家或垄断资本家集团。金融寡头在经济领域中的统治主要是通过"参与制"实现的。

②金融寡头对国家机器的控制,主要是通过同政府的"个人联合"来实现的。

6. 垄断利润和垄断价格

(1)垄断利润是垄断资本家凭借其在社会生产和流通中的垄断地位而获得的超过平均利润的高额利润。

(2)垄断资本所获得的高额利润,归根到底来自无产阶级和其他劳动人民所创造的剩余价值。

(3)垄断利润主要是通过垄断组织制定的垄断价格来实现的。

(4)垄断价格是垄断组织在销售或购买商品时,凭借其垄断地位规定的、旨在保证获取最大限度利润的市场价格。

①垄断价格包括垄断高价和垄断低价两种形式。

垄断高价是指垄断组织出售商品时规定的高于生产价格的价格;垄断低价是指垄断组织在购买非垄断企业所生产的原材料等生产资料时规定的低于生产价格的价格。

②垄断价格的产生没有否定价值规律,它是价值规律在垄断资本主义阶段作用的具体体现。

7. 国家垄断资本主义的形成、形式及作用

(1)国家垄断资本主义是国家政权和私人垄断资本融合在一起的垄断资本主义。

(2)国家垄断资本主义是资本主义基本矛盾进一步尖锐化的必然结果。

(3)国家垄断资本主义的主要形式有四种:

一是国家所有并直接经营的企业;二是国家与私人共有、合营企业;三是国家通过多种形式参与私人垄断资本的再生产过程;四是宏观调节和微观规制。

(4)国家垄断资本主义是垄断资本主义的新发展,它对资本主义经济的发展产生了积极的作用。但是,国家垄断资本主义的出现并没有根本改变垄断资本主义的性质,也没有从根本上消除资本主义的基本矛盾。

8. 垄断资本主义的实质

列宁根据他所处时代的实践曾指出,资本主义发展到垄断资本主义,进而发展到帝国主义,便具有五个基本特征:

(1)垄断组织在经济生活中起决定作用。

(2)在金融资本的基础上形成金融寡头的统治。

(3)资本输出有了特别重要的意义。

(4)瓜分世界的资本家国际垄断同盟已经形成。

(5)最大资本主义列强已把世界上的领土分割完毕。

9. 经济全球化的表现

(1)生产全球化。(2)贸易全球化。(3)金融全球化。(4)企业经营全球化。跨国公司成为世界经济的主体。

10. 经济全球化的后果

(1)经济全球化的过程是生产社会化程度不断提高的过程。

(2)发达资本主义国家是经济全球化的主要受益者。

（3）经济全球化对发展中国家也具有积极的影响。

（4）但是，经济全球化是一个充满矛盾的进程，它在产生积极效应的同时，也会产生消极的后果。

【命题分析】　本知识点相对于上面各章的内容而言，不管是重要性，还是与时事的紧密联系程度，都要低很多，所以历年命题的频率不算很高，一般以选择题为主。但是遇上与时事联系紧密的年份，就会有大的材料分析题出现。因此，对本部分内容切不可小视。

【知识拓展】　1.资本集中、资本积累、资本积聚的关系。

2.经济全球化的特征、主要形式是什么？

3.国家垄断资本主义的作用及其实质是什么？

 当代资本主义的新变化（近年没考过）

【考点精解】　1.生产资料所有制的变化

（1）在资本主义发展的初期，个体资本所有制是占主导地位的所有制形式。

（2）19世纪末20世纪初，随着股份公司成为主要的企业组织形式，私人股份资本所有制成为占主导地位的所有制形式。

（3）第二次世界大战后，国家资本所有制形成并发挥重要作用；法人资本所有制崛起并成为居主导地位的资本所有制形式。

2.劳资关系和分配关系的变化

（1）在资本主义条件下，劳动从进入生产过程开始，就已经隶属于资本。在表面平等的交换关系的背后，是资本对劳动的实际支配和控制。

（2）随着社会生产力的发展和工人阶级反抗力量的不断壮大，资本家及其代理人开始采取一些缓和劳资关系的激励制度，促使工人自觉地服从资本家的意志。这些制度主要有：①职工参与决策；②终身雇佣；③职工持股。

3.政治制度的变化

首先，国家行政机构的权限不断加强。

其次，政治制度出现多元化的趋势，公民权利有所扩大。

再次，重视并加强法制建设。

4.资本主义的历史地位和发展趋势

（1）资本主义的历史地位：与封建社会相比，资本主义显示了巨大的历史进步性。然而，资本主义的历史进步性并不能掩盖其自身的局限性，它决定了资本主义生产方式的历史过渡性。

（2）资本主义必然被社会主义所代替：资本主义的内在矛盾决定了资本主义必然被社会主义所代替。

5.从资本主义向社会主义过渡

从资本主义向社会主义过渡是一个长期的历史过程。

（1）资本主义必然为社会主义所代替，并不意味着资本主义社会将在短期内自行消亡。

（2）资本主义制度目前还能为生产力的发展提供一定的空间，资本主义发展不平衡性决定了过渡的长期性。

（3）当代资本主义的发展，还显示出生产关系对生产力容纳的空间，说明资本主义为社会主义所代替尚需长期的过程。

（4）目前发达资本主义国家还处于科技发达、经济相对繁荣的时期，它们在科技、经济、军事等方面具有显著的优势，各主要垄断资本主义国家的经济和政治合作有所加强。

【命题趋势】 本知识点属于近年新增添的内容,这一内容与后面章节的内容有交叉,所以放在这里单独命题的几率不高,要是命题的话,只能是放在科学社会主义部分,与相关内容结合起来命题。所以复习备考的重点是与后面章节的相关内容结合起来备考。

【知识拓展】 1.如何认识当代资本主义出现的一些新特征?

2.如何看待当年马克思主义经典作家做资本主义是"垂死的、腐朽的"的判断?

3.如何看待社会主义与资本主义在当前形势下的共存?

第七章 社会主义社会及其发展

知识点一 社会主义制度的建立(近年没考过)

【考点精解】 1.空想社会主义的产生、发展和局限性

(1)空想社会主义产生于16世纪初。

(2)空想社会主义思潮也经历了三个历史发展阶段,即:

①16～17世纪的早期空想社会主义。

②18世纪的空想平均共产主义。

③19世纪初期批判的空想社会主义。

19世纪初期以圣西门、傅立叶、欧文为代表的空想社会主义是科学社会主义的直接思想来源。

(3)空想社会主义的局限性主要表现在:

①空想社会主义者只看到了资本主义必然灭亡的命运,却未能揭示资本主义必然灭亡的经济根源。

②要求埋葬资本主义,却看不到埋葬资本主义的力量。

③憧憬取代资本主义的理想社会,却找不到通往理想社会的现实道路。

(4)科学社会主义的创立

①马克思恩格斯创立了唯物史观和剩余价值学说,超越了空想社会主义,创立了科学社会主义。

②空想社会主义党纲《共产党宣言》的发表,标志着科学社会主义的问世。

2.无产阶级革命的特点、形式和发生

(1)无产阶级革命是迄今人类历史上最广泛、最彻底、最深刻的革命,是不同于以往一切革命的最新类型的革命。

(2)从理论上说,无产阶级革命有暴力的与和平的两种形式,其中,暴力革命是主要的基本的形式。

3.俄国十月革命的胜利

(1)十月革命的胜利,证实了列宁关于社会主义革命有可能首先在一个或者几个国家内获得胜利的科学论断,也向全世界表明,经济文化相对落后的国家在特定的历史条件下,可以率先建立起先进的社会主义制度。这是列宁对马克思主义关于无产阶级革命学说的重大贡献。

(2)十月革命的胜利,开辟了人类历史的新纪元,苏维埃俄国成为世界上第一个社会主义国家。

4.列宁领导下的苏维埃俄国对社会主义的探索

(1)第一个时期:进一步巩固苏维埃政权时期。

(2)第二个时期:外国武装干涉和国内战争时期即战时共产主义时期。

（3）第三个时期：由战时共产主义转变为新经济政策时期。

5.苏联模式

（1）1936年12月，苏联宣布已经建成了社会主义。在这个过程中，苏联模式也得以形成并最终确立。

（2）苏联模式的基本特征：

①从经济方面来看，主要是由经济发展战略和经济体制两部分组成。

②从政治方面来看，主要表现为过度集权的党和国家领导体制，自上而下的干部任命制，软弱而低效的监督机制等。

6.社会主义制度对人类历史发展的巨大贡献

第一，社会主义开始作为一种新的社会制度发挥出历史作用。

第二，社会主义国家的存在及其影响，改变了世界的政治格局，在很大程度上遏制了资本主义和霸权主义在全世界的扩张。

第三，社会主义力量坚定地支持被压迫民族和被压迫人民，推动着世界和平与发展的时代潮流。

第四，社会主义在当代引导着世界人民的前进方向。

7.无产阶级专政和社会主义民主

（1）无产阶级专政和社会主义民主是科学社会主义的核心内容。建设高度的社会主义民主，是工人阶级执政党为之奋斗的崇高目标和根本任务。

（2）无产阶级专政是新型国家政权。

（3）社会主义民主是新型的民主。

【命题趋势】　本知识点属于近年新增添的科学社会主义的内容，在内容上与《毛泽东思想和中国特色社会主义理论体系概论》课中的内容有交叉，考试时一般不会在这里考查，所以考生记忆一些基础知识即可，不必花太多的精力和时间。

 知识点一　社会主义在实践中发展和完善（近年没考过）

【考点精解】　1.社会主义的基本特征：

第一，解放和发展生产力，创造高度发达的生产力和比资本主义更高的劳动生产率。

第二，建立和完善生产资料公有制，逐步消灭剥削，消除两极分化，达到共同富裕。

第三，对个人消费品实行"各尽所能、按劳分配"制度。

第四，建立工人阶级和劳动人民的政权，发展社会主义民主政治，建设社会主义政治文明。

共产党的领导是人民当家作主和依法治国的根本保证，人民当家作主是社会主义民主政治的本质要求和核心，依法治国是共产党领导人民治理国家的基本方略，是社会主义民主政治的基本要求。

第五，以马克思主义为指导，大力发展社会主义文化，建设社会主义精神文明。

社会主义文化是凝聚和激励社会主义国家人民的重要力量，是社会主义国家综合国力的重要标志。

第六，以人为本，构建和谐社会。社会和谐是社会主义的本质属性。

2.社会主义首先在经济文化相对落后的国家取得胜利的原因

第一，经济文化相对落后的国家可以先于发达资本主义国家进入社会主义，是由革命的客观形势和条件所决定的。

第二，经济文化相对落后的国家可以先于发达资本主义国家进入社会主义，并不违背生产关系一定要适合生产力状况的规律。

3.社会主义建设的艰巨性和长期性

第一,生产力发展状况的制约。

第二,经济基础和上层建筑发展状况的制约。

第三,国际环境的严峻挑战。

第四,马克思主义执政党对社会主义发展道路的探索和对社会主义建设规律的认识,需要一个长期的艰苦的过程。

4.社会主义发展道路的多样性及发展的前进性和曲折性的统一

(1)各个国家的生产力发展状况、社会发展阶段、历史文化传统的差异性决定了社会主义发展道路具有多样性。

(2)多方面的因素又决定了社会主义是在曲折中发展的。但其前进的趋势是任何力量都不能扭转的。

【命题趋势】 本知识点属于近年新增添的科学社会主义的内容,本知识点在内容上与《毛泽东思想和中国特色社会主义理论体系概论》课中的第八、九、十章内容有交叉,考试时一般不会在这里考查,所以考生将本知识点与《毛泽东思想和中国特色社会主义理论体系概论》课中的相关内容结合起来备考,熟记"社会主义的基本特征"中的一些结论性表述即可,其他的内容不必花太多的精力和时间。

知识点一 马克思主义政党在社会主义事业中的地位和作用

（近年没考过）

【考点精解】 见《毛泽东思想和中国特色社会主义理论体系概论》课中的相关内容,尤其是中国共产党的建设部分。

【命题趋势】 这里的表述比较笼统,一般不会以这里的知识点作为考点进行考查的,所以复习本部分内容不必花太多的精力和时间。

第八章 共产主义是人类最崇高的社会理想

知识点一 马克思主义经典作家对共产主义社会的展望(考查2次)

【考点集萃】 2007年第3题(单):马克思关于人类社会发展的三大形态。

2004年第37题Ⅱ(分析):两种社会制度下社会主义如何实现自己的快速发展。

【考点精解】 1.共产主义社会的基本特征

(1)物质财富极大丰富,消费资料按需分配。

(2)社会关系高度和谐,人们精神境界极大提高。

到共产主义社会,阶级和国家都将消亡,战争也不复存在,"三大差别"必然归于消失,社会关系实现了高度和谐,这是共产主义新人的重要体现。

(3)每个人自由而全面的发展,人类从必然王国向自由王国的飞跃。

①实现人的自由而全面的发展,是马克思主义追求的根本价值目标,也是共产主义社会的根本特征。

②在共产主义社会,人的发展是自由的发展,是建立在个体高度自由自觉基础上的发展,而不是强迫的发展。

③旧式分工的消除为人的自由而全面的发展创造了条件。

④自由时间的大大延长为人的自由而全面的发展提供了广阔的前景。

⑤在共产主义社会,劳动不再是单纯的谋生的手段,而成为乐生的活动,成为"生活的第一需要"。

⑥共产主义是人类解放的实现,那时人类将最终从支配他们生活和命运的异己力量中解放出来,实现从必然王国向自由王国的飞跃,开始自觉地创造自己的历史。

【命题分析】　本知识点属于常规的知识,近几年在这个问题上社会上和理论界没有新的问题出现,也没有新的观点出现,所以命题的几率不高。

知识点二　共产主义社会是历史发展的必然趋势(考查2次)

【考点集萃】　2010年第1题(单):马克思主义的根本价值目标(是实现人的自由而全面的发展)。

2008年第20题(多):社会交往对社会发展和人的全面发展的重要作用。

【考点精解】　1.共产主义理想是能够实现的社会理想

共产主义理想一定会实现,是以人类社会发展规律以及资本主义社会的基本矛盾发展为依据的,它与一切空想和幻想有着本质的区别。

2.共产主义理想的实现是历史规律的必然要求

3.实现共产主义是一个长期的实践过程

(1)社会主义社会的充分发展和向共产主义社会过渡需要很长的历史时期。

(2)当代资本主义的灭亡和向社会主义、共产主义的转变也是一个长期的过程。

4."两个必然"和"两个决不会"

(1)马克思恩格斯在《共产党宣言》中提出:"资产阶级的灭亡和无产阶级的胜利是同样不可避免的。"这就是我们常说的资本主义必然灭亡和社会主义必然胜利的"两个必然"(或"两个不可避免")。

(2)马克思在《〈政治经济学批判〉序言》中又提出了"两个决不会",即:"无论哪一个社会形态,在它所能容纳的全部生产力发挥出来以前,是决不会灭亡的;而新的更高的生产关系,在它的物质存在条件在旧社会的胎胞里成熟以前,是决不会出现的。"

5."两个必然"和"两个决不会"有着内在的联系

(1)"两个必然"和"两个决不会"是对资本主义灭亡和共产主义胜利必然性以及这种必然性实现的时间和条件的全面论述。

①前者讲的是资本主义灭亡和共产主义胜利的客观必然性,是根本的方面。

②后者讲的是这种必然性实现的时间和条件。

它告诫我们,"两个必然"的实现需要相应的客观条件,而在这个条件具备之前决不会成为现实。

(2)全面准确地学习和把握"两个必然"和"两个决不会",既有利于人们坚定资本主义必然灭亡、共产主义必然胜利的信心,同时也有利于人们坚持科学态度,充分尊重客观规律,在当前艰苦的实践中坚定地为共产主义的实现而奋斗。

【命题分析】　相对上个知识点而言,本知识点的实时性还是比较强的,而且会被理论界屡次提起,所以命题的几率相对高一些。考生备考的重点是熟记"两个必然"和"两个决不会"的内容及其现代意义和价值。

第二部分　毛泽东思想和中国特色社会主义理论体系概论

第一章　马克思主义中国化的历史进程和理论成果

知识点一　马克思主义中国化的科学内涵及其历史进程（考查3次）

【考点集萃】　2011年第4题(单)：如何探索适合本国社会主义发展的道路问题。

2011年第21题(多)：毛泽东思想和中国特色社会主义理论体系的共性。

2010年第21题(多)：马克思主义中国化的可能性（马克思主义之所以能够实现中国化的原因）。

【考点精解】　1.马克思主义中国化的提出

1938年，毛泽东在党的六届六中全会上作的题为《论新阶段》的政治报告中最先提出了"马克思主义中国化"这个命题。

经过延安整风，马克思主义中国化的思想成为全党的共识。刘少奇代表党中央在党的七大上作的关于修改党章的报告中，对"马克思主义中国化"从理论上作了进一步的阐述。

2.马克思主义中国化的科学内涵

(1)马克思主义中国化就是运用马克思主义解决中国革命、建设和改革的实际问题。

(2)马克思主义中国化就是把中国革命、建设和改革的实践经验和历史经验提升为理论。

(3)马克思主义中国化就是把马克思主义植根于中国的优秀文化之中。

3.马克思主义中国化的历史进程

(1)以毛泽东为主要代表的中国共产党人，把马克思列宁主义的基本原理同中国革命的具体实际结合起来，创立了毛泽东思想，第一次实现了马克思主义的中国化。

(2)十一届三中全会以来，以邓小平为主要代表的中国共产党人，初步回答了"什么是社会主义、怎样建设社会主义"这个首要的基本的理论问题，创立了邓小平理论。

(3)十三届四中全会以来，以江泽民为主要代表的中国共产党人，进一步回答了什么是社会主义、怎样建设社会主义和建设什么样的党、怎样建设党的问题，形成了"三个代表"重要思想。

(4)党的十六大以来，以胡锦涛为总书记的党中央适应新的发展要求提出了科学发展观等重大战略思想，进一步回答了实现什么样的发展、怎样发展这一关系到中国未来前途和命运的重大问题，深化了我们党对共产党执政规律、社会主义建设规律、人类社会发展规律的认识，继续推进着马克思主义中国化的发展进程。

(5)新时期以来，我们在建设中国特色社会主义的过程中，实现了马克思主义与中国实践的第二次结合，形成了中国特色社会主义理论体系，这是马克思主义中国化最新成果。

4.中国特色社会主义道路

(1)党的十一届三中全会以后，由中国共产党团结和带领全国各族人民共同开创的中国特色社会主义道路，是进一步实现民族振兴、国家富强和人民幸福的唯一正确的道路。

（2）中国特色社会主义道路的内涵：

在中国共产党领导下，立足基本国情，以经济建设为中心，坚持四项基本原则，坚持改革开放，解放和发展社会生产力，巩固和完善社会主义制度，建设社会主义市场经济、社会主义民主政治、社会主义先进文化、社会主义和谐社会，建设富强民主文明和谐的社会主义现代化国家。

5.中国特色社会主义理论体系

（1）中国特色社会主义理论体系的内涵：党的十七大指出："中国特色社会主义理论体系，就是包括邓小平理论、'三个代表'重要思想以及科学发展观等重大战略思想在内的科学理论体系。"

（2）在当代中国，坚持马克思主义，就必须坚持中国特色社会主义理论体系；坚持中国特色社会主义理论体系，就是真正坚持马克思主义。

【命题分析】　本部分内容属于本门课的总述，内容比较多，重点是马克思主义中国化、中国特色社会主义道路的探索和中国特色社会主义理论体系的内容，所以命题的侧重也是这些重要知识点。这三个知识点也是近几年本知识点考查的重点，希望考生重视。

【知识拓展】　1.马克思主义中国化的最早提出人是（　　）

　　A.毛泽东　　　　B.周恩来　　　　C.刘少奇　　　　D.邓小平

2.马克思主义中国化，就是（　　）

　　A.将马克思主义基本原理同中国具体实际相结合

　　B.运用马克思主义解决中国革命、建设和改革的实际问题

　　C.把中国革命、建设和改革的实践经验和历史经验提升为理论

　　D.把马克思主义植根于中国的优秀文化之中

3.中国共产党在领导中国革命、建设和改革的长期实践中，实现了马克思主义同中国实际相结合的两次历史性飞跃，产生了两大理论成果，这两大理论成果是（　　）

　　A.毛泽东思想　　　　　　　　　　B.邓小平理论

　　C.科学发展观　　　　　　　　　　D.中国特色社会主义理论体系

4.当前，我国发展进入一个关键时期，面对前所未有的机遇和挑战，尤需我们作出明确回答的问题是（　　）

　　A."以什么为中心"的问题　　　　　B."怎样发展"的问题

　　C."举什么旗"的问题　　　　　　　D."以什么为保证"的问题

参考答案　1.A　2.ABCD　3.AD　4.C

知识点二　毛泽东思想（考查8次）

【考点集萃】　2009年第9题（单）：毛泽东撰写的《实践论》、《矛盾论》开始对中国共产党内的主观主义和教条主义进行哲学批判。

2008年第25题（多）：对毛泽东思想作出系统概括和阐述的文献。

2007年第8题（单）："马克思主义中国化"命题提出的会议。

2006年第25题（多）：毛泽东思想形成与发展过程中的重要著作。

2005年第10题（单）：毛泽东思想的活的灵魂，群众路线的基本内涵。

2004年第7题（单）：毛泽东思想形成与发展过程中提出的有关重要概念。

2004年第21题（多）：马克思主义中国化的基本要求。

2003年第22题（多）：马克思主义中国化的理论成果。

【考点精解】　1.毛泽东思想的内涵

（1）毛泽东思想是马克思列宁主义在中国的运用和发展。

(2)是被实践证明了的关于中国革命和建设的正确的理论原则和经验总结。

(3)是中国共产党集体智慧的结晶。

2.毛泽东思想的形成条件

(1)20世纪上半叶,帝国主义战争与无产阶级革命的时代主题,是毛泽东思想形成的时代背景。

(2)中国共产党领导的革命和建设的实践,是毛泽东思想形成的实践基础。

3.毛泽东思想的科学体系和主要内容

(1)毛泽东思想构成一个博大精深的科学思想体系,其核心和精髓就是实事求是。它紧紧围绕着中国革命和建设这个主题,提出了一系列相互关联的重要的理论观点。

(2)新民主主义革命理论,是反映中国新民主主义革命客观规律的完备的理论形态,是毛泽东思想达到成熟的主要标志。

(3)毛泽东思想的活的灵魂,是贯穿于上述各个理论的立场、观点和方法。它有三个基本方面,即实事求是,群众路线,独立自主。

毛泽东思想的精髓就是实事求是。

4.科学评价毛泽东和毛泽东思想

(1)1981年党的十一届六中全会作出的《关于建国以来党的若干历史问题的决议》,对毛泽东和毛泽东思想的历史地位作出了科学的、实事求是的评价。

(2)毛泽东是伟大的马克思主义者、伟大的无产阶级革命家、战略家和理论家。就他的一生来看,他的功绩远远大于他的过失。他的功绩是第一位的,错误是第二位的。

【命题分析】 在将毛泽东思想与中国特色社会主义理论体系合二为一之后,由于其实在党的十七大上提出中国特色社会主义理论体系之后,毛泽东思想概论的内容考查的就很少了,所以近两年本部分内容还未命制过试题。这一趋势在以后几年基本上不会变。考生熟记一些结论性的表述即可,以备考选择题。

【知识拓展】 1.把毛泽东思想确立为党的指导思想的会议上是( )

A.六届六中全会 B.党的七大

C.七届二中全会 D.党的八大

2.毛泽东思想的活的灵魂是( )

A.党的建设 B.实事求是 C.群众路线 D.独立自主

3.对毛泽东和毛泽东思想的历史地位作出科学的、实事求是评价的是( )

A.党的七大

B.《关于建党以来党的若干历史问题的决议》

C.《关于建国以来党的若干历史问题的决议》

D.党的十二大

参考答案 1.B 2.BCD 3.C

知识点二 邓小平理论(近年没考过)

【考点精解】 1.邓小平理论形成的时代背景

时代主题的转换是邓小平理论形成的时代背景。社会主义建设正反两方面的历史经验,我国改革开放以来社会主义现代化建设新的实践,是邓小平理论形成和发展的历史和现实根据。

2.邓小平理论的形成过程

(1)党的十一届三中全会,开创了我国历史发展的新时期。

（2）在党的十二大上，邓小平正式提出了"建设有中国特色的社会主义"的命题。

（3）党的十三大第一次比较系统地论述了社会主义初级阶段的理论，制定了党在社会主义初级阶段的"一个中心、两个基本点"的基本路线，初步形成了邓小平"建设有中国特色的社会主义理论"的轮廓。

（4）1992年初，邓小平在南方谈话中，从理论上深刻地回答了长期困扰和束缚人们思想的许多重大认识问题，把改革开放和现代化建设推向了新境界。

（5）党的十四大对"建设有中国特色社会主义理论"的主要内容作了系统概括。

（6）党的十五大正式提出"邓小平理论"这一科学概念，科学阐述了邓小平理论的历史地位和指导意义，并把邓小平理论确定为党的指导思想并写入党章。

3. 邓小平理论的精髓

解放思想、实事求是的世界观和方法论，是邓小平理论的精髓。

4. 邓小平理论的主题

"什么是社会主义、怎样建设社会主义"是邓小平理论的首要的基本的理论问题，也即其主题。

5. 邓小平理论的科学体系包含着丰富的内容：（1）社会主义本质理论；（2）社会主义初级阶段理论；（3）社会主义改革开放理论；（4）社会主义市场经济理论。

【命题趋势】　本门课除了第一、三、四章内容，其他章节内容都是邓小平理论的展开论述，所以，考查邓小平理论的内容都会在后面相应的章节中去考查，而不是在这里，表现在历年试题上，属于本部分笼而统之的试题基本上没有。本知识点作为邓小平理论的内容，笼统了解一下即可。详细的内容见后面的章节。

知识点四　"三个代表"重要思想（考查4次）

【考点集萃】　2007年第11题（单）："三个代表"重要思想的出发点和落脚点。

2006年第28题（多）："三个代表"重要思想的历史地位和重要意义。

2004年第10题（单）：贯彻"三个代表"重要思想，关键在坚持与时俱进，核心在坚持党的先进性，本质是坚持执政为民。

2004年第11题（单）：对"三个代表"中人民群众的支持和拥护的理解。

【考点精解】　1. 形成的背景和条件

（1）国际局势和世界格局的深刻变化，是"三个代表"重要思想形成的时代背景。

（2）改革开放以来特别是十三届四中全会以来党和人民建设中国特色社会主义的伟大探索，是"三个代表"重要思想形成的实践基础。

（3）党的建设面临的新形势新任务，是"三个代表"重要思想形成的现实依据。

2. 形成和发展

（1）2000年2月，江泽民在广东考察工作时，第一次提出了"三个代表"的要求。

（2）在同年5月，他又指出："始终做到'三个代表'，是我们党的立党之本、执政之基、力量之源。"

（3）2001年7月，在纪念建党80周年大会上的讲话中，江泽民全面阐述了"三个代表"的科学内涵和基本内容。

（4）2002年11月，江泽民在党的十六大报告中强调指出，贯彻"三个代表"重要思想，关键在坚持与时俱进，核心在坚持党的先进性，本质在坚持执政为民。

党的十六大把"三个代表"重要思想确立为党必须长期坚持的指导思想并写进了党章，2004年又写进了宪法。

3.理论的主题

"三个代表"重要思想,在邓小平理论的基础上,进一步回答了什么是社会主义、怎样建设社会主义的问题,创造性地回答了建设什么样的党、怎样建设党的问题,集中起来就是深化了对中国特色社会主义的认识。

4.理论的概括

"中国共产党必须始终代表中国先进生产力的发展要求,代表中国先进文化的前进方向,代表中国最广大人民的根本利益。"这是对"三个代表"重要思想的集中概括。

5.辩证关系

(1)"三个代表"是统一的整体,相互联系、相互促进。

(2)发展先进生产力,是发展先进文化的基础,是实现最广大人民根本利益的前提。

(3)发展先进文化,是发展先进生产力和实现最广大人民根本利益的重要思想保证。

(4)发展先进生产力和先进文化,归根到底都是为了实现最广大人民的根本利益,而人民群众则是创造先进生产力和先进文化的主体,也是实现自身利益的根本力量。

【命题分析】 2003年中央提出"科学发展观"的命题之后,理论界研究的重点和中央宣传的重心就转向了"科学发展观",所以近些年来真题中直接考查"三个代表"重要思想的试题已经很少了。考生熟记一些基本的原理即可,备考的方向是应对选择题。

【知识拓展】 1.贯彻"三个代表"重要思想(　　)

A.关键在坚持与时俱进　　　　　B.核心在坚持党的先进性

C.本质在坚持执政为民　　　　　D.重点在做好民生问题

2."三个代表"重要思想集中回答的问题是(　　)

A.什么是社会主义、如何建设社会主义

B.建设什么样的党、怎样建设党

C.举什么样的旗、如何举好旗

D.走什么样的发展道路、如何发展

参考答案 1.ABC　2.B

知识点五 科学发展观(考查4次)

【考点集萃】 2009年第11题(单):科学发展观的根本方法。

2008年第28题(多):深入落实科学发展观的具体思路和举措。

2006年第37题(分析):全面理解和认真落实科学发展观。

2005年第30题(多):坚持以人为本的内涵。

【考点精解】 1.形成的背景和条件

(1)我国社会主义初级阶段基本国情是提出科学发展观的根本依据。

(2)我国在新世纪新阶段的阶段性特征是提出科学发展观的现实基础。

(3)当代世界的发展实践和发展理念是提出科学发展观的重要借鉴。

2.形成和发展

(1)十六届三中全会第一次提出科学发展观。

(2)十六届四中全会提出要把树立和落实科学发展观作为提高党的执政能力的重要内容。

(3)党的十六届五中全会强调,要坚定不移地以科学发展观统领经济社会发展全局。

(4)胡锦涛在党的十七大报告中提出,要把科学发展观贯彻落实到经济社会发展的各个方面,并把科学发展观写入了党章。

3. 科学发展观的主要内容

(1)第一要义是发展。这就要求我们必须坚持把发展作为党执政兴国的第一要务。

(2)核心是以人为本。以人为本，就是以最广大人民的根本利益为本。

(3)基本要求是全面协调可持续。

(4)根本方法是统筹兼顾。

科学发展观进一步回答了实现什么样的发展、怎样发展等重大问题，体现了我们党对共产党执政规律、社会主义建设规律、人类社会发展规律认识的进一步深化。

【命题分析】　党的十七大之后，科学发展观的内容逐步细化了，而且在原有理论的基础上，主要谈的是每一个方面的内容。所以笼统考查科学发展观的内容不多。细节的内容主要是在后面的章节中考查的，备考时可与后面相关的内容结合起来。

【知识拓展】　1. 第一次提出科学发展观的是(　　　)

A. 党的十六大　　　　　　　　　B. 党的十六届三中全会

C. 党的十六届五中全会　　　　　D. 党的十七大

2. 科学发展观的内容是(　　　)

A. 第一要义是发展　　　　　　　B. 核心是以人为本

C. 基本要求是全面协调可持续　　D. 根本方法是统筹兼顾

参考答案　1. B　2. ABCD

第二章　马克思主义中国化理论成果的精髓

知识点一　实事求是思想路线的形成和发展(考查1次)

【考点集萃】　2009年第13题(单)：马克思主义中国化理论成果的精髓。

【考点精解】　1. 实事求是思想路线的形成和确立

(1)毛泽东在1929年6月写的一封信中分析红四军党内存在着种种错误思想的原因时第一次使用了"思想路线"这一概念。

(2)1930年5月，毛泽东在《反对本本主义》中初步界定了中国共产党人的思想路线的基本含义。

(3)1937年，毛泽东在《实践论》和《矛盾论》等著作中对党的思想路线作了系统的哲学论证。

(4)1941年5月，毛泽东在《改造我们的学习》的报告中，对实事求是的科学含义作了马克思主义的界定，而且将能否坚持实事求是，提到了有没有党性或党性纯不纯的高度。此后，毛泽东为中央党校题写了"实事求是"四个字作为校训。

(5)经过延安整风和党的七大，实事求是的思想路线在全党得到了确立。

2. 实事求是思想路线的重新确立和发展

(1)十一届三中全会，重新确立了实事求是的思想路线。

(2)江泽民在党的十四大报告中指出，解放思想，实事求是，是邓小平创立的"建设有中国特色社会主义理论"的精髓，是党永葆蓬勃生机的法宝。

(3)进入21世纪，江泽民对新形势下坚持实事求是的思想路线又提出了新的要求。他强调，马克思主义最重要的理论品质是与时俱进。

(4)2004年1月，胡锦涛在一次讲话中强调，必须大力弘扬求真务实精神、大兴求真务实之风。

(5)2007年10月，他在党的十七大报告中进一步提出，解放思想是发展中国特色社会主义的一大法宝。

【命题分析】 由于马克思主义理论的精髓就是实事求是,在党的历史上,关于党的精髓的表述又多次变动。在提出中国特色社会主义理论体系之后,马克思主义中国化理论成果的精髓又被提炼为实事求是,这是一种新的表述,所以2009年考了一次。根据这一趋势,以后几年将这一知识点作为重点考查的几率不是很高。但是由于本知识点很重要,所以考生还是要熟记相关的概念与表述。

【知识拓展】 1.毛泽东对实事求是的科学含义作了马克思主义的界定的著作是( )

A.《反对本本主义》 B.《实践论》

C.《矛盾论》 D.《改造我们的学习》

2.中国特色社会主义的法宝是( )

A.统一战线 B.解放思想 C.党的建设 D.武装斗争

参考答案 1.D 2.B

知识点二 解放思想,实事求是,与时俱进(考查2次)

【考点集萃】 2006年第12题(单):理论创新、制度创新、技术创新、文化创新。

2005年第24题(多):弘扬与时俱进的精神。

【考点精解】 1.实事求是是马克思主义中国化理论成果的精髓

2.解放思想是发展中国特色社会主义的一大法宝

胡锦涛在党的十七大报告中指出:解放思想是发展中国特色社会主义的一大法宝,在新的发展阶段必须继续解放思想。

解放思想是党的思想路线的本质要求,是实现实事求是的前提条件。

3.两个"宣言书"

(1)1978年12月邓小平发表的题为《解放思想,实事求是,团结一致向前看》的讲话是在"文化大革命"结束以后,中国面临向何处去的重大历史关头,冲破"两个凡是"的禁锢和思想僵化的状态,开辟新时期新道路、开创建设中国特色社会主义新理论的宣言书。

(2)1992年年初他发表的南方谈话,则是在国际国内政治风波严峻考验的重大历史关头,坚持十一届三中全会以来的理论和路线,深刻回答长期束缚人们思想的许多重大认识问题,把改革开放和现代化建设推进到新阶段的又一个宣言书。

4.不断推进理论创新

坚持实事求是的思想路线,就要大力弘扬与时俱进精神,不断推进理论创新,不断开拓马克思主义发展的新境界。

【命题分析】 关于马克思主义中国化的精髓,在邓小平理论、"三个代表"重要思想和科学发展观等理论相继形成之后,理论界和中央对其表述有过多次变化,表现在试题中,就是有新的表述提出后,考查过,其后的新表述在2009年考查过,体现在了上一个知识点中。根据这一变化,本知识点以后考查的机会不多。

【知识拓展】 1.贯穿于马克思主义中国化理论成果始终的是( )

A.解放思想 B.实事求是 C.与时俱进 D.求真务实

2.解放思想是指( )

A.在马克思主义指导下打破习惯势力的束缚

B.在马克思主义指导下打破主观偏见的束缚

C.研究新情况

D.解决新问题

3.下列关于理论创新的表述,正确的是(　　　)

A.理论创新坚持正确的方向和思想方法

B.理论创新必须服务于、落脚于实践创新

C.理论创新时一定要大力弘扬求真务实精神

D.理论创新一定要大兴求真务实之风

参考答案　**1. B　2. ABCD　3. ABCD**

第三章　新民主主义革命理论

知识点一　**新民主主义革命理论的形成(考查2次)**

【考点集萃】　2009年第25题(多):中国共产党成立的意义。

2006年第10题(单):近代中国半殖民地半封建社会的基本特点。

【考点精解】　1.理论形成的时代特征

认清国情,是认清和解决革命问题的基本依据。近代中国已经沦为一个半殖民地半封建性质的社会,这是最基本的国情。

2.中国革命的时代特征

(1)近代中国的社会性质和主要矛盾,决定了中国革命是资产阶级民主革命。

(2)十月革命使中国的资产阶级民主主义革命,转变为属于新的资产阶级民主主义革命的范畴,属于世界无产阶级社会主义革命的一部分。

近代中国革命以五四运动为开端,进入新民主主义革命阶段。

3.理论的形成和发展

(1)党的二大明确提出了党在民主革命时期的纲领。

(2)党的三大提出了建立国共合作统一战线的思想,但是,并没有明确提出无产阶级的领导权问题。

(3)党的四大,第一次明确提出了坚持无产阶级领导权和农民同盟军的思想。

(4)1926年前后,中国共产党逐步形成了新民主主义革命的基本思想。

(5)在党的八七会议上,毛泽东总结大革命失败的教训,提出"须知政权是由枪杆子中取得的"著名论断。

(6)在创建农村革命根据地的过程中,初步形成了农村包围城市、武装夺取政权这一具有中国特点的民主革命道路理论。

(7)到抗日战争时期,新民主主义革命理论达到成熟。

(8)新中国成立前夕,毛泽东系统论述了人民民主专政的思想,指出人民民主专政是中国革命的主要经验和主要纲领,为新中国的成立奠定了理论基础。

【命题分析】　本知识点内容与《中国近现代史纲要》中的相关内容有交叉,在本门课程中直接考查本知识点的几率不高,要考查的话也是放在《中国近现代史纲要》考查的。所以,考生备考时要将本知识点与《中国近现代史纲要》中的相关内容结合起来。由于今年是建党90周年,所以本知识点还是很重要的,考生要引起重视。

【知识拓展】　1.搞清楚新民主主义革命理论形成的时代背景,这对回答相关的材料分析题很有帮助。

2.结合当前的理论热点,搞清楚新民主主义革命理论体系和中国特色社会主义理论体系之间的关系。

3.掌握民主革命时期党的几次重要的代表大会的功绩,如一大、二大、四大、六大、七大,容易命制选择题。今年是建党90周年,很有可能会考查这些知识点。

知识点二 新民主主义革命的总路线和基本纲领(考查12次)

【考点集萃】 2009年第8题(单):中国民主革命的首先条件是分清中国社会各阶级及其对革命的态度。

2009年第10题(单):新民主主义经济建设的方针。

2009年第26题(多):新民主主义文化纲领的内涵。

2009年第27题(多):在民主革命和社会主义革命的关系问题上的不同观点和主张。

2007年第36题(分析):抗日战争时期我们党实行的减租减息政策以及对其评析。

2006年第26题(多):新民主主义革命时期的土地改革总路线。

2005年第36题(分析):新民主主义革命总路线:革命对象、动力、领导者、性质、任务。

2004年第6题(单):新民主主义革命的中心内容(解决农民土地问题在中国民主革命中的地位)。

2004年第20题(多):新民主主义革命与社会主义革命的内在联系。

2004年第33题(辨析):在新民主主义条件下,中国共产党对待民族资本主义的政策。

2003年第8题(单):新民主主义革命的直接目的和根本目的。

2003年第9题(单):没收官僚资本具有双重革命性质。

【考点精解】 1.新民主主义革命的总路线

(1)1939年毛泽东在《中国革命和中国共产党》一文中,第一次提出了新民主主义革命的科学概念和总路线的内容。

(2)1948年,他在《在晋绥干部会议上的讲话》中完整地表述了总路线的内容,即无产阶级领导的,人民大众的,反对帝国主义、封建主义和官僚资本主义的革命。

(3)1940年,毛泽东在《新民主主义论》中系统阐述了新民主主义的政治、经济和文化纲领。

2.新民主主义革命的对象

(1)分清敌友,这是革命的首要问题。近代中国社会的性质和主要矛盾,决定了中国革命的主要敌人,就是帝国主义、封建主义和官僚资本主义。

(2)帝国主义是中国革命的首要对象,是中国人民第一个和最凶恶的敌人。

①帝国主义的侵略是阻碍中国社会进步和发展的首要因素,是近代中国贫困落后和一切灾祸的总根源。

②地主阶级的政治统治也是中国经济现代化和政治民主化的主要障碍。

③中国革命"主要地就是打击这两个敌人,就是对外推翻帝国主义压迫的民族革命和对内推翻封建地主压迫的民主革命,而最主要的任务是推翻帝国主义的民族革命。"

3.新民主主义革命的动力

(1)新民主主义革命的动力是工人阶级、农民阶级、城市小资产阶级和民族资产阶级,而根本的动力是工人和农民。

(2)中国无产阶级是中国革命最基本的动力。

(3)农民是中国革命的主力军,其中的贫农是无产阶级最可靠的同盟军,而中农是无产阶级可靠的同盟军。

(4)农民问题是中国革命的基本问题,新民主主义革命实质上就是中国共产党领导下的农民革命,中国革命战争实质上就是党领导下的农民战争。

(5)城市小资产阶级同样是中国革命的动力之一。

(6)民族资产阶级是一个带有两面性的阶级。

4.新民主主义革命的领导

（1）无产阶级的领导权是中国革命的中心问题，也是新民主主义革命理论的核心问题。区别新旧两种不同范畴的民主主义革命，根本的标志是革命的领导权掌握在无产阶级手中还是掌握在资产阶级手中。

（2）无产阶级及其政党——中国共产党的领导，是中国革命取得胜利的根本保证。无产阶级及其政党实现对各革命阶级的领导，必须建立以工农联盟为基础的广泛的统一战线，这是实现领导权的关键。

（3）无产阶级坚持党指挥枪的原则。

5.新民主主义革命的性质和前途

（1）新民主主义革命的领导力量是中国无产阶级及其先锋队——中国共产党；革命的指导思想是马克思列宁主义；革命的前途是社会主义而不是资本主义。

（2）新民主主义革命与社会主义革命性质不同。社会主义革命是无产阶级性质的革命，它所要实现的目标是消灭资本主义剥削制度和改造小生产的私有制。

（3）新民主主义革命与社会主义革命又是互相联系、紧密衔接的，中间不容横插一个资产阶级专政。

（4）党的历史上的两种错误观点：

"左"倾教条主义"一次革命论"的错误在于，只看到了民主革命与社会主义革命的联系，而混淆了民主革命和社会主义革命的区别，主张把社会主义革命阶段的任务放在民主革命阶段来完成，在反帝反封建的同时，也反对民族资产阶级，在政治上和经济上实行"左"的政策，使中国革命蒙受了重大损失。

右的"二次革命论"的错误在于，只看到了民主革命和社会主义革命的区别，而没有看到两个革命阶段的联系，主张在民主革命胜利后，建立一个资产阶级专政的资本主义国家，将来再去进行社会主义革命，放弃党对民主革命的领导权，同样使中国革命遭受了严重损失。

6.新民主主义的政治纲领

（1）新民主主义的政治纲领是：推翻帝国主义和封建主义的统治，建立一个无产阶级领导的、以工农联盟为基础的、各革命阶级联合专政的新民主主义的共和国。

（2）新民主主义国家的国体是无产阶级领导的以工农联盟为基础，包括小资产阶级、民族资产阶级和其他反帝反封建的人们在内的各革命阶级的联合专政。

（3）中国社会的性质决定了中国革命的历史进程必须分两步走，第一步是建立新民主主义共和国，无产阶级专政的共和国是将来才能实现的目标。

总之，国体——各革命阶级联合专政，政体——民主集中制的人民代表大会制度，这就是新民主主义政治。

7.新民主主义的经济纲领

（1）新民主主义的经济纲领是：没收封建地主阶级的土地归农民所有，没收官僚资产阶级的垄断资本归新民主主义的国家所有，保护民族工商业。

（2）"没收封建地主阶级的土地归农民所有"，是新民主主义革命的主要内容。

（3）"没收官僚资本归新民主主义国家所有"，是新民主主义革命的题中应有之义。没收官僚资本，包含着新民主主义革命和社会主义革命的双重性质。

（4）"保护民族工商业"，是新民主主义经济纲领中极具特色的一项内容。

8.新民主主义的文化纲领

（1）新民主主义文化就是无产阶级领导的人民大众的反帝反封建的文化，即民族的科学的大众的文化。

（2）在新民主主义文化中居于指导地位的是共产主义思想。

（3）新民主主义文化是民族的，就其内容说是反对帝国主义压迫，主张中华民族的尊严和独立的；就其形式说是具有鲜明的民族风格、民族形式和民族特色，要有中国作风和中国气派。

（4）新民主主义文化是科学的，是反对一切封建思想和迷信思想，主张实事求是、客观真理及理论和实践的一致性。

（5）新民主主义文化是人民大众的文化，也就是民主的文化。坚持为人民大众服务的方向。

总之，新民主主义的政治、新民主主义的经济和新民主主义的文化相结合，就是新民主主义的共和国。

【命题分析】 道理同上，将中国近现代史的知识作为一门课《中国近现代史纲要》来讲之后，纯粹从理论的角度考查这些知识点的几率就小多了，这一趋势以后基本不会变。备考的重点是与《中国近现代史纲要》中的相关内容结合起来。

【知识拓展】 1.首先搞清楚民主革命时期革命的对象是什么，在本质上有什么不同？

2.弄清楚新民主主义革命和社会主义革命的异同，这个知识点考查的几率很高。

3.弄清楚在民主革命的前途问题上，当时党内几种不同的观点，其实质是什么？分别怎样看待？

4.民主革命时期的纲领，尤其是经济纲领非常重要。

知识点二 新民主主义革命的道路和其历经验（考查 11 次）

【考点集萃】 2011年第5题（单）：大革命失败后农村革命根据地能够长期存在和发展的根本原因。

2007年第9题（单）：毛泽东在八七会议上提出的著名论断（"须知政权是由枪杆子中取得的"）。

2007年第25题（多）：新民主主义革命时期以国共合作为基础的统一战线的形式。

2007年第26题（多）：延安整风运动中整顿学风的内容。

2006年第8题（单）：延安整风运动中主观主义的学风。

2006年第9题（单）：中国新民主主义革命时期的统一战线所包含的两个联盟。

2005年第8题（单）：红色政权能够存在和发展的原因。

2005年第21题（多）：新民主主义革命时期建立统一战线的必要性。

2005年第22题（多）：新民主主义革命时期的党的建设。

2004年第21题（多）：整风运动中在学风问题上反对的倾向。

2003年第23题（多）：新民主主义革命时期党的建设。

【考点精解】 1.农村包围城市、武装夺取政权道路的依据及其内容

（1）中国革命必须走农村包围城市、武装夺取政权的道路，是由中国的具体国情决定的。

（2）中国走农村包围城市、武装夺取政权的道路具有现实的可能性：

①近代中国是一个政治、经济、文化发展极不平衡的半殖民地半封建的大国，没有统一的资本主义经济，自给自足的自然经济广泛存在，这就为在农村建立革命根据地提供了条件。

②中国是一个大国，革命力量大有回旋余地，而帝国主义国家的间接统治及其互相间的矛盾和斗争，造成了军阀割据的局面和连绵不断的军阀混战。这是农村革命根据地能够在中国存在和发展的根本原因。

③红色政权首先发生和能够长期存在的地方，往往是在那些受过大革命影响、曾经有过高涨的革命群众运动的地方，这为农村革命根据地的建立奠定了较好的群众基础。这是中

国红色政权能够存在和发展的必备客观条件。

④全国革命形势的继续向前发展,是中国红色政权能够存在和发展的又一重要的客观条件。

⑤相当力量正式红军的存在,是农村革命根据地政权能够存在和发展的必要主观条件。

⑥党的领导及其正确的政策,则是红色政权能够存在和发展的关键性的主观条件。

(3)土地革命、武装斗争、农村革命根据地建设三者之间的关系:

①土地革命是民主革命的中心内容。

②武装斗争是中国革命的主要形式,是农村革命根据地建设和土地革命的强有力保证。

③农村革命根据地是中国革命的战略阵地,是进行武装斗争和开展土地革命的依托。

2. 新民主主义革命的三大法宝及其相互关系

毛泽东在《〈共产党人〉发刊词》一文中指出:"统一战线,武装斗争,党的建设,是中国共产党在中国革命中战胜敌人的三个法宝,三个主要的法宝。"正确地理解和处理了这三个问题及其相互关系,就等于正确地领导了全部中国革命。

3. 革命统一战线的建立及其主要经验

(1)统一战线问题是无产阶级政党策略思想的重要内容。

(2)中国是一个"两头小中间大"的社会,无产阶级和地主大资产阶级都只占人口的少数并尖锐对立,而最广大的人民是农民、城市小资产阶级以及其他的中间阶级,他们占了人口的绝大多数。

(3)中国共产党领导的革命统一战线,包含着两个联盟:

①一个是工人阶级同农民阶级、广大知识分子及其他劳动者的联盟,主要是工农联盟。

②一个是工人阶级和非劳动人民的联盟,主要是与民族资产阶级的联盟。

③第一个联盟是统一战线的基础,第二个联盟也非常重要。

(4)党在领导建立和巩固抗日民族统一战线的实践中,强调必须坚持独立自主的原则,保持党在思想上、政治上和组织上的独立性。

(5)新民主主义革命时期,党领导的统一战线,先后经过了第一次国共合作的统一战线、工农民主统一战线、抗日民族统一战线、人民民主统一战线等几个时期,积累了丰富的经验。其中最根本的经验就是正确处理好与资产阶级的关系。

4. 武装斗争是中国革命的主要斗争形式

(1)武装斗争是中国革命的特点和优点之一。

(2)坚持党对军队的绝对领导,是建设新型人民军队的根本原则。

(3)这支军队以全心全意为人民服务为唯一宗旨。

5. 党的建设的主要内容和基本经验

(1)中国共产党要领导革命取得胜利,必须不断加强党的思想建设、组织建设和作风建设。

(2)加强党的建设,必须把思想建设始终放在首位,克服党内的非无产阶级思想。

(3)党在领导新民主主义革命的过程中,把党的建设作为一项"伟大的工程",逐步形成了理论和实践相结合的作风、和人民群众紧密地联系在一起的作风以及自我批评的作风,这是中国共产党区别于其他任何政党的显著标志。

【**命题分析**】 道理同上,本知识点考查的不多,从理论形成与发展的角度讲的知识点应该会重点考查。所以,本知识点还是很重要的,考生在备考中要重视。

【**知识拓展**】 1.农村包围城市、武装夺取政权道路的依据是什么?

2.中国的红色政权能够存在的主客观原因是什么?

3.统一战线在不同时期的形式、组成成分有什么变化?为什么有这样的变化?

第四章 社会主义改造理论

知识点一 从新民主主义到社会主义的转变(考查3次)

【考点集萃】 2010年第22题(多):制定过渡时期总路线时毛泽东对最初设想的改变的原因。

2006年第27题(多):中华人民共和国成立的标志。

2006年第36题(分析):从1953年开始对私人资本主义进行社会主义改造的原因。

【考点精解】 1.从新民主主义到社会主义的过渡

(1)新中国的成立,标志着我国新民主主义革命阶段的基本结束和社会主义革命阶段的开始。

(2)从中华人民共和国成立到社会主义改造基本完成,是我国从新民主主义到社会主义过渡的时期。这一时期,我国社会的性质是新民主主义社会。

(3)新民主主义社会不是一个独立的社会形态,而是由新民主主义到社会主义转变的过渡性的社会形态。

2.新民主主义社会的五种经济成分

在新民主主义社会中,存在着五种经济成分,即:

(1)社会主义性质的国营经济,居于领导地位,(2)半社会主义性质的合作社经济,(3)农民和手工业者的个体经济,占绝对优势;(4)私人资本主义经济;(5)国家资本主义经济。

其中半社会主义性质的合作社经济是个体经济向社会主义集体经济过渡的形式,国家资本主义经济是私人资本主义经济向社会主义国营经济过渡的形式。所以,主要的经济成分是三种:社会主义经济、个体经济和资本主义经济。

3.中国社会的阶级构成

(1)主要有工人阶级、农民阶级和其他小资产阶级、民族资产阶级等基本的阶级力量。

(2)这三种基本的经济成分及与之相联系的三种基本的阶级力量之间的矛盾,就集中表现为资本主义和社会主义两条道路、资产阶级和工人阶级两个阶级的矛盾。随着土地改革的基本完成,工人阶级和资产阶级的矛盾逐步成为国内的主要矛盾。

4.过渡时期的总路线

(1)"从中华人民共和国成立,到社会主义改造基本完成,这是一个过渡时期。党在这个过渡时期的总路线和总任务,是要在一个相当长的时期内,逐步实现国家的社会主义工业化,并逐步实现国家对农业、对手工业和对资本主义工商业的社会主义改造。"

(2)这条总路线的主要内容被概括为"一化三改":

①"一化"即社会主义工业化。

②"三改"即对个体农业、手工业和对资本主义工商业的社会主义改造。

③它们之间相互联系,不可分离,可以比喻为鸟的"主体"和"两翼"。"一化"是"主体","三改"是"两翼",两者相互促进,相辅相成。

(3)这是一条社会主义建设和社会主义改造同时并举的路线,逐步实现国家的社会主义工业化是党在过渡时期的总路线的主体。

【命题分析】 本知识点与《中国近现代史纲要》中的内容有交叉,备考的方向和思路要与《中国近现代史纲要》中的相关内容结合起来。

【知识拓展】　1.新民主主义社会的性质、前途是什么？它同民主革命、社会主义革命和建设的关系是什么？

2.新民主主义社会的五种经济成分的性质和作用是什么？它同当前我国的基本经济成分有什么异同？

3.联系社会主义改造时期的总路线，分析一下建国后到现在，我国在社会主义建设的过程中制定了多少条总路线，各自所起的作用如何？

 社会主义改造道路和历史经验（考查4次）

【考点集萃】　2009年第28题(多)：社会主义改造基本完成的意义。

2008年第10题(单)：社会主义改造时期对个体手工业进行社会主义改造的方式。

2005年第9题(单)：社会主义改造的经验总结。

2004年第9题(单)：过渡时期对个体农业社会主义改造采取的基本形式及其性质。

【考点精解】　1.农业的社会主义改造

第一，积极引导农民组织起来，走互助合作道路。

第二，遵循自愿互利、典型示范和国家帮助的原则。

第三，坚持积极领导、稳步前进的方针，采取循序渐进的步骤。

在进行农业社会主义改造的过程中，大体上经历了互助组、初级社和高级社三个发展阶段。

2.手工业的社会主义改造

对手工业的社会主义改造，党和政府采取了积极领导、稳步前进的方针。

在方法步骤上，从供销合作入手，逐步发展到走生产合作的道路。采取说服教育、示范和国家帮助的方法。到1956年底，对手工业的社会主义改造基本完成。

3.资本主义工商业的社会主义改造

(1)用和平赎买的方法改造资本主义工商业。

(2)采取从低级到高级的国家资本主义的过渡形式。

国家资本主义有初级形式和高级形式之分：

①初级形式的国家资本主义是国家对私营工商业实行委托加工、计划订货、统购包销、经销代销等。

②高级形式的国家资本主义是个别企业的公私合营和全行业公私合营。

(3)把资本主义工商业者改造成为自食其力的社会主义劳动者。

【命题分析】　思路同上，相关的内容在《中国近现代史纲要》中考查，备考时可与《中国近现代史纲要》中的相关内容结合起来理解与记忆。

【知识拓展】　1.对资本主义工商业的改造与对农业、手工业的改造在思路、途径、方式等方面有什么异同？

2.结合当前理论界的一些观点，你如何看待我国建国初的"三大改造"？

3.如何理解从肉体上消灭资本家和从阶级关系上消灭资本家？二者的社会影响有什么不同？

知识点三 社会主义制度在中国的确立（近年没考过）

【考点精解】　1.初步确立

1956年底我国对农业、手工业和资本主义工商业的社会主义改造的基本完成，标志着社会主义基本制度在我国初步确立。

47

2.社会的主要矛盾

社会主义社会,过渡时期存在的无产阶级同资产阶级之间的矛盾已经基本上解决,人民对于经济文化迅速发展的需要同经济文化不能满足人民需要的状况之间的矛盾,成为我国社会的主要矛盾。

【命题趋势】 本知识点在《中国近现代史纲要》中有专门的章节表述,所以在这里考查的几率比较低。复习时与《中国近现代史纲要》中的相关内容结合起来备考。

第五章 社会主义的本质和根本任务

知识点一 中国特色社会主义建设道路的初步探索(考查9次)

【考点集萃】 2009年第36题(分析):毛泽东提出社会主义基本矛盾的历史背景及这些理论的重大意义。

2008年第36题(分析):我们党对中国革命规律认识的艰难过程,以及站在新的历史制高点上如何看待这一过程。

2007年第10题(单):正确处理人民内部矛盾。

2007年第27题(多):邓小平关于执政党接受监督的思想。

2005年第23题(多):社会主义制度基本确立后,中国社会的主要矛盾。

2004年第8题(单):毛泽东在七届二中全会上提出两个"务必"的目的。

2004年第22题(多):毛泽东关于止确处理人民内部矛盾的一系列方针政策。

2004年第23题(多):毛泽东关于社会主义发展阶段的思想。

2003年第24题(多):中国共产党与各民主党派"长期共存、互相监督"的方针。

【考点精解】 1.以苏为鉴

苏共二十大以后,毛泽东提出要"以苏为鉴",探索自己的道路。

2.《论十大关系》

1956年4月,毛泽东作了《论十大关系》的重要讲话,围绕把国内外一切积极因素都调动起来为社会主义事业服务的基本方针,深刻论述了正确处理经济建设和社会发展中的一系列重大关系,强调要集中力量发展社会生产力,实现国家工业化。

3.《关于正确处理人民内部矛盾的问题》

1957年2月,毛泽东作了《关于正确处理人民内部矛盾的问题》的讲话,创造性地提出了社会主义社会基本矛盾和两类矛盾的学说;提出了"统筹兼顾,适当安排"的方针;提出了发展工业必须同发展农业同时并举的工业化方针。

【命题分析】 中国特色社会主义道路就是改革开放的道路,贯穿中国特色社会主义理论体系始终的也就是改革开放的理论和对中国特色社会主义道路的探索,所以本部分内容很重要,命题的几率比较高,而且既有考查对基础知识记忆的选择题,也有联系现实的材料分析题。这一考查趋势基本不会有多大变化,希望考生重视本部分内容。

【知识拓展】 1.毛泽东提出探索我们自己的社会主义建设道路是在( )

A.苏共二十大以后　　　　　　　B.中共八大

C.中共七届二中全会　　　　　　D.中共八届九中全会

2.提出"三个主体,三个补充"思想的是( )

A.毛泽东　　　　　　　　　　　B.周恩来

C.刘少奇　　　　　　　　　　　D.陈云

参考答案 1.A　2.D

知识点二 对社会主义本质的新认识(考查3次)

【考点集萃】 2006年第29题(多):社会主义的本质。

2005年第11题(单):邓小平理论首要的基本理论问题。

2004年第25题(多):邓小平关于社会主义本质论的重要特征和意义。

【考点精解】 1.社会主义本质理论的科学内涵

社会主义本质的科学含义:"社会主义的本质,是解放生产力,发展生产力,消灭剥削,消除两极分化,最终达到共同富裕。"

2.中国特色社会主义的本质属性

党的十六大以来,以胡锦涛为总书记的党中央按照科学发展观的要求,提出构建社会主义和谐社会的战略任务,作出"社会和谐是中国特色社会主义的本质属性"的重大判断。

【命题分析】 社会主义本质论在十多年前是热点问题,考查的频率比较高,最近几年其热度稍微有所降低,所以本知识点最近几年命题的几率不会太高。但是由于本知识点很重要,所以考生还是要熟记基本的知识——社会主义的本质,以备考选择题。

【知识拓展】 1.社会主义本质的科学内涵是(   )

A.解放和发展生产力　　　　　　　B.消灭剥削

C.消除两极分化　　　　　　　　　D.最终达到共同富裕

2.中国特色社会主义的本质属性是(   )

A.解放和发展生产力　　　　　　　B.共同富裕

C.消除两极分化　　　　　　　　　D.社会和谐

参考答案 1.ABCD　2.D

知识点三 社会主义的根本任务(考查2次)

【考点集萃】 2010年第6题(单):当前我国发展的根本目的。

2003年第13题(单):社会主义的生产目的。

【考点精解】 1.发展才是硬道理

1992年,邓小平提出了"发展才是硬道理"的著名论断,从社会主义本质要求的高度强调发展生产力的重要性。

2.发展是党执政兴国的第一要务

江泽民指出,党要承担起推动中国社会进步的历史责任,必须始终紧紧抓住发展这个执政兴国的第一要务。

3.以发展的办法解决前进中的问题

坚持以发展的办法解决前进中的问题,是实行改革开放以来我们党的一条主要经验。

4.代表中国先进生产力的发展要求

始终代表中国先进生产力的发展要求,是中国共产党保持先进性的根本体现和根本要求。

【命题分析】 同上述考点的道理,本知识点还是比较重要的,近几年还会命制试题,不过命题的视角还是选择题。对有关的概念和基础知识,考生一定要熟记。

【知识拓展】 1.发展才是硬道理是(   )

A.对社会主义实践经验教训的深刻总结

B.适应时代主题变化的需要

C.指要把发展生产力作为社会主义建设的根本任务

D. 巩固和发展社会主义制度的必然要求

2. 把发展作为执政兴国的第一要务（　　）

A. 是由中国共产党的执政地位所决定的

B. 是中国共产党对执政规律认识的深化

C. 是中国共产党实现其所承担的历史责任的需要

D. 是巩固和发展社会主义制度、实现最广大人民的根本利益的需要

3. 衡量综合国力和社会文明程度的重要标志是（　　）

A. 军事实力　　　　B. 科技实力　　　　C. 国民教育水平　　　D. 空间技术

参考答案 1. ABCD 2. ABCD 3. BC

第六章　社会主义初级阶段理论

知识点一 社会主义初级阶段是我国最大的实际（考查2次）

【考点集萃】 2008年第29题（多）：十一届三中全会以来党探索和回答的重大理论和实践问题。

2006年第12题（单）：不断推进理论创新。

【考点精解】 1. 社会主义初级阶段是我国最大的实际

（1）我国处在社会主义初级阶段，中国最大的"实际"就是这一基本国情。

（2）马克思主义创始人认为未来社会大体要经历从资本主义社会到共产主义社会的革命转变时期、共产主义社会的第一阶段、共产主义社会的高级阶段。

（3）在社会主义思想发展史上，最早提到社会主义发展阶段问题的是列宁。

（4）20世纪50年代末60年代初，毛泽东在读苏联《政治经济学教科书》时提出"社会主义这个阶段，又可能分为两个阶段，第一个阶段是不发达的社会主义，第二个阶段是比较发达的社会主义。后一阶段可能比前一阶段需要更长的时间"的观点。

（5）1981年十一届六中全会通过的《关于建国以来党的若干历史问题的决议》，第一次提出我国社会主义制度还处于初级的阶段。

2. 社会主义初级阶段的科学含义

第一，我国社会已经是社会主义社会。我们必须坚持而不能离开社会主义。

第二，我国的社会主义社会还处在初级阶段。我们必须从这个实际出发，而不能超越这个阶段。

前一层含义阐明的是初级阶段的社会性质，后一层含义则阐明了我国现实中社会主义社会的发展程度。

这里所说的初级阶段，不是泛指任何国家进入社会主义都会经历的起始阶段，而是特指我国在生产力发展水平不高、商品经济不发达条件下建设社会主义必然要经历的特定历史阶段。

3. 社会主义初级阶段与新民主主义社会的区别

社会主义初级阶段是继新民主主义社会后的一个新的历史发展时期。它同新民主主义社会因为都存在多种经济成分而有某些相似之处，但却在社会性质上存在着明显的区别。

从经济基础方面看，它们之间的根本区别在于：社会主义公有制经济是否成为社会经济的主体，从而整个经济社会生活是否牢牢建立在社会主义的经济基础之上。

【命题分析】 社会主义初级阶段论是很重要的一个知识点，而社会主义初级阶段是我国更大的实际是更重要的一个知识点，尽管2009～2011年都没有考查，但是还有考查的

可能,且以选择题为主。考生备考的重点是熟记基本的命题和结论。

【知识拓展】　1.中国最大的实际是(　　　)
A.经济文化比较落后　　　　　　　B.人们的受教育程度普遍不高
C.东中西部差距比较大　　　　　　D.处在社会主义初级阶段
2.社会主义初级阶段的含义是(　　　)
A.经济文化比较落后　　　　　　　B.社会生产力水平总体不高
C.我国社会已经是社会主义社会　　D.我国的社会主义还处在初级阶段

参考答案　**1.D　2.CD**

知识点二　社会主义初级阶段的基本路线和基本纲领(考查1次)

【考点集萃】　2010年第5题(单):我国社会主义初级阶段的主要矛盾。

【考点精解】　1.社会主义社会的主要矛盾

党的八大就明确提出了我国社会主义社会的主要矛盾是人民日益增长的物质文化需要同落后的社会生产之间的矛盾。

2.初级阶段基本路线的提出和主要内容

(1)在党的十二大上,邓小平第一次提出了"建设有中国特色的社会主义"的概念,后来被概括为党的基本路线核心内容的"一个中心、两个基本点"的思想逐步形成。

(2)1987年,党的十三人正式提出了党在社会主义初级阶段的基本路线:

①领导和团结全国各族人民,②以经济建设为中心,③坚持四项基本原则,坚持改革开放,④自力更生,艰苦创业,⑤为把我国建设成为富强、民主、文明的社会主义现代化国家而奋斗。党的十七大通过的党章又把"和谐"与"富强、民主、文明"一起写入了基本路线。

(3)党的基本路线高度概括了党在社会主义初级阶段的奋斗目标、基本途径和根本保证、领导力量和依靠力量以及实现这一目标的基本方针:

①建设"富强、民主、文明、和谐的社会主义现代化国家"。这是基本路线规定的党在社会主义初级阶段的奋斗目标:

"富强"是经济领域的目标和要求,"民主"是政治领域的目标和要求,"文明"是思想文化领域的目标和要求,"和谐"是社会领域的目标和要求。

富强、民主、文明、和谐在现实中表现为经济建设、政治建设、文化建设和社会建设的统一。

②"一个中心、两个基本点"。这是基本路线最主要的内容,是实现社会主义现代化奋斗目标的基本途径。

A."以经济建设为中心"回答了社会主义的根本任务,体现了发展生产力的本质要求。

B.四项基本原则是立国之本,是我们党、我们国家生存发展的政治基石。"坚持四项基本原则",回答了解放和发展生产力的政治保证,体现了社会主义基本制度的要求。

C.改革开放是强国之路,是我们党、我们国家发展进步的活力源泉。"坚持改革开放",回答了社会主义的发展动力和外部条件,体现了解放生产力的本质要求。

D."一个中心、两个基本点"是一个整体,集中体现了我国社会主义现代化建设的战略布局,揭示了中国特色社会主义的客观规律和发展道路。

E.全面坚持和正确处理"一个中心、两个基本点"的相互关系,是正确认识和处理经济基础与上层建筑之间、生产力与生产关系之间辩证统一关系的内在要求。

③"领导和团结全国各族人民"。这是实现社会主义现代化奋斗目标的领导力量和依靠力量。中国共产党是中国特色社会主义事业的领导核心。

④"自力更生,艰苦创业"。这是我们党的优良传统,也是实现社会主义初级阶段奋斗目标的根本立足点。

3.初级阶段的基本纲领

党的十五大制定了党在社会主义初级阶段的基本纲领:

(1)建设中国特色社会主义经济,就是在社会主义条件下发展市场经济,不断解放和发展生产力。

(2)建设中国特色社会主义政治,就是在中国共产党领导下,在人民当家作主的基础上,依法治国,发展社会主义民主政治。

(3)建设中国特色社会主义文化,就是以马克思主义为指导,以培育有理想、有道德、有文化、有纪律的公民为目标,发展面向现代化、面向世界、面向未来的,民族的、科学的、大众的社会主义文化。

实现社会主义初级阶段基本纲领,必须正确认识和处理最高纲领和最低纲领之间的辩证统一关系。

4.构建社会主义和谐社会的要求

就是要按照民主法治、公平正义、诚信友爱、充满活力、安定有序、人与自然和谐相处的总要求和共同建设、共同享有的原则,以改善民生为重点,解决好人民最关心、最直接、最现实的利益问题,努力形成全体人民各尽其能、各得其所又和谐相处的局面。

【命题分析】 社会主义初级阶段的基本路线和基本纲领是很重要的一个知识点,考查的频率很高,希望考生重视,考查的方式是选择题。

【知识拓展】 1.社会主义初级阶段的主要矛盾是人民日益增长的物质文化需要同落后的社会生产之间的矛盾,这一矛盾的特定历史内容是(　　)

A."人民"包括各阶层人民群众,具有整体性

B."需要"是随着经济和社会发展而不断提高的,具有动态性和全面性

C.我国社会发展的各个方面有了巨大的增长和相当改观,但生产力落后、经济文化发展很不平衡的状况还没有得到根本改变

D.人民群众的社会需求被广泛释放出来,人民对于崭新的社会制度能够满足他们的物质文化需要寄予了很大的期望

2.社会主义初级阶段所确定的我国在初级阶段的奋斗目标是(　　)

A.富强　　　　B.民主　　　　　C.文明　　　　　D.和谐

3.最高纲领和最低纲领之间的辩证关系是(　　)

A.最高纲领为最低纲领的制定指明前进方向

B.最低纲领为最高纲领的实现准备必要的条件

C.实现共产主义是无产阶级政党的最高纲领

D.建设中国特色社会主义是我们党当前的最低纲领

参考答案　1.ABCD　2.ABCD　3.AB

知识点二 社会主义初级阶段的发展战略(近年没考过)

【考点精解】 1."三步走"的发展战略

(1)1954年召开的第一届全国人民代表大会,第一次明确提出要实现工业、农业、交通运输业和国防四个现代化的任务。

(2)1987年10月,党的十三大把邓小平"三步走"的发展战略构想确定下来,指出我国经济发展战略部署大体分"三步走":

①第一步,从1981年到1990年实现国民生产总值比1980年翻一番,解决人民的温饱问题。

②第二步,从1991年到20世纪末,使国民生产总值再增长一倍,人民生活达到小康水平。

③第三步,到21世纪中叶,人均国民生产总值达到中等发达国家水平,人民生活比较富裕,基本实现现代化。然后,在这个基础上继续前进。

2.全面建设小康社会

党的十五大把"三步走"战略的第三步进一步具体化,提出了三个阶段性目标:

(1)21世纪第一个十年实现国民生产总值比2000年翻一番,使人民的小康生活更加宽裕,形成比较完善的社会主义市场经济体制。

(2)再经过十年的努力,到建党100周年时,使国民经济更加发展,各项制度更加完善。

(3)到21世纪中叶建国100周年时,基本实现现代化,建成富强民主文明的社会主义国家,从而使"三步走"的战略和步骤更加具体明确。

【命题趋势】　尽管本知识点近几年没有命制过试题,但是这个知识点很重要,很有可能在近年考查,考查的方式是选择题。希望考生熟记基本的知识点。

【知识拓展】　1.下列邓小平对我国社会发展勾画的设想,正确的是(　　)

A.从1981年到1990年实现国民生产总值比1980年翻一番,解决人民的温饱问题

B.从1991年到20世纪末,使国民生产总值再增长一倍,人民生活达到小康水平

C.21世纪第一个十年实现国民生产总值比2000年翻一番,使人民的小康生活更加宽裕,形成比较完善的社会主义市场经济体制

D.到21世纪中叶,人均国民生产总值达到中等发达国家水平,人民生活比较富裕,基本实现现代化

参考答案　1.ABD

第七章　社会主义改革和对外开放

知识点一　改革开放是决定当代中国命运的关键抉择(考查1次)

【考点集萃】　2008年第11题(单):我国社会主义改革的性质。

【考点精解】　1.改革开放是一场新的伟大革命

(1)改革开放不是对原有经济体制的细枝末节进行修补,而是对原有经济体制的根本性变革。

(2)改革开放是一场革命,但它不是一个阶级推翻另一个阶级意义上的革命,不是也不允许否定和抛弃我们已经建立起来的社会主义基本制度。

2.社会主义社会的基本矛盾

(1)社会主义社会仍然存在着矛盾,正是这些矛盾推动着社会主义社会向前发展。

(2)社会主义社会的基本矛盾仍然是生产关系和生产力之间的矛盾、上层建筑和经济基础之间的矛盾,是推动社会主义社会不断前进的根本动力。

(3)社会主义社会的基本矛盾具有"又相适应又相矛盾"的特点,是在人民根本利益一致基础上的矛盾,因而不是对抗性而是非对抗性的矛盾。

(4)社会主义社会的矛盾可以依靠社会主义自身的力量,通过对生产关系和生产力、上层建筑和经济基础不相适应的方面进行调整得到解决。

(5)毛泽东指出,我国存在着两种不同性质的矛盾,即敌我矛盾和人民内部矛盾,正确

处理人民内部矛盾是国家政治生活的主题。

(6)十一届三中全会后,邓小平对社会主义社会的基本矛盾的丰富和发展:

①判断一种生产关系和生产力是否适应,主要看它是否适应当时当地生产力的要求,能否推动生产力发展。

②社会主义社会依然有解放生产力的问题。

③把社会主义社会基本矛盾、主要矛盾和根本任务统一起来。

④解决社会主义初级阶段主要矛盾的途径是改革。

【命题分析】 关于改革的性质、重要作用、重大意义,在前几年是热点问题,在这个问题上大家的认识都是相同的,没有异议,所以很久没再命题了。2007、2008年前后,就在推向改革三十周年、国内进行大型纪念活动时,中央对改革的性质、作用等又做了重申,进行了理论深化,驳斥了近几年一些人的一些不正确观点。围绕这一变化,2008年又命制了选择题考查了我国改革的性质。对哪些知识点当年会考,哪些知识点当年不会考,考生要有一定的判断力。就本知识点而言,近几年考查的几率不太高。但是作为一个重要的知识点,还是需要认真备考的,重点是记忆一些结论性的话语,备考选择题。

【知识拓展】 1.下列关于改革开放的表述,正确的是(　　)

A.改革开放是对原有经济体制的根本性变革

B.改革开放是一场革命

C.改革不允许否定和抛弃我们已经建立起来的社会主义基本制度

D.改革开放是建设中国特色社会主义的全新探索

2.社会主义社会的基本矛盾是(　　)

A.生产关系和生产力之间的矛盾　　　B.上层建筑和经济基础之间的矛盾

C.人民大众之间的矛盾　　　　　　　D.社会主义和资本主义之间的矛盾

参考答案 1.ABCD　2.AB

知识点二　坚定不移地推进全面改革(考查3次)

【考点集萃】 2011年第24题(多):改革开放以来我们党在处理改革、发展、稳定关系上积累的经验和主要原则。

2006年第13题(单):我国社会主义经济体制改革与政治体制改革的关系。

2005年第33题(辨析):正确处理改革、发展和稳定的关系,科学发展观的含义和基本要求。

【考点精解】 1.改革的重点

中国的改革是全面的改革。在全面改革中,经济体制改革是重点。

2."三个有利于"的标准

要以是否有利于发展社会主义社会的生产力、是否有利于增强社会主义国家的综合国力、是否有利于提高人民生活水平作为判断改革得失成败的标准。

3.正确处理改革、发展、稳定的关系

(1)改革是动力,发展是目的,稳定是前提。

(2)只有坚定不移地推进发展,才能不断增强综合国力和国际竞争力,更好地解决前进中的矛盾和问题。

(3)只有坚定不移地推进改革,才能为经济和社会发展提供强大动力。

(4)只有坚定不移地维护稳定,才能不断为改革发展创造有利的条件。

(5)保持改革、发展、稳定在动态中的相互协调和相互促进。

（6）把改革的力度、发展的速度和社会可以承受的程度统一起来。

（7）把不断改善人民生活作为处理改革、发展、稳定关系的重要结合点。

【命题分析】　在改革的问题上，还有一些重要的问题需要搞清楚，所以近两年还会围绕这些问题考查一些知识点，尤其是与社会热点、基础知识紧密结合的知识点。考生还是要重点对待，尤其是熟记知识点以应对选择题。

【知识拓展】　1.我国社会主义初级阶段，全面改革的重点是（　　）

　　A.经济体制改革　　　　　　　　B.政治体制改革

　　C.教育体制改革　　　　　　　　D.管理体制改革

2.下列关于改革、发展、稳定的关系的理解，正确的是（　　）

　　A.改革是动力　　　　　　　　　B.发展是目的

　　C.稳定是前提　　　　　　　　　D.它们统一于社会实践之中

参考答案　　1.A　2.ABCD

知识点三　毫不动摇地坚持对外开放（近年没考过）

【考点精解】　1.全方位、多层次、宽领域的对外开放

党的十一届三中全会以后，我国经济摆脱了原来的封闭半封闭状态，逐步形成了全方位、多层次、宽领域的对外开放格局。

2.提高开放型经济的水平

第一，转变对外贸易增长方式，提高对外贸易效益。

第二，坚持"引进来"和"走出去"相结合的战略。

第三，切实维护国家安全。在开放过程中，要提高防范和化解各种风险、切实维护国家各种安全的能力。

【命题趋势】　近些年关于对外开放的知识点考查的比较少，但是这个知识点很重要，还是要熟记一些基本的判断和基础知识，以应对选择题。

【知识拓展】　1.我国对外开放的格局是（　　）

　　A.全方位　　　B.多层次　　　C.宽领域　　　D.高水平

参考答案　　1.ABC

第八章　建设中国特色社会主义经济

知识点一　社会主义市场经济体制（考查4次）

【考点集萃】　2011年第22题（多）：社会主义市场经济体制的基本特征。

2009年第37题（分析）：30年来我国经济体制进行的改革创新。

2007年第35题（分析）：社会主义初级阶段经济成分之间的关系以及社会主义初级阶段基本经济制度优越性的表现。

2006年第35题（分析）：价值规律的作用和政府在其中的作为。

【考点精解】　1.社会主义市场经济理论的形成和发展

（1）1981年党的十一届六中全会《关于建国以来党的若干历史问题的决议》中，提出了"计划经济为主、市场调节为辅"的方针。这个提法得到了党的十二大的肯定。

（2）1984年10月，党的十二届三中全会通过的《中共中央关于经济体制改革的决定》首次提出"在公有制基础上有计划的商品经济"的新概念，明确肯定商品经济的充分发展是社

会主义经济发展的不可逾越的阶段,是实现我国经济现代化的必要条件。

(3)党的十三大提出了社会主义有计划商品经济的体制。后来又提出"计划经济与市场调节相结合"。

(4)1992年,邓小平在南方谈话中明确指出:"计划多一点还是市场多一点,不是社会主义与资本主义的本质区别。计划经济不等于社会主义,资本主义也有计划;市场经济不等于资本主义,社会主义也有市场。计划和市场都是经济手段。"

(5)1992年11月,党的十四大明确把建立社会主义市场经济体制作为我国经济体制改革的目标,使我们党在社会主义经济理论上实现了又一次重大突破。

2.社会主义市场经济体制的基本框架

(1)其基本内容是:建立现代企业制度,培育和发展市场体系、建立健全宏观经济调控体系、建立合理的个人收入分配和社会保障制度。

(2)党的十七大提出要形成有利于科学发展的宏观调控体系。

3.社会主义市场经济体制的基本特征

(1)在所有制结构上,以公有制为主体、多种所有制经济共同发展,一切符合"三个有利于"标准的所有制形式都可以而且应该用来为社会主义服务。

(2)在分配制度上,以按劳分配为主体、多种分配方式并存。

(3)在宏观调控上,以实现最广大劳动人民利益为出发点和归宿,使市场在社会主义国家宏观调控下对资源配置起基础性作用,更好地发挥计划和市场两种手段的长处。

4.市场经济的共性

(1)从资源配置方式看,都是以市场为基础性配置手段。

(2)从微观层面看,企业都是独立的市场主体和法人实体。

(3)从经济活动看,市场经济规律起着支配作用。

(4)从宏观层面看,政府的宏观调控主要是通过经济手段来实现的。

(5)从经济运行看,法治起着基本的保障作用。

5.社会主义市场经济与资本主义市场经济

社会主义市场经济与资本主义市场经济体现的是不同社会经济制度下的市场经济:

(1)市场经济与不同的经济制度结合就会体现出不同的制度特征。

(2)市场经济与社会主义制度结合,就要坚持以公有制为主体,坚持以按劳分配为主体,坚持以实现共同富裕为目标。

(3)那种认为市场经济就是市场经济,没有什么社会主义市场经济与资本主义市场经济之分的观点是错误的。

【命题分析】 建设中国特色社会主义经济是本门课的重点内容,而建立社会主义市场经济体制又是重点章节中的重点内容,所以很重要,被考查的几率很高,而且一般都是联系现实问题进行分析、说理的材料分析题。这一知识点的这种考查形式、重要程度在近几年不会改变,考生一定要重视本知识点的复习。

【知识拓展】 1.传统的计划经济的弊端有( )

A.政企职责不分

B.权力过于集中

C.分配中的平均主义

D.忽视商品生产、价值规律和市场机制的作用

2.社会主义市场经济的基本特征是( )

A.在所有制结构上,以公有制为主体、多种所有制经济共同发展

B.在分配制度上,以按劳分配为主体、多种分配方式并存

C. 在宏观调控上,以实现最广大劳动人民利益为出发点和归宿

D. 在激励机制上,把人的积极性的调动和物的积极性的发挥结合起来

参考答案 1. ABCD 2. ABC

知识点二 社会主义初级阶段的基本经济制度(考查4次)

【考点集萃】 2011年第6题(单):非公有制经济在我国经济体系中的作用。

2005年第19题(多):私营经济的性质和作用。

2004年第27题(多):对股份化内涵的理解。

2003年第12题(单):非公有制经济及其地位。

【考点精解】 1. 社会主义初级阶段基本经济制度的确立

(1)以公有制为主体、多种所有制经济共同发展,是我国社会主义初级阶段的一项基本经济制度。

(2)确立社会主义初级阶段基本经济制度的根据:

①公有制是社会主义经济制度的基础。

②我国还处在社会主义初级阶段。

③一切符合"三个有利于"标准的所有制形式,都可以而且应该用来为发展社会主义服务。

(3)两个"毫不动摇"和一个"统一"。

①必须毫不动摇地巩固和发展公有制经济。

②必须毫不动摇地鼓励、支持和引导非公有制经济发展。

③坚持公有制为主体,促进非公有制经济发展,统一于社会主义现代化建设的进程中,不能把这两者对立起来。

2. 坚持公有制经济的主体地位

坚持公有制的主体地位,必须全面认识公有制经济的含义。

(1)公有制经济的范围不仅包括国有经济和集体经济,还包括混合所有制经济中的国有成分和集体成分。

(2)公有制的主体地位主要体现在两个方面:

一是公有资产在社会总资产中占优势;二是国有经济控制国民经济命脉,对经济发展起主导作用。

(3)国有经济起主导作用,主要体现在控制力上。

(4)国有经济需要控制的行业和领域主要包括:涉及国家安全的行业,自然垄断的行业,提供重要公共产品和服务的行业,以及支柱产业和高新技术产业中的重要骨干企业。

(5)巩固和发展公有制经济,还要努力寻找能够极大促进生产力发展的公有制实现形式。

①公有制的实现形式可以而且应当多样化,一切反映社会化生产规律的经营方式和组织形式都可以大胆利用。

②股份制本身不具有制度属性,它不等于公有制,也不等于私有制,关键看控股权掌握在谁手里。

3. 鼓励、支持和引导非公有制经济发展

非公有制经济包括个体经济、私营经济、混合所有制经济中的非公有制成分等。

【命题分析】 本知识点也很重要,但是相对于上个知识点而言,侧重点主要是对一些概念的介绍,所以命题的视角多为选择题。对此,考生备考的重点是熟记基础知识和基本

概念。

【知识拓展】 1.我国的基本经济制度是( )

A.公有制为主体　　　　　　　B.多种所有制经济共同发展

C.按劳分配为主体　　　　　　D.多种分配方式并存

2.国有经济起主导作用,主要体现在( )

A.数量的多少上　B.控制力上　　C.效应上　　D.机制上

3.我们党对非公有制经济的政策是( )

A.鼓励　　　　B.支持　　　　C.引导　　　D.监督

参考答案　1.AB　2.B　3.ABC

知识点三　社会主义初级阶段的分配制度(考查10次)

【考点集萃】 2011年第25题(多):合理调整收入分配关系的积极意义。

2009年第24题(多):效率和公平的关系。

2008年第7题(单):我国社会保障的基本目标。

2008年第24题(多):确立生产要素按贡献参与分配的原因。

2007年第28题(多):规范个人分配制度的措施。

2006年第23题(多):社会主义市场经济条件下按劳分配的特点。

2005年第7题(单):社会主义社会实行按劳分配的前提条件。

2004年第12题(单):社会主义初级阶段的分配制度。

2004年第18题(多):社会主义市场经济中按劳分配的"劳"的含义。

2003年第25题(多):社会主义市场经济条件下按生产要素分配的依据。

【考点精解】 1.坚持按劳分配的主体地位

(1)社会主义初级阶段个人收入分配实行的是按劳分配为主体、多种分配方式并存的分配制度。

(2)按劳分配是社会主义的分配原则。

①社会主义公有制是实行按劳分配的所有制基础。

②社会生产力的发展水平是实行按劳分配的物质基础。

2.多种分配方式并存

按生产要素分配就其内容可以分为三种类型:

(1)以劳动作为生产要素参与分配。以劳动作为生产要素参与分配的主要是个体劳动者和被雇于非公有制经济的雇佣劳动者。

(2)劳动以外的生产要素所有者参与分配。主要包括经营所得利润,投资所得利息,租借所得租金等。

(3)管理和知识产权类的生产要素,如科技发明、创造、信息、专利等参与分配。

3.深化分配制度改革

深化分配制度改革,必须注意以下两个问题:

第一,正确认识"先富"与"共富"的关系。

在社会主义初级阶段,承认和允许人们在收入方面存在差别,并且在一定时期内收入差距的扩大,有其客观必然性。

第二,注重社会公平,防止两极分化。

(1)在社会主义初级阶段,要防止两极分化,必须有针对性地规范收入分配秩序,防止收入高低过于悬殊。

为此必须取缔非法收入,整顿不合理收入,调节过高收入,使全体人民都能享受到改革开放和社会主义现代化建设的成果,促进共同富裕。

(2)党的十七大提出,初次分配和再分配都要处理好效率和公平的关系,再分配更加注重公平。

4.健全社会保障体系

(1)社会保障体系包括社会保险、社会救助、社会福利、优抚安置和社会互助、商业保险与慈善事业等制度。

(2)建立和健全社会保障体系要以经济的发展为基础,要根据经济发展水平合理地确定保障方式和标准,量力而行,循序前进。

(3)现有社会保障制度的主要内容有:职工的基本养老保险制度,基本医疗保险制度,失业保险制度和城市居民最低生活保障制度。

【命题分析】　在我国社会保障制度还不健全,而这又是近几年中央重要工作的重要任务之一,是不但大力加强而且取得实效的巨大工程,是引起广泛关注的一个重大问题。考生备考的重点是熟记按生产要素分配的基本类型、社会保障体系基本形式、党的十七大对处理效率与公平关系的新表述,应对选择题。

【知识拓展】　1.社会主义的分配原则是(　　)

A.平均分配　　　B.按需分配　　　C.按劳分配　　　D.不平衡分配

2.按生产要素分配的基本类型有(　　)

A.以劳动作为生产要素参与分配　　　B.劳动以外的生产要素所有者参与分配

C.以管理为手段参与分配　　　D.以知识产权类要素为凭借参与分配

3.我国现有的社会保障的主要内容有(　　)

A.职工的基本养老保险制度　　　B.基本医疗保险制度

C.失业保险制度　　　D.城市居民最低生活保障制度

参考答案　1.C　2.ABCD　3.ABCD

知识点四　促进国民经济又好又快发展(考查10次)

【考点集萃】　2010年第7题(单):建设资源节约型社会的核心。

2009年第12题(单):社会主义新农村建设的相关内容。

2008年第37题(分析):建设我国社会主义新农村的主要途径。

2007年第30题(多):培养新型农民的举措。

2007年第37题(分析):按照科学发展观的要求,建设资源节约型、环境友好型社会。

2006年第11题(单):实现经济增长方式根本转变的核心问题。

2006年第31题(多):农业是国民经济的基础,全面繁荣农村经济。

2005年第25题(多):走新型工业化道路,大力推进产业结构的优化升级。

2004年第26题(多):新型工业化道路的内涵。

2004年第36题(分析):我国农业的现状及其对全面建设小康社会的影响;当前发展农业的基本措施。

【考点精解】　1.国民经济又好又快发展

2007年党的十七大明确提出要促进国民经济又好又快发展。

2.建设创新型国家

党的十七大进一步指出,提高自主创新能力,建设创新型国家,是国家发展战略的核心,是提高综合国力的关键。

（1）科学技术特别是战略高技术正日益成为经济社会发展的决定性力量，成为综合国力竞争的焦点。

（2）创新型国家，一般来说，是指将科技创新作为国家基本战略，大幅度提高科技创新能力，从而形成强大的国家竞争优势。

（3）建设创新型国家，核心就是要：

①把增强自主创新能力作为发展科学技术的战略基点，走出中国特色自主创新道路，推动科学技术的跨越式发展。

②把增强自主创新能力作为调整经济结构、转变经济发展方式的中心环节，建设资源节约型、环境友好型社会，推动国民经济又好又快发展。

③把增强自主创新能力作为国家战略，贯穿到现代化建设各个方面，激发全民族创新精神，培养高水平创新人才。

（4）党的十七大报告强调，要坚持走中国特色自主创新道路，必须坚持"自主创新、重点跨越、支撑发展、引领未来"的指导方针。

（5）我国建设创新型国家的总体目标是：到2020年，使我国的自主创新能力显著增强，科技促进经济社会发展和保障国家安全的能力显著增强，为全面建设小康社会提供强有力的支撑。

（6）建设创新型国家，科技是关键，人才是核心，教育是基础。

3. 走中国特色新型工业化道路

（1）走中国特色新型工业化道路，就是要坚持以信息化带动工业化，以工业化促进信息化，走出一条科技含量高、经济效益好、资源消耗低、环境污染少、人力资源优势得到充分发挥的新型工业化路子。

（2）走中国特色新型工业化道路，要紧紧抓住加快经济结构战略性调整这条主线，着力推进产业结构优化升级。

4. 建设社会主义新农村

总体要求是生产发展、生活宽裕、乡风文明、村容整洁、管理民主：

（1）生产发展，是新农村建设的中心环节，是实现其他目标的物质基础。

（2）生活宽裕，是新农村建设的目的，也是衡量我们工作的基本尺度。

（3）乡风文明，是农民素质的反映，体现农村精神文明建设的要求。

（4）村容整洁，是展现农村新貌的窗口，是实现人与环境和谐发展的必然要求。

（5）管理民主，是新农村建设的政治保证，显示了对农民群众政治权利的尊重和维护。

这五句话20个字，提出了解决"三农"问题的系统思路。

5. 统筹区域发展

（1）我国区域经济的协调发展，主要是处理好东部和中西部的关系、沿海和内地的关系。

（2）必须注重实现基本公共服务均等化，引导生产要素跨区域合理流动，这是我国未来相当长的时期内缩小区域发展差距的基本目标和促进区域协调发展的基本途径。

6. 建设资源节约型、环境友好型社会

（1）建设资源节约型、环境友好型社会，必须处理好的关系：

①正确处理经济建设、人口增长与资源利用、生态环境保护的关系，要充分考虑人口承载力、资源支撑力、生态环境承受力。

②正确处理经济发展与人口、资源、环境的关系，统筹考虑当前发展和长远发展的需要，不断提高发展的质量和效益，走生产发展、生活富裕、生态良好的文明发展道路。

（2）建设生态文明是建设资源节约型、环境友好型社会的内在要求。

①十七大报告第一次明确提出了建设生态文明的目标。

②当前,建设生态文明必须着力做好四个方面的工作:

一是坚持节约资源和保护环境的基本国策。

二是发展清洁能源和可再生能源。

三是加大节能环保投入,改善城乡人居环境。

四是加强水利、林业、草原建设,促进生态修复。

(3)发展循环经济,是建设资源节约型、环境友好型社会和实现可持续发展的重要途径,是一种新的经济增长方式。

①循环经济以减量化、再利用和资源化为原则,以提高资源利用率为核心,以资源节约、资源综合利用、清洁生产为重点,通过调整结构、技术进步和加强管理等措施,大幅度减少资源消耗、降低废物排放、提高劳动生产率。

②努力促进资源循环式利用,鼓励企业循环式生产,推动产业循环式组合,形成能源资源节约型的经济发展方式和消费方式,促进经济社会可持续发展。

【命题分析】　本知识点涉及的内容很多,而且大多数都是我国在经济社会发展中面临或者正面临的、急需解决的问题,所以,理论性强,但是现实意义更大,因此考查的几率很高。这一趋势近几年不会改变。希望考生重视,重点是熟记基本理论,并与现实问题结合起来理解记忆。命题的主要形式是选择题。

【知识拓展】　1.建设创新型国家(　　)

A.科技是关键　　B.人才是核心　　C.教育是基础　　D.资金是保障

2.新型工业化道路的内涵是(　　)

A.要坚持以信息化带动工业化

B.以工业化促进信息化

C.科技含量高、经济效益好、资源消耗低

D.环境污染少、人力资源优势得到充分发挥

3.统筹城乡发展、推进社会主义新农村建设要坚持把(　　)

A.发展现代农业、繁荣农村经济作为首要任务

B.增加农民收入作为首要任务

C.促进农村城镇化作为首要任务

D.减少农村人口作为首要任务

4.我国区域经济的协调发展,主要是处理好(　　)

A.东部和中西部的关系　　　　　B.促进经济发展与保护环境的关系

C.沿海和内地的关系　　　　　　D.农村和城市的互补关系

5.建设资源节约型、环境友好型社会和实现可持续发展的重要途径是(　　)

A.发展节能技术　　　　　　　　B.研发新型产品

C.积极保护环境　　　　　　　　D.发展循环经济

参考答案　**1.ABC　2.ABCD　3.A　4.AC　4.D**

第九章　建设中国特色社会主义政治

知识点一　中国特色社会主义的民主政治(考查6次)

【考点集萃】　2011年第35题(分析):我国政党制度的特点和优点以及我国各民主党派如何发挥参政议政的作用。

2010年第23题(多):人民代表大会制度的特点和意义。

2010 年第 24 题(多):我国社会主义时期处理民族问题的基本原则。

2009 年第 30 题(多):我国政治制度体系中基层群众自治制度的组织形式。

2008 年第 30 题(多):人民代表大会制度是我国的根本政治制度。

2006 年第 30 题(多):多党合作的主要方式。

【考点精解】 1. 坚持党的领导、人民当家作主和依法治国的有机统一

第一,中国共产党的领导是人民当家作主和依法治国的根本保证。

第二,人民当家作主是社会主义民主政治的本质和核心要求,是社会主义政治文明建设的根本出发点和归宿。

第三,依法治国是党领导人民治理国家的基本方略。

人民在党的领导下,依照宪法和法律治理国家,管理社会事务和经济文化事业,保障自己当家作主的各项民主权利,这是依法治国的实质。

2. 人民民主专政

(1)人民民主专政是我国的国体。

(2)人民民主专政具有鲜明的中国特色:

第一,从政权组成的阶级结构来看,参加国家政权的群体更广泛,只对极少数人实行专政。

第二,从党派之间的关系看,实行共产党领导的多党合作与政治协商。

第三,从概念表述上看,人民民主专政的提法更全面、更明确。

(3)坚持人民民主专政的实质,就是要不断发展社会主义民主,切实保护人民的利益,维护国家的主权、安全、统一与稳定。

3. 人民代表大会制度

(1)人民代表大会制度是中国人民当家作主的根本政治制度,是我国的政体。

(2)实行人民代表大会制度是中国社会主义民主政治最鲜明的特点。

4. 中国共产党领导的多党合作和政治协商制度

(1)中国共产党的领导是多党合作的首要前提和根本保证。但这种领导是政治领导,即政治原则、政治方向和重大方针政策的领导。

(2)中国共产党与各民主党派合作的基本方针是"长期共存、互相监督、肝胆相照、荣辱与共"。

(3)中国人民政治协商会议是中国人民爱国统一战线的组织。

团结和民主是人民政协的两大主题。人民政协的主要职能是政治协商、民主监督、参政议政。

(4)在我国的政党制度中,中国共产党是执政党,民主党派是参政党,不是在野党,更不是反对党。

5. 民族区域自治制度

(1)民族区域自治是在统一而不可分离的国家领导下,在各少数民族聚居的地方设立自治机关,行使自治权,实行区域自治。

民族区域自治的核心,是保障少数民族当家作主,管理本民族、本地方事务的权利。

(2)我国各民族自治地方的自治机关享有广泛的自治权利。

6. 基层群众自治制度

(1)党的十七大首次把基层群众自治制度纳入中国特色社会主义民主政治制度的基本范畴。

(2)目前,中国已经建立了以农村村民委员会、城市居民委员会和企业职工代表大会为主要内容的基层民主自治体系。

(3)村民自治是广大农民直接行使民主权利,依法办理自己的事情,实行自我管理、自我教育、自我服务的一项基本制度。

(4)民主选举、民主决策、民主管理和民主监督是村民自治的主要内容。

【命题分析】　近几年,中国特色社会主义民主政治成了本门课中的热门考点,几乎每年都有试题出现,而且考查的方式多样,既有选择题,又有材料分析题。考生一定要重视本知识点,熟记基本原理和基本概念。

【知识拓展】　1.依法治国的实质是(　　　)
A.依照宪法和法律治理国家　　　　B.管理社会事务和经济文化事业
C.保障自己当家作主的各项民主权利　D.社会主义政治文明的表现

2.我国的国体是(　　　)
A.人民代表大会制度　　　　　　B.政治协商制度
C.人民民主专政　　　　　　　　D.四项基本原则

3.我国的政体是(　　　)
A.人民代表大会制度　　　　　　B.政治协商制度
C.人民民主专政　　　　　　　　D.四项基本原则

4.人民政协的主题是(　　　)
A.民主　　　　　　　　　　　　B.开放
C.团结　　　　　　　　　　　　D.包容

5.目前,中国基层民主自治体系的主要内容有(　　　)
A.农村村民委员会　　　　　　　B.城市居民委员会
C.企业职工代表大会　　　　　　D.高校学生自治联合会

参考答案　1.ABC　2.C　3.A　4.AC　5.ABC

知识点二　依法治国,建设社会主义法治国家(考查1次)

【考点集萃】　2005年第26题(多):依法治国的重要意义。
【考点精解】　1.依法治国的基本方略
(1)依法治国是党领导人民治理国家的基本方略
党的十五大报告第一次深刻地阐述了依法治国的含义,把依法治国确定为党领导人民治理国家的基本方略,提出了"依法治国,建设社会主义法治国家"的历史任务。
(2)深刻理解依法治国的科学内涵,应注意把握:
①依法治国的主体是党领导下的人民群众,也就是党领导人民实行依法治国。
②依法治国的客体是国家事务、经济文化事业和社会事务。
③依法治国所依之法,最重要的是宪法和法律。
2.加强社会主义法制建设
(1)加强社会主义法制建设的基本要求是"有法可依、有法必依、执法必严、违法必究"。
(2)这四个方面相互联系、相互制约:有法可依是前提,有法必依是核心,执法必严是关键,违法必究是保障。
(3)当前及今后一段时间,加强法制建设的主要任务是:要坚持科学立法、民主立法,完善中国特色社会主义法律体系。
【命题分析】　法制建设在前几年是热门考点,近几年没有再考过,但是不能说明以后几年就不会考。根据考点每三年就被考查一次的规律,这一知识点近几年命题的几率很高,希望考生注意。
【知识拓展】　1.依法治国是(　　　)
A.社会文明进步的显著标志
B.国家长治久安的重要保障
C.社会主义民主政治的基本要求
D.建设中国特色社会主义,构建和谐社会的必然要求

2.在加强社会主义法制建设的基本要求中( )
  A.有法可依是前提
  B.有法必依是核心
  C.执法必严是关键
  D.违法必究是保障

参考答案　**1. ABCD**　**2. ABCD**

知识点二　推进政治体制改革,发展民主政治(考查2次)

【考点集萃】　2008年第13题(单):民主执政。

2003年第11题(单):发展社会主义民主政治的最根本特点。

【考点精解】　1.我国政治体制改革的主要任务

当前和今后一个时期,我国政治体制改革的主要任务是:

要健全民主制度,丰富民主形式,拓宽民主渠道,依法实行民主选举、民主决策、民主管理、民主监督,保障人民的知情权、参与权、表达权、监督权,实现社会主义民主政治制度化、规范化、程序化,巩固人民当家作主的政治地位。

2.社会主义社会的民主、自由和人权

(1)人民民主是社会主义的生命。社会主义民主是多数人的民主,是迄今为止人类历史上最高形态的民主,它的本质就是人民当家作主。

(2)人权,最初是资产阶级革命时期为反对神权和封建特权提出的。人权的基础是生命的生存和发展,没有生存权,其他人权均无从谈起。

(3)西方发达国家人权理论强调的主要是个人的政治权利,而不大讲经济和社会权利。

(4)我们强调,人权不仅包括个人权利,还包括集体人权,不仅包括政治权利,而且包括经济、社会、文化、公民权利。

(5)对于发展中国家来说,生存权和发展权是最根本最重要的人权。

(6)民主、自由、人权,核心是民主。

【命题分析】　思路同上,民主问题、民主政治是近几年的热点问题,也是近几年的热门考点,希望考生熟记基本的理论和一些结论性命题,备考选择题。

【知识拓展】　1.在当前和今后一个时期,我国政治体制改革的主要任务是( )
  A.要健全民主制度,丰富民主形式,拓宽民主渠道
  B.依法实行民主选举、民主决策、民主管理、民主监督
  C.保障人民的知情权、参与权、表达权、监督权
  D.实现社会主义民主政治制度化、规范化、程序化,巩固人民当家作主的政治地位

2.对于发展中国家来说,最根本最重要的人权是( )
  A.生存权　　B.民主权　　C.发展权　　D.平等权

参考答案　**1. ABCD**　**2. AC**

第十章　建设中国特色社会主义文化

知识点一　发展社会主义先进文化(考查1次)

【考点集萃】　2004年第24题(多):社会主义精神文明建设的重要战略地位。

【考点精解】　1.在当代中国,发展社会主义先进文化,建设和谐文化,就是建设中国特色社会主义文化。

2.建设中国特色社会主义文化的根本任务,就是:

(1)以马克思列宁主义、毛泽东思想、邓小平理论和"三个代表"重要思想为指导。

(2)全面贯彻科学发展观。

(3)着力培育有理想、有道德、有文化、有纪律的公民。

(4)切实提高全民族的思想道德素质和科学文化素质。

3.促进人的全面发展,是马克思主义关于建设社会主义新社会的本质要求,是建设社会主义各项事业包括文化建设在内所追求的根本目标。

【命题分析】 社会主义先进文化尽管最近几年没考,但还是一个很重要的知识点,考生不能轻视,熟记一些基本的知识点即可,以应对选择题。

【知识拓展】 1.先进文化是( )

A.符合人类社会发展方向的文化

B.体现先进生产力发展要求的文化

C.代表最广大人民根本利益的文化

D.反映时代进步潮流的文化

2.社会主义社会公民整体素质的标准和要求是( )

A.有理想　　　　B.有道德　　　　C.有文化　　　　D.有纪律

参考答案 **1.ABCD　2.ABCD**

知识点二 建设社会主义核心价值体系(考查3次)

【考点集萃】 2008年第14题(单):社会主义核心价值体系的内容(爱国主义)。

2007年第12题(单):社会主义道德的核心是为人民服务。

2007年第31题(多):社会主义核心价值体系的内容。

【考点精解】 1.社会主义意识形态的本质体现

(1)社会主义核心价值体系是社会主义意识形态的本质体现。

(2)推动社会主义文化大发展大繁荣,必须把社会主义核心价值体系作为第一位的任务。

2.社会主义核心价值体系的基本内容

社会主义核心价值体系的基本内容包括马克思主义指导思想、中国特色社会主义共同理想、以爱国主义为核心的民族精神和以改革创新为核心的时代精神、社会主义荣辱观。

(1)坚持马克思主义的指导地位,抓住了社会主义核心价值体系的灵魂。

(2)树立共同理想,突出了社会主义核心价值体系的主题。

(3)培育和弘扬民族精神与时代精神,掌握了社会主义核心价值体系的精髓。

(4)树立和践行社会主义荣辱观,打牢了社会主义核心价值体系的基础。

当前,能够代表广大人民根本利益、为社会各个阶层广泛认可和接受的共同理想,就是在中国共产党领导下,走中国特色社会主义道路,实现中华民族的伟大复兴。

【命题分析】 社会主义核心价值体系是近几年的热门考点,已经有三年没命制过试题了,考生还是熟记一下基本的考点,应对选择题。

【知识拓展】 1.社会主义核心价值体系的基本内容是( )

A.马克思主义指导思想

B.中国特色社会主义共同理想

C.以爱国主义为核心的民族精神和以改革创新为核心的时代精神

D.社会主义荣辱观

2.社会主义核心价值体系的灵魂是( )

A.马克思主义指导思想

B.中国特色社会主义共同理想

C.以爱国主义为核心的民族精神和以改革创新为核心的时代精神

D.社会主义荣辱观

3.社会主义新时期,时代精神的内容是(　　)

A.与时俱进　　　　　　　　　B.开拓进取

C.求真务实　　　　　　　　　D.奋勇争先

参考答案　1.ABCD　2.A　3.ABCD

知识点三　加强思想道德建设和教育科学文化建设(考查3次)

【考点集萃】　2011年第8题(单):发展经营性文化产业的根本任务。

2010年第8题(单):深化文化体制改革,发展文化事业和文化产业。

2005年第12题(单):社会主义思想道德建设。

【考点精解】　1.加强思想道德建设

(1)思想道德建设,解决的是整个中华民族的精神支柱和精神动力问题。

(2)加强思想道德建设,是建设社会主义核心价值体系的必然要求,是中国特色社会主义文化建设的重要内容和中心环节。

2.深化文化体制改革

(1)深化文化体制改革,要坚持以发展为主题,以改革为动力,以体制机制创新为重点,以创造生产更多更好适应人民群众需求的精神文化产品为目标,促进文化事业全面繁荣和文化产业快速发展。

(2)深化文化体制改革,要坚持一手抓公益性文化事业,一手抓经营性文化产业。

①公益性文化事业的根本任务是为人民群众提供基本的公共文化服务。

②发展公益性文化事业,要坚持以政府为主导,鼓励社会参与,在改革中贯彻"增加投入、转换机制、增强活力、改善服务"的方针。

③经营性文化产业的根本任务是繁荣文化市场,满足人民群众多方面、多层次、多样性的精神文化需求。

④坚持以市场为导向,在改革中贯彻"创新主体、转换机制、面向市场、壮大实力"的方针,调动社会力量,在市场竞争中发展壮大文化产业。

【命题分析】　近几年,在文化问题上,考查的重点已经从政策、方略转移到文化领域里的具体问题,而且是有重大影响的文化问题。这些内容都在这个知识点内,所以在本章,考生备考的重点是本知识点。备考的重点是熟记基础知识,考查的形式是选择题。

【知识拓展】　1.加强思想道德建设是(　　)

A.建设社会主义核心价值体系的必然要求

B.中国特色社会主义文化建设的重要内容和中心环节

C.发展社会主义先进文化的重要内容

D.建设和谐文化的重要内容

2.深化文化体制改革,促进文化事业全面繁荣和文化产业快速发展,要坚持(　　)

A.以发展为主题

B.以改革为动力

C.以体制机制创新为重点

D.以创造生产更多更好适应人民群众需求的精神文化产品为目标

参考答案　1.ABCD　2.ABCD

第十一章　构建社会主义和谐社会

知识点一　构建社会主义和谐社会的重要性和紧迫性（考查3次）

【考点集萃】 2011年第7题(单)：社会和谐是中国特色社会主义的本质属性。

2009年第29题(多)：社会主义和谐社会的内涵及其各部分的内涵。

2007年第14题(单)：和谐社会是中国特色社会主义社会的本质属性。

【考点精解】 1.社会主义和谐社会的科学内涵

我们所要建设的社会主义和谐社会,应该是民主法治、公平正义、诚信友爱、充满活力、安定有序、人与自然和谐相处的社会。

社会主义和谐社会的上述六个方面是相互联系、相互作用的：

这六个方面既包括社会关系的和谐,也包括人与自然关系的和谐,体现了民主与法治的统一、公平与效率的统一、活力与秩序的统一、科学与人文的统一、人与自然的统一。

2.社会和谐是中国特色社会主义的本质属性

进入新世纪新阶段,党中央强调"社会和谐是中国特色社会主义的本质属性",使社会主义现代化建设的总体布局,由物质文明、政治文明、精神文明建设的"三位一体"深化拓展为包括和谐社会建设在内的"四位一体"。

【命题分析】 构建社会主义和谐社会是近几年的热点,几乎每年都会有试题出现,而且都是选择题,希望考生重视。

知识点二　构建社会主义和谐社会的总体思路（考查2次）

【考点集萃】 2010年第35题(分析)：加快推进以改善民生为重点的社会建设。

2007年第20题(多)：对以人为本中"人"的内涵的理解。

【考点精解】 1.构建社会主义和谐社会的指导思想

(1)必须坚持以马克思列宁主义、毛泽东思想、邓小平理论和"三个代表"重要思想为指导。

(2)坚持党的基本路线、基本纲领、基本经验。

(3)坚持以科学发展观统领经济社会发展全局。

(4)按照民主法治、公平正义、诚信友爱、充满活力、安定有序、人与自然和谐相处的总要求。

(5)以解决人民群众最关心、最直接、最现实的利益问题为重点。

2.构建社会主义和谐社会的基本原则

第一,必须坚持以人为本。这是构建社会主义和谐社会的根本出发点和落脚点。

第二,必须坚持科学发展。这是构建社会主义和谐社会的工作方针。

第三,必须坚持改革开放。这是构建社会主义和谐社会的主要动力。

第四,必须坚持民主法治。这是构建社会主义和谐社会的重要保证。

第五,必须坚持正确处理改革发展稳定的关系。这是构建社会主义和谐社会的重要条件。

第六,必须坚持在党的领导下全社会共同建设。这是构建社会主义和谐社会的领导核心和依靠力量。

上述六条重要原则,构成一个有机的整体,深刻体现了构建社会主义和谐社会的根本要求。

3.构建社会主义和谐社会的目标任务

"现代国民教育体系更加完善,终身教育体系基本形成,全民受教育程度和创新人才培养水平明显提高。社会就业更加充分。覆盖城乡居民的社会保障体系基本建立,人人享有基本生活保障。合理有序的收入分配格局基本形成,中等收入者占多数,绝对贫困现象基本消除。人人享有基本医疗卫生服务。社会管理体系更加健全。"

4.加快推进以改善民生为重点的社会建设

加快推进以改善民生为重点的社会建设的基本要求是:积极解决好教育、就业、收入分配、社会保障、医疗卫生和社会管理等直接关系人民群众根本利益和现实利益的问题。

【命题分析】 构建社会主义和谐社会是近几年的热点,几乎每年都会有试题出现,在总体建设上显得更重,希望考生重视。

【知识拓展】 1.推进和谐社会建设必须遵循的基本原则是( )

A.必须坚持以人为本和科学发展

B.必须坚持改革开放和民主法制

C.必须坚持正确处理改革发展稳定的关系

D.必须坚持在党的领导下全社会共同建设

参考答案 1. ABCD

第十二章 祖国完全统一的构想

知识点一 新形势下"和平统一、一国两制"构想的重要发展

(考查1次)

【考点集萃】 2008年第31题(多):新形势下发展两岸关系的基本原则。

【考点精解】 1.形成和确立

(1)1978年12月,党的十一届三中全会公报首次以"台湾回到祖国怀抱,实现统一大业"来代替"解放台湾"的提法。1979年元旦,全国人大常委会发表《告台湾同胞书》,郑重宣布关于台湾回归祖国、实现国家统一的大政方针,标志着我们党对台方针政策的重大转变。

(2)1982年1月,邓小平首次提出"一个国家,两种制度"的概念。

(3)1985年3月,六届全国人大三次会议正式把"一国两制"确定为中国的一项基本国策。

2.基本内容

"和平统一、一国两制"是一个完整的体系,其基本内容就是在祖国统一的前提下,国家的主体坚持社会主义制度,同时在香港、澳门、台湾保持原有的资本主义制度长期不变。

"一个中国"是"和平统一、一国两制"的核心,是发展两岸关系和实现和平统一的基础。

3.重要意义

第一,创造性地把和平共处原则用之于解决一个国家的统一问题。

第二,创造性地发展了马克思主义的国家学说。

第三,体现了既坚持祖国统一、维护国家主权的原则坚定性,也体现了照顾历史实际和现实可能的策略灵活性,可以避免武力统一会造成的不良后果。

第四,有利于争取社会主义现代化建设事业所需要的和平的国际环境与国内环境。

第五,为解决国际争端和历史遗留问题提供了新的思路。

4.成功实践

(1)"一国两制"的构想最早是针对台湾问题提出来的,首先运用于解决香港和澳门问题。香港、澳门问题是历史上殖民主义侵略遗留下来的问题。

(2)香港、澳门回归祖国后,中央政府坚持"一国两制",坚持以爱国者为主体的"港人治港"、"澳人治澳"、高度自治的方针。

【命题分析】 本知识点相对于前几个章节,命题的几率不是很高,但是这个知识点还

是很重要的,希望考生重视。

【知识拓展】　1.标志我们党对台政策重大转变的是(　　)

A.十一届三中全会公报

B.1979年《告台湾同胞书》的发表

C.全国人大五届五次会议通过的宪法

D.六届全国人大三次会议

2.香港、澳门回归祖国后,为了促进两地的和平发展,中央政府采取的方针有(　　)

A.“港人治港”　　B.“澳人治澳”　　C.高度自治　　D.政教合一

3.反对“台独”斗争的总方略是(　　)

A.和平统一　　　　　　　　B.不承诺放弃武力

C.文攻武备　　　　　　　　D.一个中国

4.两岸关系的现状是(　　)

A.尽管李登辉极力主张“台独”,但台湾还在大陆的怀抱

B.尽管两岸尚未统一,但大陆和台湾同属一个中国的事实从未改变

C.尽管陈水扁下台了,但是“台独”势力仍然存在

D.尽管马英九做了一系列重大改革,但是两岸仍处于分治状态

参考答案　**1.B　2.ABC　3.C　4.B**

第十三章　国际战略和外交政策

知识点一　国际形势的发展及特点(考查1次)

【考点集萃】　2010年第25题(多):中国坚持走和平发展的道路的原因。

【考点精解】　1.世界多极化在曲折中发展

合作中的竞争和竞争中的合作成为世界格局多极化趋势发展过程中的重要特征。

2.中国坚持走和平发展的道路

(1)和平、发展、开放、合作、和谐、共赢是我们的主张、我们的理念、我们的原则、我们的追求。

(2)走和平发展道路,是中国政府和人民根据时代发展潮流和自身根本利益作出的战略抉择。

(3)努力实现和平的发展、开放的发展、合作的发展、和谐的发展,始终是中国谋求发展的宗旨和原则。

(4)中国外交政策的宗旨是维护世界和平、促进共同发展。

【命题分析】　近几年,与国际战略相关的国际国内事件太多,作为考查点,命题的几率还是很高的,希望考生重视。不过,考查的话也是以选择题为主。

【知识拓展】　1.当前和今后一个时期国际局势发展的基本态势是(　　)

A.总体和平、局部战争　　　　B.总体缓和、局部紧张

C.总体稳定、局部动荡　　　　D.消灭海盗、进驻索马里

2.经济全球化的根本动力是(　　)

A.科技革命　　　　　　　　B.资金跨国流动

C.生产力的发展　　　　　　D.人员互相往来

3.中国谋求发展的宗旨和原则是努力实现(　　)

A.和平的发展　　B.开放的发展　　C.合作的发展　　D.和谐的发展

参考答案　**1.ABC　2.AC　3.ABCD**

知识点二 独立自主的和平外交政策(考查1次)

【考点集萃】 2008年第27题(多):我国建国初的外交方针。

【考点精解】 1.独立自主和平外交政策的形成与发展

(1)中华人民共和国成立以来,一贯坚持独立自主的和平外交政策。

(2)新中国成立初期,毛泽东提出"另起炉灶"、"打扫干净屋子再请客"、"一边倒"三大外交方针。

中国执行向苏联和人民民主国家"一边倒"的方针,并不意味放弃独立自主原则。

(3)我们党还坚持在和平共处五项原则基础上发展同所有国家的友好合作关系。

(4)20世纪70年代,毛泽东提出了"一条线"的外交战略。即从东边起,日本、中国、欧洲国家、美国,加上同一条线上的第三世界各国,联合努力,共同对付苏联霸权主义。

(5)20世纪80年代以来,我国确定了"真正的不结盟"战略,从"一条线"到"真正的不结盟",是一个重大的转变,是顺应国内外形势发展的重大决策。

2.独立自主和平外交政策的基本原则

第一,坚持独立自主地处理一切国际事务的原则。

第二,坚持和平共处五项原则为指导国家间关系的基本准则。和平共处五项原则的精髓,就是国家主权平等。

第三,坚持同发展中国家加强团结与合作的原则。中国是发展中国家,加强同发展中国家的团结与合作是我国对外政策的基本立足点。

第四,坚持爱国主义与履行国际义务相统一的原则。

3.维护世界和平,促进共同发展

第一,反对霸权主义和强权政治,维护世界和平与发展。霸权主义和强权政治是威胁世界和平与稳定的主要根源。

第二,维护世界多样性,促进国际关系民主化和发展模式多样化。

第三,树立新的安全观念,努力营造长期稳定的国际和平环境。新安全观的核心是互信、互利、平等和协作。

第四,推动建设持久和平与共同繁荣的和谐世界。这一新的理念是以胡锦涛为总书记的党中央对新时期我国外交政策目标的新概括,是指导我国对外工作和处理国际关系的新方针。

在处理国际关系和外交关系方面,我们坚持大国是关键、周边是首要、发展中国家是基础、多边是舞台的外交工作布局。

【命题分析】 独立自主的和平外交政策,相对于近几年发生的国际国内事件,被考查的几率要低一些。但是,本知识点还是很重要的,考生熟记一些结论性的命题即可,不必展开。

【知识拓展】 1.新中国成立初期,毛泽东提出的外交方针是( )

A."另起炉灶"　　　　　　　　　　B."打扫干净屋子再请客"

C."一边倒"　　　　　　　　　　　D."反资防修"

2.和平共处五项原则的精髓是( )

A.领土完整　　　　　　　　　　　B.互不侵犯

C.国家主权平等　　　　　　　　　D.和平共处

3.新安全观的核心是( )

A.互信　　　　　　B.互利　　　　　　C.平等　　　　　　D.协作

参考答案 1.ABC 2.C 3.ABCD

第十四章　中国特色社会主义事业的依靠力量

知识点一　建设中国特色社会主义是全国各族人民的共同事业

（考查2次）

【考点集萃】　2011年第23题(多)：毛泽东的民族团结理论在新的历史条件下的现实意义。
2006年第31题(多)：现代化建设必须依靠农民的原因。

【考点精解】　1. 建设中国特色社会主义事业的根本力量

在当代中国，一切赞成、支持和参加中国特色社会主义建设的阶级、阶层和社会力量，都属于人民的范畴，都是建设中国特色社会主义事业的依靠力量。

包括知识分子在内的工人阶级和农民阶级，始终是推动我国先进生产力、先进文化发展和社会全面进步的根本力量。

(1)工人阶级是国家的领导阶级

①建设中国特色社会主义必须坚持全心全意依靠工人阶级的方针。

②改革开放以来，我国工人阶级队伍发生了明显变化，呈现出许多新的特点：一是队伍迅速壮大。二是内部结构发生重大变化。三是岗位流动加快。工人阶级队伍的这些变化，没有改变中国工人阶级作为国家主人的地位。

工人阶级先进性的最根本体现在于它是先进生产力的代表。

(2)农民阶级是人数最多的基本依靠力量

①我国的国情，决定了广大农民不但是我国新民主主义革命的主力军，而且是我国社会主义现代化建设和改革开放中人数最多、最基本的依靠力量。

②依靠广大农民，调动农民的积极性和创造性，关系着改革开放和社会主义现代化事业的大局。

(3)知识分子是中国工人阶级的一部分。

2. 新的社会阶层是中国特色社会主义事业的建设者

(1)改革开放以来，我国出现了一些新的社会阶层，这些阶层归纳起来主要有：民营科技企业的创业人员和技术人员、受聘于外资企业的管理技术人员、个体户、私营企业主、中介组织从业人员、自由职业人员等。

(2)新的社会阶层是在改革开放以来社会变革中出现的，符合社会主义初级阶段社会生产力发展的要求。

3. "四个尊重"是基本原则

尊重劳动、尊重知识、尊重人才、尊重创造。在"四个尊重"中，核心是尊重劳动。

【命题分析】　中国特色社会主义事业的依靠力量是比较重要的一个知识点，考查的几率稍高，熟记一些结论性的语言即可，应对选择题。

【知识拓展】　1. 工人阶级先进性的最根本体现是(　　)

A. 它是先进生产力的代表　　　　　B. 它是先进文化的代表

C. 它是广大人民利益的代表　　　　D. 它是社会发展方向的代表

2. 在"四个尊重"中，核心是(　　)

A. 尊重劳动　　　　B. 尊重知识　　　　C. 尊重人才　　　　D. 尊重创造

参考答案　**1. A　2. A**

知识点二　巩固和发展爱国统一战线（近年没考过）

【考点精解】　1. 新时期爱国统一战线的内容

(1)新时期的统一战线已经成为工人阶级领导的，以工农联盟为基础的，全体社会主义劳动者、社会主义事业的建设者、拥护社会主义的爱国者、拥护祖国统一的爱国者的最广泛联盟。

（2）新时期的统一战线包括两个范围的联盟：

①一个是大陆范围内，以爱国主义和社会主义为政治基础的团结全体劳动者、建设者和爱国者的联盟，这是统一战线的主体和基础。

②一个是大陆范围以外的，以爱国和拥护祖国统一为政治基础的团结台湾同胞、港澳同胞和海外侨胞的联盟，这是统一战线的重要组成部分。

这两个方面互相结合，互相促进，共同构成了一个整体，体现了新时期统一战线空前的广泛性。

2. 新时期爱国统一战线的基本任务

高举爱国主义、社会主义旗帜，团结一切可以团结的力量，调动一切积极因素，化消极因素为积极因素，为社会主义建设服务，为促进祖国和平统一服务，为维护世界和平、促进共同发展服务。

3. 加强党对统一战线的领导

（1）党的领导问题是统一战线中的核心问题。

（2）新时期统一战线成员的大多数是社会主义劳动者、社会主义事业建设者和拥护社会主义的爱国者，统一战线的主体是社会主义的。

（3）坚持"长期共存、互相监督、肝胆相照、荣辱与共"方针，充分发挥统一战线在建设中国特色社会主义事业中的重要作用。

（4）在新的历史时期，我们党领导的统一战线的实质，就是要在一个共同的目标之下，实现全国各民族、各党派、各阶层、各方面人民最广泛的团结，促进政党关系、民族关系、宗教关系、阶层关系、海内外同胞关系的和谐。

（5）统一战线工作就是争取人心、凝聚力量。

【命题趋势】 尽管本知识点近些年没考查过，但是还是很重要的，希望考生重视，命题的形式是选择题。考生熟记基本的结论即可。

【知识拓展】 1. 新时期统一战线的组成人员是（　　）

A. 全体社会主义劳动者　　　　　　B. 社会主义事业的建设者

C. 拥护社会主义的爱国者　　　　　D. 拥护祖国统一的爱国者

2. 统一战线的核心问题是（　　）

A. 群众路线　　　B. 实事求是　　　C. 党的领导　　　D. 民主团结

3. 社会主义时期处理民族问题的基本原则是（　　）

A. 维护祖国统一　　　　　　　　　B. 反对民族分裂

C. 坚持民族平等和团结　　　　　　D. 各民族共同繁荣

参考答案 1. ABCD　2. C　3. ABCD

第十五章　中国特色社会主义事业的领导核心

知识点一 党的领导是社会主义现代化建设的根本保证（近年没考过）

【考点精解】 1. 中国共产党的性质和宗旨

《中国共产党章程》明确规定：中国共产党是中国工人阶级的先锋队，同时是中国人民和中华民族的先锋队，是中国特色社会主义事业的领导核心，代表中国先进生产力的发展要求，代表中国先进文化的前进方向，代表中国最广大人民的根本利益。

（1）党的最高理想和最终目标是实现共产主义。

（2）"两个先锋队"是不可分割的统一整体：

一方面，始终成为中国工人阶级的先锋队，是党真正成为中国人民和中华民族先锋队的政治前提。

另一方面,自觉成为中国人民和中华民族的先锋队,是党真正成为中国工人阶级先锋队的必然要求。

(3)中国共产党的性质决定党的宗旨是全心全意为人民服务。坚持全心全意为人民服务的宗旨,是坚持马克思主义唯物史观的根本要求。

2.中国共产党的执政地位是历史和人民的选择

3.坚持党的领导必须改善党的领导

(1)坚持中国共产党的领导,就是要坚持党在建设中国特色社会主义事业中的领导核心地位,发挥党总揽全局、协调各方的作用。

(2)当前改善党的领导,应着力解决以下几个方面的问题:

首先,要正确处理党的领导和依法治国的关系。

其次,要改革、完善党和国家的领导制度。

最后,要进一步解决提高党的领导水平和执政水平、提高拒腐防变和抵御风险能力这两大历史性课题。

【命题分析】　近些年来,本知识点没有被考查过,但是本知识点还是很重要的,**尤其今年是建党 90 周年,中央要举行很隆重的纪念活动,有很重要的精神和要求,这些要求就是考点的基本点。所以说,这一个考点今年命题的几率很高,而且是材料分析题的可能性最大**,希望考生重视本知识点的备考。

【知识拓展】　1.中国共产党的最高理想和最终目标是(　　)

　　A.切实解决民生问题　　　　　　　　B.构建社会主义和谐社会

　　C.国家繁荣富强　　　　　　　　　　D.实现共产主义

2.当前改善党的领导应着力解决的问题是(　　)

　　A.正确处理党的领导和依法治国的关系

　　B.改革、完善党和国家的领导制度

　　C.提高党的领导水平和执政水平

　　D.提高党的拒腐防变和抵御风险能力

3.扎实推进惩治和预防腐败体系建设的方针是(　　)

　　A.标本兼治　　　B.综合治理　　　C.惩防并举　　　D.注重预防

4.党和国家一切工作的出发点和落脚点是(　　)

　　A.代表好最广大人民的根本利益　　　B.维护好最广大人民的根本利益

　　C.发展好最广大人民的根本利益　　　D.实现好最广大人民的根本利益

5.在半个多世纪的执政实践中,中国共产党积累的成功执政经验主要有(　　)

　　A.必须用发展着的马克思主义指导新的实践

　　B.必须把发展作为解决中国一切问题的关键

　　C.必须始终保持党同人民群众的血肉联系

　　D.必须不断完善党的领导方式和执政方式

6.加强党的先进性建设,必须(　　)

　　A.保证党的全部工作始终符合实际和社会发展规律

　　B.保证党始终与人民群众共命运

　　C.保证党始终引领中国社会发展进步

　　D.坚持党要管党、从严治党

参考答案　1. D　2. ABCD　3. ABCD　4. ABCD　5. ABCD　6. ABCD

第三部分　中国近现代史纲要

第一章　反对外国侵略的斗争

知识点一　资本—帝国主义对中国的侵略及近代中国社会性质的演变（考查1次）

【考点集萃】　2011年第27题（多）：明确规定将台湾、澎湖列岛归还中国的有关国际条约。

【考点精解】　1. 资本—帝国主义对中国的侵略

（1）1840年，英国发动了侵略中国的鸦片战争，中国历史的发展从此发生重大转折。

（2）鸦片战争：中国近代史的起点。

1840年6月，鸦片战争爆发。鸦片战争以清政府的失败而告终。1842年8月29日，清政府派钦差大臣耆英、伊里布与英国签订了中国近代史上第一个不平等条约《南京条约》。接着，相继签订了中英《虎门条约》、中美《望厦条约》、中法《黄埔条约》。

通过这一系列不平等条约，英国等西方列强在中国攫取了大量侵略特权。

随着外国资本主义的入侵，中国的社会性质开始发生质的变化。中国逐步沦为半殖民地半封建国家。鸦片战争成为中国近代史的起点。

2. 近代中国社会的半殖民地半封建性质

鸦片战争前的中国社会是封建社会。鸦片战争以后，随着外国资本—帝国主义的入侵，中国社会发生了两个根本性的变化：其一，独立的中国逐步变成半殖民地的中国；其二，封建的中国逐步变成半封建的中国。

3. 近代中国的主要矛盾

近代中国社会矛盾中最主要的矛盾是，帝国主义和中华民族的矛盾，封建主义和人民大众的矛盾。而帝国主义和中华民族的矛盾，是最主要的矛盾。

4. 两大历史任务及其关系

（1）主要矛盾决定了近代以来中华民族的两大历史任务是，争取民族独立、人民解放和实现国家富强、人民富裕。

（2）他们之间是相互区别又紧密联系的：

①前一个任务是民族革命，后一个任务是民主革命。

②前一个任务为后一个任务扫除障碍，创造必要的前提；后一个任务是前一个任务的最终目的和必然要求。

【命题分析】　属于基础知识的介绍，每年都有考查的可能，一般是选择题。备考的方向是熟记基本的知识点，尤其是结论性的话语。

【知识拓展】　1. 第一次鸦片战争后，资本—帝国主义强迫清政府签订的不平等条约有（　　）

A.《南京条约》　　　　　　　　B.《虎门条约》

C.《望厦条约》　　　　　　　　D.《黄埔条约》

2. 近代以来，中华民族的历史任务是（　　）

A. 争取民族独立、人民解放　　　B. 争取对内改革、对外开放

C. 实现国家富强、人民富裕 D. 实现社会和谐、国际和平

参考答案 **1. ABCD　2. AC**

知识点二 抵御外国武装侵略、争取民族独立的斗争（考查1次）

【考点集萃】 2011年第9题(单)：近代中国屡受外来侵略并被迫签订丧权辱国的条约的根本原因。

【考点精解】 1. 人民群众的反侵略斗争

(1)三元里人民的抗英斗争，是中国近代史上中国人民第一次大规模的反侵略武装斗争，显示了中国人民不甘屈服和敢于斗争的英雄气概。

(2)太平天国农民战争后期，太平军曾多次重创英、法侵略军和外国侵略者指挥的洋枪队"常胜军"、"常捷军"。

(3)1900年八国联军侵华时，义和团及部分清军与之展开殊死战斗。

2. 义和团运动与列强瓜分中国图谋的破产

(1)帝国主义列强经过反复争吵、协商，最后认定，还是暂缓瓜分中国，而采取保全清政府为其共同的统治工具，实行"以华治华"，对自己更为有利。

(2)包括义和团在内的中华民族的强烈反抗，粉碎了帝国主义列强瓜分和灭亡中国的图谋，这是根本原因。

3. 反侵略斗争的失败及其原因

从1840年至1919年的80年间，中国人民的反侵略战争，都是以中国失败、中国政府被迫签订丧权辱国的条约而告结束的。其原因，从中国内部因素来分析，主要有以下两个方面：一是社会制度的腐败，二是经济技术的落后。而前者则是更根本的原因：

4. 民族意识的觉醒

鸦片战争以后，先进的中国人开始睁眼看世界了；中日甲午战争以后，中国人民的民族意识开始普遍觉醒。

(1)"师夷长技以制夷"的主张和早期的维新思想。

①林则徐是近代中国睁眼看世界的第一人。1841年，他组织翻译了英国人慕瑞的《地理大全》，编成《四洲志》一书。

②魏源在1843年1月编成《海国图志》，提出了"师夷长技以制夷"的思想，主张学习外国先进的军事和科学技术，以期富国强兵，抵御外国侵略，开创了中国近代向西方学习的新风。

③19世纪70年代以后，王韬、薛福成、马建忠、郑观应等人不仅主张学习西方的科学技术，同时也要求吸纳西方的政治、经济学说。如郑观应在所著《盛世危言》中提出大力发展民族工商业，同西方国家进行"商战"，设立议院，实行"君民共主"制度等主张。这些主张具有重要的思想启蒙的意义。

(2)救亡图存和振兴中华。

①1895年，严复写了《救亡决论》一文，响亮地喊出了"救亡"的口号。

②甲午战争后，严复翻译了《天演论》，用"物竞天择"、"适者生存"的社会进化论思想，为危机意识和民族意识提供了理论根据。

③1898年有人绘制了一幅《时局图》，更是形象地表现了当时中国面临的瓜分危局。

④民族危机激发了中华民族的觉醒，增强了中华民族的凝聚力。孙中山1894年11月在创立革命团体兴中会时就喊出了"振兴中华"这个时代的最强音。

【命题分析】 本知识点属于基础知识、基本概念的介绍，考查的几率很高，备考的重点是熟记基本概念，尤其是结论性的表述，备考选择题。

【知识拓展】 1.中国近代史上中国人民第一次大规模的反侵略武装斗争是(　　)

A.三元里抗英　　　　　　　　B.太平天国运动

C.义和团运动　　　　　　　　D.洋务运动

2.提出"师夷长技以制夷"思想的人是(　　)

A.王韬　　　　　　　　　　　B.魏源

C.薛福成　　　　　　　　　　D.郑观应

参考答案　1.A　2.B

第二章　对国家出路的早期探索

知识点一　农民群众斗争风暴的起落(近年没考过)

【考点精解】 1.金田起义和太平天国的建立

1851年1月,洪秀全率拜上帝教教众在广西省桂平县金田村发动起义,建号太平天国。随后,太平军从广西经湖南、湖北、江西、安徽,一直打到江苏,席卷6省。1853年3月,占领南京,定为首都,改名天京,正式宣告太平天国农民政权的建立。

太平军所进行的战争,是一次反对清政府腐朽统治和地主阶级压迫、剥削的正义战争。

2.《天朝田亩制度》和《资政新篇》

(1)《天朝田亩制度》是最能体现太平天国社会理想和这次农民起义特色的纲领性文件。它确立了平均分配土地的方案。

(2)太平天国的领导者们希望通过施行这样的方案,建立"有田同耕,有饭同食,有衣同穿,有钱同使,无处不均匀,无人不饱暖"的理想社会。所以,《天朝田亩制度》实际上是起义农民提出的一个以解决土地问题为中心的比较完整的社会改革方案。

(3)《天朝田亩制度》的主张,从根本上否定了封建社会的基础即封建地主的土地所有制,具有进步意义。

不过,它并没有超出农民小生产者的狭隘眼界。这种社会理想,具有不切实际的空想的性质。而且在实际上也并未付诸实行。

(4)《资政新篇》是太平天国后期颁布的社会发展方案。它的主要内容是:

①在政治方面,主张"禁朋党之弊",加强中央集权,并学习西方,制定法律、制度。

②在经济方面,主张发展近代工矿、交通、邮政、银行等事业,奖励科技发明和机器制造,开始提倡资本主义的雇佣劳动制。

③在思想文化方面,建议设立新闻官、新闻馆,破除陈规陋俗,提倡兴办学校、医院和社会福利事业。

④在外交方面,主张同外国平等交往、自由通商,"与番人并雄",但严禁鸦片输入。对于外国人,强调"准其为国献策,不得毁谤国法"。

(5)《资政新篇》则是中国近代历史上第一个比较系统的发展资本主义的方案。但是限于当时的历史条件,未能付诸实施。

3.太平天国起义的历史意义

(1)太平天国起义沉重打击了封建统治阶级,强烈撼动了清政府的统治根基。

(2)太平天国起义是中国旧式农民战争的最高峰。它具有不同于以往农民战争的新的历史特点。

(3)太平天国起义还冲击了孔子和儒家经典的正统权威。

(4)太平天国起义还有力地打击了外国侵略势力。

(5)在19世纪中叶的亚洲民族解放运动中,太平天国起义是其中时间最久、规模最大、影响最深的一次。

【命题趋势】　本知识点近两年没有被考查,但是还是很重要的,考生熟记一些大的历史事件以及太平天国运动失败的原因和历史意义,考查的方式是选择题。

知识点一　洋务运动的兴衰(考查1次)

【考点集萃】　2010年第26题(多):洋务运动失败的主要原因。

【考点精解】　1.洋务运动的兴起

(1)为了挽救清政府的统治危机,封建统治阶级中的部分成员如奕䜣、曾国藩、李鸿章、左宗棠、张之洞等,主张引进、仿造西方的武器装备和学习西方的科学技术,创设近代企业,兴办洋务。这些官员被称为“洋务派”。

(2)对洋务派兴办洋务事业的指导思想最先作出比较完整表述的是冯桂芬。他在《校邠庐抗议》一书中提出了“中学为体,西学为用”的思想。所谓“中体西用”,就是以中国封建伦理纲常所维护的统治秩序为主体,用西方的近代工业和技术为辅助,并以前者来支配后者。

2.洋务派举办的洋务事业

从19世纪60年代到90年代,洋务派举办的洋务事业归纳起来有三方面:

(1)兴办近代企业。

①洋务派首先兴办的是军用工业。

②洋务派在创办军事工业中遇到资金奇缺,原料和燃料供应不足,以及交通运输落后等困难,又兴办了一些民用企业。这些企业除少数采取官办或官商合办方式外,多数都采取官督商办的方式。但基本上是资本主义性质的近代企业。

(2)建立新式海陆军。

①京师、天津等地的军队纷纷改用洋枪、洋炮。

②建成福建水师、广东水师、南洋水师和北洋水师。其中北洋水师是清政府的海军主力。

(3)创办新式学堂,派遣留学生。

3.洋务运动的历史作用

(1)洋务派继承了魏源“师夷长技以制夷”的思想,提出“自强”、“求富”的主张,在客观上对中国的早期工业和民族资本主义的发展起了某些促进作用。

但是,洋务派兴办洋务新政,并不是要使中国朝着独立的资本主义方向发展。

(2)洋务运动时期,伴随着资本主义生产方式的出现,促进了资本主义的经济发展。

【命题分析】　洋务运动是一个重要的知识点,备考的重点是记忆代表性的人物及其思想、重要的事件,失败的原因和重大意义等。多为选择题。

【知识拓展】　1.封建统治阶级中的部分人员发动洋务运动的目的是(　　)

A.为了挽救清政府的统治危机　　　B.为了发展民族工业

C.为了发展军事力量　　　　　　　D.为了抗击外来侵略

2.对洋务派兴办洋务事业的指导思想最先作出比较完整表述的是(　　)

A.曾国藩　　　　　　　　　　　　B.冯桂芬

C.李鸿章　　　　　　　　　　　　D.左宗棠

参考答案　**1.A　2.B**

第三章　辛亥革命与君主专制制度的终结

知识点一　举起近代民族民主革命的旗帜（近年没考过）

【考点精解】 1. 孙中山与资产阶级民主革命的开始

(1)1894年11月，孙中山到檀香山组建了第一个革命团体兴中会，立誓"驱除鞑虏，恢复中国，创立合众政府"。

(2)1904年，孙中山发表《中国问题的真解决》一文，表明以孙中山为首的资产阶级革命派高举民主革命的旗帜，并选择了以武装起义推翻清王朝统治的斗争方式。

2. 资产阶级革命派的宣传与组织工作

(1)1903年，章炳麟发表了《驳康有为论革命书》，反对康有为的保皇观点。

(2)邹容写了《革命军》，号召人民推翻清朝统治，建立"中华共和国"。

(3)陈天华写了《警世钟》、《猛回头》两本小册子，号召人民奋起革命，推翻清政府这个"洋人的朝廷"。

(4)1905年8月20日，孙中山和黄兴、宋教仁等人在日本东京成立中国同盟会。

(5)同盟会以《民报》为机关报，并确定了革命纲领。

(6)中国同盟会是近代中国第一个领导资产阶级革命的全国性政党，它的成立标志着中国资产阶级民主革命进入了一个新的阶段。

3. 三民主义学说和资产阶级共和国方案

同盟会的政治纲领是"驱除鞑虏，恢复中华，创立民国，平均地权。"1905年11月，在同盟会机关报《民报》发刊词中，孙中山将同盟会的纲领概括为三大主义，即民族主义、民权主义、民生主义，后被称为三民主义。

(1)民族主义。

①民族主义包括"驱除鞑虏，恢复中华"两项内容：

一是要以革命手段推翻清朝政府，改变它一贯推行的民族歧视和民族压迫政策；

二是追求独立，建立"民族独立的国家"。

②同盟会纲领中的民族主义没有从正面鲜明地提出反对帝国主义的主张，也没有明确地把汉族军阀、官僚、地主作为革命对象，从而给了这部分人后来从内部和外部破坏革命以可乘之机。

(2)民权主义。

民权主义的内容是"创立民国"，即推翻封建君主专制制度，建立资产阶级民主共和国。这就是孙中山所说的政治革命。

(3)民生主义。

民生主义在当时指的是"平均地权"，也就是孙中山所说的社会革命。

孙中山的三民主义学说，初步描绘出中国还不曾有过的资产阶级共和国方案，是一个比较完整而明确的资产阶级民主革命纲领。

4. 关于革命与改良的辩论

1905年至1907年间，围绕中国究竟是采用革命手段还是改良方式这个问题，革命派与改良派分别以《民报》、《新民丛报》为主要舆论阵地，展开了一场大论战。

(1)要不要以革命手段推翻清王朝。

这是双方论战的焦点。改良派说，要爱国就不能革命，只能改良、立宪。

革命派指出，要爱国必须革命。只有通过革命，才能"免瓜分之祸"，获得民族独立和社会进步。

（2）要不要推翻帝制，实行共和。

改良派认为，中国只能实行君主立宪。

革命派指出，只有"兴民权改民主"，才是中国的唯一出路。

（3）要不要社会革命。

改良派反对土地国有、反对平均地权。

革命派强调，必须通过平均地权以实现土地国有，在进行政治革命的同时实现社会革命，才能避免贫富不均等社会问题的出现。

通过这场论战，划清了革命与改良的界限，传播了民主革命思想，促进了革命形势的发展。但这场论战也暴露了革命派在思想理论方面的弱点。

【命题趋势】　该知识点尽管近两年没有被考查，但还是很重要，不管其中的基础知识，还是其中发生的大事件，都是热门考点，希望考生熟记，备考选择题。

【知识拓展】　1.资产阶级革命派为了宣传革命，鼓动民众，写的著名的著作有（　　）

　A.《驳康有为论革命书》　　　　B.《革命军》

　C.《警世钟》　　　　　　　　　D.《猛回头》

2.同盟会的政治纲领是（　　）

　A.驱除鞑虏　　　　　　　　　　B.恢复中华

　C.创立民国　　　　　　　　　　D.平均地权

3.20世纪初期，为了宣传革命的主张，扫除人们思想上的障碍，资产阶级革命派同改良派进行了一场辩论，辩论的主要议题是（　　）

　A.要不要以革命手段推翻清王朝

　B.要不要推翻帝制，实行共和

　C.要不要社会革命

　D.要不要建立资产阶级政权

参考答案　　1.ABCD　　2.ABCD　　3.ABC

知识点二　辛亥革命的成功与失败（考查1次）

【考点集萃】　2011年第26题（多）:辛亥革命的重大意义。

【考点精解】　1."黄花岗起义"

1911年4月28日，黄兴率敢死队120余人在广州举行起义，大部分在激战中牺牲。其中七十二烈士的遗骸被葬于黄花岗，史称"黄花岗起义"。

2.武昌起义与各地响应

1911年10月10日晚，驻武昌的新军工程第八营的革命党人打响了起义的第一枪。起义军一夜之间就占领武昌，取得首义的胜利。革命军在三天之内就光复了武汉三镇，成立了湖北军政府。

1912年2月12日，清帝被迫退位。在中国延续了两千多年的封建帝制终于覆灭。

3.中华民国临时政府宣告成立

（1）1912年1月1日，孙中山在南京宣誓就职，改国号为中华民国，定1912年为民国元年，并成立中华民国临时政府。

（2）南京临时政府是一个资产阶级共和国性质的革命政权。

4.中华民国临时约法

（1）1912年3月，临时参议院颁布《中华民国临时约法》。这是中国历史上第一部具有资产阶级共和国宪法性质的法典。

（2）《临时约法》规定，"中华民国之主权属于国民全体"；增设国务总理，作为政府首脑；规定中华民国国民一律平等。

这样，《临时约法》就以根本大法的形式废除了两千年来的封建君主专制制度，确认了资产阶级共和国的政治制度。

5.辛亥革命的历史意义

辛亥革命是资产阶级领导的以反对君主专制制度、建立资产阶级共和国为目的的革命，是一次比较完全意义上的资产阶级民主革命。在近代历史上，辛亥革命是中国人民为救亡图存、振兴中华而奋起革命的一个里程碑，它使中国发生了历史性巨变，具有伟大的历史意义。

第一，辛亥革命推翻了清王朝的统治，沉重打击了中外反动势力。

第二，辛亥革命结束了统治中国两千多年的封建君主专制制度，建立了中国历史上第一个资产阶级共和政府，使民主共和的观念开始深入人心。

第三，辛亥革命给人们带来了一次思想上的解放。

第四，辛亥革命促使社会经济、思想习惯和社会风俗等方面发生了新的积极变化。

第五，辛亥革命不仅在一定程度上打击了帝国主义的侵略势力，而且推动了亚洲各国民族解放运动的高涨。

6.辛亥革命失败的原因和教训

第一，没有提出彻底的反帝反封建的革命纲领。

第二，不能充分发动和依靠人民群众。

第三，不能建立坚强的革命政党，作为团结一切革命力量的强有力的核心。

资产阶级革命派的这些弱点、错误，根源在于中国民族资产阶级的软弱性和妥协性。正因为如此，辛亥革命仅仅赶跑了一个皇帝，却没有能够改变封建主义和军阀官僚政治的统治基础，无法完成反帝反封建的根本任务。

辛亥革命的失败表明，资产阶级共和国的方案没有能够救中国，先进的中国人需要进行新的探索，为中国谋求新的出路。

【命题分析】 辛亥革命是我国民主革命时期非常重要的大事件，今年又是辛亥革命胜利100周年，中央要举行一系列纪念活动，所以这一考点今年仍是热门考点，命题的几率很高，在原来命制选择题的基础上，还会命制材料分析题。

【知识拓展】 1.1912年1月1日，孙中山在南京成立中华民国临时政府。南京临时政府的性质是（   ）

　　A.小资产阶级共和国性质的革命政权

　　B.资产阶级共和国性质的革命政权

　　C.无产阶级共和国性质的革命政权

　　D.新民主主义革命性质的革命政权

2.辛亥革命的历史意义是（   ）

　　A.辛亥革命推翻了清王朝的统治，沉重打击了中外反动势力

　　B.辛亥革命结束了统治中国两千多年的封建君主专制制度，建立了中国历史上第一个资产阶级共和政府，使民主共和的观念开始深入人心

　　C.辛亥革命促使社会经济、思想习惯和社会风俗等方面发生了新的积极变化

　　D.辛亥革命不仅在一定程度上打击了帝国主义的侵略势力，而且推动了亚洲各国民族解放运动的高涨

3.辛亥革命失败的原因和教训是（   ）

　　A.没有提出彻底的反帝反封建的革命纲领

B. 不能充分发动和依靠人民群众

C. 不能建立坚强的革命政党,作为团结一切革命力量的强有力的核心

D. 没有自己的武装力量

参考答案　**1. B**　**2. ABCD**　**3. ABC**

第四章　开天辟地的大事变

知识点一　新文化运动和五四运动(近年没考过)

【考点精解】　1. 新文化运动

(1)1919 年五四运动以前的新文化运动是资产阶级民主主义的新文化反对封建主义的旧文化的斗争。

(2)这个运动是从 1915 年 9 月陈独秀在上海创办《青年》杂志(后改名《新青年》)开始的。《新青年》杂志和北京大学成了新文化运动的主要阵地。

(3)新文化运动的倡导者提出了"破除迷信"的口号,他们以反对旧道德提倡新道德、反对旧文学提倡新文学为文化革命的两大旗帜。

(4)陈独秀提出的文学革命的主张,胡适对白话文的提倡,也产生了深远的影响。

2. 新文化运动的口号

(1)《新青年》提出的基本口号是民主和科学。

(2)提倡民主和科学,是为了实现在中国"建设西洋式之新国家"即西方式的资产阶级国家这个目标。

3. 中国的第一个马克思主义者

在中国大地上率先举起马克思主义旗帜的,是李大钊。

(1)李大钊于 1918 年 7 月发表《法俄革命之比较观》一文,认定资本主义文明"当入盛极而衰之运","二十世纪初叶以后之文明,必将起绝大之变动"。

(2)在同年 11 月、12 月发表的《庶民的胜利》、《Bolshevism 的胜利》两文中指出十月革命"是二十世纪中世界革命的先声",确信"将来的环球,必是赤旗的世界"。

(3)1919 年 9 月、11 月,他发表了《我的马克思主义观》一文,明确地把马克思主义称为"世界改造原动的学说",并且对马克思的唯物史观、剩余价值学说和阶级斗争理论作了比较系统的介绍。

这表明,李大钊已经成为中国的第一个马克思主义者。

4. 五四运动

(1)五四运动的直接导火线,是巴黎和会上中国外交的失败。

(2)五四运动开始时,英勇地出现在斗争前面的是学生群众。6 月 5 日以后,斗争的主力由学生转向了工人,运动的中心由北京转到了上海。

(3)五四运动就成了中国革命的新阶段即新民主主义革命阶段的开端。

【命题趋势】　新文化运动和五四运动都是民主革命时期具有重大意义的政治运动和事件,其作用无可替代,所以属于必考内容。尽管前两年没考,但接下来几年考查的几率很大。尤其今年是建党 90 周年,这两个事件都与中国共产党的成立有关,所以考生一定要高度重视。

【知识拓展】　1. 新民主主义革命与旧民主主义革命有什么区别?

2. 为什么说五四运动是新民主主义革命和旧民主主义革命的分水岭?

3. 如何理解李大钊是中国的第一个马克思主义者?

知识点二 马克思主义进一步传播与中国共产党诞生(考查2次)

【考点集萃】 2011年第36题(分析):中国共产党成立的重大意义。

2010年第9题(单):在中国最早讴歌十月革命、比较系统地介绍马克思主义的人物。

【考点精解】 1.中国共产党早期组织的活动

(1)研究和宣传马克思主义。

①1920年8月,陈望道翻译的《共产党宣言》中文全译本公开出版。同月,恩格斯的《科学的社会主义》也公开出版。之后,还陆续出版了若干种介绍马克思主义的著作,如《马克思资本论入门》、《唯物史观解说》等。

②为了扩大马克思主义的思想阵地,共产党早期组织的成员同反马克思主义的思想流派进行了斗争:

A.中国共产党早期组织成立之前,针对胡适提出的"多研究些问题,少谈些'主义'"的主张,李大钊发表《再谈问题与主义》一文予以驳斥。

B.1920年底,同张东荪、梁启超进行了关于社会主义的论战。

C.中国共产党早期组织的成员还同黄凌霜、区声白等无政府主义者进行了论战。

(2)进行关于建党问题的讨论和实际组织工作。

1920年11月,党的发起组制定了《中国共产党宣言》,阐述共产主义者的理想、共产主义者的目的和阶级斗争的最近状态。《宣言》没有向外发表,不过以此为收纳党员的标准。

2.中国共产党第一次全国代表大会

(1)中国共产党第一次全国代表大会于1921年7月23日在上海法租界望志路106号举行。其间由于会场受到暗探注意和法租界巡捕房搜查,最后一天的会议改在嘉兴南湖的游船上举行。

(2)大会确定党的名称为中国共产党。党的纲领是:以无产阶级革命军队推翻资产阶级,采用无产阶级专政以达到阶级斗争的目的——消灭阶级,废除资本私有制,以及联合第三国际等。

(3)大会选举产生了由陈独秀、张国焘、李达组成的党的领导机构——中央局,以陈独秀为书记。

党的一大正式宣告了中国共产党的成立。

3.中国共产党成立的历史特点和意义

(1)中国共产党的成立,是一个"开天辟地的大事变"。它给灾难深重的中国人民带来了光明和希望。

(2)中国共产主义运动的兴起,使得一切反动势力感到深深的恐慌。

【命题分析】 由于今年是建党90周年,从去年开始,中央和全国各族人民都开始举行各种形式的活动纪念中国共产党成立90周年。所以,不用多说,这个知识点是今年的热门考点。考生对这个知识点要高度重视,既要熟记基础知识以应对选择题,又要参看相关材料以应对材料分析题。

【知识拓展】 1.早期的马克思主义者翻译出版的重要的马克思主义的著作有哪些?

2.中国共产党早期组织的成员同反马克思主义的思想流派进行了哪些斗争,影响如何?

3.中国共产党成立的历史意义是什么?

第五章 中国革命的新道路

知识点一 对革命新道路的艰苦探索(考查1次)

【考点集萃】 2010年第27题(多):中国革命走农村包围城市、武装夺取政权道路的根据。

【考点精解】　1.大革命兴起的准备

在革命的危急关头，1927年7月中旬，中共中央临时政治局常委会决定了三件大事：

(1)将中国共产党所掌握和影响的部队向南昌集中，准备起义；

(2)组织湘、鄂、赣、粤四省的农民，在秋收季节举行暴动；

(3)召集中央会议，讨论和决定新时期的方针和政策。

2.八七会议

(1)1927年8月7日，中共中央在汉口秘密召开紧急会议(即八七会议)，彻底清算了大革命后期的陈独秀右倾机会主义错误，确定了土地革命和武装反抗国民党反动统治的总方针，并选出了以瞿秋白为首的中央临时政治局。

(2)毛泽东在会上着重阐述了党必须依靠农民和掌握枪杆子的思想。

(3)会议还提出了"整顿改编自己的队伍，纠正过去严重的错误，而找着新的道路"的任务。

(4)八七会议是大革命失败到土地革命战争兴起的转折。

3.三大起义

(1)1927年8月1日，以周恩来为书记的前敌委员会及贺龙、叶挺、朱德、刘伯承等人，率领北伐军在南昌举行起义，打响了武装反抗国民党反动统治的第一枪。这是中国共产党独立领导革命战争、创建人民军队和武装夺取政权的开端。

(2)9月9日，毛泽东等领导的湘赣边界秋收起义爆发。起义军公开打出了"工农革命军"的旗帜，并于10月7日抵达江西省宁冈县茅坪，开始了创建井冈山农村革命根据地的斗争。

(3)12月11日，中共广东省委书记张太雷和叶挺、叶剑英等领导了广州起义，对国民党的屠杀政策发动了又一次英勇的反击。

中国革命由此发展到了一个新的阶段，即土地革命战争时期，或称十年内战时期。

4.农村包围城市、武装夺取政权道路的探索

(1)1929年9月，中共中央给红四军前委的指示信中指出：先有农村红军，后有城市政权，这是中国革命的特征，这是中国经济基础的产物。

(2)毛泽东不仅在实践中首先把革命的进攻方向指向了农村，而且从理论上阐明了武装斗争的极端重要性和农村应当成为党的工作中心的思想。

①早在1928年10月和11月，毛泽东就写了《中国的红色政权为什么能够存在？》和《井冈山的斗争》两篇文章，明确地指出以农业为主要经济的中国革命，以军事发展暴动，是一种特征；同时还科学地阐述了共产党领导的土地革命、武装斗争与根据地建设三者之间的辩证统一关系，强调工农武装割据的思想，是共产党和割据地方的工农群众必须具备的一个重要思想。

②1930年1月，毛泽东在《星星之火，可以燎原》一文中进一步指出：红军、游击队和红色区域的建立和发展，是半殖民地中国在无产阶级领导之下的农民斗争的最高形式。

③农村包围城市、武装夺取政权的理论，是对1927年革命失败后中国共产党领导的红军和根据地斗争经验的科学概括。它是在以毛泽东为主要代表的中国共产党人同当时党内盛行的把马克思主义教条化、把共产国际决议和苏联经验神圣化的错误倾向作坚决斗争的基础上逐步形成的。

④1930年5月，毛泽东在《反对本本主义》一文中，提出了"没有调查，没有发言权"和"中国革命斗争的胜利要靠中国同志了解中国情况"的重要思想。

农村包围城市、武装夺取政权理论的提出，标志着中国化的马克思主义即毛泽东思想的初步形成。

5.土地革命

（1）1928年12月，毛泽东在井冈山主持制定了中国共产党历史上第一个土地法，以立法的形式，首次肯定了广大农民以革命的手段获得土地的权利。

（2）1929年4月，毛泽东在兴国主持制定了第二个土地法，将"没收一切土地"改为"没收一切公共土地及地主阶级的土地"。

（3）1931年2月，毛泽东进一步总结根据地土地革命的经验，明确规定农民已经分得的田可以自主租借和买卖。

（4）毛泽东还和邓子恢等一起制定了土地革命中的阶级路线和土地分配方法。至此，中国共产党就在中国历史上第一个制定了可以付诸实施的比较完整的土地革命纲领和路线。

【命题分析】 本知识点涉及的内容多，就单个事件来说，都很重要，很容易命制选择题，希望考生熟记本部分内容中带总结性、评价性的话语。

【知识拓展】 1.在革命的危急关头，1927年7月中旬，中共中央临时政治局常委会决定的大事是（　　　）

A.将中国共产党所掌握和影响的部队向南昌集中，准备起义

B.组织湘、鄂、赣、粤四省的农民，在秋收季节举行暴动

C.召集中央会议，讨论和决定新时期的方针和政策

D.准备开辟革命根据地，以保存有生力量

2.土地革命初期，毛泽东从实践和理论两个方面阐明了武装斗争的极端重要性和农村应当成为党的工作中心的思想。表明这些思想的重要著作有（　　　）

A.《中国的红色政权为什么能够存在?》

B.《井冈山的斗争》

C.《星星之火，可以燎原》

D.《反对本本主义》

参考答案　1.ABC　2.ABCD

知识点二 中国革命在探索中曲折前进（考查1次）

【考点集萃】 2010年第28题（多）：中国共产党巩固抗日民族统一战线的方针和原则。

【考点精解】 1.农村革命根据地的建设

1931年11月，中华苏维埃第一次全国工农兵代表大会在江西省瑞金县叶坪村举行。大会成立了中华苏维埃共和国临时中央政府，毛泽东当选为主席。

2.土地革命战争的严重挫折

从1927年7月大革命失败到1935年1月遵义会议召开之前，"左"倾错误先后三次在党中央的领导机关取得了统治地位。

第一次是1927年11月至1928年4月的"左"倾盲动错误，认为革命形势在不断高涨，盲目要求"创造总暴动的局面"。

第二次是1930年6月至9月以李立三为代表的"左"倾冒险主义，错误地认为中国革命乃至世界革命进入高潮，盲目要求举行全国暴动和集中红军力量攻打武汉等中心城市。

第三次是1931年1月至1935年1月以陈绍禹（王明）为代表的"左"倾教条主义。

这几次"左"倾错误，尤其是以王明为代表的"左"倾教条主义错误，使中国革命受到了严重挫折。

3.遵义会议

(1)1935年1月,中共中央在遵义召开了扩大会议(史称"遵义会议"),会议集中解决了当时具有决定意义的军事问题和组织问题。

(2)会议决定由张闻天代替博古负总的责任;博古任红军总政治部代理主任;并成立了由周恩来、毛泽东、王稼祥组成的新的三人团,全权负责红军的军事行动。

(3)遵义会议开始确立以毛泽东为代表的马克思主义的正确路线在中共中央的领导地位,在极其危急的情况下挽救了中国共产党、挽救了中国工农红军、挽救了中国革命,成为中国共产党历史上一个生死攸关的转折点。

4.长征的胜利

(1)1935年中共中央决定将北上红军改称陕甘支队,先行北上,于10月19日到达陕北吴起镇,同红十五军团会合,中国共产党所领导的革命力量有了新的落脚点和战略基地。至此,中央红军的二万五千里长征胜利结束。

(2)1936年10月,红二、红四方面军先后同红一方面军在甘肃会宁、静宁将台堡(今属宁夏回族自治区)会师。至此,三大主力红军的长征胜利结束。

(3)中国工农红军的长征向全中国和全世界宣告,中国共产党及其领导的人民军队,是一支不可战胜的力量。红军长征,铸就了伟大的长征精神。

5.抗日民族统一战线的策略

(1)1935年12月,毛泽东作了《论反对日本帝国主义的策略》的报告,阐明党的抗日民族统一战线的新政策,批判党内的关门主义和对于革命的急性病,系统地解决了党的政治路线上的问题。

(2)1936年12月,他写了《中国革命战争的战略问题》,总结土地革命战争中党内在军事问题上的大争论,系统地说明了有关中国革命战争战略方面的诸问题。

(3)1937年夏,他在延安抗日军政大学讲授《实践论》、《矛盾论》,深入论证马克思列宁主义基本原理同中国具体实际相结合的原则,科学地阐明了党的马克思主义的思想路线。

【命题分析】　大革命失败后,在战略转移的过程中,我们党既有一些失误,也有一些重要的决策,这些在重大历史关头发生的事件就是考试的考点,如遵义会议的历史意义等,对这些知识考生一定要熟记,多为选择题。

【知识拓展】　1.遵义会议的重要意义。

2.长征胜利的伟大历史意义。

3.党中央胜利到达陕北,在面对外来侵略问题上,采取的策略是什么?

第六章　中华民族的抗日战争

知识点一　中国共产党成为抗日战争的中流砥柱(考查1次)

【考点集萃】　2011年第28题(多):延安整风运动中反对的主观主义的主要表现形式。

【考点精解】　1.实行全面的全民族抗战的路线

1937年8月,中国共产党在陕北洛川召开政治局扩大会议,制定了抗日救国十大纲领,强调要打倒日本帝国主义,关键在于使已经发动的抗战成为全面的全民族的抗战。

2.采取持久战的战略方针

(1)1938年5月至6月间,毛泽东发表《论持久战》的讲演,系统地阐明了持久抗战的总方针：

①一方面，日本是强国，中国是弱国，强国弱国的对比，决定了抗日战争只能是持久战。

②另一方面，日本是小国，发动的是退步的、野蛮的侵略战争，在国际上失道寡助；而中国是大国，进行的是进步的、正义的反侵略战争，在国际上得道多助。

③中国已经有了代表中华民族和中国人民根本利益的、在政治上成熟的中国共产党及其领导的抗日根据地和人民军队。因此，最后胜利又将是属于中国的。

（2）毛泽东还科学地预测了抗日战争的发展进程。即：

①抗日战争将经过战略防御、战略相持、战略反攻三个阶段。

②战略相持阶段，是中国抗日战争取得最后胜利的最关键的阶段。

③只要坚持持久抗战、坚持抗日民族统一战线，中国将在这个阶段中获得转弱为强的力量。

3. 敌后战场的开辟和发展

（1）八路军刚开赴前线时，主要是直接在战役上配合国民党军队作战：

①1937年9月，八路军在晋东北平型关附近伏击日军，取得大捷，这是全民族抗战以来中国军队的第一次重大胜利，粉碎了日军不可战胜的神话。接着，又取得忻口会战等战役的胜利。

②1937年11月太原失陷后，在华北，以国民党为主体的正规战争结束，以共产党为主体的游击战争上升到主要地位。

（2）中国抗日战争逐渐形成战略上互相配合的两个战场，一个是主要由国民党军队担负的正面战场，一个是由共产党领导的人民军队为主担负的敌后战场。

（3）1944年春季，敌后战场人民军队转入局部作战。

4. 游击战争的战略地位和作用

（1）在战略防御阶段，从全局看，国民党正面战场的正规战是主要的，敌后的游击战是辅助的。

（2）在战略相持阶段，敌后游击战争成为主要的抗日作战方式。日军逐步将主要兵力用于打击敌后战场的人民军队，以保持和巩固其占领地。

5. 统一战线中的独立自主原则

（1）抗日民族统一战线是以国共合作为基础的。

（2）中国共产党强调，必须在统一战线中坚持独立自主原则，既统一，又独立。

6. 坚持抗战、团结、进步的方针

（1）抗日战争相持阶段到来以后，由于以蒋介石为代表的国民党开始推行消极抗日、积极反共的政策，团结抗战的局面逐步发生严重危机，出现了中途妥协和内部分裂两大危险。

（2）针对这种情况，1939年7月，中国共产党明确提出"坚持抗战到底，反对中途妥协"、"巩固国内团结，反对内部分裂"、"力求全国进步，反对向后倒退"三大口号，坚决揭露打击汪精卫集团的叛国投降活动，继续争取同蒋介石集团合作抗日。

在这期间，国民党制造了皖南事变。

7. 巩固抗日民族统一战线的策略总方针

为了抗日民族统一战线的坚持、扩大和巩固，中国共产党总结反"磨擦"斗争的经验，制定了"发展进步势力，争取中间势力，孤立顽固势力"的策略总方针。对顽固派贯彻又联合又斗争的政策，坚持有理、有利、有节的原则。

8. "三三制"的民主政权建设

（1）抗日战争时期，抗日民主政府在工作人员分配上实行"三三制"原则，即共产党员、非党的左派进步分子和不左不右的中间派各占1/3。

（2）抗日民主政权普遍采取民主集中制，各级抗日民主政权机构的领导人都经过人民选举产生。

在少数民族聚居地区试行民族区域自治。

9. 新民主主义理论的系统阐明

(1)在20世纪30年代后期和40年代前期,毛泽东撰写了《〈共产党人〉发刊词》《中国革命和中国共产党》《新民主主义论》等一批重要的理论著作。

(2)毛泽东阐明了中国共产党领导的整个中国革命运动,是包括民主主义革命和社会主义革命两个阶段在内的全部革命运动。而1919年五四运动以后的中国民主革命,已经是无产阶级领导的人民大众的反帝反封建的新民主主义革命。它的前途是社会主义。

(3)毛泽东还阐明了中国共产党在新民主主义革命阶段的基本纲领。即:

①政治上,推翻帝国主义和封建主义的压迫,建立一个以无产阶级为领导、以工农联盟为基础的各革命阶级联合专政的新民主主义共和国。

②经济上,没收操纵国计民生的大银行、大工业、大商业归新民主主义国家所有,建立国营经济;没收地主阶级的土地归农民所有,并引导个体农民发展合作经济;允许民族资本主义经济的发展和富农经济的存在。

③文化上,废除封建买办文化,发展无产阶级领导的人民大众的反帝反封建的中华民族的新文化,即民族的科学的大众的文化。

(4)三大法宝

毛泽东总结中国共产党成立以来的历史经验,指出统一战线和武装斗争,是战胜敌人的两个基本武器。而党的组织,则是掌握统一战线和武装斗争这两个武器以实行对敌冲锋陷阵的英勇战士。统一战线,武装斗争,党的建设,这就是中国共产党在中国革命中战胜敌人的三个主要的法宝。

新民主主义理论的系统阐明,标志着毛泽东思想得到多方面展开而达到成熟。

10. 整风运动

(1)1941年5月,毛泽东作了《改造我们的学习》的报告,整风运动首先在党的高级干部中进行。

(2)1942年2月,毛泽东先后作了《整顿党的作风》和《反对党八股》的讲演,整风运动在全党范围普遍展开。

(3)整风运动的主要内容是:反对主观主义以整顿学风、反对宗派主义以整顿党风、反对党八股以整顿文风。其中,反对主观主义是整风运动最主要的任务。

整风运动是一场伟大的思想解放运动。一切从实际出发、理论联系实际、实事求是的马克思主义思想路线,在全党范围确立了起来。

【**命题分析**】　本章的内容中,以本知识点最为重要,主要分析的是中国共产党在抗日战争中的作用。对相关的知识考生要熟记,以备考选择题。

【**知识拓展**】　1.抗日战争初期,八路军领导取得了全民族抗战以来中国军队的第一次重大胜利,粉碎了日军不可战胜的神话,这一战役是(　　)

　　A.台儿庄战役　　　　　　　　B.平型关大捷

　　C.忻口会战　　　　　　　　　D.张家口会展

2.民主革命时期,我们党战胜敌人的"三大"法宝是(　　)

　　A.统一战线　　　　　　　　　B.武装斗争

　　C.党的建设　　　　　　　　　D.独立自主

3.整风运动的主要内容是(　　)

　　A.反对主观主义以整顿学风　　B.反对宗派主义以整顿党风

　　C.反对党八股以整顿文风　　　D.反对官僚主义以整顿作风

参考答案　**1. B　2. ABC　3. ABC**

知识点二　抗日战争的胜利及其意义（近年没考过）

【考点精解】　1.抗日战争的胜利

（1）1945年4月，联合国制宪会议在美国旧金山举行，包括中国解放区代表董必武在内的中国代表团出席了会议。中国成为联合国的创始国和五个常任理事国之一。

（2）7月26日，中、美、英三国发表波茨坦公告，敦促日本投降。

（3）8月14日，日本政府照会中、美、英、苏等国，表示接受波茨坦公告。8月15日，日本天皇裕仁以广播"终战诏书"的形式宣布接受波茨坦公告。9月2日，日本天皇和政府以及日本大本营的代表在东京湾美军军舰密苏里号上签署向同盟国的投降书。

至此，中国人民抗日战争胜利结束，世界反法西斯战争也胜利结束。9月3日，成为中国人民抗日战争胜利纪念日。

（4）1945年10月25日，中国政府在台湾举行受降仪式。根据波茨坦公告，被日本占领50年之久的台湾以及澎湖列岛，由中国收回。这成为抗日战争取得完全胜利的重要标志。

2.抗日战争胜利的意义

第一，中国人民抗日战争的胜利，捍卫了中国的国家主权和领土完整，使中华民族避免了遭受殖民奴役的厄运。

第二，中国人民抗日战争的胜利，促进了中华民族的觉醒。

第三，中国人民抗日战争的胜利，促进了中华民族的大团结。

第四，中国人民抗日战争的胜利，对世界各国夺取反法西斯战争的胜利、维护世界和平的伟大事业产生了巨大影响。

【命题趋势】　重点记忆抗日战争胜利的意义，多为选择题。

【知识拓展】　1.中国人民抗日战争胜利纪念日是（　　　）

A.8月14日　　　　B.8月15日　　　　C.9月2日　　　　D.9月3日

2.抗日战争胜利的意义是（　　　）

A.捍卫了中国的国家主权和领土完整，使中华民族避免了遭受殖民奴役的厄运

B.促进了中华民族的觉醒

C.促进了中华民族的大团结

D.对世界各国夺取反法西斯战争的胜利、维护世界和平的伟大事业产生了巨大影响

参考答案　1.D　2.ABCD

第七章　为新中国而奋斗

知识点一　国民党政府处在全民的包围中（考查1次）

【考点集萃】　2010年第29题（多）：解放战争时期第二条战线形成的原因。

【考点精解】　1.人民解放军转入战略进攻

（1）1947年6月底，刘伯承、邓小平率领的晋冀鲁豫野战军主力，千里跃进大别山，揭开了战略反攻的序幕。

（2）提出"打倒蒋介石，解放全中国"的口号

1947年10月10日，中国人民解放军总部发表宣言，提出"打倒蒋介石，解放全中国"的口号。

同年12月，中共中央在陕北米脂县杨家沟召开会议，制定了夺取全国胜利的行动纲领。

2.从《五四指示》到《中国土地法大纲》

（1）在全面内战爆发的前夕，1946年5月4日，中共中央发出《关于清算、减租及土地问

题的指示》(史称《五四指示》),决定将党在抗日战争时期实行的减租减息政策改变为实现"耕者有其田"的政策。

(2)1947年7月至9月,中国共产党在河北省平山县召开全国土地会议,制定和通过了《中国土地法大纲》。

(3)随后,解放区广大农村迅速掀起土地制度改革(习惯称"土改")运动的热潮。

3.第三条道路的主张

(1)抗日战争胜利后,某些民主党派的领导人物曾经鼓吹"中间路线"。

(2)他们主张:

①在政治上,"必须实现英美式的民主政治",但不准地主官僚资本家操纵。

②在经济上,"应当实行改良的资本主义",但不容官僚买办资本横行。而实行的方法,则是走和平的改良的道路。

(3)他们所提倡的,是资产阶级共和国的方案;他们所主张的,实质上是旧民主主义的道路。

(4)历史事实表明,资产阶级共和国的方案在中国行不通。

【命题分析】 熟记一些重大事件或政策的核心内容,备考选择题。

【知识拓展】 1.人民解放军转入战略进攻后相继采取的重大举措有(　　)

A.刘邓大军千里跃进大别山

B.提出"打倒蒋介石,解放全中国"的口号

C.中共中央在陕北米脂县杨家沟召开会议,制定了夺取全国胜利的行动纲领

D.中共中央召开杨家湾会议,讨论转战陕北的战略

2.第三条道路的主张有(　　)

A.必须实现英美式的民主政治　　　　B.不准地主官僚资本家操纵

C.应当实行改良的资本主义　　　　　D.不容官僚买办资本横行

参考答案　**1.ABC　2.ABCD**

知识点一　新民主主义革命的基本胜利(考查1次)

【考点集萃】 2010年第36题(分析):中华人民共和国成立的伟大意义。

【考点精解】 1.辽沈、淮海、平津三大战役

1948年秋,中国人民解放军先后发动了辽沈、淮海、平津三大战役。经过三大战役,国民党赖以维持其反动统治的主要军事力量基本上被摧毁。

2.人民解放军向全国进军

1949年4月21日,毛泽东、朱德发布了《向全国进军的命令》。4月23日,人民解放军占领南京,宣告延续了22年之久的国民党反动统治的覆灭。

3.七届二中全会

1949年3月召开的中共七届二中全会,提出了中国由农业国转变为工业国、由新民主主义社会转变为社会主义社会的发展方向。

在这次会议上,毛泽东提出了"两个务必"的思想,即"务必使同志们继续地保持谦虚、谨慎、不骄、不躁的作风,务必使同志们继续地保持艰苦奋斗的作风"。

4.《论人民民主专政》

1949年6月30日,毛泽东发表了《论人民民主专政》一文,明确指出,人民民主专政是工人阶级领导的,以工人阶级、农民阶级和城市小资产阶级为基础的联盟,而主要是工人和农民的联盟。

我们还必须利用一切于国计民生有利而不是有害的城乡资本主义因素,团结民族资产阶级。但是民族资产阶级不能充当革命的领导者,也不应当在国家政权中占主要的地位。

中共七届二中全会的决议和毛泽东的《论人民民主专政》,构成了《中国人民政治协商会议共同纲领》的基础。

5.第一届政协会议

(1)在中国人民政治协商会议第一届全体会议上,毛泽东在开幕词中宣告:占人类总数四分之一的中国人从此站立起来了。

(2)会议通过了《中国人民政治协商会议共同纲领》。

①《共同纲领》规定:"中华人民共和国为新民主主义即人民民主主义的国家,实行工人阶级领导的、以工农联盟为基础的、团结各民主阶级和国内各民族的人民民主专政"。"中华人民共和国的国家政权属于人民。人民行使国家政权的机关为各级人民代表大会和各级人民政府"。"各级政权机关一律实行民主集中制"。

②《共同纲领》规定:"中华人民共和国境内各民族一律平等"。"各少数民族聚居的地区,应实行民族区域自治"。

③《共同纲领》在当时是全国人民的大宪章,起着临时宪法的作用。

6.中华人民共和国成立的伟大意义

第一,帝国主义列强压迫中国、奴役中国人民的历史从此结束,中华民族开始以崭新的姿态自立于世界的民族之林。

第二,本国封建主义、官僚资本主义统治的历史从此结束,广大中国人民第一次成为新社会、新国家的主人。

第三,军阀割据、战乱频仍、匪患不断的历史从此结束,国家基本统一,各族人民开始过上安居乐业的生活。

第四,为实现由新民主主义向社会主义的过渡,并在社会主义道路上实现中华民族的伟大复兴,创造了前提条件。

第五,中国共产党成为全国范围内的执政党。

总之,中华人民共和国的成立,标志着中国的新民主主义革命取得了基本的胜利,标志着半殖民地半封建社会的结束和新民主主义社会在全国范围内的建立。这是马克思主义同中国实际相结合的伟大胜利。

【命题分析】 本知识点涉及的内容多,意义都比较重大,考查的几率比较高,希望考生重视。备考的重点是结论性的话语,命题的角度是选择题。

【知识拓展】 1.党的七届二中全会都有哪些重要议题? 其意义是什么?

2.《论人民民主专政》的主要内容及其意义是什么?

3.第一届全国政协会议的重要意义是什么?

第八章 社会主义基本制度在中国的确立

知识点一 从新民主主义向社会主义过渡的开始(近年没考过)

【考点精解】 1.新民主主义社会的建立

(1)中国共产党领导的革命,包括新民主主义革命和社会主义革命两个阶段。

(2)1949年中华人民共和国的成立,标志着新民主主义革命阶段的基本结束和社会主义革命阶段的开始,即进入由新民主主义到社会主义的过渡时期。

2.开始采取向社会主义过渡的实际步骤

(1)七届三中全会决定,首先集中力量完成民主革命的遗留任务(包括土地改革、镇压反革命等)和进行恢复国民经济、争取国家财政经济状况基本好转的工作,以便为开展有系统的社会主义改造和有计划的经济建设创造条件。

(2)新中国成立后的最初三年(即1949～1952年期间),中国共产党主要完成民主革命的遗留任务:

第一,没收官僚资本,确立社会主义性质的国营经济的领导地位。

①没收官僚资本归国家所有,是《共同纲领》规定的一项历史任务。

②没收官僚资本,具有两重性质:

从反对外国帝国主义的附庸——中国的买办资产阶级——的意义上看,它具有民主革命的性质;

从反对中国的大资产阶级的意义上看,它又具有社会主义革命的性质。

第二,开始将资本主义纳入国家资本主义轨道。

第三,引导个体农民在土地改革后逐步走上互助合作的道路。

3.对新民主主义社会过渡性认识的深入

(1)新民主主义社会不是一个凝固不变的、独立的社会形态,它本身具有过渡性,它是处在很深刻的变动之中的。

(2)在新民主主义社会中,社会主义因素不论在经济上和政治上都已经占据领导地位,但非社会主义因素仍有很大的比重,社会主义因素和非社会主义因素彼此斗争着。

【命题趋势】　本知识点涉及的内容比较多,而且有许多知识是容易出现字面性的理解失误的,这些容易出现理解歧义的知识往往是考查的热点,对此知识,考生一定要在理解其含义的基础上熟记。命题的角度既可以是选择题,也可以是材料分析题。

【知识拓展】　1.如何理解新民主主义社会既有革命的性质,又有建设的性质?

2.新民主主义社会与社会主义社会有什么样的关系?

3.如何理解没收官僚资本具有两重性质?

知识点二　有中国特点的向社会主义过渡的道路(考查2次)

【考点集萃】　2011年第10题(单):抗美援朝战争胜利的重大意义。

2011年第29题(多):社会主义改造时期对个体农业进行社会主义改造的历史经验。

【考点精解】　1.农业合作化任务的提出

(1)土地改革后,农村开始出现了贫富分化。针对这种情况,中国共产党和人民政府决定,采取积极领导的方针,教育、推动和帮助农民走互助合作的道路。这样,在土改后,互助组很快就在农村中相当普遍地发展起来。

(2)1951年12月,中共中央下发了《关于农业生产互助合作的决议(草案)》。草案指出,要"按照自愿和互利的原则,发展农民劳动互助的积极性"。

2.农业合作化的基本方针

一是互助组,这具有社会主义的萌芽。

二是初级农业生产合作社,这具有半社会主义性质。

三是高级农业生产合作社,这具有社会主义性质。

采取这种逐步过渡的办法,是中国农业合作化运动中的一项重要的创造。

3.农业合作化的发展和基本完成

（1）1955年夏季，由于对农业合作化形势的看法不同，在中国共产党内部引发了关于农业合作化发展速度问题的一场争论。

（2）1955年夏季以后，农业合作化运动加速发展，出现了农业合作化高潮。

（3）对个体农业的社会主义改造，由于要求过急，工作过粗，改变过快，形式也过于简单划一，以致在长期间遗留了一些问题。尽管如此，农业合作化在总体上是成功的。

4.手工业合作化的实现

（1）在推进手工业合作化的过程中，中国共产党采取的是积极领导、稳步前进的方针。

（2）手工业合作化的组织形式，是由手工业生产合作小组、手工业供销合作社到手工业生产合作社，步骤是从供销入手，由小到大，由低到高，逐步实行社会主义改造和生产改造。

5.对资本主义工商业赎买政策的实施

（1）中国资产阶级有两个部分，即官僚资产阶级和民族资产阶级。中国共产党和人民政府对他们采取了不同的政策：

①对官僚资产阶级即中国的大资产阶级，是把他们作为敌人，在政治上推翻他们的统治，在经济上没收他们的资本。

②民族资产阶级在社会主义时期仍然具有两面性。对民族资产阶级，在团结他们的同时，用和平的方法逐步地改造他们。

（2）对资本主义工商企业进行社会主义改造，就是要把民族资本主义工商业改造成为社会主义性质的企业，并对民族资产阶级实行赎买政策。

（3）国家资本主义经济有初级形式和高级形式的区别。

①初级形式的国家资本主义企业仍由资本家经营，其形式，在工业中有收购、加工、订货、统购、包销；商业中有经销、代销、代购代销、公私联营等。

②高级形式的国家资本主义就是公私合营。

新中国成立初期，着重发展的是加工订货、经销代销等初级形式的国家资本主义。企业利润采取"四马分肥"的办法，即分为国家所得税、企业公积金、工人福利费、股金红利四个部分。

6.社会主义改造的基本完成

（1）到1956年，随着社会主义改造的基本完成，中国继建立社会主义基本政治制度之后，社会主义的基本经济制度也建立起来了。这是中国进入社会主义社会的最主要的标志。

（2）中共中央原计划用18年的时间而实际上只用了7年的时间，社会主义改造就基本完成了。由于进展急促，工作中也有缺点和偏差。

尽管如此，从根本上说，对于个体农业、手工业和资本主义工商业的社会主义改造是符合客观需要的，完成这些改造是一件有伟大历史意义的事情。

【命题分析】 可以将本部分内容与《毛泽东思想和中国特色社会主义理论体系概论》第四章的内容结合起来备考，熟记基础知识，应对选择题。

【知识拓展】 1.对改革开放后的我国五种经济成分，有人分析了一下社会主义改造前的经济形势，发现五种经济成分在表面上和性质上都是一样的，便发出了"早知今日，何必当初！"的看法。你如何理解理论界曾经很流行的这一观点？

2."中共中央原计划用18年的时间而实际上只用了7年的时间，社会主义改造就基本完成了。"如何看待社会主义改造在时间段上的这一变化？

第九章　社会主义建设在探索中曲折发展

知识点一　社会主义建设的初步探索(考查1次)

【考点集萃】　2010年第10题(单):马克思主义和中国实际的"第二次结合"(中国共产党人开始探索中国自己的社会主义建设道路的成就)。

【考点精解】　1. 全面建设社会主义的开端

1956年,社会主义基本制度的全面确立,标志着中国进入开始全面建设社会主义的历史阶段。

2. 《论十大关系》的发表

《论十大关系》围绕一个基本方针,即:"一定要努力把党内党外、国内国外的一切积极的因素,直接的、间接的积极因素,全部调动起来,把我国建设成为一个强大的社会主义国家"。

3. 中共八大路线的制定

(1)社会主义制度在我国已经基本上建立起来。

(2)国内主要矛盾是人民对于经济文化迅速发展的需要同当前经济文化不能满足人民需要的状况之间的矛盾。

(3)全国人民的主要任务是集中力量发展社会生产力,实现国家工业化,逐步满足人民日益增长的物质和文化需要。

(4)虽然还有阶级斗争,还要加强人民民主专政,但其根本任务已经是在新的生产关系下保护和发展生产力。

(5)制定的方针政策

①在经济建设上,大会坚持既反保守又反冒进即在综合平衡中稳步前进的方针。

②在政治建设上,提出要扩大社会主义民主、健全社会主义法制,使党和政府的活动做到"有法可依"和"有法必依"。

③在执政党建设上,强调要提高全党的马克思列宁主义思想水平,健全党内民主集中制,坚持集体领导制度,反对个人崇拜,发展党内民主和人民民主,加强党和群众的联系。

(6)陈云提出"三个主体、三个补充"的思想,即:

①国家经营和集体经营是主体,一定数量的个体经营为补充;②计划生产是主体,一定范围的自由生产为补充;③国家市场是主体,一定范围的自由市场为补充。

同年12月,毛泽东提出,可以消灭了资本主义,又搞资本主义,并把这称作"新经济政策"。

4. 《关于正确处理人民内部矛盾的问题》的发表

(1)1957年2月,毛泽东在扩大的最高国务会议上发表《关于正确处理人民内部矛盾的问题》的讲话,指出:

①在社会主义制度下,人民的根本利益是一致的,但还存在着敌我矛盾和人民内部矛盾。

②把正确处理人民内部矛盾作为国家政治生活的主题。

③解决人民内部矛盾,只能用说服的、教育的方法。

(2)毛泽东还对社会主义社会的基本矛盾作了科学分析。他指出:

①社会主义社会充满着矛盾,正是这些矛盾推动着社会主义社会不断向前发展。

②在社会主义社会中,基本的矛盾仍然是生产关系和生产力之间的矛盾、上层建筑和经济基础之间的矛盾。

③这些矛盾可以通过社会主义制度本身的自我调整和自我完善不断地得到解决。

【命题分析】 社会主义建设初期,我们党在社会主义如何建设的问题上提出了很多真知灼见,对以后的经济社会发展产生了很大影响,这些重大理论或政策就是热门考点,希望考生熟记。

【知识拓展】 1.如何理解《论十大关系》的当前意义?

2.党的八大上党的领导人关于社会主义建设的主张,对十一届三中全会后的政策制定有何启示作用?

3.结合胡锦涛的有关正确处理人民内部矛盾问题的讲话精神,如何理解《关于正确处理人民内部矛盾的问题》的当代价值?

知识点二 建设的成就,探索的成果(近年没考过)

【考点精解】 1.工业体系和国民经济体系的基本建立

2.人民生活水平的提高与文化、医疗、科技事业的发展

3.取得一批重要的科技成果

1964年10月,中国爆炸了第一颗原子弹。1967年6月,爆炸了第一颗氢弹。1970年1月,第一枚中远程导弹发射成功。同年4月,第一颗人造地球卫星发射成功。1975年,可回收人造卫星试验成功。

新中国先后制定了两个科学技术长远发展规划。其中,1956年制定的第一个十二年发展规划提前实现。1963年又提前制定了十年发展规划。

4.探索中形成的建设社会主义的若干重要原则

(1)关于社会主义的发展阶段,毛泽东指出:社会主义这个阶段,又可能分为两个阶段,第一个阶段是不发达的社会主义,第二个阶段是比较发达的社会主义。后一阶段可能比前一阶段需要更长的时间。

(2)在社会主义经济建设方面,毛泽东提出,要实行以农业为基础、以工业为主导的方针,正确处理重工业、轻工业和农业的关系。

(3)把正确处理人民内部矛盾作为国家政治生活的主题。

(4)在社会主义文化建设方面,实行"百花齐放、百家争鸣"的方针;对古今中外的优秀文化实行"古为今用、洋为中用、百花齐放、推陈出新"的方针;思想政治工作是经济工作和其他一切工作的生命线。

(5)在执政条件下加强共产党自身建设方面,要同帝国主义的"和平演变"作斗争。

【命题分析】 本部分内容很多,但是比较重要的其实只有一个,即"探索中形成的建设社会主义的若干重要原则"。考生熟记其中的内容即可。

第十章 改革开放与现代化建设新时期

知识点一 历史性的伟大转折和改革开放的起步(近年没考过)

【考点精解】 1.关于真理标准问题的讨论

(1)为了冲破"两个凡是"的严重束缚,邓小平提出要完整地、准确地理解毛泽东思想的科学体系,强调毛泽东思想的精髓就是实事求是,旗帜鲜明地提出"两个凡是"不符合马克思主义。

（2）从1978年5月开始的关于真理标准问题的大讨论,强调实践是检验真理的唯一标准。

2.中共十一届三中全会的召开

（1）1978年12月13日,邓小平在中央工作会议闭幕会上作的题为《解放思想,实事求是,团结一致向前看》的讲话实际上是三中全会的主题报告。

（2）中共十一届三中全会冲破长期"左"的错误的严重束缚,彻底否定了"两个凡是"的错误方针,高度评价了关于真理标准问题的讨论,并且断然否定"以阶级斗争为纲"的指导思想,作出了把工作重点转移到社会主义现代化建设上来和实行改革开放的战略决策,重新确立了马克思主义的思想路线、政治路线和组织路线。

（3）中共十一届三中全会是新中国成立以来党的历史上具有深远意义的伟大转折。形成了以邓小平为核心的党的中央领导集体,揭开了社会主义改革开放的序幕。

3.农村改革的突破性进展

（1）1980年5月,邓小平发表《关于农村政策的谈话》,肯定了包产到户。后来,中央又进一步肯定包产到户、包干到户是社会主义集体经济的生产责任制,是合作经济的一个经营层次。

（2）在中共中央的支持和推动下,以包产到户、包干到户为主要形式的家庭联产承包责任制,在全国各地逐渐推广开来。

（3）"统分结合"的农村家庭联产承包责任制的普遍实行,促进了"政社合一"的人民公社体制的解体。1983年10月,中央作出决定,废除人民公社,建立乡（镇）政府作为基层政权,同时成立村民委员会作为村民自治组织。

（4）城市经济体制改革也开始进行探索。如逐步扩大国有企业经营自主权,把部分中央和省属企业下放给城市管理,开始实行政企分开,进行城市经济体制综合改革试点等。

（5）在推进经济体制改革的同时,也开始了政治体制改革和其他方面体制的改革和建设。

4.工作重心转移到经济建设上来

针对1977年至1978年这两年中出现的国民经济比例失调的情况,1979年4月召开的中共中央工作会议,提出对国民经济实行"调整、改革、整顿、提高"的方针,坚决纠正前两年经济工作中的失误,认真清理过去在这方面长期存在的"左"倾错误影响。

5.坚持四项基本原则

1979年3月30日,邓小平在理论工作务虚会上发表的讲话中指出:坚持社会主义道路,坚持人民民主专政,坚持共产党的领导,坚持马克思列宁主义、毛泽东思想这四项基本原则,"是实现四个现代化的根本前提"。

6.科学评价毛泽东和毛泽东思想

（1）1981年6月,中共十一届六中全会通过了《关于建国以来党的若干历史问题的决议》决议。

（2）决议科学地评价了毛泽东和毛泽东思想的历史地位,并从根本上否定了"文化大革命"的理论和实践。

【命题趋势】　本章内容除了这一个知识点在内容上稍微与《毛泽东思想和中国特色社会主义理论体系概论》有所不同之外,其他的内容在总体上与《毛泽东思想和中国特色社会主义理论体系概论》中的相关内容完全交叉或重复,所以以复习本章内容可与《毛泽东思想和中国特色社会主义理论体系概论》中的相关内容结合起来备考。后面的四个知识点就不再在此展开解析。

第四部分　思想道德修养与法律基础

第一章　追求远大理想,坚定崇高信念

知识点一　树立科学的理想信念(考查1次)

【考点集萃】　2011年第14题(单):理想的层次。

【考点精解】　1.确立马克思主义的科学信仰

马克思主义指导思想是社会主义核心价值体系的灵魂。建设社会主义核心价值体系,最根本的是坚持马克思主义的指导地位。

2.学习和践行社会主义核心价值体系的重大意义

(1)社会主义核心价值的内容。

党的十六届六中全会通过的《中共中央关于构建社会主义和谐社会若干重大问题的决定》强调:"建设和谐文化,是构建社会主义和谐社会的重要任务。社会主义核心价值体系是建设和谐文化的根本。"

党的十七大报告进一步明确指出,"建设社会主义核心价值体系,增强社会主义意识形态的吸引力和凝聚力。"

(2)社会主义核心价值体系的作用。

建设社会主义核心价值体系,对于建设社会主义先进文化,对于团结、引领全体社会成员在思想上、道德上共同进步,具有不可替代的重要作用。

3.树立中国特色社会主义的共同理想

中国特色社会主义共同理想是社会主义核心价值体系的主题。这个共同理想,就是在中国共产党领导下,走中国特色社会主义道路,实现中华民族的伟大复兴。

4.当代大学生的历史使命

当代大学生承担的是建设中国特色社会主义、实现中华民族伟大复兴的历史使命。

【命题分析】　基础知识,而且是从理论的层面上论述科学理想的相关知识,比较重要。熟记基本的概念和表述即可,以备考选择题。

【知识拓展】　1.社会主义核心价值体系的灵魂是(　　)

A.建设中国特色社会主义

B.以改革开放为核心的时代精神

C.马克思主义指导思想

D.和谐文化

2.社会主义核心价值体系的作用是(　　)

A.有利于建设社会主义先进文化

B.有利于团结全体社会成员在思想上、道德上共同进步

C.有利于引领全体社会成员在思想上、道德上共同进步

D.有利于感化全体社会成员在行动上步调一致

参考答案　1.C　2.ABC

知识点二　理想信念的实现(近年没考过)

【考点精解】　1.正确认识理想与现实的关系是实现理想的思想基础

(1)人们在确立理想和追求理想的过程中,常常会感受到理想与现实的矛盾。

(2)有一种认识偏向,是用理想来否定现实。

(3)还有一种认识偏向,是用现实来否定理想。

(4)理想和现实存在着对立的一面,二者又是统一的。

一方面,现实中包含着理想的因素,孕育着理想的发展,在一定条件下,现实必定要转化为理想。

另一方面,理想中也包含着现实,既包含着现实中必然发展的因素,又包含着由理想转化为现实的条件,在一定的条件下,理想就可以转化成为未来的现实。

2.坚定的信念是实现理想的重要条件

(1)追求理想需要有执著的信念。

(2)在人生实践中,青年仅仅有对美好理想的向往是不够的,还必须正确认识社会发展的规律。

(3)为理想而献身,是人生的最高境界,也是实现理想的重要条件。

3.勇于实践、艰苦奋斗是实现理想的根本途径

(1)理想必须通过实践才能转变为现实。

(2)艰苦奋斗,其主旨在于奋斗,其价值在于为事业而奉献。

践行艰苦奋斗精神,是当代大学生实现理想的根本途径。

【命题趋势】　本知识点属于理想的实现层次,一般来说,直接从理论上来考查理想怎样实现的几率比较小,往往会联系现实,或是以现实事例为题干进行考查。所以考生备考本知识点时要多联系现实。

第二章　继承爱国传统,弘扬民族精神

知识点一　中华民族的爱国主义传统(近年没考过)

【考点精解】　1.爱国主义的科学内涵

爱国主义体现了人民群众对自己祖国的深厚感情,反映了个人对祖国的依存关系,是人们对自己故土家园、民族和文化的归属感、认同感、尊严感与荣誉感的统一。它是民族精神的核心。

(1)爱国主义的基本要求是:

①爱祖国的大好河山。②爱自己的骨肉同胞。③爱祖国的灿烂文化。④爱自己的国家。

(2)爱国主义是历史的、具体的,在不同的历史时代和文化背景下所产生的爱国主义,总是具有不同的内涵。

(3)现阶段,爱国主义主要表现在献身于建设和保卫社会主义现代化事业,献身于促进祖国统一大业。

(4)爱国主义随着国家的产生而产生,随着国家的发展而发展。在未来的共产主义社会,国家消亡后,爱国主义就会失去存在的条件和意义。

2.爱国主义的优良传统

(1)热爱祖国,矢志不渝。(2)天下兴亡,匹夫有责。(3)维护统一,反对分裂。(4)同仇敌忾,抗御外侮。

3.爱国主义的时代价值
(1)爱国主义是中华民族继往开来的精神支柱。
(2)爱国主义是维护祖国统一和民族团结的纽带。
(3)爱国主义是实现中华民族伟大复兴的动力。
(4)爱国主义是个人实现人生价值的力量源泉。

【命题趋势】 熟记爱国主义的优良传统和时代价值即可,多为选择题。

【知识拓展】 1.爱国主义的优良传统有(　　)
A.热爱祖国,矢志不渝　　　　　　B.天下兴亡,匹夫有责
C.维护统一,反对分裂　　　　　　D.同仇敌忾,抗御外侮
2.爱国主义的时代价值是(　　)
A.爱国主义是中华民族继往开来的精神支柱
B.爱国主义是维护祖国统一和民族团结的纽带
C.爱国主义是实现中华民族伟大复兴的动力
D.爱国主义是个人实现人生价值的力量源泉

参考答案 **1.ABCD　2.ABCD**

知识点二　新时期的爱国主义(考查2次)

【考点集萃】 2010年第12题(单):自强不息的中华民族精神。
2010年第30题(多):新时期的爱国主义精神。

【考点精解】 建设和发展中国特色社会主义是新时期爱国主义的主题。在现阶段,爱国主义主要表现为弘扬民族精神与时代精神,献身于建设和保卫社会主义现代化事业,献身于促进祖国统一的事业。

1.爱国主义与爱社会主义和拥护祖国统一
(1)爱国主义与爱社会主义的一致性。
在当代中国,爱国主义首先体现在对社会主义中国的热爱上,这是中华人民共和国每一个公民必须坚持的立场和态度。
(2)爱国主义与拥护祖国统一的一致性。
2.爱国主义与经济全球化
经济全球化形势下要弘扬爱国主义:
(1)经济全球化条件下爱国主义没有过时。
在经济全球化的条件下,国家仍然是民族存在的最高组织形式,是国际社会活动中的独立主体。爱国主义并没有也不会过时。
(2)经济全球化条件下更要爱国。
(3)经济全球化条件下爱国的途径。
①勇于和善于参与经济全球化的竞争,才能加快我国经济的发展,不断增强国家的经济实力和综合国力。
②以宽广的眼界观察世界,以积极而理性的姿态参与经济全球化进程,实施互利共赢的开放战略,促进国民经济又好又快发展。
(4)经济全球化条件下爱国必须处理好的一些关系。
爱国主义不是狭隘的民族主义,也不是大国沙文主义。要正确处理热爱祖国与关爱世界、为祖国服务与尽国际义务、维护世界和平与促进共同发展的关系。

（5）经济全球化与当代大学生的爱国主义。

①人有地域和信仰的不同，但报效祖国之心不应有差别。

②科学没有国界，但科学家有祖国。

3.爱国主义与弘扬民族精神

（1）在五千多年的发展中，中华民族形成了以爱国主义为核心的团结统一、爱好和平、勤劳勇敢、自强不息的伟大民族精神。

（2）要大力弘扬和培育民族精神

弘扬和培育民族精神，要立足于中国特色社会主义建设事业的伟大实践，反映社会主义初级阶段的基本特征，反映完善社会主义市场经济体制的现实需要，反映发展社会主义先进文化的前进方向。

4.爱国主义与弘扬时代精神

（1）弘扬以改革创新为核心的时代精神，必须大力推进理论创新、制度创新、科技创新、文化创新以及其他各方面的创新。

（2）弘扬以改革创新为核心的时代精神，要自觉投身于改革创新的伟大实践。

【命题分析】　本知识点比较重要，既有基础知识的介绍，又有相关概念的辨析，还有基础理论与现实的衔接问题，所以很重要，希望考生理解、熟记基础知识以及相关理论，备考选择题。

【知识拓展】　1.新时期爱国主义的主题是什么？爱国主义的主题是否会随着社会发展而变化？怎样变化？

2.经济全球化形势下如何弘扬爱国主义？途径是什么？如何处理好热爱祖国与关爱世界、为祖国服务与尽国际义务、维护世界和平与促进共同发展的关系等关系？

3.在爱国主义前提下，如何大力弘扬和培育民族精神、时代精神？

第三章　领悟人生真谛,创造人生价值

知识点一　创造有价值的人生（近年没考过）

【考点精解】　**1.价值观与人生观的关系**

（1）作为一种社会意识，价值观集中反映一定社会的经济、政治、文化，代表了人们对生活现实的总体认识、基本理念和理想追求。

（2）任何一个社会在一定的历史发展阶段上，都会形成与其根本制度和要求相适应的、主导全社会思想和行为的价值体系，即社会核心价值体系。

（3）社会核心价值体系是统治阶级意志的根本表达，体现着社会意识的性质和方向，不仅作用于经济、政治、文化和社会生活的各个方面，而且对每个社会成员价值观的形成都具有深刻的影响。

2.人生价值的内涵和意义

（1）人生价值是一种特殊的价值，是人的生活实践对于社会和个人所具有的作用和意义。

（2）在关于人生的思考中，回答"为什么"的问题，即人生目的问题，要以人生的价值特性和对于人生的价值评价为根据。

回答"怎么样"的问题，即人生态度问题，同样要以对人生的价值判断为根据。

3.人生的自我价值与社会价值

（1）人生价值内在地包含了人生的自我价值和社会价值两个方面。

（2）人生社会价值和自我价值的关系。

①人生的社会价值和自我价值，既相互区别，又密切联系、相互依存，共同构成人生价值

的矛盾统一体。

②人生的自我价值是个体生存和发展的必要条件。

③人生的社会价值是实现人生自我价值的基础,没有社会价值,人生的自我价值就无法存在。

4.人生价值的标准

(1)人的社会性决定了人生的社会价值是人生价值的最基本内容。

(2)人生价值评价的根本尺度,是看一个人的人生活动是否符合社会发展的客观规律,是否通过实践促进了历史的进步。

(3)劳动以及通过劳动对社会和他人作出的贡献,是社会评价一个人的人生价值的普遍标准。

5.人生价值的评价

(1)坚持能力有大小与贡献须尽力相统一。

(2)坚持物质贡献与精神贡献相统一。

(3)坚持完善自身与贡献社会相统一。

(4)坚持动机与效果相统一。

6.在实践中创造有价值的人生

(1)人生价值目标的实现是一个实践的过程,人生价值的评价就是对实践及其成果的评价。社会实践是人生价值真正的源头活水,是实现人生价值的必由之路。

(2)在实践中创造有价值的人生。

①走与人民群众相结合的道路。

②走与社会实践相结合的道路。

【命题趋势】 本知识点中基本概念比较多,而且与当前大学生的现实状况联系比较紧密,所以考查的几率比较高。备考的重点是理解和记忆相关的原理。

【知识拓展】 1.如何理解人生价值和人生观的关系?

2.人生的自我价值与社会价值的关系是什么?

3.如何把握对人生价值的评价,其标准是什么?

知识点二 科学对待人生环境(近年没考过)

【考点精解】 1.促进个人与他人的和谐

协调人际关系,必须坚守做人做事的原则,以国家利益、集体利益为重,以原则促团结,明确是非标准,一身正气,踏踏实实做事,堂堂正正做人。只有这样,才能真正处理好个人与他人的关系。

促进个人与他人的和谐应坚持的原则

(1)平等原则。(2)诚信原则。(3)宽容原则。(4)互助原则。

2.促进个人与社会的和谐

促进个人与社会的和谐,关键在于把握个人在社会中的定位。

(1)正确认识个体性与社会性的统一关系。

①人的个体性与社会性是辩证统一、相辅相成的。

②人的个体性中蕴含着社会性。

③人以个体的形式存在,同时又以社会的形式存在。

人的个体性和社会性的统一在人的发展中具有重要意义。

(2)正确认识个人需要与社会需要的统一关系。

①社会需要也不是脱离个人需要独立存在的。

②社会需要是个人需要的集中体现,是社会全体成员带有根本性、全局性需要的反映。

(3)正确认识个人利益与社会利益的统一关系。

①个人与社会的关系,归根到底是个人利益与社会整体利益的关系。

②个人应自觉地维护社会的整体利益。

③当个人利益与社会利益发生矛盾时,个人利益要自觉服从社会利益。

(4)正确认识享受个人权利、自由与承担社会责任、义务的统一关系。

①享受个人的权利、自由与承担社会的责任、义务是统一的。

②只有人人承担起自己应尽的责任和义务,为社会多作贡献,社会的财富才能不断增加,才能为人们享有权利和自由提供雄厚的基础。

【命题分析】　本知识点中需要处理的关系很多,这也是大学生在现实生活中处理不好的问题,所以考查的几率很高,一般是联系现实进行命题,希望考生按此思路备考。

【知识拓展】　1.如何促进个人与他人的和谐?

2.如何促进个人与社会的和谐?

3.如何正确认识个人需要与社会需要的统一关系?

4.如何正确认识个人利益与社会利益的统一关系?

5.如何正确认识享受个人权利、自由与承担社会责任、义务的统一关系?

第四章　加强道德修养,锤炼道德品质

 知识点一　道德及其历史发展(考查1次)

【考点集萃】　2011年第13题(单):道德功能中最重要的社会功能。

【考点精解】　1.道德的内涵及本质

(1)道德属于上层建筑的范畴,是一种特殊的社会意识形态。它通过社会舆论、传统习俗和人们的内心信念来维系,是对人们的行为进行善恶评价的心理意识、原则规范和行为活动的总和。

(2)道德作为一种特殊的社会意识形式,归根到底是由经济基础决定的,是社会经济关系的反映。

2.道德的功能

(1)道德的功能,是指道德作为社会意识的特殊形式对于社会发展所具有的功效与能力。

(2)在道德的功能系统中,主要的功能是认识功能和调节功能。其中,道德的调节功能是道德最突出也是最重要的社会功能。

除了上述主要功能,道德还具有其他方面的功能,如导向功能、激励功能、辩护功能、沟通功能等,但这些功能都是建立在认识功能和调节功能的基础之上的。

3.道德的社会作用

(1)道德能够影响经济基础的形成、巩固和发展。

(2)道德对其他社会意识形态的存在和发展有着重大的影响。

(3)道德是影响社会生产力发展的一种重要的精神力量。

(4)道德通过调整人们之间的关系维护社会秩序和稳定。

(5)道德是提高人的精神境界、促进人的自我完善、推动人的全面发展的内在动力。

(6)在阶级社会中,道德是阶级斗争的重要工具。

在看到道德具有重大的社会作用的同时,也必须看到道德发挥作用的性质并不都是一样的。道德发挥作用的性质与社会发展的不同历史阶段相联系,由道德所反映的经济基础、代表的阶级利益所决定。

4. 道德的历史发展

（1）迄今为止，出现了道德发展的五种历史类型，即原始社会的道德、奴隶社会的道德、封建社会的道德、资本主义社会的道德、社会主义社会的道德。

（2）每一个社会都有与其经济基础相适应的占统治地位的道德；在同一社会形态中，不同的阶级或人群还会有不同的道德。

（3）人类道德的发展，是一个曲折上升的历史过程。

道德发展的规律是：人类道德发展的历史过程与社会生产方式的发展进程大体一致。虽然在一定时期可能有某种停滞或倒退现象，但道德发展的总趋势是向上的、前进的，是沿着曲折的道路向前发展的。

（4）人类道德进步的主要表现是：

①道德在社会生活中所起的作用越来越重要，对于促进社会和谐与人的全面发展的作用越来越突出。

②道德调控的范围不断扩大，调控的手段或方式不断丰富、更加科学合理；道德的发展和进步成为衡量社会文明程度的重要尺度。

③社会主义和共产主义道德，是人类道德发展史上的一种崭新类型的道德，并必然随着社会的进步和实践的发展而与时俱进。

【命题分析】 道德是一个很重要的内容，其作用比较重大，道德如何也是人们常常讨论的一个热门话题，尤其经常会将其与大学生的教育、素质结合起来评论。所以本知识点是一个热门考点，考生不能因为去年考过一道试题就放弃对这个知识点的复习。

【知识拓展】 1. 道德的本质是什么？

2. 道德的功能和社会作用是什么？

3. 道德如何随着历史的发展而发展？人类道德进步的主要表现是什么？

4. 道德与法律的社会功能有什么异同？

知识点二 恪守公民基本道德规范（考查1次）

【考点集萃】 2010年第13题（单）：社会主义公民道德建设的重点。

【考点精解】 1. 公民基本道德规范的主要内容

（1）"爱国守法"，强调公民应培养高尚的爱国主义精神，自觉地学法懂法用法守法和护法。

（2）"明礼诚信"，强调公民应文明礼貌、诚实守信、诚恳待人。

（3）"团结友善"，强调公民之间应和睦友好、互相帮助、与人友善。

（4）"勤俭自强"，强调公民应努力工作、勤俭节约、积极进取。

（5）"敬业奉献"，强调公民应忠于职守、克己奉公、服务社会。

2. 大学生应在三个重要环节上加强公民道德建设的实践

一是在思想上和心理上对公民基本道德规范产生认知和认同，全面掌握其内容和要求。

二是把公民基本道德规范作为行为标准，正确进行道德判断和作出道德选择。

三是积极践行公民基本道德规范，使自己的思想感情得到陶冶，精神生活得到充实，道德境界得到提高。

3. 诚实守信是公民道德建设的重点

首先，诚实守信是市场经济条件下经济活动的一项基本道德准则。

其次，诚实守信是职业道德的一项基本要求。

最后，诚实守信是做人的一项基本道德准则。

实践证明,把诚信建设作为公民道德建设的重点来抓,能够带动和促进整个公民道德建设取得实际效果和实质进展。

4.大学生要自觉加强诚信道德建设

(1)诚信是大学生树立理想信念的基础。

(2)诚信是大学生全面发展的前提。

(3)诚信是大学生进入社会的"通行证"。

5.个人品德与道德修养

(1)个人品德的功能和作用:

首先,个人品德对社会道德的发展变革产生重要的推动作用。

其次,个人品德是个人实现自我完善的内在根据。

(2)道德修养

①大学生要努力按以下要求来提高道德修养的自觉性:

首先,应有进行道德修养的强烈动机。

其次,应积极主动地进行自我教育、自我约束、自我激励。

最后,应正确地认识和评价自己,发扬成绩,克服不足。

②加强道德修养的方法

其一,学思并重的方法。

其二,省察克治的方法。

其三,慎独自律的方法。

其四,积善成德的方法。

其五,知行统一的方法。

【命题分析】　本知识点的考查一般会紧密联系现实命题(尤其是大学生的诚信等问题),所以考生备考时要多联系现实,尤其是当前的一些热点问题进行备考。

【知识拓展】　1.如何理解诚实守信是公民道德建设的重点(　　)

A.诚实守信是市场经济条件下经济活动的一项基本道德准则

B.诚实守信是职业道德的一项基本要求

C.诚实守信是做人的一项基本道德准则

D.诚实守信能够带动和促进整个公民道德建设取得实际效果和实质进展

2.大学生为什么要自觉加强诚信道德建设?(　　)

A.诚信是大学生树立理想信念的基础

B.诚信是大学生全面发展的前提

C.诚信是大学生进入社会的"通行证"

D.诚信会使大学生变得自信

参考答案　1.ABC　2.ABC

第五章　遵守社会公德,维护公共秩序

知识点一　公共生活与公共秩序(考查1次)

【考点集萃】　2010年第37题(分析):当前社会需要构建文明的公共生活秩序。

【考点精解】　1.公共生活的特征

(1)活动范围的广泛性。

(2)活动内容的公开性。

(3)交往对象的复杂性。

(4)活动方式的多样性。

2.公共生活需要公共秩序

(1)有序的公共生活是构建和谐社会的重要条件。

(2)有序的公共生活是经济社会健康发展的必要前提。

(3)有序的公共生活是提高社会成员生活质量的基本保证。

(4)有序的公共生活是国家现代化和文明程度的重要标志。

(5)道德和法律逐渐成为建立和维护社会秩序的两种基本手段。

3.维护公共秩序的基本手段

(1)道德和法律逐渐成为建立和维护社会秩序的两种基本手段。

(2)道德可以用来调节、规范人们的行为,预防犯罪的产生。道德是法律的补充。

【命题分析】 本知识点的基本原理不多,但是与现实生活联系紧密,所以命题的视角多为与现实生活联系的试题。考生备考时多与现实问题相联系,尤其是当前人们关注的、热烈讨论的问题,这往往是命题的素材和命题点。

知识点二 公共生活中的法律规范(考查1次)

【考点集萃】 2011年第12题(单):法律的指引作用中义务性规范的职能和作用。

【考点精解】 1.公共生活中法律规范的作用

(1)指引作用;(2)预测作用;(3)评价作用;(4)强制作用;(5)教育作用。

其中,指引作用是法律最首要的作用。法律的指引作用主要是通过授权性规范、禁止性规范和义务性规范三种规范形式实现的。与之相应的指引形式分别为授权性指引、禁止性指引和义务性指引。

2.公共生活中的相关法律规范

(1)《治安管理处罚法》是新形势下加强社会治安管理、维护公共生活秩序、构建社会主义和谐社会的重要法律保障。

(2)违反治安管理行为及处罚种类。

①违反治安管理行为是指扰乱社会秩序,妨害公共安全,侵犯公民人身权利,侵犯公私财产,情节轻微尚不够刑事处罚的行为。

②治安管理处罚种类有警告、罚款、行政拘留、吊销公安机关发放的许可证、限期出境或者驱逐出境(对违反《治安管理处罚法》规定的外国人适用)等。

③行政拘留处罚,按照不同的违法行为的性质,区分为5日以下、5日至10日、10日至15日,并规定合并执行最长不超过20日。

处罚程序:有调查、决定和执行程序三部分。

(3)《集会游行示威法》是我国第一部专门的集会游行示威法律。国务院1992年颁布的《集会游行示威法实施细则》,是关于集会游行示威的行政法规。

(4)《集会游行示威法》的基本原则。

①政府依法保障原则。②权利义务一致原则。③和平进行原则。

(5)适用范围。

在中华人民共和国境内举行集会、游行、示威,均适用《集会游行示威法》。文娱、体育活动,正常的宗教活动,传统的民间习俗活动,不适用《集会游行示威法》。

(6)集会游行示威的申请和许可。

①举行集会、游行、示威,必须依照《集会游行示威法》的规定向主管机关提出申请并获得许可。

②集会、游行、示威的主管机关,是集会、游行、示威举行地的市、县公安局,城市公安分局;游行、示威路线经过两个以上区、县的,主管机关为所经过区、县的公安机关的共同上一级公安机关。

③举行集会、游行、示威,必须有负责人。

(7)《环境保护法》的基本原则:

①经济建设与环境保护协调发展原则。

②预防为主、防治结合、综合整治原则。

③谁污染谁治理、谁开发谁保护原则。

(8)《道路交通安全法》的基本原则:

①依法管理原则。

②以人为本、与民方便原则。

(9)《维护互联网安全的决定》的立法目的和基本原则:

①促进网络发展与加强监管相结合的原则。

②信息自由与社会公共利益有机结合的原则。

③与现代网络发展相适应、与传统法律规范相协调的原则。

(10)《维护互联网安全的决定》的作用:

①保障互联网的运行安全。

②维护国家安全和社会稳定。

③维护社会主义市场经济秩序和社会管理秩序。

④保护个人、法人和其他组织的人身、财产等合法权利。

【命题分析】　本知识点涉及的内容比较多,主要是一些公共生活中的相关法律及其规范,所以考查的几率比较高。命题的视角是与公共生活中的典型事例相联系,多为选择题。这也是考生备考本知识点的基本方向。

第六章　培育职业精神,树立家庭美德

知识点一　职业活动中的道德与法律(考查1次)

【考点集萃】　2011年第37题(分析):郭明义的奉献精神中所蕴含的深层含义。

【考点精解】　1.职业道德的基本要求

(1)爱岗敬业;(2)诚实守信;(3)办事公道;(4)服务群众;(5)奉献社会。

其中,爱岗敬业是社会主义职业道德的最基本要求。奉献社会是社会主义职业道德中最高层次的要求,体现了社会主义职业道德的最高目标指向。

2.职业活动中最主要的法律

职业活动中最主要的法律有《劳动法》和《公务员法》等。

《公务员法》是人事管理的一般法,规定的是全体公务员具有共性的内容,而《法官法》、《检察官法》、《人民警察法》等是特别法,适用于特殊类别的公务员。

3.坚持职业活动中法律的基本原则

(1)《劳动法》的基本原则

①维护劳动者合法权益与兼顾用人单位利益相结合的原则。维护劳动者的合法权益是劳动法的立法宗旨。

②按劳分配与公平救助相结合的原则。

③劳动者平等竞争与特殊劳动保护相结合的原则。

④劳动行为自主与劳动标准制约相结合的原则。

(2)《公务员法》的基本原则

①公开、平等、竞争、择优和法治原则。

②监督约束与激励保障并重原则。

③任人唯贤、德才兼备原则。

④分类管理和效能原则。

4. 依法处理职业活动中的纠纷

(1)处理劳动争议的法定途径。

劳动争议发生后,当事人可以协商解决,也可以依法申请调解、仲裁、提起诉讼。

(2)处理人事争议的法定途径。

根据《公务员法》的规定,处理人事争议的途径有四种。

①申诉。公务员对涉及本人的下列人事处理不服的,可以自知道该人事处理之日起30日内向原处理机关申请复核。

对复核结果不服的,可以自接到复核决定之日起15日内,按照规定向同级公务员主管部门或者作出该人事处理的机关的上一级机关提出申诉。

也可以不经复核,自知道该人事处理之日起30日内直接提出申诉。

②控告。公务员认为机关及其领导人员侵犯其合法权益的,可以依法向上级机关或者有关的专门机关提出控告。

③仲裁。聘任制公务员与所在机关之间因履行聘任合同发生争议的,可以自争议发生之日起60日内向人事争议仲裁委员会申请仲裁。

仲裁裁决生效后,一方当事人不履行的,另一方当事人可以申请人民法院执行。

④诉讼。仲裁当事人对仲裁裁决不服的,可以自接到仲裁裁决书之日起15日内向人民法院提起诉讼。

【命题分析】 本部分内容比较多比较重要,各个知识点之间联系又比较紧密,所以一般不会直接考查每一个知识点,而是原理在课本,材料、事例在现实生活中,命题既有选择题,也有材料分析题,今后本知识点这样考查的思路和形式不会改变。所以考生备考的思路是将本知识点与现实中典型的事例、重大事件"对号入座"进行分析。如果具备了这样的能力,并将其运用到整个政治科目的备考中,那么一般的考点、考题自己都可以押中。

【知识拓展】 1.联系现实中爱岗敬业的典型人物及事例,分析其中所蕴含的深层含义。

2.联系社会上出现的有的人买假学历的事件,分析个人为人的诚实守信问题;联系生活中或报刊上的典型事例,分析在职人员在职业道德上的诚实守信问题。

3.联系社会上涌现出的好人好事、无私奉献社会的精神,分析其深层次含义。

知识点二 大学生择业与创业(近年没考过)

【考点精解】 1. 树立正确的择业观

(1)树立崇高的职业理想,重视人生价值实现。

(2)服从社会需要,追求长远利益。

(3)打下坚实基础,做好充分准备。

2. 树立正确的创业观

(1)要有积极创业的思想准备。

(2)要有敢于创业的勇气。

(3)要提高创业的能力。

3. 在艰苦中锻炼与在实践中成才

(1)在艰苦中锻炼是成才的必要条件。

(2)社会实践是锻造人才的熔炉。

【命题趋势】 近几年,大学生的择业与创业成了一大社会热点问题,涉及方方面面,所以被考查的几率很高,希望考生重视本知识点。备考的思路是联系社会上的典型事例、一些不同的观点和主张,应对材料分析题。

【知识拓展】 1.你如何看待大学生择业难的问题?如何看待社会上对大学生择业的不同观点和看法?

2.你如何看待大学生自主创业?如何看待大学生在上学期间的兼职或创业行为?

3.大学生应该有什么样的择业观和创业观?

第七章 增强法律意识,弘扬法治精神

知识点一 领会社会主义法律精神(近年没考过)

【考点精解】 1.法律的起源

(1)法律是随着私有制、阶级和国家的出现而逐步产生的。

(2)法律有四种历史类型,即奴隶制法律、封建制法律、资本主义法律和社会主义法律。当代中国的法律属于社会主义类型的法律。

2. 法律的一般含义

(1)法律是由国家创制并保证实施的行为规范。

国家创制法律规范的方式主要有两种:一是制定;二是认可。

(2)法律不但由国家制定或认可,而且由国家保证实施。

(3)法律是统治阶级意志的体现。

首先,法律所体现的是统治阶级的阶级意志,即统治阶级的整体意志,而不是个别统治者的意志,也不是统治者个人意志的简单相加。

其次,法律所体现的统治阶级意志,并不是统治阶级意志的全部,而仅仅是上升为国家意志的那部分意志。

(4)法律由社会物质生活条件决定。

物质资料的生产方式也是决定法律本质、内容和发展方向的根本因素。

法律是由国家制定或认可并以国家强制力保证实施的,反映由特定社会物质生活条件所决定的统治阶级意志的规范体系。

3. 我国社会主义法律的本质

(1)从法律所体现的意志来看,我国社会主义法律是工人阶级领导下的广大人民意志的体现。

(2)从法律的实质内容来看,我国社会主义法律是社会历史发展规律和自然规律的反映,具有鲜明的科学性和先进性。

(3)从法律的社会作用来看,我国社会主义法律是中国特色社会主义事业顺利发展,社会主义和谐社会建设的法律保障。

4. 我国社会主义法律体系的主要构成

中国特色社会主义法律体系是以我国全部现行法律规范按照一定的标准和原则划分为不同的法律部门,并由这些法律部门所构成的具有内在联系的统一整体。它由宪法及宪法相关法、民法商法、行政法、经济法、社会法、刑法、诉讼与非诉讼程序法等法律部门组成。

（1）宪法是国家的根本法

宪法规定国家的根本制度和根本任务，具有最高法律效力，是其他法律的立法依据。其他任何法律都不得与宪法相抵触。

（2）民法商法

①我国目前尚无一部较完整的民法典，而是以《民法通则》为基本法律，辅之以其他单行民事法律，包括《物权法》、《合同法》、《担保法》、《拍卖法》、《商标法》、《专利法》、《著作权法》、《婚姻法》、《继承法》、《收养法》等。

②商法是调整公民、法人之间商事关系和商事行为的法律规范的总和。目前我国商法主要有《公司法》、《保险法》、《票据法》、《证券法》等。

（3）行政法

①行政法是调整行政活动的法律规范的总称，分为一般行政法和特别行政法两个部分。

②一般行政法是指有关行政主体、行政行为、行政程序、行政责任等一般规定的法律法规，如《公务员法》、《行政处罚法》、《行政复议法》。

③特别行政法则指适用于各专门行政职能部门管理活动的法律法规，包括国防、外交、环境保护等行政管理方面的法律法规。

（4）经济法

①经济法是调整国家在监管与协调经济运行过程中发生的经济关系的法律规范的总称。

②主要包括两个部分：

一是创造平等竞争环境、维护市场秩序方面的法律，如《反不正当竞争法》、《消费者权益保护法》、《广告法》等。

二是国家宏观调控和经济管理方面的法律，我国现已制定《预算法》、《审计法》、《会计法》、《中国人民银行法》、《土地管理法》等。

（5）社会法

社会法是调整劳动关系、社会保障、社会福利和特殊群体权益保障等关系的法律规范的总称，如《劳动法》、《劳动合同法》、《工会法》、《未成年人保护法》、《矿山安全法》、《红十字会法》等。

（6）刑法

①刑法是规定犯罪、刑事责任和刑罚的法律规范的总称。

②我国目前的刑法法律部门包括1997年3月14日修订后的《刑法》和此后的刑法修正案以及全国人民代表大会常务委员会制定的有关惩治犯罪的决定等。

（7）诉讼与非诉讼程序法

①程序法是规定保证权利和义务得以实现或职权和权责得以履行的法律规范的总称。

②我国目前的诉讼与非诉讼程序法主要有《刑事诉讼法》、《民事诉讼法》、《行政诉讼法》、《海事诉讼特别程序法》、《仲裁法》等。

5. 我国社会主义法律的运行

法律的运行是一个从创制、实施到实现的过程。这个过程主要包括法律制定（立法）、法律遵守（守法）、法律执行（执法）、法律适用（司法）等环节。

（1）法律制定。

①根据我国《宪法》、《立法法》等的规定，全国人民代表大会及其常务委员会行使国家立法权。

②国务院有权根据宪法和法律制定行政法规。国务院各部门可以根据宪法、法律和行政法规，在本部门的权限范围内，制定部门规章。省、自治区、直辖市的人民代表大会及其常委会根据本行政区域的具体情况和实际需要，在不同宪法、法律和行政法规相抵触的前提

下,可以制定地方性法规。

③较大的市的人民代表大会及其常委会根据本市的具体情况和实际需要,在不同宪法、法律、行政法规和本省、自治区的地方性法规相抵触的前提下,可以制定地方性法规,报省、自治区的人民代表大会常委会批准后施行。

④省、自治区、直辖市、较大的市的人民政府可以根据法律、行政法规和本省、自治区、直辖市的地方性法规,制定地方政府规章。

⑤自治区、自治州、自治县的人民代表大会可以根据当地民族的具体情况制定自治条例和单行条例。

⑥特别行政区立法机关有权根据特别行政区基本法自主地制定本行政区的法律。

⑦国家机关的立法活动必须遵循法定程序。就全国人民代表大会的立法程序而言,大体包括以下四个环节:法律案的提出;法律案的审议;法律案的表决;法律的公布。

(2)法律遵守。

①法律遵守是指国家机关、社会组织和公民个人依照法律规定行使权力和权利以及履行职责和义务的活动。

②在社会主义国家,一切组织和个人都是守法的主体。

(3)法律执行。

①在我国,大部分的法律法规都是由行政机关贯彻执行的。在法律运行中,行政执法是最大量、最经常的工作,是实现国家职能和法律价值的重要环节。

②行政执法的主体通常是国家行政机关及其公职人员。在我国,行政执法的主体大体分为两类:

一类是中央和地方各级政府,包括国务院和地方各级人民政府;另一类是各级政府中享有执法权的下属行政机构。

(4)法律适用。

在我国,司法机关是指国家检察机关和审判机关。人民检察院代表国家行使法律监督权,人民法院代表国家行使审判权。其他任何国家机关、社会组织和个人,不得行使国家司法权。

6.依法治国的含义

(1)党的十五大明确提出了依法治国的基本方略,确立了建设社会主义法治国家的战略目标。第九届全国人大第二次会议把依法治国、建设社会主义法治国家载入宪法。

(2)依法治国的主体是人民群众。

【命题趋势】　今年,吴邦国在多个场合讲中国特色的社会主义法律体系,中央要求将其内容很快修订进本科生教材,在2012年春季开始使用。不管是从时事的角度来看,还是从教材内容的角度分析,该知识点都很重要,是最近两年的热门考点,考生一定要高度重视。该知识点命制分析题的几率要大于选择题。建议考生在复习教材相关知识的基础上,专门找吴邦国的相关论述,摘其要点记忆,因为那就是答案或组织答案的素材!

【知识拓展】　1.我国社会主义法律的本质是什么?

2.中国特色社会主义法律体系的内容是什么?体系是什么?作用是什么?有什么特色?建议考生找来吴邦国的相关论述,摘其要点记忆。

知识点二　加强社会主义法律修养(考查2次)

【考点集萃】　2011年第11题(单):法律权威的含义。

2011年第31题(多):自觉维护法律权威的前提(是从内心深处真正认同、信任和信仰法律)。

【考点精解】　1.法律思维方式的含义

(1)所谓法律思维方式,是指按照法律的规定、原理和精神,思考、分析、解决法律问题的习惯与取向。

(2)在相当多的情况下,按照法律思维思考与处理问题,与按照道德思维、经济思维或政治思维思考与处理问题,会得出相同或相似的结论,但在某些情况下,则可能得出不同的结论。

必须强调的是,在对法律问题的思考与处理上,法律思维应当优先,不能用道德的原则和道德评价取代法律的规则和评价。

2.培养法律思维方式的途径

(1)学习法律知识。(2)掌握法律方法。(3)参与法律实践。

3.维护法律权威的意义

(1)法律权威是就国家和社会管理过程中法律的地位和作用而言的,是指法的不可违抗性。

(2)法律权威的树立主要依靠法律的外在强制力和内在说服力。

4.自觉维护社会主义法律权威

(1)努力树立法律信仰。(2)积极宣传法律知识。(3)敢于同违法犯罪行为作斗争。

【命题分析】　本知识点既是理论的讲解,又重在人们对法律内容的认同,并将其吸收后变成自己的行为规范,即法律修养。所以本知识点很重要,考查的角度既有基础知识,也有自己对法律的理解和接受、认可程度。考生从这两个角度备考就可以了,多为选择题。

【知识拓展】　1.掌握法律权威的意义。

2.如何自觉维护社会主义法律的权威?

第八章　了解法律制度,自觉遵守法律

知识点一　我国宪法规定的基本制度(考查2次)

【考点集萃】　2010年第14题(单):依法治国的根本要求。

2010年第31题(多):公民的政治权利和自由。

【考点精解】　1.近代宪法是资产阶级革命的产物

(1)17～18世纪,英国资产阶级在与封建阶级的斗争和妥协中,逐渐形成了一些宪法性文件和宪法惯例。

(2)1787年美国制定的联邦宪法,是世界上第一部成文宪法。

(3)1918年制定的苏俄宪法,是第一部社会主义国家的宪法。

(4)我国第一部带有"宪法"字样的法律文件,是清朝末年形成的《钦定宪法大纲》。中华人民共和国成立以来,先后于1954年、1975年、1978年和1982年颁布了四部宪法。

(5)我国现行宪法是1982年颁布的《中华人民共和国宪法》及其1988年、1993年、1999年和2004年修正案。

(6)《中华人民共和国宪法》是我国的根本法,是治国安邦的总章程,是保持国家统一、民族团结、经济发展、社会进步和长治久安的法律基础,是中国共产党执政兴国、团结带领全国各族人民建设中国特色社会主义的法制保证。

2.宪法是国家法制的基础和核心

宪法是法律的组成部分,具有法律的共性。但是,宪法不同于普通法,它在法律体系中居于核心地位、起统率作用,是一个国家法制的基础和核心。

3.宪法的特征

(1)在内容上,宪法规定国家生活中最根本最重要的方面。

(2)在效力上,宪法的法律效力最高。

(3)在制定和修改程序上,宪法比其他法律更为严格:

一方面,制定和修改宪法的机关,往往是依法特别成立的,而并非普通的立法机关。另一方面,通过、批准宪法或者其修正案的程序,往往严于普通法律。例如,我国宪法的修改由全国人民代表大会常务委员会或者1/5以上的全国人民代表大会代表提议,并由全国人民代表大会以全体代表的2/3以上的多数通过,而普通法律则只需要全国人民代表大会以全体代表的过半数通过。

4.宪法的基本原则

(1)党的领导原则。

(2)人民主权原则。

(3)公民权利原则。

(4)法治原则。

(5)民主集中制原则。

其中,人民主权是指国家中绝大多数人拥有国家的最高权力。人民当家作主是社会主义民主政治的本质和核心。

5.我国的国家制度

我国的国家制度主要包括人民民主专政制度、人民代表大会制度、中国共产党领导的多党合作和政治协商制度、民族区域自治制度、基层群众自治制度和基本经济制度等。

(1)人民民主专政制度。

①人民民主专政是我国的国体。

②爱国统一战线是人民民主专政的重要保障。

③爱国统一战线具体包括两个范围的联盟:

一是我国大陆范围内,由全体社会主义劳动者、社会主义事业的建设者、拥护社会主义的爱国者所组成的政治联盟。

二是广泛地团结台湾同胞、港澳同胞和国外侨胞,以拥护祖国统一为基础的政治联盟。

④目前我国爱国统一战线的任务是:为社会主义现代化建设服务,为实现祖国统一大业服务,为维护世界和平服务。

(2)人民代表大会制度。

①人民代表大会制度是中国社会主义民主政治最鲜明的特点,是人民当家作主的重要途径和最高实现形式,是社会主义政治文明的重要制度载体,是我国的根本政治制度。

②人民代表大会制度是我国的政体。国体决定政体,政体体现国体。

③依照我国宪法,人民行使国家权力的机关是全国人民代表大会和地方各级人民代表大会。

④国家机构实行民主集中制原则,通过民主选举组成全国人民代表大会和地方各级人民代表大会。

⑤人民代表大会制度的优点。

A.人民代表大会制度保障了人民当家作主。

B.人民代表大会制度有利于调动人民群众建设社会主义的积极性、主动性、创造性。

C.人民代表大会制度保证了国家机关协调高效运转。

D.人民代表大会制度有利于维护国家统一和民族团结。

(3)中国共产党领导的多党合作和政治协商制度。

①中国共产党领导的多党合作和政治协商制度是我国的一项基本政治制度,是中国特

色社会主义政党制度。中国社会主义政党制度的特点是共产党领导、多党派合作,共产党执政、多党派参政。

②中国共产党领导的多党合作和政治协商制度是我国政治制度的一大优势。这一制度反映了中国共产党同各民主党派长期共存、互相监督、肝胆相照、荣辱与共的关系,体现了我国政治制度的特点和优势。

③人民政协的政治协商是党和国家实行科学民主决策的重要环节,是党提高执政能力的重要途径。

(4)民族区域自治制度。

①民族区域自治制度是我国为解决民族问题,处理民族关系,实现民族平等、民族团结、各民族共同繁荣发展而建立的基本政治制度。

②我国采取的是单一制的国家结构形式。

③民族区域自治制度是我们党和各族人民的一个伟大创造。

(5)基层群众自治制度。

①党的十七大报告将基层群众自治制度与人民代表大会制度、中国共产党领导的多党合作和政治协商制度、民族区域自治制度并列,纳入中国特色社会主义政治制度范畴。

②基层群众自治制度是城乡基层群众在党的领导下的一项重要政治制度。

③基层群众自治是基层民主的主要实现形式,是人民当家作主最有效、最广泛的途径。

④我国已经建立了农村村民委员会、城市居民委员会等基层群众自治组织。

(6)基本经济制度。

①基本经济制度是指一国通过宪法和法律调整以生产资料所有制为核心的各种基本经济关系的规则、原则和政策的总和。

②社会主义公有制是我国经济制度的基础。

③个体、私营等各种形式的非公有制经济是社会主义市场经济的重要组成部分。

④国家保护个体经济、私营经济等非公有制经济的合法的权利和利益。

⑤坚持平等保护物权,形成各种所有制经济平等竞争、相互促进的新格局。

6. 我国公民的基本权利

公民的基本权利也称宪法权利,是指由宪法规定的公民享有的基本的、必不可少的权利。根据我国宪法的规定,我国公民的基本权利主要包括以下内容:

(1)平等权。

(2)政治权利和自由。具体包括两个方面:第一,选举权和被选举权;第二,政治自由。

(3)宗教信仰自由。

(4)人身自由权。

(5)批评、建议、申诉、控告、检举权和取得国家赔偿权。

(6)社会经济权。

(7)文化教育权。

(8)特定主体权利。

7. 我国公民的基本义务

公民的基本义务也称宪法义务,是指由宪法规定的公民必须遵守和应尽的根本责任。根据我国宪法的规定,我国公民的基本义务主要包括以下内容:

(1)维护国家统一和全国各民族团结。

(2)遵守宪法和法律。

(3)维护祖国的安全、荣誉和利益。

(4)保卫祖国、依法服兵役和参加民兵组织。

（5）依法纳税。

（6）其他义务。

实行计划生育的义务,抚养教育未成年子女的义务,赡养扶助父母的义务等。

8.我国的国家机构

国家机构是国家为实现其管理社会、维护社会秩序职能而建立起来的国家机关的总和。

（1）全国人民代表大会。

我国《宪法》规定:"中华人民共和国全国人民代表大会是最高国家权力机关。它的常设机关是全国人民代表大会常务委员会。"

（2）中华人民共和国主席。

①中华人民共和国主席是我国国家机构的重要组成部分,代表中华人民共和国进行国事活动;行使公布法律、任免国务院组成人员等重要职权。

②中华人民共和国主席、副主席由全国人民代表大会选举产生。

（3）国务院。

①中华人民共和国国务院即中央人民政府,是最高国家权力机关的执行机关,是最高国家行政机关。

②国务院实行总理负责制,对全国人大及其常委会负责并报告工作。

（4）中央军事委员会。

①中央军事委员会是全国武装力量的最高领导机关。

②中央军委实行主席负责制,由主席向全国人大和全国人大常委会负责。

（5）地方各级人民代表大会和地方各级人民政府。

①我国省、自治区、直辖市、自治州、县、市、自治县、市辖区、乡、民族乡、镇设立人民代表大会。

②地方各级人大是地方国家权力机关。

③地方各级人民政府是地方各级国家权力机关的执行机关,是地方各级国家行政机关。

④地方各级人民政府实行首长负责制。

城市和农村按居民居住地区设立的居民委员会或者村民委员会是基层群众性自治组织。

（6）民族自治地方的自治机关。

①民族自治地方的自治机关是自治区、自治州、自治县的人民代表大会和人民政府,行使宪法规定的地方国家机关的职权,同时依照宪法、民族区域自治法和其他法律规定的权限行使自治权。

②民族自治地方的人民代表大会有权制定自治条例和单行条例。

③自治州、自治县的自治条例和单行条例,报省或者自治区的人民代表大会常务委员会批准后生效,并报全国人民代表大会常务委员会备案。

（7）人民法院和人民检察院。

①中华人民共和国人民法院是国家的审判机关。

②中华人民共和国人民检察院是国家的法律监督机关。

【命题分析】　宪法在我国的法律体系中处于特别重要的地位,而且它里面有一般的法律所不具有的内容和规定,属于总的原则,所以考查的几率很高。就本知识点来说,备考的重点是宪法的起源、我国宪法的地位和作用,公民的基本权利和义务,多为选择题。

知识点二　我国的实体法律制度（考查1次）

【考点集萃】　2011年第30题(多):我国刑法的基本原则。

【考点精解】　实体法律制度主要是规定法律关系主体的权利和义务或职权和职责的

法律制度的总称。我国的实体法律制度,主要包括民商法律制度、行政法律制度、经济法律制度、刑事法律制度等。

(一)我国的民商法律制度

1.民法的概念和基本原则

(1)民法是调整平等主体的公民之间、法人之间以及公民和法人之间的财产关系和人身关系的法律规范的总和。我国1986年公布并施行的《民法通则》,规定了民事法律的基本制度。

(2)民法的基本原则主要有:①平等原则。②自愿原则。③公平原则。④诚实信用原则。

2.民事主体制度

(1)公民的民事权利能力一律平等。自然人从出生时起到死亡时止,具有民事权利能力。

(2)民事行为能力:

①18周岁以上的公民是成年人,具有完全民事行为能力,可以独立进行民事活动,是完全民事行为能力人。

②16周岁以上不满18周岁的公民,以自己的劳动收入为主要生活来源的,视为完全民事行为能力人。

③10周岁以上的未成年人是限制民事行为能力人,可以进行与他的年龄、智力相适应的民事活动;其他民事活动由他的法定代理人代理,或者征得他的法定代理人的同意。

④不满10周岁的未成年人是无民事行为能力人,由他的法定代理人代理民事活动。

⑤不能辨认自己行为的精神病人是无民事行为能力人,由他的法定代理人代理民事活动。

⑥不能完全辨认自己行为的精神病人是限制民事行为能力人。无民事行为能力人、限制民事行为能力人的监护人是他的法定代理人。

(3)法人是指具有民事权利能力和民事行为能力,依法独立享有民事权利和承担民事义务的组织。

①《民法通则》规定法人成立的法律要件有四项:依法成立,有必要的财产或者经费,有自己的名称、组织机构和场所,能够独立承担民事责任。

②按法人的功能、设立方法以及财产来源的不同,法人分为四类,即企业法人、机关法人、事业单位法人和社会团体法人。

(4)其他组织是指不具有法人资格,但可以以自己的名义进行民事活动的组织。它主要包括合伙、个人独资企业、个体工商户、农村承包经营户等。

3.民事行为制度

(1)民事主体取得权利和承担义务,必须通过自己的行为,例如订立合同、订立遗嘱、设立公司以及结婚、收养等。

(2)民法分别规定了各种行为的成立条件、生效条件和法律后果。只有符合法律条件的行为,才能够发生当事人所希望的法律后果,才属于民事法律行为。

(3)民事法律行为应当具备下列条件:

①行为人具有相应的民事行为能力。②意思表示真实。③不违反法律或者社会公共利益。

民事法律行为可以采用书面形式、口头形式或者其他形式。法律规定用特定形式的,应当依照法律规定。

(4)民事主体不可能亲自进行所有的民事行为,可以通过签订合同等形式委托他人代理。

4.民事权利制度

(1)民事权利可以分为财产权和非财产权两大类。

(2)我国民法所规定的民事权利,主要有物权、债权、知识产权、继承权、人身权等。它们构成了完整的民事权利体系。

5.民事责任制度

(1)民事责任是指民事主体因违反民事义务而应承担的民事法律后果。

(2)我国《民法通则》以民事责任发生的原因为标准,将其分为违反合同的民事责任和侵权的民事责任两类。

①违反合同的民事责任又称违约民事责任。

②侵权民事责任分为一般侵权民事责任和特殊侵权民事责任。

6.民事诉讼时效制度

(1)诉讼时效,是指民事权利受到侵害的权利人在法定的时效期间内不行使权利,当时效期间届满时,即丧失了请求人民法院依诉讼程序强制义务人履行义务之权利的制度。

(2)诉讼时效分为普通诉讼时效和特殊诉讼时效两类:

①普通诉讼时效适用于一般民事法律关系,分为两类:

一般诉讼时效期间为2年,短期诉讼时效期间为1年。我国《民法通则》规定以下四种性质的案件,其诉讼时效期间为1年:因身体受到伤害要求赔偿的;出售质量不合格的商品未声明的;延付或拒付租金的;寄存财物被丢失或者毁损的。

②特殊诉讼时效是指由特别法规定的诉讼时效。

诉讼时效期间从权利人知道或者应当知道权利被侵害时起计算。但是,从权利被侵害之日起超过20年的,法律不予保护。

7.合同法律制度

(1)合同法按合同所反映交易关系的性质,将合同分为买卖合同、赠与合同、借款合同、租赁合同、承揽合同、技术合同、委托合同等15种。

(2)合同的订立,是当事人各方通过平等协商,依法就合同内容达成意思表示一致的过程。

(3)订立合同是一种民事法律行为,故民事法律行为的有效要件,亦为合同的有效要件。

8.知识产权法律制度

(1)知识产权法。

①知识产权法是调整在创造、使用、转让和保护智力成果或工商业标志过程中发生的社会关系的法律规范的总称。

②我国关于知识产权的立法主要有《著作权法》、《专利法》、《商标法》等专门法律和其他法律的有关规定,还有大量关于知识产权的法规和规章。

③此外,《巴黎公约》、《伯尔尼公约》等我国缔结或加入的有关国际条约,也是我国知识产权法的重要渊源。

(2)著作权。

①著作权人包括作者、其他依照著作权法享有著作权的公民、法人或者其他组织。

②我国著作权法的保护对象包括以文学、艺术和自然科学、社会科学、工程技术等形式创作的作品。

(3)专利权。

①专利权是指国家依照法律规定,授予发明人、设计人或其所属单位对其发明创造在一定范围内依法享有的独占权利。专利法是调整因专利权的确认和使用而产生的各种社会关系的法律规范的总称。

②专利权人的权利主要包括:专有实施权、转让权、许可权、放弃权和标记权。我国《专利法》的保护对象是依照专利法可以授予专利的发明创造,包括发明、实用新型和外观设计。

(4)商标权。

①商标权人的权利包括:专有使用权、转让权、继承权,使用许可权,续展权和请求保护权。

②商标权人的义务主要有:商标权人有依法缴纳各项商标费用、保证注册商标商品的质

量和依法使用注册商标等义务。

③我国商标权的取得采取注册原则,经商标局核准注册的商标,享有商标专用权,受到法律的保护。

9.商事法律制度

我国的商法是民商法律部门的重要组成部分,包括公司、证券、票据、保险等法律制度。

(二)我国的行政法律制度

1.行政法的概念和原则

(1)行政法是调整行政关系的法律规范的总称,具体来说,它是调整国家行政机关在履行其职能的过程中发生的各种社会关系的法律规范的总称。

(2)我国行政法的基本原则就是依法行政或行政法治原则,可分解为行政合法性原则和行政合理性原则等。

(3)行政合法性原则是指行政权力的存在和运用必须依据法律,符合法律,不得与法律相抵触。

2.行政行为

行政行为是行政主体运用行政权力针对行政相对人作出的、能够产生一定法律效果的行为。

根据行政行为所针对的行政相对人是否特定这一标准,可以将行政行为分为抽象行政行为和具体行政行为。

3.行政责任

(1)行政责任是指行政法律关系主体由于违反行政法律或不履行行政法律义务依法应承担的行政法律后果。

(2)行政责任追究必须遵循的原则主要有:责任法定原则,责任与违法程度相一致原则,补救、惩戒和教育相结合的原则等。

4.行政处罚与行政复议

行政处罚是行政主体依照法定职权和程序,对违反行政法规的行政相对人给予行政制裁的具体行政行为。

行政复议是指行政相对人认为具体行政行为侵犯其合法权益,依法向特定的行政机关提出申请,由受理该申请的行政机关对具体行政行为依法进行审查,并作出行政复议决定的活动。

(三)我国的经济法律制度

1.经济法的概念和原则

(1)经济法是国家为克服市场调节的局限性、盲目性而制定的调整全局性的、社会公共性的、需要由国家监管与协调的经济关系的法律。

(2)我国经济法原则主要有:

①国家适度干预原则。②效率公平原则。③可持续发展原则。

2.消费者权益保护法律制度

(1)消费者权益保护法是调整在保护消费者权益过程中所产生的社会关系的法律规范的总称。

(2)当消费者与经营者之间发生权益争议时,根据《消费者权益保护法》的规定,可通过下列途径解决:

①与经营者协商和解。②请求消费者协会调解。③向有关行政部门申诉。④提请仲裁机关仲裁。⑤向人民法院提起诉讼。

对侵害消费者合法权益的行为,依法追究经营者的民事责任、行政责任或刑事责任。

3.税收法律制度

(1)税法是调整税收关系的法律规范的总称。税收法律关系是由税收法律规范调整的,征税主体与纳税人之间的具有权利义务内容的社会关系。

(2)税收法律关系的一方主体始终是国家。

(3)我国税收征纳实体法主要包括:①商品税法。②所得税法。③财产税法。

(四)我国的刑事法律制度

1.刑法的概念和原则

(1)刑法是统治阶级为了维护其阶级利益和统治秩序,根据自己的意志,以国家的名义颁布的,规定犯罪、刑事责任与刑罚的法律规范的总和。简言之,刑法就是规定犯罪和刑罚的法律。

(2)刑法明文规定了三个基本原则:①罪刑法定原则。②罪刑相当原则。③适用刑法一律平等原则。

2.犯罪概述

犯罪是指严重危害社会,触犯刑法并应受刑罚处罚的行为。

(1)犯罪构成。

①犯罪构成是指按照《刑法》的规定,决定某一具体行为的社会危害性及其程度,而为该行为构成犯罪所必需的一切主观要件和客观要件的总和。

②犯罪构成包括:

犯罪主体,指实施了危害社会的行为、依法应当承担刑事责任的自然人和单位。

犯罪主观方面,指犯罪主体对自己实施的危害行为及其危害社会的结果所持的心理态度,它包括犯罪故意和犯罪过失等。

犯罪客体,指我国刑法所保护的而为犯罪行为所危害的社会关系。

犯罪客观方面,指刑法规定的构成犯罪在客观上需要具备的诸种要件的总称,具体表现为危害行为、危害结果等。

(2)刑罚的体系。

刑罚是由刑法规定的,由国家审判机关依法对犯罪分子所适用的限制或者剥夺其某种权益的最严厉的法律制裁方法。

我国《刑法》所规定的刑罚体系由主刑和附加刑构成。

①主刑是指对犯罪分子独立适用的主要刑罚方法,包括管制、拘役、有期徒刑、无期徒刑与死刑。

死刑是指剥夺犯罪分子生命的刑罚方法,是一种最严厉的刑罚。

我国刑事立法的一个独创是死刑缓期执行制度,它与死刑立即执行共同构成死刑这一刑罚方法,而不是轻于死刑的一个独立刑种。

②附加刑是指补充主刑适用的刑罚方法。它既可以作为主刑的附加刑,也可以独立适用。

《刑法》规定的附加刑有罚金、剥夺政治权利、没收财产以及适用于犯罪的外国人的驱逐出境。

此外,我国《刑法》还对减刑、假释等刑罚执行制度作出了规定。

【命题分析】　本知识点内容很多,都是我国的实体法律。这些法律与现实生活有很大关系,所以每年都会命题,考查的形式多为选择题。面对庞杂的知识点,考生备考的思路一是熟记其中的一些重要的规定,二是联系现实,细枝末节的内容可以舍弃不看,这样才会抓住重点,直击考点。

第五部分　形势与政策以及当代世界经济与政治

第一章　形势与政策

注:此章内容本书不作讲解,考生请参阅《2012考研思想政治理论形势与政策以及当代世界经济与政治》一书(祁非主编,北京航空航天大学出版社出版)。

第二章　当代世界经济与政治

知识点一　两极格局解体(考查1次)

【考点集萃】 2009年第38题Ⅰ(分析):"马歇尔计划"和"新马歇尔计划"的异同。

【考点精解】 1.战后世界经济格局的演变

(1)战后初期到20世纪60年代末美国称霸世界经济领域。

第二次世界大战以前,是一种以欧洲为中心,由欧洲列强主宰世界的局面。第二次世界大战结束时,美国凭借经济上的巨大实力和强大优势,一步一步地成了世界经济霸主,其基本步骤是:

第一,"布雷顿森林协定"的签署建立了以美元为中心的国际货币体系。

第二,"关税及贸易总协定"的筹组使美国抓住时机抢占国际市场。

第三,实施"马歇尔计划",加强了美国对盟国的控制。

第四,推行"第四点计划",加强了美国向不发达国家进行经济和技术渗透,对亚非拉民族独立国家实行新殖民主义政策。

第五,成立"巴黎统筹委员会",资本主义国家加强了对社会主义国家实行经济和技术封锁。

(2)20世纪70年代后世界经济向多极化方向发展。

伴随着美国经济霸位的衰落,欧共体和日本成为资本主义两大新的经济中心,世界经济中美国一国独霸的局面开始向美国、欧共体、日本三足鼎立的局面过渡。1975年召开的第一次西方首脑会议是世界经济三足鼎立形成的标志。

(3)20世纪80年代末以来美日欧三大区域经济集团化加快发展。

2.战后世界两极格局从形成到瓦解

(1)雅尔塔体制。

雅尔塔体制奠定了战后两极格局的基础。雅尔塔体制反映了第二次世界大战后期国际力量对比的状况,美国和苏联占据了国际政治的中心位置。

雅尔塔体制具有一定的积极意义,表现在它加速了反法西斯战争的胜利,实现了不同社会制度国家的合作与和平相处。联合国的建立也是雅尔塔体制的一项重要内容,是各国合作的一个重要标志。

雅尔塔体制是美、英、苏依据实力划分势力范围、对战后世界秩序重新作出的安排,是大国之间相互妥协的结果,实质是大国划分势力范围。雅尔塔体制并没有根本消除美、英、苏三个大国之间的矛盾与分歧,相反,它为战后世界政治、经济和国际关系埋下了许多矛盾和冲突的祸根;雅尔塔体制还造成了军事上的两极化和两大军事集团的对立,成为战后紧张局势的根源。

（2）两极政治格局。

第二次世界大战的直接结果是打破了由欧洲列强主宰世界的局面，美国一跃成为世界头号强国。美国以遏制社会主义的发展、杜鲁门主义的提出标志着冷战的正式开始。

冷战是战后国际关系中一种激烈对抗的形式，是社会主义国家与资本主义国家对峙的一种重要形式。在冷战中，以美国为首的西方阵营对社会主义国家采用除直接的武装进攻以外的一切敌对活动：

①1947年，美国提出"复兴欧洲"计划，即"马歇尔计划"，进一步实现同西欧结盟，遏制苏联。

②1949年，美国又提出"第四点计划"，实质是利用援助的方式对不发达国家进行渗透来控制不发达国家，是一种新的殖民主义。

③之后，美国又拼凑了"日美安全保障条约"、"美菲共同防御条约"、"美澳新太平洋安全条约"、"美韩共同防御条约"、"美台共同防御条约"、"东南亚集体防御条约"等，形成了美国控制下的对社会主义国家的包围圈。

④1949年4月，美国等12国签订了《北大西洋公约》。北约组织打着集体防御和维护北大西洋区域安全的旗号，实际上是一个旨在遏制苏联的军事集团。

（3）面对美国和西方其他国家政治上的孤立和敌视、意识形态上的攻击与诬蔑、经济上的制裁与封锁、军事上的包围与威胁，苏联及其他人民民主国家不得不奋起自卫。

①1947年成立了欧洲九国共产党工人党情报局，以便协调各国共产党的政策和行动以对抗"马歇尔计划"。

②1949年成立了经济互助委员会，加强成员国间的生产、科技合作和经验交流。

③1950年，中苏签订了《中苏友好同盟互助条约》，从而壮大了社会主义阵营的力量。

④1955年5月，苏联最高苏维埃主席团召集东欧各社会主义国家在华沙签署了《友好合作互助条约》，即《华沙条约》，成立了华沙条约组织，它的成立巩固和加强了苏东国家间的军事同盟关系。

至此，在欧洲就形成了北约和华约两大军事集团对立、在全球就出现了帝国主义阵营和社会主义阵营全面对抗的局面，世界政治形成了两极格局。

（4）这一格局的特点集中表现在以下几个方面：

①在政治上表现为两面旗帜的斗争，社会主义阵营高举和平、民主的大旗，同帝国主义的侵略政策和战争政策进行了坚决斗争。

②在经济上表现为封锁与反封锁的斗争，帝国主义阵营妄图通过经济封锁的手段来扼杀社会主义国家。社会主义阵营的国家进行反封锁的斗争。

③在自力更生的基础上，发展社会主义国家之间的经济合作，并注意同新兴民族独立国家建立友好的关系。

④军事上的斗争主要表现为"冷战"和局部的侵略与反侵略战争。

⑤意识形态上表现为和平演变与反和平演变的斗争。

3.美苏争夺世界霸权

20世纪50年代中期至80年代中期，两大阵营的对峙演变为美苏两个超级大国的世界争霸。

（1）美苏争夺世界霸权在不同的时期有不同的特点。

经济是决定因素，美苏争夺世界霸权的战略态势随着美苏双方实力对比的变化而变化。

①战后初期至20世纪60年代，帝国主义阵营的实力仍占据着绝对优势，苏联面对美国的进攻只能处于守势。

②到了20世纪70年代，美苏争霸世界的态势由美攻苏守转变为苏攻美守。

③进入20世纪80年代，美国改变了70年代初期开始实行的战略收缩政策，重新采取

强硬姿态,同苏联展开全面争夺。

④1985年11月,美苏两国首脑举行日内瓦会晤,美苏关系从紧张转向缓和。

此后到1990年赫尔辛基首脑会晤为止,美苏两国首脑会晤了8次,达成了包括中导条约在内的一系列协议。其中1989年12月的马耳他会晤被认为是冷战结束的标志。

(2)社会主义阵营的瓦解。

伴随着中苏大讨论的展开以及苏共一手策划的莫斯科会议召开,国际共产主义运动内部从政治路线、理论观点的分裂发展到组织的分裂,1968年8月20日,苏联悍然入侵捷克斯洛伐克,社会主义国家群起谴责苏联的霸权主义行为,社会主义阵营从此不复存在。

(3)资本主义阵营内部产生变化。

由于资本主义国家发展的不平衡,20世纪60、70年代美国对其他资本主义国家的控制能力明显减弱,西欧、日本随着经济的迅速发展,独立倾向进一步加强,帝国主义阵营内部矛盾重重。

基于力量的变化和对自身利益的考虑,帝国主义阵营内部矛盾加剧,已发展为美、日、欧三足鼎立的局势,但其联盟关系依然存在。

(4)第三世界的崛起。

第二次世界大战加速了战后民族解放运动的发展进程,推动了第三世界的形成与发展,并作为一支独立的政治力量屹立于世界政治舞台。

为巩固民族独立,反对霸权主义,维护世界和平,刚刚取得民族独立不久的亚、非29个国家,与1955年4月18~24日在印度尼西亚的万隆举行了世界历史上第一次没有西方大国参加的国际会议,标志着第三世界国家的兴起,并给两极格局以有力的冲击。

4.两极格局终结,世界进入格局转换的新时期

(1)两极格局终结。

1989年12月,美苏首脑的马耳他会晤使双方在东欧局势、削减50%的进攻性武器以及美国给予苏联最惠国待遇等问题上达成了协议。马耳他会晤的结果表明"冷战时代已彻底过去",美苏开始进入一个对抗趋于减少,而妥协与合作有明显发展的新阶段。

1989年11月,象征两大阵营对立的柏林墙开放,1990年8月31日两德签署《统一条约》,民主德国并入联邦德国。1991年6月经济互助委员会宣布解散,同年7月1日,华沙条约组织也宣布解散,1991年12月,苏联解体,美苏两极对峙格局中的一极不复存在,两极格局最后终结,世界进入新旧格局转换时期。

(2)世界进入格局转换的新时期。

两极格局虽已打破,但新的格局尚未形成,世界正处于新旧格局转换的动荡时期。这次格局转变会经历一个较长的过渡时期。

①世界格局转换的原因。

两极格局的终结是多种因素相互交织、相互作用的结果。但是其中最根本的原因是战后世界经济发展的不平衡改变了世界政治力量的平衡,从而最终决定了旧格局的终结,世界格局向多极化方向发展。

②格局转换时期的特点。

第一,这次两极格局的解体并不是因为形成新的格局的力量已经发展成熟,而是由于苏联东欧一极的急速坍塌造成的。

第二,这次世界政治格局的转换是在和平条件下发生的,与前几次格局转换有很大的不同。

第三,新格局的形成过程将会复杂得多,形成时间也要长得多。

第四,新格局的形成将是一个渐进过程。

【命题分析】　两极格局解体是比较重要的一个知识点,理论界围绕解体以后新的世界格局的重建有许多看法和主张,围绕这一形势,本知识点还是比较重要的。

知识点二　世界多极化(考查4次)

【考点集萃】　2007年第38题Ⅰ(分析):中东地区动荡不安的主要根源。

2006年第38题Ⅰ(分析):冷战结束后国际形势的重大变化及国际形势变化下外交工作的要求。

2004年第37题Ⅰ(分析):美国称霸世界的全球战略的演变。

2003年第37题Ⅰ(材料):当代世界政治的格局与发展趋势。

【考点精解】　1.多极化趋势的主要原因

(1)美国想建立单极世界,但力不从心,中国、俄罗斯等国坚决反对,欧盟也难以接受,美国霸权主义遭到世界各国人民的反对。

(2)世界各种力量的分化组合以及大国关系的深刻调整有利于多极化的发展。

(3)科技和经济实力成为越来越重要的因素,在科技与经济的迅速发展中,已没有哪一种力量能够全方位占据绝对优势,随心所欲地控制世界。

(4)经济全球化进程使单极世界构筑的可能性大大降低。

(5)经济发展的不平衡导致各国政治地位与作用发生变化:

中国综合国力增强,俄罗斯致力于振兴经济和恢复大国地位,发展中国家在调整中发展,欧盟作为一个整体,在全球事务中影响越来越大,日本经济实力雄厚,有成为政治大国和军事大国的企图,这些国家与地区集团不约而同地主张世界向多极化方向发展。

2.多极化趋势在曲折中发展

世界多极化格局的形成将是一个长期的过程。这是因为:

第一,美国的霸权主义和构建单极世界的图谋,是多极化的最大障碍。

第二,世界上冷战思维的继续、南北贫富差距的加大,对多极化趋势产生各种干扰和冲击。

第三,多极化格局的形成是世界各种力量重新组合,利益重新分配的过程,由此将产生多种不确定的因素,世界多极化进程将充满矛盾和斗争。

【命题分析】　世界多极化是人们常说的一个热点问题,相对来说,世界多极化的格局越来越清晰(大概形成了五极)。在这一形势越来越清晰之后,人们谈论的热点转向了经济全球化。所以近几年本知识点没再命题,但是对基础知识考生还是要掌握,不能忽视。

知识点三　经济全球化(近年没考过)

【考点精解】　1.经济全球化的内涵

经济全球化是指国家之间在经济方面突破国界限制,各国经济相互依存、互相渗透,在所有经济部门和各个经济环节上紧密地联系,实行不同程度的合作调节,并向一体化方向发展。

2.经济全球化的动力

二战后新科技革命科技成果迅速转化成直接生产力,导致了经济集团化和世界经济全球化方向发展。

3.经济全球化的主要表现

(1)国际直接投资增长,带来了资本国际化。

(2)贸易国际化,贸易成为国际交往中最活跃的环节和各国经济发展中不可缺少的组成部分。

(3)金融国际化,国际金融交易大大超过世界生产和商品贸易。

(4)跨国公司日益成为世界经济的主导力量。

4.经济全球化的作用和影响

(1)经济全球化有利于全球和地区范围内生产要素的合理流动,形成彼此间的优势互补,促进全球生产力的增长,推动全球产业结构新一轮的调整,推动世界经济的发展。

(2)但是,世界经济的负面影响也不容忽视,随着市场经济弱点的迅速膨胀,全球化进程的加快,对各国的机遇和挑战各异。

(3)对于发展中国家来说,经济全球化既是机遇,又是挑战。发展中国家既要适应经济全球化趋势,又要趋利避害。

当今世界需要的是各国平等、公平、共存、共赢的经济全球化。

5.经济全球化与区域经济集团化关系

(1)区域经济集团化是经济全球化发展到一定程度的产物,最早出现于20世纪40年代末至50年代,标志为"经济互助委员会"和"欧洲煤钢共同体"的成立。

(2)世界经济全球化和区域集团化是矛盾的统一体。从长远和总体上来看,区域集团化的发展,反过来又推动了经济全球化的发展。

【命题趋势】 经济全球化在近十多年中一直是人们讨论的热点话题,尤其是出现世界性的大的经济现象和事件时,这一问题又会被人们提起。所以,尽管近几年该知识点没再被考查过,但还是很重要,不能轻视。

【知识拓展】 1.如何看待经济全球化?如何规避其不利的方面,发挥积极的方面?

2.经济全球化的载体是什么?这一趋势对全球经济社会的发展带来了哪些重要的变化?

3.经济全球化带来的影响只是在经济领域里吗?如果不是,都在哪些方面的哪些领域?

知识点四 大国关系(考查1次)

【考点集萃】 2005年第37题Ⅰ(分析):北约东扩引起的俄欧、俄美之间的战略利益冲突。

【考点精解】 1.两极格局终结是战后国际格局最重大的变化

(1)各个大国为了适应这个变化,都在调整自己的对外政策和对外关系:

①由于苏联解体,西方国家失去了主要的共同对手,他们之间的关系出现了涣散。

②由于冷战结束,各个国家的独立性增强,世界多极化趋势加速发展,各国从自身根本利益出发,重定外交政策,寻求最佳定位,构筑新的长期稳定的关系架构。

(2)美、欧、中、日、俄关系活跃,联动制衡作用加强,联系互动因素增加,相互关系有所突破,各方寻求稳定合作、搁置分歧、避免对抗,成为当前大国关系的主流。

(3)意识形态的分歧和利益的驱动,又决定了对应政策的两面性,合作与竞争、矛盾与协调、接触与遏制并存。

2.冷战后大国关系的调整

(1)中国的崛起是大国关系新一轮调整的重要动因。

①中国快速的发展在美国公众中引发了一次对华政策大辩论。要求和中国对话与合作的主张胜过对中国遏制与对抗的主张。

②美国政府决定同中国发展"建设性关系",途径是"全面接触"直至建立"伙伴关系"。

③中美关系转折性变化的标志是1997年10月和1998年6月实现两国首脑正式互访,确定了两国将致力于建立面向21世纪的建设性伙伴关系。

不过,美国出于其全球战略的需要,对华战略的选择并非简单的非此即彼,而是"接触"

与"遏制"两种手段交替使用。所以美国并没有放弃对中国"西化"和分化的企图。

(2)美俄间既合作又争夺,美攻俄守的态势有新的发展;俄欧间的关系则趋于稳定。

(3)从冷战时期到冷战后,美日同盟关系中的不对称性依然存在,美国仍占主导地位。

(4)中日关系在调整中前进,合作继续发展,同时,日本对华政策的两面性也进一步暴露。台湾问题、日美安全保障体制的作用对象问题、钓鱼岛领土争端问题以及历史认识问题等,还制约着中日两国关系的发展。

3.冷战后大国关系调整呈现出的特点

(1)大国间热衷于确立各种双边伙伴关系。

大国间"伙伴关系"普遍遵循的原则是:不对抗,不针对第三国,平等互利,求同存异,不结盟。但是这种大国关系的调整还只是开始,大国之间的矛盾、分歧、冲突仍然存在。

(2)国家利益成为大国间处理相互关系的出发点和归宿。

(3)大国间的经济关系得到进一步发展,经济因素正在成为影响大国关系的首要因素和推动力量,但政治安全因素仍起着重要作用。

【命题分析】　不管是过去,还是现在,或是将来,大国之间的关系都是影响世界格局变化的主要因素,在某些情况下也是影响世界经济社会发展的主要因素,所以大国之间的关系,尤其是中美、美俄、美日、中日、中俄,以及这些国家与欧盟之间的关系,稍有风吹草动,都会引起大家的关注和猜测,所以大国之间的关系都是热门考点。尽管近几年这个问题没有被直接考查,但是该知识点很重要,不可忽视。

【知识拓展】　1.今年中美之间发生的一些事件,如人权之辩等对中美之间的关系有何影响?

2.日俄之间因为北方四岛等的冲突对二者之间的关系有什么影响?

3.先是美国,后来主要是欧盟国家对比亚的不断空袭,对大国间的关系有什么影响?

4.日本地震引发的海啸及福岛核电站核泄漏等对邻国与日本之间的关系有什么影响?

知识点五　地区热点问题(近年没考过)

【考点精解】　1.和平与发展成为时代主题

冷战后,由于两极格局的瓦解,和平与发展成为当今世界的两大主题,国际形势总体趋于和平与缓和。

当前国际形势总体趋向缓和,要和平,求合作,促发展已成为时代的主流,避免新的世界大战,维持较长时期的世界和平与稳定是完全可能的。

2.局部战乱

但是当前国际形势的动荡和不确定因素仍然很多,霸权主义、强权政治依然是威胁世界和平与稳定的主要根源,世界热点问题不时出现,因民族、宗教、领土等因素引发的局部冲突此起彼伏。过去被掩盖的许多矛盾进一步暴露,甚至激化,天下并不太平。

3.动荡因素

当前国际上仍然存在很多动荡因素,主要表现为:

首先,霸权主义和强权政治的存在,是造成世界动荡的主要原因。

其次,冷战思维依然存在。有些势力散布各种所谓的"威胁论",树立敌人,制造紧张局势。再次,一些国家因民族、宗教、领土等因素而引发的局部冲突迅速增多,对世界和平与稳定造成了极大破坏。最后,各种分裂势力、恐怖主义势力和极端势力给国际社会不断带来危害,世界面临恐怖主义的严重威胁。

4.霸权主义和强权政治的实质

(1)从国际法讲,霸权主义、强权政治是对国家主权的严重践踏,是对国际法的国际主权原则和其他原则的严重破坏。

（2）霸权主义、强权政治造成的国际局势的紧张与动荡，是对世界和地区和平、各国安全与稳定的严重威胁，是建立国际政治、经济新秩序的主要障碍。

5.两极格局终结后霸权主义和强权政治的表现

（1）强迫别国接受和照搬自己的社会制度和意识形态，进行"和平演变"。

（2）利用"民主"、"人权"为借口干涉别国内政。

（3）利用跨国公司推行霸权主义政策。

（4）扩大并强化军事同盟。

（5）利用经济技术援助、经济合作、经济封锁、贸易禁运等手段达到霸权主义目的。

（6）利用经济军事实力四处侵略、炮制包括"新干涉理论"在内的种种理论，先后发动一系列侵犯别国主权、干涉别国内政的重大事件。

6.美国霸权主义的进一步膨胀

"9·11"事件后，美国打着反恐维和的旗号，采用"先发制人"的政策，紧锣密鼓地向外用兵，霸权主义进一步膨胀。

为了维护国家的独立、主权，为了维护世界的和平稳定，必须旗帜鲜明地反对霸权主义。

【命题趋势】 近几年，地区之间、地区内部都发生了许多事情、事件，极大地影响了地区的稳定与发展，所以该问题是一个非常重要的知识点，希望考生重视。

【知识拓展】 1.多国部队空袭利比亚，支持反对派，对中东地区国家之间的关系有什么影响？

2.本·拉登在阿富汗被美军击毙，这对中东地区与美国之间的关系有什么影响？

知识点六 发展中国家的地位和作用（考查3次）

【考点集萃】 2006年第38题Ⅱ（分析）：人类发展面临的三重困境及走出困境的战略选择。

2005年第37题Ⅱ（分析）：世界经济战略的态势及中国能源战略面临的问题和解决的途径。

2004年第37题Ⅱ（分析）：两种制度并存的背景下，社会主义国家如何更快地实现自身的发展。

【考点精解】 1.第三世界

第三世界是指那些在历史上受过殖民统治和剥削，独立后经济落后，在国际政治经济中处于不平等、受剥削、受压迫的地位，在地域上大多数位于南半球的亚非拉国家。这些国家也被称为民族独立国家、发展中国家、南方国家。

2.第三世界是在战后民族独立运动蓬勃发展的基础上进一步走向联合的产物

（1）战后初期到50年代中期，是民族独立运动蓬勃兴起的阶段，万隆会议的召开，具有划时代的意义。

（2）50年代中期到60年代中期，是民族解放运动由分散到集中、由各自为政到联合斗争的发展阶段，不结盟运动的出现是第三世界形成发展的里程碑。

（3）60年代以后，是民族解放运动深入发展的阶段，斗争的重点已深入到发展民族经济、巩固政治独立的阶段，77国集团的建立是重要标志。

3.第三世界的崛起，彻底摧毁了帝国主义的殖民体系，大大推进了世界历史的进程，对当代世界政治经济与国际关系产生了重大而深远的影响；第三世界是反对霸权主义、强权政治与维护世界和平的主力军；大批发展中国家加入联合国，深刻地改变了联合国的面貌，使这一国际组织的地位与作用发生了重大变化。

4.第三世界在打破国际经济旧秩序、建立国际经济新秩序的斗争中,发挥着重要作用。20世纪90年代以来,第三世界总体实力进一步增强,在国际舞台上的地位与作用进一步增大。

5.发展中国家的经济发展及其成就

(1)发展中国家的经济发展的进程大体可分为五个阶段:

①发展准备阶段(1945～1955年),第三世界国家采取了一些措施,如收回经济主权,进行土地改革,为经济发展做必要的准备。

②经济起飞阶段(1956～1965年),大多数国家实行进口替代发展战略,仅有少数国家开始实行出口导向发展战略。

③高速增长阶段(1966～1980年),一些国家的发展战略由进口替代转向出口导向,其发展速度比前一阶段更快。

④停滞、发展并存阶段(1980～1998年),20世纪80年代,发展中国家平均经济增长率仅为1.5%,被称为"失去的十年"。进入90年代,绝大多数发展中国家在总结80年代经验教训的基础上,对发展战略和经济政策进行调整,以促进经济发展。

⑤缓慢发展阶段(20世纪90年代末至今),经过调整,发展中国家创造了比发达国家更高的经济发展速度。

(2)经过战后半个多世纪的调整与发展,第三世界国家取得了巨大的成就,畸形的经济结构得到了不同程度的改变,民族经济有了较大的发展;国民生活状况有了一定的改善,国家用于教育、卫生、社会福利和其他社会服务的财政支出增加;第三世界涌现出一批新兴的工业化国家和地区,在世界经济中的比重增大。

6.发展中国家经济发展面临的问题

(1)由于经济全球化的负面影响,与发达国家的差距进一步拉大。

(2)发展资金短缺,总投资水平明显降低。

(3)为弥补资金短缺,发展中国家借了大量外债,债务负担沉重。

(4)贸易条件急剧恶化。

(5)农业不景气,粮食匮乏。

(6)经济发展不平衡,一方面是发展中国家之间经济发展不平衡,另一方面是发展中国家内部经济结构不合理,国民经济发展不平衡。

目前,发展中国家纷纷进行经济战略的调整及经济改革,如探索经济社会综合发展战略和实行可持续发展战略、调整产业结构、深化经济体制改革、实行对外开放等。

7.发展中国家政治发展的成就

(1)从20世纪70年代末开始,发展中国家掀起了以资产阶级代议制政权取代封建专制统治和军人独裁政权、多党制或两党制取代一党制的民主化浪潮。民主化浪潮席卷亚、非、拉三大洲。

(2)对发展中国家来说,要实现政治发展,需要完成两项基本的工作:

一是进行社会变革,铲除传统的权势集团,对社会进行重组,使社会全体成员尤其是处于弱势地位的广大民众能够平等地拥有发展的机会(政治、法律意义上的平等)、享受发展的成果。

二是减少国家对经济的直接干预,发展商品经济,把培育市场、扩大市场机制作为建立市场经济体制的中心任务。

8.发展中国家政治面临的问题

战后50多年,发展中国家的政治发展取得了一些成效,但由于内外原因,总的看来是艰难曲折,存在不少问题,如政局动荡、政变频繁、民族(部族)矛盾、宗教斗争等。特别是多民族、多宗教国家,民族冲突与宗教(包括教派)纠纷往往交织在一起,使其更加复杂而难以解决。

【命题分析】 发展中国家近几年发展得比较快,引起了全球的关注,尽管近几年没出过试题,但是本知识点很重要,考生还是要重视其中一些结论性的知识点,备考材料分析题。

【知识拓展】 1.如何理解"第三世界是在战后民族独立运动蓬勃发展的基础上进一步走向联合的产物"?

2.第三世界的崛起对世界经济有什么重大影响?

3.第三世界在打破国际经济旧秩序、建立国际经济新秩序的斗争中发挥着哪些重要作用?影响如何?

知识点七 中国的和平发展道路(考查3次)

【考点集萃】 2009年第38题Ⅱ(分析):中国在国际事务中的贡献。

2008年第38题Ⅰ(分析):中日两国发展"战略互惠"的关系。

2007年第38题Ⅱ(分析):中国坚持走和平发展道路对建设持久和平、共同繁荣的和谐世界的意义。

【考点精解】 (一)中国对外关系的发展进程

1."一边倒"的外交政策

从新中国建立到20世纪50年代中期,中国实行"一边倒"的政策。

(1)建国初期,我国坚持"站在社会主义一边"、"另起炉灶"、"打扫干净屋子再请客"的方针,积极争取国际社会的承认。

(2)在谈判中,我们坚持的建交原则是:

①承认中华人民共和国中央人民政府是唯一合法的政府,同国民党政府断交。

②支持恢复中华人民共和国在联合国的合法席位,驱逐国民党集团。

③交还属于中华人民共和国的财产。

2.反对帝国主义、修正主义和各国反动派的外交政策

20世纪50年代中期到60年代末,实行依靠广大亚非拉国家,反对帝国主义、修正主义和各国反动派的外交政策。

3."联美反苏"的外交政策

20世纪60年代末到70年代末,中国提出"联美反苏"的外交政策,使中国大大改善了同西方国家的关系。

(1)当时中国调整外交政策的指导思想是针对苏联对中国造成的严重威胁,联合国际上一切可以联合的力量,在世界范围内建立反对霸权主义的国际统一战线。

(2)调整中美关系,中美建交;实现了中日邦交正常化;1971年10月第26届联大恢复了中国在联合国的合法席位;改善了中国与西方国家的关系,出现了西欧国家同中国建交的高潮。

(3)从此,中国开始全面参与国际事务。这一时期中国外交特点被概括为"一条线、一大片"。

(二)20世纪80年代以来中国外交政策的调整

1.20世纪80年代,我国外交政策据此实现了两个重要的调整与转变:

一是改变了世界战争不可避免的估计,认为争取长时期的总体和平局面是可能的,为此把维护世界和平、促进共同发展作为我国对外政策的宗旨,并制定了全面对外开放的政策。

二是调整了"一条线"战略,不同任何大国结盟,不支持任何一方反对另一方,赋予独立自主以新内容,不以社会制度和意识形态的异同论亲疏。

从此中国的外交不断走向成熟,从划分敌友外交发展到全方位外交。

2.20世纪90年代中期以来,中国外交的对象不仅仅是范围的扩大,而且交往的程度进

一步加深,开创了对外关系的新局面。

第一,我国同周边国家的睦邻友好关系进入了新中国成立以来最好、最稳定的时期。比如,中苏关系于1989年5月实现了正常化,苏联解体后又同俄罗斯等独联体国家建立了良好的关系。

第二,与西方国家的关系进一步发展,中美关系在曲折中前进,中国与欧盟、中日等关系有了进一步发展,建立了各种伙伴关系。

第三,同发展中国家的团结与合作不断加强,中国不称霸、不当头、不输出革命,赢得了第三世界的高度信任和赞赏。

第四,我国的多边外交日趋活跃。

到目前为止,中国已同163个国家建交,同200多个国家和地区有经贸往来,国际地位空前提高。

(三)中国对外政策的宗旨和目标

1.中国的社会主义国家性质、中国的国际地位和切身利益都决定了中国对外政策的宗旨是维护世界和平,促进共同发展。

2.这一宗旨体现在对外政策的基本目标也是促进和平与发展。

新中国建立以来对外政策在不同时期有过重大调整,但这一宗旨及其体现及对外政策的基本目标始终没有改变。

(四)中国对外政策的根本原则

1.独立自主是中国外交政策的根本原则。

独立自主就是国家主权独立,在对内对外事务中不屈服于任何外来的干涉和指挥,根据自己的实际情况和国际形势的发展,独立自主地处理本国的一切内外事务。

2.独立自主原则,就是维护民族利益、民族尊严和国家主权的原则。

这一原则要求:在国际交往中,各国的事情由各国人民自己去处理,既不依赖别国来解决本国的内部事务,也不干涉别国的内部事务,尊重本国的主权和民族尊严,也尊重别国的主权和民族尊严,使国与国之间真正做到平等相待、和平共处。

3.独立自主是中国人民近代斗争历史经验的结晶,也是新中国成立以来在国际斗争中的经验总结,是我国对外关系所一贯坚持的。这既有利于维护中国的独立自主,也有利于推进世界的和平与发展事业。

(五)中国处理同一切国家关系的基本准则

1.和平共处五项原则是中国处理同一切国家关系的基本准则

中国提出和平共处五项原则,最初是用于处理同民族主义国家关系的,后来逐渐为国际社会所认同,成为公认的国际关系的普遍原则。

2.和平共处五项原则的内容

(1)内容:和平共处五项原则就是互相尊重主权和领土完整,互不侵犯,互不干涉内政,平等互利,和平共处。

(2)关系:这五项内容是相互联系的,本质是反对侵略和扩张,维护国家的独立自主权利。

(六)中国外交政策的立足点

1.加强和巩固同广大发展中国家的团结与合作是中国外交政策的立足点。

2.中国按照"平等互利、讲求实效、形式多样、共同发展"的原则,促进同发展中国家的经济合作。

(七)中国走和平发展道路及其对当今世界的意义

1.以胡锦涛为总书记的党中央从2003年开始,正式提出和宣传"和平发展道路",向世界各国说明,中国坚决不走历史上一些国家崛起的战争道路,而要继续毫不动摇地走和平发展道路。

2. 这条道路与本国国情和时代特征相适应,其要旨就是:

(1)争取和平的国际环境发展自己,又以自身的发展促进世界和平;

(2)依靠自身力量和改革创新实现发展,同时坚持实行对外开放;

(3)顺应经济全球化发展趋势,努力实现与各国的互利共赢。

中国对内坚持和谐发展,对外坚持和平发展,两者是统一的整体。

3. "和平发展道路"是将内政与外交、国内大局与国际大局完全统一的中国大战略,其核心理念就是把中国人民的根本利益与世界人民的共同利益结合起来。

4. 和平发展不仅是中国人的愿望,也是中国改革开放以来实际走过的道路。有三个方面的事实可以证明中国可以做到而且能够做到走和平发展道路:

首先,25年来,中国基本上完成了从国际体系外国家转化为体系内负责任大国的过程,在政策理念和政策实践两个方面都表现出一个负责任大国的形象,这是走和平发展道路的基本保证。

其次,中国积极主张使用和平方式解决国际争端,对使用武力方面实施了高度的自我克制。自从中华人民共和国成立以来,中国共经历了四次较大的国际性武装冲突。自1979年以来,中国没有卷入国际武装冲突的记录。

第三,冷战后,中国倡导新的安全观念,强调互利、互信、平等和协作,主张以合作与对话的形式解决国际争端。

5. 坚持走和平发展道路,是中国特色社会主义的本质要求,是我国独立自主的和平外交政策的应有之义,符合我们党和国家一贯坚持的对外大政方针,符合我国人民的根本利益,符合中华民族爱好和平的历史文化传统,符合人类进步的时代潮流。

6. 中国的和平发展不会对任何国家构成威胁,相反地会给世界带来更大的发展机遇。

第一,中国的和平发展将对世界经济作出更大贡献。

第二,中国和平发展将有利于维护持久的国际和平。

第三,中国和平发展有利于推动公正合理的世界新秩序的建立。

第四,中国和平发展将改变世界经济格局,提升亚洲在世界经济中的地位,有利于改变世界经济发展不平衡的局面。

第五,中国和平发展将推动世界多极格局的形成。

(八)当前中国的国际地位、国际影响及外交努力

1. 中国国际地位提高

新中国成立以来,在中国共产党的领导下,经过50多年的社会主义建设,中国的国际地位大大提高,成为在国际社会中有重要影响的大国。

第一,中国的综合国力已居世界前列。第二,科学技术事业飞速发展,形成了门类和学科领域都比较齐全的科学技术体系。第三,精神文明建设取得可喜成就。第四,国防力量大大增强。第五,人民生活水平显著提高。第六,中国外交取得了空前成就。

2. 中国的国际影响及外交努力

(1)中国一贯坚持独立自主的和平外交政策,在维护世界和平,反对霸权主义和强权政治,促进人类共同发展方面发挥了重要作用。

(2)中国作为世界上最大的社会主义国家,坚持奉行独立自主的和平外交政策,坚定地走和平的发展道路,成为世界上极具特色和影响力的国家。

(3)中国作为最大的发展中国家,在经济上为发展中国家摆脱困境提供了可供借鉴的有益经验,在政治上加强与发展中国家的团结与合作,提高了第三世界在世界舞台上的地位。

【命题分析】　改革开放以来,中国的经济社会发展取得了巨大的成就,一直被各个国家关注,所以中国的和平发展道路是大家讨论的热门话题,这也是历年考研命题的热点。

【知识拓展】　1.中国的和平发展道路为中国经济社会发展带来的积极意义是什么?

2.中国的和平发展道路对世界经济社会的发展有何影响?

3.中国通过什么样的方式向世界展示了自己的和平发展道路?

知识点八　推动构建和谐世界(近年没考过)

【考点精解】　1.外交理念内涵

(1)外交理念是指用以指导一国处理对外关系的价值观,其核心是处理国家间利益和权力关系的准则,是外交战略和政策的灵魂,是外交实践的指南。

(2)新中国成立后,毛泽东和周恩来制定了举世闻名的和平共处五项原则,奠定了当代中国外交理念的基础;

邓小平对国际形势与时代主题做出科学判断,调整了外交战略和对外关系,为中国现代化建设营造了良好的国际环境,并倡导建立国际经济政治新秩序;

冷战结束后,新一代党的领导集体与时俱进,提出了"和平发展道路"的大战略和建设"和谐世界"的外交新理念。

2.推动建设"和谐世界"外交理念的内涵

(1)2005年9月15日,国家主席胡锦涛在联合国成立60周年首脑会议上发表了题为《努力建设持久和平、共同繁荣的和谐世界》的讲话,首次向国际社会宣告了中国关于建设"和谐世界"的外交新理念。包含以下四方面要点:

第一,从国际安全与政治方面讲,和谐世界应该是一个和平与民主的世界。

第二,从国际经济方面讲,和谐世界应该是一个互利、合作的世界。

第三,从人类文明方面讲,和谐世界应该是开放的、包容的世界。

第四,从人类社会与地球环境的关系方面讲,和谐世界应该是"天人合一"的世界。

(2)"和谐世界"理念对毛泽东、周恩来倡导的"和平共处五项原则"、邓小平提出的"国际政治经济新秩序"思想和江泽民关于"新安全观"等主张,进行了全面的继承和升华。

(3)"和谐世界"理念适应了时代的新特点新潮流,并对时代难题提出了解决的思路。"和谐世界"理念是中国面对全球治理难题提出的一种良好思路。

3.中国推动建设和谐世界的外交实践

在"和谐世界"理念的指导下,中国进一步优化外交战略布局,充分调动各种外交资源,发挥官方、半官方和民间各方面的积极性,展开了卓有成效的"和谐外交",通过双边、多边方式,同世界各国加强全面合作与对话,不断开拓新的外交空间,捍卫国家利益,维护世界持久和平,促进人类共同繁荣,以实现建设和谐周边、和谐亚太、和谐大国关系、和谐中非关系等更加具体的外交目标,努力营造和维护良好的国际与周边环境,大大提高了中国的国际地位。

【命题趋势】　不管是构建社会主义和谐社会,还是构建和谐世界,都是我们党近几年提出来的很重要的理念,得到了世界上多数人的认同。这些理念也是近几年的热门考点,希望考生重视。

【知识拓展】　1.推动构建和谐世界与我国长期以来奉行的和平外交战略有什么关系?

2.推动构建和谐世界的内涵和理念与构建社会主义和谐社会有什么关系?有什么异同?

3.中国推动构建和谐世界的途径和方式是什么?影响如何?收效又如何?

第二篇　2003~2011年真题

2011年全国硕士研究生入学统一考试思想政治理论试题

一、单项选择题:1~16小题,每小题1分,共16分。下列每题给出的四个选项中,只有一个选项是符合题目要求的。请在答题卡上将所选项的字母涂黑。

1. 我国数学家华罗庚在一次报告中以"一支粉笔多长为好"为例来讲解他所倡导的优选法。对此,他解释道:"每支粉笔都要丢掉一段一定长的粉笔头,单就这一点来说,愈长愈好。但太长了,使用起来很不方便,而且容易折断。每断一次,必然多浪费一个粉笔头,反而不合适。因而就出现了粉笔多长最合适的问题——这就是一个优选问题。"所谓优选问题,从辩证法的角度看,就是要
   A. 注重量的积累   B. 保持事物质的稳定性
   C. 坚持适度原则   D. 全面考虑事物属性的多样性

2. 社会存在是指社会的物质生活条件,它有多方面的内容,其中最能集中体现人类社会物质性的是
   A. 社会形态   B. 地理环境
   C. 人口因素   D. 生产方式

3. 马克思把商品转换成货币称为"商品的惊险的跳跃","这个跳跃如果不成功,摔坏的不是商品,但一定是商品占有者"。这是因为只有商品变为货币
   A. 货币才能转化为资本   B. 价值才能转化为使用价值
   C. 抽象劳动才能转化为具体劳动   D. 私人劳动才能转化为社会劳动

4. 邓小平指出:"社会主义究竟是个什么样子,苏联搞了很多年,也并没有完全搞清楚。可能列宁的思路比较好,搞了个新经济政策,但是后来苏联的模式僵化了。"列宁新经济政策关于社会主义的思路之所以"比较好",是因为
   A. 提出了比较系统的社会主义建设纲领
   B. 根据俄国的实际情况来探索社会主义建设的道路
   C. 为俄国找到了一种比较成熟的社会主义发展模式
   D. 按照马克思恩格斯关于未来社会的设想来建设社会主义

5. 1927年大革命失败后,党的工作重心开始转向农村,在农村建立革命根据地。农村革命根据地能够在中国长期存在和发展的根本原因是
   A. 中国是一个政治、经济、文化发展极不平衡的半殖民地半封建的大国
   B. 良好的群众基础和革命形势的继续向前发展
   C. 相当力量正式红军的存在
   D. 党的领导及其正确的政策

6. 社会主义初级阶段基本经济制度,既包括公有制经济,也包括非公有制经济。把非公有制经济纳入社会主义初级阶段基本经济制度中,是因为非公有制经济

A.是社会主义性质的经济成分　　　B.是社会主义经济的重要组成部分
　C.是为社会主义服务的经济成分　　D.在社会主义初级阶段不占主体地位

7. 党的十七大通过的党章把"和谐"与"富强、民主、文明"一起作为社会主义现代化建设的
目标写入了社会主义初级阶段的基本路线。其原因在于社会和谐是
　A.中国特色社会主义的本质属性　　B.中国传统文化的价值取向
　C.经济建设的内在要求　　　　　　D.解决收入分配差距的重要途径

8. 深化文化体制改革,要坚持公益性文化事业和经营性文化产业协调发展。发展经营性文
化产业的根本任务是
　A.繁荣文化市场,满足人民群众多方面、多层次、多样化的文化需求
　B.保障人民群众基本的文化权益
　C.构建覆盖全社会的比较完备的公共文化服务体系
　D.加快文化产业基地和区域性特色文化产业群建设

9. 从1840年至1919年的80年间,中国人民对外来侵略进行了英勇顽强的反抗。但历次的
反侵略战争,都是以中国失败、中国政府被迫签订丧权辱国的条约而告结束。从中国内
部因素来分析,其根本原因是
　A.军事战略错误　　　　　　　　　B.社会制度腐败
　C.经济技术落后　　　　　　　　　D.思想观念保守

10. 1953年9月,彭德怀在一份报告中说,抗美援朝战争的胜利雄辩地证明:"西方侵略者几
百年来只要在东方一个海岸上架起几尊大炮就可霸占一个国家的时代一去不复返了。"
这场战争的胜利
　A.结束了西方列强霸权主义的历史
　B.打破了美国军队不可战胜的神话
　C.奠定了民族独立人民解放的基础
　D.赢得了近代以来中华民族反抗外敌入侵的第一次完全胜利

11. 社会主义法律在国家和社会生活中的权威和尊严是建设社会主义法治国家的前提条件。
法律权威是就国家和社会管理过程中法律的地位和作用而言的,是指
　A.法的强制性　　　　　　　　　　B.法的不可违抗性
　C.法的合理性　　　　　　　　　　D.法的规范性

12. 法律的指引作用主要是通过授权性规范、禁止性规范和义务性规范三种规范形式来实现
的,其中,义务性规范是告诉人们
　A.不得或者不准做什么　　　　　　B.可以或者有权做什么
　C.应当或者必须做什么　　　　　　D.能够或者不能做什么

13. 道德的功能是指道德作为社会意识的特殊形式对于社会发展所具有的功效与能力。其
中最突出也是最重要的社会功能是
　A.辩护功能　　　B.沟通功能　　　C.调节功能　　　D.激励功能

14. 理想作为一种精神现象,是人类社会实践的产物。理想源于现实,又超越现实,在现实中
有多种类型。从层次上划分,理想有
　A.个人理想和社会理想　　　　　　B.道德理想和政治理想
　C.生活理想和职业理想　　　　　　D.崇高理想和一般理想

15. 2010年10月1日,"嫦娥二号"卫星在西昌卫星发射中心发射升空并成功"奔月",实现
了我国
　A.深空探测"零的突破"
　B.首次月球软着陆和自动巡视勘测

C. 首次月球样品自动取样返回探测

D. 运载火箭直接将卫星发射至地月转移轨道等多项技术突破

16. 2003年3月,美国率其盟友发动了长达7年之久的对伊拉克战争,给伊人民造成了深重灾难。2010年8月19日,美军最后一批作战部队从伊拉克撤离。这表明,美国在多重压力下

    A. 调整军事部署   B. 改变先发制人战略

    C. 转向本土反恐为主   D. 放弃单边主义

二、多项选择题:17~33小题,每小题2分,共34分。下列每题给出的四个选项中,至少有两个选项是符合题目要求的。请在答题卡上将所选项的字母涂黑。多选或少选均不得分。

17. 1971年,迪斯尼乐园的路径设计获得了"世界最佳设计"奖,设计师格罗培斯却说,"其实那不是我的设计"。原因是在迪斯尼乐园主体工程完工后,格罗培斯暂停修筑乐园里的道路,并在空地上撒上草种。五个月后,乐园里绿草茵茵,草地上被游客踏出了不少宽窄不一的小路。格罗培斯根据这些行人踏出来的小路铺设了人行道,成了"优雅自然、简捷便利、个性突出"的优秀设计。格罗培斯的设计智慧对我们认识和实践活动的启示是

    A. 要从生活实践中获取灵感   B. 要尊重群众的实际需求

    C. 不要对自然事物做任何改变   D. 要对事物本来面目做直观反映

18. 在资本主义社会里,银行垄断资本和工业垄断资本密切地融合在一起,产生了一种新型的垄断资本,即金融资本。在金融资本形成的基础上,产生了金融寡头。金融寡头操纵、控制社会的主要方式有

    A. 通过"参与制"实现其在经济领域中的统治

    B. 通过同政府的"个人联合"实现其对国家机器的控制

    C. 通过政策咨询机构影响和左右内外政策

    D. 通过新闻媒体实现国民思想意识的一元化

19. 2008年由美国次贷危机引发了全球性的经济危机,很多西方人感叹这一次经济危机从根本上仍未超出一百多年前马克思在《资本论》中对资本主义经济危机的理论判断和精辟分析。马克思对资本主义经济危机科学分析的深刻性主要表现为

    A. 指明经济危机的实质是生产相对过剩

    B. 揭示造成相对过剩的制度原因是生产资料的资本主义私有制

    C. 指出经济危机的深层根源是人性的贪婪

    D. 强调政府对经济的干预是摆脱经济危机的根本出路

20. 19世纪中叶,马克思恩格斯把社会主义由空想变为科学,奠定这一飞跃的理论基石是

    A. 阶级斗争学说   B. 劳动价值论

    C. 唯物史观   D. 剩余价值理论

21. 在马克思主义中国化的过程中,产生了毛泽东思想和中国特色社会主义理论体系,这两大理论成果的一脉相承性主要体现在,二者具有共同的

    A. 马克思主义的理论基础   B. 革命和建设的根本任务

    C. 实事求是的理论精髓   D. 和平与发展的时代背景

22. 社会主义市场经济体制是社会主义基本制度与市场经济的结合。这一结合既体现社会主义的制度特征,又具有市场经济的一般特征。社会主义市场经济体制体现社会主义制度特征的方面主要表现在

    A. 在所有制结构上,以公有制为主体、多种所有制经济共同发展

    B. 在分配制度上,以按劳分配为主体、多种分配方式并存

    C. 在宏观调控上,以实现最广大劳动人民利益为出发点和归宿

D. 在资源配置上,以市场为手段,发挥市场的基础性作用

23. 毛泽东指出:"国家的统一,人民的团结,国内各民族的团结,这是我们的事业必定要胜利的基本保证。"这一思想对于我们在新的历史条件下处理民族关系的现实意义有
   A. 民族关系始终是我们这个多民族国家至关重要的政治和社会关系
   B. 民族问题始终是建设中国特色社会主义必须认真解决的一个重大问题
   C. 巩固和发展各民族的团结关系到国家统一和边疆巩固
   D. 加强和巩固各民族的团结是实现中华民族伟大复兴的必然要求

24. 改革、发展、稳定好比现代化建设棋盘上的三着紧密关联的战略性棋子,每一着棋都下好了,相互促进,就会全局皆活;如果有一着下不好,其他两着也会陷入困境,就可能全局受挫。改革开放以来,党在处理改革、发展、稳定关系方面积累的经验和主要原则包括
   A. 保持改革、发展、稳定在动态中的相互协调和相互促进
   B. 把实现社会稳定作为促进改革、发展的根本出发点
   C. 把改革的力度、发展的速度和社会可以承受的程度统一起来
   D. 把不断改善人民生活作为处理改革、发展、稳定关系的重要结合点

25. 做大分好社会财富这个"蛋糕"始终是我国政府面临的重大任务。做大"蛋糕"是政府的责任,分好"蛋糕"是政府的良知。合理调整收入分配关系,分好社会财富这个"蛋糕"是
   A. 实现社会公平的重要体现
   B. 解决当前收入分配领域突出问题的需要
   C. 实现共同富裕的内在要求
   D. 为了使人民共享改革发展的成果

26. 辛亥革命是我国近代史上一次比较完全意义上的资产阶级民主革命。这是因为辛亥革命
   A. 提出了平均地权,耕者有其田的重要原则
   B. 建立了中国近代史上第一个资产阶级政党
   C. 制定了比较完整的资产阶级民主革命纲领
   D. 结束了封建君主专制制度,建立了资产阶级共和国

27. 第二次世界大战期间,明确规定将台湾、澎湖列岛归还中国的有关国际条约是
   A.《德黑兰宣言》   B.《开罗宣言》
   C.《雅尔塔协定》   D.《波茨坦公告》

28. 延安整风运动是一场伟大的思想解放运动。这一运动最主要的任务是反对主观主义。主观主义的主要表现形式为
   A. 教条主义   B. 形式主义
   C. 经验主义   D. 宗派主义

29. 中国共产党根据马克思列宁主义关于农业社会主义改造的思想,从我国的实际出发,开创了一条有中国特点的农业合作化道路,成功地实现了对个体农业的社会主义改造。其历史经验主要有
   A. 国家用先进的技术和装备发展农业经济
   B. 遵循自愿互利、典型示范和国家帮助的原则
   C. 在土地改革后不失时机地引导个体农民走互助合作道路
   D. 采取从互助组到初级社再到高级社的逐步过渡形式

30. 刑法的基本原则是指刑法特有的在刑法的立法、解释和适用过程中所必须普遍遵循的具有全局性、根本性的准则。我国刑法明文规定的基本原则有
   A. 罪刑法定原则   B. 疑罪从无原则

C.罪刑相当原则   D.适用刑法一律平等原则

31.有位法学家曾说过:"法律必须被信仰,否则等于形同虚设。"这句话表明,一个人只有从内心深处真正认同、信任和信仰法律,才会自觉维护法律的权威。由此可见

 A.法律的内在说服力是法律权威的内在基础

 B.法律权威不可能完全建立在外在强制力的基础之上

 C.法律信仰与宗教信仰没有本质的区别

 D.法律信仰是法律制定和执行的根本依据

32.2010年10月15日至18日,中国共产党第十七届中央委员会第五次全体会议在北京举行。全会审议通过的《中共中央关于制定国民经济和社会发展第十二个五年规划的建议》强调,在当代中国,坚持发展是硬道理的本质要求,就是坚持科学发展,更加注重

 A.以人为本   B.全面协调可持续发展

 C.统筹兼顾   D.保障和改善民生,促进社会公平正义

33.2010年4月13日,胡锦涛主席在核安全峰会上发表题为《携手应对核安全挑战,共同促进和平与发展》的讲话,强调中国本着负责任的态度,高度重视核安全,坚决反对核扩散和核恐怖主义,为此作出了一系列积极努力。其中包括

 A.全面加强核安全能力

 B.严格履行核安全国际义务

 C.重视并积极参与国际核安全合作

 D.积极向发展中国家提供核安全援助

三、分析题:34～38小题,每小题10分,共50分。要求结合所学知识分析材料回答问题。将答案写在答题纸指定位置上。

34.结合材料回答问题:

  人类每天都在产生垃圾,垃圾总量一天比一天多,由此带来的问题非常棘手。不产生垃圾是不可能的。既然如此,那就退而求其次,倡导大家减少垃圾。然而,减到多少才是少?这里并没有一个标准。而且从总体上看,生产和消费必然产生垃圾,减少垃圾很可能抑制生产和消费。接着往后退,把垃圾收集起来填埋或者焚烧。但填埋只是把垃圾从地上转移到地下,既与人争地,也有再次污染土壤和水源的隐患。焚烧不过是把污染从地上转移到空中,产生二恶英等有害物质。

  于是,人们进一步追问:还有没有比填埋、焚烧更好的出路?这时候,一句"垃圾是放错地方的资源"让人茅塞顿开,垃圾可以回收利用,乃再生资源。但变废为"宝"前提是垃圾的分类投放——别把垃圾放错了地方。何谓放错?到处乱扔是放错,收集时搅混在一起也是放错。不同的垃圾只有往不同的地方放,才能实现资源的价值。即使还免不了要填埋、焚烧那些没有利用价值的垃圾,也得把它们分出来。

  垃圾分类举手之劳换出绿色,好处多多不言而喻,但如何让人们乐而为之?2009年5月起,上海开始普遍推广新的垃圾分类理念,开展以"换出更绿色的上海"为名的"绿色帐户"活动。何为绿色帐户?就是居民对垃圾进行分类回收,积分换取环保小礼品:再生纸笔记本、绿色小植物、环保手电筒……上海推出"绿色帐户"的实践说明,办法是可以想出来的,关键是愿不愿意琢磨。中国的垃圾问题不比哪个国家小,我们只能"没有退路就多想出路"。

             ——摘编自《人民日报》

 (1)从实践是人和自然关系的基础的角度说明为什么"垃圾是放错地方的资源"?(5分)

 (2)运用矛盾分析方法说明"没有退路就多想出路"。(5分)

35.结合材料回答问题：

材料1：

成思危，著名经济学家，原民建中央主席，九届、十届全国人大常委会副委员长。谈到我国的政党制度，他深有体会地说："西方的政党制度是'打橄榄球'，一定要把对方压倒。我们的政党制度是'唱大合唱'，民主党派和中国共产党的合作共事是为了一个共同的目标，为了保持社会的和谐。要大合唱，就要有指挥，这个指挥无论从历史还是现实来看，都只有中国共产党才能胜任。"海外有评论说中国的民主党派人士在政府任职多是"坐虚位"、"无实权"，成思危说，这不符合实际情况，中国的民主党派不是"政治花瓶"。"在担任化工部副部长的时候，我对自己负责范围内的工作是完全有权作出决策的。作为全国人大常委会副委员长，我负责证券法、农村金融的执法检查。我和中共党籍的副委员长一样，也是独当一面的。"

材料2：

第十一届全国人大一次会议以来，全国共有18.7万名民主党派、无党派人士当选各级人大代表。其中，全国人大常委会副委员长6人，省级人大常委会副主任35人。2人分别担任国务院科技部、卫生部部长。2007年有18人担任最高人民法院、最高人民检察院和中央国家机关部委领导职务副职。

20世纪90年代以来，中共中央加强同各民主党派的协商，内容不断充实，程序逐步规范。据统计，1990年至2009年6月，中共中央、国务院直接召开或委托有关部门召开的协商会、座谈会、情况通报会就有287次，其中，中共中央总书记主持召开或出席的就有85次。各民主党派中央、无党派代表人士向中共中央、国务院及有关方面提出重大建议260多项，各民主党派地方组织提出各项建议9万多项。如关于三峡工程、耕地保护、两岸"三通"、西部大开发、中部崛起、东北地区等老工业基地振兴、建设社会主义新农村、青藏铁路沿线发展、国家级综合配套改革试验区、实施可持续发展战略、制定和实施"十一五"规划等方面提出的建议，得到了中共中央、国务院的高度重视和采纳。

——材料1、材料2摘编自《光明日报》

（1）从"打橄榄球"和"唱大合唱"的形象比较中，说明我国政党制度的特点和优点。（5分）

（2）我国各民主党派在社会主义建设中如何发挥参政议政的作用？（5分）

36.结合材料回答问题：

材料1：

2011年是中国共产党成立90周年。在这90年里，党走过了不平凡的历程。

中华人民共和国成立前夕，毛泽东在一篇文章中指出："一九一七年的俄国革命唤醒了中国人，中国人学得了一样新的东西，这就是马克思列宁主义。中国产生了共产党，这是开天辟地的大事变。"

——摘自《毛泽东选集》

材料2：

最近，有一本名为《苦难辉煌》的党史专著，颇受广大读者欢迎。

在这部著作中，作者一再追问：

为什么中国共产党从最初的几十个人，仅仅经过20多年的发展，就打败了强大的对手，取得了辉煌的胜利，建立了新中国？

历史给国民党很多机会，却只给共产党很少机会，但是共产党抓住了这仅有的机会，实现了中国革命的胜利。这又是为什么？

中国共产党从几十人的小党发展到今天7000多万人的大党，中国人民解放军从南昌起义后剩下不到800人到今天的威武雄师，党和军队为何由小到大，由弱到强，筚路蓝缕,披荆斩棘？中国共产党的力量来自哪里？中国人民解放军的力量来自哪里？

作者回答：我们拥有一批顶天立地的真人。他们不为钱,不为官,不怕苦,不怕死,只为胸中的主义和心中的信仰。

——摘编自《人民日报》、《光明日报》

(1)为什么说中国共产党的成立"是开天辟地的大事变"？(4分)

(2)结合中国共产党成立以来中国社会变革的历程,说明"主义"和"信仰"是怎样成为"力量"的？(6分)

37.结合材料回答问题：

郭明义,鞍山钢铁集团矿山公司齐大山铁矿采场公路管理员。几十年来,他照着雷锋那样去做,"把雷锋的道路作为自己的人生选择,把雷锋的境界作为自己的人生追求",连续15年每天提前2小时上班,相当于多奉献了5年的工作量;连续20年先后55次无偿献血、捐献血小板,累计近6万毫升;连续16年为希望工程、工友、灾区群众捐款12万元,资助180多名特困生。可是,他一家至今还是住在一间不过40平米的旧楼房里。

有人曾不解地问郭明义,你这么做究竟值不值得？"如果发出一点光,放出一点热,能够换来孩子幸福的笑脸,换来他人生命之花的绽放,换来人与人之间的温暖和谐,这样的人生,我无怨无悔！""给人温暖就是给自己幸福"。他是这样说的,也是这样做的。

30年来,郭明义就像一支火把燃烧着自己,也燃旺着志愿者和社会上更多人的爱心。他8次发起捐献造血干细胞的倡议,得到1700多人的响应;他7次发起献血的建议,600多人无偿献血15万毫升鲜血,他发起成立遗体(器官)捐献志愿者俱乐部,汇聚了200多名志愿者;他发起成立"郭明义爱心联队",从12人已经发展到2800多人,捐款40余万元、资助特困生1000多名。

郭明义的精神是一块磁石,在鞍钢、在辽宁、在全国吸引汇集越来越多的人加入爱心行动,为他人奉献、为社会分忧、为国家尽责,凝聚成巨大的道德力量,推进着当代中国社会稳定和谐发展。郭明义的先进事迹体现了"简单中的伟大"。

——摘编自《人民日报》

(1)如何理解"给人温暖就是给自己幸福"？(6分)

(2)为什么说郭明义的先进事迹是"简单中的伟大"？(4分)

38.结合材料回答问题：

金融危机发生后,某些西方国家的政要、媒体经常发表关于中国的言论,有"独秀"或"救世"之说,也有"责任"之论……林林总总,用词翻新。人们可看到一红一白"两张

脸"：唱红脸者夸大中国的经济表现，动辄将一些不符实际的高帽加诸中国，仿佛中国真成了世界经济的"救世主"；唱白脸者却将国际金融危机、全球失衡等责任归到中国头上。无论是明"捧"实"压"，还是借"批"卸"责"，万变不离其宗的都是鼓噪"中国责任论"。这既暴露出他们所谓"中国责任"的用心，也反映出其对"真实中国"的误解。

——摘编自新华网

针对材料中所反映的西方某些人士对中国的"捧"与"批"，谈谈什么是"真实的中国"以及中国的"责任"是什么。（10 分）

2010 年全国硕士研究生入学统一考试思想政治理论试题

一、单项选择题：1~16 小题，每小题 1 分，共 16 分。下列每题给出的四个选项中，只有一个选项是符合题目要求的。请在答题卡上将所选项的字母涂黑。

1. 1894 年 1 月 3 日，意大利人卡内帕给恩格斯写信，请求他为即将在日内瓦出版的《新纪元》周刊的创刊号题词，而且要求尽量用简短的字句来表述未来的社会主义纪元的基本思想，以区别于伟大诗人但丁对旧纪元所作的"一些人统治，另一些人受苦难"的界定。恩格斯回答说，这就是："代替那存在着阶级和阶级对立的资产阶级旧社会的，将是这样一个联合体，在那里，每个人的自由发展是一切人的自由发展的条件。"这段话表明，马克思主义追求的根本价值目标是
   A. 实现人的自由而全面的发展　　　B. 实现人类永恒不变的普适价值
   C. 建立一个四海之内皆兄弟的大同世界　D. 建立一个自由、平等、博爱的理性王国

2. 有一则箴言："在溪水和岩石的斗争中，胜利的总是溪水，不是因为力量，而是因为坚持。""坚持就是胜利"的哲理在于
   A. 必然性通过偶然性开辟道路　　　B. 肯定中包含着否定的因素
   C. 量变必然引起质变　　　　　　　D. 有其因必有其果

3. 右边这张照片反映出由于气候变暖，北极冰盖融化，致使北极熊无处可去的场景，颇具震撼力。它给我们地球上的人类发出的警示是
   A. 人与自然的关系成为人与人之间一切社会关系的核心
   B. 生态失衡已成为自然界自身周期演化不可逆转的趋势
   C. 自然地理环境已成为人类社会发展的根本决定力量
   D. 生态环境已日益成为人类反思自身活动的重要前提

4. 劳动力成为商品是货币转化为资本的前提条件，这是因为
   A. 资本家购买的是劳动力的价值
   B. 劳动力商品具有价值和使用价值
   C. 货币所有者购买的劳动力能够带来剩余价值
   D. 劳动力自身的价值能够在消费过程中转移到新的商品中去

5. 1981 年党的十一届六中全会通过《关于建国以来党的若干历史问题的决议》对我国社会主要矛盾作了规范的表述："在社会主义改造基本完成以后，我国所要解决的主要矛盾，是人民日益增长的物质文化需要同落后的社会生产之间的矛盾。"我国社会主要矛盾的主要方面将长期是
   A. 生产力落后　　　　　　　　　　B. 生产力不断发展的要求

C. 经济文化发展不平衡　　　　　　　D. 人民日益增长的物质文化需要

6. "发展才是硬道理"、"发展是党执政兴国的第一要务"、"发展是解决中国一切问题的'总钥匙'"，这是对社会主义建设历史经验的深刻总结。中国解决所有问题的关键是要靠自己的发展，而发展的根本目的是

　　A. 增强综合国力　　　　　　　　　　B. 体现社会主义优越性

　　C. 消灭剥削，消除两极分化　　　　　D. 使人民共享发展成果，实现共同富裕

7. 党的十七大报告指出，坚持节约资源和保护环境的基本国策，关系人民群众切身利益和中华民族的生存发展，必须把建设资源节约型、环境友好型社会放在工业化、现代化发展战略的突出位置。建设资源节约型社会的核心是

　　A. 节约使用能源资源和提高能源资源利用效率

　　B. 加强节能减排和生态保护工作

　　C. 限制能源资源的开发和利用

　　D. 发展循环经济

8. 随着经济的快速发展和物质生活水平的提高，人们的精神文化需求日益增长，迫切要求通过深化文化体制改革，激发文化发展的活力，为人民群众提供更多更好的文化产品和文化服务，保障人民的基本文化权益。保障人民基本文化权益的主要途径是

　　A. 繁荣社会主义文化，提高文化软实力

　　B. 协调发展公益性文化事业和经营性文化产业

　　C. 发展公益性文化事业，建立政府主导的公共文化体系

　　D. 调动社会力量在市场竞争中发展壮大文化产业

9. "十月革命一声炮响，给我们送来了马克思列宁主义。"五四运动以后，马克思主义在中国得到了广泛传播。中国最早讴歌十月革命，比较系统地介绍马克思主义的是

　　A. 陈独秀　　　　B. 李大钊　　　　C. 毛泽东　　　　D. 瞿秋白

10. 1956年4月和5月，毛泽东先后在中央政治局扩大会议和最高国务会议上作《论十大关系》的报告，他指出："最近苏联方面暴露了他们在建设社会主义过程中的一些缺点和错误，他们走过的弯路，你还想走？过去我们就是鉴于他们的经验教训，少走了一些弯路，现在当然更要引以为戒。"这表明，以毛泽东为主要代表的中国共产党人

　　A. 实现了马克思主义同中国实际的"第二次结合"

　　B. 开始探索中国自己的社会主义建设道路

　　C. 开始找到自己的一条适合中国的路线

　　D. 已经突破社会主义苏联模式的束缚

11. 爱因斯坦曾经说过："大多数人都以为是才智成就了科学家，他们错了，是品格。"下列名言与这段话在含义上一致的是

　　A. "道虽迩，不行不至；事虽小，不为不成"

　　B. "才者，德之资也；德者，才之帅也"

　　C. "不学礼，无以立"

　　D. "是非之心，智也"

12. 中华民族精神源远流长，包含着丰富的内容。其中，"夸父追日"、"大禹治水"、"愚公移山"、"精卫填海"等动人的传说集中体现出的中华民族精神是

　　A. 勤劳勇敢　　　　B. 团结统一　　　　C. 自强不息　　　　D. 爱好和平

13. 2001年中共中央印发的《公民道德建设实施纲要》明确提出了公民基本道德规范的主要内容。公民道德建设的重点是

　　A. 爱国守法　　　　B. 诚实守信　　　　C. 勤奋自强　　　　D. 团结友善

14. 我国宪法明确规定实行依法治国,建设社会主义法治国家。依法治国的根本要求是
  A. 有法可依、有法必依、执法必严、违法必究
  B. 保障公民的知情权、参与权、表达权、监督权
  C. 立法公开、执法公平、司法公正
  D. 社会生活的法制化、规范化、民主化

15. 2009年3月28日,西藏自治区各族各界干部群众万余人身着节日盛装,在拉萨布达拉宫广场隆重集会,热烈庆祝
  A. 西藏和平解放58周年   B. 西藏自治区成立44周年
  C. 西藏自治区九届人大二次会议召开   D. 首个西藏"百万农奴解放纪念日"

16. 胡锦涛主席在2009年9月二十国集团领导人匹兹堡峰会上,发表了题为《全力促进增长推动平衡发展》的讲话,指出,当前国际社会十分关注全球经济失衡问题。失衡既表现为部分国家储蓄消费失衡、贸易收支失衡,更表现为世界财富分配失衡、资源拥有和消费失衡、国际货币体系失衡。导致失衡的原因是复杂的,多方面的。从根本上看,失衡根源是
  A. 经济全球化深入发展、国际产业分工转移、国际资源流动
  B. 现行国际经济体系、主要经济体宏观经济政策
  C. 各国消费文化和生活方式
  D. 南北发展严重不平衡

二、多项选择题:17～33题,每小题2分,共34分。下列每题给出的四个选项中,至少有两个选项是符合题目要求的。请在答题卡上将所选项的字母涂黑。多选、少选或错选均不得分。

17. 从上世纪70年代至今,商务印书馆先后出版了多个版本的《新华字典》。删除了一些旧的词条,增加了一些新的词条,并对若干词条的词义作了修改。例如1971年版对"科举"这个词条的解释是:"从隋唐到清代的封建王朝为了维护其反动统治而设的分科考选文武官吏后备人员的制度",1992年版删去"反动"二字,1998年版又删去"为维护其统治而设"。再如1971年版在解释了"雉"就是"野鸡"之后,紧跟着说"肉可以吃,羽毛可以做装饰品"。1992、1998年版也一样,直到2008年版删去了这句话。一本小字典,记载着语词的发展变化,也记录着时代前进的印记。字典词条释义的变化表明人们的意识
  A. 是客观世界的能动反映
  B. 取决于语词含义的改变
  C. 随着社会生活的变化而变化
  D. 需要借助语言这一物质外壳表达出来

18. 历史经验表明,经济危机往往孕育着新的科技革命。1857年世界经济危机引发了电气革命,推动人类社会从蒸汽时代进入电气时代。1929年的世界经济危机引发了电子革命,推动人类社会从电气时代进入电子时代。由此证明
  A. 科技革命是摆脱社会危机的根本出路
  B. 科学技术是社会形态更替的根本标志
  C. 社会实践的需要是科技发展的强大动力
  D. 科技创新能够推动社会经济跨越式发展

19. 有一则寓言讲道:狐狸把鱼汤盛在平底的盘子里,请仙鹤来与它一起"平等"地喝鱼汤,结果仙鹤一点也没喝到,全被狐狸喝去了。这则寓言给人们的启示是,尽管资产阶级宣布"法律面前人人平等",但是
  A. 法律名义上的平等掩盖着事实上的不平等
  B. 这种形式上的平等即是资本主义制度的本质

C. 它的实质是将劳资之间经济利益的不平等合法化

D. 这种平等的权利是建立在财产不平等基础之上的权利

20. 1989 年,时任美国国务院顾问的弗朗西斯·福山抛出了所谓的"历史终结论",认为西方实行的自由民主制度是"人类社会形态进步的终点"和"人类最后一种统治形式"。然而,20 年来的历史告诉我们,终结的不是历史,而是西方的优越感。就在柏林墙倒塌 20 年后的 2009 年 11 月 9 日,BBC 公布了一份对 27 国民众的调查,结果半数以上的受访者不满资本主义制度。此次调查的主办方之一的"全球扫描"公司主席米勒对媒体表示,这说明随着 1989 年柏林墙的倒塌,资本主义并没有取得看上去的压倒性胜利,这一点在这次金融危机中表现得尤其明显。"历史终结论"的破产说明

A. 社会规律和自然规律一样都是作为一种盲目的无意识力量起作用

B. 人类历史发展的曲折性不会改变历史发展的前进性

C. 一些国家社会发展的特殊形式不能否定历史发展的普遍规律

D. 人们对社会发展某个阶段的认识不能代替对社会发展整个过程的认识

21. 中国革命、建设和改革的实践证明,要运用马克思主义指导实践,必须实现马克思主义中国化,马克思主义之所以能够中国化的原因在于

A. 马克思主义理论的内在要求

B. 马克思主义与中华民族优秀文化具有相融性

C. 中国革命、建设和改革的实践需要马克思主义指导

D. 马克思主义为中国革命、建设和改革提供了现实的发展模式

22. 1952 年,党中央在酝酿过渡时期总路线时,毛泽东把实现向社会主义转变的设想,由建国之初的"先搞工业化建设,再一举过渡"改变为"建设和改造同时并举,逐步过渡"。这一改变的原因和条件是

A. 我国社会主义经济因素的不断增长和对资本主义经济的限制

B. 为了确定我国工业化建设的社会主义方向

C. 我国工业化建设取得了重大成就

D. 民主革命的遗留任务已经完成

23. 1954 年 9 月,第一届全国人民代表大会第一次会议在北京召开,标志着人民代表大会制度在全国范围内建立起来。人民代表大会制度是中国人民当家作主的根本政治制度,这一制度是

A. 中国共产党把马克思主义与中国实际相结合的伟大创造

B. 中国共产党带领全国人民长期奋斗的重要成果

C. 全国各族人民的共同利益和共同愿望的反映

D. 近代以来中国社会发展的必然选择

24. 我国是一个多民族的国家,在社会主义时期处理民族问题的基本原则是

A. 实行民族区域自治

B. 维护祖国统一

C. 反对民族分裂

D. 坚持民族平等、民族团结、各民族共同繁荣

25. 改革开放以来,中国成功地走上了一条与本国国情和时代特征相适应的和平发展道路。坚持走和平发展道路,符合中国的历史文化传统,这是因为

A. 中华民族是热爱和平的民族

B. 和平与发展成为时代发展的潮流

C. 中国人民在对外交流中始终强调亲仁善邻、和而不同

D. 中华文化是一种和平的文化,渴望和平始终是中国人民的精神特征

26. 十九世纪下半叶,以"自强"、"求富"为目标的洋务运动历时30多年。其最终失败的主要原因是

    A. 指导思想的封建性   B. 对外国具有依赖性

    C. 资金人才的匮乏性   D. 洋务企业管理的腐朽性

27. 邓小平指出:"马克思、列宁从来没有说过农村包围城市,这个原理在当时世界上还是没有的。但是毛泽东同志根据中国的具体条件指明了革命的具体道路"。毛泽东找到农村包围城市、武装夺取政权这条道路的根据是

    A. 中国内无民主制度,外无民族独立

    B. 农民占人口绝大多数,是民主革命的主力军

    C. 中国革命的敌人长期占据着中心城市,农村是其统治的薄弱环节

    D. 中国经济政治发展的不平衡

28. 1941年1月,震惊中外的皖南事变爆发后,《新华日报》刊出周恩来的题词手迹:"为江南死国难者志哀!""千古奇冤,江南一叶;同室操戈,相煎何急?!"大敌当前,中国共产党以民族利益为重,坚持正确的方针和原则,避免了抗日民族统一战线的破裂。这些方针和原则包括

    A. 又联合又斗争

    B. 有理、有利、有节

    C. 针锋相对,寸土必争

    D. 发展进步势力,争取中间势力,孤立顽固势力

29. 解放战争时期,在国民党统治区形成了以学生运动为先导的人民民主运动,成为配合人民解放战争的第二条战线。第二条战线形成的原因是

    A. 国民党政府专制独裁、官员贪污腐败   B. 国民党在军事上的失利

    C. 国民党顽固坚持内战政策   D. 国统区爆发严重经济危机

30. 1955年,钱学森冲破重重阻力,回到魂牵梦绕的祖国。当有人问他为什么回国时,他说:"我为什么要走回归祖国这条道路? 我认为道理很简单——鸦片战争近百年来,国人强国梦不息,抗争不断。革命先烈为兴邦,为了炎黄子孙的强国梦,献出了宝贵的生命,血沃中华热土。我个人作为炎黄子孙的一员,只能追随先烈的足迹,在千万般艰险中,探索追求,不顾及其他。再看看共和国的缔造者和建设者们,在百废待兴的贫瘠土地上,顶住国内的贫穷,国外的封锁,经过多少个风风雨雨的春秋,让一个社会主义新中国屹立于世界东方。想到这些,还有什么个人利益不能丢弃呢?"钱学森发自肺腑的言语,对我们在新时期弘扬爱国主义精神的启示是

    A. 科学没有国界,但科学家有祖国

    B. 个人的理想要与国家命运、民族命运相结合

    C. 爱国主义与爱社会主义具有深刻的内在一致性

    D. 爱国主义是爱国情感、爱国思想和爱国行为的高度统一

31. 政治权利和自由是指公民作为国家政治生活主体依法享有的参加国家政治生活的权利和自由,是国家为公民直接参与政治活动提供的基本保障。这一基本权利具体包括

    A. 人身自由权   B. 选举权和被选举权

    C. 宗教信仰自由   D. 政治自由

32. 2009年9月18日,中国共产党第十七届中央委员会第四次全体会议胜利闭幕,全会审议通过了《中共中央关于加强和改进新形势下党的建设若干重大问题的决定》,对当前和今后一个时期加强和改进党的建设作出了部署,其中除了强调要建设马克思主义学习型政

党、坚持和健全民主集中制外,还要

A. 弘扬党的优良作风
B. 深化干部人事制度改革
C. 做好抓基层打基础工作
D. 加快推进惩治和预防腐败体系建设

33. 第八次中国—东盟经济部长会议于 2009 年 8 月 15 日在泰国首都曼谷召开,双方共同签署了中国—东盟自贸区《投资协议》,标志着中国与东盟历时 7 年之久的自贸区主要谈判任务已经完成,该协议的重要意义在于

A. 确保中国对外建立的第一个自贸区于 2010 年全面建成
B. 将中国—东盟战略伙伴关系提升到更高水平
C. 为地区和全球经济复苏与发展作出积极贡献
D. 为东亚自由贸易区的建立提供法律保障

三、分析题:34~38 小题,每小题 10 分,共 50 分。要求结合所学知识分析材料回答问题。将答案写在答题纸指定位置上。

34. 结合材料回答问题:

早年,梅兰芳与人合演《断桥》,也就是《白蛇传》,剧情是白娘子和许仙两个人悲欢离合的爱情故事,梅兰芳在剧中饰演白娘子。剧中,白娘子有一个动作就是面对负心的丈夫许仙追赶、跪在地上哀求她的时候,她爱恨交加、五味杂陈,就用一根手指头去戳许仙的脑门儿。不想,梅兰芳用力过大,跪在那里扮演许仙的演员毫无防备地向后仰去。这是剧情里没有设计的动作,可能是梅兰芳入戏太深,把对许仙的恨全都聚集在了手指头上,才造成了这样的失误。眼见许仙就要倒地,怎么办? 梅兰芳下意识地用双手去扶许仙。许仙是被扶住了,没有倒下。可梅兰芳马上意识到,我是白娘子,他是负心郎许仙,我去扶他不合常理,这戏不是演砸了吗? 大师到底是大师,梅兰芳随机应变,在扶住他的同时,又轻轻地推了他一下。所以,剧情就由原来的一戳变成了一戳、一扶和一推,更淋漓尽致地表现出了白娘子对许仙爱恨交织的复杂心情。这个动作,把险些造成舞台事故的错误演得出神入化,得到了大家的认可。从此,在以后的演出中,梅兰芳就沿用了这个动作,而且,其他剧种也都移植采用了这个动作处理,这个动作成了经典之作。

由此可见,不仅在舞台上,在各行各业,在各个岗位,在工作中,在生活中,无论是大师还是普通人,失误和错误是难免的,关键是出现失误和错误以后怎么去对待,怎么去处理。处理不当,会酿成事故,导致全盘失败;处理得当,能败中取胜,化腐朽为神奇。

(1)为什么"无论是大师还是普通人,失误和错误是难免的"?
(2)梅兰芳为什么能"把险些造成舞台事故的错误"变为成功的"经典之作"?
(3)当我们在认识和实践活动中出现错误或失败该怎样对待和处理?

35. 结合材料回答问题:

材料 1:

新中国成立 60 年来,党和政府高度重视发展社会事业,着力保障和改善民生。改革开放以来,在社会建设方面取得显著成就。废除农业税,使延续几千年的"皇粮国税"成为历史。随着经济社会发展,人民生活水平显著改善,"吃穿住行用"水平明显提高。从1949 年到 2008 年,城镇居民人均可支配收入从一年的不到 100 元增加到 15781 元,农村居民人均纯收入从 44 元增加到 4761 元。从 1978 年到 2008 年,城市人均住宅建筑面积和农村人均住房面积,已分别从 6.7 平方米和 8.1 平方米增加到 30.0 平方米和 32.4 平方米。2008 年城乡居民人民币储蓄存款余额达 21.8 万亿元,比新中国成立初期的 1952年增加了 2.5 万倍。

我们在看到成绩的同时,也要清醒认识到,我国是世界上最大的发展中国家,人口众

多,经济发展起点低,地区之间、城乡之间发展不平衡,造成社会保障体系建设与经济社会的发展还有不适应之处,与人们的期望功能和需求还有一定差距。

摘编自《人民日报》、《理论热点面对面·2009》

材料2:

2007年10月,党的十七大对医药卫生事业的发展作出了整体规划。2009年4月,新医改《意见》和《实施方案》正式推出。新医改明确了建立覆盖城乡居民的基本医疗卫生制度的任务和工作。

国务院决定从2009年开始在10%的县(市、区)实行新型农村社会养老保险的试点,2020年前将覆盖全国。农民60岁后享有"普惠式养老金",对广大农民来说,是一条振奋人心的利好消息。农民在"种地不交税、上学不付费、看病不太贵"之后,又向"养老不犯愁"的新梦想迈出了坚实一步。

摘编自人民网、中国网

(1)为什么在经济发展的同时要加快推进以改善民生为重点的社会建设?

(2)如何推进以改善民生为重点的社会建设?

36.结合材料回答问题:

材料1:

1949年10月1日。

下午15时整,北京,天安门城楼。毛泽东向全世界庄严宣告:"中华人民共和国中央人民政府已于本日成立了!"

广场沸腾了!震天的欢呼直冲云霄,帽子、围巾甚至报纸在空中飞舞……

身着深色旗袍的宋庆龄站在城楼上,看着眼前涌动的人潮,看着广场上矗立的孙中山画像,不禁热泪盈眶。8天后,她这样向世人讲述在天安门城楼的那一刻——

"连年的伟大奋斗和艰苦的事迹,又在我眼前出现。但是另一个念头抓住我的心,我知道,这一次不会再回头了,不会再倒退了。这一次,孙中山的努力终于结了果实,而且这果实显得这样美丽……"

摘编自2009年9月6日《人民日报》

材料2:

2009年10月1日。

上午10时整,首都各界庆祝中华人民共和国成立60周年大会在北京天安门广场隆重举行,20万军民以盛大的阅兵仪式和群众游行欢庆伟大祖国的这一盛大节日。

天安门城楼红墙正中悬挂着新中国缔造者毛泽东的巨幅彩色画像。人民英雄纪念碑前竖立着伟大的革命先行者孙中山先生的画像,纪念碑两侧超宽电子屏上"伟大的中华人民共和国万岁"、"伟大的中国共产党万岁"等标语格外醒目。广场东西两侧,56根绘有各族群众载歌载舞图案的民族团结柱,象征着56个民族共同擎起祖国繁荣富强的伟大基业。

胡锦涛发表重要讲话。他指出:"60年前的今天,中国人民经过近代以来100多年的浴血奋战终于夺取了中国革命的伟大胜利,毛泽东主席在这里向世界庄严宣告了中华人民共和国的成立。中国人民从此站起来了,具有5000多年文明历史的中华民族从此进入了发展进步的历史新纪元。"

摘编自2009年10月2日《人民日报》

(1)如何理解宋庆龄所说的"孙中山的努力终于结了果实"?

(2)为什么说中华人民共和国的成立标志着"中华民族从此进入了发展进步的历史新纪元"?

37.结合材料回答问题：

交通环境是由人、车、路构成的公共生活领域之一。目前,我国机动车拥有量已超过1.78亿辆,拥有驾照的公民已超过1.3亿人。由此带来一系列的交通安全问题,引发社会公众强烈反响。

下列是有关交通问题的一些调查数据:

《人民日报》关于不文明开车行为及其原因的调查

个人反感的不文明开车行为				不文明开车的原因
斑马线不减速让行	2156 票	乱停车挡道	1687 票	司机素质普遍有待提高 2269 票
夜间会车不关远光灯	2045 票	胡乱鸣笛	1412 票	跟风,随大流 1469 票
"加塞儿",并线不打灯	1928 票	司机出口成"脏"	1076 票	行人不文明导致司机不文明 757 票
雨天不减速水溅路人	1902 票	抢黄灯	944 票	因车多路堵无法文明驾驶 464 票

某市交管局一年中查处交通违章的数据统计

全年查处交通违章总数	207 万起	比例:100%
其中:机动车违章	112.2 万起	54.2%
非机动车违章	80.5 万起	38.9%
行人违章	14.3 万起	6.9%

有专家指出,道路交通上普遍存在的交通不文明现象看似个人的私事,但却折射出某些公民在公共生活领域社会公德和法律意识的缺失。要构建文明出行风尚,既是道德呼唤,也是法律要求。

(1)为什么文明出行"既是道德呼唤,也是法律要求"?

(2)我们应如何从自身做起,构建文明的公共生活秩序?

38.结合材料回答问题:

材料1:

从2009年11月23日起,一则时长30秒、以"中国制造,世界合作"为主题的广告在美国有线电视新闻网(CNN)正式播出。该广告由中国商务部会同4家中国行业协会共同委托制作,被认为是中国政府的首个品牌宣传活动,接下来还计划在包括北美、欧洲等中国的主要贸易对象地区播出。

广告围绕"中国制造,世界合作"这一主题,强调中国企业为生产高质量的产品,正不断与海外各国公司加强合作。广告中展示了一系列带有"中国制造"标签的产品。例如,一个类似ipod的mp3播放器上用英文标注"在中国制造,但我们使用来自硅谷的软件";一双运动鞋和一套衣服上标注有"在中国制造,但我们的设计来自法国",一台冰箱上写着"中国制造,但我们采用欧洲风格"。

广告在创意上独树一帜,从引导世界受众重新认识畅销全球的中国产品入手,能够启发世界各地的消费者对"中国制造"和全球贸易的重新思考,从而逐渐抛弃对"中国制造"的偏见。

摘编自人民网

材料 2：

在美国有线电视新闻网热播的一则"携手中国制造"为主题的广告引发的关注和反响正在发酵。

有分析人士认为，在当前金融危机阴霾尚未散去、贸易保护主义有所抬头的背景下，主动出击展示国家形象，是一次很好的尝试，有利于提升中国的软实力。

有评论认为，近年来中国经济实力崛起，如何建立国际形象成为当务之急。政府近期启动了国际公关战略，继新华社、《人民日报》等中央媒体率先向世界发声之后，国家形象广告或许会成为提升国家软实力和对外形象的新渠道。

还有人认为，中国早前一些产品安全事件令世界关注，现在希望能通过在全球投放广告推广"中国制造"，以提升其国际上的形象。广告中出现的法国设计、硅谷技术等字样，说明中国目前还处于产业链的低端。它继续把中国定义为世界工厂，因此令消费者认为，中国还只是产品的制造商。现在是从"中国制造"的地位上升为"中国创造"的时候了。

摘编自《参考消息》、新华网

问题：
(1)"中国制造，世界合作"的广告主题说明了什么？
(2)为什么说"现在是从'中国制造'的地位上升为'中国创造'的时候了"？

2009 年全国硕士研究生入学统一考试政治理论试题

一、单项选择题：1～16 小题，每小题 1 分，共 16 分。下列每题给出的四个选项中，只有一个选项是符合题目要求的。请在答题卡上将所选项的字母涂黑。

1. 物质和意识的对立只有在非常有限的范围内才有绝对的意义，超过这个范围便是相对的了。这个范围是指
   A. 物质和意识何者为第一性 　　 B. 物质和意识是否具有同一性
   C. 物质和意识何者更重要 　　 D. 物质和意识何者与社会生活的关系更密切

2. 1978 年关于真理标准大讨论是一场新的思想解放运动。实践之所以成为检验真理的唯一标准，是由
   A. 真理的主观性和实践的客观性所要求的
   B. 真理的相对性和实践的绝对性所预设的
   C. 真理的属性和实践的功能所规定的
   D. 真理的本性和实践的特点所决定的

3. 近来，马克思的《资本论》在西方的一些国家销量大增。列宁曾说，马克思《资本论》的成就之所以如此之大，是由于这本书使读者看到整个资本主义社会形态是个活生生的形态，既有"骨骼"，又有"血肉"。人类社会作为一种活的有机体，其"骨骼"系统是指
   A. 地理环境、人口因素和生产方式等社会物质生活条件
   B. 与一定的生产力相适应的生产关系
   C. 建立在一定经济基础之上的政治法律制度及设施
   D. 由政治法律思想、道德、宗教、哲学等构成的社会意识形态

4. 卢梭在《论人类不平等的起源和基础》中说道："我认为，在人类的一切知识中，最有用但也最不完善的知识就是关于人的知识。"马克思的唯物史观破解了人是什么这一"司芬克斯之谜"。马克思在《关于费尔巴哈的提纲》中指出，人的本质在其现实性上是

A. 自然属性和社会属性的内在统一　　　B. 所有人共同属性的概括

C. 一切社会关系的总和　　　D. 自由理性的外化

5. 流通中的货币需要量是考察经济生活运行的一项重要指标。假设某国去年的商品价格总额为24万亿元,流通中需要的货币量为3万亿。若今年该国商品价格总额增长10%, 其他条件不变,今年流通中需要的货币量为

A. 4.2万亿元　　　B. 3.5万亿元　　　C. 3.3万亿元　　　D. 2.4万亿元

6. 国家垄断资本主义条件下,政府对经济生活进行干预和调节的实质是

A. 维护垄断资产阶级的整体利益和长远利益

B. 维持资本主义经济稳定增长

C. 消除或防止经济危机的爆发

D. 提高资本主义社会的整体福利水平

7. 某钢铁厂因铁矿石价格上涨,增加了该厂的预付资本数量,这使得该厂的资本构成发生了变化,所变化的资本构成是

A. 资本技术构成　　　B. 资本价值构成　　　C. 资本物质构成　　　D. 资本有机构成

8. 1925年毛泽东在《中国社会各阶级的分析》中指出,中国过去一切革命斗争成效甚少,其基本原因就是

A. 没有找到革命的新道路　　　B. 没有扩大民主主义的宣传

C. 没有到群众中作实际的调查　　　D. 没有团结真正的朋友以攻击真正的敌人

9. 延安时期,毛泽东写下了著名的《实践论》《矛盾论》,主要是为了克服存在于党内严重的

A. 经验主义　　　B. 冒险主义　　　C. 机会主义　　　D. 教条主义

10. 中共七届二中全会,党制定和实行的新民主主义经济建设的方针政策是

A. 既反保守又反冒进,在综合平衡中稳步前进

B. 公私兼顾、劳资两利、城乡互助、内外交流

C. 调整、巩固、充实、提高

D. 实现速度、结构、效益、质量的统一

11. 科学发展观的根本方法是

A. 把发展作为第一要义　　　B. 以人为本

C. 统筹兼顾　　　D. 全面协调可持续

12. 社会主义新农村建设的中心环节是

A. 生产发展　　　B. 生活宽裕　　　C. 乡风文明　　　D. 管理民主

13. 马克思主义中国化理论成果的精髓是

A. 理论联系实际　　　B. 解放思想　　　C. 实事求是　　　D. 与时俱进

14. 2008年5月28日,中共中央总书记胡锦涛和中国国民党主席吴伯雄在北京人民大会堂举行了两党在新形势下的首次会谈。此次会谈

A. 就促进两岸关系改善和发展达成广泛共识

B. 开启了国共两党对话先声

C. 发布了"两岸和平发展共同愿景"

D. 签署了《海峡两岸包机会谈纪要》

15. 2008年9月25日,我国"神舟七号"航天飞船成功进入太空,首次实现了

A. 载人飞行　　　B. 绕月探测　　　C. 天地对话　　　D. 出舱活动

16. 在2008年4月中旬举行的尼泊尔制宪会议选举中,一举成为第一大党的是

A. 尼泊尔共产党(联合马列)　　　B. 尼泊尔共产党(毛主义)

C. 尼泊尔大会党　　　D. 尼泊尔民族民主党

二、多项选择题：17～33题，每小题2分，共34分。下列每题给出的四个选项中，至少有两个选项是符合题目要求的。请在答题卡上将所选项的字母涂黑。多选或少选均不得分。

17.近一年多来，由美国次贷危机引发的金融危机，迅速在全球蔓延。在危机面前，人们应该主动积极应对，化"危"为"机"。下列名言中，符合意识能动性原理的有

A. 信心比黄金更重要　　　　　　　B. 我们唯一恐惧的就是恐惧本身
C. 问题与解决问题的方法是同时产生的　D. 事不避难，知难不难

18.邓小平说："农村搞家庭联产承包，这个发明权是农民的。农村改革中的好多东西，都是基层创造出来的，我们把它拿来加工提高作为全国的指导。"这对我们实现思想理论创新具有普遍指导意义，它要求我们

A. 要以解放思想为先导　　　　　　B. 打破一切理论的约束
C. 关注生活实践的需要　　　　　　D. 尊重人民群众的诉求

19."随着新生产力的获得……人们也就会改变自己的一切社会关系。手推磨产生的是封建主的社会，蒸汽磨产生的是工业资本家的社会。"这段话表明科学技术是

A. 历史上起推动作用的革命力量　　B. 历史变革中的唯一决定性力量
C. 推动生产方式变革的重要力量　　D. 一切社会变革中的自主性力量

20.华罗庚生前曾说："我们最好把自己的生命看做是前人生命的延续，是现在人类共同的生命的一部分，同时也是后人生命的开端。如此延续下去，科学就会一天比一天更灿烂，社会就会一天比一天更美好。"这段话对我们如何实现人的个人价值的教益是

A. 个人价值的实现与社会价值的实现统一的
B. 个人价值的实现是一个历史过程
C. 个人价值的实现是社会价值实现的归宿
D. 个人价值的实现和个人生命的长短相一致

21."信用制度加速了生产力的物质上的发展和世界市场的形成；使这二者作为新生产形式的物质基础发展到一定的高度，是资本主义生产方式的历史使命。同时，信用加速了这种矛盾的暴力的爆发，即危机，因而加强了旧生产方式解体的各种要素。"马克思的这一论述表明，资本主义信用制度

A. 已成为资本主义经济危机爆发的深层原因
B. 促进了建立社会主义生产方式的物质基础的形成
C. 加速了资本主义生产方式内部矛盾发展和解体要素的形成
D. 既推动商品经济的发展，又加深了商品经济运行中的矛盾

22.劳动力是任何社会生产的基本要素，在特定的社会发展阶段和特定的历史条件下，劳动力作为一种特殊商品，其价值的构成包括

A. 维持劳动者自身生存所必需的生活资料的价值
B. 劳动者在必要时间内创造的价值
C. 劳动者繁育后代所必需的生活资料的价值
D. 培养和训练劳动者所需要的费用

23.党的十七届三中全会通过的《中共中央关于推进农村改革发展若干重大问题的决定》指出："建立健全土地承包经营权流转市场，按照依法自愿有偿原则，允许农民以转包、出租、互换、转让、股份合作等形式流转土地承包经营权，发展多种形式的适度规模经营。"上述决定有利于

A. 调整农村土地所有制结构　　　　B. 完善土地承包经营权权能
C. 进一步完善生产要素市场　　　　D. 促进土地资源的优化配置

24.合理的收入分配制度是社会公平的重要体现。在构建社会主义和谐社会过程中，初次分

配和再分配都要处理好效率和公平的关系,再分配更加注重公平,逐步提高居民收入在国民收入分配中的比重,提高劳动报酬在初次分配中的比重。这表明处理好效率与公平的关系,就要

A. 把效率和公平相互之间的矛盾协调统一起来

B. 充分发挥市场机制对收入分配的调节作用

C. 改革现有的收入分配制度,规范收入分配秩序

D. 合理调整国民收入分配格局,加大收入分配调节力度

25. 1921 年中国共产党的成立,是中国革命历史上划时代的里程碑,中国革命的面目焕然一新,从此中国革命有了

A. 正确的革命道路　B. 科学的指导思想　C. 坚强的领导力量　D. 崭新的奋斗目标

26. 新民主主义的文化,是民族的科学的大众的文化。其中"民族的"是指

A. 反对外来的资本主义文化

B. 反对帝国主义压迫,主张中华民族的尊严和独立

C. 在形式和内容上有中国作风和中国气派

D. 为全民族中 90% 以上的工农大众服务

27. 在民主革命和社会主义革命的关系问题上,中国共产党内曾经出现过不同的观点和主张,其中错误的有

A. "毕其功于一役"　　　　B. "二次革命论"

C. "无间断"革命　　　　　D. 中国革命分"两步走"

28. 20 世纪 50 年代中期,社会主义改造基本完成,标志着

A. 社会主义制度在我国已经确立　B. 我国进入了社会主义初级阶段

C. 我国步入了社会主义改革时期　D. 我国完成了从新民主主义向社会主义的过渡

29. 我们所要建设的社会主义和谐社会,应该是民主法治、公平主义、诚信友爱、充满活力、安定有序、人与自然和谐相处的社会。其中"诚信友爱"的内涵包括

A. 全社会管理完善、秩序良好　　B. 全社会互帮互助、诚实守信

C. 全体人民生活富裕、安居乐业　D. 全体人民平等友爱、融洽相处

30. 基层群众自治制度是我国政治制度体系中的重要组成部分,其主要内容有

A. 农村村民委员会　　　　　B. 城市居民委员会

C. 企业职工代表大会　　　　D. 妇女联合会

31. 2008 年 5 月 12 日,我国发生了震惊世界的四川汶川特大地震。在这次抗震救灾中,全党全军全国人民在党中央国务院领导下众志成城,坚持把抢救人的生命放在第一位,只要有一线希望就尽百倍努力,84017 名群众被从废墟中抢救出来,140 万名被困群众得到解救,430 多万名伤病员得到及时救治,其中 1 万多名重伤员被快速转送全国 20 个省区市 375 家医院。这些事实生动地体现了

A. 我国社会主义制度珍爱生命、保护人民的本质

B. 中华民族关爱生命、崇尚理性的民族品格

C. 党和政府全心全意为人民服务的根本宗旨

D. 社会主义核心价值体系建设的重大成效

32. 2008 年 6 月 20 日,胡锦涛同志到人民日报社考查察工作,并在线与网民直接交流,表达了党和政府对网络民意的高度重视。近年来,越来越多的政府官员上网收集民意。这意味着网络表达已成为

A. 公民政治参与的新途径　　　　B. 反腐倡廉的新通道

C. 民主政治体制的新形式　　　　D. 密切干群关系的新方式

33. 2008年8月8日至24日,第29届奥林匹克运动会在北京成功举行。中国政府和人民认真履行了对国际社会的郑重承诺。中国提出的奥运理念丰富了奥林匹克精神,彰显了中国和世界在追求人类共同进步中坚守的共同梦想。中国提出的本届奥运会理念是
A. "平安奥运"　　　　　　　B. "绿色奥运"
C. "科技奥运"　　　　　　　D. "人文奥运"

三、分析题:34～38小题,每小题10分,共50分。要求结合所学知识分析材料回答问题。将答案写在答题纸指定位置上。

34.　　华佗是我国东汉名医。一次,府吏倪寻和李延俩人均头痛发热,一同去请华佗诊治。华佗经过仔细地望色、诊脉,开出两付不同的处方。给倪寻开的是泻药,而给李延开的是解表发散药。二人不解:我俩患的是同一症状,为何开的药方却不同呢? 是不是华佗弄错了? 于是,他们向华佗请教。华佗解释道:倪寻的病是由于饮食过多引起的,病在内,应当服泻药,将积滞泻去,病就会好。李延的病是受凉感冒引起的,病在外,应当吃解表药,风寒之邪随汗而去,头痛也就好了。你们病症相似,但病因相异,所以治之宜殊。二人拜服,回家后各自将药熬好服下,很快都痊愈了。
　　中医是我国宝贵的医学遗产,强调辨证施治。华佗对症下药治头痛发热的故事蕴含丰富的辩证法思想。
　　(1)指出其中所涉及的唯物辩证法基本范畴并分析其内涵。(6分)
　　(2)这个故事对我们理解"具体问题具体分析"有何启示? (4分)

35. 结合材料回答问题:
材料1

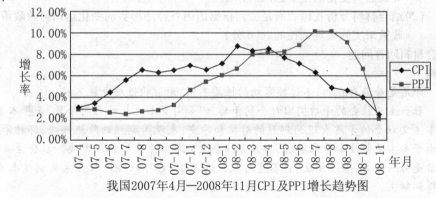

我国2007年4月—2008年11月CPI及PPI增长趋势图

　　注:CPI(消费物价指数)是反映一定时期内城乡居民家庭所购买的生活消费品的价格和服务项目价格变动趋势和程度的相对数。一般认为,CPI的增幅大于3%时,就存在通货膨胀的压力。PPI(生产价格指数)是衡量工业企业产品价格变动趋势和变动程度的指标。

　　　　　　　　　　　　　　　　　　　　　　　　　资料来源:国家统计局公布数据

材料2
　　我国经济自2003年进入新一轮上升期,经济增长速度从2003年的10%一路上涨,2006年突破11%,并于2007年达到11.9%。然而经济偏快增长也带来一系列影响经济社会可持续发展的重大问题,经济增长有可能由偏快转为过热。2007年12月初召开的中央经济工作会议确定的宏观调控任务是:"防止经济增长由偏快转为过热,防止价格由结构性上涨演变为明显通货膨胀"。
　　2008年,随着国际金融危机的不断加深,国内许多外向型出口企业经营出现困难,出口持续出现下滑势头。上半年经济增长开始放缓,GDP同比增长10.4%,比

去年同期回落1.8%,上半年居民消费价格水平上涨7.9%,这表明"防过热"已见效,但物价涨幅较高仍未得到有效控制。2008年7月25日召开的中央政治局会议明确了下半年经济工作的任务:把保持经济平稳较快发展、控制物价过快上涨放在突出的位置,即"一保一控"。财政部等部门宣布2008年8月1日起提高部分出口商品的退税率。央行8月初调整了商业银行信贷规模,9月16日起又下调了人民币贷款基准利率和中小金融机构人民币存款准备金率,以缓解中小企业融资难、担保难以及流动资金短缺的问题。

2008年前三季度,我国经济增速同比回落了2.3个百分点,经济增长5年多来首次低于10%。随着国际经济金融危机对我国实体经济的影响日渐显现,国内经济的下行风险逐步加大。中国经济已经从持续升温转入降温状态。11月9日,国务院常务会议宣布实行积极的财政政策和适度宽松的货币政策,特别是拉动内需十项新举措的公布,释放出"保增长"的强烈信号,4万亿元的投资将对经济产生最直接的拉动。12月中央经济工作会议进一步明确指出,必须把保持经济平稳较快发展作为明年经济工作的首要任务。要着力在保增长上下工夫,把扩大内需作为保增长的根本途径,把加快发展方式转变和结构调整作为保增长的主攻方向,把深化重点领域和关键环节改革、提高对外开放水平作为保增长的强大动力,把改善民生作为保增长的出发点和落脚点。

资料来源:财政部网站、新浪财经网等

(1)CPI与PPI的走势及其变化反映我国经济运行出现了什么问题?结合材料分析导致这些变化的主要原因。(4分)

(2)结合材料分析我国政府是如何根据国内外经济形势的变化运用财政政策和货币政策来实施宏观调控的。(6分)

36.结合材料回答问题:

材料1

矛盾是普遍存在的,不过按事物的性质不同,矛盾的性质也就不同。

社会主义社会的矛盾同旧社会的矛盾,例如同资本主义社会的矛盾,是根本不同的。资本主义社会的矛盾表现为剧烈的对抗和冲突,表现为剧烈的阶级斗争,那种矛盾不可能由资本主义制度本身来解决,而只有社会主义革命才能够加以解决。社会主义社会的矛盾是另一回事,恰恰相反,它不是对抗性的矛盾,它可以经过社会主义制度本身,不断地得到解决。

在社会主义社会中,基本的矛盾仍然是生产关系和生产力之间的矛盾,上层建筑和经济基础之间的矛盾。不过社会主义社会的这些矛盾,同旧社会的生产关系和生产力的矛盾、上层建筑和经济基础的矛盾,具有根本不同的性质和情况罢了。

社会主义生产关系已经建立起来,它是和生产力的发展相适应的;但是,它又还很不完善,这些不完善的方面和生产力的发展又是相矛盾的。除了生产关系和生产力发展的这种又相适应又相矛盾的情况以外,还有上层建筑和经济基础的又相适应又相矛盾的情况。

摘自毛泽东《关于正确处理人民内部矛盾的问题》(1957年2月27日)

材料2

社会主义社会的基本矛盾和目前时期的主要矛盾。关于基本矛盾,我想现在还是按照毛泽东同志在《关于正确处理人民内部矛盾的问题》一文中的提法比较好。毛泽东同志说:"在社会主义社会中,基本的矛盾仍然是生产关系和生产力之间的矛盾,上层建筑和经济基础之间的矛盾。"他在这里说了很长的一段话,现在不重复。当然,指出这些基本矛盾,并不就完全解决了问题,还需要就此作深入的具体的研究。但是从二十多年的实践看来,这个提法比其他的一些提法妥当。至于什么是目前时期的主要矛盾,也就是目前时期全党和全国人民所必须解决的主要问题或中心任务,由于三中全会决定把工作重点转移到社会主义现代化建设方面来,实际上已经解决了。我们的生产力发展水平很低,远远不能满足人民和国家的需要,这就是我们目前时期的主要矛盾,解决这个主要矛盾就是我们的中心任务。

摘自邓小平《坚持四项基本原则》(1979年3月30日)

(1)毛泽东提出社会主义社会基本矛盾理论的历史背景以及这一理论的重大意义。(6分)

(2)邓小平对社会主义社会基本矛盾的"深入的具体的研究"所取得的理论成果主要有哪些?(4分)

37.结合材料回答问题:

材料1

从1978年到2007年,我国国内生产总值由3645亿元增长到24.95万亿元,年均实际增长9.8%,是同期世界经济年均增长率的3倍多,我国经济总量上升为世界第四。

从1978年到2007年,我国进出口总额从206亿美元提高到21737亿美元,跃居世界第三位。

外汇储备从长期没有达到10亿美元,提高到2007年的1.5万亿美元左右,成为世界上拥有外汇储备最多的国家。

从1978年到2007年,全国城镇居民人均可支配收入由343元增加到13786元,实际增长6.5倍。农民人均纯收入则由134元增加到4140元,实际增长6.3倍;农村贫困人口从2.5亿减少到1400多万。

——摘编自胡锦涛在纪念党的十一届三中全会召开30周年大会上的讲话

材料2

改革开放以来我们取得一切成绩和进步的根本原因,归结起来就是:开辟了中国特色社会主义道路,形成了中国特色社会主义理论体系。高举中国特色社会主义伟大旗帜,最根本的就是坚持这条道路和这个理论体系。

——摘自胡锦涛在中国共产党第十七次全国代表大会上的报告

(1)改革开放30年来,我国在经济体制上进行了哪些主要的改革创新才带来了上述变化?(5分)

(2)简述中国特色社会主义理论体系的组成部分及其所回答的基本问题。(5分)

38.本题为选做题,请在Ⅰ、Ⅱ两道试题中选取其中一道作答,若两题都回答,只按第Ⅰ道试题的成绩计入总分。

选做题Ⅰ:

材料1

如果美国不援助欧洲,它们在经济、政治和社会关系各方面都将有窒息之虞。美国这次"援欧"不同于以往,不是向个别国家提供零星援助,而是向联合的欧洲提供援助。我们的政策不是反对任何国家、任何主义,而是反对饥饿、贫穷、悲惨、混乱。我们的任务是唤起合理经济的再生,促使政治社会的结构容纳自由制度存在。任何企图阻碍别国复兴的政府,都不会得到我们的帮助。任何政府、党派,为图政治私利或其他打算,不惜延续人类痛苦的,必会遭到美国的反对。

——摘编自马歇尔在哈佛大学的演讲(1947年6月5日)

材料2

2002年1月,美国国务卿鲍威尔访问尼泊尔,主要讨论反恐合作问题。此后,美国每年向尼泊尔提供4000万美元的"经济援助"。2003年11月3日,美国国会批准了向伊拉克和阿富汗提供875亿美元的军事行动及重建援助的拨款法案。西方把这些经济援助和重建计划称为"新马歇尔计划"。

伊拉克已探明拥有1100亿桶的石油储藏,远景储量达2200亿桶,开采成本每桶仅3~4美元。2003年12月,美国国防部公布了伊拉克重建项目中总价值达186亿美元的26个重大工程合同,同时以维护美国的"基本安全利益"为由,决定剥夺包括德国、法国、俄罗斯、加拿大等在内的100多个曾经反对美国发动伊拉克战争以及拒绝向伊拉克派兵的国家参与上述合同的竞标资格。首批约9亿美元的伊拉克重建合同均在暗盘交易下完成,中标的是清一色的美国公司,而这些公司无不同美国政府有着紧密的联系。

——摘编自人民网

材料3:

法国前情报研究员达尼埃尔·雷米在其所著《谁欲杀死法兰西》一书中认为,美国已经发动了一场看不见的"经济战争",旨在征服欧洲。1995年至1999年间,美国每年立案的反倾销和反补贴调查中,有1/4是针对欧盟的。

德国和法国不赞成美国对伊拉克动武,惹恼了美国。美国前国防部长拉姆斯菲尔德抨击两国"有问题";时任美国总统国家安全事务助理的赖斯,把包括法国与德国在内的反战阵营作是二战前法国和纳粹德国的"姑息主义",引起德、法等国的不满。美国前国务卿基辛格认为,在伊拉克问题上的分歧,已经在大西洋联盟中产生了自它30年前成立以来最为严重的危机。

——摘自中国网

(1)结合材料一、二,比较"马歇尔计划"和"新马歇尔计划"的异同。(5分)

(2)结合材料一、三,剖析近些年来美、欧在处理国际事务中显现的分歧及原因。(5分)

选做题Ⅱ:

材料1

近些年来,越来越多的国家和国际知名人士开始热议"中国贡献",关于中国在地区和全球事务中发挥重要建设性作用的话语频现于国际社会。如:阿拉伯国家联盟负责政治事务的副秘书长本·哈拉2007年4月17日在会见中国驻阿盟全权代表吴思科大使时说,阿盟高度赞赏中国在解决苏丹达尔富尔问题上发挥的积极作用,中国关于解决该问题的立场是公正、积极和平衡的,所发挥的作用是建设性的,有独特的影响力。新一届东盟秘书长、泰国前外长素林2008年1月7日在回答记者提问时表示,中国积极支持东盟组织的发展,同时积极参与解决本地区以及国际事务。中国为提升整个东亚地区自信力作出了很大贡献。中国在东亚地区所作的贡献、对地区发展给予的大力支持以及所发挥的建设性作用,让东盟信服。

材料2

改革开放以来,中国政府和人民高举和平、发展、合作的旗帜,加强与世界各国的联系和交往,积极参与国际事务,在谋求自身发展的同时,以实际行动在世界上发挥着重要的建设性作用。中国认真落实联合国千年发展目标,迄今已向120多个国家和区域组织提供了2000多个援助项目,已累计对49个不发达国家免除到期政府债务374笔。中国已签署了300多个国际公约,参加了130多个国际组织,并在军备控制,贸易投资等国际机制中扮演重要角色。有了中国的参与,许多国际热点问题呈现出积极的变化态势。迄今为止,中国共参与了22项联合国维和行动,累计派出维和人员上万人次,现正在执行维和任务的有1900多人。中国自1990年首次参加联合国维和行动以来,累计新建、修复道路7300多公里,桥梁200多座,排除地雷及各类未爆炸物7600多枚,运送人员12万多人次、物资26万多吨,接诊病人3.6万多人次。先后有3名军官和5名士兵在执行维和任务中牺牲。

——以上材料均摘编自《理论热点面对面·2008》

(1)中国积极与国际事务所发挥的"建设性的、有独特影响力"的作用表现在哪些方面?(6分)

(2)中国在当今国际事务中能够作出"中国贡献"的原因何在?(4分)

2008年全国硕士研究生入学统一考试政治理论试题

一、单项选择题:1～16小题,每小题1分,共16分。下列每题给出的四个选项中,只有一个选项是符合题目要求的。请在答题卡上将所选项的字母涂黑。

1.马克思主义哲学与唯心主义哲学、旧唯物主义哲学的根本区别在于
   A.坚持人的主体地位
   B.坚持用辩证发展的观点去认识世界
   C.坚持物质第一性、意识第二性
   D.坚持从客观的物质实践活动去理解现实世界

2.最近,由多国科学家组成的团队利用一台粒子加速器,让两束原子在一个圆环轨道上做高速运动,发现这些原子自身的时间确实比外界时间慢了。这项实验进一步证明了作为物质运动存在形式的时间具有
   A.客观性　　　　B.有限性　　　　C.相对性　　　　D.一维性

3.在听完一位成功的企业家讲课后,一些来自企业的学员感到有些失望,便问他:"你讲的那些内容我们也差不多知道,可为什么我们之间的差距会那么大呢?"这位企业家回答说:"那是因为你们仅是知道,而我却做到了,这就是我们的差别。"这句话表明了实践高于理论认识,因为实践具有
   A.普遍有效性　　B.客观规律性　　C.主体能动性　　D.直接现实性

4."文化蕴藏着巨大的力,这种'力'不同于物理学上的'力',物理的'力'是人类用来'化'自然界的,文化的'力'是用来'化'自身的。"这一说法表明
   A.文化具有培育和塑造人的功能　　　B.文化构造了人的本质
   C.文化是社会发展的主导力量　　　　D.文化是历史进步的源泉

5.马克思通过对资本主义生产中价值增殖过程的分析,把雇佣工人的劳动时间分为
   A.生产使用价值的时间和生产价值的时间
   B.转移旧价值的时间和创造新价值的时间
   C.生产生产资料价值的时间和生产剩余价值的时间
   D.再生产劳动力价值的时间和生产剩余价值的时间

6.某块土地,地租为200万元,土地价格为4000万元。若银行存款利息率不变,该土地的地租增加到300万元时,银行存款利息率和土地价格分别是
   A.5%、9000万元　　　　　　　　　B.5%、6000万元
   C.6%、9000万元　　　　　　　　　D.6%、6000万元

7. 在完善社会主义市场经济体制过程中,要加快建立覆盖城乡居民的社会保障体系,其基本目标是
   A. 保障人民基本生活
   B. 促进社会经济增长
   C. 实现充分就业
   D. 使更多的劳动者拥有财产性收入

8. 在孙中山的思想中,"平均地权"、"节制资本"属于
   A. 民族主义
   B. 民权主义
   C. 民生主义
   D. 民主主义

9. 1927年9月下旬,毛泽东率领秋收起义的部队来到江西省永新县三湾村,进行了著名的三湾改编,确立了人民军队建设的根本原则。这一原则是
   A. 党指挥枪
   B. 官兵平等
   C. 拥政爱民
   D. 一切行动听指挥

10. 我国对个体手工业进行社会主义改造的主要方式是
    A. 赎买
    B. 统购统销
    C. 公私合营
    D. 合作化

11. 我国社会主义改革是一场新的革命,其性质是
    A. 解放生产力,发展生产力
    B. 社会主义基本制度的根本变革
    C. 社会主义制度的自我完善和发展
    D. 建立和完善社会主义市场经济体制

12. 党的领导、人民当家作主和依法治国的统一性是由
    A. 社会主义初级阶段的基本国情决定的
    B. 社会主义国家的本质决定的
    C. 社会主义根本任务决定的
    D. 社会主义国家的发展战略决定的

13. 为研究和完善国家法定节假日制度,国家有关部门按照国务院的部署,通过有关网站进行问卷调查,并在部分城市进行了电话调查。在广泛进行民意调查的基础上,经过一年多的研究论证,确定了新的节假日调整方案。这体现的执政理念是
    A. 依法执政
    B. 科学执政
    C. 民主执政
    D. 理性执政

14. 民族精神是社会主义核心价值体系的重要内容之一,其核心是
    A. 爱国主义
    B. 团结统一
    C. 勤劳勇敢
    D. 自强不息

15. 党的十七大报告指出,我国新时期最显著的成就是
    A. 改革开放
    B. 快速发展
    C. 建立社会主义市场经济体制
    D. 给人民带来更多福祉

16. 在2007年1月1日欧盟第六次扩大时正式加入欧盟的国家是
    A. 罗马尼亚、波兰
    B. 保加利亚、罗马尼亚
    C. 波兰、爱沙尼亚
    D. 爱沙尼亚、保加利亚

二、多项选择题:17~33小题,每小题2分,共34分。下列每题给出的四个选项中,至少有两个选项是符合题目要求的。请在答题卡上将所选项的字母涂黑。多选或少选均不得分。

17. 右边这幅漫画对于我们认识人与自然关系的警示意义在于
    A. 人类过分陶醉于对自然界的胜利将受到自然界的报复
    B. 人与自然关系的紧张来自于不当的人类实践方式
    C. 人与自然的关系本质上是对立的
    D. 人类依附于自然是摆脱自身困境的根本出路

18. 19世纪英国作家惠兹里特说:"一个除了书本以外一无所知的纯粹学者,必然对书本也是无知的。"与这句话在内涵上相一致的名言还有
    A. 纸上得来终觉浅,绝知此事要躬行
    B. 尽信书,则不如无书
    C. 感觉到了的东西我们不能立刻理解它,只有理解了的东西才能更深刻地感觉它
    D. 饱经风霜的老人与缺乏阅历的少年对同一句格言的理解是不同的

19. 马克思主义哲学中的辩证法、认识论、历史观在本质上是一致的,体现这种一致性的公

式有

A. 个别——一般——个别　　　　　B. 实践——认识——实践

C. 群众——领导——群众　　　　　D. 团结——批评——团结

20. 随着科学技术和经济全球化的发展,人类的交往活动日益普遍和深化。交往作为人类特有的活动和存在方式,对社会发展具有越来越重要的作用。主要表现在

A. 交往促进生产力的发展

B. 交往推动社会关系的变革和改善

C. 交往是科学文化传承和发展的重要途径

D. 交往促进人自身的发展

21. 同一劳动在同一时间内,当部门劳动生产率提高时会使

A. 单位商品的价值量降低　　　　B. 商品的使用价值量增加

C. 单位商品的价值量不变　　　　D. 单位商品的价值量提高

22. 通过对社会资本简单再生产实现过程中交换关系的分析,可以看出

A. Ⅰc 是通过第Ⅰ部类内部交换实现的

B. Ⅱ(v＋m)是通过第Ⅱ部类内部交换实现的

C. Ⅰ(v＋m)是通过和Ⅱ(v＋m)交换实现的

D. Ⅰ(v＋m)是通过和Ⅱc 交换实现的

23. 为了保持物价总水平的稳定,国家实施宏观调控可以采取的货币政策手段有

A. 调整存贷款基准利率　　　　　B. 调整法定存款准备金率

C. 实施物价补贴　　　　　　　　D. 调整再贴现率

24. 为完善社会主义个人收入分配制度,确立生产要素按贡献参与分配是基于

A. 各种生产要素都能创造价值　　B. 要素所有权关系在经济上的体现

C. 市场经济配置资源的内在要求　D. 各种生产要素都具有价值

25. 在中国共产党的历史上,对毛泽东思想作出系统概括和阐述的党的文献有

A.《关于若干历史问题的决议》

B. 刘少奇在七大上所作的《关于修改党的章程的报告》

C. 邓小平在八大上所作的《关于修改党的章程的报告》

D.《关于建国以来党的若干历史问题的决议》

26. 关于民主革命时期富农身份的界定,下列选项中正确的有

A. 剥削雇农的剩余劳动,是农村中的资产阶级

B. 既是劳动者,又是剥削者

C. 自身不劳动,出租土地并放高利贷

D. 对雇农的剥削带有浓厚的半封建性

27. 新中国建立之际,毛泽东提出的外交方针有

A. "一边倒"　　　　　　　　　　B. "反霸权主义"

C. "打扫干净屋子再请客"　　　　D. "另起炉灶"

28. 党的十七大报告指出,深入贯彻落实科学发展观,必须坚持

A. 把发展作为党执政兴国的第一要务　B. 以人为本

C. 全面协调可持续发展　　　　　D. 统筹兼顾

29. 党的十七大报告指出,十一届三中全会以来,中国共产党坚持马克思主义的思想路线,不断探索和回答的重大理论和实际问题是

A. 什么是社会主义、怎样建设社会主义　B. 什么是现代化、怎样建设现代化

C. 建设什么样的党、怎样建设党　　D. 实现什么样的发展、怎样发展

30. 人民代表大会制度是我国的根本政治制度,这是因为
    A. 它直接体现我国人民民主专政的国家性质
    B. 它能从根本上保证人民当家作主的权力
    C. 它在制定国家其他各种制度中起着决定性的作用
    D. 它能使广大人民在国家政治生活中直接行使民主权利

31. 2005年,胡锦涛主席就新形势下发展两岸关系提出的原则性意见是
    A. 坚持一个中国的原则决不动摇
    B. 争取和平统一的努力决不放弃
    C. 贯彻寄希望于台湾人民的方针决不改变
    D. 反对"台独"分裂活动决不妥协

32. 党的十七大报告指出,高举中国特色社会主义伟大旗帜,最根本的就是要坚持
    A. 中国特色社会主义道路　　　　B. 实事求是的思想路线
    C. 中国特色社会主义理论体系　　D. 改革开放的战略方针

33. 2007年2月,胡锦涛主席在与苏丹总统巴希尔的会谈中提出,处理达尔富尔问题应该
    A. 尊重苏丹的主权和领土完整　　B. 发挥非盟、联合国的建设性作用
    C. 有利于促进达尔富尔地区局势稳定　D. 通过和平方式解决问题

三、分析题:34~38小题,每小题10分,共50分。要求结合所学知识分析材料回答问题。将答案写在答题纸指定位置上。

34.　　最近,四川省搞了一次"医患换位体验"活动,让医生以患者的身份挂号、排队、看病、拿药……结果,医生跑前跑后,既受累又受气。　一位全程体验了"患者"的医生感慨道:"医生就像拿着个遥控器,把患者指挥得团团转,当患者确实很苦。"

　　美国医生爱德华·罗森邦行医50年,忽然患上了喉癌,当他重新审视医学、医院和医生时,感慨地说:"站在病床边和躺在病床上所看到的角度完全不同。"他后来在《亲尝我自己的药方》一书中写道:"如果我能从头来过的话,我会以完全不同的方式行医,很不幸的是,生命不给人这种重新来过的机会。"

　　多年前,有位年轻医生患上甲状腺病,由中国医学科学院著名头颈外科专家屠规益为他主刀。当手术结束时,屠教授低下身来说:"对不起,让您受苦了!"这是屠教授术后经常对病人说的一句话,虽然简短,却让这位年轻医生深感震撼。

　　著名医学家裘法祖早年从医,曾在老师的带领下,为一名中年妇女进行开腹手术。术后没几天,那名妇女就去世了。经解剖发现,患者的死亡与手术并无关系。当时,裘法祖的老师轻轻说了句,"她是4个孩子的妈妈"。就是这句简单的话,让裘法祖至今念念不忘,他知道这句话包含了多少情感,懂得了医生的责任有多重大:医生不仅要看到人身上的病,更要看到生病的人。

　　　　　　　　　　　　　　　　　　　　　　　(根据人民日报有关文章整理)

　　结合材料回答问题:
　　(1)"医患换位体验"活动中蕴含着何种哲理?
　　(2)从人的本质属性说明为什么"医生不仅要看到人身上的病,更要看到生病的人"。
　　(3)你在现实生活中遇到类似医患关系的矛盾,按照矛盾辩证法该如何对待和处理?

35.　　IBM公司是世界上最大的信息工业跨国公司之一,从上世纪50年代起致力于计算机行业,并很快在大型计算机业务上占据了统治地位。IBM生产的计算机在技术上常常是最先进的,在某些情况下,他们即使不是最好的,但由于出色的服务和技术支持,他们仍有卓越的信誉。

　　在整个60年代和70年代,虽然有Control data、Honeywell、Sperry Univac、Burroughs和

NCR等企业的竞争,但这些公司都不是其对手,到1980年为止,IBM仍占据全球大型计算机市场超过80%的份额。大型计算机是IBM的"金母鸡",毛利高达70%。

80年代,随着个人计算机和工作站所连接成的网络逐渐取代大型机,日本、欧洲共同体和美国国内许多资本、技术雄厚的企业纷纷涉足这一高风险、高收益的领域。在与苹果、康柏、东芝、戴尔等企业激烈的竞争中IBM公司开始走下坡路。

迫于竞争的压力,90年代IBM公司进行了组织改造以降低成本;进行资产重组和资本运营,使公司的股票价格扶摇直上;进行经营战略转型,在保持计算机硬件领域领先地位的同时,成功地实现了向软件服务等高利润领域的转移;实施竞争战略调整,全面提升了企业竞争力,重塑起昔日的辉煌。

IBM确立的战略目标是:在所处产业的所有领域都能实现高增长率;在所有领域都有技术和质量卓越的产品,并发挥领导作用;在生产、销售、服务和管理的所有业务活动上,实现最高的效率;确保企业成长所需要的高利润,以便在产业中具有不可动摇的地位。

目前,计算机技术正在向更加"开放型系统"的方向发展。往往主机是一个公司制造的,显示器是另一个公司的,打印机又是第三个公司的,软件是第四个公司的,这些组合起来使整个系统得以运行。在新的技术基础上,计算机行业的企业组织趋向网络化发展,IBM公司面临着新的竞争挑战。IBM公司在垄断和竞争中寻求未来的发展。

(摘编自【美】J.E.斯蒂格利茨:《〈经济学〉小品和案例》及新华网有关资料)

结合材料回答问题:

(1)用IBM的案例说明垄断和竞争的关系。

(2)从IBM公司的发展过程总结垄断资本条件下竞争的新特点。

36. 从党的建立到抗日时期,中间有北伐战争和十年土地革命战争。我们经过了两次胜利,两次失败。北伐战争胜利了,但是到1927年,革命遭到了失败。土地革命战争曾经取得了很大的胜利,红军发展到30万人,后来又遭到挫折,经过长征,这30万人缩小到两万多人……在民主革命时期,经过胜利、失败,再胜利、再失败,两次比较,我们才认识了中国这个客观世界。在抗日战争前夜和抗日战争时期,我写了一些论文,例如《中国革命战争的战略问题》、《论持久战》、《新民主主义论》、《〈共产党人〉发刊词》,替中央起草过一些关于政策、策略的文件,都是革命经验的总结。那些论文和文件,只有在那个时候才能产生,在以前不可能,因为没有经过大风大浪,没有两次胜利和两次失败的比较,还没有充分的经验,还不能充分认识中国革命的规律。

……过去,特别是开始时期,我们只是一股劲儿要革命,至于怎么革法,革些什么,哪些先革,哪些后革,哪些要到下一阶段才革,在一个相当长的时间内,都没有弄清楚,或者说没有完全弄清楚。

——毛泽东《在扩大的中央工作会议上的讲话》(1962年1月30日)

结合材料回答问题:

(1)毛泽东在20世纪60年代初回顾中国共产党在民主革命时期艰难地但是成功地认识中国革命规律的这段历史,是要说明什么问题?

(2)在改革开放和社会主义现代化建设取得举世瞩目成就的今天,如何看待以毛泽东为主要代表的中国共产党人在社会主义建设方面的艰辛探索?

37. 在《人民日报》"说句心里话"栏目,重庆市城乡统筹综合改革先行示范区的一位农民说出了这样的心里话:

这些年,党和政府在想办法给农民更多实惠,直补种粮农民,免除了农业税,让我们参加了新型农村合作医疗,这些以前真是想都不敢想啊!

现如今，我们这个村先搞了"农民转市民"试点，全村131人今年全部将农村户口转为城镇户口，由农民开始变市民啦！

我家承包的土地自愿流转给集体统一经营，每亩补贴我们青苗费4880元，以后每年按照亩产1000斤粮食的市场价补偿我们。村里把流转出来的土地集中起来，引进一些现代农业项目，经营赚了钱，我们可以分红。这些项目优先从村里招聘劳动力，我儿子就可以回来打工，离我们更近了。以前大家都出去打工，地荒在那里，流转以后可以提高土地利用效率，我们又能从中受益，对村里经济也有好处。

我们现在住的房子是17年前盖的，已经破旧了。根据农民转市民的政策，房子拆迁以后，会补偿给我们两套75平方米的楼房，新房子离这不远，政府承诺我们明年9月搬家。

最高兴的是变市民以后，参加了基本养老保险。像我们这样的老人，一次性缴4320元钱，男的从60岁起，女的从55岁起，就可以每个月领156元养老金。

结合材料回答问题：

(1)结合我国农村改革发展的历史进程，说明为什么一些过去农民"想都不敢想"的问题现在已经解决或正在解决。

(2)通过该示范区的变化，指出建设我国社会主义新农村的主要途径。

38.本题为选做题，请在Ⅰ、Ⅱ两道试题中选取其中一道作答，若两题都回答，只按第Ⅰ道试题的成绩计入总分。

选做题Ⅰ：

材料1

2007年是"卢沟桥事变"70周年，也是中日邦交正常化35周年。温家宝总理应邀于4月中旬对日本进行了正式访问，在两国发表的《中日联合新闻公报》中，确认双方将继续遵循《中日联合声明》、《中日和平友好条约》和《中日联合宣言》的各项原则，努力构筑"基于共同战略利益的互惠关系"。温总理在日本国会众议院发表的演讲中，引用日本的谚语"尽管风在呼啸，山却不会移动"形容中日关系，引起日本国会议员们的广泛共鸣。

日本防卫大臣石破茂在为中国军舰"深圳"号访日举行的招待会上致词说，实现两国军舰互访，必将促进两国防务领域的深入交流，进一步提高彼此之间的信任关系，推进双方战略互惠关系向前发展。

（摘自人民日报、新华网）

材料2

日本首相福田康夫就职声明明确表示，他作为首相不会去参拜靖国神社。他在就中日邦交正常化35周年致温家宝的贺信中说：日中两国在地理上是无法迁移的"一衣带水"的邻邦。不论今后国际形势如何变化，日中关系对两国而言乃为最重要的双边关系之一却是不会改变的。我愿意致力于构筑日中战略互惠关系。

曾480余次访华的日中协会理事长白西绅一郎认为，发展日中战略互惠关系，除了要"政治、经济两个轮子一起转"之外，还应特别注重扩大日中民间关系，这样才能夯实日中战略互惠关系的基石。

（摘自人民日报、东方早报）

材料3

据日本海关统计，2007年1～9月，日中双边贸易额为1715.3亿美元，同比增长12.1%。其中，日本向中国出口786.3亿美元，增长17.8%，日本自中国进口929.0亿美元，增长7.7%，日本贸易逆差142.7亿美元，减少26.7%。中国继续保持日本第二大出口目的地和第一大进口来源国的地位。

（摘自商务部网国别数据）

结合材料回答问题：

(1)中日两国"战略互惠关系"的基本精神是什么？

(2)分析温家宝总理用"尽管风在呼啸，山却不会移动"形容中日关系的寓意。

选做题Ⅱ：

材料1

联合国政府间气候变化专门委员会在2007年2月2日就气候问题发出了警告：从现在开始到2100年，全球平均气温的"最可能升高幅度"是1.8摄氏度至4摄氏度，海平面升高幅度是18厘米至58厘米。

英国著名智库国际战略研究所的报告认为，"如果温室气体排放仍得不到控制，其灾难性后果不亚于发生一场核战争。"

材料2

现在国际上担心中国很快就会成为世界头号污染物排放国；而且再过25年，中国温室气体排放量将超过其他发达国家总和。……中国的高速崛起，会用掉全球大半的能源，加重能源危机；由于巨大的污染物和温室气体排放量，中国将成为全球最大的污染源；中国是气候变化的主要威胁。

(摘自纽约时报)

材料3

从1950年到2002年，中国化石燃料燃烧排放的二氧化碳占世界同期累计排放量的9.33%(同期发达国家排放量占77%，而此前的200年间，发达国家更是占到95%)；1950年到2002年的50多年间，中国人均排放量居世界第92位，从单位GDP二氧化碳排放的弹性系数看，1990年到2004年的15年间，单位GDP每增长1%，世界平均二氧化碳排放增长0.6%，中国增长0.38%。

(摘自国家发改委主任马凯在国务院新闻办新闻发布会上的讲话)

2007年12月14日，刚刚参加完印尼巴厘岛联合国气候变化大会的世界银行行长佐利克来到中国。针对近年来中国为节能减排所付出的努力，佐利克说，中国已经形成强烈共识，在发展经济的同时更关注环境保护，并提出了科学发展观。他认为，中国政府在降低能耗、提高车辆能效标准，以及发展全球碳市场等方面发挥了重要作用。……这不仅对中国本身发展意义重大，也将为全球应对气候变化挑战作出贡献。

(摘自中国广播网有关报道)

结合材料回答问题：

(1)上述材料中所反映的气候变化的严峻事实对我们理解自然环境在社会发展中的作用有何启示？

(2)评析"中国气候威胁论"并指出中国应对气候变化问题的战略选择。

2007年全国硕士研究生入学统一考试政治理论试题

一、单项选择题：1～16小题，每小题1分，共16分。下列每题给出的四个选项中，只有一个选项是符合题目要求的。请在答题卡上将所选项的字母涂黑。

1."风定花犹落，鸟鸣山更幽"形象地表达了动和静的辩证关系是

　A.静不是动，动不是静　　　　　　B.静中有动，动中有静

　C.动是必然的，静是偶然的　　　　D.动是静的原因，静是动的结果

2. "挟泰山以超北海,语人曰吾不能,是诚不能也。为长者折技,语人曰吾不能,是不为也,非不能也"。《孟子》中的这段话启示我们,做事情时要区分可能性和不可能性,二者的区别在于
   A. 人的主观努力程度
   B. 对人是否有利
   C. 现实中有无根据和条件
   D. 现实中的根据和条件是否充分

3. 马克思根据人的发展状况把人类历史划分为三大形态。它们是
   A. 自然经济社会、商品经济社会、时间经济社会
   B. 原始公有制社会、私有制社会、共产主义公有制社会
   C. 农业社会、工业社会、信息社会
   D. 人的依赖性社会、物的依赖性社会、人的自由全面发展社会

4. 列宁说:"意识到自己的奴隶地位而与之斗争的奴隶,是革命家。没有意识到自己的奴隶地位而过着默默无言、浑浑噩噩、忍气吞声的奴隶生活的奴隶,是十足的奴隶。对奴隶生活的各种好处津津乐道并对和善的好主人感激不尽以至垂涎欲滴的奴隶是奴才,是无耻之徒。"这三种奴隶的思想意识之所以有如此巨大的差异,是由于
   A. 人的社会意识并不都是社会存在的反映
   B. 人的社会意识与社会存在具有不一致性
   C. 人的社会意识中的各种形式之间相互作用
   D. 人的社会意识具有历史继承性

5. 货币的本质是
   A. 商品交换的媒介物
   B. 商品价值的一般等价物
   C. 商品的等价物
   D. 商品相对价值形式

6. 在资本主义社会,农业资本家和土地所有者之间争夺的是
   A. 形成级差地租Ⅰ的超额利润
   B. 形成级差地租Ⅱ的超额利润
   C. 形成绝对地租的超额利润
   D. 形成垄断地租的超额利润

7. 作为商品的资本是
   A. 商业资本
   B. 借贷资本
   C. 产业资本
   D. 流通资本

8. 在中国共产党的历史上,第一次鲜明地提出"马克思主义中国化"的命题和任务的会议是
   A. 党的二大
   B. 遵义会议
   C. 党的六届六中全会
   D. 党的七大

9. 国民革命失败后,毛泽东在八七会议上提出的著名论断是
   A. 须知政权是由枪杆子中取得的
   B. 兵民是胜利之本
   C. 一切反动派都是"纸老虎"
   D. 星星之火,可以燎原

10. 1957年,毛泽东在《关于正确处理人民内部矛盾的问题》中指出,在我国,工人阶级与民族资产阶级的矛盾属于人民内部的矛盾。如果处理不当,会变成
    A. 对抗性的敌我矛盾
    B. 非对抗性的敌我矛盾
    C. 对抗性的人民内部矛盾
    D. 非对抗性的人民内部矛盾

11. "三个代表"重要思想的根本出发点和落脚点是
    A. 实现社会主义现代化
    B. 发展社会主义社会生产力
    C. 发展社会主义民主,尊重和保障人权
    D. 实现人民愿望、满足人民需要、维护人民利益

12. 社会主义道德建设的核心是
    A. 为人民服务
    B. 集体主义
    C. 诚实守信
    D. 爱国主义

13. 中国共产党和中国政府始终尊重和保护人权,认为首要的人权是
    A. 参政权、议政权   B. 自由权、平等权
    C. 生存权、发展权   D. 选举权、被选举权

14. 《中共中央关于构建社会主义和谐社会若干重大问题的决定》提出,社会和谐是中国特色社会主义的
    A. 根本任务   B. 根本原则   C. 本质属性   D. 基本要求

15. 胡锦涛在学习《江泽民文选》报告会上的讲话中指出,我们学习《江泽民文选》必须牢牢把握的主题是
    A. 建设中国特色社会主义   B. 以经济建设为中心
    C. 完善社会主义民主和法制   D. 加强社会主义精神文明建设

16. 中俄两国互办"国家年"活动是两国最高领导人做出的一项重大政治决定。这表明
    A. 两国的合作重点已转向文化领域
    B. 中俄战略协作伙伴关系的内涵已发生根本变化
    C. "国家年"活动将成为中俄双边长期交往的主线
    D. 双方将全面提升在各个领域的合作水平

二、多项选择题:17~33小题,每小题2分,共34分。下列每题给出的四个选项中,至少有两个选项是符合题目要求的。请在答题卡上将所选项的字母涂黑。多选、少选或错选均不得分。

17. 关于龙的形象,自占以来就有"角似鹿,头似驼,眼似兔,项似蛇,腹似蜃,鳞似鱼,爪似鹰,掌似虎,耳似牛"的说法。这表明
    A. 观念的东西是转入人脑并在人脑中改造过的物质的东西
    B. 一切观念都是现实的模仿
    C. 虚幻的观念也是对事物本质的反映
    D. 任何观念都可以从现实世界中找到其物质"原型"

18. 某地乡村公路边有很多柿子园。金秋时节农民采摘柿子时,最后总要在树上留一些熟透的柿子。果农们说,这是留给喜鹊的食物。每到冬天,喜鹊都在果树上筑巢过冬,到春天也不飞走,整天忙着捕捉果树上的虫子,从而保证了来年柿子的丰收。从这个事例中我们受到的启示是
    A. 事物之间有其固有的客观联系
    B. 人们可以发现并利用规律来实现自己的目的
    C. 人与自然的关系是相互利用的关系
    D. 保持生态系统的平衡是人类生存发展的必要条件

19. 2006年7月12日凌晨,刘翔在瑞士洛桑国际田联超级大奖赛男子110米栏比赛中,以12秒88勇夺冠军,打破了由英国名将科林·杰克逊保持13年之久的12秒91的世界纪录。科林·杰克逊在谈起自己已被打破的纪录时,没有一丝沮丧:"我一点也不失望,正相反,我感到非常兴奋。"他说:"纪录本来就是用来被打破的。"这在哲学上的启示是
    A. 创新是永无止境的
    B. 不断超越前人是历史发展的规律
    C. 凡是在历史上产生的都要在历史上灭亡
    D. 一切事物都是作为过程而存在,作为过程而发展

20. 以人为本是科学发展观的本质和核心。以人为本中的"人"是指
    A. 具体的、现实的人   B. 广大人民群众
    C. 作为个体的个人   D. 社会全体成员

21. 商品的市场价格发生变化

    A. 与货币的价值量变化无关   B. 与商品的价值量变化有关

    C. 与商品的生产价格变化无关   D. 与商品的供求变化有关

22. 利润率表示全部预付资本的增殖额度,提高利润率的途径有

    A. 提高剩余价值率   B. 提高资本有机构成

    C. 加快资本周转速度   D. 节省不变资本

23. 生产要素市场包括

    A. 土地市场   B. 商品市场   C. 资本市场   D. 劳动力市场

24. $G - W - G'$ 是

    A. 货币资本的循环公式   B. 生产资本的循环公式

    C. 商品资本的循环公式   D. 资本总公式

25. 新民主主义革命时期,以国共合作为基础所建立的统一战线是

    A. 国民革命联合战线   B. 工农民主统一战线

    C. 抗日民族统一战线   D. 人民民主统一战线

26. 1942年,毛泽东在《整顿党的作风》中指出,我们要的是马克思列宁主义的学风。学风问题主要是指

    A. 对待知识分子的态度问题

    B. 领导机关、全体干部、全体党员的思想方法问题

    C. 我们对待马克思列宁主义的态度问题

    D. 全党同志的工作态度问题

27. 20世纪50年代中期,邓小平多次强调,执政的中国共产党必须接受来自几个方面的监督,具体包括

    A. 党内的监督   B. 人民群众的监督

    C. 海外人士的监督   D. 民主党派和无党派民主人士的监督

28. 坚持和完善社会主义初级阶段个人收入分配制度,就要规范分配秩序,包括

    A. 着力提高低收入者收入水平   B. 逐步扩大中等收入者比重

    C. 有效调节过高收入   D. 坚决取缔非法收入

29. 依法治国是中国共产党领导人民治理国家的基本方略,其基本要点有:

    A. 中国共产党领导人民实行依法治国

    B. 形成一套比较完备的法律制度

    C. 对国家事务、经济文化事业和社会事务的管理工作都要依法进行

    D. 依法治国的最重要依据是宪法和法律

30. 建设社会主义新农村的一项重要任务是培养新型农民,具体措施有

    A. 加快发展农村义务教育   B. 加强劳动力技能培训

    C. 发展农村文化事业   D. 加速农村剩余劳动力的转移

31. 社会主义核心价值体系是建设和谐文化的根本,它的基本内容包括

    A. 马克思主义指导思想

    B. 中国特色社会主义共同思想

    C. 以爱国主义为核心的民族精神和以改革创新为核心的时代精神

    D. 社会主义荣辱观

32. 从2006年1月1日起,我国废止《农业税条例》,这是具有划时代意义的历史事件,它有利于

    A. 促进城乡税制的统一

B.推进工业反哺农业,城市支持农村

C.逐步消除城乡差别,推进城乡统筹发展

D.增加农民收入,提高消费水平

33.中非合作论坛是首脑外交的新形式。中国国家主席、副主席和总理及非洲4国的总统和非洲统一组织秘书长参加了第一届部长级会议并发表讲话;14个非洲国家的领导人及44个非洲国家的88位部长参加了2003年第二届部长级会议;2006年的中非合作论坛北京峰会更是吸引了非洲40多个国家的元首和政府首脑参加。首脑外交对中非关系的重要意义主要表现在

A.推动了和平、稳定、公正、合理的国际新秩序的建立

B.增进了友谊、促进了贸易往来

C.体现了平等观念

D.开辟了"南南合作"的新路

三、分析题:34～38小题,每小题10分,共50分。要求结合所学知识分析材料回答问题。将答案写在答题纸指定位置上。

34.   成仿吾是我国无产阶级革命家,马克思主义理论家、教育家,他是由"文化人"成为"革命人"的典型之一。成仿吾究竟是个什么样的人呢?作家丁玲在未跟他谋面之前曾产生过一系列的"合理想像":"在文学上,他主张浪漫主义,创造社最早就是这样主张的;他是从日本留学回来的,一定很洋气,很潇洒,因为曾见过一些傲气十足的诗人,趾高气扬,高谈阔论;他在国外学军械制造,或许是个庄重严肃之人;他在黄埔军校担任教官,一定有一种军人气概;他曾经跟鲁迅进行过革命文学队伍内部的文学论争,写过火气很重的文章,是不是有点张飞、李逵式气质呢?"后来,丁玲在陕北见到成仿吾时,第一个感觉就是:"我想像的全错了"。原来成仿吾是一个"土里土气、老实巴交的普通人",一个尊重别人、热情、虚心、平等待人的人。丁玲十分后悔:"为什么我单单忽略了他是一个经过长征的革命干部、红军战士、一个正派憨厚的共产党员呢?"

    另据老红军杨定华回忆说,在长征中见到的成仿吾完全是士兵的装扮:破旧的棉军衣,斜挎干粮袋,手持着一枝手杖。杨定华说,成仿吾在红军大学当政治教员。有人能说出他的名字,但谁也不知道他是文学家。

    请运用马克思主义认识论基本原理加以分析:

    (1)丁玲对成仿吾的"合理想像"为什么"全错了"?

    (2)丁玲对成仿吾认识的"转变"过程对我们正确认识事物有何启示?

35.   多种经济成分并存是当代资本主义和社会主义共有的经济现象。当代资本主义经济中不仅有私有制经济成分,也有国有制经济成分以及其他经济成分;在社会主义经济中不仅有公有制经济成分,也有私有制经济成分以及其他经济成分。但是资本主义和社会主义的基本经济制度的性质是根本不同的。在分析我国社会主义初级阶段生产资料所有制结构问题时,有人以"八宝饭"为例做了形象比喻:八宝饭中的糯米是主要成分,没有糯米不是八宝饭,但糯米本身并不就是八宝饭;八宝饭里还有其他成分,红枣、莲子、核桃、花生、红豆、砂糖等,没有这些成分也不是八宝饭,但这些东西本身也不同于八宝饭。只有把糯米和其他成分组合在一起并以糯米为主才是八宝饭。

    结合材料回答问题:

    (1)判断一个社会的基本经济制度性质的根本标准是什么?

    (2)我国社会主义初级阶段公有制经济和其他经济成分之间是什么关系?

    (3)我国社会主义初级阶段基本经济制度优越性的主要表现是什么?

36.   减租减息是中国共产党在抗日战争时期解决农民问题的基本政策。减租又称二五减租,即规定地主的地租一律照原租额减收25%,地租的最高额不得超过37.5%。减息的原则是"分半减息",规定放贷的年利率最高不超过10%。下表系1942年至1944年对北岳、太行等五个抗日根据地调查的数据。

农村各阶层户数及其所占土地的比例(单位:%)

阶层		地主	富农	中农	贫农	雇农	其他
户数	抗战前	3.6	7.2	28.4	54.0	5.0	1.8
	减租后	2.4	6.7	38.0	47.0	2.5	3.4
土地	抗战前	29.5	21.0	29.5	19.0	0.8	0.2
	减租后	13.5	17.5	42.5	22.5	0.6	3.4

结合材料回答问题:

(1)当地土地流向及农村阶级关系发生了什么变化?

(2)简述实行减租减息政策的意义。

(3)解决农民土地问题是新民主主义革命的一项主要任务。结合此表说明减租减息政策的局限性。

37. **材料1**

2000年,我国国内生产总值超过了原定比1980年翻两番的目标,这种增长主要是依赖资源的高投入与高消耗来实现的。到2020年实现国内生产总值再翻两番,是我国实现全面建设小康社会的奋斗目标。我国单位GDP消耗的资源能源数量远高于发达国家,也高于印度等中等发展中国家。按现行汇率计算,2003年我国单位资源的产出水平,只相当于美国的1/10,日本的1/20,德国的1/6。单位产值能耗比世界平均水平高2.4倍,是德国的4.97倍,日本的4.43倍,美国的2.1倍,印度的1.65倍,是世界上单位产值能耗最高的国家之一。而我国人口众多,人均资源比较贫乏,水资源人均占有量仅相当于世界人均的25%,人均耕地面积不足世界平均水平的50%,石油人均占有储量为世界平均水平的11%,大多数矿产资源的人均占有量不足世界平均水平的50%。我国环境污染和生态恶化形势十分严峻,1/5的城市空气污染严重,1/3的国土面积受到酸雨影响,全国水土流失面积356万平方公里,沙化土地面积174万平方公里,90%以上的天然草原退化,生物多样性减少。

材料2

"十一五"时期资源节约方面的主要指标

指标	2010年与2005年相比	属性(注)
单位国内生产总值能源消耗	降低20%	约束性
单位工业增加值用水量	降低30%	约束性
农业灌溉用水有效利用系数	由0.45增加到0.5	预期性
工业固体废物综合利用率	由55.8%提高到60%	预期性
注:预期性指标是国家期望的发展目标,主要依靠市场主体的自主行为实现。政府要综合运用各种政策引导社会资源配置,努力争取实现。约束性指标是在预期性基础上进一步明确并强化了政府责任的指标,政府要通过合理配置公共资源和有效运用行政力量,确保实现。		

"十一五"时期环境保护方面的主要指标		
指标	2010年与2005年相比	属性
耕地保有量	减少0.3亿公顷	约束性
主要污染物排放总量	减少10%	约束性
森林覆盖率	增加1.8%	约束性

结合材料回答问题：

(1)中国经济发展面临的资源挑战对经济增长方式转变提出何种要求？

(2)按照科学发展观的要求,我国如何建设资源节约型、环境友好型社会？

38.本题为选做题,请在Ⅰ、Ⅱ两道试题中选取其中一道作答,若两题都回答,只按第Ⅰ道试题的成绩记入总分。

选做题Ⅰ:

中东区域示意图

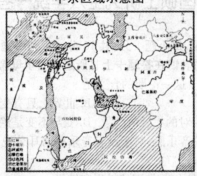

材料1

截至2005年年底,世界已探明的石油储量为12000亿桶,其中中东地区为7247亿桶,约占世界总储量的62%。迄今已探明石油储量居世界前列的5个国家沙特阿拉伯、伊朗、伊拉克、科威特和阿拉伯联合酋长国都位于波斯湾地区。中东地区石油产量占世界石油总产量的2/5,出口量约占世界总出口量的2/3。

材料2

第二次世界大战后中东局势一直动荡不定,各种地区冲突和局部战争此起彼伏,连绵不断。其中仅阿拉伯国家与以色列之间就进行了5次大规模的战争。而1980年9月发生的两伊战争,则整整打了8年。特别是20世纪90年代初的海湾危机和海湾战争更是牵动了整个世界。时至2003年3月,美英对伊拉克发动了一场先发制人的战争,迅速占领了伊拉克。2006年7月,黎以之间再次爆发大规模的冲突。至于小规模的武装冲突从未间断过,军事政变、内战和恐怖暗杀等暴力事件也时有发生。可以说,在战后的世界上,没有哪一个地区像中东那样经历了如此长期和频繁的战争和冲突。

结合地图和所给材料分析中东地区持续动荡不安的主要根源。

选做题Ⅱ:

坚持包容精神,共建和谐世界。文明多样性是人类社会的基本特征,也是人类文明进步的重要动力。在人类历史上,各种文明都以自己的方式为人类文明进步作出了积极贡献。存在差异,各种文明才能相互借鉴、共同提高;强求一律,只会导致人类文明失去动力、僵化衰落。各种文明有历史长短之分,无高低优劣之别。历史文化、社会制度和发展模式的差异不应成为各国交流的障碍,更不应成为相互对抗的理由。

我们应该尊重各国自主选择社会制度和发展道路的权利，相互借鉴而不是刻意排斥，取长补短而不是定于一尊，推动各国根据本国国情实现振兴和发展；应该加强不同文明的对话和交流，在竞争比较中取长补短，在求同存异中共同发展，努力消除相互的疑虑和隔阂，使人类更加和睦，让世界更加丰富多彩；应该以平等开放的精神，维护文明的多样性，促进国际关系民主化，协力构建各种文明兼容并蓄的和谐世界。

（摘自胡锦涛主席在联合国成立 60 周年首脑会议上发表的《努力建设持久和平、共同繁荣的和谐世界》讲话）

结合材料回答问题：

(1) 运用辩证法的观点说明为什么不同文明要"在竞争比较中取长补短，在求同存异中共同发展"。

(2) 简述中国坚持走和平发展道路对建设持久和平、共同繁荣的和谐世界的意义。

2006 年全国硕士研究生入学统一考试政治理论试题

一、单项选择题：1～16 小题，每小题 1 分，共 16 分。下列每题给出的四个选项中，只有一个选项是符合题目要求的。请在答题卡上将所选项的字母涂黑。

1. 世界上唯一不变的是变，这一论断的含义是
   A. 变是世界的本原
   B. 世界上只有变，没有不变
   C. 变是绝对的，不变是相对的
   D. 变与不变是绝对对立的

2. "只有音乐才能激起人的音乐感；对于没有音乐感的耳朵说来，最美的音乐也毫无意义"。这表明
   A. 人的认识是主体与客体相互作用的过程和结果
   B. 人的感觉能力决定认识的产生和发展
   C. 人的认识能力是由人的生理结构决定的
   D. 事物因人的感觉而存在

3. 温家宝总理在给一位国务院参事的回信中，引用了两句诗："知屋漏者在宇下，知政失者在草野。"这一古训蕴含的哲理是
   A. 人的经验是判断是非得失的根本尺度
   B. 直接经验比间接经验更重要
   C. 感性认识高于理性认识
   D. 人民群众的直接经验即实践是认识的重要基础

4. "许多事情我们可以讲一千个理由、一万个理由，但老百姓吃不上饭，就没有理由。'民以食为天'"。这段话表明
   A. 人们首先必须吃、喝、住、穿，然后才能从事政治、科学、艺术、宗教等活动
   B. 人的生理需求是历史的基础
   C. 人的自然属性决定着人的本质
   D. 人的物质欲望是社会发展的根本动力

5. 某资本家投资 100 万元，资本有机构成为 4：1，$m' = 100\%$，一年周转 4 次，其年剩余价值量和年剩余价值率分别是
   A. 80 万，100%
   B. 40 万，400%
   C. 40 万，100%
   D. 80 万，400%

6. 商业资本作为一种独立的职能资本,也获得平均利润,其直接原因是
   A. 商业部门与产业部门之间的竞争和资本转移
   B. 产业资本家为销售商品将部分利润让渡给商业资本家
   C. 商业资本家加强对商业雇员的剥削
   D. 产业部门将工人创造的一部分剩余价值分割给商业部门

7. 现代企业制度的典型形式是
   A. 股份制　　　　　　　　　　　　　B. 股份合作制
   C. 合伙制　　　　　　　　　　　　　D. 公司制

8. "墙上芦苇,头重脚轻根底浅;山间竹笋,嘴尖皮厚腹中空。"毛泽东在延安整风运动期间
   用这副对联形象地讽刺了
   A. 主观主义的学风　　　　　　　　　B. 宗派主义的党风
   C. 党八股的文风　　　　　　　　　　D. 官僚主义的作风

9. 中国新民主主义革命时期的统一战线包含着两个联盟。其中基本的、主要的联盟是
   A. 工人阶级同城市小资产阶级的联盟
   B. 以工农联盟为主体的工人阶级同农民、小资产阶级等其他劳动人民的联盟
   C. 以工农联盟为主体的工人阶级同农民、小资产阶级和民族资产阶级的联盟
   D. 工人阶级同可以合作的非劳动人民的联盟

10. 1939年毛泽东在《中国革命和中国共产党》中指出,中国是在许多帝国主义国家的统治
    或半统治之下,实际上处于长期的不统一状态,再加上土地广大,其结果是
    A. 帝国主义侵略势力日益成为统治中国的决定性力量
    B. 封建经济在社会经济生活中占着显然的优势
    C. 经济、政治和文化的发展表现出极端的不平衡
    D. 人民的贫困和不自由的程度是世界所少见的

11. 要实现我国经济发展的战略目标,必须加快经济增长方式的转变,其核心是正确处理好
    A. 积累与消费关系　　　　　　　　　B. 投入与产出的关系
    C. 速度与效益的关系　　　　　　　　D. 数量与质量的关系

12. 创新是一个民族进步的灵魂,是一个国家兴旺发达的不竭动力,也是一个政党永葆生机
    的源泉。创新包括理论创新、制度创新、技术创新、文化创新及其他各方面的创新。在各
    项创新中处于先导地位的是
    A. 科技创新　　　B. 制度创新　　　C. 文化创新　　　D. 理论创新

13. 我国社会主义经济体制改革与政治体制改革的关系表现为
    A. 前者是目的,后者是手段　　　　　B. 前者是基础,后者是目标
    C. 前者是内容,后者是形式　　　　　D. 二者相互依赖,相互配合

14. 《中共中央关于制定国民经济和社会发展的第十一个五年规划的建议》提出,"十一五"
    时期要做到资源利用效率显著提高,单位国内生产总值能源消耗比"十五"期末降低
    A. 10%左右　　　B. 20%左右　　　C. 30%左右　　　D. 40%左右

15. 2005年10月27日,十届全国人大常委会审议通过《关于修改〈中华人民共和国个人所得
    税法〉的决定》将个人所得税工薪费用扣除标准调整为
    A. 800元　　　　B. 1200元　　　　C. 1600元　　　　D. 2000元

16. 2005年5月底6月初,欧盟成员国法国和荷兰先后在全民公决中以多数票否决了《欧盟
    宪法条约》,这一事件说明
    A. 欧盟已失去其吸引力
    B. 法、荷两国民众对欧洲一体化建设现状不满

C.法、荷两国将退出欧盟

D.《欧盟宪法条约》与欧洲一体化进程背道而驰

二、多项选择题：17～33小题，每小题2分，共34分。下列每题给出的四个选项中，至少有两个选项是符合题目要求的。请在答题卡上将所选项的字母涂黑。多选、少选或错选均不得分。

17. 人对物质世界的实践把握是在实践的运行过程中实现的，其基本环节有

A. 区分实践活动的主体与客体

B. 确立实践目的和实践方案

C. 实践主体依据目的、方案，借助手段作用于客体

D. 完成、检验和评价实践活动的结果，进行反馈调节

18. 马克思指出："一个社会即使探索到了本身运动的自然规律，……它还是既不能跳过也不能用法令取消自然的发展阶段。但是它能缩短和减轻分娩的痛苦。"这表明

A. 人类社会的发展是合规律性与合目的性的统一

B. 社会发展过程与自然界演变过程一样都是自觉的

C. 人的自觉选择在社会发展中具有重要作用

D. 人类总体历史进程是不可超越的

19. 据报载，北京市××区开展以文化育文明的活动，通过文化资源孕育文明、群众文化哺育文明、文化兴区培育文明等三种途径，营造文明城区。这是因为

A. 文化和文明是没有区别的

B. 文化中的积极成分构成文明

C. 文化和文明都是人类活动的结果

D. 文化进步程度与文明发展水平是同步的

20. 深圳青年歌手丛飞在8年时间内，捐资上百万元资助了很多贫困山区的失学儿童，而自己却身患癌症，负债17万元。有人这样评价他："丛飞能够从帮助别人的过程中得到快乐。"丛飞的行为表明

A. 人的价值不包含个人的价值选择和目标设计等主观方面

B. 人的价值的大小取决于对社会的贡献

C. 人的价值不仅表现在物质方面，更表现在精神方面

D. 社会价值的实现总是以个人价值的牺牲为代价

21. 在资本积累过程中，实现个别资本增大的形式是

A. 资本循环　　　　B. 资本积聚　　　　C. 资本周转　　　　D. 资本集中

22. 垄断资本主义的基本经济特征包括

A. 垄断组织在经济生活中起决定作用

B. 资本输出有了特别重要的意义

C. 在金融资本的基础上形成金融寡头的统治

D. 垄断使竞争趋于缓和

23. 社会主义市场经济条件下按劳分配的特点有

A. 按劳分配中的"劳"不是直接的社会劳动

B. 按劳分配中的劳动量按照劳动者实际付出的劳动量来计量

C. 按劳分配在全社会范围内按统一标准实现

D. 按劳分配必须通过商品货币形式实现

24. 我国宏观经济调控政策有

A. 财政政策　　　　　　　　　　　　　B. 货币政策

C.产业政策　　　　　　　　　　　　D.收入政策

25.在土地革命战争后期和抗日战争时期,毛泽东思想得到系统总结和多方面展开而达到成熟。下列毛泽东的科学著作中,写于这个时期的有
　　A.《星星之火,可以燎原》　　　　　B.《反对本本主义》
　　C.《新民主主义论》　　　　　　　　D.《论联合政府》

26.1948年中国共产党制定了土地改革总路线。下列选项中对这一总路线所含内容理解正确的有
　　A.按照平分土地的原则,满足贫雇农的要求
　　B.团结中农,允许中农保有比他人略多的土地
　　C.没收地主土地,不再对地主分配土地
　　D.实行耕者有其田,将土地的所有权分配给农民

27.中华人民共和国的成立标志着
　　A.半殖民地半封建社会结束　　　　　B.中国进入新民主主义社会
　　C.中国进入社会主义社会　　　　　　D.新民主主义革命基本胜利

28."三个代表"重要思想深化了对中国特色社会主义的认识,表现在
　　A.进一步回答了什么是社会主义,怎样建设社会主义的问题
　　B.明确提出了解放思想、实事求是的思想路线
　　C.创造性地回答了建设一个什么样的党,怎样建设党的问题
　　D.确定了党在社会主义初级阶段的基本路线

29."计划经济不等于社会主义,资本主义也有计划;市场经济不等于资本主义,社会主义也有市场"。邓小平这一论断的内涵是
　　A.计划和市场都属于社会基本制度的范畴
　　B.计划和市场都是资源配置的方式
　　C.计划和市场不是社会主义与资本主义的本质区别
　　D.计划和市场是不能兼容的

30.中国共产党领导的多党合作和政治协商制度,是我国的一项基本政治制度。多党合作的主要方式有
　　A.各民主党派和无党派民主人士参加人大、政协参与管理国家和参政议政
　　B.共产党和各民主党派互派成员到对方担任领导职务
　　C.共产党与各民主党派通过多种渠道实行政治协商和民主监督
　　D.吸收各民主党派和无党派民主人士中的优秀人才到国家机关担任领导职务

31.农业、农村和农民问题始终是我国现代化建设的根本性问题,在现代化建设中必须依靠广大农民群众,因为
　　A.广大农民是我国现代化事业发展中人数最多的依靠力量
　　B.工农联盟是人民民主专政的基础,也是实现社会主义现代化的保证
　　C.农业是国民经济的基础,保证和支持着整个国民经济的运行和稳定发展
　　D.没有农村的稳定和全面进步,就不可能有整个社会的稳定和全面进步

32.2005年9月15日,国家主席胡锦涛在联合国成立60周年首脑会议上,发表了《努力建设持久和平、共同繁荣的和谐世界》的讲话,他提出
　　A.坚持多边主义,实现共同安全
　　B.坚持互利合作,实现共同繁荣
　　C.坚持包容精神,共建和谐世界
　　D.坚持积极稳妥方针,推进联合国改革

33. 主要在越南、泰国等东南亚国家发生的禽流感于 2005 年 10 月扩散到欧洲、中国、中东及美洲等地。一直被认为是传染病"拒人"地带的俄罗斯、乌克兰、克罗地亚、希腊、瑞典和英国等欧洲国家也相继出现禽流感疫情,世界各国都感到了危机。这一事件表明

A. 人类面临的全球性问题日益突出

B. 发展中国家的贫困直接导致了这一全球问题

C. 协商对话和携手合作是应对全球性问题的理性选择

D. 全球公共卫生能力建设呼待加强

三、分析题:34~38 小题,每小题 10 分,共 50 分。要求结合所学知识分析材料回答问题。将答案写在答题纸相应位置上。

34. 从前,沧州城南有一座临河寺庙,庙前有两尊面对流水的石兽,据说是"镇水"用的。一年暴雨成灾,大庙山门倒塌,将那两尊石兽撞入河中。庙僧一时无计可施,待到 10 年后募金重修山门,才感到那对石兽之不可或缺,于是派人下河寻找。按照他的想法,河水东流,石兽理应顺流东下,谁知一直向下游找了十里地,也不见其踪影。这时,一位在庙中讲学的先生提出其见解:石兽不是木头做的,而是由大石头制成,它们不会被流水冲走,石重沙轻,石兽必然于掉落之处朝下沉,你们往下游找,怎么找得到呢?旁人听来,此言有理。不料,一位守河堤的老兵插话:我看不见得,凡大石落入河中,水急石重而河床沙松者应求之于上游。众人一下子全愣住了:这可能吗?老兵解释道:"我等长年守护于此,深知河中情势,那石兽很重,而河沙又松,西来的河水冲不动石兽,反而把石兽下面的沙子冲走了,还冲成一个坑,时间一久,石兽势必向西倒去,掉进坑中。如此年复一年地倒,就好像石兽在河水上游翻跟头一样。"众人听后,无不服膺。寻找者依照他的指点,果真在河的上游发现并挖出了那两头石兽。

请运用马克思主义哲学有关原理,结合材料回答问题:

(1)庙僧按照常理,认为石兽应顺流而下。从真理的具体性分析其失当之处。

(2)守河堤老兵关于石兽"逆流而上"的见解对我们辩证地思考问题有何启示?并举一例说明之。

35. 自 2002 年以来,南京、成都、石家庄等地相继发生奶农把鲜奶倒入下水道的事件。另据 2004 年 7 月 15 日中央电视台《经济半小时》报道,进入夏季之后,浙江某市 160 多户奶农也频频把鲜奶倒入水沟,有时在一天内倒掉 14 吨。倒奶那几天,畜牧兽医站的工作人员分头外出,帮助奶农联系收购鲜奶的企业,但收效甚微。时隔一年,这样的事件又见诸媒体。2005 年 8 月 11 日新华网报道,陕西某村十几家奶农无奈把鲜奶倒进污水沟。为帮助奶农售奶,当地政府联系了一家公司,收奶价格是每公斤 1.2 元。可就是这样的低价,该企业后来也不收了。

人们不禁要问:如今牛奶多得喝不完了吗?

其实,全球年人均奶类消费量为 93 公斤,中国仅为 7.2 公斤。奶农倒奶固然与牛奶易变质且不能大量贮存有关,但前几年一些地方农民一窝蜂地饲养奶牛,鲜奶的供应大量增加。同时,很多企业纷纷介入乳品加工业,有些产品尚未达标就上市,消费者不敢购买。当乳品销路不好时,企业便限量收购鲜奶。

根据以上材料回答问题:

(1)历史上资本主义国家经济危机时农场主把牛奶倒入大海的现象,与材料中的"倒奶事件"有何本质区别?

(2)"倒奶事件"中隐含着什么样的经济规律?

(3)为避免发生类似的"倒奶事件",你认为地方政府应如何作为?

36. 新中国成立前夕,朱德在全国工会工作会议上的讲话中指出:"私人资本主义企业中

的职工,他们在经济上还没有获得完全解放,他们还受着资本家剥削,这种剥削在新民主主义时期只能够受到限制,而不能够消灭";为了工人阶级根本的长远的利益,还必须"在现阶段自觉地忍受资本家之一定限度以内的剥削"。

根据以上材料回答问题:

(1)新中国成立后,工人阶级成了国家的主人,为什么私人资本主义企业中的职工还要"忍受"资本家的剥削?

(2)既然如此,为什么从1953年开始又要对私人资本主义进行社会主义改造?

37. 建立健全与经济发展水平相适应的社会保障体系,是建成完善的社会主义市场经济体制的重要内容,是贯彻以人为本为核心的科学发展观、构建社会主义和谐社会的必然要求。

胡锦涛同志《在省部级主要领导干部提高构建社会主义和谐社会能力专题研讨班上的讲话》中指出:"我们所要建设的社会主义和谐社会,应该是民主法治、公平正义、诚信友爱、充满活力、安定有序、人与自然和谐相处的社会。"而要"切实维护和实现社会公平和正义",其中一项重要内容就是"进一步完善社会保障体系,逐步扩大社会保障的覆盖面,切实保障各方面困难群众的基本生活,让他们感受到社会主义大家庭的温暖"。

根据以上材料回答问题:

(1)从我国社会保障体系的主要内容说明,为何建立健全社会保障体系体现着科学发展观以人为本的本质和核心?

(2)公平正义是社会主义和谐社会的重要特征。从社会保障的基本功能说明建立健全社会保障体系与实现公平正义之间的内在联系。

38. 本题为选做题,请在Ⅰ、Ⅱ两道试题中选取其中一道作答,若两题都回答,只按第Ⅰ道试题的成绩记入总分。

选做题Ⅰ:

2005年×月×日下午,××大学学生王文、李波、张彬在自习室相遇。

王文:哎,你们注意没有,这两天,胡锦涛主席去北美访问,随行的居然有70多家像海尔集团这样的企业"大腕"。上次加拿大总理访华,来了277家企业,360多人。领导人出访,带这么多企业代表干什么?

李波:这有什么新鲜!当年克林顿一上台不就宣布在世界上推销美国产品是他的责任吗?韩国更绝,居然要求所有的外交官都要成为韩国商品的推销员。

张彬:所以啊,EADS[1]的老总跟德国总理施罗德访华,拿到了价值13亿美元的合同,包括23架空中客车,还有为北京奥运会提供的安保系统。

李波:施罗德有什么办法?国内经济不景气,他可以用这些订单证明自己还是有海外营销能力的嘛。现在领导人出访可不能只谈友谊,经济合作程度是考查领导人出访成果的一个主要指标。

王文:难怪欧盟不顾美国反对,要取消对华武器禁运,看来也是出于经济利益的考虑。

张彬:经济全球化时代竞争这么激烈,要保护本国利益,又不能损害别国利益,难啊。看来各国外交都得为经济"打工"。

李波:有位外交官不是说,50年前,如果大使讲经济会被认为是笑柄,现在大使如果不懂经济更会成为笑柄。冷战期间,国与国的较量,军事力量起着重要的作用。现在靠什么?还不是靠经济与技术!

王文:看来,世界真的变了。

注1:指欧洲航空防务与航天公司

根据以上材料回答问题:

(1)他们正在讨论国际社会发生的一种什么样的变化?

(2)为什么"现在大使如果不懂经济更会成为笑柄"？

选做题Ⅱ：

随着人口的急剧增长，人类社会面临着三种主要因素的制约，即经济增长、资源以及环境。人们将发现我们面临的是相互制约的三重困境（如下图），人类必须从这种三重困境结构中去寻找出路。

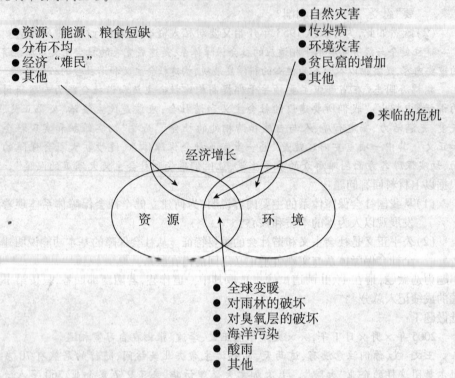

根据以上材料回答问题：

(1)运用普遍联系的观点说明人类发展所面临的三重困境。

(2)分析人类发展走出三重困境的战略选择。

2005 年全国硕士研究生入学统一考试政治理论试题

一、单项选择题：1～15 小题，每小题 1 分，共 15 分。下列每题给出的四个选项中，只有一个选项是符合试题要求的。请在答题卡上将所选项的字母涂黑。

1.广大农民在致富奔小康的过程中深切体会到："要富口袋，先富脑袋"。这一说法在哲学上的含义是

　　A.精神是第一性的，物质是第二性的　　B.精神的力量可以变成物质的力量

　　C.精神的力量可以代替物质的力量　　D.先有精神，后有物质

2."当一位杰出的老科学家说什么是可能的时候，他差不多总是对的；但当他说什么是不可能的时候，他差不多总是错的。"这一名言的哲学意蕴是

　　A.在科学研究中，经验是不可靠的

　　B.事物的可能性是因人而异的

C. 世界上一切事物只有可能性,没有不可能性

D. 每代人所获得的真理性认识,既有绝对性,又有相对性

3. 未来学家尼葛洛庞蒂说:"预测未来的最好办法就是把它创造出来。"从认识与实践的关系看,这句话对我们的启示是

A. 认识总是滞后于实践　　　　　　B. 实践是认识的先导

C. 实践高于认识　　　　　　　　　D. 实践与认识是合一的

4. 第十届全国人大二次会议通过的宪法修正案,将"国家尊重和保障人权"写入宪法。这标志着

A. 我国社会主义生产关系的完善　　B. 我国社会主义政治文明的进步

C. 我国社会主义物质文明的发展　　D. 我国社会主义精神文明的升华

5. 在市场上,一台笔记本电脑的标价是12000元,此时执行价值尺度职能的货币是

A. 实在的货币　　B. 信用货币　　C. 观念上的货币　　D. 现金

6. 某企业有一台高精度磨床,价值为20000元,使用年限为10年,目前已使用2年。这时由于生产该种设备的劳动生产率提高,所需社会必要劳动时间减少,其价值降为15000元。此时,这台高精度磨床的物质磨损是

A. 1000元　　　　B. 2000元　　　　C. 3000元　　　　D. 4000元

7. 社会主义社会实行按劳分配的前提条件是

A. 旧的社会分工的存在,劳动还是谋生的手段

B. 社会主义生产力发展的水平

C. 社会主义生产资料公有制

D. 社会主义市场经济体制的建立

8. 土地革命战争时期,毛泽东指出:"一国之内,在四周白色政权的包围中,有一小块或若干小块红色政权的区域长期地存在,这是世界各国从来没有的事。这种奇事的发生,有其独特的原因。"红色政权能够存在和发展的根本原因是

A. 中国是一个经济政治发展极端不平衡的半殖民地半封建大国

B. 国民革命的政治影响及良好的群众基础

C. 全国革命形势的继续发展

D. 相当力量的正式红军的存在以及共产党组织的坚强有力和正确领导

9. 建国初期,中国共产党在土地改革中对富农的政策是

A. 征收富农多余的土地财产　　　　B. 消灭富农经济

C. 保存富农经济　　　　　　　　　D. 限制富农经济

10. "我们的共产党和共产党领导的八路军、新四军,是革命的队伍。我们这个队伍完全是为着解放人民的,是彻底地为人民的利益工作的。"这段话所反映的思想观点是

A. 一切为了群众,一切依靠群众　　B. 从群众中来,到群众中去

C. 一切从实际出发,理论联系实际　　D. 自力更生,艰苦奋斗

11. 邓小平理论首要的基本理论问题是

A. 发展才是硬道理　　　　　　　　B. 发展是党执政兴国的第一要务

C. 解放生产力,发展生产力　　　　D. 什么是社会主义,怎样建设社会主义

12. 在社会主义市场经济条件下,坚持为人民服务的价值取向,关键是要

A. 发扬艰苦奋斗的精神

B. 弘扬爱国主义精神

C. 正确处理国家、集体、个人三者之间的利益关系

D. 发扬顾全大局、诚信友爱、扶贫济困的精神

13. 科学技术是第一生产力,国家之间的竞争更多的将是科技力量的竞争,归根到底是
    A. 经济实力的竞争　　　　　　　　　　B. 人才的竞争
    C. 军事实力的竞争　　　　　　　　　　D. 政治实力的竞争

14. 2003 年 12 月 31 日出台的《中共中央国务院关于促进农民增加收入若干政策的意见》提
    出,当前和今后一个时期做好农民增收工作的方针是
    A. "粮食增产、农民增收、农业增效"　　B. "以工促农、以城带乡"
    C. "多予、少取、放活"　　　　　　　　D. "统筹、协调、扶持"

15. 以色列议会于 2004 年 10 月 26 日通过了沙龙总理提出的计划。根据计划,以色列将在
    2005 年年底前撤出加沙地带所有的犹太人定居点和约旦河西岸 4 个定居点。这一计划
    称为
    A. 双边行动计划　　　　　　　　　　　B. 单边行动计划
    C. "路线图"计划　　　　　　　　　　　D. 中东和平计划

二、多项选择题:16 ~ 30 小题,每小题 2 分,共 30 分。下列每题给出的四个选项中,至少有两
　　个选项是符合试题要求的。请在答题卡上将所选项的字母涂黑。多选、少选或错选均不
　　得分。

16. 据媒体报道,美国哥伦比亚大学的社会学家利用互联网技术做了一次实验,证明只要通
    过"电子邮件的 6 次信息接力",一个人就可以同世界上任何一个陌生人联系上。这表明
    A. 世界是相互联系的统一整体
    B. 事物之间的联系都是人为的
    C. 世界的普遍联系是通过"中介"实现的
    D. 信息是世界普遍联系的基础

17. 党的"十六大"指出,要不断深化对共产党执政规律、社会主义建设规律、人类社会发展规
    律的认识。这"三大规律"
    A. 是有层次的
    B. 都是人的活动的规律
    C. 是人们在改造社会的实践活动中创造的规律
    D. 存在着个别、特殊和一般的关系

18. 资本主义地租中的绝对地租
    A. 是农产品价值超过社会生产价格以上的超额利润
    B. 形成的条件是农业资本有机构成低于社会平均的资本有机构成
    C. 形成的原因是对土地的资本主义经营垄断
    D. 来源于农业工人创造的剩余价值

19. 在我国现存的所有制结构中,私营经济
    A. 不受公有制经济的影响和制约
    B. 以生产资料私人占有和雇佣劳动为基础
    C. 是由社会主义初级阶段的生产力发展状况决定其存在的
    D. 是社会主义市场经济的重要组成部分

20. 规范市场秩序所要建立健全的社会信用制度要以
    A. 道德为支撑　　　　　　　　　　　　B. 行政为主导
    C. 产权为基础　　　　　　　　　　　　D. 法律为保障

21. 近代中国社会的阶级结构是"两头小中间大","两头"是指
    A. 无产阶级　　　　　　　　　　　　　B. 农民阶级
    C. 地主大资产阶级　　　　　　　　　　D. 城市小资产阶级

22. 在新民主主义革命时期,中国共产党的建设面临的特殊困难是
    A. 党的理论长时期准备不足
    B. 中国社会封建思想的影响
    C. 农民和小资产阶级出身的革命者大量入党,使党处于小资产阶级思想的包围之中
    D. 共产国际在一段时期内存在的教条主义倾向对中国共产党的影响

23. 1956年召开的中共八大通过的政治报告指出,我国国内的主要矛盾是
    A. 工人阶级同民族资产阶级之间的矛盾
    B. 人民对建立先进的工业国的要求同落后的农业国的现实之间的矛盾
    C. 发展重工业和发展农业、轻工业之间的矛盾
    D. 人民对于经济文化迅速发展的需要同当前经济文化不能满足人民需要的状况之间的矛盾

24. 坚持与时俱进,就是党的全部理论和全部工作要
    A. 体现时代性   B. 把握规律性   C. 富于创造性   D. 注重协调性

25. 我国走新型工业化道路必须大力推进产业结构优化升级,形成新的产业格局,其主要内容有
    A. 以高新技术产业为先导   B. 以基础产业和制造业为支撑
    C. 大力发展劳动密集型产业   D. 服务业全面发展

26. 依法治国是党领导人民治理国家的基本方略,实行依法治国具有重大而深远的意义
    A. 依法治国是发展社会主义市场经济的客观要求
    B. 依法治国是建设社会主义民主政治的基本保证
    C. 依法治国是社会主义文明进步的重要标志
    D. 依法治国是维护社会稳定、国家长治久安的重要保障

27. 党的十六届四中全会通过的《中共中央关于加强党的执政能力建设的决定》指出,不断完善党的领导方式和执政方式,必须坚持
    A. 科学执政   B. 民主执政   C. 依法执政   D. 有效执政

28. 加强党的执政能力建设,不断提高构建社会主义和谐社会的能力的主要内容包括
    A. 全面贯彻尊重劳动、尊重知识、尊重人才、尊重创造的方针,不断增强全社会的创造活力
    B. 妥善协调各方面的利益关系,正确处理人民内部矛盾;健全工作机制,维护社会稳定
    C. 加强社会建设和管理,推进社会管理体制创新
    D. 坚持党的群众路线,加强和改进新形势下的群众工作

29. 从2003年8月至2004年6月,朝核问题第一、二、三轮六方会谈均在北京举行,中国在解决朝核问题上发挥的作用主要有
    A. 提出了和平解决朝核问题的总体目标、方向和途径,并得到广泛认同
    B. 推动形成了六方会谈框架,现已成为一个持续的过程
    C. 发挥了作为东道主的斡旋和调停作用,得到各方面的肯定
    D. 促成了朝韩双方《关于朝鲜半岛无核化共同宣言》的签订

30. 坚持以人为本,这是科学发展观的本质和核心。以人为本,就是要把人民的利益作为一切工作的出发点和落脚点,不断满足人们的多方面需求和促进人的全面发展。具体地说,就是
    A. 在经济发展的基础上,不断提高人民群众物质文化生活水平和健康水平
    B. 要尊重和保障人权,包括公民的政治、经济、文化权利
    C. 要不断提高人们的思想道德素质、科学文化素质和健康素质
    D. 要创造人们平等发展、充分发挥聪明才智的社会环境

三、辨析题:31~33小题,每小题6分,共18分。要求对所给命题或观点进行辨别、分析,观点正确,言之成理。将答案写在答题纸相应位置上。

31.　元代许衡一年夏天外出,天热口渴难耐,刚好道旁有棵梨树,众人争相摘梨解渴,唯独许衡不为所动。有人问他为何不摘?他回答说:"不是自己的梨,岂能乱摘!"那人劝解道:"这梨是没有主人的。"许衡道:"梨无主人,难道我心中也无主吗?"

　　请透讨"这道旁的梨该不该摘?"这一问题,用马克思主义哲学价值观的有关原理对上述材料加以辨析。

32.　以劳动力形式存在的流动资本,它的价值同原料、燃料和辅助材料等劳动对象的价值一样都是一次性地转移到新产品中去。

33.　按照我国全面建设小康社会的要求,到2020年我国人均国内生产总值将由1000美元达到3000美元。这是我国社会主义现代化进程中的一个关键时期,它既是一个"黄金发展期"又是"矛盾凸显期"。稳定与发展似乎成了两难选择。有人认为,为了确保稳定,就要限制发展。

　　请结合材料,辨析这一观点。

四、分析题:34~36小题,每小题9分,37小题10分,共37分。要求结合所学知识分析材料回答问题。将答案写在答题纸的相应位置上。

34.　在数月前由国家有关部门举办的一次大型科普展中,有一个别具匠心的设计:三扇门上各有一个问题:"污染环境的是谁?""饱受环境恶化之苦的是谁?""保护环境的是谁?"拉开门,里面各是一面镜子,照出的是参观者自己。

　　请回答:

　　(1)这一精巧的设计反映了人类实践活动中的什么基本关系?

　　(2)如何理解"我们不要过分陶醉于我们人类对自然界的胜利。对于每一次这样的胜利,自然界都对我们进行报复"?

　　(3)用辩证法关于度的观点说明:"地球能够满足人类的需要,但不能满足人类的贪婪。"

35.　党的十六届三中全会提出,把扩大就业放在经济社会发展更加突出的位置,实施积极的就业政策,努力改善创业和就业环境。下表的数据反映了我国20世纪80~90年代以来,经济增长和就业增长的演变状况。

单位:%

年份	1989	1992	1995	1996	1997	1998	1999	2000	2001	2002	2003
GDP增长率	4.1	14.2	10.5	9.6	8.8	7.8	7.1	8.0	7.5	8.0	7.8
就业增长率	1.83	1.01	0.90	1.30	1.26	1.17	1.07	0.98	1.30	0.98	0.90
就业弹性系数*	0.446	0.071	0.086	0.135	0.143	0.150	0.151	0.123	0.173	0.123	0.115

　　*就业弹性系数指就业增长速度与经济增长速度的比值,即经济增长每变化1个百分点,所对应的就业数量变化的百分值。

　　请回答:

　　(1)结合上述材料,分析说明为什么20世纪90年代以来我国经济在保持较高增长速度的同时,却没有带来较高的就业增长速度。

　　(2)当前为了扩大就业,实施积极的就业政策,你认为应该从哪些方面采取措施?

19.利润转化为平均利润的过程,同时也是
   A.资本有机构成提高的过程
   B.价值转化为生产价格的过程
   C.资本在不同部门之间发生转移的过程
   D.资本家集团重新瓜分剩余价值的过程
   E.超额利润消失的过程

20.新民主主义革命和社会主义革命的关系是
   A.新民主主义革命与社会主义革命可以"毕其功于一役"
   B.新民主主义革命和社会主义革命的任务相同
   C.两个革命之间需要有一个资本主义的过渡阶段
   D.新民主主义革命是社会主义革命的必要准备
   E.社会主义革命是新民主主义革命的必然趋势

21.中国共产党在把马克思列宁主义基本原理与中国革命实际相结合的过程中,在学风问题
   上曾经反对过的主要错误倾向是
   A.投降主义   B.经验主义   C.教条主义   D.冒险主义   E.机会主义

22.在社会主义改造基本完成以后,正确处理人民内部矛盾成为国家政治生活的主题。中国
   共产党提出的正确处理人民内部矛盾的方针政策主要有
   A.统筹兼顾,适当安排   B.有理、有利、有节
   C.百花齐放,百家争鸣   D.长期共存,互相监督
   E.和平共处五项原则

23.1959年年底至1960年年初,毛泽东在读苏联《政治经济学教科书》时,认为社会主义社
   会的发展阶段有
   A.不发达的社会主义   B.比较发达的社会主义
   C.发达的社会主义   D.社会主义初级阶段
   E.社会主义高级阶段

24.社会主义精神文明在社会主义现代化建设中具有的重要战略地位和作用,表现在
   A.为经济建设提供精神动力
   B.为现代化建设提供智力支持
   C.为现代化建设创造良好的社会环境
   D.为现代化建设的正确发展方向提供思想保证
   E.它是构成综合国力的重要方面

25.邓小平关于社会主义本质的论断体现了
   A.解放生产力与发展生产力的统一
   B.生产力与生产关系的统一
   C.发展生产力与实现共同富裕的统一
   D.目的与手段的统一
   E.社会主义发展过程与最终目标的统一

26.我国新型工业化道路的内涵是
   A.科技含量高   B.经济效益好   C.资源消耗低   D.产值增加快   E.环境污染少

27."股份制是现代企业的一种资本组织形式,不能笼统地说股份制是公有还是私有",这一
   观点表明
   A.由法人股东而不是个人股东构成的股份制是公有制
   B.公有制与私有制都可以通过股份制这一形式来实现

C. 有公有制经济参股的就是公有制

D. 股份制本身不具有公有还是私有的性质

E. 公有制经济占控股地位就具有明显的公有性

28. "中东和平路线图"计划实施进程困难重重,主要原因有

    A. 以色列右翼势力的阻拦   B. 巴勒斯坦激进组织的干扰

    C. 美国偏袒以色列   D. 伊拉克战争的爆发

    E. 俄罗斯对"中东和平路线图"计划持反对态度

29. 2003 年 8 月 27 ~ 29 日在北京举行的"六方会谈",为和平解决朝鲜核问题迈出了重要一步,其主要收获有

    A. 确定了朝鲜半岛无核化的目标,同时也都认识到需要考虑和解决朝鲜在安全等方面提出的关切

    B. 确认了通过对话以和平方式解决朝鲜半岛核问题的途径,维护半岛的和平与稳定

    C. 原则赞同解决核问题采取分阶段、同步或并行实施的方针,探讨并确定公正合理的总体解决方案

    D. 主张保持对话、建立信任、减少分歧、扩大共识,在和谈进程中不采取可能使局势升级或激化的言行

    E. 美朝双方初步达成了签署互不侵犯条约的共识

30. 中共十六届三中全会强调,完善社会主义市场经济体制的主要任务是

    A. 完善公有制为主体、多种所有制经济共同发展的基本经济制度

    B. 建立有利于逐步改变城乡二元经济结构的体制,形成促进区域经济协调发展的机制

    C. 建设统一开放竞争有序的现代市场体系,完善宏观调控体系、行政管理体制和经济法律制度

    D. 健全就业、收入分配和社会保障制度

    E. 建立促进经济社会可持续发展的机制

三、辨析题:31 ~ 33 小题,每小题 6 分,共 18 分。要求对所给命题或观点进行辨别、分析,观点正确,言之成理。将答案写在答题纸相应位置上。

31. 用马克思主义哲学有关原理对漫画中所反映的工作方式进行辨析。

        (1)   (2)

      工作   任务终于落实到人了

32.   2003 年 9 月初,国家食品药品监管局等七部门联手出击开展屠宰市场集中整治,严把肉品市场准入关,规定进入市场销售的肉品必须是由定点屠宰厂(场)生产、经检疫合格的产品。对失信企业实行"黑名单"制度,其违法违规行为将被记录在案,公开曝光。

    根据材料辨析:有必要限制市场机制的作用,让拥有强制力的政府来干预。

33. 在新民主主义革命时期,只有当民族资产阶级拥护革命时,才要保护民族资本主义。

四、分析题:34 ~ 36 小题,每小题 9 分,37 小题 10 分,共 37 分。要求结合所学知识分析材料回答问题。将答案写在答题纸相应位置上。

34.   闻一多有一次给学生上课,他走上讲台,先在黑板上写了一道算术题:2+5 = ? 学生们疑惑不解。然而闻先生却执意要问:2+5 = ? 同学们于是回答:"等于 7 嘛!"闻先生说:"不错。在数学领域里 2+5 = 7,这是天经地义的颠扑不破的。但是,在艺术领域里,

$2+5=10000$ 也是可能的。"他拿出一幅题为《万里驰骋》的图画叫学生们欣赏,只见画面上突出地画了两匹奔马,在这两匹奔马后面,又错落有致、大小不一地画了五匹马,这五匹马后面便是许多影影绰绰的黑点点了。闻先生指着画说:"从整个画面的形象看,只有前后七匹马,然而,凡是看过这幅画的人,都会感到这里有万马奔腾,这难道不是 $2+5=10000$ 吗?"

运用认识论相关原理分析下列问题:

(1)既然在数学领域 $2+5=7$ 是颠扑不破的,为什么在艺术领域 $2+5=10000$ 也是可能的?

(2)在认识活动中,正确处理理性与非理性的关系对科学创新有何重要意义?

35. 据估计,今天在美国有6000家公司推行"雇员拥有股票计划",其中包括西尔斯－罗伯克百货公司、美国电话电报公司等。"雇员拥有股票计划"在这些公司的推行,使工人们积极地经营他们的公司,产生了一种充满活力的责任感,在生产率、高质量和低成本等方面取得了巨大的成就。美国争取雇员拥有股票委员会对350家高技术公司所作的一项调查发现,利用雇员拥有股票计划的公司要比没有利用这种计划的公司发展快2～4倍。

随着这一计划的推行,到2000年,全美国有25%的雇员分享他们公司的所有权。这种迅速出现的"工人资本主义"概念也适用于相当大部分的美国经济。但是工人拥有股票不会轻易转变为工人管理。有的工人股东说:"我看不出有什么变化。一切都和以前一模一样。"也有的工人股东认为,在"雇员拥有股票计划"下,越是尽力干,得到的就越多。

(摘自W.E.哈拉尔著:《新资本主义》)

请回答:

(1)根据材料分析当代资本主义社会实行"雇员拥有股票计划"的原因。

(2)评析工人股东的两种看法。

36. 党的"十六大"指出,建设现代农业,发展农村经济,增加农民收入,是全面建设小康社会的重大任务。下表反映的是我国2000年农业现状及2020年农业发展目标等方面的具体数字。

年 份	农业在国民经济中的比重	农业劳动力占总就业的比例	城镇化比例	城镇居民人均可支配收入	农民人均可支配收入
2000	15.9%	50%	36.2%	6280元	2253元
2020	11.5%	29%	56%	18000元	8000元

(1)请结合材料说明为什么解决好"三农"问题是全面建设小康社会的重大任务。

(2)对比表中农业劳动力占总就业比重的数字,你认为应采取哪些措施来降低农业劳动力的比重?

37. 本题为选做题,请在Ⅰ、Ⅱ两道试题中选取其中一道作答,若两题都回答,只按第Ⅰ道试题的成绩记入总分。

选做题Ⅰ:

材料1

两个小时前,盟国空军部队开始向伊拉克和科威特的军事目标发动袭击。在我讲话的同时,这些袭击正在继续进行。⋯⋯在根据联合国决议和经美国国会同意采取这次军事行动之前,联合国、美国和许多其他国家进行了历时几个月的不间断的和几乎是无休止的外交活动。……在海湾地区派有部队的28个国家已尽了一切应尽的努力来达成和平解决,没有别的选择,只能用武力把萨达姆赶出科威特。……在我们获得成功以后,我们将得到建立世界新秩序的真正机会。在那个新秩序中,可以依赖的联合国可以发挥其维护和平的作用,将联合国创始人的诺言和远见卓识付诸实现。

(摘自乔治·布什1991年1月6日的电视讲话)

材料2

各位公民,此时美国和联盟部队已经开始了军事行动,这次行动的目的是解除伊拉克的武装、解放这个国家的人民、保卫世界免遭严重危险。……美国人民和我们的朋友以及盟友不会听任一个以大规模杀伤性武器威胁和平的非法政权摆布。我们现在就要用我们的陆军、空军、海军、海岸警卫队和海军陆战队对付这种威胁,这样将来我们就不必用大批的消防员、警察和医生在我们的大街上应付这种威胁。……对我们的国家和整个世界的威胁将被消除。我们将度过这个危险时刻,并继续推进和平。我们将捍卫我们的自由。我们还将把自由带给其他人。

(摘自乔治·布什2003年3月19日的电视讲话)

指出上述两次讲话内容的主要异同并分析其原因。

选做题Ⅱ:

材料1

20世纪80年代末90年代初,东欧剧变、苏联解体,社会主义遭受重大挫折。对此西方思想界的保守派纷纷著书重新审视西方"胜利"的历史原因和人类历史发展道路。美国学者弗朗西斯·福山的《历史的终结及最后之人》便是这种背景的产物。福山在书中提出:一个值得注意的共识这几年已在世界出现,因为自由民主已克服世袭君主制、法西斯与共产主义这类相对的意识形态。自由民主可能形成"人类意识形态进步的终点"与"人类统治的最后形态",也构成了"历史的终结"。自由民主的"理念"已不能再改良了。最值得注意的发展是,在拉丁美洲和东欧、苏联、中东与亚洲,强固的政府都在这20年间动摇了。自由民主目前已及于全球的不同地区与文化,成为唯一一贯的政治憧憬对象。

材料2

改革开放20多年来,中国社会主义现代化建设以前所未有的速度向前发展,综合国力不断增强,人民生活总体达到小康水平。根据世界银行的排名,2001年中国的经济总量仅次于美国、日本、德国、英国、法国,位居世界第六位。对外贸易进出口总额在世界上的排位上升到第5位,2002年中国吸收外资超过美国,成为吸收外资最多的国家。在下图中,作为衡量一国总体经济实力主要指标的GDP也真实地反映了中国近五年来的变化。

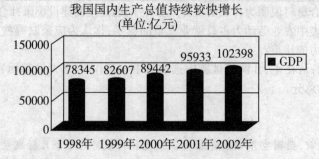

我国国内生产总值持续较快增长
(单位:亿元)

（1）结合材料评析资本主义是"人类统治的最后形态"的观点。

（2）用唯物史观评析资本主义"自由民主的'理念'已不能再改良了"的观点。

（3）在两制并存的背景下，社会主义国家如何才能更快地实现自身的发展？

2003 年全国硕士研究生入学统一考试政治理论试题

一、下列每题的选项中，有一项是最符合题意的。请在答题纸上将所选项的字母涂黑。（每小题1分，共15分）

1. 马克思主义哲学创立之后，开始出现了
   A. 唯物论与唯心论的对立　　　　　　B. 可知论与不可知论的对立
   C. 辩证法与形而上学的对立　　　　　D. 唯物史观与唯心史观的对立

2. 在人与世界的相互作用中，人与世界同时得到了改变，并获得日益丰富的内容。造成这一变化的基础是
   A. 自然界自身的运动　　　　　　　　B. 人的意识的能动作用
   C. 人的实践活动　　　　　　　　　　D. 工具的制造与使用

3. 人的视觉器官有感觉外在物体的光和颜色的功能。可见光的波长范围一般是380nm（纳米）～780nm，称为可见光谱。在可见光谱范围内，不同波长的辐射使人感觉到不同颜色，一般来说，700nm为红色，580nm为黄色，510nm为绿色，470nm为蓝色，400nm为紫色。这种现象表明
   A. 人只能认识外界物体作用于感官形成的感觉
   B. 人的感官所具有的生理阈限是人的认识能力的界限
   C. 人的感觉中包含着对外界事物信息的选择、加工和转换
   D. 人所形成的关于事物的感觉是人自身生理活动的结果

4. 生产的社会条件中，最基本、最重要的是
   A. 政治法律制度　　　　　　　　　　B. 生产关系
   C. 历史文化传统　　　　　　　　　　D. 伦理道德规范

5. 商品内在的使用价值和价值的矛盾，其完备的外在表现形式是
   A. 商品与商品的对立　　　　　　　　B. 具体劳动与抽象劳动的对立
   C. 私人劳动与社会劳动的对立　　　　D. 商品与货币的对立

6.

生产资本构成	价值（单位：万元）	年周转次数
固定资本	1000	
其中：厂房	300	1/20
机器	600	1/10
小工具	100	1/4
流动资本	500	3.4

根据上述资料该企业预付资本总周转次数为
   A. 1.0 次　　　　　B. 1.2 次　　　　　C. 1.3 次　　　　　D. 1.4 次

7. 在土地的资本主义经营垄断条件下，由于在同一块土地上连续追加投资的劳动生产率不同而形成的地租是
   A. 级差地租 I　　　B. 级差地租 II　　　C. 绝对地租　　　D. 垄断地租

8.中国共产党领导的新民主主义革命的根本目的是
  A.推翻帝国主义、封建主义和官僚资本主义的统治
  B.改变中国半殖民地半封建社会的面貌
  C.建立新民主主义的人民共和国
  D.解放被束缚的生产力

9.在中国革命进程中,具有新民主主义革命和社会主义革命双重性质的事件是
  A.没收封建阶级的土地归农民所有
  B.没收官僚资本归新民主主义国家所有
  C.接收帝国主义在华企业归新民主主义国家所有
  D.赎买民族工商业归人民民主专政国家所有

10.20世纪90年代,我国对外开放进入新阶段的重要标志是
  A.形成了全方位、多层次、宽领域的对外开放格局
  B.我国进入世界十大贸易国行列
  C.引进外资规模居发展中国家首位
  D.形成了沿海、沿江、沿边对外开放的新格局

11.发展社会主义民主政治,最根本的是要
  A.坚持党的领导、人民当家作主和依法治国的有机统一
  B.实现民主政治的制度化、规范化、程序化
  C.充分发挥人民群众的监督作用
  D.有领导、有步骤地推进政治体制改革

12.在社会主义初级阶段,非公有制经济是
  A.社会主义公有制经济的补充　　　　B.社会主义市场经济的重要组成部分
  C.具有公有性质的经济　　　　　　　D.逐步向公有制过渡的经济

13.我国经济与社会发展的根本出发点是
  A.解放和发展生产力　　　　　　　　B.巩固社会主义制度
  C.提高人民生活水平　　　　　　　　D.增强综合国力

14.中国共产党的"十六大"报告指出,贯彻"三个代表"重要思想,本质在
  A.坚持以经济建设为中心　　　　　　B.坚持四项基本原则
  C.坚持改革开放　　　　　　　　　　D.坚持执政为民

15.中国共产党的"十六大"报告指出,中国共产党坚持先进性和增强创造力的决定性因素是
  A.坚持党的思想路线,解放思想、实事求是、与时俱进
  B.搞清楚什么是社会主义以及如何建设社会主义
  C.坚持党的基本路线和基本纲领
  D.加强和改进新形势下党的群众工作,巩固党的执政基础

二、下列每题的选项中,至少有一项是符合题意的。请在答题纸上将所选项的字母涂黑。少选、多选、错选,该题不得分。(每小题2分,共30分)

16.西周末年思想家史伯说:"和实生物,同则不继。以它平它谓之和,故能丰长而物归之"。这里所包含的辩证法思想有
  A.矛盾的同一是包含差别的同一
  B.对立面的统一是事物发展的动力
  C.不包含内部差别的事物就不能存在和发展
  D.矛盾的一方只有克服另一方才能达到统一
  E.事物是由不同方面、不同要素构成的统一体

17. 下述有关历史创造者的观点中,属于唯物史观的有
    A. 人人创造历史
    B. 历史活动是群众的事业
    C. 人们自己创造自己的历史
    D. 人们总是在既定的条件下创造历史
    E. 尊重社会发展规律和尊重人民历史主体地位是一致的

18. 价值规律发挥作用的表现形式有
    A. 价格围绕价值上下波动
    B. 价格围绕交换价值上下波动
    C. 价格围绕成本价格上下波动
    D. 市场价格围绕生产价格上下波动
    E. 市场价格围绕垄断价格上下波动

19. $G - W - G'$之所以被称为资本的总公式,是因为它
    A. 既包括买的过程,又包括卖的过程
    B. 既包括商品运动,又包括货币运动
    C. 概括了各种资本运动的一般特征
    D. 概括了资本流通与商品流通的共同特征
    E. 体现了资本运动的根本目的

20. 在其他条件不变的情况下,资本有机构成的提高会导致
    A. 相对过剩人口的形成
    B. 利润率的提高
    C. 可变资本在总资本中比例的降低
    D. 资本周转速度的减缓
    E. 平均利润率的下降

21. 股票价格
    A. 与银行存款利息率成反比
    B. 与预期股息收入成正比
    C. 是股息收入的资本化
    D. 是它所代表的实际资本价值的货币表现
    E. 不是股票的票面额

22. 毛泽东思想、邓小平理论是中国化了的马克思主义,它们都
    A. 体现了马克思列宁主义的基本原理
    B. 反映了近代中国的时代要求
    C. 揭示了中国革命的特殊规律
    D. 包含了中华民族的优秀思想
    E. 包含了中国共产党人的实践经验

23. 1945年4月,毛泽东在《论联合政府》中提出的党的优良作风有
    A. 理论和实践相结合的作风
    B. 和人民群众紧密地联系在一起的作风
    C. 谦虚、谨慎、戒骄、戒躁的作风
    D. 自我批评的作风
    E. 艰苦奋斗的作风

24. 在社会主义条件下,中国共产党与各民主党派长期共存,是因为
    A. 无产阶级政党可以同资产阶级结成统一战线
    B. 双方有长期团结合作的历史
    C. 各民主党派已经成为致力于社会主义事业的党派
    D. 各民主党派在政治上接受了共产党领导
    E. 各民主党派可以发挥对共产党的监督作用

25. 我国现阶段分配制度中,按生产要素分配的依据是
    A. 存在着多种所有制经济
    B. 社会主义市场经济的要求
    C. 各种生产要素都具有价值
    D. 实行多种经营方式的要求
    E. 各种生产要素在生产过程中都作出贡献

26. 发展之所以成为中国共产党执政兴国的第一要务,是因为
    A. 发展是坚持党的先进性的要求
    B. 发展是发挥社会主义制度优越性的要求

C. 发展是社会主义本质的要求

D. 发展决定着中国的前途和命运

E. 发展是实现民富国强的要求

27. 中国共产党的"十六大"报告提出的全面建设小康社会的目标有

A. 国内生产总值到 2020 年比 2000 年翻两番

B. 依法治国基本方略得到全面落实

C. 全民族的思想道德素质、科学文化素质和健康素质明显提高

D. 推动整个社会走上生产发展、生活富裕、生态良好的文明发展道路

E. 基本实现现代化,建成富强民主文明的社会主义国家

28. 中国共产党的"十六大"报告提出建立公正合理的国际政治经济新秩序的主张有

A. 政治上应相互尊重,共同协商

B. 经济上应相互促进,共同发展

C. 文化上应相互借鉴,共同繁荣

D. 安全上应相互信任,共同维护

E. 反对各种形式的霸权主义和强权政治

29. 2002 年 9 月 17 日,日本首相小泉纯一郎对朝鲜进行访问,双方领导人进行会谈,发表了《日朝平壤宣言》。《宣言》除决定重开日朝邦交正常化谈判外,其他内容还有

A. 日本政府对过去在朝鲜实施的殖民统治表示深刻反省和诚挚道歉,在邦交正常化的谈判中真诚地就两国经济合作具体内容和规模进行协商

B. 对于 1945 年以前发生的事情,双方相互放弃一切财产损失追索权

C. 朝鲜将采取切实措施,以使关系到日本国民生命和安全的悬案问题不再发生

D. 为了一揽子解决朝鲜半岛核问题,双方确认遵守一切相关的国际决议。朝鲜表明了将冻结导弹试射的时限继续延长到 2003 年以后的意向

E. 日、美、朝、韩即将就安全保障问题开展协商

30. 2002 年 6 月,上海合作组织在圣彼得堡召开峰会,签署了重要的政治、法律文件,其中有

A. 边界地区裁减军事力量和增加信任措施的协定

B. 上海合作组织宪章

C. 打击恐怖主义、分裂主义和极端主义公约

D. 上海合作组织成员国元首宣言

E. 关于地区反恐怖机构的协定

三、辨析题:(共 3 题,每题 6 分,共 18 分)要求对所给命题或观点进行辨别、分析,观点正确,言之成理。将答案写在答题纸相应位置上。

31. 在文化对一个国家存在和发展的作用问题上,有一种说法:"欲灭一国,先灭其文化"。

32. 资产阶级国家掌握和运用国有资本,是为了直接获取高额垄断利润。

33. 在中国社会主义改革与社会主义改造关系问题上,有人说:"早知今日,何必当初?"

四、分析题:(共 4 题,其中第 34、35、36 题每题 9 分,第 37 题 10 分,共 37 分)要求结合所学知识分析材料回答问题。将答案写在答题纸相应位置上。

34.　　秦穆公见伯乐年事已高,请伯乐推荐继任者,伯乐说九方皋可堪此任。九方皋奉穆公之命外出找马,三月后复命说,马已找到。穆公问:何马也? 九方皋答道:是一匹黄色的公马。穆公派人去取马,取马人回报说是一匹黑色的母马。穆公不悦,责备伯乐道:你推荐的那位相马者连马的黄黑公母都分辨不清,怎能鉴别马的好坏呢? 伯乐答道:"若皋之所观,天机也。得其精而忘其粗,在其内而忘其外。见其所见,不见其所不见;视其所视,而遗其所不视。若皋之相者,乃有贵乎马者也。"马至,果千里之马。

伯乐之子把伯乐写的《相马经》读得烂熟。《相马经》上说,千里马是额头隆起,双眼突出,蹄如摞起的酒曲块。他按照书上给出的各种图形,与他所见到的一一加以对照。结果,他找到一只癞蛤蟆。

请用马克思主义哲学原理,分析回答下列问题:

(1)九方皋相马方法的高明之处何在?

(2)伯乐之子"相马"失败的主要原因是什么?

(3)为什么说九方皋相马的思维方法比找到千里马具有更重要的意义?

35. 1944年7月,毛泽东在延安同英国记者斯坦因谈中国共产党新民主主义政策的问题时指出:"任何地方的共产党必须将共产主义的思想体系和另一件全然不同的事物即共产主义的社会制度区分开来,因为后者是这个思想体系的最终目标。""特别是在中国,我们必须严格地将观察、研究和解决社会问题的共产主义方法,同我们实际采用的新民主主义政策加以区别。""没有共产主义的思想方法,就不能正确地指导我们现在的社会革命的民主阶段;而没有新民主主义政治制度,我们就不能将共产主义哲学正确地运用于中国的实际。"

请依据毛泽东的论述,分析中国共产党的新民主主义基本纲领、社会主义初级阶段基本纲领同实现共产主义最终目标之间的关系。

36. 下列数据反映了20世纪90年代以来我国宏观经济的运行状况,以1997年为界,大致可分为两个不同的阶段。

单位:%

年 份	1991	1992	1993	1994	1995	1996	1997	1998	1999	2000	2001
GDP增长率	9.2	14.2	13.5	12.6	10.5	9.6	8.8	7.8	7.1	8.0	7.3
物价上涨率	3.4	6.4	14.7	24.1	17.1	8.3	2.8	−0.8	−1.4	0.4	0.7

根据资料请回答:

(1)20世纪90年代以来,我国宏观经济运行两个阶段表现出来的基本特征,国家采取的宏观调控政策和措施,以及国家的调控目标。

(2)结合我国90年代以来经济发展的实际,从理论上分析国家宏观调控的必要性。

37. 本题为选做题:请在Ⅰ、Ⅱ两道试题中选取其中一道作答,若两题都回答,只按第Ⅰ道试题的成绩计入总分。

选做题Ⅰ

传统学派认为,单极从根本上是不稳定的,美国任何轻微的违规之举都有可能引发危险的动荡。我认为情况正好相反:单极是持久的,也是和平的,最大的危险是美国的行动太少。作为一个拥有无可争议的优势的国家,美国比任何国家更有可能轻视这一国际系统和总的挑战。但由于这一系统是围绕美国建立起来的,这就要求美国进行约束和管理,美国对挑战的反应及提出的法令越有效,这一系统将越长久和越稳定。

(摘自[美]威廉·沃尔弗斯《稳定的单极世界》,1999年)

评析上述材料提出的观点及其实质并论述当前世界政治格局的发展趋势。

选做题Ⅱ

工业国强加给进口农产品和加工食品的高贸易壁垒,再加上它们对农业的补贴,使发展中国家的这些商品在世界贸易中所占的份额下降了。贸易的这种扭曲使最贫困的国家受到特别大的伤害。

(摘自世界银行《全球经济展望与发展中国家》,2001年)

世界 1/6 的人口生产了全部商品和服务的 78% 并获得 78% 的世界收入——平均每天 70 美元。而世界人口有 3/5 生活在 61 个最贫困的国家,他们只获得总收入的 6%——每天不到 2 美元。但是,他们的贫困不限于收入方面——世界各国能否一起努力来减少极端贫困人口? 这是 21 世纪的根本挑战。

(摘自世界银行《2000 年世界发展指标》)

当面临资源短缺、人口迁移和贫困时,其结局无可避免地是冲突和不稳定。这将使世界变成一个充满冲突的地方。

(摘自英国《观察家报》,2000 年 7 月 16 日)

根据材料,请回答:

(1)为什么说工业国与发展中国家贸易的"扭曲",会"使最贫困的国家受到特别大的伤害"?

(2)从发展与和平的相互关系来说明南北差距拉大、南方贫困会引起世界的冲突与不稳定。

(3)运用矛盾力量不平衡性的原理分析解决南北问题的正确途径。

第三篇 2003～2011年真题精解

 2011年全国硕士研究生入学统一考试思想政治理论试题精解

一、单项选择题

1.【参考答案】 C

【核心考点】 本题考查唯物辩证法的适度原则问题。

【解题思路】 本题难度不大，提炼题干中华罗庚关于"一支粉笔多长为好"的论述的内涵及其所要强调的信息——"……单就这一点来说，愈长愈好。但太长了，使用起来很不方便，而且容易折断。每断一次，必然多浪费一个粉笔头，反而不合适"，再紧扣总结语"因而就出现了粉笔多长最合适的问题"，就很容易得出本题的答案为C。其实利用排除法也能很容易选出正确答案C。

【相关知识】 度是事物保持自己质的量的范围、幅度和限度。度的极限叫关节点，超出了关节点，事物就形成了新的质量统一。认识度才能确切地把握事物的质，不致混淆不同的事物；认识度才能为实践活动提供正确的准则即适度原则，防止"过"或"不及"。当然，也不能把"度"绝对化。

2.【参考答案】 D

【核心考点】 本题考查生产方式是人类社会存在最基本的因素。

【解题思路】 本题难度不大，属于记忆性知识的考查。影响人类社会存在的因素很多，有地理环境、人口因素和社会生产方式，但是最根本的还是社会生产方式，其他因素不具有决定性，但是是人类社会存在必不可少的因素。本题问的是"其中最能集中体现人类社会物质性的是"，所以选D。

【相关知识】 社会存在也称社会物质生活条件，是社会生活的物质方面，主要是指物质生活资料的生产及生产方式，也包括地理环境和人口因素。地理环境是人类社会生存和发展的永恒的、必要的条件，而且它作为劳动对象也不断进入人们的物质生产领域。同时，人口因素也是重要的社会物质生活条件，对社会发展起着制约和影响的作用。人是社会生产和社会生活的主体，人口数量、素质、结构等状况对社会存在和发展具有重要作用。然而，无论是地理环境还是人口因素，都不能脱离社会生产而发生作用，都不能决定社会的性质和社会形态的更替。

在人们的社会物质生活条件中，生产方式是社会历史发展的决定力量。首先，物质生产活动及生产方式是人类社会赖以存在和发展的基础，是人类其他一切活动的首要前提。其次，物质生产活动及生产方式决定着社会的结构、性质和面貌，制约着人们的经济生活、政治生活和精神生活等全部社会生活。最后，物质生产活动及生产方式的变化发展决定整个社会历史的变化发展，决定社会形态从低级向高级的更替和发展。

3.【参考答案】 D

【核心考点】 本题考查私人劳动与社会劳动之间的矛盾（的解决方式）。

【解题思路】 本题材料来自马克思的原著，看似形式复杂，其实难度不大。紧扣关键词"商品转换成货币……"、"……如果不成功，摔坏的……一定是商品占有者"就可以知道，这里强调的是私人生产的商品（即私人劳动）能否通过交换转化为货币，被社会认可的问题（即转化为社会劳动）。如果交换成功，私人劳动与社会劳动之间的矛盾就得到了解决，否则，这个矛盾就不能得到解决，就会出现一列问题。所以选 D。这里强调的是商品能否转化为货币的问题，而不是货币能否转化为资本的问题，排除 A；本题强调的是商品生产者的产品能否被消费者认可的问题，而不是消费者能否购买到商品的问题，所以 B 项错误；也不是抽象劳动如何转化为具体劳动的问题，排除 C。

【相关知识】 私人劳动和社会劳动的矛盾构成私有制商品经济的基本矛盾，这一矛盾贯穿商品经济发展过程的始终，决定着商品经济的各种内在矛盾及其发展趋势。首先，私人劳动和社会劳动的矛盾决定着商品经济的本质及其发展过程。其次，私人劳动和社会劳动的矛盾，是商品经济的其他一切矛盾的基础。最后，私人劳动和社会劳动的矛盾决定着商品生产者的命运。商品生产者生产的商品只有卖出去，其耗费的劳动才能得到补偿，生产者才能生存和进行再生产。如果商品卖不出去，他的劳动耗费得不到补偿，再生产就难以进行。

在私有制商品经济条件下，私人劳动和社会劳动之间的矛盾是私有制商品经济的基本矛盾。在资本主义制度下，这种矛盾进一步发展成资本主义的基本矛盾，即生产资料的资本主义私人占有和生产社会化之间的矛盾，正是这一矛盾的不断运动，才使资本主义制度最终被社会主义制度所代替具有了客观必然性。

4.【参考答案】 B

【核心考点】 本题考查如何探索适合本国社会主义发展的道路问题。

【解题思路】 本题不难，通过分析本题关注的"列宁新经济政策关于社会主义的思路之所以'比较好'"，再对比前半句的信息"社会主义究竟是个什么样子，苏联搞了很多年，也并没有完全搞清楚"，可知本题考查的是各社会主义国家如何探索适合自己国情的发展道路的问题，故选 B。其他各选项很容易排除。

【相关知识】 邓小平认为，我国社会主义建设的主要教训之一，是过去我们搬用了苏联社会主义建设的模式，其主要表现是高度集中的计划经济体制。尽管这一体制为我国奠定了社会主义工业化的初步基础，但在长期的社会主义建设过程中，这种较少有中国独创性、并不完全适合中国国情的体制的弊端逐步暴露出来。为此，邓小平在党的十二大开幕词中明确指出："把马克思主义的普遍真理同我国的具体实际结合起来，走自己的道路，建设有中国特色的社会主义，这就是我们总结长期历史经验得出的基本结论。"

马克思并没有对各国如何实现未来理想社会以及理想社会的模式提供过具体蓝图。因此，不同国家必然由于所处的时代条件和具体国情的不同而具有特殊性，即在不同的时代条件下，经济、政治、文化发展状况不一样的国家，走向社会主义和建设社会主义的道路，应该具有不同的特点和表现。正如邓小平所指出的，在中国建设社会主义这样的事，马克思、列宁的本本上也找不出来；每个国家的基础不同，历史不同，所处的环境不同，左邻右舍不同，还有其他许多不同，别人的经验可以参考，但是不能照搬；离开自己国家的实际谈马克思主义，没有意义。我们要坚持马克思主义，坚持走社会主义道路，但是，马克思主义必须是同中国实际相结合的马克思主义，社会主义必须是切合中国实际的有中国特色的社会主义。

5.【参考答案】 A

【核心考点】 本题考查大革命失败后农村革命根据地能够长期存在和发展的根本原因。

【解题思路】 本题属于识记性试题，难度不大。大革命失败后，我们党在农村开辟了革命根据地，而且这些根据地能够长期存在，原因很多，既有主观的原因，也有客观的原因，但是最根本的是因为中国是一个政治、经济、文化发展极不平衡的半殖民地半封建的大国，为农村革命根据地的存在提供了多方面的可能和条件。所以本题选A。B属于必备的客观条件，C属于必要主观条件，D属于关键性的主观条件，均不合题意，排除。

【相关知识】 中国走农村包围城市、武装夺取政权的道路具有现实的可能性。(1) 近代中国是一个政治、经济、文化发展极不平衡的半殖民地半封建的大国。中国经济政治发展的不平衡，没有统一的资本主义经济，自给自足的自然经济广泛存在，这就为在农村建立革命根据地提供了条件。由于中国是一个大国，革命力量大有回旋余地，而帝国主义国家的间接统治及其互相间的矛盾和斗争，造成了军阀割据的局面和连绵不断的军阀混战，又使红色政权获得存在和发展的缝隙。这是农村革命根据地能够在中国存在和发展的根本原因。(2) 红色政权首先发生和能够长期存在的地方，往往是在那些受过大革命影响、曾经有过高涨的革命群众运动的地方，这为农村革命根据地的建立奠定了较好的群众基础。这是中国红色政权能够存在和发展的必备客观条件。(3) 全国革命形势的继续向前发展，是中国红色政权能够存在和发展的又一重要的客观条件。(4) 而相当力量正式红军的存在，是农村革命根据地政权能够存在和发展的必要主观条件。(5) 党的领导及其正确的政策，则是红色政权能够存在和发展的关键性的主观条件。

6. 【参考答案】 C

【核心考点】 本题考查非公有制经济在我国经济体系中的作用。

【解题思路】 关于非公有制经济的地位和作用，在20世纪80年代初，由于非公有制经济的数量、规模都还比较小，但是其影响和作用已经显现，所以当时对其定性是"非公有制经济是我国社会主义的补充"。随着改革开放后的不断深入，非公经济发展很快，在诸多方面都表现出了其重要的积极作用，所以，党中央对非公经济的地位与作用做了重新定位，那就是"非公有制经济是我国社会主义市场经济的重要组成部分"，所以，本题选C。其他各项都不是从这个意义或层面上来定位非公经济的地位和作用的，均不选。

【相关知识】 在社会主义初级阶段，应该建立怎样的所有制结构，确立什么样的基本经济制度，我们党的认识有一个逐步深化的过程。这里的根本问题是如何正确认识非公有制经济在我国经济中的地位和作用。改革开放以前，由于对基本国情的认识超越了社会主义初级阶段的实际，总认为社会主义经济制度只能由社会主义性质的公有制经济构成，即使允许非公有制经济存在和一定的发展，也只能是暂时的权宜之计。从改革开放开始到党的十二大已经开始肯定"劳动者的个体经济是公有制经济必要的补充"。经过20世纪80年代的实践发展，党的十三大把私营经济、中外合资合作经济、外商独资经济同个体经济一起作为公有制经济必要的和有益的补充。党的十四大根据实践的发展进一步强调，多种经济成分长期共同发展，不是权宜之计，而是一项长期的方针。党的十五大在深刻总结改革开放以来所有制结构改革经验的基础上，第一次明确提出，公有制为主体、多种所有制经济共同发展，是我国社会主义初级阶段的基本经济制度，非公有制经济是我国社会主义市场经济的重要组成部分。这标志着我们党对社会主义初级阶段基本经济制度的认识提升到了一个新的高度。

7. 【参考答案】 A

【核心考点】 本题考查社会和谐是中国特色社会主义的本质属性。

【解题思路】 在我国社会发展的过程中，党中央对社会主义的主要任务有一个逐渐认识的过程，由当初的重视物质文明到物质文明和精神文明都要两手抓，最后发展到物质文明、精神文明和政治文明都要抓，后来随着生态问题的恶化、人们之间经常出现的一些不和谐的事件的发生，及其造成的负面影响有的时候还比较严重，所以党中央在考虑社会主义初级阶段的目标是"四个文明"一起抓的同时，感觉到社会的和谐既是重要影响因素，也是我们努力要实现的目标。所以在党的十七大上，做出了"社会和谐是中国特色社会主义的本质属性"的概括，并把它与"富强、民主、文明"一起作为社会主义现代化建设的目标写入社会主义初级阶段的基本路线。所以，本题选A。本题属于对记忆性知识的考查，难度不大，其他各项的干扰性也不大。

【相关知识】 马克思主义认为，共产主义的最终目的是实现人的自由而全面的发展。邓小平从中国的具体国情出发，把实现共同富裕作为社会主义的根本目标，体现了马克思主义同当代中国实际的结合。实现共同富裕，是走向人的自由而全面发展所必经的阶段。所以，邓小平一再强调，一个公有制占主体，一个共同富裕，这是我们必须坚持的社会主义的根本原则；社会主义有两个非常重要的方面，一是以公有制为主体，二是不搞两极分化。他指出，我们发展生产力，创造的财富归人民所有，不允许出现两极分化。

党的十六大以来，以胡锦涛为总书记的党中央按照科学发展观的要求，提出构建社会主义和谐社会的战略任务，作出"社会和谐是中国特色社会主义的本质属性"的重大判断。党的十七大通过的党章把"和谐"与"富强、民主、文明"一起作为社会主义现代化建设的目标写入社会主义初级阶段的基本路线。这个重大判断，深化了对社会主义本质的认识，是总结国内外社会主义建设特别是我国社会主义建设历史经验得出的重要结论，也是构建社会主义和谐社会的理论基础。

8. 【参考答案】 A

【核心考点】 本题考查发展经营性文化产业的根本任务。

【解题思路】 文化体制改革可以从公益性文化事业和经营性文化产业两个方面入手。公益性文化事业是保障人民基本文化权益的主要途径，是政府主导的公共文化服务体系。但是由于多个方面的原因，有许多文化是群众所需要的，而有时公益性文化所覆盖不了的，这就需要经营性文化产业的进入并繁荣发展，以满足人民群众多方面、多层次、多样性的精神文化需求。故选A。

【相关知识】 深化文化体制改革，要坚持一手抓公益性文化事业，一手抓经营性文化产业。公益性文化事业和经营性文化产业要协调发展，公益性文化事业是保障人民基本文化权益的主要途径，是政府主导的公共文化服务体系。公益性文化事业的根本任务是为人民群众提供基本的公共文化服务。发展公益性文化事业，要坚持以政府为主导，鼓励社会参与，在改革中贯彻"增加投入、转换机制、增强活力、改善服务"的方针，切实提高服务群众的能力和水平，最大限度地发挥公益性文化事业的社会效益。经营性文化产业的根本任务是繁荣文化市场，满足人民群众多方面、多层次、多样性的精神文化需求。发展经营性文化产业，要充分发挥市场配置资源的基础性作用，要大力发展文化产业，实施重大文化产业项目带动战略，加快文化产业基地和区域性特色文化产业群建设，培育文化产业骨干企业和战略投资者，繁荣文化市场，增强国际竞争力。运用高新技术创新文化生产方式，培育新的文化业态，加快构建传输快捷、覆盖广泛的文化传播体系。坚持以市场为导向，在改革中贯彻"创新主体、转换机制、面向市场、壮大实力"的方针，调动社会力量，在市场竞争中发展壮大文化产业。

9. 【参考答案】 B

【核心考点】 本题考查近代中国屡受外来侵略并被迫签订丧权辱国的条约的根本原因。

【解题思路】 从1840年至1919年的80年间，中国人民对外来侵略进行了英勇顽强的反抗，这些斗争具有重大的历史作用。但是，历次的反侵略战争，都是以中国失败、中国政府被迫签订丧权辱国的条约而告结束的。其原因，从中国内部因素来分析，主要有以下两个方面：一是社会制度的腐败，一是经济技术的落后。而前者则是更根本的原因。故选B。

【相关知识】 1840年以后，中国封建社会逐步变成了半殖民地半封建社会。统治中国的清王朝，从皇帝到权贵，大都昏庸愚昧，不了解世界大势，不懂得御敌之策。许多官员贪污腐化，克扣军饷。不少将帅贪生怕死，临阵脱逃。他们大多害怕拥有坚船利炮的外国侵略者，甚至为了自身的私利，不惜出卖国家和民族的利益。他们尤其害怕人民群众，担心人民群众动员起来以后可能危及自身的统治，所以常常压制与破坏人民群众和爱国官兵的反侵略斗争。在这样腐败的政府领导和指挥下的战争，怎么可能不失败？

正是腐败的中国半殖民地半封建的社会制度，阻碍了中国人民群众的广泛动员和组织，这是近代中国反侵略战争屡遭失败的最重要的原因。

10. 【参考答案】 B

【核心考点】 本题考查抗美援朝战争胜利的重大意义。

【解题思路】 本题不难，利用平时积累的知识，再结合题干中的信息"西方侵略者几百年来只要在东方一个海岸上架起几尊大炮就可霸占一个国家的时代一去不复返了"可知，这场战争的胜利打破了美国军队不可战胜的神话，故B项正确。其他项结束了西方列强霸权主义的历史、奠定了民族独立人民解放的基础、赢得了近代以来中华民族反抗外敌入侵的第一次完全胜利说的都是民主革命时期的重大事件的意义，故排除。

【相关知识】 抗美援朝是抗美援朝战争和抗美援朝运动的统称（多指抗美援朝战争），是20世纪50年代初，中国人民支援朝鲜人民抗击美国侵略的群众性运动。1950年10月，中国人民志愿军赴朝作战，抗美援朝开始。在抗美援朝战争中，志愿军得到了解放军全军和中国全国人民的全力支持，得到了以苏联为首的社会主义阵营的配合。1953年7月，双方签订《朝鲜停战协定》，抗美援朝胜利结束。1958年，志愿军全部撤回中国。10月25日为抗美援朝纪念日。

1950年至1953年的抗美援朝战争以及随后召开的日内瓦国际会议和万隆会议，极大地提高了新中国的国际地位。

11. 【参考答案】 B

【核心考点】 本题考查法律权威的含义。

【解题思路】 本题不难，考查的是法律权威的含义。法律权威是就国家和社会管理过程中法律的地位和作用而言的，是指法的不可违抗性。法律权威的树立主要依靠法律的外在强制力和内在说服力。所以，本题选B。

【相关知识】 在当代中国，树立法律权威对于建设社会主义法治国家、实现国家的长治久安具有非常重要的意义。法律权威是国家稳定的坚实基础。当国家的最高权威是领导者个人时，政治的稳定、国家的兴衰就将寄托于领导者个人身上。随着领导者的更迭，国家的政局就有可能大起大落，政策与法律也会频繁变动。而当国家的最高权威是法律时，由于法律是一种超越于任何个人之上的普遍性规则，并且具有稳定性和连续性，尽管领导者会变动和更迭，但政治统治与社会秩序仍将会保持相当的稳定性和连续性。社会主义法律权威的树立，既有赖于国家的努力，也有赖于公民个人的努力。

12. 【参考答案】 C

【核心考点】 本题考查法律的指引作用中义务性规范的职能和作用。

【解题思路】 法律的指引作用主要是通过授权性规范、禁止性规范和义务性规范三种规范形式实现的。与之相应的指引形式分别为授权性指引、禁止性指引和义务性指引。授权性指引是指运用授权性法律规范，告诉人们可以做什么或者有权做什么；禁止性指引是指运用禁止性法律规范，告诉人们不得做什么；义务性指引是指运用义务性法律规范，告诉人们应当或者必须做什么。故选 C。

【相关知识】 在公共生活中，由于个人的行为会影响他人的生活，因此约束个人行为的公共生活规则很多。其中，法律是最权威的规则，它既有国家强制性，又有普遍约束力；它不仅确认具有法律约束力的公共生活准则，引导人们自觉守法，自觉维护公共生活的正常秩序，而且通过制裁破坏公共秩序的违法行为，强制人们遵守社会公共生活准则。只有政府、社会和公民都具有明确的公共生活规范意识，并自觉地遵守公共生活准则，才能建立起和谐的现代生活方式。

根据法律的规范作用的指向和侧重，可以将公共生活中法律规范的作用分为指引作用、预测作用、评价作用、强制作用和教育作用。

13. 【参考答案】 C

【核心考点】 本题考查道德功能中最重要的社会功能。

【解题思路】 道德的功能，是指道德作为社会意识的特殊形式对于社会发展所具有的功效与能力。道德的功能集中表现为，它是处理个人与他人、个人与社会之间关系的行为规范及实现自我完善的一种重要精神力量。在道德的功能系统中，主要的功能是认识功能和调节功能。结合本题的选项，只能选 C。

【相关知识】 道德的认识功能是指道德反映社会现实特别是反映社会经济关系的功效与能力。道德是人们认识和反映社会现实状况以及人与人之间关系的一种方式。道德往往借助于道德观念、道德准则、道德理想等形式，帮助人们正确认识社会道德生活的规律和原则，认识人生的价值和意义，认识自己对家庭、他人、社会的义务和责任，使人们的道德实践建立在明辨善恶的认识基础上，从而正确选择自己的道德行为，积极塑造自身的道德人格。

道德的调节功能是指道德通过评价等方式，指导和纠正人们的行为和实践活动，协调人们之间关系的功效与能力。这是道德最突出也是最重要的社会功能。道德评价是道德调节的主要形式，社会舆论、传统习惯和人们的内心信念是道德调节所赖以发挥作用的力量。如果道德反映社会发展的客观必然性，就能引导和激发人们的主动性和积极性，不断调节社会整体和个人的关系，使个人与他人、个人与社会的关系逐步完善和谐，使人们的行为逐步从"实然"向"应然"转化。在社会生活中，道德调节并不是孤立进行的，而是和其他社会调节手段密切配合、共同发挥调节效用的。

除了上述主要功能，道德还具有其他方面的功能，如导向功能、激励功能、辩护功能、沟通功能等，这些功能都是道德的认识功能和调节功能在某些方面的具体体现，都建立在这两种功能的基础之上。

14. 【参考答案】 D

【核心考点】 本题考查理想的层次。

【解题思路】 根据题干可知，理想作为一种精神现象，源于现实，又超越现实。源于现实，就是指一般的理想；而超越现实，就是指崇高的理想。只有这样区分，才能分清楚理想的层次性。其他三个选项都不是"层次"上来划分的，它们都是理想在不同环境中或形势下的具体形态或表征，所以排除其他项，选D。

【相关知识】　马克思主义是科学理想信念的理论基础，是牢固树立中国特色社会主义共同理想、坚定共产主义远大理想的理论前提。当代大学生只有确立马克思主义的科学信仰，才能深刻认识人类社会的发展规律，深刻认识中国走社会主义道路的历史必然性，把个人理想与社会理想统一起来，为国家和社会的发展作出更大的贡献。

15.【参考答案】　D

【核心考点】　本题考查2010年的时事热点问题。

【解题思路】　"嫦娥二号"任务是我国实施的第二次月球探测，也是全世界第127次月球探测。作为我国探月工程二期工程技术的先导星，"嫦娥二号"卫星担负着探月一期工程和二期工程之间承上启下的作用。2010年10月1日18时59分57秒"嫦娥二号"踏上奔月之旅，它实现了直接地月转移发射、近月100公里制动、环月轨道机动与定轨、X频段测控、高精度对月成像等多项技术突破。所以，本题选D。

【相关知识】　略。

16.【参考答案】　A

【核心考点】　本题考查2010年的时事热点问题。

【解题思路】　记忆性时事题，利用记忆的知识选择即可，或者用排除法，都可以很容易选出正确答案A。

【相关知识】　略。

二、多项选择题

17.【参考答案】　AB

【核心考点】　本题考查现实生活对人们认识和实践活动的启示。

【解题思路】　仔细分析材料中的中心词就可知道，格罗培斯的设计智慧首先是在尊重群众的实际需求的过程中，通过群众生产生活中的实际情况获得灵感进行创作，但这不是对事物的本来面目做了直观的反映，因为事物的本来面目是不需要人去改变的，或者说是让人在原有面貌的基础上创造出一条新路的，因此，选A、B，排除D。艺术的创作本来就是对现实生活的抽象，而不是不做任何改变，故排除C。

【相关知识】　坚持真理尺度和价值尺度的辩证统一，要求我们在实践中必须坚持和弘扬科学精神和人文精神。科学精神要求我们必须坚持以科学的实事求是精神去认识世界和改造世界，在认识和实践活动中，如实地、准确地按照客观事物的本来面目去揭示其本质和规律。人文精神要求把人民的利益和人的发展看做是一切认识和实践活动的出发点，贯彻"以人为本"的原则。从人民群众的利益和发展要求出发，把美好的追求作为认识和实践活动的重要目标，以符合人民的利益和发展要求的价值标准审视一切思想和行动的合理性。

18.【参考答案】　ABC

【核心考点】　本题考查金融寡头对资本主义社会的影响方式。

【解题思路】　金融寡头是银行垄断资本和工业垄断资本密切地融合在一起产生的一种新型的垄断资本，所以其影响非常巨大，而且其影响不仅在于经济领域（通过"参与制"以小资本控制大量的社会资本），更主要的是体现在政治领域，以确保其经济利益和政治抱负，主要的方式是通过同政府的"个人联合"实现其对国家机器的控制、通过政策咨询机构影响和左右内外政策。所以选A、B、C。资本主义推崇的是言论自由，所以不可能通过新闻媒体实现国民思想意识的一元化，这也不是金融寡头的社会影响的重心，故排除D。

【相关知识】　金融资本是由工业垄断资本和银行垄断资本融合在一起而形成的一种垄断资本。随着生产集中和垄断的发展，银行资本由集中走向垄断，工业垄断资本对银行的依赖增强，大银行同大企业的金融联系更加密切，形成了固定的关系。银行垄断资本和工业垄断资本，通过金融联系、资本参与和人事参与，密切地融合在一起，产生了一种新型的垄断资本，即金融资本。

在金融资本形成的基础上，产生了金融寡头。金融寡头是指操纵国民经济命脉、并在实际上控制国家政权的少数垄断资本家或垄断资本家集团。他们支配了大量的社会财富，控制了整个国家的经济命脉和上层建筑，是垄断资本主义国家事实上的统治者。金融寡头在经济领域中的统治主要是通过"参与制"实现的。所谓"参与制"，即金融寡头通过掌握一定数量的股票来层层控制企业的制度。金融寡头在掌握了经济上的控制权后，又在政治上进一步控制上层建筑，利用政权的力量来加强其统治地位。金融寡头对国家机器的控制，主要是通过同政府的"个人联合"来实现的。这种联合有多种途径，如金融寡头直接出马或者把自己的代理人送进政府和议会，通过掌握政权，利用政治力量为其垄断统治服务；或者是收买政府高官和国会议员，让他们在其政治活动中为金融寡头的利益服务；或者聘请曾在政府任职的高官到公司担任高级职务等。金融寡头还通过建立政策咨询机构等方式来对政府的政策施加影响，并通过掌握新闻出版、广播电视、科学教育、文化体育等上层建筑的各个领域，以左右国家的内政外交及社会生活。

19. 【参考答案】　AB

【核心考点】　本题考查马克思对资本主义经济危机科学分析的基本理论。

【解题思路】　本题貌似材料分析题，实为记忆性试题。结合材料，联系所学知识可知，马克思对资本主义经济危机科学分析的深刻性主要表现为：指明经济危机的实质是生产相对过剩，而不是绝对的过剩；造成相对过剩的制度原因是生产资料的资本主义私有制，而不是人性的贪婪等原因。所以，消除经济危机的根本出路是消灭资本主义制度，政府的干预可以延缓经济危机爆发的频度或强度，但是不能从根本上消灭经济危机。所以，选 A、B，排除 C、D。

【相关知识】　资本主义越发展，科学技术越发展，资本主义发展到一定阶段，就会发生以生产过剩为基本特征的经济危机。当经济危机发生时，大量商品积压，大批生产企业减产或停工，许多金融机构倒闭，整个社会经济生活一片混乱。生产过剩是资本主义经济危机的本质特征，但是这种过剩是相对过剩，即相对于劳动人民有支付能力的需求来说社会生产的商品显得过剩，而不是与劳动人民的实际需要相比的绝对过剩。

资本主义经济危机爆发的根本原因是资本主义的基本矛盾，这种基本矛盾具体表现在以下两个方面：第一，表现为生产无限扩大的趋势与劳动人民有支付能力的需求相对缩小的矛盾。第二，表现为个别企业内部生产的有组织性和整个社会生产的无政府状态之间的矛盾。

资本主义经济危机具有周期性，这是由资本主义基本矛盾运动的阶段性决定的。当资本主义基本矛盾达到尖锐化程度时，社会生产结构严重失调，引发了经济危机。而经济危机的爆发，使企业纷纷倒闭，生产大大下降，从而使供求矛盾得到缓解，随着资本主义经济的恢复和高涨，资本主义基本矛盾又重新激化，必然导致再一次经济危机的爆发。只要存在资本主义制度，经济危机就是不可避免的。

20. 【参考答案】　CD

【核心考点】　本题考查马克思恩格斯把社会主义由空想变为科学的理论基石。

【解题思路】 19世纪中叶之前，资本主义处在上升时期，基本矛盾日益突出，空想社会主义的理论随之出现。马克思科学分析了资本主义的特征，发现了剩余价值理论，帮助人们科学认识了资本主义的本质，在仔细分析人类发展历史的基础上，形成了唯物史观。这两大理论的发现使人们认识到，空想社会主义不能实现人们的美好远景，推翻资本主义社会，建立没有剥削、人与人和谐相处的社会主义社会进而发展到共产主义才是人类的归宿。所以，其理论基石是唯物史观和剩余价值理论，故选C、D。阶级斗争学说分析了在阶级社会人与人之间的关系，以及阶级斗争在当时社会条件下的作用；劳动价值论揭示了资本家剥削工人的秘密，都与马克思恩格斯把社会主义由空想变为科学无关，排除A、B。

【相关知识】 马克思恩格斯创立了唯物史观和剩余价值学说，揭示了人类历史发展的规律和资本主义剥削的秘密，论证了无产阶级的历史使命，把争取无产阶级和全人类解放的斗争建立在社会发展规律的基础上，从而超越了空想社会主义，创立了科学社会主义。空想社会主义党纲《共产党宣言》的发表，标志着科学社会主义的问世。从此，这一伟大学说便成为无产阶级解放斗争的思想武器，揭开了伟大的无产阶级社会主义革命的新篇章。

21. 【参考答案】 AC

【核心考点】 本题考查毛泽东思想和中国特色社会主义理论体系的共性。

【解题思路】 毛泽东思想和中国特色社会主义理论体系都是在马克思主义中国化的过程中产生的两大理论成果，那么其共同点就与马克思主义理论的基本特性及其面对的基本任务有关，也即二者具有共同的理论基础和理论精髓，但是二者面对的根本任务不同，前者是取得民主革命的胜利，后者是取得我国社会主义建设的伟大成就，所以选A、C，排除B。但是由于我国的实际状况不同，两大理论所处的时代背景不同，毛泽东思想形成的时代背景是战争与革命，中国特色社会主义理论体系形成的时代背景是和平与发展，故也排除D。

【相关知识】 中国共产党在领导中国革命、建设和改革的长期实践中，实现了马克思主义同中国实际相结合的两次历史性飞跃，产生了两大理论成果。第一次飞跃的理论成果是毛泽东思想，是被实践证明了的关于中国革命和建设的正确的理论原则和经验总结。第二次飞跃的理论成果是中国特色社会主义理论体系，包括邓小平理论、"三个代表"重要思想以及科学发展观等重大战略思想，是马克思主义中国化的最新成果。

中国特色社会主义理论体系，坚持和发展了马克思列宁主义、毛泽东思想。毛泽东思想和中国特色社会主义理论体系虽然形成于不同的历史时期，面对着不同的历史任务，具有不同的具体内容，但在基本精神上都是一致的，都坚持实事求是、群众路线和独立自主，这是它们的基本点。中国特色社会主义理论体系同毛泽东思想是一脉相承又与时俱进的。

22. 【参考答案】 ABC

【核心考点】 本题考查社会主义市场经济体制的基本特征。

【解题思路】 本题不难，属于记忆性知识的考查。社会主义市场经济具有一般的市场经济所具有的共性，但是与社会主义制度相结合，又具有了自身的特征，表现在所有制结构、分配制度和宏观调控三个方面，所以选A、B、C。在资源配置上，以市场为手段，发挥市场的基础性作用是市场经济体制的最基本特征，也即在社会主义和资本主义国家都是如此，故排除D。

【相关知识】 社会主义市场经济体制是社会主义基本制度与市场经济的结合。由这一结合而形成的市场经济体制，一方面它必然体现社会主义的制度特征，另一方面，它又具有市场经济的一般特征。

作为社会主义的制度特征，主要表现在以下几个方面：一是在所有制结构上，以公有制为主体、多种所有制经济共同发展，一切符合"三个有利于"标准的所有制形式都可以而且应该用来为社会主义服务。在公有制为主体的前提下，公有制企业与其他企业在市场经济中平等竞争、共同发展，国有经济在国民经济中发挥主导作用。二是在分配制度上，以按劳分配为主体、多种分配方式并存。运用包括市场在内的各种调节手段，既鼓励先进，促进效率，合理拉开收入差距，又防止两极分化，注重社会公平，逐步实现共同富裕。三是在宏观调控上，以实现最广大劳动人民利益为出发点和归宿，社会主义国家能够把人民的当前利益与长远利益、局部利益与整体利益结合起来，使市场在社会主义国家宏观调控下对资源配置起基础性作用，更好地发挥计划和市场两种手段的长处，使社会主义的优势与市场经济的优势能够得到充分发挥。具有上述特征的社会主义市场经济体制，对社会主义和市场经济而言，都是前所未有的。

23.【参考答案】 ABCD

【核心考点】 本题考查毛泽东的民族团结理论在新的历史条件下的现实意义。

【解题思路】 根据材料中的毛泽东的一句话中的核心词的落脚点"……，这是我们的事业必定要胜利的基本保证"可知，他的民族团结理论在当前条件下的现实意义体现在多个方面，其意义不但体现在政治稳定、社会和谐等方面，也对维护国家统一和边疆巩固有积极的借鉴意义，它也是实现中华民族伟大复兴的必然要求，因此，维护民族的团结和统一是我们党在建设中国特色社会主义的过程中必须认真解决的一个重大问题，所以A、B、C、D均正确。

【相关知识】 社会主义制度下的民族问题与剥削制度下的民族问题在性质上是根本不同的，因此解决民族问题的方法也必然不同。社会主义时期民族问题的实质，已经不是阶级矛盾和阶级斗争问题，而是各民族人民的内部矛盾，是各民族人民在根本利益一致基础上的矛盾，应该用正确处理人民内部矛盾的方法来加以解决。

社会主义时期处理民族问题的基本原则是：维护祖国统一，反对民族分裂，坚持民族平等、民族团结、各民族共同繁荣。

第一，民族平等是民族团结、各民族共同繁荣的政治前提和基础。各民族不分人口多少、不分经济社会发展水平高低，在政治地位上都是平等的，不容许有任何民族歧视存在。

第二，民族团结是维护国家统一、实现各民族共同发展的根本保证。没有各民族的团结，就没有社会主义祖国的统一、稳定和繁荣。各民族共同团结奋斗，共同繁荣发展，是新世纪新阶段民族工作的主题。

第三，各民族的共同繁荣是解决民族问题的根本出发点和归宿。在新时期搞好民族工作，最重要的是要积极创造条件，加快发展少数民族地区的经济和科学文化事业，千方百计地加快民族地区的经济和社会发展，逐步缩小民族地区与发达地区的发展差距，促进各民族共同繁荣。

第四，坚持民族平等、民族团结和各民族共同繁荣，必须全面贯彻党的民族政策，巩固和发展平等、团结、互助、和谐的社会主义民族关系，坚决反对大民族主义、地方民族主义和民族分裂主义，坚决揭露和打击国内外敌对势力的一切分裂活动，使各族人民和睦相处、和衷共济、和谐发展。

24.【参考答案】 ACD

【核心考点】 本题考查改革开放以来我们党在处理改革、发展、稳定关系上积累的经验和主要原则。

【解题思路】　本题不难，不管是利用平时备考时记忆的知识，还是根据题干材料的论述都可以知道，改革开放以来，我们党在处理改革、发展、稳定关系方面积累的经验和主要原则有：必须保持改革、发展、稳定在动态中的相互协调和相互促进，必须把实现经济社会发展（而不是实现社会稳定）作为促进改革、发展的根本出发点，必须把改革的力度、发展的速度和社会可以承受的程度统一起来，必须把不断改善人民生活作为处理改革、发展、稳定关系的重要结合点，所以选A、C、D，排除B。

【相关知识】　邓小平在我国改革开放全面展开的历史进程中，反复强调稳定是中国实现社会主义现代化发展战略的必要前提，是中国的最高利益。20世纪90年代以后，江泽民在总结历史经验的基础上提出了抓住机遇、深化改革、扩大开放、促进发展、保持稳定这个全党工作的大局，系统地分析了改革、发展、稳定三者之间的内在联系，指出：改革是动力，发展是目的，稳定是前提。

当前，我们一定要以科学发展观为指导，遵循改革开放以来党在处理改革、发展、稳定关系方面积累起来的经验和主要原则，不断推进改革开放。

第一，保持改革、发展、稳定在动态中的相互协调和相互促进。要统观全局，精心谋划，从整体上把握改革、发展、稳定之间的关系，做到在社会稳定中推进改革和发展，通过改革和发展促进社会稳定。

第二，把改革的力度、发展的速度和社会可以承受的程度统一起来。改革和发展要始终注意适应国情和社会的承受能力，要统筹安排改革和发展的举措，精心处理稳定同改革、发展的关系，及时化解矛盾，排除不安定因素，促进改革和发展。

第三，把不断改善人民生活作为处理改革、发展、稳定关系的重要结合点。人民群众是改革发展的主体和动力。改善人民生活，让人民共享改革和发展的成果，是我们致力于发展、积极推进改革、坚持维护稳定的共同目的。所以，要把不断改善人民生活、让人民共享改革和发展的成果作为处理改革、发展、稳定关系的重要结合点。

25.　**【参考答案】**　ABCD

【核心考点】　本题考查合理调整收入分配关系的积极意义。

【解题思路】　根据材料中的核心信息"做大'蛋糕'是政府的责任，分好'蛋糕'是政府的良知"，合理调整收入分配关系，分好社会财富既是实现社会公平的重要体现，也是解决当前收入分配领域突出问题的需要；既是实现共同富裕的内在要求，也是为了使人民共享改革发展的成果。当然，这里还有维持社会稳定等方面的积极意义，故全选。

【相关知识】　在社会主义初级阶段，存在多种所有制和实行市场经济体制，客观上存在着产生两极分化的可能性。防止两极分化，必须有针对性地规范收入分配秩序，防止收入高低过于悬殊。改革收入分配制度，规范收入分配秩序，构建科学合理、公平公正的社会收入分配体系，关系到最广大人民的根本利益，关系到广大干部群众积极性、主动性、创造性的充分发挥，关系到全面建设小康社会、开创中国特色社会主义事业新局面的全局，必须高度重视并切实抓好。

党的十七大提出，初次分配和再分配都要处理好效率和公平的关系，再分配更加注重公平。这就把公平问题提到了更加突出的位置，公平问题不只是再分配要解决的问题，在初次分配中同样有一个要解决好效率和公平的问题。只有在初次分配中使效率和公平问题得到较好的解决，再分配才能更有效地发挥更加注重公平的功能。这反映了分配理论在解决利益分配和收入差距实践基础上的与时俱进。

规范收入分配秩序，就是要通过完善分配政策使社会主义初级阶段不可避免存在的收入差距保持在合法和适度的范围内。为此必须取缔非法收入，整顿不合理收入，调节过高收入，使全体人民都能享受到改革开放和社会主义现代化建设的成果，促进共同富裕。合法又适度的差距，是发展社会主义市场经济的内在要求，有利于促进生产力的发展，创造走向共同富裕的物质基础。

26.【参考答案】 BCD

【核心考点】 本题考查辛亥革命的重大意义。

【解题思路】 辛亥革命是我国近代史上一次比较完全意义上的资产阶级民主革命，这既是就其本身的重大意义来说的，也是相对它之前发生的农民运动来说的。所以，"比较完全意义上的资产阶级民主革命"一说，就是因为辛亥革命建立了中国近代史上第一个资产阶级政党，制定了比较完整的资产阶级民主革命纲领，结束了封建君主专制制度，建立了资产阶级共和国。提出了平均地权、耕者有其田的重要原则是辛亥革命之前的农民起义（太平天国运动）的口号。所以，选B、C、D，排除A。

【相关知识】 辛亥革命使中国发生了历史性的巨变，具有伟大的历史意义：

第一，辛亥革命推翻了封建势力的政治代表、帝国主义在中国的代理人清王朝的统治，沉重打击了中外反动势力，使中国反动统治者在政治上乱了阵脚。

第二，辛亥革命结束了统治中国两千多年的封建君主专制制度，建立了中国历史上第一个资产阶级共和政府，使民主共和的观念开始深入人心，并在中国形成了"敢有帝制自为者，天下共击之"的民主主义观念。

第三，辛亥革命给人们带来一次思想上的解放，激发了人民的爱国热情和民族觉醒，打开了思想进步的闸门。

第四，辛亥革命促使社会经济、思想习惯和社会风俗等方面发生了新的积极变化。这些变化不仅改变了社会风气，也有助于人们的精神解放。

第五，辛亥革命不仅在一定程度上打击了帝国主义的侵略势力，而且推动了亚洲各国民族解放运动的高涨。

27.【参考答案】 BD

【核心考点】 本题考查将台湾、澎湖列岛归还中国的有关国际条约。

【解题思路】 本题不难，属于识记性试题。1895年日本通过侵略战争从中国割占台湾、澎湖列岛。第二次世界大战期间的《开罗宣言》、《波茨坦公告》等有关国际条约明确规定将台湾、澎湖列岛归还中国。1945年日本无条件投降后，台湾回归中国，中国政府恢复对台湾行使主权。因此，选B、D。

【相关知识】 台湾（包括澎湖列岛等岛屿）自古以来就是中国领土不可分割的组成部分。1895年日本通过侵略战争从中国割占台湾、澎湖列岛。第二次世界大战期间的《开罗宣言》、《波茨坦公告》等有关国际条约明确规定将台湾、澎湖列岛归还中国。1945年日本无条件投降后，台湾回归中国，中国政府恢复对台湾行使主权。1949年10月1日，中华人民共和国中央人民政府宣告成立，取代中华民国政府成为全中国的唯一合法政府和在国际上的唯一合法代表。这是在同一国际法主体没有发生变化的情况下新政权取代旧政权，中国的主权和固有领土疆域并未由此而改变，中华人民共和国政府理所当然地完全享有和行使中国的主权，其中包括对台湾的主权。

28.【参考答案】 AC

【核心考点】 本题考查延安整风运动中反对的主观主义的主要表现形式。

【解题思路】 本题属于识记性试题，根据记忆的知识判断选择即可。主观主义的实质是理论脱离实际，它颠倒了认识和实践的关系，是实际工作中的唯心主义。当时它的主要表现形式是教条主义和经验主义，尤其是教条主义。这是中国共产党内反复出现

"左"、右倾错误的思想认识根源。故选A、C。

【相关知识】 为了集中开展一场普遍的马克思主义思想教育运动，总结和吸取历史上的经验教训，提高广大党员的思想理论水平，增强党的凝聚力和战斗力，在20世纪40年代前期，中国共产党以延安为中心，在全党范围内开展了一场整风运动。

1941年5月，毛泽东作了《改造我们的学习》的报告，整风运动首先在党的高级干部中进行。1942年2月，毛泽东先后作了《整顿党的作风》和《反对党八股》的讲演，整风运动在全党范围内普遍展开。整风运动的主要内容是：反对主观主义以整顿学风、反对宗派主义以整顿党风、反对党八股以整顿文风。其中，反对主观主义是整风运动最主要的任务。

克服主观主义，必须以科学的态度对待马克思主义，必须发扬理论联系实际的马克思主义的学风，一切从实际出发，实事求是。

29. **【参考答案】** BCD

【核心考点】 本题考查社会主义改造时期对个体农业进行社会主义改造的历史经验。

【解题思路】 我国社会主义改造时期，以毛泽东为主要代表的中国共产党人从我国农村实际出发，制定并实行了一整套适合中国特点的对农业进行社会主义改造的方针、政策和办法，开辟了一条适合我国情况的农业社会主义改造道路。其经验主要表现在积极引导农民组织起来，走互助合作道路；遵循自愿互利、典型示范和国家帮助的原则，以互助合作的优越性吸引农民走互助合作道路；坚持积极领导、稳步前进的方针，采取循序渐进的步骤；正确分析农村的阶级和阶层状况，制定正确的阶级政策。故选B、C、D。当时由于工业基础薄弱，刚刚处于起步阶段，所以国家不可能用先进的技术和装备发展农业经济，排除A。

【相关知识】 中国的特点是农民占人口的绝大多数。如何将几亿农民的个体所有制改造成集体所有制，是一个历史性的难题。以毛泽东为主要代表的中国共产党人根据马克思列宁主义关于农业社会主义改造的基本原理，从我国农村实际出发，制定并实行了一整套适合中国特点的对农业进行社会主义改造的方针、政策和办法，开辟了一条适合我国情况的农业社会主义改造道路。其措施和经验主要是：

第一，积极引导农民组织起来，走互助合作道路。使农业能够由分散落后的个体经济变为合作经济，使农民逐步摆脱贫困状况而过上共同富裕的生活。

第二，遵循自愿互利、典型示范和国家帮助的原则，以互助合作的优越性吸引农民走互助合作道路。主要采取了引导、说服和教育的方法，使其自愿地走合作化的道路。

第三，正确分析农村的阶级和阶层状况，制定正确的阶级政策，使农业合作化进程有了坚实的阶级基础和群众基础。

第四，坚持积极领导、稳步前进的方针，采取循序渐进的步骤。到1956年年底，加入农业生产合作社的农户已达1.17亿户，其中加入高级社的农户占全国农户总数的87.8%，农业社会主义改造基本完成。

30. **【参考答案】** ACD

【核心考点】 本题考查我国刑法的基本原则。

【解题思路】 我国刑法明文规定了三个基本原则：一是罪刑法定原则，即什么行为构成犯罪、构成什么罪及处何种刑罚，均须由法律明文规定；二是罪刑相当原则，是指犯罪社会危害性程度及应负刑事责任的大小；三是适用刑法一律平等原则，是指对任何人犯罪，在适用刑法上一律平等，任何人都不得有任何超越法律的特权。所以A、C、D正确。选项B疑罪从无原则，是一种司法原则，但并不是刑法明文规定的基本原则之一，故排除。

【相关知识】 刑法的基本原则，是指刑法特有的在刑法的立法、解释和适用过程中所必须普遍遵循的具有全局性、根本性的准则。我国的刑法明文规定了三个基本原则：一是罪刑法定原则。即法无明文规定不为罪，法无明文规定不处罚。什么行为构成犯罪、构成什么罪及处何种刑罚，均须由法律明文规定。二是罪刑相当原则。是指犯罪社会危害性程度及应负刑事责任的大小，是决定刑罚轻重的主要依据，重罪重罚、轻罪轻罚、无罪不罚、罪刑相当、罚当其罪。三是适用刑法一律平等原则。是指对任何人犯罪，不论其社会地位、民族、种族、性别、职业、宗教信仰、财产状况如何，在适用刑法上一律平等，任何人都不得有任何超越法律的特权。

31.【参考答案】 AB

【核心考点】 本题考查自觉维护法律权威的前提（是从内心深处真正认同、信任和信仰法律）。

【解题思路】 法律权威是就国家和社会管理过程中法律的地位和作用而言的，是指法的不可违抗性。法律权威的树立主要依靠法律的外在强制力和内在说服力。法律的外在强制力是法律权威的外在条件，主要表现为国家对违法行为的制裁。法律的内在说服力是法律权威的内在基础。正是由于法律本身及法律实施具有这些内在合理性，法律才受人尊重，被人信赖，为人遵守。所以 A、B 正确。宗教信仰，是指信奉某种特定宗教的人们对所信仰的神圣对象产生的坚定不移的思想信念，与社会公众对法律秩序所内含的伦理价值的信仰，即社会公众对法律忠诚的信仰有本质的区别，故 C 错误。法律信仰是人们对法律的一种认同，但并不能成为法律制定和执行的根本依据，因此 D 也不正确。

【相关知识】 法律权威是就国家和社会管理过程中法律的地位和作用而言的，是指法的不可违抗性。法律权威的树立主要依靠法律的外在强制力和内在说服力。在当代中国，树立法律权威对于建设社会主义法治国家、实现国家的长治久安具有非常重要的意义。

社会主义法律权威的树立，既有赖于国家的努力，也有赖于公民个人的努力。从国家角度来说，应当采取各种有效措施消除损害社会主义法律权威的因素。对于大学生来说，至少应做到以下三个方面：

（1）努力树立法律信仰：大学生应当通过认真学习法律知识，深入理解法律在现代社会中的重要作用，深刻把握我国社会主义法律的精神，从而树立起对我国社会主义法律的信仰。

（2）积极宣传法律知识：大学生在自己学习和掌握法律知识的同时，还要向其他人宣传法律知识。特别是要宣传社会主义法治观念，使人们了解、熟悉和认同我国社会主义法律，从而推动全社会形成尊重和维护社会主义法律权威的良好风尚。

（3）敢于同违法犯罪行为作斗争：大学生不仅要有守法意识，自觉遵守国家法律，而且要敢于和善于同违法犯罪行为作斗争，自觉维护法律权威。

32.【参考答案】 ABCD

【核心考点】 本题考查 2010 年的时事热点问题。

【解题思路】 2010 年 10 月 15 日至 18 日，中国共产党第十七届中央委员会第五次全体会议强调，制定"十二五"规划，更加注重以人为本，更加注重全面协调可持续发展，更加注重统筹兼顾，更加注重保障和改善民生，促进社会公平正义。故 A、B、C、D 均正确。

【相关知识】 略。

33.【参考答案】 ABCD

【核心考点】 本题考查2010年的时事热点问题。

【解题思路】 2010年4月13日，国家主席胡锦涛在美国首都华盛顿举行的核安全峰会上发表了题为《携手应对核安全挑战，共同促进和平与发展》的重要讲话。强调指出：第一，全面加强核安全能力。第二，严格履行核安全国际义务。第三，重视并积极参与国际核安全合作。第四，积极向发展中国家提供核安全援助。因此A、B、C、D均正确。

【相关知识】 略。

三、分析题

34.【答案要点】 （1）实践是人的存在方式，是人与自然分化与统一的现实基础。如何合理地处理垃圾是人们实践活动方式和水平的反映。（3分）垃圾成为废物是由于人类实践活动方式不当（即放错位置）所造成的。我们必须转变实践活动方式，合理地调节人与自然之间的物质变换。（2分）

（2）矛盾是普遍存在的，生产生活中出现垃圾是不可避免的。我们要正视矛盾，只有在正确认识和解决矛盾当中才能推动事物发展。（2分）矛盾又具有特殊性，不同事物矛盾要用不同的方法来解决，把垃圾"变废为宝"可以有多种办法，垃圾分类就是一种有效的"出路"。（3分）（注：如果考生从矛盾转化的角度论述，可酌情给分，最高不超过4分。）

【核心考点】 本题考查矛盾分析法原理及其现实应用。

【解题思路】 本题尽管材料很长，但是问题并不难——第一问问得很直接："说明为什么'垃圾是放错地方的资源'"；答题的角度也被界定得很清晰："从实践是人和自然关系的基础的角度"。第二问也是一样，紧扣基本原理"矛盾分析方法"，联系核心观点"没有退路就多想出路"。据其问法阅读材料，紧扣相关的信息句，结合所学的知识，组织答案回答问题即可。

【相关知识】 1. 唯物辩证法的实质和核心：

唯物辩证法是一个完整的科学体系，包括一系列基本规律和范畴，其中对立统一规律是其实质和核心。

对立统一规律之所以是唯物辩证法体系的实质和核心，这是因为：对立统一规律揭示了事物普遍联系的根本内容和永恒发展的内在动力，从根本上回答了事物为什么会发展的问题；对立统一规律是贯穿质量互变规律、否定之否定规律以及唯物辩证法基本范畴的中心线索，也是理解这些规律和范畴的"钥匙"；对立统一规律提供了人们认识世界和改造世界的根本方法——矛盾分析法。

2. 矛盾及其同一性和斗争性

对立统一规律又称矛盾规律，矛盾是辩证法的核心概念。矛盾是指事物或事物之间的对立和统一及其关系。简言之，矛盾即对立统一。对立和统一分别体现了矛盾的两种基本属性。矛盾的对立属性又称斗争性，矛盾的统一属性又称同一性。

矛盾的同一性是指矛盾双方相互依存、相互贯通的性质和趋势。它有两个方面的含义：一是矛盾着的对立面相互依存，互为存在的前提，并共处于一个统一体中；二是矛盾着的对立面之间相互贯通，在一定条件下相互转化。矛盾的斗争性是矛盾着的对立面之间相互排斥、相互分离的性质和趋势。由于矛盾的性质不同，矛盾的斗争形式也不同，对于多种多样的斗争形式，可以区分为对抗性和非对抗性两种基本形式。

矛盾的同一性和矛盾的斗争性是相互联结、相辅相成的，没有斗争性就没有同一性，斗争性寓于同一性之中，没有同一性也没有斗争性。在事物的矛盾中，矛盾的斗争性是无条件的绝对的，矛盾的同一性是有条件的相对的。矛盾斗争性的绝对性体现了物质运动的绝对性，矛盾同一性的相对性体现了物质静止的相对性。无条件的绝对的斗争性与有条件的相对的同一性相结合，构成事物的矛盾运动，推动事物的发展。

35.【答案要点】（1）中国共产党领导的多党合作和政治协商制度，是适合中国国情的社会主义政党制度，与多党竞争、轮流执政的"打橄榄球"式的西方政党制度有着本质区别。（2分）"唱大合唱"形象地反映了我国政党制度的鲜明特色：即共产党领导，多党派合作；共产党执政，多党派参政；中国共产党和各民主党派有着共同的根本利益和共同的目标，这充分体现了中国共产党和各民主党派团结一致、合作共事的优点和特点。（3分）

（2）各民主党派参加国家政权、参与国家事务管理、参与国家大政方针和国家领导人选的协商，参与国家方针、政策、法律、法规的制定执行。（2分）民主党派成员通过多渠道、多形式广泛开展重大问题的调查研究，对执政党的工作实行民主监督，积极参与改革开放和现代化建设事业，为推动祖国统一大业和社会全面进步不断建言献策。（3分）

【核心考点】 本题考查我国政党制度的特点和优点以及我国各民主党派如何发挥参政议政的作用。

【解题思路】 本题难度不大，材料简单，要表述的观点很直接，而且材料与问题很对应：第一则材料对应的是第一个问题；第二则材料对应的是第二个问题。在两则材料中，材料是引子，渗透其中的结论性的表述才是回答问题的依据和关键。考生根据自己的所记知识，结合材料中的结论性话语组织答案即可。回答问题力求言简意赅、要点突出、条理清晰，尽量都踩在得分点上。

【相关知识】 中国共产党领导的多党合作和政治协商制度是我国的一项基本政治制度，是中国特色社会主义政党制度。中国社会主义政党制度的特点是共产党领导、多党派合作，共产党执政、多党派参政。

中国共产党领导的多党合作和政治协商制度是我国政治制度的一大优势。这一制度符合中国国情，反映了人民当家作主的社会主义民主的本质，反映了中国共产党同各民主党派长期共存、互相监督、肝胆相照、荣辱与共的关系，体现了我国政治制度的特点和优势。

人民政协的政治协商是党和国家实行科学民主决策的重要环节，是党提高执政能力的重要途径。人民政协成立以来，为建立和巩固新生的人民政权、促进社会主义革命和建设、推动改革开放和社会主义现代化建设，加强同各民主党派、无党派人士、少数民族人士和宗教界爱国人士的联系，发挥了重要作用，作出了重大贡献。实践证明，人民政协的政治协商制度，有利于发扬社会主义民主，增进人民的团结，有利于维护国家政局的稳定，能够保证集中领导与广泛民主、充满活力与富有效率的有机统一。

36.【答案要点】 （1）近代以来，中国人民反帝反封建的斗争之所以屡遭挫折和失败，重要原因之一，是由于没有一个先进的政党作为领导核心。中国共产党的成立，使中国人民有了可以信赖的、坚强的组织者和领导者。（2分）中国共产党把马克思主义作为指导思想，为中国革命、建设和改革奠定了理论基础。党的成立，为中国人民的解放和中华民族的复兴带来了光明和希望。（2分）

（2）马克思主义是科学的世界观和方法论，是认识世界和改造世界的思想武器。中国共产党人坚定地信仰马克思主义，并为理想和信仰而奋斗。（2分）。中国共产党用中国化的马克思主义分析、解决中国实际问题，制定正确的路线方针政策，动员、组织人民群众，经过艰苦卓绝的斗争，取得了新民主主义革命胜利，确立了社会主义基本制度，开辟了中国特色社会主义道路，从根本上改变了中华民族和中国人民的前途命运。（4分）

【核心考点】 本题考查中国共产党成立的重大意义。

【解题思路】 本题是一道结合2011年的重大时事热点——中国共产党成立90周年而命制的材料分析题。后面的问题也很明了：第一个问题以第一则材料为引子，利用所学知识，结合核心点"中国共产党的成立'是开天辟地的大事变'"组织答案即可。第二个问题有些难，抓住关键信息是最后一句，再结合问题"'主义'和'信仰'是怎样成为'力量'的"，以所掌握的知识为基础，结合材料，组织答案即可。回答时切记，一定要紧扣"结合中国共产党成立以来中国社会变革的历程"、"是怎样成为'力量'的"等关键信息。

【相关知识】 中国共产党的成立，是一个"开天辟地的大事变"。它给灾难深重的中国人民带来了光明和希望。

中国共产主义运动的兴起，使得一切反动势力感到深深的恐慌。在以后的一个长时间里，它不仅遭到御用文人的恶毒攻击、特务的残酷迫害，更受到反动军警的血腥镇压。但是，幼年的中国共产党还是迎着种种诬蔑和压迫，不可遏止地成长和发展了起来。这个事实说明，代表历史前进方向的新生力量是不可战胜的。

新生的中国共产党不能不受到小资产阶级思想的严重影响。同时，它是在一个幅员辽阔、人口众多、情况复杂、经济文化落后的半殖民地半封建社会开始自己的活动的。因此，它要把马克思列宁主义同中国实际全面地、正确地结合起来，制定出适合中国情况的纲领、路线、方针和政策，不能不经历一个曲折的探索的过程，一个在党和人民集体奋斗的基础上逐步积累经验的过程。这些情况表明，中国共产党要胜利地担负起自己的历史使命，就必须切实地、不断地加强自身的建设。

37. **【答案要点】** （1）"给人温暖就是给自己幸福"体现了人生的自我价值和社会价值两个方面的内容和辩证关系，是郭明义的人生价值观的集中反映。（2分）人生的自我价值是个体的人生活动对自己的生存和发展所具有的价值，人生的社会价值是个体的人生活动对社会、对他人所具有的价值。（2分）人生的社会价值和自我价值，既相互区别，又相互联系，人生的社会价值是实现人生自我价值的基础。（2分）

（2）"简单中的伟大"是人们对郭明义人生价值的评价。人生价值评价的根本尺度，是看一个人的人生活动是否符合社会发展的客观规律，是否促进了历史的进步，是否对社会和他人作出了贡献。（2分）郭明义多年坚持做平凡简单的事情，但是他的精神是伟大的，境界是崇高的；他影响、带动了更多的人，起了很好的示范作用，产生的社会效应是广泛而深远的。（2分）

【核心考点】 本题考查郭明义的奉献精神中所蕴含的深层含义。

【解题思路】 本题材料很简单，材料所体现的内涵也很简单，问题也很清晰，第一问是"如何理解"，第二问是"为什么说"。第一问的回答结合材料前两段的叙述，提炼其中的信息所反映的问题的实质，结合相关知识回答即可；第二问的要点是联系现实、结合材料最后一段的观点回答即可。

【相关知识】 正确的人生目的会使人懂得人生的价值在于奉献，从而在工作中尽心、尽力、尽责；错误的人生目的则会使人把人生价值理解为向社会或他人进行索取，从而以追逐个人私利为有价值、有意义的人生，以对国家、社会、集体和他人尽义务为无价值、无意义的人生。

可见，人生目的是人生的航标，它指引着人生的航向。不同的人生目的会有不同的人生选择，不同的人生选择决定着不同的人生追求，不同的人生追求决定着不同的人生价值。

对于立志成为中国特色社会主义合格建设者和可靠接班人的大学生来说，应当自觉实践社会主义道德；对于立志为共产主义奋斗终生的大学生中的共产党员和先进分子来说，应当自觉身体力行共产主义道德。青春只有在为祖国和人民的真诚奉献中才能更加绚丽多彩，人生只有在不断提升思想道德境界的积极进取中才会更有意义和价值。

38. 【答案要点】西方某些人士关于中国"责任"的种种言论，仍是冷战思维，其实质是推卸责任、掩盖矛盾、打压和遏制中国的发展。(2分)

改革开放30多年来，中国取得了举世瞩目的成就，综合国力日益增强；中国处在社会主义初级阶段；中国是一个名副其实、人口众多的发展中大国，面临世界上最大、最难解的课题；中国所走的是一条适合本国国情和时代潮流的发展道路。(4分)

中国是国际社会中负责任的一员。独立自主、自力更生地把国内事情办好，就是对世界稳定与发展负责；中国积极承担国际责任，力所能及地参与全球和地区热点问题的解决、参与国际体系的建设、参与推进发展议程；中国的发展成果惠及世界，中国好了，世界得利；中国始终坚持走和平发展道路，即使强大了，也不会走西方"国强必霸"的老路。(4分)。

【核心考点】 本题考查在当前国际形势下什么是中国的责任。

【解题思路】 本题是一道紧扣当前国际时事而命制的材料分析题。材料很简短，信息量不大，主要紧扣"……经常发表关于中国的言论，有'独秀'或'救世'之说、也有'责任'之论……"和"……万变不离其宗的都是鼓噪'中国责任论'。这既暴露出他们所谓'中国责任'的用心，也反映出其对'真实中国'的误解"等关键句，照应材料后的问题，结合备考的有关"中国责任论"的相关知识，围绕"什么是'真实的中国'以及中国的'责任'是什么"，组织答案即可。

【相关知识】 从新中国成立之日起，就彻底结束了旧中国丧权辱国的历史，中国的外交开始了新的篇章。多年来，中国始终不渝地奉行独立自主的和平外交政策，为维护世界和平、反对霸权主义和强权政治，促进人类共同发展繁荣作出了积极贡献。

以胡锦涛为总书记的党中央从2003年开始，正式提出和宣传"和平发展道路"，向世界各国说明，中国坚决不走历史上一些国家崛起的战争道路，而要继续毫不动摇地走和平发展道路。独立自主是中国外交政策的根本原则。独立自主就是国家主权独立，在对内对外事务中不屈服于任何外来的干涉和指挥，根据自己的实际情况和国际形势的发展，独立自主地处理本国的一切内外事务。

独立自主原则，就是维护民族利益、民族尊严和国家主权的原则。这一原则要求：在国际交往中，各国的事情由各国人民自己去处理，既不依赖别国来解决本国的内部事务，也不干涉别国的内部事务，尊重本国的主权和民族尊严，也尊重别国的主权和民族尊严，使国与国之间真正做到平等相待、和平共处。

2010 年全国硕士研究生入学统一考试思想政治理论试题精解

一、单项选择题

1. 【参考答案】 A

【核心考点】 本题考查马克思主义最崇高的社会，即马克思主义的根本价值目标（是实现人的自由而全面的发展）。

【解题思路】 本题难度不大，紧扣题干中的信息句"代替那存在着阶级和阶级对立的资产阶级旧社会的，将是这样一个联合体，在那里，每个人的自由发展是一切人的自由发展的条件"，结合提问句"这段话表明，马克思主义追求的根本价值目标是……"，很容易得到答案A。其实利用排除法，或根据所记忆的知识用直选法也很容易选出正确答案A。

【相关知识】 实现人的自由而全面的发展，是马克思主义追求的根本价值目标，也是共产主义社会的根本特征。1894年1月3日，意大利人卡内帕给恩格斯写信，请求他为即将在日内瓦出版的《新纪元》周刊的创刊号题词，而且要求尽量用简短的字句来表述未来的社会主义纪元的基本思想，以区别于伟大诗人但丁对旧纪元所作的"一些人统治，另一些人受苦难"的界定。恩格斯回答说，除了从《共产党宣言》中摘出下面一段话外，再也找不出合适的了，这就是："代替那存在着阶级和阶级对立的资产阶级旧社会的，将是这样一个联合体，在那里，每个人的自由发展是一切人的自由发展的条件。"

2. **【参考答案】** C

【核心考点】 本题考查质量互变规律的内涵。

【解题思路】 本题有难度，稍不注意就会选错。出错的原因是只根据"'坚持就是胜利'的哲理"、"不是因为力量，而是因为坚持"进行判断，就很容易选D项。其实，这里的"坚持就是胜利"来自于箴言"在溪水和岩石的斗争中，胜利的总是溪水，不是因为力量，而是因为坚持"，这里的"不是……，而是……"是强调句型，强调的是坚持，结合整句话可知，这里的坚持就是量的积累之后的结果，所以选C。

【相关知识】 事物的联系和发展都采取量变和质变两种状态和形式。任何事物都是质和量的统一体。质是一事物区别于其他事物的内在规定性。量是事物的规模、程度、速度等可以用数量关系表示的规定性。事物的量和质是统一的，量和质的统一在度中得到体现。度是保持事物质的稳定性的数量界限，即事物的限度、幅度和范围，度的两端叫关节点或临界点，超出度的范围，一物就转化为他物。

量变和质变的辩证关系是：第一，量变是质变的必要准备。任何事物的变化都有一个量变的积累过程，没有量变的积累，质变就不会发生。第二，质变是量变的必然结果。单纯的量变不会永远持续下去，量变达到一定程度必然引起质变。第三，量变和质变是相互渗透的。一方面，在总的量变过程中有阶段性和局部性的部分质变；另一方面，在质变过程中也有旧质在量上的收缩和新质在量上的扩张。量变和质变是相互依存、相互贯通的，量变引起质变，在新质的基础上，事物又开始新的量变，如此交替循环，形成事物质量互变的规律性。质量互变规律体现了事物发展的渐进性和飞跃性的统一。

3. **【参考答案】** D

【核心考点】 本题考查人与自然的关系。

【解题思路】 本题难度不大，结合图片、题干中的陈述，紧扣"警示是……"就可知本道试题考查的是，气候变暖给人类发出的警示是人在作用于自然的过程中，生态环境已日益成为人类反思自身活动的重要前提，保护自然，协调人和自然的关系是大势所趋，所以，选D项。

【相关知识】 马克思主义关于事物普遍联系的原理，要求人们要善于分析事物的具体联系，确立整体性、开放性观念，从动态中考察事物的普遍联系。当代中国正在以科学发展观为指导构建社会主义和谐社会，这就要求我们正确认识和处理人与自然、人与人、人与社会的相互关系，正确认识和处理中国特色社会主义事业中的重大关系，坚持统筹兼顾，促进经济社会的协调和持续的发展，促进人的全面发展。

认识世界和改造世界是一个充满矛盾的过程。人类世界是由主观世界和客观世界构成的。人类主体总是受目的性和能动性的驱使，要求外部客观世界满足自身的需要。然而客观世界是按照固有的规律运行的，不可能自动地满足主体的愿望和需要，因而主观和客观就处于矛盾状态之中。主观和客观的矛盾是人类实践活动中最普遍、最根本的矛盾，是人类世界形成和发展的动力。我们一定要自觉地拿起马克思主义的思想武器，在参加变革现实的实践活动中，正确地解决主观与客观的矛盾，科学地认识世界和改造世界，建设一个人与自然、人与社会以及人与人协调统一的和谐世界，为人类营造一个美好的家园。

4. 【参考答案】 C

【核心考点】 本题考查劳动力成为商品是货币转化为资本的前提条件的原因。

【解题思路】 劳动力商品的最主要特点，就是它的使用，也即在消费的过程中能创造出比自身价值更多的价值。对资本家来说，劳动力商品的使用价值不是由它提供的劳动的某种有用性质即具体劳动来决定的，也不是由具体劳动所创造的某种产品的特殊有用性质决定的，而是由它提供的劳动的抽象性质即抽象劳动决定的，这个抽象劳动所创造的价值量比劳动力价值的量更大，也即剩余价值。那么，在这一过程中，货币也随之转化为资本了。因此，本题选 C 项。

【相关知识】 劳动力商品在使用价值上有一个很大的特点，就是它的使用价值是价值的源泉，它在消费过程中能够创造新的价值，而且这个新的价值比劳动力本身的价值更大。正是由于这一特点，货币所有者购买到劳动力以后，在消费它的过程中，不仅能够收回他在购买这种商品时支付的价值，还能得到一个增殖的价值即剩余价值。而一旦货币购买的劳动力带来剩余价值，货币也就变成了资本。

在资本主义条件下，资本家购买的是雇佣工人的劳动力而不是劳动。劳动是劳动力商品的使用价值，它本身并不是商品。劳动力商品具有能创造比自身价值大的价值的特点，正因为如此，资本家才购买劳动力来进行资本主义生产。

5. 【参考答案】 A

【核心考点】 本题考查社会主义初级阶段的主要矛盾的主要方面。

【解题思路】 当前，我国社会主义初级阶段的主要矛盾是人民日益增长的物质文化需要同落后的社会生产之间的矛盾。这个主要矛盾深刻反映了我国社会主义初级阶段的特殊本质。从社会需要方面来看，随着社会主义制度的建立，人民群众在旧社会被压抑的社会需求被广泛释放出来，人民对于崭新的社会制度能够满足他们的物质文化需要，寄予了很大的期望。从社会生产方面看，经过几十年来的社会主义建设，我国的社会生产力和经济实力有了巨大的增长，教育科学文化事业也有了相当发展，但是生产力落后、经济文化发展很不平衡的状况还没有得到根本改变。所以在我国社会主要矛盾中，生产力落后将长期是矛盾的主要方面。所以，本题选 A 项。

【相关知识】 党的十一届三中全会果断地纠正了"以阶级斗争为纲"的错误方针，决定把党和国家的工作重点转移到社会主义现代化建设上来，进而对我国社会主要矛盾作出了新的概括。1979 年，邓小平在《坚持四项基本原则》的重要讲话中，明确回答了什么是我国现阶段的主要矛盾的问题。1981 年，党的十一届六中全会通过的"历史决议"对我国社会主要矛盾作了规范的表述："在社会主义改造基本完成以后，我国所要解决的主要矛盾，是人民日益增长的物质文化需要同落后的社会生产之间的矛盾。"

社会主义初级阶段的主要矛盾，贯穿于这个阶段的整个过程和社会生活的各个方面。这个主要矛盾有其特定的历史内容：就人民日益增长的物质文化需要而言，"人民"包括各阶层人民群众，具有整体性，"需要"是随着经济和社会发展而不断提高的，具有动态性和全面性；从社会需要方面来看，随着社会主义制度的建立，人民群众在旧社会被压抑的社会需求被广泛释放出来，人民对于崭新的社会制度能够满足他们的物质文化需要，寄予了很大的期望；从社会生产方面看，经过几十年来的社会主义建设，我国的社会生产力和经济实力有了巨大的增长，教育科学文化事业也有了相当发展，但是生产力落后、经济文化发展很不平衡的状况还没有得到根本改变。在我国社会主要矛盾中，生产力落后将长期是矛盾的主要方面。要彻底改变这种情况，就必须始终坚持以经济建设为中心，集中力量不断解放和发展生产力。

6.【参考答案】 D

【核心考点】 本题考查当前我国发展的根本目的。

【解题思路】 邓小平强调"发展才是硬道理"、江泽民强调"发展是党执政兴国的第一要务"，这体现了中国解决所有问题的关键是要靠自己的发展，发展是为了创造出比资本主义更发达的生产力，增强我国的综合国力，使人民群众享受更多的实际利益，使社会主义更好地显示出自己的优越性。但是，我们的发展要靠人民，发展的根本目的也是为了满足人民日益增长的物质文化的需求，使人民共享发展成果，实现共同富裕，只有这样，我国的发展才能实现持续的、长久的高速发展。所以，本题选 D 项。

【相关知识】 早在新民主主义革命时期，毛泽东就根据历史唯物主义揭示了判断一个政党历史地位的标准是看它束缚了生产力，还是解放了生产力。邓小平强调解放和发展生产力在社会主义本质中的地位和作用。江泽民指出，党要承担起推动中国社会进步的历史责任，必须始终紧紧抓住发展这个执政兴国的第一要务，把坚持党的先进性和发挥社会主义制度的优越性落实到发展先进生产力、发展先进文化、实现最广大人民的根本利益上来，推动社会全面进步，促进人的全面发展。

坚持以发展的办法解决前进中的问题，是实行改革开放以来我们党的一条主要经验。江泽民强调，历史和现实都表明，无论国内国际形势如何变化，无论遇到什么样的困难，只要正确坚持和贯彻发展的思想，我们党就能够从容应对挑战，克服困难，不断前进。改革开放30多年来的实践也充分证明，坚持以发展为主题，用发展的眼光、发展的思路、发展的办法解决前进中的问题，就能把中国特色社会主义事业不断推向前进。

7.【参考答案】 A

【核心考点】 本题考查建设资源节约型社会的核心。

【解题思路】 资源节约型社会要求在生产、流通、消费的各个领域，在经济社会发展的各个方面，以节约使用能源资源和提高能源资源利用效率为核心，以节能、节水、节材、节地、资源综合利用为重点，以尽可能小的资源消耗，获得尽可能大的经济和社会效益，从而保障经济社会的可持续发展。所以，不管是根据题干中的材料所述，还是题后的问题"建设资源节约型社会的核心是……"，或是根据平时所学的知识，辅助以排除法，都很容易选出本题的答案是 A 项。

【相关知识】 建设资源节约型、环境友好型社会，必须处理好经济建设、人口增长与资源利用、生态环境保护的关系，要充分考虑人口承载力、资源支撑力、生态环境承受力，正确处理经济发展与人口、资源、环境的关系，统筹考虑当前发展和长远发展的需要，不断提高发展的质量和效益，走生产发展、生活富裕、生态良好的文明发展道路。为此必须转变关于发展的传统观念，从重经济增长轻环境保护转变为保护环境与经济增长并重，在保护环境中求发展；从环境保护滞后于经济发展转变为环境保护和经济发展同步，努力做到不欠新账，多还旧账，改变先污染后治理、边治理边破坏的状况；从主要用行政办法保护环境转变为综合运用法律、经济、技术和必要的行政办法解决环境问题，自觉遵循经济规律和自然规律，提高环境保护工作水平。

建设生态文明是建设资源节约型、环境友好型社会的内在要求。改革开放以来，我们党相继提出建设社会主义物质文明、精神文明、政治文明。十七大报告第一次明确提出了建设生态文明的目标。生态文明既包括人类对传统文明形态特别是工业文明进行深刻反思和探索的认识成果，又包括人类在发展物质文明过程中保护和改善生态环境的实践成果，表现为人与自然和谐程度的提高和人们生态观念的增强。

8.【参考答案】　C

【核心考点】　本题考查深化文化体制改革，发展文化事业和文化产业。

【解题思路】　题干前半部分主要叙述了当前需要进行文化体制改革，及进行改革后的重大作用，后半部分问的是"保障人民基本文化权益的主要途径"，所以紧扣关键词"文化体制改革"及"主要途径"，结合自己所记忆的相关知识，针对选项选择即可，很容易选出正确答案C。因为文化体制改革的目标和框架很明确地规定了这一内容：深化文化体制改革，要坚持一手抓公益性文化事业，一手抓经营性文化产业。公益性文化事业和经营性文化产业要协调发展，公益性文化事业是保障人民基本文化权益的主要途径，是政府主导的公共文化服务体系。

【相关知识】　深化文化体制改革，要坚持以发展为主题，以改革为动力，以体制机制创新为重点，以创造生产更多更好适应人民群众需求的精神文化产品为目标，促进文化事业全面繁荣和文化产业快速发展。要牢固树立新的文化发展观，进一步增强深化改革的自觉性和坚定性，坚决冲破一切妨碍文化发展的思想观念，坚决改变一切束缚文化发展的做法和规定，坚决革除一切影响文化发展的体制弊端。

深化文化体制改革，要坚持以体制机制创新为重点，在关键环节上实现新突破。围绕解决主要矛盾，破解难点问题，着力在重塑市场主体、完善市场体系、改善宏观管理、健全政策法规、转变政府职能等关键环节上取得新的突破。要把文化体制改革和文化创新结合起来，以改革促创新、促发展，推动文化观念、文化内容、文化形式、文化科技的全面进步。

9.【参考答案】　B

【核心考点】　本题考查在中国最早讴歌十月革命、比较系统地介绍马克思主义的人物。

【解题思路】　本题难度不大，属于记忆型试题。十月革命以后，在中国大地上率先举起马克思主义旗帜的是李大钊。李大钊先后发表《法俄革命之比较观》、《庶民的胜利》、《Bolshevism的胜利》、《我的马克思主义观》等文章，比较系统地介绍马克思主义。因此，B项正确。

【相关知识】　在中国大地上率先举起马克思主义旗帜的，是李大钊。李大钊是从爱国的立场出发，从民主主义者转变为共产主义者的。十月革命以后，他于1918年7月发表《法俄革命之比较观》一文，认定资本主义文明"当入盛极而衰之运"，"二十世纪初叶以后之文明，必将起绝大之变动"。在同年11月、12月发表的《庶民的胜利》、《Bolshevism的胜利》两文中，他指出十月革命"是二十世纪中世界革命的先声"，确信"将来的环球，必是赤旗的世界"。1919年9月、11月，他发表了《我的马克思主义观》一文，明确地把马克思主义称为"世界改造原动的学说"，并且对马克思的唯物史观、剩余价值学说和阶级斗争理论作了比较系统的介绍。与以往一些人对马克思学说所作的片断的、不确切的表述不同，他的这篇文章对马克思主义的介绍已经具有相当完整的形态，而且作出了基本正确的阐释。这表明，李大钊已经成为中国的第一个马克思主义者。

10.【参考答案】　B

【核心考点】　本题考查马克思主义和中国实际的"第二次结合"（中国共产党人开始探索中国自己的社会主义建设道路的成就）。

【解题思路】　三大改造完成，社会主义制度建立起来以后，苏共二十大暴露了社会主义国家在建设的过程中出现的一些弊端，以毛泽东为主要代表的中国共产党人，开始对中国的社会主义建设道路进行了艰苦的探索，并取得了积极的成果。《论十大关系》是以毛泽东为主要代表的中国共产党人开始探索中国自己的社会主义建设道路的标志。在新的历史条件下从经济方面和政治方面提出了新的指导方针，为中共八大的召开作了理论准备。所以，B项正确。

【相关知识】　1956年，社会主义基本制度的全面确立，标志着中国进入开始全面建设社会主义的历史阶段。

新中国成立初期，因为没有经验，在经济建设上只得学习甚至照搬苏联的做法。"这在当时是完全必要的，同时又是一个缺点，缺乏创造性，缺乏独立自主的能力。这当然不应当是长久之计。"经过执行发展国民经济的第一个五年计划的实践，中国共产党和人民政府已经积累了进行建设的初步经验。1956年2月召开的苏共二十大，进一步暴露了苏联在社会主义建设中存在的缺点和错误。在这种情况下，中国共产党人决心走自己的路，开始探索适合中国情况的社会主义建设道路。

探索中国的社会主义建设道路，首先有一个如何把马克思列宁主义原理同中国实际相结合的问题。1956年4月初，在中共中央书记处会议上，毛泽东提出：我认为最重要的教训是独立自主，调查研究，摸清本国国情，把马克思列宁主义的基本原理同我国革命和建设的具体实际结合起来，制定我们的路线、方针、政策。现在是社会主义革命和建设时期，我们要进行第二次结合，找出在中国进行社会主义革命和建设的正确道路。

毛泽东提出的关于实行马克思主义同中国实际的"第二次结合"的任务，为探索适合中国情况的社会主义建设道路，提供了基本的指导原则。

11.【参考答案】　B

【核心考点】　本题考查对同义语所蕴含的含义的理解。

【解题思路】　本句重心在"是品格"这一表述上。结合题干所述可知，爱因斯坦这句话的意思是道德比才能更重要，题干讲的是"才"与"德"的关系，只有选项B谈二者的关系，"才者，德之资也；德者，才之帅也"意思是才是德的辅助，德是才的统帅。所以，本题选B项。

12.【参考答案】　C

【核心考点】　本题考查自强不息的中华民族精神。

【解题思路】　中华民族精神包括以爱国主义为核心的团结统一、爱好和平、勤劳勇敢、自强不息。其中作为中华民族精神的重要内涵的自强不息，具体体现在多个方面，而"夸父追日"、"精卫填海"、"大禹治水"、"愚公移山"等典型例子中体现得就更充分。所以，本题选C。本题就是对基本知识记得不牢固的话，通过分析"夸父追日"、"精卫填海"、"大禹治水"、"愚公移山"中蕴含的精神，结合备选项，利用排除法也能很容易选出正确答案为C，其他各项都与这些传统典故所蕴含的精神相去甚远。

【相关知识】　中华民族精神的内涵：

（1）爱国主义是中华民族精神的核心。在中华民族的悠久历史中，爱国主义始终发挥着民族精神的核心作用。热爱祖国是贯穿中国历史发展的一条主线，也是中华民族精神的核心。

（2）团结统一。中国各族人民在长期实践中特别是近代以来，在反对外来侵略的斗争中，切身感受到国家的统一是民族生存和发展的基本前提，用自己的实际行动谱写了一曲又一曲维护统一、反对分裂的颂歌。

（3）爱好和平。这不仅表现在中华民族各兄弟民族之间以和为贵、携手共进等方面，而且表现在与世界上其他民族的友好交往、休戚与共上。中华民族历来以爱好和平著称于世。"礼仪之邦"、"协和万邦"、"德莫大于和"等观念，深深地扎根于中华民族的文化传统之中。

（4）勤劳勇敢。在中华民族的意识中，勤劳是一切事业成功的保证，是兴家立国之本。在中华民族的历史上，勇敢是广为推崇褒扬的美德，它要求人们无论是遭遇险风恶浪，还是面对残暴权势，都要有无所畏惧的精神；为了追求真理、坚持正义，要有置个人得失、贫富、生死于度外的勇气。勤劳勇敢是中华民族创造一个又一个人间奇迹的重要精神动力。

（5）自强不息。自强不息是中华民族生生不息的力量源泉，体现了中华民族勇于进取的精神境界，激励着一代代中国人发愤进取、不懈奋斗。

在中华民族的辉煌历程中，爱国主义在观念上和实践中，都发挥了作为民族精神核心的作用。团结统一、爱好和平、勤劳勇敢、自强不息的精神，服务于爱国兴邦这一主题。以爱国主义为核心的民族精神，是在历史的发展过程中逐渐形成的，也会随着中华民族的历史延续而变得更加厚重并显示出旺盛的生命力。

13.【参考答案】 B

【核心考点】 本题考查社会主义公民道德建设的重点。

【解题思路】 《公民道德建设实施纲要》不仅在公民基本道德规范中提出"诚信"，而且在职业道德要求中强调了"诚实守信"的重要性。公民道德建设以诚实守信为重点，既是对中华民族传统美德的弘扬，又是对当代中国道德建设实践的正确反映。因此，本题选B项。

【相关知识】 公民基本道德规范的主要内容：

在我国当前的社会生活中，"爱国守法"，强调公民应培养高尚的爱国主义精神，自觉地学法懂法用法守法和护法；"明礼诚信"，强调公民应文明礼貌、诚实守信、诚恳待人；"团结友善"，强调公民之间应和睦友好、互相帮助、与人为善；"勤俭自强"，强调公民应努力工作、勤俭节约、积极进取；"敬业奉献"，强调公民应忠于职守、克己奉公、服务社会。在公民道德实践中，各项公民基本道德规范的功能和作用是互相渗透、交叉并行的。

大学生应在三个重要环节上加强公民道德建设的实践：一是在思想上和心理上对公民基本道德规范产生认知和认同，全面掌握其内容和要求；二是把公民基本道德规范作为行为标准，正确进行道德判断和作出道德选择；三是积极践行公民基本道德规范，使自己的思想感情得到陶冶，精神生活得到充实，道德境界得到提高。

14.【参考答案】 A

【核心考点】 本题考查依法治国的根本要求。

【解题思路】 宪法明确规定，依法治国的根本要求是有法可依、有法必依、执法必严、违法必究，所以选项A正确。选项B"保障公民的知情权、参与权、表达权、监督权"属于我国政治体制改革的主要任务；选项C"立法公开、执法公平、司法公正"属于社会主义法治观念中公平正义观念的基本内容；选项D"社会生活的法制化、规范化、民主化"是依法治国基本含义中的相关内容，均与题意不符，应排除。

【相关知识】 我国宪法明确规定实行依法治国，建设社会主义法治国家。依法治国的根本要求是"有法可依、有法必依、执法必严、违法必究"。依法治国首先是依宪治国，同时国家的法律法规也应获得普遍的服从。任何个人和组织都要在宪法和法律范围内活动，一切违法行为都应受到法律的追究，法律面前人人平等。

15. 【参考答案】 D

【核心考点】 本题考查2009年的时事热点问题。

【解题思路】 2009年3月28日，来自西藏各族各界的13280名代表身着节日盛装，在布达拉宫广场上隆重纪念首个西藏百万农奴解放纪念日。所以，本题选D项。

16. 【参考答案】 D

【核心考点】 本题考查2009年的时事热点问题。

【解题思路】 2009年9月25日，胡锦涛在美国匹兹堡举行的二十国集团领导人第三次金融峰会上发表题为《全力促进增长推动平衡发展》的重要讲话指出："当前国际社会十分关注全球经济失衡问题。失衡既表现为部分国家储蓄消费失衡、贸易收支失衡，更表现为世界财富分配失衡，资源拥有和消耗失衡，国际货币体系失衡。导致失衡的原因是复杂的，多方面的。既有经济全球化深入发展，国际产业分工转移，国际资本流动的因素；也同现行国际经济体系，主要经济体宏观经济政策，各国消费文化和生活方式密切相关。从根本上看失衡根源是南北发展严重不平衡。"所以，本题选D。

二、多项选择题

17. 【参考答案】 ACD

【核心考点】 本题考查认识论中意识的能动作用。

【解题思路】 题干给出的事例反映的是人们意识的不断变化，人们的意识是对客观世界的能动反映；《新华字典》中内容的变迁，说明人的意识随着社会生活的变化而变化，但是，这一变化需要借助于相对有形的人类语言这一物质外壳来表达，人们对"科举"认识的变化，对"雄"的理解的变化，同样需要字典词条释义的变化来反映。因此，正确答案为A、C、D。

【相关知识】 意识是物质世界长期发展的产物，是人脑的机能和属性，是物质世界的主观映象。意识从其起源来看是自然界长期发展的产物。

意识不仅是自然界长期发展的产物，而且是社会历史的产物。社会实践特别是劳动在意识的产生和发展中起着决定性的作用，劳动为意识的产生和发展提供了客观需要和可能，在人们的劳动和交往中形成的语言促进了意识的发展。

意识从其本质来看是物质世界的主观映象，是客观内容和主观形式的统一。意识是物质的产物，但又不是物质本身，意识是特殊的物质——人脑的机能和属性，意识在内容上是客观的，在形式上是主观的。马克思指出："观念的东西不外是移入人的头脑并在人的头脑中改造过的物质的东西而已。"这表明，物质决定意识，意识依赖于物质并反作用于物质。

18. 【参考答案】 CD

【核心考点】 本题考查科技革命的重要作用。

【解题思路】 科学技术是第一生产力，科技革命是推动社会发展的重要力量。但是，科技革命并不是摆脱社会危机的根本出路，和社会形态的更替没有直接关系，只是生产力的发展会促使改变不适合生产力发展的生产关系，从而引发社会形态的更替。社会实践的需要是科技发展的强大动力、科技创新能够推动社会经济跨越式发展是"科学技术是第一生产力"的真正体现，所以，本题选 C、D。

【相关知识】 科学技术革命是社会动力体系中的一种重要动力，对人类社会发展的影响更加深远，更加强烈。主要表现在：

（1）现代科技革命推动生产方式的变革。①现代科技革命使生产力的构成要素发生了质的变革，从而极大地推动了社会生产力的发展。劳动资料、劳动对象越来越成为科技的物化，劳动者"智化"程度越来越高。②它导致了产业结构的重大调整，传统产业在技术改造中面目一新，新的"知识产业"迅速兴起。③它推动了生产关系的调整。

（2）现代科技革命推动生活方式的变革。现代科技革命直接或间接地作用于人们生活方式的四个基本要素，即生活主体、生活资料、生活时间和生活空间，从而引起现代生活方式发生新的变革。

（3）现代科技革命推动思维方式的变革。现代科技革命使思维方式具有系统性、整体性、开放性、动态性、创造性等特征，并使认识活动出现数学化、模型化、形式化的趋势。

19. 【参考答案】 ACD

【核心考点】 本题考查资本主义政治制度的实质。

【解题思路】 本题前半部分的寓言是引子，核心是寓言的启示：资产阶级宣布"法律面前人人平等"的实质。资本主义政治制度本质上是资产阶级进行政治统治和社会管理的手段和方式，是为资产阶级专政服务的，因此不可避免地有其历史的和阶级的局限性。法律名义上的平等掩盖着事实上的不平等，由于资本主义社会是建立在私有制和资本特权的基础上的，资本家和劳动者之间、富人与穷人之间存在着事实上严重的不平等，资本主义法律的实质是将这种不平等合法化。因此，本题选 A、C、D。

【相关知识】 资本主义政治制度的形成和发展在人类社会历史的发展进程中曾经起过重要的进步作用。但是，由于资本主义政治制度本质上是资产阶级进行政治统治和社会管理的手段和方式，是为资产阶级专政服务的，因此它不可避免地有其历史的和阶级的局限性。其一，资本主义的民主是金钱操纵下的民主，实际是资产阶级精英统治下的民主。其二，法律名义上的平等掩盖着事实上的不平等。其三，资本主义国家的政党制是一种维护资产阶级统治的政治制度。因此从本质上说，资本主义国家多党制仍然是资产阶级选择自己的国家管理者、实现其内部利益平衡的政治机制。

因此，资本主义政治制度的本质是为资产阶级服务的，是服从于资产阶级进行统治和压迫需要的政治工具。

20. 【参考答案】 BCD

【核心考点】 本题考查社会规律的客观性。

【解题思路】 人类社会的发展是前进性和曲折性的统一，社会从低级到高级发展的总体规律是不会改变的，更不会因为个别国家而改变。"历史终结论"的破产说明，人类历史的发展的曲折性不会改变历史发展的前进性，一些国家社会发展的特殊形式不能否定历史发展的普遍规律，人们对社会发展某个阶段的认识不能代替社会发展的整个过程。但是，社会规律和自然规律是有相异之处的，社会规律是人有意识的能动活动，自然规律是盲目的无意识的力量起作用，所以，本题选 B、C、D。

【相关知识】 规律是客观的。客观性是规律的根本特点，它的存在不依赖于人的意识。相反，人的意识活动要受规律的支配。不管人们是否认识到、承认不承认，它都客观存在着，并以一定的方式起作用。我国战国时代哲学家荀子说："天行有常，不为尧存，不为桀亡。"这里的"常"就是指规律；"不为尧存，不为桀亡"就是说规律是客观的，不以任何人的意志为转移。唯心主义者否认规律的客观性。人们在实践中，透过大量的外部现象，可以认识或发现客观规律，并利用这种认识指导实践，达到改造自然、改造社会，为社会谋福利的目的。不仅如此，人们还可以改变规律发生作用的条件和形式，使事物朝着有利于人类的方向发展。

21.【参考答案】　ABC

【核心考点】　本题考查马克思主义之所以能够实现中国化的原因。

【解题思路】　马克思主义之所以能够中国化，是外因和内因同时起作用的结果。内因在于，理论与实践相结合是马克思主义中国化的内在要求，中国的马克思主义者的任务就是结合我国不同时期的具体实际，将马克思主义进一步加以具体化，A 项正确；外因在于中国革命和建设的需要和中华民族的优秀文化，具有相容性，马克思主义能为中国革命、建设和改革的实际提供指导，而中国的革命、建设和改革又极需要这一指导，所以 B、C 正确；这一指导只是立场、方法论等方面，是对民族国家都具有指导意义的，但并不能为中国革命建设和改革提供现成发展模式，因此 D 选项错误。

【相关知识】　实现马克思主义中国化是解决中国问题的需要。马克思主义作为科学真理，虽然具有普遍的指导意义，但将这些普遍真理应用于中国的具体实际却是一项极其艰巨的任务。中国共产党人面对着特殊的国情，在旧中国这样的半殖民地半封建的东方大国，不仅革命的条件与马克思、恩格斯、列宁所分析的西方资本主义国家很不一样，而且中国社会历史发展的具体道路同西方资本主义各国以及其他国家社会历史发展的道路也不可能相同；同样，在新中国如何进行社会主义建设，如何进行社会主义改革，也不同于其他社会主义国家。要真正运用马克思主义来指导中国革命、建设和改革，必须实现马克思主义的中国化。中国革命、建设和改革的实践也证明，马克思主义之所以能在中国发挥指导作用，不仅因为它是科学，而且是因为中国的社会条件有了这种需要，是因为它同中国人民的革命、建设和改革的实践发生了联系，实现了结合，是因为它被中国人民所掌握。

　　实现马克思主义中国化是马克思主义理论的内在要求。各国的马克思主义者的任务就是结合各个国家不同时期的具体实际，将马克思主义进一步加以具体化；同时，马克思主义也只有在同各国具体实际相结合的过程中，才能开辟自身的发展道路。这是马克思主义的题中应有之义。马克思主义要在中国发挥指导作用，就必须将其同中国的具体实际相结合，实现马克思主义的中国化；中国化的马克思主义又为马克思主义理论宝库增添了新的内容。

22.【参考答案】　ABD

【核心考点】　本题考查制定过渡时期总路线时毛泽东对最初设想的改变的原因。

【解题思路】　从 1949 年 10 月中华人民共和国成立到 1952 年，是我国从新民主主义到社会主义过渡的时期。这一时期，既有资本主义因素的发展，又有社会主义因素的发展，但总的方向是促进社会主义因素的不断增长，逐步确立我国现代化（也即工业化）建设的社会主义方向，不断限制资本主义经济的影响，为"三大"改造创设条件，因此 A、B 正确。我国真正的工业化建设是从 1953 年开始，黄金时期是其后的第一个五年计划，因此 C 项错误。到 1952 年，经过三年的过渡，我国国民经济得到恢复，民主革命遗留下来的任务已经完成，政治、经济及社会面貌发生了巨大变化。由于新的经验的积累，以及对社会主义改造步骤的新认识，党中央和毛泽东原来关于转变的设想发生了部分变化。毛泽东认为，制定党在过渡时期的总路线，明确地向全党和全国人民提出向社会主义逐步过渡的任务，现在是适时的和必要的了。因此 D 项正确。

【相关知识】 党提出过渡时期的总路线，充分考虑了具有实现的可能性。

第一，我国已经有了相对强大和迅速发展的社会主义国营经济。经过 1949 年到 1952 年三年的努力，国家已经掌握了重要的工矿企业、铁路、银行等国民经济的命脉，社会主义的国营经济在国家经济生活中实际上已居于相对强大的地位。这为党提出向社会主义过渡的总路线提供了物质基础。

第二，土地改革完成后，为发展生产、抵御自然灾害，广大农民具有走互助合作道路的要求。在国民经济恢复时期，党在一些老解放区大力推广农业互助组，并着手组织以土地入股为主要特征的半社会主义性质的初级合作社。党总结这些经验，认为这些互助合作形式是帮助贫苦农民战胜自然灾害、克服困难、增加生产、避免农村重新出现两极分化、引导农业向社会主义方向发展的适当形式。这为党提出向社会主义过渡的总路线提供了重要依据。

第三，新中国成立初期，党和国家在合理调整工商业的过程中，出现了加工订货、经销代销、统购包销、公私合营等一系列从低级到高级的国家资本主义形式。这引起了私营工商业在生产关系上的变化，成为党提出向社会主义过渡的总路线的又一个重要因素。

第四，当时的国际形势也有利于中国向社会主义过渡。苏联社会主义的发展已经显示出相对于资本主义的优越性，对我国有重要的借鉴作用。朝鲜战争停战也使世界的形势开始和缓。这为实行过渡时期总路线提供了有利的国际环境。

23. 【参考答案】 ABCD

【核心考点】 本题考查人民代表大会制度的特点和意义。

【解题思路】 人民代表大会制度是中国人民当家作主的根本政治制度，这一制度是我党把马克思主义基本原理同中国具体实际相结合的伟大创造，是近代以来中国社会发展的必然选择，是中国共产党带领全国各族人民长期奋斗的重要成果，反映了全国各族人民的共同利益和共同愿望，在实践中显示出强大的生命力和巨大的优越性。所以A、B、C、D均正确。

【相关知识】 我国的人民代表大会制度同资本主义国家的"三权分立"制度根本不同。所谓"三权分立"，就是把国家的立法、司法和行政三种权力，分别由议会、法院和政府独立行使，同时又相互制约，维持权力均衡。这种制度相对于封建专制统治与个人独裁是一种进步，它有利于调整资产阶级内部各党派、各利益集团之间的利益矛盾，有助于维护资产阶级的民主制度和保持资本主义社会的稳定。但这种制度是与资本主义国家的私有制经济基础、资产阶级国家性质、阶级关系和政党制度相适应的，是为维护资产阶级统治服务的。

实行人民代表大会制度是中国社会主义民主政治最鲜明的特点。在我国，人民内部虽然还存在各种复杂的矛盾，但全国人民根本利益的一致性，决定了人民可以统一行使自己的国家权力。在国家机构体系中，全国人民代表大会作为国家最高权力机关统一行使国家权力，实行民主集中制，集体行使职权，集体决定问题；国家行政机关、审判机关、检察机关由人民代表大会产生，对它负责、受它监督，合理分工、协调一致地工作，保证了国家统一有效地组织各项事业，保证一切权力属于人民。

24. 【参考答案】 BCD

【核心考点】 本题考查我国社会主义时期处理民族问题的基本原则。

【解题思路】 三大改造完成，社会主义制度建立起来之后，我们党在探索适合我国社会主义建设道路的过程中，也提出了妥善处理民族问题的正确的思路和政策，其最初的成果是《论十大关系》，完整的表述是党的八大。其基本原则是：维护祖国统一，反对民族分裂，坚持民族平等、民族团结、各民族共同繁荣。所以选项B、C、D均正确。在少数民族聚居的地方实行民族区域自治政策属于处理民族问题的基本政策，而不是基本原则，故不选。

【相关知识】　我国各民族自治地方的自治机关享有广泛的自治权利。一是自主管理本民族、本地区的内部事务；二是享有制定自治条例和单行条例的权利；三是享有宗教信仰自由的权利；四是享有使用和发展本民族语言文字，按照传统风俗习惯生活及进行社会活动的权利和自由。此外，还拥有自主安排、管理、发展经济建设事业，自主发展教育、科技、文化等其他各项权利。

经过60多年特别是改革开放30年的努力，在我国民族自治地方，各族人民的生存和生活环境明显改善，经济和各项社会事业迅速发展。实践证明，民族区域自治制度是一个伟大创举。

25. 【参考答案】　ACD

【核心考点】　本题考查中国坚持走和平道路的原因。

【解题思路】　走和平发展道路，是中国政府和人民根据时代发展潮流和自身根本利益作出的战略抉择。坚持走和平发展道路，是基于中国特色社会主义的必然选择。中国人民最需要、最珍爱和平的国际环境。走和平发展道路，是中国实现国家富强、人民幸福的必由之路，符合中国人民和世界人民的根本利益。坚持走和平发展道路，是基于中国历史文化传统的必然选择。所以选A、C、D。由于本题强调的是"符合中国历史文化传统"，B项内容与其要求相去甚远，故排除。

【相关知识】　实现和平发展，是中国人民的真诚愿望和不懈追求。和平、发展、开放、合作、和谐、共赢是我们的主张、我们的理念、我们的原则、我们的追求。走和平发展道路，是中国政府和人民根据时代发展潮流和自身根本利益作出的战略抉择。走和平发展道路，就是要把中国国内发展与对外开放统一起来，把中国的发展与世界的发展联系起来，把中国人民的根本利益与世界人民的共同利益结合起来。中国对内坚持和谐发展，对外坚持和平发展，这两个方面是密切联系、有机统一的整体，都有利于建设一个持久和平、共同繁荣的和谐世界。

中国和平发展的道路，是一条统筹国内发展和对外开放的发展道路。中国要发展起来、振兴起来，要实现现代化、实现全体人民的共同富裕，需要很多代人的努力奋斗。在这一历史进程中，我们需要稳定的国内环境，也需要和平的国际环境。

26. 【参考答案】　ABD

【核心考点】　本题考查洋务运动失败的主要原因。

【解题思路】　洋务运动的指导思想是"中学为体，西学为用"。即在封建主义思想的指导下发展近代企业，A项正确；洋务派官僚主张对外"和戎"，兴办企业一切依赖外国，B项正确；洋务运动的失败不是由于资金人才的匮乏，而是上层地主阶级的垄断和对人才的压制，C项显然错误；洋务派所创办的一些新式企业虽然具有一定的资本主义性质，但其管理基本上仍是封建衙门式的，大小官员既不懂生产技术，又不懂经营管理，无法维持企业的正常运行，也是导致洋务运动失败的一个原因，D项正确。故选A、B、D。

【相关知识】　洋务运动失败的原因：首先，洋务运动具有封建性。洋务运动的指导思想是"中学为体，西学为用"，即在封建主义思想的指导下，在维持封建的上层建筑、经济基础的条件下发展一些近代企业，为维护清朝的封建统治服务。洋务派企图以吸取西方近代生产技术为手段，来达到维护和巩固中国封建统治的目的，这就决定了它必然失败的命运。

其次，洋务运动对外国具有依赖性。洋务运动进行之时，清政府已与西方国家签订了一批不平等条约，西方列强正是依据种种特权，从政治、经济等各方面加紧对中国的侵略和控制，它们并不希望中国真正富强起来。而洋务派官员却一再主张对外"和戎"，其所兴办的企业一切仰赖外国，他们企图依赖外国来达到"自强"、"求富"的目的，无异于虎谋皮。

再次，洋务企业的管理具有腐朽性。洋务派所创办的一些新式企业虽然具有一定的资本主义性质，但其管理基本上仍是封建衙门式的。洋务派所办的军事工业完全由官方控制，经营不讲效益，造出的枪炮、轮船往往质量低下。企业内部极其腐败，充斥着营私舞弊、贪污受贿、挥霍浪费等官场恶习。大小官员既不懂生产技术，又不懂经营管理，无法维持企业的正常运行。

正因为如此，洋务运动不可能为中国摆脱贫弱找到出路，也不可能避免最终失败的命运。

27. **【参考答案】** ABCD

【核心考点】 本题考查中国革命走农村包围城市、武装夺取政权道路的根据。

【解题思路】 本题不难，基本原因课本上讲得很清楚，那就是：近代中国是一个半殖民地半封建社会，内无民主制度而受封建主义的压迫；外无民族独立而受帝国主义的压迫，没有通过和平方式争得民主的条件；近代中国农民占全国人口的绝大多数，无产阶级要想夺取革命的胜利，就必须将工作重点放到农村，组织、发动和武装农民，使革命战争获得广大农民的支持和参加，为最后夺取全国胜利奠定基础；中国革命的敌人虽然建立了庞大的反革命军队，并长期占据着中心城市，但农村则是其统治的薄弱环节，因此，无产阶级及其政党必须将工作重心放到农村，在农村长期积蓄和锻炼自己的力量，以取得革命的最后胜利；中国是一个半殖民地半封建的大国，经济政治发展不平衡，使红色政权获得了深厚的阶级基础，这是农村革命根据地能够存在和发展的根本原因。因此，A、B、C、D均正确。

【相关知识】 农村包围城市、武装夺取政权的理论，是对1927年革命失败后中国共产党领导的红军和根据地斗争经验的科学概括。它是在以毛泽东为主要代表的中国共产党人同当时党内盛行的把马克思主义教条化、把共产国际决议和苏联经验神圣化的错误倾向作坚决斗争的基础上逐步形成的。1930年5月，毛泽东在《反对本本主义》一文中，阐明了坚持辩证唯物主义的思想路线即坚持理论与实际相结合的原则的极端重要性，提出了"没有调查，没有发言权"和"中国革命斗争的胜利要靠中国同志了解中国情况"的重要思想，表现了毛泽东开辟新道路、创造新理论的革命首创精神。农村包围城市、武装夺取政权理论的提出，标志着中国化的马克思主义即毛泽东思想的初步形成。这是马克思主义在中国的创造性的运用和发展。

28. **【参考答案】** ABD

【核心考点】 本题考查中国共产党巩固抗日民族统一战线的方针和原则。

【解题思路】 抗日战争时期，中国共产党处理民族矛盾和阶级矛盾的原则是：阶级矛盾服从于民族矛盾。因此，皖南事变后，中国共产党为了巩固统一战线，争取更多的人参加抗日，采取的方针和原则有：又联合又斗争，发展进步势力，争取中间势力，孤立顽固势力的策略总方针，以及同顽固派的斗争，坚持有理、有利、有节的策略原则。因此，选项A、B、D正确。选项C属于当时国内处理阶级斗争的对策，故不选。

【相关知识】 1935年12月，毛泽东作了《论反对日本帝国主义的策略》的报告，阐明党的抗日民族统一战线的新政策，批判党内的关门主义和对于革命的急性病，系统地解决了党的政治路线上的问题。1936年12月，他写了《中国革命战争的战略问题》这部著作，总结土地革命战争中党内在军事问题上的大争论，系统地说明了有关中国革命战争战略方面的诸问题。1937年夏，他在延安抗日军政大学讲授《实践论》、《矛盾论》，从马克思主义认识论的高度，总结中国共产党的历史经验，揭露和批评党内的主观主义尤其是教条主义错误，深入论证马克思列宁主义基本原理同中国具体实际相结合的原则，科学地阐明了党的马克思主义的思想路线。他指出：唯心论和机械唯物论，机会主义和冒险主义，都是以主观和客观相分裂，认识和实践相脱离为特征的。我们的结论是主观和客观、理论和实践、知和行的具体的历史的统一，反对一切离开具体历史的"左"的或右的错误思想。

以毛泽东为主要代表的中共中央所进行的理论工作，对党的政治路线、军事路线和思想路线进行了拨乱反正，从思想上、理论上武装了中国共产党人，使他们满怀信心地去迎接即将到来的伟大的抗日民族解放战争。

29.【参考答案】　ACD

【核心考点】　本题考查解放战争时期第二条战线形成的原因。

【解题思路】　解放战争时期，由于国民党政府独裁专制和官员的腐败，人民大众对其失望至极，促成了第二条战线的形成，故A选项正确；第二条战线是为了争取和平、实现民主而开展的反抗运动，与国民党反动政府军事上的胜利与失败无关，主要在于国民党失去了民心，故B选项错误；国民党反动派发动内战，违背了人民的和平意愿，是促成第二条战线形成的直接原因，选项C正确；国统区生产萎缩，失业人数增加，经济危机严重，是第二条战线形成、人们实行自救（救国救民救自己）的另一大原因，故D选项正确。

【相关知识】　第二条战线的形成：（1）国民党统治区的政治经济危机。在国民党统治区，以学生运动为先导的人民民主运动也迅速地发展起来，成为配合人民解放战争的第二条战线。

国民党政府由于它的专制独裁统治和官员们的贪污腐败、大发国难财，抗战后期在大后方便已严重丧失人心。国民党之所以迅速失去民心，主要是由于它违背全国人民迫切要求休养生息、和平建国的意愿，执行反人民的内战政策。这样，国民党当局就将全国各阶层人民置于饥饿和死亡的界线上，因而就迫使全国各阶层人民团结起来，同蒋介石反动政府作你死我活的斗争，除此以外，再无出路。

（2）学生运动的高涨。针对国民党当局积极从事内战的准备，1945年底，昆明学生发动了以"反对内战，争取自由"为主要口号的一二·一运动。这个运动扩展到了许多城市。学生罢课、游行同工人罢工、教员罢教等各阶层人民的斗争汇合到了一起。

在解放军转入战略进攻之后，国民党当局加紧了对爱国民主运动的镇压，1947年10月以后，爱国学生一次又一次地掀起反抗斗争的浪潮。由于他们愈来愈把自己的希望寄托在人民解放战争的胜利上面，学生运动的主要口号便由"反饥饿、反内战"改为"反迫害"了。

（3）人民民主运动的发展。学生运动的高涨，不可避免地要促进整个人民运动的高涨。在农村，农民不断掀起反抗国民党当局抓丁、征粮、征税的浪潮。1947年1月，民变地区扩展到300多个县。中共地方组织还在广东（含海南岛）、湖北、安徽、福建、江西等一些地方的农村中，恢复和发展人民武装，进行武装斗争，建立游击根据地。随后，台湾、新疆等地人民都在艰苦的条件下继续坚持斗争。

这些事实表明，不仅在军事战线上，而且在政治战线上，国民党政府都打了败仗。这个政府已经处在全民的包围中。

30.【参考答案】 ABCD

【核心考点】 本题考查钱学森的言行所展示的爱国主义精神的内容。

【解题思路】 科学属于全人类的财富，科学知识是无国界的，但科学知识的运用却不可能离开具体的国家，选项 A 正确；个人的理想如果离开国家和民族就会成为无源之水，无本之木，所以个人的理想要与国家的命运、民族命运相结合，选项 B 正确；社会主义制度的建立，为祖国的繁荣发展提供了可靠的保障，社会主义在中国不是一句空洞的口号，而是集中代表着、体现着、实现着国家、民族和人民的根本利益，所以爱国主义与爱社会主义具有深刻的内在一致性，选项 C 正确；爱国主义不仅是一种情感，一种思想，更是一种行动，所以选项 D 也正确。

【相关知识】 改革开放特别是进入新世纪新阶段以来，我国所处的国内外环境发生了很大的变化，爱国主义有了更加符合实际、更加有利于凝聚人心、鼓舞士气和团结最大多数人的新内涵。2004 年，十届全国人大二次会议通过的《中华人民共和国宪法修正案》为认识和把握新时期爱国主义提供了基本根据。

1. 爱国主义与爱社会主义的一致性

在当代中国，爱国主义首先体现在对社会主义中国的热爱上，这是中华人民共和国每一个公民必须坚持的立场和态度。爱国主义与爱社会主义的统一是中国历史发展的必然结果。社会主义制度的建立，为祖国的繁荣发展提供了可靠的保障。社会主义在中国不是一句空洞的口号，而是集中代表着、体现着、实现着国家、民族和人民的根本利益。

我国社会主义建设所取得的伟大成就有目共睹。特别是进入改革开放新时期以来，中国人民以一往无前的进取精神和波澜壮阔的创新实践，谱写了自强不息、顽强奋进的新的壮丽史诗，社会主义中国的面貌发生了历史性变化。中国的发展，不仅使中国人民稳步地走上了争取实现全面小康的广阔道路，而且为世界经济发展和人类文明进步作出了重大贡献。

中国的历史和现实充分证明，中国共产党是高举爱国主义旗帜并躬身实践的光辉典范，是中国特色社会主义事业的坚强领导核心。爱国主义与爱社会主义、爱中国共产党、爱人民政府，具有深刻的内在一致性。

2. 爱国主义与拥护祖国统一的一致性

如果说，爱国主义与爱社会主义的一致性，主要是对生活在祖国大陆的中华人民共和国公民的基本要求，那么，爱国主义与拥护祖国统一的一致性，不仅是对生活在中国大陆的中国公民的要求，而且是对全体中华儿女包括港澳台同胞以及海外侨胞的基本要求。在这个问题上，爱国与否是最基本的政治原则。在中华民族的爱国主义发展史上，维护祖国统一、反对祖国分裂是中华儿女爱国情怀的重要体现，也是对国家主权、领土完整及民族感情的认同。任何旨在制造国家分裂、损害国家主权和领土完整的言行，都会遭到具有强烈爱国主义精神的海内外中华儿女的坚决反对。

由于历史和现实的一些原因，生活在祖国大陆之外的一些同胞对大陆缺乏了解，对于他们的行为应当具体分析，具体对待。只要站在拥护祖国统一的原则立场上，深明中华民族的大义，就能够在政治上求同存异，在爱国主义的旗帜下团结起来，共同为祖国的统一大业奋斗。

31.【参考答案】 BD

【核心考点】 本题考查我国公民基本权利中政治权利和自由的基本内容。

【解题思路】 政治权利和自由具体包括两个方面：一是选举权和被选举权。二是政治自由，我国《宪法》规定："中华人民共和国公民有言论、出版、集会、结社、游行、示威的自由。"因此 B、D 为正确答案。选项 A 人身自由权与选项 C 宗教信仰自由也都是公民的基本权利，但与题意不符。

【相关知识】 政治权利和自由是指公民作为国家政治生活主体依法享有的参加国家政治生活的权利和自由，是国家为公民直接参与政治活动提供的基本保障。具体包括两个方面：第一，选举权和被选举权。第二，政治自由。政治自由主要是指公民表达自己政治意愿的自由。

32.【参考答案】 ABCD

【核心考点】 本题考查2009年的时事热点问题。

【解题思路】 2009年9月18日，中国共产党第十七届中央委员会第四次全体会议胜利闭幕，全会审议通过了《中共中央关于加强和改进新形势下党的建设若干重大问题的决议》，对当前和今后一个时期加强和改进党的建设做出了部署，其中除了强调要建设马克思主义学习型政党，坚持和健全民主集中制之外，还强调要弘扬党的优良作风，深化干部人事制度改革，做好抓基层，打基础工作，加快推进惩治和预防腐败体系建设，故选项 A、B、C、D 均正确。

33.【参考答案】 ABC

【核心考点】 本题考查2009年的时事热点问题。

【解题思路】 第八次中国—东盟经贸部长会议于2009年8月15日在泰国首都曼谷召开，双方共同签署了中国—东盟自贸区《投资协议》，标志着中国与东盟历时7年之久的自贸区主要谈判任务已经完成，该协议的重要意义在于：第一，确保中国对外建立的第一个自贸区于2010年全面建成；第二，将中国—东盟战略伙伴关系提升到更高水平；第三，为地区和全球经济复苏与发展作出积极贡献，故选 A、B、C。

三、分析题

34.【答案要点】 （1）人类的认识和实践是一个复杂的过程。由于主客观条件的限制和制约，任何人发生错误都是难免的。（3分）（2）真理与谬误、成功与失败是对立统一的关系，它们互相包含又能在一定条件下互相转化。梅兰芳对剧情本身有着深刻的理解，自身具有深厚的艺术实践功力，所以能化险为夷，变失败为成功。（4分）

（3）我们要正视失败和错误，认真总结经验教训，根据实际情况采取恰当的措施和方法加以应对，促成事物朝有利的方向转化。（3分）

【核心考点】 本题考查实践的基本内容，即人们该怎样对待和处理认识和实践活动中出现的错误或失败。

【解题思路】 本题尽管材料很长，后面的问题也很多——有三问，但其时事题并不难，回答问题的关键词都浓缩在材料的最后一段，以此为依据，结合自己储备的知识，联系生活实际，组织答案即可。在回答本题的时候，考生一定要明白，本题的考法很活，答案不是完完全全靠背诵书本上的某些段落就可以解决，更多是要靠自己的发挥。这也是以后考研试题的一个动向，希望考生多锻炼自己这方面的技能。

【相关知识】 实践活动中的主体与客体的关系从根本上说是认识关系和实践关系。辩证唯物主义认识论认为，主体和客体的关系不仅仅是认识和被认识的关系，而且也是改造和被改造的关系；主体反映客体的过程，也是主体改造客体的过程。所谓认识过程，就是人们在改造对象的实践中辩证地反映对象的过程。主体的这种认识、改造客体的过程，从根本上说，是为了满足自己的需要，获得一定的价值。主体在实践活动中，不断地打破客体的限制，超越现实客体，发展自己的能力和需求，同时也使客体得到进一步改造、发展和完善。

主体和客体相互作用的过程主要包括以下环节：一是确立实践目的和实践方案。

二是实践主体按照实践目的和实践方案实际地作用于实践客体，通过一定的实践手段把实践方案变成实际的实践活动。三是通过反馈和调节，使实践目的、手段和结果按一定方向运行。

35.【答案要点】 （1）社会建设与人民幸福息息相关。社会建设是中国特色社会主义事业总体布局的重要组成部分。经济建设是基础，经济建设的最终目的是为了改善民生，提高人民的生活水平。（2分）加快推进以改善民生为重点的社会建设，有利于解决人民群众最关心、最直接、最现实的利益问题，是贯彻落实科学发展观的重要内容，关系到巩固党执政的社会基础。（3分）

（2）把以改善民生为重点的社会建设贯彻到中国特色社会主义建设的全过程，并在社会主义建设的各个方面体现出来。（2分）优先发展教育，实现教育公平；实现扩大就业的发展战略，促进以创业带动就业；深入收入分配制度改革，增加城乡居民收入；加快建立覆盖城乡居民的社会保障体系，保证人民基本生活；建立基本医疗卫生制度，提高全民健康水平；完善社会管理，维护社会安定团结。（3分）

【核心考点】 本题考查加快推进以改善民生为重点的社会建设。

【解题思路】 本题也是一道结合时事来命制的材料分析题。材料是引子，其中的数据是例子，渗透其中的结论性的表述才是回答问题的依据和关键。本题不难，后面的问题也不晦涩，相关的知识点考生在备考的时候已经熟记于心，那么考生根据自己的所记知识，结合材料中的结论性话语组织答案即可。回答问题时切忌洋洋洒洒，而是要言语凝练、要点突出、条理清晰，尽量都踩在得分点上。

【相关知识】 建设中国特色社会主义经济，就是在社会主义条件下发展市场经济，不断解放和发展生产力。实现国民经济又好又快发展，保证人民共享改革和发展成果。

建设中国特色社会主义政治，就是在中国共产党领导下，在人民当家作主的基础上，依法治国，发展社会主义民主政治。实现社会安定、政府廉洁高效、全国各族人民团结和睦、生动活泼的政治局面。

建设中国特色社会主义文化，就是以马克思主义为指导，以培育有理想、有道德、有文化、有纪律的公民为目标，发展面向现代化、面向世界、面向未来的，民族的、科学的、大众的社会主义文化。建设社会主义核心价值体系，推动社会主义文化大发展大繁荣。

构建社会主义和谐社会，就是要按照民主法治、公平正义、诚信友爱、充满活力、安定有序、人与自然和谐相处的总要求和共同建设、共同享有的原则，以改善民生为重点，解决好人民最关心、最直接、最现实的利益问题，努力形成全体人民各尽其能、各得其所而又和谐相处的局面。

36.【答案要点】 （1）孙中山立志救亡图存，振兴中华，领导辛亥革命。结束中国的君主专制制度，建立资产阶级共和国，但是民主共和的理想并没有实现。（2分）中国共产党人继承孙中山的遗志，开辟了中国革命的正确道路和新的发展方向，领导全国人民进行艰苦卓绝的斗争，终于完成了反帝反封建的民主革命任务，建立了中华人民共和国。（3分）

（2）国家统一基本完成，对外获得民族独立；人民民主专政国家政权建立，人民当家作主；中国共产党成为执政党，这些为社会主义基本制度的建立和当代中国一切发展进步奠定了根本政治前提。（3分）新中国成立以来，中国共产党团家带领全国各族人民在革命、建设、改革的伟大实践中，取得了举世瞩目的伟大成就。贫穷落后的中国变成了一个初步繁荣昌盛、充满生机和活力的社会主义国家。（2分）

【核心考点】 本题考查中华人民共和国成立的伟大意义。

【解题思路】 同上题一样，本题也是一道结合 2009 年的时事热点——中华人民共和国成立 60 周年而命制的材料分析题。后面的问题也很明了：第一道试题结合第一则材料分析回答即可，其基本要点和答题思路是经过民主革命的艰辛努力，尽管其间有失误，经历过挫折，但是指导思想正确、方向明确，所以取得了民主革命的胜利。回答的时候一定要和孙中山领导的资产阶级革命失败的原因作对比。第二道试题就很简单了，回答中华人民共和国成立的重大意义即可。

【相关知识】 中华人民共和国是工人阶级领导的、以工农联盟为基础的人民民主专政的国家。它的成立，宣告中国人民当家作主的时代已经到来，中国历史由此开辟了一个新纪元。

第一，帝国主义列强压迫中国、奴役中国人民的历史从此结束，中华民族一洗近百年来蒙受的屈辱，开始以崭新的姿态自立于世界的民族之林。占人类总数 1/4 的中国人从此站立起来了。

第二，本国封建主义、官僚资本主义统治的历史从此结束，长期以来受尽压迫和欺凌的广大中国人民在政治上翻了身，第一次成为新社会、新国家的主人。一个真正属于人民的共和国建立起来了。

第三，军阀割据、战乱频仍、匪患不断的历史从此结束，国家基本统一，民族团结，社会政治局面趋向稳定，各族人民开始过上安居乐业的生活。人民可以集中力量从事经济、政治、文化、社会等方面建设的时期开始到来了。

第四，为实现由新民主主义向社会主义的过渡，并在社会主义道路上实现中华民族的伟大复兴，创造了前提条件。

第五，中国共产党成为全国范围内的执政党。它可以运用国家政权凝聚和调集全国力量，巩固民族独立和人民解放的成果，解放并发展社会生产力，以造福各族人民，造福整个中华民族。

总之，中华人民共和国的成立，标志着中国的新民主主义革命取得了基本的胜利，标志着半殖民地半封建社会的结束和新民主主义社会在全国范围内的建立。这是马克思主义同中国实际相结合的伟大胜利。近代以来中国面临的第一项历史任务，即求得民族独立和人民解放的任务基本上完成了；这就为实现第二项历史任务，即实现国家的繁荣富强和人民的共同富裕，创造了前提，开辟了道路。

37. **【答案要点】** （1）文明出行是现代社会公共生活的重要内容，随着社会的进步，公共生活领域的范围逐渐扩大（2分），公共生活需要公共秩序。维护公共秩序对经济社会健康发展、保障人民生活质量与安全具有重要意义（2分）。建立和维护社会秩序需要道德和法律两种手段。两者发挥作用的方式有所不同，但互为补充，相辅相成。（2分）

（2）构建文明的公共生活秩序，需要增强社会公德意识和法律意识，养成遵守社会公德和遵纪守法的良好行为习惯，学习和把握公共生活中的道德和法律规范，提升自身文明素质。（4分）

【核心考点】 本题考查当前社会需要构建文明的公共生活秩序。

【解题思路】 本题的思路很清晰，第一问是"为什么"的问题，第二问是"怎样做"的问题。第一问的回答结合材料第一段的叙述和提炼第一个表格中的信息所反映的问题的实质，联系现实回答即可；第二问的要点是联系现实、结合备考时熟记的书本上的知识回答即可。

【相关知识】 人类维护公共生活秩序的手段最初是自发形成的，随着经济社会的不断进步，公共秩序日益重要和复杂化，人类便愈加自觉地采用各种手段去维护公共生活秩序。道德和法律逐渐成为建立和维护社会秩序的两种基本手段。公共生活中的道德和法律所追求的目标是一致的，都是通过规范人们的行为来维护公共生活中的秩序，实现经济社会的稳定和发展。虽然道德和法律发挥作用的方式有所不同，但二者互为补充、相辅相成。道德规范作用的更好发挥，需要法律支撑；而法律作用的更好实现，则需要以道德建设为重要条件。良好社会秩序的形成、巩固和发展，要靠道德，也要靠法律。

在公共生活中，道德可以用来调节、规范人们的行为，预防犯罪的产生。道德是法律的补充。社会生活是纷繁复杂的，法律的属性决定了它不可能把复杂而广泛的社会关系全部纳入其调控的范围，因而其发挥作用的范围是有限的。道德发挥作用的领域更加广泛，它能够调整许多法律效力所不及的问题，不仅深入到社会生活中的各个方面，而且深入到人们的精神世界。个体道德素质和整个社会道德水准的提高，为法律的实施创造了条件。

总之，必须综合运用风俗、道德、纪律、法律等手段，规范人们的行为，培养良好的行为习惯，约束和制止不文明行为，维护社会公共秩序，形成扶正祛邪、扬善惩恶、知荣明耻的良好社会风气。

38.【答案要点】　（1）在经济全球化背景下，世界的生产贸易活动紧密联系在一起，相互依存、相互开放，中国制造即世界制造，中国离不开世界，世界需要中国。改革开放以来，中国与世界相互渗透，你中有我，我中有你；"中国制造"对世界的发展不是威胁，而是贡献，中国获益，世界也获益。（5分）

（2）我国还处在世界产业链的较低位置，走自主创新之路，让"中国制造"尽快成为"中国创造"，是时代发展提出的迫切要求；当代世界，综合国力的竞争深刻表现为一场世界范围内的"创新力"的竞争。只有通过创新才能提高我国产品的国际竞争力，才能促进我国调整产业结构，转变发展方式，建立创新型国家，进而提升我国的软实力。（5分）

【核心考点】　本题考查的是"中国制造"应该上升为"中国创造"所折射的我国产业结构、产业链需要升级等问题。

【解题思路】　本题还是一道紧扣时事材料而命制的材料分析题。第一问"'中国制造，世界合作'的广告主题说明了什么"是针对第一则材料命制的，回答的依据是最后一段文字所揭示的信息；第二题为什么说"现在是从'中国制造'的地位上升为'中国创造'的时候了"是针对第二则材料命制的，回答的依据是第二则材料的第2~4段文字所隐含的内容，从其中提炼，再结合课本上的要点回答即可。

2009 年全国硕士研究生入学统一考试政治理论试题精解

一、单项选择题

1.【参考答案】　A

【核心考点】　本题考查哲学的基本问题及其适用范围。

【解题思路】　根据题干表述"物质和意识的对立只有在非常有限的范围内才有绝对的意义，超过这个范围便是相对的了"可知，本题强调的是物质和意识在何种情况下起绝对作用，而且因其所扮演的角色不同，产生的结果就绝对不同，显然只有在决定哲学的党性或党性派别时二者才起到这样的作用，故选A。

【相关知识】　列宁是从物质和意识的关系上给物质下定义的，其基本思想包括：①物质是标志客观实在的哲学范畴，物质的根本特性是客观实在性。②物质是对一切可以从感觉上感知的事物的共同本质的抽象，它既包括一切可感知的自然事物，也包括可感知的人的感性活动即实践活动；③这种客观实在独立于我们的意识而存在，为我们的意识所反映。

这一定义表明，物质和意识的对立，只有在本体论的范围内指出它们何者为第一性、何者为第二性才具有绝对的意义；超出这个范围，物质和意识的对立便是相对的。因为意识不过是物质的反映，而反映者是不能同被反映的对象相脱离的，因此二元论是错误的。

2.【参考答案】　D

【核心考点】　本题考查真理的客观性及真理标准的客观性。

【解题思路】　实践之所以成为检验真理的唯一标准是由真理标准的客观性决定的，即不但真理是客观的，检验真理的标准也是客观的，而且这个标准是唯一的，只能是社会实践。承认真理的客观性，就是坚持唯物主义一元论。就某个确定的问题和对象而言，真理只能是一个，即与客观事物及其规律相符合的认识。

【相关知识】　真理的客观性或客观真理有两层含义：一是指真理的内容是客观的，真理中包含着不以人的意志为转移的客观内容。真理的客观性或客观真理并不是说真理本身就是客观事物，也不是说它没有主观形式，而是说它所反映的内容是客观的。

二是指真理的标准是客观的，客观的社会实践是检验真理的唯一标准。承认真理的客观性，就是坚持唯物主义一元论。就某个确定的问题和对象而言，真理只能是一个，即与客观事物及其规律相符合的认识。

3.【参考答案】　B

【核心考点】　本题考查生产力和生产关系的内涵及二者之间的关系。

【解题思路】　根据题干核心句"整个资本主义社会形态是个活生生的形态，既有'骨骼'，又有'血肉'"分析可知，此处的"骨骼"指的就是支撑起资本主义社会的最基本的东西，那就是与一定的生产力发展水平相适应的人与人之间的关系，即生产关系，显然"血肉"指的是物质形态的和人的形态的生产力及与之相关的其他关系了。故选B。

【相关知识】　（1）生产力是一个复杂的系统，它是参与社会生产和再生产过程的一切物质的、技术的要素总和。它主要是由劳动资料（以生产工具为主）、劳动对象和劳动者三个要素构成。生产力中的主导要素是劳动者。

（2）生产关系是一个复杂的经济结构，它的构成可概括为：生产资料的所有制关系；人们在生产中的地位和交换关系；产品分配关系以及由它直接决定的消费关系等。生产关系的各个方面相互联系、相互制约，共同组成一个有机的统一体。在这个复杂的生产关系的体系中，生产资料所有制是最基本的决定方面，是生产关系的基础。

（3）在生产力和生产关系的相互作用及其矛盾运动的过程中，二者之间始终存在着一种内在的本质的必然的联系。这就是生产关系适合于生产力的状况，即适合于生产力的性质、水平和发展的要求。这是不以人的意志为转移的社会历史发展的客观规律，它在社会发展的各个阶段、各个历史时期都是毫无例外的普遍地起作用。因此，当生产力与生产关系发生矛盾时，如果继续发展生产力，就只能调整生产关系；否则，保持原有生产关系就是倒退生产力或者是打击生产力发展，如果这种现象是社会普遍性的，很可能爆发革命来推翻旧生产关系的维护者。

4. **【参考答案】** C

【核心考点】 本题考查人的本质的具体内容。

【解题思路】 本题表面上看起来很复杂，既有卢梭的语录，也有马克思的观点，而且将试题融进马克思的原著中进行考查，不过抓住最后一句话"人的本质在其现实性上是什么"直接回答就行。根据记忆的知识，或者用排除法，会很容易选出正确答案是C。

【相关知识】 马克思指出："人的本质不是单个人所固有的抽象物，在其现实性上，它是一切社会关系的总和。"其含义表现在：（1）人是社会关系的承担者。现实的人总是处在特定的社会关系中的人，这种社会关系决定了人的社会地位。（2）社会关系是多方面的，其中经济关系起着支配作用。在探讨现实的人的本质时，既要看到社会关系的总和，又要注意经济关系的决定作用。（3）社会关系处于不断变化发展之中，作为社会关系总和的人的本质不是凝固不变的抽象物，而是具体的、历史的。

抽象的人性论离开社会关系来认识人的本质，否认人的本质是社会的、具体的和历史的，把人的本质归结为自然属性或生理属性，否认人的阶级性，认为人具有超社会、超历史、超阶级的永恒不变的本质。这种观点是错误的。

5. **【参考答案】** C

【核心考点】 本题考查货币流通规律的内容、公式及应用。

【解题思路】 根据公式"流通中所需的货币量 = 商品价格总额/单位货币流通速度"可知去年货币流通的次数为24万亿÷3万亿＝8万次；若今年该国商品价格总额增长10%，则今年的商品价格总额＝24＋24×10%＝26.4万亿，那么今年流通中所需要的货币量为＝26.4万亿/8万次＝3.3万亿，故选C。

其实，对反应比较快、基础知识掌握得比较扎实的考生来说，本题可以用如下简化的方式求解：根据题意可知，由于货币的流通速度不变，那么流通中所需要的货币量就与商品的价格总额成正比，价格总额增长10%，那么所需要的货币量也就增长10%，即为3×（1＋10%）＝3.3万亿元，同样选C。

【相关知识】 货币流通规律：（1）货币流通规律是指一定时期内流通中所需货币的量的规律。

（2）一定时期内流通中所需货币量取决于三个因素：一是投入流通中的商品数量；二是商品的价格水平（各种商品的单价）；三是单位货币的流通速度。前两个因素的乘积就是商品价格总额。用公式来表示就是：一定时期内流通中所需货币量＝商品价格总额÷单位货币的流通速度（次数）。

（3）一定时期内流通中所需货币量与商品价格总额成正比，与单位货币的流通速度成反比。

6. **【参考答案】** A

【核心考点】 本题考查国家垄断资本主义的性质与作用。

【解题思路】 在国家垄断资本主义条件下，政府对经济生活进行干预和调节的实质还是为了维护垄断资产阶级的整体利益和长远利益，而不是考虑提高资本主义社会的整体福利，更不是为了人民的利益，它也根本不能消除或防止经济危机的爆发、维持资本主义经济稳定增长（只是阶段性的），所以选A。

【相关知识】 （1）国家垄断资本主义的实质是私人垄断资本借助于国家政权的力量来干预和调节经济生活，其目的是更好地维护资本主义制度，维护垄断资本的统治。

（2）国家垄断资本主义仍然是垄断资本主义。国家垄断资本主义的发展，没有改变垄断统治这一垄断资本主义的经济实质。国家与私人垄断资本融合，参与社会资本的生产和再生产过程，目的在于增强垄断资本的实力，调节各经济部门的比例关系，加强垄断资本的竞争能力，为私人垄断资本获得更多的垄断利润创造条件。所以国家垄断资本主义实质上是要更好地维护垄断资本的统治地位，维护资本主义制度。

7.【参考答案】 B

【核心考点】 本题考查资本技术构成、资本价值构成和资本有机构成。

【解题思路】 资本的技术构成和有机构成的前提条件都是技术的进步，而题干中是因为物价的上涨，造成了该厂的资本构成发生变化，使得不变资本和可变资本的价值所占的比例发生了变化，所以这一变化属于资本的价值构成。

【相关知识】 在资本积累过程中，随着资本总额的不断增大，资本的结构也在发生变化。可以从价值、实物两方面去考查资本结构即不变资本、可变资本的关系。资本价值构成是不变资本和可变资本价值之间的比率。资本的技术构成是由生产技术决定的生产资料和劳动力之间的量的比率。资本有机构成是由资本技术构成决定并反映其变化的资本价值构成，用公式表示为：$c:v$。所谓资本价值构成是多少钱比多少钱；所谓资本技术构成是多少厂房机器比多少个工人；而资本有机构成是将资本的价值构成、技术构成有机整合为一体。具体而言，影响资本价值构成的因素有5个：商品价值、货币价值、供求关系、国家政策和资本技术构成；而只由资本技术构成决定的价值构成，才叫资本的有机构成。

8.【参考答案】 D

【核心考点】 本题考查中国民主革命的首先条件是分析清楚中国社会各阶级及其对革命的态度。

【解题思路】 抓住题干中的核心信息"中国社会各阶级的分析"，对应其结果"中国过去一切革命斗争成效甚少"，就可以知道是阶级分析不清楚，结合备选项，再用排除法，很容易得出主要原因是没有团结真正的朋友以攻击真正的敌人，所以选D项。

【相关知识】 （1）分清敌友，是中国革命的首要问题。《毛泽东选集》的第一篇文章《中国社会各阶级的分析》的第一句话就是："谁是我们的敌人？谁是我们的朋友？这个问题是革命的首要问题。"毛泽东认为，中国过去一切革命斗争成效甚少，其基本原因就是因为不能团结真正的朋友，以攻击真正的敌人。革命的政党要有不领错路和一定成功的把握，不可不注意团结我们真正的朋友，以攻击我们真正的敌人。

（2）帝国主义是近代中国最凶残的敌人，封建主义是阻碍中国社会进步的最反动势力，新民主主义革命的动力包括工人、农民、小资产阶级和民族资产阶级。

9.【参考答案】 D

【核心考点】 本题考查毛泽东撰写的《实践论》、《矛盾论》开始对中国共产党内存在的主观主义和教条主义进行哲学批判。

【解题思路】 本题不难，利用熟记的知识直接选择即可，或是抓住"实践论"是为了克服什么这个核心问题——显然是脱离实践的教条主义直接判断即可。故选D。

【相关知识】 （1）1930年5月，毛泽东针对当时中国共产党和工农红军内部普遍存在的教条主义倾向，撰写了著名的《反对本本主义》一文，第一次使用了中国共产党的"思想路线"这一科学概念，批评了形式主义、本本主义的错误态度，指出：马克思主义的"本本"是要学习的，但必须同中国的实际情况相结合；提出了洗刷唯心精神，树立"从斗争中创造新局面的思想路线"的历史性任务。

（2）1937年毛泽东撰写的《实践论》、《矛盾论》开始对中国共产党内存在的主观主义和教条主义进行哲学批判，从认识论的高度系统地阐释了马克思主义思想路线问题。同一年，毛泽东在《中国共产党在民族战争中的地位》中向全党提出了"使马克思主义在中国具体化"的任务。1939年,毛泽东在《〈共产党人〉发刊词》中完整地提出了"马克思列宁主义理论和中国革命的实践相结合"的思想。在20世纪30年代末和40年代初,毛泽东在阐释马克思主义中国化的问题时,反复使用了"实事求是"这个概念,指出共产党员应该是实事求是的模范。

10.【参考答案】　B

【核心考点】　本题考查新民主主义经济建设的方针。

【解题思路】　本题利用熟记的知识直接选择即可,或利用排除法也可直接选出正确答案:七届二中全会是在1949年3月份民主革命即将胜利的前夜召开的,而A、C的内容是新中国成立后50年代末60年代初我党针对当时存在的问题提出来的,D项的内容也显然不是新中国成立前的政策,均排除,只能选B。

【相关知识】　新民主主义经济中由于社会主义性质的国营经济居于主导地位,使它不同于资本主义经济,但新民主主义经济又不完全是社会主义经济,而是一种过渡性的经济,它的发展前途必然是社会主义经济。故新民主主义经济应在国营经济的领导下,使五种经济成分统筹兼顾、分工合作,以促进新民主主义经济的发展,为向社会主义过渡奠定基础和创造条件。新民主主义经济建设的方针是:必须紧紧地追随着"发展生产、繁荣经济"这个总目标,以"公私兼顾、劳资两利、城乡互助、内外交流"为基本经济政策。"发展生产,繁荣经济",讲的是生产力问题,它是新民主主义经济建设的根本问题;公私兼顾、劳资两利、城乡互助、内外交流,讲的是生产关系问题,是如何处理各种经济成分之间的以至企业内部关系的问题。这是发展新民主主义经济的唯一正确方针。"公私兼顾、劳资两利、城乡互助、内外交流"的"十六字方针"简称为"四面八方"政策,是中国共产党在七届二中全会以后正确处理新民主主义社会五种经济成分之间的关系的基本准则。

11.【参考答案】　C

【核心考点】　本题考查科学发展观的基本内容和规定。

【解题思路】　本题不难,不管是教科书中,还是党的十七大报告中都反复强调科学发展观的根本方法是统筹兼顾,熟记的话就可直选C。

【相关知识】　(1)科学发展观的主要内涵和要求极为丰富,涉及经济、政治、文化和社会发展各个领域,体现在制度建设、发展战略、思想观念和工作措施等各个方面。

(2)科学发展观,第一要义是发展,核心是以人为本,基本要求是全面协调可持续,根本方法是统筹兼顾。①必须坚持把发展作为党执政兴国的第一要务。②必须坚持以人为本。全心全意为人民服务是党的根本宗旨,党的一切奋斗和工作都是为了造福人民。③必须坚持全面协调可持续发展。要按照中国特色社会主义事业总体布局,全面推进经济建设、政治建设、文化建设、社会建设,促进现代化建设各个环节、各个方面相协调,促进生产关系与生产力、上层建筑与经济基础相协调。④必须坚持统筹兼顾。要正确认识和妥善处理中国特色社会主义事业中的重大关系,统筹城乡发展、区域发展、经济社会发展、人与自然和谐发展、国内发展和对外开放,统筹中央和地方关系,统筹个人利益和集体利益、局部利益和整体利益、当前利益和长远利益,充分调动各方面积极性。⑤深入贯彻落实科学发展观,要求我们始终坚持"一个中心、两个基本点"的基本路线。

12.【参考答案】　A

【核心考点】　本题考查社会主义新农村建设的相关内容。

【解题思路】　教科书中和党的历次大会决议都强调社会主义新农村建设的中心环节

是生产发展。利用逻辑推断法也可以得知答案是 A：中心环节就是最根本的问题，是解决其他所有问题的基础，那么在生产发展、生活宽裕、乡风文明、管理民主中当然是生产发展才能起到这样的作用，其他各项目标的实现有赖于这一中心任务的完成。

【相关知识】 党的十六届五中全会在对我国现阶段农业、农村和农民工作的客观形势进行科学分析的基础上，明确提出建设社会主义新农村是我国现代化进程中的重大历史任务。《中华人民共和国国民经济和社会发展第十一个五年规划纲要》提出，坚持统筹城乡经济社会发展的基本方略，在积极稳妥地推进城镇化的同时，按照生产发展、生活宽裕、乡风文明、村容整洁、管理民主的要求，坚持从各地实际出发，尊重农民意愿，扎实稳步推进新农村建设。

建设社会主义新农村，一要发展现代农业。坚持把发展农业生产力作为建设社会主义新农村的首要任务，推进农业结构战略性调整，转变农业增长方式，提高农业综合生产能力和增值能力。二要增加农民收入。充分挖掘农业增收潜力，增强非农产业收入，完善增收减负政策。三要改善农村面貌。统筹规划、分步实施、政府引导、群众自愿、因地制宜、注重实效，改善农民生产生活条件。四要培养新型农民。加强精神文明建设，倡导健康文明的新风尚，加快发展农村教育，技能培训和文化事业，培养造就有文化、懂技术、会经营的新型农民。五要增加农业和农村投入。坚持"多予少取放活"的方针，加大各级政府对农业和农村增加投入的力度，扩大公共财政覆盖农村的范围，强化政府对农村的公共服务，建立以工促农、以城带乡的长效机制。六要全面深化农村改革。稳定和完善农村基本经营体制，进一步深化以农村税费改革为主要内容的农村综合改革，加快推进农村金融改革，统筹推进农村其他改革。

13.【参考答案】 C

【核心考点】 本题考查马克思主义中国化理论成果的精髓。

【解题思路】 不管是毛泽东思想，还是邓小平理论、"三个代表"重要思想、科学发展观（或中国特色的社会主义理论），其精髓都是实事求是，选 C 项。

【相关知识】 （1）实事求是，不仅是马克思列宁主义、毛泽东思想的精髓，也是邓小平理论的精髓。

（2）实事求是是既是邓小平理论创立和形成的历史起点，也是这一科学理论体系的逻辑起点；实事求是是邓小平理论的基本点和活的灵魂，是其生命力和创造力源泉之所在；实事求是贯穿于邓小平理论科学体系的始终，其中每一个基本原理都充分体现了这一思想路线。

14.【参考答案】 A

【核心考点】 本题考查胡锦涛吴伯雄会谈的结果。

【解题思路】 胡锦涛在这次会谈中提出国共两党和两岸双方应当共同努力，建立互信、搁置争议、求同存异、共创双赢。本题有一定的主观化倾向，虽然直接考查的是2008 年 5 月 28 日发生的中共中央总书记胡锦涛会见中国国民党主席吴伯雄的时事，但要准确回答，还需要把握近年来两岸所发生的其他事件。因为 B、C、D 三项，都是之前两岸会谈所达成的成果。

15.【参考答案】 D

【核心考点】 神舟七号航天飞船所实现的是我国首次宇航员出舱活动。这是我国当年最重要的科技成就之一。A、C 是神舟五号进行的；承担绕月探测的是"嫦娥工程"。

【解题思路】 本题考查国内时事神舟七号飞入太空的突出创举。

16.【参考答案】 B

【核心考点】 本题考查尼泊尔共产党（毛主义）在制宪会议选举上一举成为第一大

党的国际时事。

【解题思路】 每年国内外发生的时事很多，最容易考查的内容通常有两个特征：一、与中国相关；二、与世界的整体相关。尼泊尔是我国的邻国，尼泊尔共产党（毛主义）的执政，是苏联东欧剧变之后国际共产主义运动复兴的成果之一。

二、多项选择题

17. 【参考答案】 ABCD

【核心考点】 本题考查意识的能动性原理及其应用。

【解题思路】 本题看似为一时事实例题，其实材料中的实例是铺垫，解题时可以不管，只要抓住"下列名言中，符合意识能动性原理的有"分析回答即可。经判断，备选项中的表述都是从不同侧面和角度反映了意识的能动性原理，故全选。

【相关知识】 1. 意识对物质具有能动作用。辩证唯物主义在肯定物质对意识的决定作用的前提下，又承认意识在实践的基础上认识世界和改造世界的能动作用。

2. 意识的能动作用主要表现在：（1）意识具有目的性。意识反映世界是自觉的，具有目的性和计划性。（2）意识具有创造性。意识不仅反映现象，而且反映事物的本质和规律；不仅能反映现存事物，而且能追溯过去、推测未来，创造一个理想的或幻想的世界，具有能动创造性。（3）意识具有指导实践，改造世界的能动作用。意识可以通过"思维操作"实现对客观事物的超前的观念改造。这就是列宁所说的："人的意识不仅反映客观世界，并且创造客观世界"。（4）意识还能控制人体生理活动。

18. 【参考答案】 ACD

【核心考点】 本题考查理论创新的含义。

【解题思路】 本题题干中前面邓小平的话属于引子和铺垫，核心是后面的总结"这对我们实现思想理论创新具有普遍指导意义"。据其进行分析，A、C、D的表述都正确，恰如其分地反映了材料中的意思，而B项错在"一切"二字上，表述有些太绝对、太武断。

【相关知识】 人类的实践和认识是永无止境的过程，要求我们不断地解放思想，与时俱进，在实践的基础上不断进行创新，使我们的思想和理论不断随着客观实际的变化而变化，随着时代的发展而发展，以实现主观与客观、理论与实践的具体的历史的统一。

实践基础上的理论创新是社会发展和变革的先导。创新包括理论创新和实践创新，理论创新是实践创新的先导，实践创新是理论创新的基础，两者相互依赖、相互促进。

19. 【参考答案】 AC

【核心考点】 本题考查科学技术的现实作用。

【解题思路】 解答本题的有效方法是从本题所问的科学技术的现实作用出发，抓住材料中的对应关系：获得新生产力→人们也就会改变自己的一切社会关系；手推磨→产生的是封建主的社会；蒸汽磨→产生的是工业资本家的社会。可知科学技术的作用表现在是起推动作用的革命力量，也是推动生产方式变革的重要力量，故选A、C。B项错在"唯一"二字，因为人民群众也是决定性的力量；D项错在太绝对，因为一切社会变革中的自主性力量除了科学技术，更重要的是人的作用。

【相关知识】 在生产力系统中，除了劳动对象、劳动资料和劳动者这些实体性要素外，还有科学技术这样的智能性要素。科学技术是知识形态的生产力，即一般生产力，它可以渗透到劳动者、劳动资料和劳动对象中并引起这些基本要素的变化，转化为直接的生产力。

在现代，科学技术在生产力中的作用和地位越来越重要，在经济增长中所占的比重越来越大。科学、技术、生产已经一体化，形成了以科学为起点的科学——技术——生产双向运动过程，科学技术成为现代生产力的生长点、突破口和决定因素，是先进生产力的集中体现和主要标志。因此，邓小平指出："科学技术是第一生产力。"

20. 【参考答案】 AB

【核心考点】 本题考查个人价值的实现及与社会价值的关系。

【解题思路】 解答本题的基本思路是抓关键信息。本题核心句是"我们最好把自己的生命看做是前人生命的延续，是现在人类共同的生命的一部分，同时也是后人生命的开端"，如此延续下去，科学就会一天比一天更灿烂，社会就会一天比一天更美好，显然表达的是将个人价值的实现与社会价值的实现统一起来、个人价值的实现是一个历史的过程的意思，故选A、B。二者不是归宿的问题，是永远相得益彰的；在现实生活中，个人价值的实现有与个人生命长短不一致的情况（大多数情况都是这样），所以C、D错误。

【相关知识】 （1）人的社会价值就是个人的创造活动对于社会的满足，也就是个人对社会作出的贡献。人的个人价值就是个人通过自己的活动来满足自己的需要。由于个人需要的满足，既要依靠自己的努力，又要依靠他人和社会，所以，社会对个人的尊重和满足是人的个人价值不可缺少的方面。

（2）社会价值和个人价值作为人的价值的两个方面，在本质上是统一的。个人价值的实现离不开社会价值，社会价值是人的价值的主导方面，个人价值从属于社会价值。在社会对个人的满足与个人对社会的贡献这两个方面关系的问题上，应将后者放在首位，因为个人的贡献是实现社会进步的源泉，也是实现个人价值的基础。

21. 【参考答案】 BCD

【核心考点】 本题考查资本主义历史地位以及对信用制度的评价。

【解题思路】 解答本题的基本要求是对相关基本知识点的准确把握和对马克思的话进行解读。"加强了旧生产方式解体的各种因素"，所以B正确；"加速了这种矛盾的暴力的爆发"，所以C正确；"信用制度加速了生产力的物质上的发展和世界市场的形成；使这二者作为新生产形式的物质基础发展到一定的高度，是资本主义生产方式的历史使命。同时，信用加速了这种矛盾的暴力的爆发"，所以D正确。资本主义经济危机的根源是资本主义的基本矛盾，所以A不对。

【相关知识】 信用在促进资本主义生产规模扩大和加速流通运动的同时，也显示出了它的消极作用。马克思充分注意到信用对投机的作用，他指出，"信用又使买和卖的行为可以互相分离较长的时间，因而成为投机的基础。"马克思还分析了信用导致投机的基本条件，即"信用为单个资本家或被当做资本家的人，提供在一定界限内绝对支配别人的资本、别人的资产、从而别人的劳动的权利。"因此，"进行投机的批发商人是拿社会的财产，而不是拿自己的财产来进行冒险的。"银行资本家更具备投机的条件，因为"银行资本的最大部分纯粹是虚拟的，是由债权（汇票）、国家证券（它代表过去的资本）和股票（对未来收益的支取凭证）构成"。"这种虚拟的银行家资本，大部分并不是代表他自己的资本，而是代表公众在他那里存入的资本（不论有利息或者没有利息）"。银行资本就是靠这些虚拟资本和少量代表现实价值的资本，来反复进行投机和欺诈活动。同时，对于借方来说，也不惜拿着别人的货币去冒险。结果，信用制度就表现为生产规模过度扩张、商业过度投机的主要杠杆。在分析信用导致投机的同时，马克思还指出信用加速了资本主义矛盾的爆发，促使资本主义危机的到来，因而"加强了旧生产方式解体的各种要素。"最后，马克思指出了信用制度的二重属性："一方面，把资本主义动力——用剥削别人劳动的办法来发财致富——发展成为最纯粹最巨大的赌博欺诈制度，并且使剥削社会财富的少数人的人数越来越减少；另一方面，又是转到一种新生产方式的过渡形式。"

22. 【参考答案】 ACD

【核心考点】 本题考查劳动力商品的价值构成。

【解题思路】 劳动力商品的价值由三部分构成，即维持劳动者自身生存所必需的生活资料的价值、劳动者繁育后代所必需的生活资料的价值以及培养和训练劳动者所需要的费用。劳动者在必要时间内创造的价值补偿工人的工资，不是劳动力的价值构成，所以 B 项错误。

【相关知识】 劳动力商品的价值：(1) 劳动力商品的价值由生产和再生产劳动力所必需的社会必要劳动时间决定。(2) 劳动力商品的价值构成包括：①维持自身生存所必需的生活资料的价值；②繁衍后代所需要的生活资料的价值；③劳动者接受教育和训练所需的费用。(3) 劳动力的价值还包括历史的和道德的因素。这里所说的历史道德因素是指，劳动者所需要的生活资料的构成和数量因各国社会经济发展水平和自然历史条件的不同而有所不同。

23. 【参考答案】 BCD

【核心考点】 本题考查经济制度和经济体制的关系。

【解题思路】 本题以当年的时事为题材，考查经济体制与经济制度的关系。所有制属于制度，而土地承包经营权改革属于体制，所以 A 不能选。B、C、D 三项属于改革的内容和作用，符合题意。

【相关知识】 中共十七届三中全会通过的《中共中央关于推进农村改革发展若干重大问题的决定》指出：按照依法自愿有偿原则，允许农民以转包、出租、互换、转让、股份合作等形式流转土地承包经营权，发展多种形式的适度规模经营。

坚持最严格的耕地保护制度，层层落实责任，坚决守住十八亿亩耕地红线；划定永久基本农田，建立保护补偿机制，确保基本农田总量不减少、用途不改变、质量有提高；加强土地承包经营权流转管理和服务，建立健全土地承包经营权流转市场，按照依法自愿有偿原则，允许农民以转包、出租、互换、转让、股份合作等形式流转土地承包经营权，发展多种形式的适度规模经营；土地承包经营权流转，不得改变土地集体所有性质，不得改变土地用途，不得损害农民土地承包权益；允许农民依法通过多种方式参与开发经营并保障农民合法权益。

24. 【参考答案】 ACD

【核心考点】 本题考查效率与公平的相互关系。

【解题思路】 本题属于记忆型试题，对这类现实性比较强的题目，只要选项本身的说法正确，就可以选，但是一定要注意将题干与备选项联系起来进行分析。为了调节收入分配，主要要靠政府的作为，而不是靠市场调节，因为收入差距拉大，主要的原因就是市场给每个人提供的机会多少不一样，或者说是由每个人能抓住的机会多少、掌握的社会资源多少不一样造成的，所以要调节分配不公等问题，更多的还要靠政府，通过各种制度、政策的实施来实现，所以 B 不正确。

【相关知识】 (1) "效率优先、兼顾公平"一直是我国现阶段分配制度和分配政策的重要指导思想。社会主义的本质和根本任务是解放和发展生产力，因此，必须提高经济活动的效率；社会主义的最终目标和最大的优越性是要实现共同富裕，因此，必须在生产力发展的基础上兼顾社会公平，防止收入悬殊、两极分化。

(2) 针对我国目前收入差距问题趋于严重的现状，中央近年来特别强调要加大收入分配调节力度，"兼顾效率和公平"，为此，应注意处理好以下几个方面的关系：①要处理好提倡奉献精神与落实分配政策的关系。②要处理好反对平均主义和防止收入悬殊的关系。③要处理好"先富"和"共富"的关系。④要处理好初次分配与再分配的关系。在初次分配中，应当注重效率，通过发挥市场的作用，把按劳分配和按生产要素分配相结合，鼓励一部分人通过诚实劳动、合法经营先富起来；再分配应当注重社会公平，要加强政府对收入分配的调节职能，规范分配秩序，调节差距过大的收入，以避免社会两极分化，为最终实现共同富裕创造条件。

25.【参考答案】 BCD

【核心考点】 本题考查中国共产党成立的意义。

【解题思路】 中国共产党的成立使中国革命有了科学的指导思想、坚强的领导力量、崭新的奋斗目标，而正确的革命道路是在党成立后的奋斗过程中探索出来的，而不是中国共产党一成立就有的，所以A项错误。

【相关知识】 中国共产党作为最先进的阶级——工人阶级的政党，不仅代表着中国工人阶级的利益，而且代表着中国广大人民和整个中华民族的利益；它掌握着马克思主义这个锐利的思想武器，能够为中国人民指明斗争的目标和走向胜利的道路。这就是为什么它能够逐步地却又牢固地在中国的大地上扎下根来，使自己发展成为一支不可战胜的力量的原因。

中国共产党的成立，给灾难深重的中国人民带来了光明和希望，指明了中国人民的斗争道路。中国革命要取得胜利，首先需要一个工人阶级的革命政党。自从有了中国共产党，中国革命的面貌就焕然一新。

26.【参考答案】 BC

【核心考点】 本题考查新民主主义的文化纲领的内容及各组成部分的含义。

【解题思路】 联系所学的新民主主义文化的内涵，再仔细分析一下各选项，就可知B、C正确。这里的"民族的"强调的是文化的民族形式，它反对形式主义地吸收外国的东西，而不是直接地、简单地反对外来的文化，故A错误；应该为全民族90%以上的工农大众服务是"大众的"内容，而不是"民族的"内容，故D项也错误。

【相关知识】 （1）新民主主义文化，就是以共产主义思想为指导的，民族的科学的大众的文化。它代表了五四以来中国先进文化的前进方向。

（2）新民主主义文化既不同于封建主义的文化，也不是单纯的无产阶级的社会主义文化。新民主主义文化是民族的、科学的、大众的文化。它具有以下基本特征：①新民主主义文化是以共产主义思想为指导的文化。讲新民主主义文化是"无产阶级领导的"，是指新民主主义文化由无产阶级思想即共产主义思想领导，也就是说，新民主主义文化中居于指导地位的是共产主义思想。②新民主主义文化是民族的文化。讲新民主主义文化是"民族的"，强调的是文化的民族形式。③新民主主义文化是科学的文化。讲新民主主义文化是"科学的"，强调的是科学的内容。

27.【参考答案】 ABC

【核心考点】 本题考查关于民主革命和社会主义革命的关系问题的不同观点和主张。

【解题思路】 民主革命时期，在民主革命和社会主义革命的关系问题上，中国共产党内曾经出现过三种不同的观点和主张："毕其功于一役"是以王明为代表的"左"倾主义者的观点和主张；"二次革命论"是以陈独秀为代表的右倾主义者的观点和主张；中国革命分"两步走"是以毛泽东为代表的共产党人真正了解中国的实际情况所得出的正确的主张，故选A、B、C。

【相关知识】 （1）中国革命的具体步骤。毛泽东根据近代中国半殖民地半封建的社会性质，认为中国革命必须分两步走：第一步，改变半殖民地半封建的社会形态，使中国成为一个独立的新民主主义国家；第二步，使革命向前发展，建立一个社会主义社会。这两者之间犹如文章中的上篇和下篇的关系，只有上篇做好，下篇才能做好。民主革命是社会主义革命的必要准备，社会主义革命是民主革命的必然趋势。只有认清民主革命与社会主义革命的区别，同时又认清二者的关系，才能正确地领导中国革命。中国革命分两步走的思想，不仅深刻揭示了中国革命的客观规律，揭示了中国革命的前途，而且丰富和发展了马克思主义关于资产阶级民主革命的学说。

（2）在中国革命的"两步走"的问题上必须反对两种错误倾向：一是陈独秀的"二次革命论"，即把中国革命进程中的两个紧密联系的阶段割裂开来，只看到两者的区别，没看到两者的联系，要在两个阶段之间横插一个资产阶级专政的并发展资本主义的阶段。二是以王明为代表的"左"倾教条主义，主张民主革命和社会主义革命"毕其功于一役"，混淆了民主革命和社会主义革命的界限，企图把两种不同性质的革命阶段并作一步走，一举取得社会主义革命的胜利。这两种观点都违背了中国革命的发展规律。

28.【参考答案】　ABD

【核心考点】　本题考查社会主义改造基本完成的意义。

【解题思路】　20世纪50年代中期，我国的社会主义改造基本完成的意义表现在多个方面，最基本的是标志着社会主义制度在我国已经确立、我国进入了社会主义初级阶段和我国成功地实现了从新民主主义向社会主义的过渡，所以选A、B、D。我国步入社会主义改革时期是20世纪70年代末的事情，放在此处不正确，故不选。

【相关知识】　社会主义改造的基本完成，标志着社会主义制度在中国的确立，实现了中国历史上最伟大、最深刻的社会变革，开始了在社会主义道路上实现中华民族伟大复兴的历史征程。伴随着社会经济结构的变化和社会生产力的发展，新中国的阶级关系也发生了根本的变化。帝国主义、封建主义和官僚资本主义的统治被推翻了，工人阶级成为国家的领导阶级，广大农民和其他劳动者已变为社会主义的集体劳动者，广大人民从此摆脱了被剥削被奴役的地位，成为国家和社会的主人。

社会主义改造的伟大胜利，大大解放了新中国的社会生产力。1956年国民经济的第一个五年计划提前完成，新中国的国民经济结构因此发生了重大变化，工业在工农业总产值中所占比重超过了农业，基础工业得到了加强，一些新兴工业部门开始大批建立起来，工业布局不合理的状况有所改变，为以后全面开展社会主义建设创造了条件。

29.【参考答案】　BD

【核心考点】　本题考查社会主义和谐社会的内容及其内涵。

【解题思路】　本题属于记忆型试题，难度不大。搜索记忆可知，"全社会管理完善，秩序良好"和"全体人民生活富裕，安居乐业"属于安定有序的内涵，而不是诚信友爱的内涵，故A、C不正确；只有B、D的内容才是"诚信友爱"的内涵。

【相关知识】　（1）对社会主义和谐社会的科学内涵，胡锦涛在2005年2月中央党校省部级主要领导干部提高建设社会主义和谐社会能力专题研讨班上发表的重要讲话中作了精辟的概括：我们所要建设的社会主义和谐社会，应该是民主法治、公平正义、诚信友爱、充满活力、安定有序、人与自然和谐相处的社会。

①民主法治，就是社会主义民主得到充分发扬，依法治国基本方略得到切实落实，各方面积极因素得到广泛调动。

②公平正义，就是社会各方面的利益关系得到妥善协调，人民内部矛盾和其他社

会矛盾得到正确处理，社会公平和正义得到切实维护和实现。

　　③诚信友爱，就是全社会互帮互助、诚实守信，全体人民平等友爱、融洽相处。

　　④充满活力，就是能够使一切有利于社会进步的创造愿望得到尊重，创造活动得到支持，创造才能得到发挥，创造成果得到肯定。

　　⑤安定有序，就是社会组织机制健全，社会管理完善，社会秩序良好，人民群众安居乐业，社会保持安定团结。

　　⑥人与自然和谐相处，就是生产发展，生活富裕，生态良好。

　　（2）社会主义和谐社会的上述六个方面是相互联系、相互作用的。这六个方面既包括社会关系的和谐，也包括人与自然关系的和谐，体现了民主与法治的统一、公平与效率的统一、活力与秩序的统一、科学与人文的统一、人与自然的统一。这六个方面，内容十分丰富，既为我们描绘了社会主义和谐社会的美好蓝图，又给我们提出了扎实构建社会主义和谐社会的具体要求。它们共同揭示了社会主义和谐社会的本质内涵，也是对我们构建社会主义和谐社会提出的总要求，其核心就是要处理好人与人之间、人与社会之间和人与自然之间的关系。

30.【参考答案】　ABC

　　【核心考点】　本题考查我国政治制度体系中基层群众自治制度的组织形式。

　　【解题思路】　本题属于记忆型试题，根据直接记忆的内容，明察各选项之间的差别，可知A、B、C是基层群众自治制度的基本形式，妇女联合会是妇女群体的一个组织，不属于基层组织，故D项不正确。

　　【相关知识】　目前，中国已经建立了以农村村民委员会、城市居民委员会和企业职工代表大会为主要内容的基层民主自治体系。其中农村基层民主政治建设的途径是实行村民自治；城市居民委员会是中国城市居民实现自我管理、自我教育、自我服务的基层群众自治组织，是在城市基层实现直接民主的重要形式；职工代表大会是保证职工对企事业单位实行民主管理的基本制度。

31.【参考答案】　ABCD

　　【核心考点】　本题考查汶川地震所展示的中华民族价值、品格。

　　【解题思路】　结合材料，将备选项与题干联系直接判断即可。

32.【参考答案】　ABD

　　【核心考点】　本题考查官员与网民网络互动所反映的问题。

　　【解题思路】　时事题，要注意题干中的"网络表达"这四个关键字。它与A、B、D三项是衔接的，但不属于"政治体制"的内容。

33.【参考答案】　BCD

　　【核心考点】　本题考查第29届奥运会的理念。

　　【解题思路】　时事题，根据记忆直接选择即可。

三、分析题

34.【答案要点】　（1）上述故事涉及的辩证法基本范畴主要有：原因和结果、现象和本质。原因和结果是揭示事物的前后相继、彼此制约的关系范畴，它反映事物之间引起和被引起的关系。因果关系具有复杂多样性。"病症相似，但病因相异"是其中的一种表现，即同果异因，因果关系中还存在着同因异果和多因多果等复杂现象。华佗通过望色、诊脉，透过现象揭示了本质。现象和本质是揭示事物的外部表现和内部联系相互关系的范畴。现象和本质是有区别的。人们可以通过感官感知现象，而本质则要靠人的理性思维才能把握。现象和本质又是统一的，现象是本质的外部表现，本质要通过现象表现出来。（6分）

（2）华佗对症下药的故事对我们的启示是：分析矛盾的特殊性是科学地认识事物的基础和正确地解决矛盾的关键。"具体问题具体分析"就是要求我们具体地分析具体事物在其运动中的矛盾及每一矛盾的各个方面的特点，用不同的方法解决不同的矛盾。（4分）

【核心考点】　本题考查现象和本质的内涵及其之间的辩证关系。

【解题思路】　本题属于材料分析题，解题的基本思路是先看后面的问题，然后再阅读材料把握主要信息，随后结合所学知识组织答案。通过分析材料中病症的现象相同（都是"头痛发热"），而华佗开的医治的处方不同，材料中也解释了为什么不同，结果均是药到病除，借助第一题的问题的提示"所涉及的唯物辩证法基本范畴"可知本题的基本原理是"现象和本质"。确定原理之后依据所学知识，结合材料的信息组织答案回答，就是第一题的答案。解出了第一题，第二题"具体问题具体分析"只要将自己平时所学的知识与材料中的信息结合，再联系实际组织答案就可以了。

【相关知识】　（1）现象和本质的联系：①本质是现象的根据，现象是本质的表现形态；②任何本质都是通过现象表现出来，没有不表现为现象的本质；③任何现象都从一定的方面表现着本质，没有不表现本质的现象，即使假象也是本质的表现。

（2）本质和现象的辩证关系表明：正是因为现象和本质是统一的，所以我们能够通过现象认识事物的本质；同时由于现象和本质是对立的，又要求人们透过现象看本质。透过现象发现本质是科学研究的任务，因为"如果事物的表现形式和事物的本质会直接合二为一，一切科学就都成为多余的了。"

（3）现象和本质辩证关系原理的方法论意义：①要在实践的基础上观察大量生动的现象，尽可能地占有丰富而真实的感性材料，把现象作为入门的向导。②要运用科学的思维方法对感性材料进行加工制作，透过现象揭示本质，因为只有认识了本质，才能更深刻地理解现象，指导实践。③从现象进入本质是认识的深化，但不是认识的结果，还要继续深入研究更深层次的本质。

35. 【答案要点】　（1）CPI与PPI上升表明通货膨胀压力在逐步加剧，存在着经济增长由偏快转为过热的趋向；CPI与PPI的迅速回落表明，存在着由通货膨胀转为通货紧缩的风险，国内经济的下行风险逐步加大。（2分）CPI一路上扬的直接原因是粮食、食用油、肉禽蛋等食品价格的上涨，以及生产资料价格的上涨；而通货膨胀预期则是价格持续上涨最为关键的因素。CPI和PPI回落的原因：国家采取"两防"的调控政策初见成效；国际金融危机对我国经济的影响。（2分）

（2）我国政府在不同时期、不同经济形势下采取了不同的财政和货币政策：当通货膨胀压力加大、经济趋向过热时，采取减少财政支出，增加税收，提高银行存贷款利率和准备金率，减少货币供应量的财政和货币政策，以抑制总需求，防止通货膨胀和经济过热。（2分）当经济呈现下滑风险和CPI指数有所下降而仍处高位时，政府对税收结构、财政支出结构和信贷规模、信贷方向等作了适时的调整，以实现保增长和控物价。（2分）当物价回落和经济下行风险加大时，政府采取了增加财政支出，降低税率，降低银行存贷款利率和准备金率，增加货币供应量的财政和货币政策，扩大内需，提高就业水平，以保持经济平稳较快发展。这样的政策选择与组合以及调控政策的适时转变，体现了中央政府在宏观经济调控方面的前瞻性、及时性和灵活性。（2分）

【核心考点】　本题考查完善国家的宏观调控体系，提高宏观调控水平。

【解题思路】　本题第一题有两个小问题：第一问问CPI与PPI的走势及其变化反映我

国经济运行出现了什么问题？其主要表现是：包括供给大于需求即经济偏冷和需求大于供给即经济过热。按照这个思路，把材料带进去组织答案就行。第二问让考生结合材料分析导致这些变化的主要原因。造成经济波动的原因非常复杂，根据材料的提示，将其中给出的原因组织、梳理一下回答即可。

第二题要求结合材料分析我国政府根据国内外经济形势的变化，运用财政政策和货币政策如何实施宏观调控。基本的思路是政府实行的宏观调控政策要根据不同的情况，采取不同对策。依据这个框架，结合材料组织答案即可。

【相关知识】　（1）社会主义市场经济条件下政府宏观调控的顺利展开，要依托于有效的宏观调控体系。国民经济和社会发展战略、国家经济发展计划、宏观经济政策等相互配合，构成我国社会主义市场经济中宏观调控体系的基本内容。通过深化各项改革，逐步完善这一宏观调控体系，是保证政府宏观调控的有效性的必要条件。

（2）社会主义市场经济中的宏观调控是借助于各种宏观调控手段来进行的。宏观调控手段包括计划手段、经济手段、法律手段和行政手段。其中，经济手段和法律手段是市场经济条件下宏观调控的主要手段。

（3）用经济手段调节经济主要是指：①由政府制定并贯彻实施各种宏观经济政策；②综合运用各种经济杠杆来具体落实这些政策。

（4）用法律手段调节经济主要是指：围绕着市场制度和规则的建设，进行必要的立法和执法，目的是维护公平竞争的市场秩序。

（5）社会主义市场经济条件下宏观调控的目标和任务，需要通过制定和贯彻各项宏观经济政策来加以实现。宏观经济政策主要包括：财政政策、货币政策、产业政策、收入分配政策等。其中，财政政策和货币政策最为重要，其他各项宏观经济政策的实施，都要依托于财政政策和货币政策的运用。

36. **【答案要点】**　（1）社会主义改造基本完成，我国进入了社会主义建设的历史新时期，客观上要求中国共产党回答社会主义社会的发展动力等重大理论和实践问题；1956年苏联、东欧等社会主义国家在建设中出现的问题，促使中国共产党回答这个重大的理论问题。（2分）

毛泽东指出，社会主义社会的基本矛盾仍然是生产关系和生产力，上层建筑和经济基础之间的矛盾，但与旧社会的基本矛盾性质不同，社会主义社会的基本矛盾可以通过社会主义制度本身的自我调整和完善加以解决；生产关系与生产力，上层建筑与经济基础之间既相适应又相矛盾的特点，为在坚持社会主义基本制度的前提下，通过改革解决这种矛盾，提供了根本的理论依据。（4分）

（2）邓小平将社会主义的基本制度和具体体制区分开来，找到了社会主义社会基本矛盾不相适应的根源主要在于体制；明确了改革是解决社会主义社会基本矛盾的根本途径；指明了改革的目的是解放和发展生产力；把社会主义社会的基本矛盾、主要矛盾和根本任务统一起来。（4分）

【核心考点】　本题考查社会主义社会基本矛盾的内容和社会主义初级阶段的根本任务。

【解题思路】　这是一道将毛泽东思想与邓小平理论中关于社会主义社会中的基本矛盾问题融合在一起命制的综合题，但是问题不难回答。由于每一道试题问得很具体，据其直接回答即可：第一题分两问，第一问的历史背景是社会主义改造基本完成之后，在我们党提出探索适合中国情况的建设道路的背景下提出的，那么该理论的重大意义就不难理解了，也水到渠成地得到了第二问的答案；回答第二题，在分析材料中提出"深入的具体的研究"之后，抓住"但是"后面的信息，尤其要抓住信息句

"我们的生产力发展水平很低，远远不能满足人民和国家的需要，这就是我们目前时期的主要矛盾，解决这个主要矛盾就是我们的中心任务"，进行提炼，可知其强调的是发展生产力，顺着这个思路回答就行。

【相关知识】 毛泽东在考察苏联的正反两方面历史经验和中国自己的社会主义建设实践经验的基础上，从马克思主义的唯物辩证法关于对立统一规律是宇宙的根本规律这一命题出发，认为矛盾是普遍存在的，社会主义社会也充满着矛盾，正是这些矛盾的运动推动着社会主义社会不断地向前发展，在马克思主义发展史上，第一次系统阐述了社会主义社会的基本矛盾，形成了完整的、科学的社会主义社会基本矛盾学说。1957年2月，毛泽东发表《关于正确处理人民内部矛盾的问题》的讲话，在马克思列宁主义发展史上第一次系统地阐释了社会主义社会的矛盾问题，提出了正确认识和处理两类不同性质矛盾的学说，成为以毛泽东为代表的中国共产党人对马克思列宁主义思想宝库贡献的又一创造性的理论成果。

37. 【答案要点】 （1）建立和完善社会主义市场经济体制，建立以家庭承包经营为基础、统分结合的农村双层经营体制，形成公有制为主体、多种所有制经济共同发展的基本经济制度，形成按劳分配为主体、多种分配方式并存的分配制度，形成在国家宏观调控下市场对资源配置发挥基础性作用的经济管理制度。（5分）

（2）中国特色社会主义理论体系，就是包括邓小平理论、"三个代表"重要思想以及科学发展观等重大战略思想在内的科学理论体系。这个理论体系始终围绕着什么是社会主义、怎样建设社会主义，建设什么样的党、怎样建设党，实现什么样的发展、怎样发展这三大基本问题而展开、深化、丰富和完善。（5分）

【核心考点】 本题考查的是经济体制改革的创新举措和中国特色社会主义理论体系。

【解题思路】 本题是一道材料题，涉及的内容很多，但是题目不难回答。第一问在快速阅读材料把握好主要信息之后，联系所学知识，按照"我国在经济体制上进行了哪些主要的改革创新"的要求直接回答即可；第二问可以不再阅读材料，直接按中国特色社会主义理论体系由邓小平理论、"三个代表"重要思想以及科学发展观等所构成，据其展开回答每一个理论要回答、解决的主题就行。因为这三个主题其实是从三个不同的侧面和角度回答了一个共同的问题：中国这样的经济文化比较落后的国家如何建设社会主义、如何巩固和发展社会主义。

【相关知识】 在社会化大生产的条件下，资源配置方式主要有计划配置和市场配置两种。党的十四大明确提出，我国经济体制改革的目标就是建立社会主义市场经济体制，即市场在社会主义国家的宏观调控下对资源配置起基础性作用的经济体制。经济体制改革目标确立的核心与关键是正确处理计划和市场的关系。

中国经济体制转轨是伴随着对旧体制的改革而展开的。因此，中国经济体制的转轨道路实际上与中国经济体制的改革道路是一致的。党的十六届三中全会作出的《中共中央关于完善社会主义市场经济体制若干问题的决定》提出大力发展混合所有制经济，实现投资主体多元化，使股份制成为公有制的主要实现形式；提出建立现代产权制度，这是对产权清晰、权责明确、政企分开、管理科学的现代企业制度的重大创新和突破；提出允许非公有资本进入法律法规未禁入的基础设施、公用事业及其他行业和领域，这种对非公有资本非禁即入的提法，写在党的文件里面还是第一次；提出大力发展资本和其他要素市场，从提出建立统一的市场体系到提出建立现代市场体系，这是经济改革深化的必然结果；提出要形成以道德为支撑、产权为基础、法律为保障的社会信用制度；提出坚持以人为本，树立全面、协调、可持续的发展观，促进经济社会和人的全面发展，社会主义的本质就是实现人的自由全面发展。

38. **选做题Ⅰ：**

【答案要点】　（1）时代背景不同：前者出台于冷战时期，后者的提出则是在冷战结束后；目的不同：前者的主要目的是遏制共产主义、建立全方位的美、欧同盟，加强美国对欧洲的控制，后者的主要目的是加强对中东地区石油的控制、打击恐怖主义和推行其改造中东的新战略；对法、德等西欧大国的态度不同：前者是笼络、扶植，后者是排斥、防范。二者均打着"经济援助"和道德正义的旗号，但后者还带有直接的军事行动；都是美国称霸世界的全球战略产物，都有着浓重的意识形态色彩。（5分）

（2）在外交政策上单边主义与多边主义的矛盾；在欧洲安全主导权问题上的分歧加大；在反对恐怖主义问题上的主张与手段不同。（3分）产生这些分歧的主要原因在于：冷战结束后，美欧同盟的基础动摇；欧洲一体化进程的加快，欧洲的经济实力和国际地位增强。（2分）

【核心考点】　本题考查发达资本主义国家对外关系的特征和本质。

【解题思路】　本题综合性比较强，对考生能力的要求比较高。第一个问题："结合材料一、二，比较'马歇尔计划'和'新马歇尔计划'的异同"，实际上是考查美国外交政策的沿革。基本的思路是外交原则与本质相同；具体的外交措施因情况不同而存在差异。

第2个问题："结合材料一、三，剖析这些年来美、欧在处理国际事务中显现的分歧及原因"，是考查西方国家之间外交政策的差异。关于差异的具体表现，可以根据材料归纳出来。而差异的原因，则是利益与维护利益的能力即实力。

【相关知识】　第二次世界大战后的欧洲百废待兴，为了称霸世界，美国需要一个强有力的西欧作为盟友。1947年6月美国国务卿马歇尔提出了《欧洲复兴方案》，即"马歇尔计划"。通过实施"马歇尔计划"和建立"两个安全网"（"军事安全网"和"经济安全网"），美国加强了对欧洲、日本经济的控制。

在冷战中，以美国为首的西方阵营对社会主义国家采用除直接的武装进攻以外的一切敌对活动。1947年，美国提出"复兴欧洲"计划，即"马歇尔计划"，进一步实现同西欧结盟，遏制苏联。1949年，美国又提出"第四点计划"，实质是利用援助的方式对不发达国家进行渗透来控制不发达国家，是一种新的殖民主义。之后，美国又拼凑了"日美安全保障条约"、"美菲共同防御条约"、"美澳新太平洋安全条约"、"美韩共同防御条约"、"美台共同防御条约"、"东南亚集体防务条约"等，形成了美国控制下的对社会主义国家的包围圈。1949年4月，美国等12国签订了《北大西洋公约》。北约组织打着集体防御和维护北大西洋区域安全的旗号，实际上是一个旨在遏制苏联的军事集团。

选做题Ⅱ：

【答案要点】　（1）在国际政治斗争中反对各种形式的霸权主义和强权政治；在国际经济交往中平等互利，不附带任何政治条件；在联合国等国际组织中积极参与，承担更多的责任；在国际热点和地区冲突问题上成为一个反对战争、维护和平稳定的重要力量。（6分）

（2）中国之所以在当今国际事务中作出自己的贡献，主要是因为：不断提升的经济实力和综合国力；明确的国际政治角色定位；独立自主的和平外交方针；坚定不移的和平发展战略。（4分）

【核心考点】　本题考查中国的和平发展道路。

【解题思路】 本题是跨学科的考题，涉及"毛泽东思想和中国特色社会主义理论体系概论"和"形势与政策以及当代世界经济与政治"两门学科中的内容。第一题问："中国积极参与国际事务所发挥的'建设性的、有独特影响力'的作用表现在哪些方面"。该问题材料已给出答案，稍加组织，直接抄录即可。第二题问"中国在当今国际事务中能够作出'中国贡献'的原因何在"，依据材料，结合所学知识，稍作梳理，按以下思路回答即可：首先是中国有这样做的意愿即国家性质和外交原则；其次是中国也有这样的能力，即当前中国的国际地位、国际影响和外交努力。

【相关知识】 新中国成立后的第一部宪法就明确规定：在国际事务中，我们坚定不移的方针是为世界和平和人类进步的崇高目标而斗争。新中国成立以来，我们始终恪守这一原则，为维护世界和平和人类进步事业作出了自己的贡献，中国没有占领别国一寸土地，也没有在别国驻扎一兵一卒。为维护世界和平，促进共同发展，中国一贯反对侵略战争，反对军备竞赛，反对任何形式的霸权主义和强权政治，反对一切形式的恐怖主义；坚持以和平共处五项原则处理与各国关系，主张在公正合理的基础上和平解决地区及国际冲突，努力推动建立国际政治经济新秩序。

中国认为，在世界人民的共同努力之下，世界和平是可以实现的，权力政治是可以得到遏制的。在国际事务中，中国更多地寻求一种双赢和多赢局面，表现出一种积极合作的战略文化思想。自从中华人民共和国建国以来，中国共经历了四次较大的国际性武装冲突。自1979年以来，中国没有卷入国际武装冲突的纪录。冷战后，中国倡导新的安全观念，强调互利、互信、平等和协作，主张以合作与对话的形式解决国际争端。这一点在周边地区表现得尤其明显。中国不仅采取了"与邻为善、以邻为伴"的睦邻友好政策，而且积极推动东亚地区的安全合作和区域合作。在解决朝鲜半岛核问题方面，中国更是发挥了不可替代的作用，使东北亚地区的紧张局势得到了很大的缓解。

 2008年全国硕士研究生入学统一考试政治理论试题精解

一、单项选择题

1. 【参考答案】 D

【核心考点】 本题考查马克思主义哲学与唯心主义哲学、旧唯物主义哲学的根本区别。

【解题思路】 本题设问直接，紧扣"根本"二字，根据题干马克思主义哲学与唯心主义哲学、旧唯物主义哲学所坚持的观点出发就很容易得到正确答案D。A项表述模糊，唯心主义也坚持人的主体地位。选项B、C的观点在唯心主义和旧唯物主义里也有表述，只是不全面、不彻底而已。

【相关知识】 社会生产实践是最基本的物质实践活动，是人类历史的起点和社会发展的基础。正如地理环境和人口因素都是社会存在的物质实体性要素一样，社会生产实践则是社会存在的物质性活动过程。但是，社会生产实践作为物质性的活动，具有不同于物质实体的复杂性。必须把它抽象为生产方式范畴，才能准确地把握。

2. 【参考答案】 C

【核心考点】 本题考查作为物质运动形式的时间具有相对性的特点。

【解题思路】 解答本题的基本思路仍是紧扣关键句"发现这些原子自身的时间确实比外界时间慢了"中的关键词"时间"和"确实慢了"，再结合问题"进一步证明了作为物质运动存在形式的时间具有……"很容易知道此题考查的是时间的相对性，故选C。

【相关知识】 （1）时空既是绝对的，又是相对的，是绝对和相对的统一。

（2）时空的绝对性是指时空作为运动着的物质的存在形式，它的客观实在性是不变的、无条件的，因而是绝对的。

（3）时空的相对性是指时空特性的具体性、可变性。时空的具体特性随物质运动特性的变化而变化，人们关于时空的观念也是可变的、发展的。爱因斯坦的狭义相对论揭示了时空特性随物质运动速度的变化而变化，非欧几何学和广义相对论揭示了时空特性随物质形态的不同而不同，这些都进一步证明时空和物质运动的不可分离以及时空是绝对和相对的统一。

（4）形而上学时空观割裂时空与物质运动的联系，否认时空特性的相对性。相对主义时空观借口时空特性和人们时空观念的可变性、相对性，否认时空的绝对性、客观性，陷入唯心主义。

3. 【参考答案】 D

【核心考点】 本题考查实践高于理论是因为实践具有直接现实性的特点。

【解题思路】 回答本题的重点仍是紧扣题干中的"你们仅是知道"和"而我却做到了"，很明显，"知道"是在理论的层面，而"做到"属于实践的层面，而且"做到了"，那么含义就是实践具有直接现实性，故D项正确。

【相关知识】 实践是指人能动地改造客观世界的对象性活动。其含义有二：

（1）实践是人们改造客观世界的物质活动，具有物质的性质和形式，具有直接现实性的特点，这是实践活动区别于意识活动的一般本质。

（2）实践又是人所特有的对象性活动，实践以人为主体，以客观事物为对象，并把人的目的、理想、知识、能力等本质力量对象化为客观实在，创造出一个属人的对象世界，具有主体性的特点，这是实践区别于自然物质形态运动和动物本能活动的特殊本质。

4. 【参考答案】 A

【核心考点】 本题考查文化具有培育和塑造人的功能。

【解题思路】 解答本题的关键是抓住信息句"文化的'力'比物理学上的'力'的作用更重大，它不是'化'自然界的，而是用来'化'自身的"，就可以得知题干强调的是文化的社会功能，即选项A正确。

【相关知识】 文化在社会生活中的作用是非常重要的，它具有多方面的功能：

（1）信息功能。文化传递社会经验，从而维持社会历史的连续性。

（2）教化、培育和塑造功能。文化的重要意义，就在于通过知识体系、行为方式等规范人的行为，使人有效地适应社会环境和人际关系，成为社会的人。

（3）促进社会发展的动力功能。文化作为人与自然、人与人之间关系的中介推动着社会的前进。

（4）认识功能。文化的认识功能表现为文化扩大人的认识的主体性，使主体由个体提升为"类"；文化提供人的认识背景，它作为各民族既得的思维传统，以一种潜在的惯性力量制约着人的思维过程，形成该民族特定的认识背景；文化还是各民族自我认识、自我意识的重要途径。

5. 【参考答案】 D

【核心考点】 本题考查必要劳动时间和剩余劳动时间的区分。

【解题思路】 马克思通过对资本主义生产过程中所生产的价值的归属和性质，把雇佣工人的劳动时间分为剩余劳动时间（即为资本家生产剩余价值的时间）和必要劳动时间（生产自身的价值，即再生产劳动力的时间），揭示了资本主义社会资本家剥削工人的秘密，故 D 正确。选项 A、B、C 均与题干中的核心词"对价值增殖过程"的分析无关，而且其表述均不完整，有漏洞，不是同一个层面上的概念的划分与组合。

【相关知识】　（1）必要劳动时间是指工人通过自己的劳动再生产出自身劳动力价值所需要的那部分时间；剩余劳动时间则是指工人无偿为资本家生产剩余价值所花费的那部分时间。

（2）剩余价值就是由雇佣工人在其剩余劳动时间所创造的、被资本家无偿占有的、超过劳动力价值的那部分新价值。

（3）剩余价值是资本主义生产的目的和实质，剩余价值规律是资本主义基本的经济规律。

6. 【参考答案】　B

【核心考点】　本题考查银行存款利息率和土地价格的计算。

【解题思路】　本题根据相关公式直接计算即可：存款利息率＝地租/土地价格＝200 万元/4000 万元＝5%；假如存款利息率不变，在新形势下的土地价格＝地租/存款利息率＝300 万元/5%＝6000 万元，故 B 项正确。

【相关知识】　（1）在资本主义社会里，土地被私人占有，能够给它的所有者带来地租收入，因而也可以作为商品进行买卖，也有价格。

（2）土地价格不是土地价值的货币表现，而是地租收入的资本化，即为了获取这样一笔收入（地租）所需要投入的资本量。

（3）影响土地价格的因素，从理论上说，主要有两个：一是地租收入的多少（成正比）；二是银行利息率的高低（成反比）。所以，土地价格的计算公式是：土地价格＝地租/银行利息率。在资本主义制度下，地租有上涨趋势，利息率有下降趋势，因而土地价格也有上涨趋势。

7. 【参考答案】　A

【核心考点】　本题考查我国社会保障体系的基本目标。

【解题思路】　本题属于基本概念的识记，难度不大，直接选择即可：我国社会保障体系的基本目标是保障人民的基本生活，故选 A。

【相关知识】　（1）社会保障体系要主要内容包括社会救济、社会保险、社会福利、优抚安置、社会互助和个人储蓄积累保障等；

（2）社会保障体系的基本要求是我国目前加速建立和完善社会保障制度，重点是实施城镇职工基本养老保险制度、基本医疗保险制度、失业保障制度和城市居民最低生活保障制度；

（3）社会保障体系的基本目标是保障人民的基本生活需要；

（4）社会保障体系要加快形成独立于企业事业单位之外、资金来源多元化、保障制度规范化、管理服务社会化的社会保障体系。

8. 【参考答案】　C

【核心考点】　本题考查孙中山三民主义的具体内容。

【解题思路】　"平均地权"解决的是人民对土地的占有和使用关系，基本出发点是解决生计问题；"节制资本"的出发点也是保证资本不要操纵国计民生，应该为民谋福，为国谋利，所以二者属于民生主义的范畴，而不是民族主义、民权主义、民主主义等范畴。故选项 C 正确。

【相关知识】 孙中山主张的"平均地权"意即实现土地国有，尽量消除农业和农村社会主义中的东方专制主义（"封建主义"或宗法、礼教形式的皇权、绅权专制主义）社会关系，"节制资本"就是要遏制资本主义在中国的发展，他把人民为现实社会生活状态所催生的诉求、意愿和"理想"提到了直接政治实践的日程，在思想上和政治上是激进的，具有一定的革命性。

9. 【参考答案】 A

【核心考点】 本题考查三湾改编的主要功绩。

【解题思路】 本题没有难度，属于基础知识的记忆，很容易得知正确答案是A。

【相关知识】 （1）党指挥枪的原则，即坚持党对军队的绝对领导，这是新型人民军队建设的一个根本原则。

（2）毛泽东在1927年9月对秋收起义部队进行的三湾改编，支部建在连上，最早体现了这一原则。

（3）1929年古田会议确立了这一原则。党对军队的绝对领导，是通过思想上、政治上、组织上的领导来实现的。第一，思想领导就是要加强党对军队的马克思主义的思想教育，克服各种非无产阶级思想。第二，政治领导主要是党的路线、方针、政策的领导。第三，组织领导，就是人民军队必须绝对服从党的命令，听从党的指挥，执行严格的革命纪律。这也是党对军队绝对领导原则最直接的体现。

10. 【参考答案】 D

【核心考点】 本题考查建国初我国对个体手工业进行社会主义改造的主要方式。

【解题思路】 本题没有难度，属于基础知识的记忆，可直接选得正确答案为D。

【相关知识】 （1）社会主义改造时期，我们党对手工业社会主义改造的基本经验：对手工业的社会主义改造，也是经过合作社的途径，采取了积极领导、稳步前进的方针和自愿互利、典型示范和国家帮助的原则。

（2）在对手工业的社会主义改造的步骤上和形式上，采取了从供销合作小组、手工业供销合作社，再发展到手工业生产合作社，由小到大、由低级到高级，逐步改变手工业的生产关系。到1956年底，基本实现了对手工业的社会主义改造。

（3）手工业合作化的基本实现，大大促进了手工业生产的发展，并为手工业逐步进行技术改造创了条件。

11. 【参考答案】 C

【核心考点】 本题考查我国社会主义改革的性质。

【解题思路】 改革是中国的第二次革命，是社会主义发展的动力，是社会主义制度的自我完善和自我发展。所以选C。

【相关知识】 （1）改革是中国的第二次革命：①改革也是为了扫除发展生产力的障碍，解放生产力。革命是解放生产力，改革也是解放生产力，从这个意义上说，改革也可以叫革命。②改革是对原有体制进行根本性的变革，而不是修补。是把原有的高度集中的计划经济体制转变为社会主义市场经济体制。③从解放生产力、扫除发展生产力的障碍，从政策的重新选择、体制的重新构建这个转变的深刻性和广泛性等方面来说，改革是又一场革命。

（2）改革是社会主义制度的自我完善和自我发展，是解决社会主义社会的基本矛盾的有效途径：①改革是在坚持社会主义基本制度的前提下，调整和改革生产关系和上层建筑中那些不适应生产力发展的环节和方面，包括在实践中摸索、创立、改善和完备体现社会主义基本制度本质的经济、政治、文化、社会的体制和一系列具体制度。②改革是适应社会主义基本矛盾而进行的社会变革。一方面，改革要对社会主的生产关系和上层建筑中不适应生产力发展的各种体制进行改革；另一方面，改革不是要改变社会主义的根本制度，而是社会主义制度的自我完善和发展，是为了巩固和发展社会主义根本制度采取的变革。

12. 【参考答案】 B

【核心考点】 本题考查社会主义国家本质的一些外在表现方式。

【解题思路】 党的领导、人民当家作主、依法治国都属于国家制度的层面，这些制度能否得到贯彻和落实的关键是由与它相适应的社会主义国家的本质决定的，故选B。

【相关知识】 （1）发展社会主义民主政治，最根本的是要把坚持党的领导、人民当家作主和依法治国有机地统一起来。

（2）党的领导是人民当家作主和依法治国的根本保证，人民当家作主是社会主义民主政治的本质要求，依法治国是党领导人民治理国家的基本方略。这三者的有机结合和统一，体现了社会主义民主政治的特点和优点。

（3）这三者的关系可以概括为：中国共产党的领导是人民当家作主和依法治国的根本保证；人民当家作主是社会主义民主政治建设的根本出发点和归宿；依法治国与人民民主、党的领导是紧密联系、相辅相成、相互促进的。

13. 【参考答案】 C

【核心考点】 本题考查对党的民主执政理念的理解。

【解题思路】 民主执政是马克思主义政党执政的本质要求。民主执政，就是坚持为人民执政、靠人民执政，发展中国特色社会主义民主政治，推进社会主义民主政治的制度化、规范化、程序化，以民主的制度、民主的形式、民主的手段支持和保证人民当家作主。故本题的四个备选答案中只有C选项最符合题意，选项A、B、D都不应该选。

【相关知识】 （1）加强党的执政能力建设的总体目标：通过全党共同努力，使党始终成为立党为公、执政为民的执政党，成为科学执政、民主执政、依法执政的执政党，成为求真务实、开拓创新、勤政高效、清正廉洁的执政党，归根到底成为始终做到"三个代表"、永远保持先进性、经得住各种风浪考验的马克思主义执政党，带领全国各族人民实现国家富强、民族振兴、社会和谐、人民幸福。

（2）加强党的执政能力建设的主要任务：按照推动社会主义物质文明、政治文明、精神文明协调发展的要求，不断提高驾驭社会主义市场经济的能力、发展社会主义民主政治的能力、建设社会主义先进文化的能力、构建社会主义和谐社会的能力、应对国际局势和处理国际事务的能力。全党要紧紧围绕上述任务，立足现实、着眼长远，抓住重点、整体推进，不断研究新情况、解决新问题、创建新机制、增长新本领，全面加强和改进党的建设，使党的执政方略更加完善、执政体制更加健全、执政方式更加科学、执政基础更加巩固。

14. 【参考答案】 A

【核心考点】 本题考查社会主义核心价值体系的核心内容。

【解题思路】 社会主义核心价值体系是这几年的热门考点，其内容表现在多个方面，最关键的内容是以爱国主义为核心的民族精神和以改革创新为核心的时代精神，结合选项很容易选出正确答案A。

【相关知识】 （1）社会主义核心价值体系的基本内容包括马克思主义指导思想、中国特色社会主义共同理想、以爱国主义为核心的民族精神和以改革创新为核心的时代精神、社会主义荣辱观。

（2）以上四个方面的内容，相互联系、相互贯通，互相促进，是一个有机统一的整体，都是社会主义意识形态最重要的组成部分，是从我们党领导人民在长期实践中形成的丰富思想文化成果中提炼和概括出来的精华，是对社会主义核心价值体系深刻内涵的科学揭示。

（3）建设社会主义核心价值体系，既是丰富发展中国特色社会主义理论与实践的需要，也是构建和谐社会、建设和谐文化的必然要求。

15.【参考答案】　B

【核心考点】　本题考查十七大报告中指出的我国新时期最显著的成就。

【解题思路】　这是一道时政题，主要考查胡锦涛在党的十七大报告中所概括的内容：我国新时期最显著的成就是快速发展。即使对这句话不熟悉，根据"最显著的成就"利用排除法也可以得到正确的答案。

16.【参考答案】　B

【核心考点】　本题考查欧盟第六次扩大时正式加入欧盟的国家。

【解题思路】　2007年1月1日，欧盟第六次扩大时正式加入欧盟的国家是保加利亚和罗马尼亚，属于记忆性的时事热点问题。

二、多项选择题

17.【参考答案】　AB

【核心考点】　本题考查人与自然的关系。

【解题思路】　题干告诉我们漫画反映的是"人与自然的关系"，而且是不当的关系，根据所学知识结合选项直接选择即可，难度不大。很明显A、B正确，C、D错误。C、D分别错在"本质上是对立的"和"依附于自然"两组关键词上。

【相关知识】　（1）从表面上看，生态失衡、全球危机是自然系统内部平衡关系的严重破坏，实际上它是人与世界关系的严重失衡，因为这种危机是由于人的实践活动进入自然系统而导致的，它是以"天灾"形式表现出来的"人祸"。恩格斯早就提出了自然界"对人进行报复"以及"人类同自然和解"的问题。马克思也认为，应当合理地调节人和自然之间的物质变换，在最无愧于和最适合人类本性的条件下进行这种物质变换。

（2）实现人与自然的和谐相处以及社会与自然的协调发展，是科学发展观的重要内容，也是构建社会主义和谐社会的重要特征。

18.【参考答案】　ABD

【核心考点】　本题考查对俗语、谚语中蕴含的哲学道理的理解。

【解题思路】　仔细分析一下题干中句子的含义，说的还是实践高于理论之意，仔细对比发现只有C项含义不符，排除。

【相关知识】　提醒考生在复习备考时多留神一些俗语、谚语、名言警句和古诗句中所蕴含的哲学原理。

19.【参考答案】　ABC

【核心考点】　本题考查对马克思主义哲学中的辩证法、认识论、历史观本质上一致性的理解。

【解题思路】　本题设问很清楚，从辩证法、认识论和历史观三个概念出发，结合选项判断可知A项表述的是马克思主义辩证法的基本原理，B项属于认识论的过程，C项属于历史观中最重要的主体群众路线的工作方法，三者在本质上是统一的，统一在辩证唯物主义的认识论中是党的群众路线的工作方法的哲学基础；党的"从群众中来，到群众中去"的工作方法，正是辩证唯物主义认识论在实际工作中的创造性运用；群众是社会实践的主体，也是认识的主体。认识从实践中来，主要是从群众的实践中来；认识回到实践中去，也主要是回到群众的实践中去。所以选A、B、C。D项是毛泽东总结的处理人民内部矛盾的基本方法，不包含在上述三者之中。

【相关知识】 （1）矛盾的普遍性和特殊性即一般和个别、共性和个性、绝对和相对的关系，它们既有区别，又有联系。

（2）它们的区别是：任何一般（普遍）只是大致包括个别（特殊），只是包括了个别的某一部分属性、某一方面特征或共同本质；任何个别都不能完全地被包括在一般之中。

（3）它们的联系是：一般存在于个别之中，只能通过个别而存在；任何个别都是一般，都具有一般的本质或属性。任何事物都是矛盾的普遍性和特殊性、共性和个性的有机统一。普遍和特殊的区分是相对的，在一定条件下可以相互转化。

20. 【参考答案】 ABCD

【核心考点】 本题考查人类交往的作用。

【解题思路】 本题表述清楚，设问也清楚，难度不大，将题干与备选项联系在一起直接判断即可得到答案，经判断知备选项都正确。

【相关知识】 （1）人类的交往能促进生产力的发展。交往能推动生产力各要素的合理配置，发挥最佳功能。

（2）人类的交往能推动社会关系的变革和改善。人们之间的各种社会关系，如生产关系、政治关系、思想关系等，都是由相应领域中人们的交往活动产生的，交往活动是各种社会关系产生、发展、变革、改善的重要动力和源泉。

（3）人类的交往是科学文化传承的重要途径。人类是依赖同代人异地交往和不同代人代际交往才能把科学文化传承下来，并在此基础上创新发展。

（4）人类的交往能促进人自身的发展。在交往中，每个人都可以利用别人创造的物质文化和精神文化成果充实自己，使自身得到发展。

（5）全球化时代的交往活动对社会发展和人的全面发展起巨大促进作用。在经济全球化时代，信息和网络技术得到广泛使用，人们的交往活动既方便快捷又范围广大，对社会的发展和人的全面发展起巨大促进作用。

21. 【参考答案】 AB

【核心考点】 本题考查劳动生产率与商品的价值量和使用价值量之间的关系。

【解题思路】 根据马克思主义基本原理概论中的相关原理知道：在其他条件不变的情况下，部门劳动生产率提高，在单位时间里就可以生产出更多的产品，即商品使用价值量增加，故B项正确；而当时条件下社会必要劳动时间没变，即单位时间里创造的价值量一定，那么单位商品的价值量就下降，所以A项正确。A、B选项正确，那么C、D选项就明显错了。

【相关知识】 单位商品价值量与劳动生产率的关系：

（1）生产商品所需要的社会必要劳动时间，随着劳动生产率的变化而变化。从而单位商品的价值量不是固定不变的，它们会随劳动生产率的变化而变化；

（2）无论劳动生产率怎样变化，一段时间内劳动所创造的价值总量是不变的，但它在这段时间内生产的商品数量会随劳动生产率的提高而增加。

因此，单位商品的价值量与劳动生产率成反比，与生产商品的社会必要劳动时间成正比。

22. 【参考答案】 ABD

【核心考点】 本题考查社会资本简单再生产的实现过程。

【解题思路】 社会资本简单再生产的过程包括了第一类部类内部的交换、第二部类内部的交换和两大部类之间的交换三个环节，也就是备选项中的 A、B、D 所表示的过程，其中，两大部类之间的交换最为关键，其交换能否顺利进行直接决定社会再生产能否顺利进行。

【相关知识】 （1）社会资本简单再生产的实现条件是 I（v＋m）＝IIc，这个公式体现了简单再生产条件下社会生产两大部类之间的内在联系，是两大部类之间的平衡条件，其交换能否顺利进行直接决定社会再生产能否顺利进行。

（2）由上述这个公式还可以引申出两个补充公式：①I（c＋v＋m）＝Ic＋IIc，这个公式表明生产资料的生产同两大部类对生产资料的需要之间的关系，是第 I 部类的平衡条件；②II（c＋v＋m）＝I（v＋m）＋II（v＋m），这个公式表明消费资料的生产同两大部类对消费资料的需要之间的关系，是第 II 部类的平衡条件。

23.【参考答案】 ABD

【核心考点】 本题考查实施宏观调控可以采取的货币政策手段。

【解题思路】 本题属于基础知识的记忆，就是记得不准的话通过排除法也可选择出正确答案。C 项实施物价补贴不是宏观调控的手段。

【相关知识】 （1）宏观调控的手段主要有计划手段、经济手段（经济杠杆）、法律手段和行政手段。

（2）经济手段是指政府在自觉依据和运用价值规律的基础上，借助于经济杠杆的调节作用，对国民经济进行宏观调控。经济手段主要包括价格、税收、信贷、工资等：

①价格杠杆在宏观调控中具有调节和核算工具两种作用。税收杠杆直接影响企业及个人的经济利益，从而调节生产和流通、市场供求、国民收入分配、进出口贸易等。②信贷杠杆主要是通过调节存贷款利率，把闲散的资金动员起来加以利用，以发展经济，控制投资规模，引导投资方向，促进投资结构的合理化，促使企业提高资金的利用效率和经营管理水平。③通过调节存贷款利率可以控制货币流通量，调节社会总需求，保持价格总水平的稳定。④工资杠杆的调节主要是通过选择不同的工资形式、确定合理的工资等级差距来调动劳动者的积极性；通过确定工资总水平，来调节国家、企业和个人的分配关系。运用经济手段进行宏观调控，应注重综合利用。

24.【参考答案】 BC

【核心考点】 本题考查社会主义个人收入确立生产要素按贡献参与分配的依据。

【解题思路】 社会主义个人收入确立生产要素按贡献参与分配既是生产要素所有权关系在经济上的体现，也是市场经济配置资源的内在要求，所以 B、C 正确。A 项各种生产要素都能创造价值具有干扰性，概念清晰的话很快就会反应过来：只有人才能创造价值，生产要素只是参与了价值的创造，而不是创造了价值，所以 A 项错误。D 项中各种生产要素都具有价值不是生产要素参与分配的依据，而且其本身表述就有错误：尽管生产要素都有实用价值，但不是所有的生产要素都有价值，所以排除。

【相关知识】 生产要素按贡献参与分配的原则：（1）在公有制为基础的商品生产过程中，活劳动创造价值，这就必须实行按劳分配并坚持其主体地位；同时，由于资本、技术和管理等生产要素是商品生产不可缺少的生产要素，这就要允许各种生产要素的所有者参与分配，取得相应的收入。

（2）把按劳分配和按生产要素分配结合起来的分配制度适合社会主义初级阶段的生产力水平，有利于调动社会成员的积极性；有利于把分散的人力物力财力动员起来投入现代化建设；有利于资源的合理配置和充分利用。

25. 【参考答案】 BD

【核心考点】 本题考查对毛泽东思想作出概括的几个重要文献。

【解题思路】 本题比较简单，属于记忆性知识点的考查。在中国共产党的历史上，对毛泽东思想作出系统概括和阐述的党的文献有刘少奇在七大上所作的《关于修改党的章程的报告》、十一届六中全会通过的《关于建国以来党的若干历史问题的决议》和党的十二大报告。本题所提供的选项只有B、D正确。

【相关知识】 （1）1945年4月至6月召开的中共七大，正式确立毛泽东思想为全党的指导思想。会议通过的党章明确规定：中国共产党以马克思列宁主义的理论与中国革命的实践之统一的思想——毛泽东思想，作为自己的一切工作的方针，反对任何形式的教条主义或经验主义的偏向。中共七大把毛泽东思想确立为指导思想，是毛泽东思想发展史上的里程碑，它标志着中国共产党在理论上的成熟，也标志着马克思列宁主义同中国实际的结合产生了一次历史性的飞跃；它使全党的认识在马克思列宁主义、毛泽东思想的基础上统一起来，达到了空前的团结。从此，毛泽东思想成为党和人民的一面旗帜，指导中国革命与建设事业从胜利走向胜利。

（2）1981年中共十一届六中全会通过的《关于建国以来党的若干历史问题的决议》指出："以毛泽东同志为主要代表的中国共产党人，根据马克思列宁主义的基本原理，把中国长期革命实践中的一系列独创性经验作了理论概括，形成了适合中国情况的科学的指导思想，这就是马克思列宁主义普遍原理和中国革命具体实践相结合的产物——毛泽东思想。"毛泽东思想是在中国共产党领导的中国革命与建设的实践中逐步形成和发展起来的。这一历史进程大体上可分为五个时期：开始萌芽、初步形成、走向成熟、继续发展、曲折发展。

（3）十二大报告在对毛泽东思想进行总结评价时，在原有的基础上，加上了"建设"一词，使这一理论的表述更加完备。

26. 【参考答案】 ABD

【核心考点】 本题考查民主革命时期我们党对富农身份进行界定的依据。

【解题思路】 民主革命时期，我们党对富农身份主要是根据财产的多少、是否参加劳动、是否通过雇佣雇工进行剥削、本阶级的阶级性质等几个方面来界定的，所以选A、B、D。C项是对地主的界定，而不是富农，故排除。

【相关知识】 （1）由于对富农的政策涉及对农村生产力的保护和对广大农民的团结问题，因此，民主革命时期，中国共产党对富农的政策一直都是非常慎重的。

（2）建国后，从保护农村生产力的角度出发，对于富农经济我们仍然采取保存的政策，直到对农业的社会主义改造时期，我们才开始对富农采取从限制到逐步消灭的阶级路线。

27. 【参考答案】 ACD

【核心考点】 本题考查新中国成立之际毛泽东提出的外交方针。

【解题思路】 本题属于对毛泽东思想和中国特色社会主义理论体系概论中最基础的细小知识点的考查，属于识记层面，难度不大，可以直接选出答案A、C、D。

【相关知识】 （1）新中国成立前夕，毛泽东就阐述了新中国奉行的独立自主外交政策的基本立场，强调中国的事情必须由中国自己来处理，任何国家都不得干涉，确定了"另起炉灶"、"打扫干净屋子再请客"和"一边倒"的方针，提出在平等互利和相互尊重主权和领土完整的基础上同一切国家建立外交关系。

（2）新中国成立后，我们依据这一方针，同苏联和欧亚人民民主国家以及一些民族独立国家和资本主义国家建立了外交关系。

（3）1954年4月，中国第一次以五大国之一的地位和身份参加了关于讨论朝鲜问题和印度支那问题的日内瓦会议。在此前的1953年12月，周恩来在会见来北京参加谈判的印度代表团时，首次提出了和平共处五项原则，即：互相尊重主权和领土完整、互不侵犯、互不干涉内政、平等互利、和平共处。1954年6月，周恩来和印度总理尼赫鲁发表联合声明，一致同意以和平共处五项原则作为指导相互关系的基本准则，并倡导将这五项原则作为处理国际关系的准则。

（4）和平共处五项原则是我们党和国家对世界和平事业的突出贡献，在国际上产生了广泛而深远的影响。

28. 【参考答案】 ABCD
【核心考点】 本题考查落实科学发展观必须坚持的原则。
【解题思路】 本题考查的是十七大报告中的内容，也是当前的热点问题，将题干与备选项联系起来就可以很容易选出正确答案为A、B、C、D。
【相关知识】 （1）科学发展观，是对党的三代中央领导集体关于发展的重要思想的继承和发展，是马克思主义关于发展的世界观和方法论的集中体现，是同马克思列宁主义、毛泽东思想、邓小平理论和"三个代表"重要思想既一脉相承又与时俱进的科学理论，是我国经济社会发展的重要指导方针，是发展中国特色社会主义必须坚持和贯彻的重大战略思想。

（2）科学发展观，第一要义是发展，核心是以人为本，基本要求是全面协调可持续，根本方法是统筹兼顾。落实科学发展观必须坚持把发展作为党执政兴国的第一要务，必须坚持以人为本，必须坚持全面协调可持续发展，必须坚持统筹兼顾。

29. 【参考答案】 ACD
【核心考点】 本题考查十一届三中全会以来中国共产党不断探索和回答的重大理论和实际问题。
【解题思路】 本题考查的是十一届三中全会以来中国共产党不断探索和回答的重大理论和实际问题，核心词是"重大"，那么将这三十年的历史与我国的现实结合，考虑重大理论和实际问题，很容易选出答案为A、C、D。
【相关知识】 （1）中国特色社会主义理论体系，就是包括邓小平理论、"三个代表"重要思想以及科学发展观等重大战略思想在内的科学理论体系。

（2）这个理论体系，坚持和发展了马克思列宁主义、毛泽东思想、凝结了几代中国共产党人带领人民不懈探索实践的智慧和心血，是马克思主义中国化最新成果，是党最可宝贵的政治和精神财富，是全国各族人民团结奋斗的共同思想基础。

（3）改革开放以来我们取得一切成绩和进步的根本原因，归结起来就是：开辟了中国特色社会主义道路，形成了中国特色社会主义理论体系。高举中国特色社会主义伟大旗帜，最根本的就是要坚持这条道路和这个理论体系。

30. 【参考答案】 ABC
【核心考点】 本题考查我国的根本政治制度。
【解题思路】 本题难度不大，直接将题干与选项联系起来就可选出正确答案A、B、C。D项错在"直接行使民主权利"上，实际上人民代表大会制度中人民是通过选出来的代表代表自己行使民主权利的，即一般的公民是间接行使自己的民主权利的。

【相关知识】 （1）人民代表大会制度是我国根本政治制度，因为它是人民民主专政的政权组织形式；人民代表大会制实行民主集中制原则，既能发扬民主，又能集中统一领导。

（2）坚持人民代表大会制不能搞西方的三权分立制度。

（3）我国的人民代表大会制度是适合中国国情的具有中国特色的社会主义民主政治制度，具有自身的优势和优越性。

（4）人民代表大会制度的优越性：①我国的人民代表大会制度符合我国人民民主专政的政权性质，符合中国共产党对国家的领导这一根本原则，也有利于保持社会主义的优越性。②我国以社会主义公有制为主体的所有制结构和全国人民根本利益的一致性，决定了人民可以统一行使自己的国家权力。③这种制度保证了国家权力的统一行使，保证一切权力属于人民，也体现了"议行合一"的民主集中制原则。

31.【参考答案】 ABCD

【核心考点】 本题考查胡锦涛主席就新形势下发展两岸关系提出的原则性意见。

【解题思路】 本题主要考查了胡锦涛关于两岸关系所提的四点原则性意见，属于记忆性试题，难度不大，直接判断即可得到答案。

【相关知识】 （1）解决台湾问题、实现祖国完全统一，是全体中华儿女的共同心愿。我们将遵循"和平统一、一国两制"的方针和现阶段发展两岸关系、推进祖国和平统一进程的八项主张，坚持一个中国原则决不动摇，争取和平统一的努力决不放弃，贯彻寄希望于台湾人民的方针决不改变，反对"台独"分裂活动决不妥协，牢牢把握两岸关系和平发展的主题，真诚为两岸同胞谋福祉、为台海地区谋和平，维护国家主权和领土完整，维护中华民族根本利益。

（2）坚持一个中国原则，是两岸关系和平发展的政治基础。尽管两岸尚未统一，但大陆和台湾同属一个中国的事实从未改变。中国是两岸同胞的共同家园，两岸同胞理应携手维护好、建设好我们的共同家园。

（3）台湾任何政党，只要承认两岸同属一个中国，我们都愿意同他们交流对话、协商谈判，什么问题都可以谈。我们郑重呼吁，在一个中国原则的基础上，协商正式结束两岸敌对状态，达成和平协议，构建两岸和平发展框架，开创两岸关系和平发展新局面。

32.【参考答案】 AC

【核心考点】 本题考查十七大报告的内容。

【解题思路】 本题属于时事题，抓住关键词"伟大旗帜"就可知道考查的是方向问题而不是对思想路线和战略方针进行判断，故正确答案为A、C。

【相关知识】 （1）改革开放以来我们取得一切成绩和进步的根本原因，归结起来就是：开辟了中国特色社会主义道路，形成了中国特色社会主义理论体系。高举中国特色社会主义伟大旗帜，最根本的就是要坚持这条道路和这个理论体系。

（2）全党必须坚定不移地高举中国特色社会主义伟大旗帜，带领人民从新的历史起点出发，抓住和用好重要战略机遇期，求真务实，锐意进取，继续全面建设小康社会、加快推进社会主义现代化，完成时代赋予的崇高使命。

33.【参考答案】 ABCD

【核心考点】 本题考查胡锦涛主席提出的处理达尔富尔问题应该坚持的原则和基本思路。

【解题思路】 形势与政策类热点问题，将题干与备选项结合起来直接选择，可以很容易发现各选项都正确。

【相关知识】　2007年2月中国国家主席胡锦涛访问苏丹时同苏丹总统巴希尔举行了会谈，就推动两国各领域友好合作提出以下建议：（1）巩固传统友谊，增强政治互信。（2）深化务实合作，实现互利共赢。（3）加强中非合作论坛框架下的双边合作。

中方认为，处理达尔富尔问题应该遵循以下原则。（1）尊重苏丹的主权和领土完整。（2）坚持对话和平等协商，以和平方式解决问题。（3）非盟、联合国等应该在达尔富尔维和问题上发挥建设性作用。中方支持政治解决达尔富尔问题进程。（4）促进地区局势稳定，改善当地人民生活条件。为帮助达尔富尔地区人民改善生活条件，中方决定再次向达尔富尔地区提供价值4000万元人民币的物资援助。

三、分析题

34.【答案要点】　（1）从认识论的角度看，人们只有亲身实践，才能获得直接经验；从辩证法角度看，换位思考反映了对立面的统一，在对立中把握统一，在统一中把握对立。（注：考生从其中任一角度回答均可得分。）

（2）人是自然属性和社会属性的统一体，人的本质在于人的社会性。人类一切活动在本质上都体现着人与人的关系。因此医生在治病的过程中，既要"看病"，更要"看人"。

（3）矛盾是客观、普遍存在的，要正视矛盾，不要回避矛盾；矛盾具有特殊性，要全面地、具体地分析矛盾；用不同的方法解决不同的矛盾是辩证法的基本要求，要用正确的方法去化解矛盾。

【核心考点】　本题考查矛盾的斗争性和同一性原理以及人的本质属性。

【解题思路】　回答材料分析题的基本思路是带着问题阅读材料，捕捉有关的信息。第一问由"医患换位体验"可知材料中表述的是一对在现实生活中既有矛盾又相互依存不可分离的对立双方的依存关系，可以推知本题考查的是矛盾的斗争性和同一性原理。确定了原理，根据所学书本知识表述原理的含义，再兼顾一下材料的事实即可。

第二问题干表述得非常明白——"从人的本质属性"，首先明白人的本质在于人的社会性，就可得知"医生不仅要看到人身上的病"和"更要看到生病的人"分别说的是人的自然属性和社会属性，而问题强调的是后半句"人的社会性"，运用所学知识顺着思路分析作答就行了。

第三问可以说是运用相关原理分析回答现实问题，灵活性相对比较大，组织好语言按照先原理、后实例，然后将二者结合的思路回答即可。

【相关知识】　（1）同一性和斗争性是矛盾的两种基本属性，是矛盾双方相互联系的两个方面。

（2）同一性是指矛盾双方相互联系、相互吸引的性质和趋势。它包含两层意思：一是矛盾双方相互依存，即矛盾双方互为存在的条件，共处于一个统一体中；二是矛盾双方相互贯通，即矛盾双方相互渗透以及相互转化的趋势。这种包含着向自己对立面转化的相互贯通性，最深刻地体现了对立面之间的内在的统一性。

（3）斗争性是指矛盾双方相互分离、相互排斥的性质和趋势。矛盾斗争性具有丰富的内容和多样的形式。不同的矛盾具有不同的斗争形式，同一矛盾在不同发展阶段上的斗争形式也不同。不能把斗争性归结为一种形式，也不能把斗争形式的改变误认为斗争的消失。

（4）矛盾的同一性和斗争性是相互联系、相互制约的。一方面，同一性不能脱离斗争性而存在，没有斗争性就没有同一性。因为矛盾的同一是以差别和对立为前提的，是包含差别和对立的同一。同一性要受斗争性的制约，矛盾双方的共存要靠斗争来维持，矛盾双方的转化要靠斗争来实现。另一方面，斗争性也不能脱离同一性而存在，斗争性寓于同一性之中。斗争性要受同一性的制约，同一性规定和制约着斗争的形式、规模和范围。

35. 【答案要点】 （1）垄断仍然是当代资本主义最重要的经济特征和经济基础。IBM没有形成对计算机行业的绝对垄断，也不可能消除市场经济的竞争机制，垄断竞争更加激烈。IBM正是在垄断竞争中生存和发展的。

（2）IBM在发展过程中与垄断企业和非垄断企业的竞争，反映了垄断竞争内容和形式的多样化；IBM的竞争战略及其战略目标表明，垄断资本竞争的目的是为了在全球范围内获得高额垄断利润；IBM所进行的一系列改革和经营战略调整，也反映出垄断资本竞争手段从单纯的价格竞争向非价格竞争的变化；计算机技术的开放性、专业化的发展趋势表明，垄断企业也必须在竞争与合作中谋求发展。

【核心考点】 本题考查垄断资本主义条件下竞争的特点。

【解题思路】 本题的材料不难理解，后面的问题问得也比较直接、简洁，将材料与后面的问题联系起来，直接回答即可。第一至三段主要谈的是垄断的问题，第四至六段谈的是垄断局面下的竞争问题，尤其第四段关于在垄断条件下为了生存所采取的措施（即竞争手段）的表述更具有代表性，提炼一下就可以理出几条要点来，再结合平时所学的垄断和竞争的关系回答第一题即可。在回答第一题和阅读材料的基础上，结合平时复习时所掌握的垄断条件下的竞争的特点的几个方面，回答第二个问题即可。

【相关知识】 垄断和竞争的关系：

（1）垄断和竞争并存：①垄断是与自由竞争相对立而产生的。但是垄断没有也不可能消除竞争，而是凌驾于竞争之上与竞争并存，垄断统治下的竞争更加激烈。②垄断资本主义时期，自由竞争只占次要地位，占主要地位的是由垄断而产生的竞争即"垄断竞争"。它包括：垄断组织内部的竞争，垄断组织之间的竞争，垄断组织与非垄断组织之间的竞争。这些竞争错综复杂地交织在一起。

（2）垄断条件下的竞争：垄断条件下的竞争与自由竞争相比，有自己的新特点：竞争的主要目的是攫取高额垄断利润以及巩固和扩大自己的垄断地位；竞争的手段更加多样；竞争的范围遍及各个领域和部门，并由国内扩展到国外；竞争的程度更加剧烈。

36. 【答案要点】 （1）对中国革命规律性的认识和把握，是在经历了成功和失败的实践之后得到的。中国共产党领导的人民革命是毛泽东思想形成和发展的实践基础。我国的社会主义建设还缺乏经验。对于建设社会主义的规律的认识，必须有一个过程。我们要从中国实际出发，勇于实践，大胆探索，不怕失败。

（2）以毛泽东为主要代表的中国共产党人在建设社会主义的探索中既取得了成绩，也遭遇了挫折与失败。他们勇于探索的精神以及所取得的若干理论成果，对中国特色社会主义道路的开辟具有重要的指导作用。探索中出现的挫折和失误，也为后人的成功探索提供了宝贵的历史经验。

【核心考点】 本题考查我们党对中国革命规律认识的艰难过程，以及站在新的历史制高点上如何看待这一过程。

【解题思路】 本题材料比较简单，要表露的信息比较直接，后面的问题设置也比较直接、简洁，留给考生回答该题的自由度非常大，考生根据问题的要求，结合材料，运用所学知识和平时积累的知识回答即可。本题尽管给考生留下很大余地，但是别离我们党是如何认识"中国革命规律"以及怎样看待这一过程这两个关键信息句太远，以防偏题。

【相关知识】 （1）毛泽东根据近代中国半殖民地半封建的社会性质，认为中国革命必须分两步走：第一步，改变半殖民地半封建的社会形态，使中国成为一个独立的新民主主义国家；第二步，使革命向前发展，建立一个社会主义社会。

民主革命是社会主义革命的必要准备，社会主义革命是民主革命的必然趋势。只有认清民主革命与社会主义革命的区别，同时又认清二者的关系，才能正确地领导中国革命。

（2）在民主主义革命和社会主义革命的关系上，存在两种错误倾向：①是陈独秀的"二次革命论"，即把中国革命进程中的两个紧密联系的阶段割裂开来，只看到两者的区别，没有看到两者的联系，而在两个阶段革命之间横插一个资产阶级专政的和发展资本主义的阶段。②是王明为代表的"左"倾教条主义，主张民主革命和社会主义革命"毕其功于一役"，混淆了民主革命和社会主义革命的界限，企图把两种不同性质的革命阶段并作一步走，一举取得民主革命和社会主义革命的胜利。这两种观点都违背了中国革命的发展规律。

37. 【答案要点】 （1）农村的改革发展经历了实行家庭联产承包责任制和发展适度规模经营、探索集体经济有效实现形式的阶段。当前，随着我国经济发展水平的提高，初步具备了加大力度扶持"三农"的能力和条件，已进入工业反哺农业、城市支持农村，统筹城乡协调发展时期。实现全面建设小康社会奋斗目标关键在农村，解决好"三农"问题是党和政府工作的重中之重。

（2）建设社会主义新农村，形成城乡经济社会发展一体化的新格局。走中国特色城镇化道路：改革户籍管理制度；发展乡镇企业，多渠道转移农民就业；增加农民收入；改变农民的生产和生活方式；建立城乡均等的社会保障制度等。走中国特色农业现代化道路：在稳定和完善土地承包关系的基础上，按照自愿有偿原则进行土地承包经营权流转；发展适度规模和集约化经营；加快农业科技进步；调整优化农村经济结构等。

【核心考点】 本题考查农民问题的初步解决和新农村建设的主要途径。

【解题思路】 本题尽管属于材料分析题，但是没有多少技巧性，每一问的设置都很简单明了，运用自己所掌握的知识联系材料回答即可。

【相关知识】 2005年12月31日下发、2006年2月21日公布的《中共中央国务院关于推进社会主义新农村建设的若干意见》（即2006年中央"一号文件"，也就是新时期历史上中央关于"三农"问题第8个"一号文件"）指出：（1）建设社会主义新农村的"五大建设"：协调推进农村经济建设、政治建设、文化建设、社会建设和党的建设。

（2）建设社会主义新农村的"六个必须"：必须坚持以发展农村经济为中心，进一步解放和发展农村生产力，促进粮食稳定发展、农民持续增收；必须坚持农村基本经营制度，尊重农民的主体地位，不断创新农村体制机制；必须坚持以人为本，着力解决农民生产生活中最迫切的实际问题，切实让农民得到实惠；必须坚持科学规划，实行因地制宜、分类指导，有计划有步骤有重点地逐步推进；必须坚持发挥各方面积极性，依靠农民辛勤劳动、国家扶持和社会力量的广泛参与，使新农村建设成为全党全社会的共同行动。

（3）建设社会主义新农村的"五要五不要"：要注重实效，不搞形式主义；要量力而行，不盲目攀比；要民主商议，不强迫命令；要突出特色，不强求一律；要引导扶持，不包办代替。

（4）提高农民整体素质，培养造就有文化、懂技术、会经营的新型农民，是建设社会主义新农村的迫切需要。

38. 选做题 I

【答案要点】　（1）中日两国将全面发展在双边、地区及国际等各层次的互利合作；共同为两国、亚洲及世界的和平、稳定与发展作出建设性贡献；双方亦可在相互合作中获得并扩大共同利益，借此推动两国关系发展迈向新的高度。

（2）中日双方的友好关系在地缘、民间、政治、经济、文化等方面存在着共同的利益基础，三个政治文件提供了两国关系持续发展的保证。发展中日关系顺应时代潮流，符合中日两国人民意愿。中日之间仍存在着诸如意识形态、历史、台湾、海洋权益、经贸摩擦等问题，双方关系发展经历过并仍将面临风雨和曲折。只要双方都严格遵守中日间三个政治文件所确定的各项原则，增进政治互信，拓展共同利益，深化各领域务实合作，加强民间交流，两国关系就能取得新的发展。

【核心考点】　本题考查中日关系的基本精神及其方针。

【解题思路】　本题稍微有点难度，但是基本的信息都可以从材料中得出，然后结合自己平时所积累的知识回答即可。紧扣材料中的信息句"努力构筑'基于共同战略利益的互惠关系'"、"尽管风在呼啸，山却不会移动"形容中日关系、进一步提高彼此之间的信任关系，推进双方战略互惠关系向前发展、日中关系对两国而言乃为最重要的双边关系之一却是不会改变的、夯实日中战略互惠关系的基石以及相关的贸易数据，再进行提炼，融进备考时所掌握的内容组织语言回答即可。

【相关知识】　我们主张，各国人民携手努力，推动建设持久和平、共同繁荣的和谐世界。为此，应该遵循联合国宪章宗旨和原则，恪守国际法和公认的国际关系准则，在国际关系中弘扬民主、和睦、协作、共赢精神。

政治上相互尊重、平等协商，共同推进国际关系民主化；经济上相互合作、优势互补，共同推动经济全球化朝着均衡、普惠、共赢方向发展；文化上相互借鉴、求同存异，尊重世界多样性，共同促进人类文明繁荣进步；安全上相互信任、加强合作，坚持用和平方式而不是战争手段解决国际争端，共同维护世界和平稳定；环保上相互帮助、协力推进，共同呵护人类赖以生存的地球家园。

中国坚持在和平共处五项原则的基础上同所有国家发展友好合作关系。我们将继续同发达国家加强战略对话，增进互信，深化合作，妥善处理分歧，推动相互关系长期稳定健康发展。我们将继续贯彻与邻为善、以邻为伴的周边外交方针，加强同周边国家的睦邻友好和务实合作，积极开展区域合作，共同营造和平稳定、平等互信、合作共赢的地区环境。

选做题 II

【答案要点】　（1）自然环境是包括气候在内的各种自然条件的综合，它是社会所需要的物质生活资料的天然来源，是社会存在和发展的必要前提。自然环境是一个由各种自然条件所组成的有机整体和复杂的生态系统，而整个气候因素在这一生态系统中的作用尤为显著。搞好环境保护、维护生态平衡、防止气候进一步恶化，是人类面临的共同的紧迫任务。

（2）全球气候变化问题主要是由美国等发达国家造成的，把责任全部推给中国等发展中国家是错误的。"中国气候威胁论"不符合事实，有失公允，其实质是要遏制中国发展。中国正视自身在发展过程中遇到的气候和环境问题，从中国人民的根本利益和世界人民的共同利益出发选择自身的发展道路，提出科学发展观，走新型工业化道路，建设资源节约型、环境友好型社会。

【核心考点】 本题考查自然环境在社会发展中的作用以及中国应对气候变化问题的战略选择。

【解题思路】 本题属于近几年的热点问题，也属于常考内容，只不过今年换了一个角度而已。第一问在快速阅读材料后就可联系自己平时学到的相关知识回答，答题时一定要将基本理论与材料所反映的信息结合起来，因为"有何启示"就强调了这一点。第二问的问题是从材料中提出来的，但是回答问题的内容主要来自于平时的积累，回答问题时就可适当脱离材料进行回答。

【相关知识】 2007年1月24日至28日，世界经济论坛在瑞士达沃斯召开第37届年会。全球气候变暖问题是出席本次年会的领导人最为关注的一个议题。会议期间发布的一些最新科学研究结果表明，全球气候变暖趋势正在加剧，对人类的未来构成严重挑战，这个问题的解决已经刻不容缓。欧盟轮值主席国德国总理默克尔在年会开幕式的讲话中，强烈敦促美国减少温室气体的排放，对全球环境负起责任。中国、印度等发展中国家也在会上介绍了本国减排措施以及新能源政策等方面的情况，他们呼吁发达国家向发展中国家传授经验和提供技术支持。地缘政治是影响全球经济的最大不确定因素。

2007年6月6日至8日，一年一度的八国集团峰会在德国北部海滨小镇海利根达姆举行。气候政策、能源、知识产权保护、投资自由化以及非洲发展是本届峰会的5大主题，而气候政策与非洲发展两大主题被认为是重中之重。本次峰会被西方媒体形象地比喻为"气候峰会"。

2007年6月7日，八国集团首脑会议发表"联合声明"，总结了峰会当天在"世界经济的增长与责任"这一包罗万象的综合议题下取得的共识。其中最引人注目的是峰会在气候变化问题上达成的妥协：首先，八国同意在联合国框架内就气候变化问题进行谈判，并在2009年之前结束谈判，为2012年《京都议定书》失效后的"后京都时代"确定新的温室气体排放标准，即争取在2009年前制定一项温室气体减排的国际框架协议，填补2012年《京都议定书》到期后的空白；其次，八国同意"认真考虑"欧盟、加拿大、日本等方面提出的关于到2050年全球温室气体排放量比1990年至少降低50%的建议。最后，八国集团在协议声明中表示，世界各国在防止气候变化过程中承担"共同但有区别的责任"，而发达国家应当担负起"领导作用"。发达国家将"邀请"发展中国家，如中国和印度，在经济发展过程中共同为防止气候变化做出努力。

美国的态度在这次峰会上有了一些转变。此前，美国没有公开表示同意将气候变化谈判纳入联合国框架，因此有可能不参加2007年12月在印度尼西亚举行的联合国气候大会。而此次八国领导人达成的妥协明确了把气候变化谈判纳入联合国框架的原则，这标志着新一轮温室气体减排谈判开始的印尼联合国气候大会有可能使美国参与进去。而且，将气候变化谈判纳入联合国框架还意味着发展中国家可以更好地参与谈判和决策，使这一过程更加全面、合理。然而，八国气候协议没有确立防止气候变化的具体目标和时间表，这对会前竭力要推动八国峰会确定具体目标和时间表的东道主德国来说，不啻是一个挫折。确立具体目标和时间表的最大障碍是美国。美国虽然强调推动环保技术的开发和利用，但担心德国等国提出的具体目标和时间表会损害美国的经济利益。美国最终未能同意设立具有法律约束性的减排目标，仍将防止气候变化列为"自愿"的范畴，这表明美国尚未根本改变自己的立场。

2007 年全国硕士研究生入学统一考试政治理论试题精解

一、单项选择题

1. 【参考答案】　B

【核心考点】　本题考查运动和静止的辩证关系。

【解题思路】　本题提问比较直接，据其从原理入手分析回答即可。引文中"风定花犹落"一句静中有动，"鸟鸣山更幽"一句动中有静，因此 B 项正确。A、C、D 三项的说法本身就存在错误，因为动和静并不存在必然和偶然、引起和被引起的关系，较容易排除。

【相关知识】　运动和静止的辩证关系原理：（1）运动是物质的存在形式，静止是运动的特殊状态；相对静止中包含着绝对运动；绝对运动中也包含着相对静止；物质的具体形态都是绝对运动和相对静止的统一。

（2）承认运动的绝对性，并不否认相对静止；承认相对静止，但不能把静止绝对化。

（3）辩证唯物主义在运动和静止的关系问题上反对两种极端的片面性观点：一种是否认绝对运动，把相对静止绝对化，就会走向形而上学不变论；另一种是借口绝对运动，否认相对静止，就会导致相对主义诡辩论。这种观点完全否认任何意义上的静止，因而也就必然否认宇宙间有任何确定的事物。这两种观点都已被实践和科学所驳倒。

2. 【参考答案】　C

【核心考点】　本题考查可能性中的复杂情况（可能与不可能）的实现条件。

【解题思路】　根据《孟子》中的两句话所表达的含义知，"挟泰山以超北海"是不可能的，原因是在现实中没有任何客观的根据和条件。而"为长者折技"属于可能但不愿意做，二者的区别是有无根据和条件，故选项 C 正确。人的主观努力程度再大，现实中没有根据和条件，也不可能将不可能变为可能，A 项错误；有些可能性和不可能性如果能实现，都对人类非常有利，B 项错误；不可能性是指现实中不存在任何根据和条件，而不是根据和条件不充分，D 项也错误。

【相关知识】　把握可能性的复杂情况：

（1）区分可能和不可能：认为一事物有可能出现，就是指它在不同程度上具备了客观的根据和条件，否则，就是不可能。不可能是指一事物的出现在现实中没有任何客观的根据和条件，因而它是永远不能实现的东西。

（2）区分现实的可能和非现实的可能（抽象的可能）：现实的可能性是在现实中有充分的根据，因而在目前就可以实现的可能性。抽象的可能性是在现实中缺乏充分根据，因而在当前条件下不能实现的可能性。后者因在目前无法实现，看起来好似不可能，故称抽象的可能性。

但抽象的可能毕竟是一种可能，因而区别于不可能。随着实践的发展和条件的成熟，抽象的可能性就可以转化为现实的可能性。

3. 【参考答案】　D

【核心考点】　本题考查马克思划分的人类社会的经济发展所经历的三个历史形态。

【解题思路】　本题是对记忆性基础知识的考查。马克思把人的发展概括为三个基本的历史形态：（1）以人的依赖关系为基础的缺乏独立自由、个性极不发展的形态；（2）以物的依赖关系为基础的具有较多的独立性、较丰富的关系和较多样的才能的形态；（3）以人的全面发展和自由个性为特征的充分发展的形态。可见选项D正确。A项是人类社会发展的三大社会形态，B项是人类社会两次所有制的大转变，C项是人类经济形态发展的三个阶段，均不正确。

【相关知识】　马克思从人的发展的角度，把整个人类社会的发展过程划分为三个阶段：

（1）以人的依赖关系为基础的缺乏独立自由、个性极不发展的形态。这一阶段是人的依赖关系占统治地位的阶段，与自然经济形态相联系，主要存在于前资本主义社会时期。

（2）以物的依赖关系为基础的人的独立性阶段，与商品经济形态相联系。在这一阶段中，人的发展依然受到社会关系的束缚和压抑。这一形态存在于资本主义社会的历史阶段。在上述两种形态中，人的发展都还是不平衡、不全面的。

（3）以人的全面发展和自由个性为特征的充分发展的形态，与时间经济相联系。这一形态存在于生产力高度发达、全社会共同占有社会生产力和社会财富的社会形态，即共产主义社会。共产主义社会的根本特征就是人的全面而自由的发展，"每个人的自由发展是一切人的自由发展的条件"。人的未来自由全面发展的前景和社会未来的共产主义目标完全一致。

4.【参考答案】　B

【核心考点】　本题考查社会存在与社会意识的关系以及社会意识的独立性问题。

【解题思路】　回答本题的突破口是在理解题干中表述的基础上紧扣"思想意识"的"巨大的差异"。从意识的主观差别和客观根源看，意识的主观性表现在不同主体之间的差别性，以及同一主体在不同条件下的差别性。据此很容易判断出列宁所表述的三种奴隶的思想意识的巨大差异是由于人的社会意识社会存在具有不一致性，故选B。A项本身说法错误，C项是造成同一主体对不同条件反映的差别性，D项是属于先天因素，占很小一部分原因，但不是主要的，均可排除。

【相关知识】　意识形态的相对独立性：（1）不同步性：意识形态的变化发展同社会存在的变化发展不一定完全同步。表现为超前或滞后两种情况。意识形态有时会落后于社会存在，阻碍社会发展；有时又会预见到社会存在未来发展趋势，推动社会发展。但这只是相对的，过时的意识形态不可能在它的物质基础消灭之后长久地存在，新的意识形态也只是在历史条件具备时才可能产生。

（2）历史继承性：意识形态的发展具有历史继承性。一定历史发展阶段上的意识形态，在内容上会吸收、保留以往的某些意识形态材料，"古为今用"；在形式上继承以往既有的方式和方法，同时加以改造、补充和发展，"推陈出新"。意识形态的发展具有历史继承性。这种继承性造成了意识形态发展的独特的历史，形成各具特色的民族传统。

（3）能动的反作用。

5.【参考答案】　B

【核心考点】　本题考查货币的本质。

【解题思路】　本题属于基础知识的考查，只不过是换了一种比较隐晦、曲折的表述方式，稍加分析就可得到答案：货币就是商品交换的中介，充当的是一般等价物。

【相关知识】　货币的本质：货币是固定充当一般等价物的特殊商品。从这一关于货币的定义中可以看出：第一，货币本身是商品，具有价值和使用价值；第二，货币是从商品界中分离出来的一种特殊商品，即固定充当一般等价物的商品。货币的本质就是一般等价物。所谓一般等价物是指这样一种商品，它被社会所公认，成为各种商品价值表现的材料，它本身就代表价值，能够用它来衡量和表现各种商品的价值。

6. 【参考答案】　B

【核心考点】　本题考查超额利润在资本家和土地所有者之间的分隔。

【解题思路】　级差地租Ⅱ是由于在一块土地上连续追加投资而改变了土地的自然状况，经营者所得利润的多少在改良前后就有了差异，一般而言，在租期内通过改良得到的超额利润归农业资本家所有，租期到了时，农业资本家在同土地所有者商讨地租的数量时，土地所有者往往要提高地价（即地租），它们之间就产生了对这些超额利润的争夺与分配。

【相关知识】　(1) 级差地租和绝对地租是资本主义地租的两种基本形式。级差地租是指由土地的差别所导致形成的地租。级差地租包括两种类型，由土地自身的自然差别（肥沃程度或地理位置）所导致形成的地租称为级差地租Ⅰ，由对土地连续投资的收益差别所导致形成的地租，称为级差地租Ⅱ。由资本主义土地私有制所导致形成的地租，称为绝对地租。在农业资本家实际交纳给地主的租金中，既包含级差地租，也包含绝对地租，甚至还包含着以往在土地上进行投资（施肥、兴修水利工程、机耕等）所要支付的利息。因此，在实际经济生活中，租金往往大于实际的地租。(2) 级差地租Ⅰ和级差地租Ⅱ两者的归属有所不同，级差地租Ⅰ一般来说完全归地主所有，而级差地租Ⅱ的归属则要取决于地主和农业资本家之间的竞争，这种竞争通常是围绕着土地租期的长短展开的。(3) 级差地租产生的根本原因是对土地的资本主义经营垄断，它来源于农产品个别生产价格低于其社会生产价格的差额，农产品的社会生产价格通常由最劣等生产条件决定。(4) 绝对地租产生的根本原因，是资本主义土地私有权。绝对地租的具体形成条件，在马克思的时代和当代有所不同。在马克思那个时代，它主要来自于农产品价值高于其生产价格的差额；而在当代，它主要来自于农产品的垄断高价，来自于工资和利润的扣除。

7. 【参考答案】　B

【核心考点】　本题考查商品资本的外在运动形式。

【解题思路】　作为商品的资本就是说资本是以商品的形式在流通领域里自由买卖（借贷），其形式自然就是借贷资本了。这里是将资本看做一般商品流通的过程来分析的，然后问其专有的环节或过程是什么。

【相关知识】　资本主义初期，由于生产规模不大，市场狭小，产业资本一般是自产自销。后来，生产发展、市场扩大，产业资本自产自销越来越困难，要求把买卖商品的业务独立出来，专门由商业资本家去承担。商业资本执行的是商品资本的职能，即通过商品的销售，实现价值和剩余价值。商业资本的运动公式是 $G—W—G'$。所以，商业资本是产业资本运动中分离出来的商品资本的独立化形式，是专门在流通中发挥作用的职能资本。

8. 【参考答案】　C

【核心考点】　本题考查"马克思主义中国化"命题的提出。

【解题思路】　本题考查的是考生对最基本知识点的识记，没有什么技巧，根据已知知识可直接选出正确答案为C。

【相关知识】　毛泽东在全党领导地位的确立，是毛泽东思想成熟的根本政治保证。从1935年1月的遵义会议，到1938年9月的六届六中全会，毛泽东在全党的领导地位得以确立。这使毛泽东能够站在一个新的制高点上总揽中国革命全局，系统进行中国革命题理论的研究。正是在党的六届六中全会上，毛泽东向全党明确提出了"马克思主义中国化"的历史任务；1939年10月，在《〈共产党人〉发刊词》中，他又反复阐明了"马克思主义的理论和中国革命的实践相结合"这个根本的思想原则。毛泽东还率先垂范，进行了前所未有的经验总结与理论创新工作，写下了一系列重要著作，使毛泽东思想得到多方面展开而达到成熟。

9.【参考答案】　A

【核心考点】　本题考查毛泽东提出的著名论断。

【解题思路】　本题也是纯知识点的记忆，难度不大。B项是抗日战争时期《论持久战》里的说法，C项是解放战争时期对美国记者的谈话，D项是井冈山时期的文章。本题考查的是毛泽东思想和中国特色社会主义理论体系概论中新民主主义革命理论的基本问题，即农村包围城市，武装夺取政权的知识点。本题把对这一知识点的考查与八七会议结合在了一起，增加了试题的难度。本知识点是常考的知识点，且以记忆为主，当记牢。

【相关知识】　1927年8月7日，中共中央在汉口召开紧急会议，即八七会议，审查和纠正了党在大革命后期的严重错误，确定了实行土地革命和武装起义的总方针，号召党和人民继续战斗。在这次会议上，毛泽东提出了"须知政权是由枪杆子中取得的"著名论断，随后，我们党组织发动了多次起义，进入了武装反抗国民党的土地革命时期。

10.【参考答案】　A

【核心考点】　本题考查《关于正确处理人民内部矛盾的问题》中矛盾问题的转化。

【解题思路】　这是对纯知识点的考查，用排除法也可以选出，因为敌我矛盾是对抗性矛盾，人民内部矛盾是非对抗性矛盾。所以B、C的说法是错误的。D项则体现不出题干中的"会变成"，当然也是错误的。本题考查了社会主义建设过程中敌我矛盾和人民内部矛盾的知识点。人民内部矛盾问题是建国后所面临的一个重要矛盾，如何解决这一矛盾，毛泽东在其著作中提出了指导方针。考生不仅要理解这一时期的矛盾，而且还要掌握基本的史料，掌握这一著作的主要精神和思想内容。

【相关知识】　毛泽东在《关于正确处理人民内部矛盾的问题》的讲话中，第一次明确指出敌我矛盾和人民内部矛盾是社会主义社会的两类矛盾，是性质完全不同的矛盾。"敌我之间的矛盾是对抗性的矛盾。人民内部的矛盾，在劳动人民之间来说，是非对抗性的；在被剥削阶级和剥削阶级之间来说，除了对抗性的一面以外，还有非对抗性的一面。"在社会主义学说史上，毛泽东第一次把新中国工人阶级同民族资产阶级的矛盾当做人民内部矛盾来处理，是对马克思主义创造性的理论贡献。毛泽东指出，在我们国家里，工人阶级同民族资产阶级的矛盾属于人民内部矛盾。按照马克思主义一般原理，社会主义革命的对象是资产阶级。以毛泽东为代表的中国共产党人从近代中国实际出发，把中国的资产阶级分为官僚买办资产阶级和民族资产阶级两部分；认为民族资产阶级具有两面性，长期地把民族资产阶级作为革命的同盟军来团结、争取。在社会主义革命过程中，民族资产阶级同工人阶级的矛盾本来是具有对抗性的；但是，中国共产党通过一系列正确的方针、政策，终于将这对对抗性矛盾，转化为非对抗性的，用和平的方式解决了民族资产阶级问题，通过和平赎买顺利实现了对资本主义工商业的社会主义改造。

11.【参考答案】　D

【核心考点】　本题考查"三个代表"重要思想的根本点。

【解题思路】　这是胡锦涛总书记提出的权威说法。本题主要考查的是考生对"三个代表"价值取向的理解，难度不大，属于基础知识，根据记忆或是利用排除法直接选择即可。

【相关知识】 贯彻"三个代表"重要思想，关键在坚持与时俱进。"三个代表"重要思想是发展的、前进的。我们要不断增强贯彻"三个代表"重要思想的自觉性和坚定性，把"三个代表"重要思想贯彻到社会主义现代化建设的各个领域，体现在党的建设的各个方面，始终站在时代前列，随着实践的不断发展，正确回答实践提出的新课题，使我们党始终与时代发展同步伐，与人民群众共命运。只有坚持与时俱进，才能真正做到"三个代表"。

贯彻"三个代表"重要思想，核心在坚持党的先进性。先进性是一个从根本上关系党的性质和历史地位的重大问题。一个政党特别是执政党，能够不断前进，巩固自己的执政地位，核心就在于党所具有的先进性。党的先进性是历史的、具体的，必须放到推动当代中国先进生产力和中国先进文化的发展中去考查；放到维护和实现中国最广大人民根本利益的奋斗中去考查。"三个代表"重要思想从经济、文化、政治三个方面科学地揭示了党的先进性的实质和内涵，为我们党保持先进性指出了根本的方向。

贯彻"三个代表"重要思想，本质在执政为民。执政为民是我们党代表最广大人民根本利益的必然要求和必然条件。全心全意为人民服务，立党为公、执政为民，是我们党的根本宗旨，也是我们党同一切剥削阶级政党的根本区别。始终代表中国最广大人民的根本利益，是"三个代表"重要思想的根本的出发点和归宿。我们党只有坚持执政为民，用改革的精神研究新情况，解决新问题，注意改进工作方法、工作作风和活动方式，才能不断提高我们党的领导水平和执政水平，把中国特色社会主义的伟大事业推向前进，实现中华民族的伟大复兴。

12.【参考答案】 A

【核心考点】 本题考查社会主义道德建设的核心。

【解题思路】 党的十四届六中全会的《决议》明确指出："社会主义道德建设要以为人民服务为核心，以集体主义为原则"。本题考查了社会主义道德建设这一知识点，社会主义道德建设的核心在于为人民服务。本题属于基础知识的考查，比较简单。

【相关知识】 思想道德建设要确立一套与社会主义经济基础和上层建筑相适应的道德价值观念。道德是调整人与人之间包括个人与集体、社会之间关系的重要行为规范。要深入进行党的基本理论、基本路线、基本纲领、基本经验教育，深入进行"三个代表"重要思想教育，倡导"爱国守法、明礼诚信、团结友善、勤俭自强、敬业奉献"的基本道德规范。社会主义道德建设要以为人民服务为核心，要以集体主义为原则，以诚实守信为重点，以爱祖国、爱人民、爱劳动、爱科学、爱社会主义为基本要求，加强社会公德、职业道德和家庭美德教育，特别要加强青少年的思想道德教育，在全社会形成团结互助、平等友爱、共同前进的人际关系。要建立与社会主义市场经济相适应、与社会主义法律相协调、与中华民族传统美德相承接的社会主义思想道德体系。

13.【参考答案】 C

【核心考点】 本题考查人权的内涵。

【解题思路】 本题没有难度，考查的是党和政府一再申明的人权观点，属于基础知识的识记。

【相关知识】 所谓人权，是指在一定的社会历史条件下每个人按其本质和尊严享有或应该享有的基本权利。人权是具体的、相对的，不是抽象的、绝对的，跟一个国家的政治状况、经济状况、历史传统、文化结构和整个社会的发展水平有很大的关系。尊重和保障人权，是发展社会主义民主、建设社会主义政治文明的内在要求。中国共产党作为中国人民根本利益的忠实代表，始终将维护国家主权和独立、保障和发展人民的各项权利作为根本任务，并将生存权、发展权作为首要人权。中国共产党坚持把发展作为第一要务，贯彻以人为本、全面协调可持续的科学发展观，努力促进经济发展和社会进步，不断满足人民的多方面需求，实现人的全面发展。

14. 【参考答案】 C

【核心考点】 本题考查我党所要构建的和谐社会的定位。

【解题思路】 《中共中央关于构建社会主义和谐社会若干重大问题的决定》明确提出："社会和谐是中国特色社会主义的本质属性"，这是我们党对社会主义本质认识的深化和升华。本题应该是一道时政题，但意义重大。

【相关知识】 构建社会主义和谐社会，是我们党从全面建设小康社会、开创中国特色社会主义事业新局面的全局出发提出的一项重大任务，适应了我国改革发展进入关键时期的客观要求，体现了广大人民群众的根本利益和共同愿望。实现社会和谐，建设美好社会，始终是人类孜孜以求的一个社会理想，也是包括中国共产党在内的马克思主义政党不懈追求的一个社会理想。

社会主义和谐社会的内容：根据马克思主义基本原理和我国社会主义建设的实践经验，根据新世纪新阶段我国经济社会发展的新要求和我国社会出现的新趋势新特点，我们所要建设的社会主义和谐社会，应该是民主法治、公平正义、诚信友爱、充满活力、安定有序、人与自然和谐相处的社会。

15. 【参考答案】 A

【核心考点】 本题考查贯穿《江泽民文选》的主题。

【解题思路】 这是一道时政题，是胡锦涛主席提出的明确说法。

【相关知识】 江泽民同志是党的第三代中央领导集体的核心，他坚持马克思主义的思想路线，尊重实践，尊重群众，准确把握时代特征，科学判断我们党所处的历史方位，围绕建设中国特色社会主义这个主题，在改革发展稳定、内政外交国防、治党治国治军等各方面都提出了一系列新思想、新观点、新论断。特别是他集中全党智慧创立的"三个代表"重要思想，进一步回答了什么是社会主义、怎样建设社会主义的问题，创造性地回答了在长期执政的历史条件下建设什么样的党、怎样建设党的问题，是对马克思列宁主义、毛泽东思想、邓小平理论的继承和发展，实现了我们党在指导思想上的又一次与时俱进，为坚持和发展党的基本理论、基本路线、基本纲领、基本经验作出了杰出贡献。

16. 【参考答案】 D

【核心考点】 本题考查中俄两国互办"国家年"活动的意义。

【解题思路】 这是一道时政题，也可以用排除法。A、B、C的说法显然都是错误的，因为两国合作重点没有改变，中俄关系内涵也没有根本变化。"国家年"活动也不可能成为双边长期交往的主线。

【相关知识】 2006年3月22日上午，中俄经济工商界高峰论坛在北京开幕，胡锦涛主席和普京总统共同出席了开幕式并发表重要演讲。22日下午，普京总统到河南省少林寺参观访问。据悉，中俄双方决定2006年在中国举办"俄罗斯年"、2007年在俄罗斯举办"中国年"活动。

二、多项选择题

17. 【参考答案】 AD

【核心考点】 本题考查意识的本质。

【解题思路】 本题技巧性比较强，稍微有点难度。题干中所说的龙的形象是由人将多个动物的部分特征相结合臆想出来的，尽管其形状在现实中没有，但是其原型却都来源于现实，这揭示了人们头脑中的神怪观念、宗教迷信思想，乃至种种错误思想产生的认识论根源。所以，选项A、D是正确的。

【相关知识】 （1）意识是客观存在的主观映象：就其同客观外界的关系来说，意识是客观存在的主观映象。

（2）在意识中体现了主体和客体、主观和客观的对立统一。这种对立统一表现在：

①从意识的主观形式和客观内容来看，意识的形式是主观的，而意识的内容则是客观的。

②从意识的主观差别和客观根源来看，意识的主观性还表现在不同主体之间的差别性，同一主体在不同条件下的差别性。

③从意识的主观特征和客观基础来看，意识有时表现为虚假的主观映象，但虚假映象也是对客观对象的反映，有其客观的"原型"。

18. 【参考答案】 ABD

【核心考点】 本题考查的知识点比较多，涉及联系、规律的内涵以及唯物史观中人和自然的关系问题。

【解题思路】 题干中的事实告诉了我们这样一个相关联的链条：留一些熟透的柿子——留给喜鹊——目的是喜鹊不飞走——第二年捉虫子——来年柿子丰收，可以说这是一条平稳的生态链，最后实现的是互惠互利的双赢，即实现了柿子树、喜鹊、虫子三者之间的生态平衡，因此，A、B、D正确。C项的说法本身错误，直接排除。

【相关知识】 人类社会与自然界的协调发展：

（1）人类社会与自然界是相互依存的，因而也必须协调发展。人类社会是一个形成于自然又对自然进行着能动改造的物质存在形式，如何处理人类社会与自然界的关系始终是人类所面临的永恒主题。

（2）人类社会和自然界是两种既联系又区别的物质存在形式，具有不同的运动规律，人类在改造自然的同时，必须尊重自然。善待自然，树立人与自然和谐的生态文明观、努力实现人类社会与自然界的协调发展。

（3）自然地理环境和生态平衡。①自然资源有限。地球上的自然资源是有限的，在一定的技术条件下，它的开发和利用也是有限度的；②生态平衡重要。地理环境是由各种自然条件所组成的有机整体，是一个复杂的生态系统。只有生态系统保持适当平衡，才能有利于人类的生存和社会的发展，反之就会造成危害，人类就要受到自然界的惩罚。③合理利用自然资源、保持生态平衡，是当代世界面临的重大课题之一，是实现可持续发展的重要条件。

19. 【参考答案】 ABCD

【核心考点】 本题考查唯物史观的具体运用，包含的知识点比较多，如创新、发展、人类社会发展的规律等。

【解题思路】 回答本题的关键是紧扣信息句"正相反，我感到非常兴奋"和"纪录本来就是用来被打破的"，这两句很清楚地表达了创新是永无止境的、不断超越前人是历史发展的规律、历史只代表着过去，终归会被新的事物（纪录）所代替以及一切事物都是作为过程而存在等哲学观点。所以，A、B、C、D均正确。

【相关知识】 与自然规律相比，社会规律的特点是：

（1）从形成机制上来看，它形成于人的实践活动之中。实践活动包括物质变换，但同时实践又受到观念指导，在实践中交织着物质和观念的变换。因此实践活动又体现出自然界物质运动所不具有的特殊规律，也就是具有能动性的物质运动规律，社会就是在人的实践活动以及个体之间的交互作用中形成的。

（2）从作用方式上来看，社会规律只有通过人有目的有意识的活动才能实现。离开了人们有目的的实践活动以及个体之间的相互作用，社会规律就失去了赖以存在的载体和发挥作用的场所。

（3）从表现形式上来看，社会规律主要表现为统计学规律。

20.【参考答案】 ABD

【核心考点】 本题考查以人为本的内涵。

【解题思路】 历史唯物主义认为，正确反映客观现实的"人"是一个集合名词，它是包含所有个人、群体和整个人类在内的广泛的社会范畴。以人为本所讲的"人"，包含两层含义：一是指全体社会成员，即马克思所说的"每个人"、"一切人"，是具体的、现实的人，但这里的人是泛指，是广大人民群众而不是作为个体的人；二是指人民，人民是"人"的主体和核心。因此C项错误，选项A、B、D正确。

【相关知识】 （1）以人为本是科学发展观的本质和核心。以人为本的丰富内涵是：以人为本，就是要把人民的利益作为一切工作的出发点和落脚点，一切为了人民，一切依靠人民，不断满足人的需要，促进人的全面发展；以人为本的"本"就是根本，就是出发点、落脚点，就是最广大人民的根本利益。①作为历史观，它强调人在社会发展中的主体地位和主体作用；②作为价值观，它强调人民的主人翁地位，要尊重人，解放人，依靠人，为了人和塑造人；③作为思维方式，它要求我们在分析和解决一切问题时，既要坚持运用历史的尺度，又要确立和运用人的尺度，以实现人民的根本利益和人的自由全面发展作为经济和社会建设的出发点、目的和标准。

（2）坚持以人为本，既是经济社会发展的长远指导方针，也是实际工作中必须坚持的重要原则。要注意处理好人民群众的根本利益和具体利益、长远利益和眼前利益的关系。同时也要看到，以人为本是我们的执政理念和要求，应当贯穿到经济社会发展的各个方面，贯穿到我们的各项工作中去。

21.【参考答案】 BD

【核心考点】 本题考查影响商品的市场价格变化的因素。

【解题思路】 利润转化为平均利润以后，商品的价值便转化为生产价格，但是商品的生产价格还是以价值为基础的，也即市场价格的变化与商品的价值量有关；当然其变化直接受到了供求关系的影响；市场价格与货币的价值量成反比变化。

【相关知识】 在简单商品经济条件下，价值规律的表现形式是价格根据市场供求状况围绕价值上下波动；在资本主义商品经济的自由竞争阶段，价值规律的表现形式是，市场价格根据供求变化围绕生产价格上下波动；在资本主义商品经济发展到垄断阶段后，在存在着垄断的那些部门和领域，价值规律采取了垄断价格的表现形式。

生产价格是价值的转化形式，生产价格＝生产成本＋平均利润。随着利润转化为平均利润，价值也就必然转化为生产价格。这具体表现在，当平均利润率和平均利润形成后，每个部门的资本家为保证自己获得平均利润，就会按照生产成本＋平均利润即生产价格来出售自己的商品。这时，生产价格取代价值成为市场价格依据供求上下波动的中心。

22.【参考答案】 AD

【核心考点】 本题考查影响利润率的因素。

【解题思路】 影响利润率的因素有剩余价值率的高低、资本有机构成的高低、资本的周转速度和不变资本的节省状况等因素，但是其中只有资本的有机构成是负相关，其他都成正相关，故排除选项B。加快资本周转速度只能提高年剩余价值率，而不能提高剩余价值率，故选项C错误。

【相关知识】 影响利润率高低的主要因素：（1）剩余价值率的高低。在预付资本一定的条件下，利润率的高低由剩余价值量的多少来决定，而剩余价值量的多少则取决于剩余价值率。所以，凡是能够提高剩余价值率的一切方法，都会相应地提高利润率。（2）资本有机构成的高低。在剩余价值率和劳动力价值一定的情况下，资本有机构成越低，同量资本中的可变资本部分就越大，所使用的劳动力就越多，创造的剩余价值也越多，从而利润率也就越高；反之，利润率就越低。所以，利润率同资本有机构成按相反方向变化。（3）资本周转速度的快慢。在其他条件不变的情况下，资本周转速度加快，可以提高年剩余价值率，从而也就可以提高年利润率，而实际上资本家所关心的正是年利润率。所以，利润率与资本周转速度成正比关系。（4）不变资本节省的状况。不变资本的节省本身不会带来更多的利润，但在其他条件不变的情况下，它可以减少预付资本总额，从而可以提高利润率。

23.【参考答案】 ACD

【核心考点】 本题考查生产要素的基本形式。

【解题思路】 对生产要素的深入理解，也关系到了社会主义市场机制和分配制度，但本题的选项并不难，属于识记性试题，单凭简单的理解和记忆就可以得出答案为A、C、D。商品市场是与生产要素市场并列的一种市场形式，故排除B。

【相关知识】 市场体系是指由多种市场有机结合所构成的市场总体。一个完整的市场体系在内容上包括商品市场和生产要素市场两个方面。商品市场主要是指消费品市场和生产资料市场，生产要素市场主要是指资金市场、劳动力市场、技术信息市场和房地产市场。生产要素市场的实质是由市场机制来调节各种生产要素的配置和使用。培育和发展一个完善的市场体系，是使市场机制充分发挥基础性调节作用的基础，是转换企业经营机制、使企业能够面向市场、自主经营所不可缺少的外部条件，是实施有效的、以间接方式为主的政府宏观调控的必要前提。

24.【参考答案】 AD

【核心考点】 本题考查资本总公式。

【解题思路】 本题属于基本公式的记忆，一看外形第一反应就知道这是资本总公式。在资本总公式的循环运动中，又隐含着货币资本、生产资本、商品资本的循环，而这又是小循环中货币资本的循环公式。生产资本的循环过程为 $P - P'$，商品资本的循环过程为 $W - W'$，所以A、D正确。

【相关知识】 资本总公式是对资本家生产经营过程的一种理论抽象。资本总公式：$G—W—G'$。从这一公式可以看出，货币是资本的最初表现形态，但货币本身并不是资本，只有当货币能够带来剩余价值时它才转化为资本。资本是能够带来剩余价值的价值。

作为货币的货币和作为资本的货币的不同，可以从商品流通公式和资本流通公式的区别看出来。商品流通公式为：商品——货币——商品。资本流通公式为：货币——商品——增值的货币。这两个公式有本质的区别：（1）作为商品流通媒介的货币和作为资本的货币，二者流通形式不同。（2）商品流通公式表明为买而卖，目的是为获得使用价值；资本流通的目的是为了价值增殖，它的运动没有限度。（3）在商品流通中，货币只作为购买手段，充当商品流通的媒介。而在资本流通中，货币在运动中能够带来剩余价值，因此货币不再是普通的货币，而是资本的存在形式。

25. 【参考答案】 AC

【核心考点】 本题考查新民主主义革命时期国共合作的基本形式。

【解题思路】 中国的革命统一战线经历了如下几个阶段：（1）国民革命时期的联合战线；（2）土地革命战争时期的工农民主统一战线；（3）抗日战争时期的民族统一战线；（4）解放战争时期的人民民主统一战线。紧扣关键性的定语"以国共合作为基础所建立的"就很容易排除 B、D，得到正确答案 A、C。

【相关知识】 在 1931 年"九一八"事变后，中日之间的民族矛盾上升为中国社会的主要矛盾，中国共产党开始调整自己的统一战线策略。从 1935 年开始，中国共产党逐步提出了建立不仅包括工人、农民、城市小资产阶级和民族资产阶级四个革命阶级的联盟而且包括一部分大资产阶级在内的抗日民族统一战线的政治主张。从反蒋抗日、逼蒋抗日转变到联蒋抗日。1937 年 2 月，国民党五届三中全会标志着抗日民族统一战线的初步形成。1937 年 9 月 22 日国民党中央通讯社发表《中共中央为公布国共合作宣言》和 9 月 23 日蒋介石发表实际承认中国共产党合法地位的庐山谈话，标志着抗日民族统一战线的正式形成。抗日民族统一战线是世界反法西斯统一战线的组成部分，具有自身的特点：第一，广泛的民族性和极大的复杂性。它不仅包括工人、农民、城市小资产阶级和民族资产阶级，而且还包括中小地主、甚至包括大地主大资产阶级的当权派国民党蒋介石集团。第二，是国共两党两个政权、两个军队的合作。第三，没有双方共同遵守的共同纲领和固定组织形式。第四，处于一种既有利又极其复杂的国际环境之中。

26. 【参考答案】 BCD

【核心考点】 本题考查马克思主义学风的内涵。

【解题思路】 延安整风的主要内容是反对主观主义以整顿学风、反对宗派主义以整顿党风、反对党八股以整顿文风，而其中以反对主观主义为中心任务。主观主义的主要表现为教条主义和经验主义，即属于思想认识方面的问题。很明显，属于这个范畴的是 B、C、D。

【相关知识】 整风运动是进行马克思主义教育的好形式。中国共产党自成立到延安整风运动，积二十余年的实践经验，终于找到了整风运动这种批评与自我批评的好形式进行马克思列宁主义思想教育来实现思想上建党。1942 年延安整风运动开整风之先河。延安整风的主要内容是反对主观主义以整顿学风、反对宗派主义以整顿党风、反对党八股以整顿文风，而其中以反对主观主义为中心任务。主观主义的主要表现为教条主义和经验主义。整风就是要克服主观主义，特别是教条主义。在整风中，全党的党员、干部特别是党的高级干部集中时间认真学习马克思列宁主义著作，联系党的历史，反省问题，清理思想，进行批评与自我批评。

27. 【参考答案】 ABD

【核心考点】 本题考查邓小平在建国初提出的中国共产党应接受监督的渠道。

【解题思路】 本题考查的是邓小平理论中有关党建问题的讲话，属于识记层面，细小知识点的考查，难度不大，正确答案为 A、B、D。

【相关知识】 毛泽东等中国共产党领导人在领导、探索我国社会主义革命和社会主义建设实践中，提出了在执政条件下加强党的自身建设的若干宝贵思想。其中重要的一条就是：在执政条件下，党应该更自觉地接受党内和党外的双重监督。因为中国共产党处于执政地位，有可能犯大错误，犯了错误影响也最大。中国共产党需要党内监督，也需要来自人民群众和党外人士的监督，这是保证党对社会主义革命和社会主义建设事业正确领导的重要条件。1956 年，邓小平在党的八大上指出：我们需要实行党的内部监督，也需要来自人民群众和党外人士对我们的监督。1957年4月，邓小平在《共产党要接受监督》的报告中进一步强调：因为党所处的执政地位，有可能犯大错误，犯了错误影响也最大。共产党要领导好，就要受监督。监督来自三个方面：第一，是党的监督；第二，是群众的监督；第三，是民主党派和无党派民主人士的监督。

28. 【参考答案】 ABCD

【核心考点】 本题考查个人收入分配制度理论。

【解题思路】 本题属于识记性的知识点的考查，难度不大，正确答案是A、B、C、D。

【相关知识】 在处理个人收入分配关系中，更加强调要注重维护和实现社会公平和正义，这涉及最广大人民的根本利益，是我们党坚持立党为公、执政为民的必然要求，也是我国社会主义制度的本质要求。只有切实维护和实现社会公平和正义，人们的心情才能舒畅，各方面的社会关系才能协调，人们的积极性、主动性、创造性才能充分发挥出来。要坚持把最广大人民的根本利益作为制定和贯彻党的方针政策的基本着眼点，正确反映和兼顾不同地区、不同部门、不同方面群众的利益，在促进发展的同时，把维护社会公平放到更加突出的位置，综合运用多种手段，依法逐步建立以权利公平、机会公平、规则公平、分配公平为主要内容的社会公平保障体系，使全体人民共享改革发展的成果，使全体人民朝着共同富裕的方向稳步前进。要坚持在全国人民根本利益一致的基础上，妥善协调各种具体的利益关系和内部矛盾，正确处理个人利益和集体利益、局部利益和整体利益、当前利益和长远利益的关系。要高度重视收入分配问题，更好地处理按劳分配为主体和实行多种分配方式的关系，既坚持鼓励一部分地区、一部分人通过诚实劳动和合法经营先富起来，并推动先富带未富、先富帮未富，同时也要在经济发展的基础上，通过改革税收制度、增加公共支出、加大转移支付等措施，合理调整国民收入分配格局，逐步解决地区之间和部分社会成员收入差距过大的问题。初次分配注重效率，再次分配注重公平。必须规范收入分配，合理调节少数垄断性行业的过高收入，取缔非法收入。

29. 【参考答案】 ACD

【核心考点】 本题考查依法治国的内涵。

【解题思路】 本题所考知识点是毛泽东思想和中国特色社会主义理论体系概论中依法治国的基本含义，将题干与备选项直接联系就可得到答案，试题难度不大，重在理解。

【相关知识】 在我们党和我国社会主义的历史上，提出依法治国、建设社会主义法治国家的方针，并把依法治国作为党领导人民治理国家的基本方略，这是第一次，有着深刻的内涵。第一，依法治国是发展社会主义民主，加强社会主义法制的辩证统一。第二，依法治国的主体是党领导下的人民群众。谁来依法治国，关系到法制性质的根本问题。第三，依法治国的客体是国家事务、经济文化事业和社会事务。第四，依法治国和党的领导是相互促进的关系。我们决不能以党代政，也决不能以党代法。依法治国作为党领导人民治理国家的基本方略，表明党是依法治国的倡导者，党领导人民制定法律，并在宪法和法律的范围内活动。第五，依法治国的核心是维护宪法和法律的权威，以宪法和法律为依据治理国家。全国人民、国家机关工作人员和社会团体、企业事业组织都必须严格按照以宪法为核心的社会主义法律体系办事。必须坚持法律面前人人平等，任何人、任何组织都没有超越宪法和法律的特权，行政法规和规章都不能同宪法和法律相抵触。坚持有法可依、有法必依、执法必严、违法必究的原则。

30. 【参考答案】 ABC

【核心考点】 本题考查培养建设社会主义新农村的主体农民的具体措施。

【解题思路】 回答本题的关键是抓住"培养"新型农民的"具体措施",就不会偏离主题,也不会误选D项了。本题难度不大,属于基础知识的考查。

【相关知识】 建设社会主义新农村是我国现代化进程中的重大历史任务。要按照生产发展、生活宽裕、乡风文明、村容整洁、管理民主的要求,坚持从各地实际出发,尊重农民意愿,扎实稳步推进新农村建设。坚持"多予少取放活",加大各级政府对农业和农村增加投入的力度,扩大公共财政覆盖农村的范围,强化政府对农村的公共服务,建立以工促农、以城带乡的长效机制。搞好乡村建设规划,节约和集约使用土地。培养有文化、懂技术、会经营的新型农民,提高农民的整体素质,通过农民辛勤劳动和国家政策扶持,明显改善广大农村的生产生活条件和整体面貌。

31. 【参考答案】 ABCD

【核心考点】 本题考查社会主义核心价值体系的基本内容。

【解题思路】 本题属于时政题,所考知识点是胡锦涛在十六届六中全会上提出的命题,核心价值体系的内涵也很明确,就是题中的四点。本知识点只要复习到了就很简单,可直接选择,难度不大。

【相关知识】 建设和谐文化是构建社会主义和谐社会的重要任务,社会主义核心价值体系是建设和谐文化的根本,必须坚持马克思主义在意识形态领域的指导地位,牢牢把握社会主义先进文化的前进方向,倡导和谐理念,培育和谐精神,进一步形成全社会共同的理想信念和道德规范,打牢全党全国各族人民团结奋斗的思想道德基础。它的基本内容是马克思主义指导思想,中国特色社会主义共同思想,以爱国主义为核心的民族精神和以改革创新为核心的时代精神。

32. 【参考答案】 ABCD

【核心考点】 本题考查废止《农业税条例》的意义。

【解题思路】 本题属于时事题,按时事政治的有关内容识记选择即可,不难得到正确答案。

【相关知识】 2005年12月29日闭会的十届全国人大常委会第十九次会议决定,自2006年1月1日起废止《农业税条例》。这个决定草案,就意味着9亿中国农民从2006年第一天开始,依法彻底告别"皇粮国税"——农业税(包括农业税、农业特产税和牧业税)。全国人大常委会决定废止《农业税条例》,全面取消农业税,充分体现了党中央、国务院加快解决"三农"问题的坚定决心,不仅具有重大的政治、经济和社会意义,而且十分必要。免征农业税、取消除烟叶税外的农业特产税可减轻农民负担500亿元左右,今年已有约8亿农民受益。另一方面,中国财政也具备了取消农业税的财力条件。去年农业税占各项税收的比例仅为百分之一,今年全国剩下的农业税及附加仅约15亿元,取消农业税对财政减收的影响不大。不过,全国人大常委会有关负责人介绍,废止《农业税条例》、取消农业税后,并不意味着农民不再交税。"如果农民经商、开办企业,还是需要缴纳相应的税种。"该负责人表示,"这有利于城乡税制的统一。"

　　废止《农业税条例》后,中国官方已经对有关财政作出相应安排:按照现行体制和政策,农业税为地方税,取消农业税后减少的地方财政收入,沿海发达地区原则上由自己负担,粮食主产区和中西部地区由中央财政通过转移支付补助。

33. 【参考答案】 ABCD

【核心考点】 本题考查中非合作论坛的意义。

【解题思路】 本题属于时事政治的热点问题，与当代世界经济相结合，答案不难选择。

【相关知识】 2006年11月4日，中非合作论坛北京峰会在人民大会堂隆重开幕。中国国家主席胡锦涛同论坛共同主席国埃塞俄比亚总理梅莱斯等48个非洲国家元首、政府首脑等及国际组织代表出席开幕式。胡锦涛在会上发表了重要讲话。他指出，今天是值得历史记住的日子。我们中非领导人本着友谊、和平、合作、发展的宗旨，相聚北京，共叙友情，共商推动中非关系发展、促进发展中国家团结合作的大计。我谨代表中国政府和中国人民，并以我个人的名义，对各位同事和嘉宾前来出席会议，表示热烈的欢迎和衷心的感谢。

胡锦涛指出，今年正值新中国同非洲国家开启外交关系50周年。中国与非洲虽然远隔重洋，但中非人民友谊源远流长、历久弥坚。50年来，中非人民紧密团结，中非友好不断深化。今天，中非友好已深深扎根在双方人民心中。中非友好之所以能够经受住历史岁月和国际风云变幻的考验，关键是我们在发展相互关系中始终坚持真诚友好、平等相待、相互支持、共同发展的正确原则。

三、分析题

34. 【答案要点】 （1）丁玲对成仿吾的"合理想像"之所以发生错误，一是她对成仿吾的认识缺乏直接经验；二是占有材料不全；三是没有抓住反映成仿吾品格的主要事实；四是她从已有的观念出发进行推论。因而她的想像缺乏客观的现实基础，势必造成她对成仿吾的想像与实际脱节。

（2）人们要正确认识事物，必须做到：第一，经过实践和调查研究，掌握丰富而真实的感性材料。第二，要运用科学的思维方法，对感性材料加工制作，去粗取精、去伪存真、由此及彼、由表及里。特别要抓住表现事物本质的主要事实。第三，事物本身是一个不断变化发展的过程，我们的认识也要随着事物的变化而不断深化。人对事物的认识是否正确，最终要由实践来检验。

【核心考点】 本题考查马克思主义的认识论原理。

【解题思路】 回答本题的关键是第一问"合理想像"与"全错了"之间的关系。"合理想像"是在对众多的"文化人"成为"革命人"接触之后形成的总体概念，但对成仿吾来说却发生了偏差，其关键是这个总体的概念不是建立在与成仿吾的实际交往的基础上的。综合这些分析可知，本题隐含了马克思主义基本原理概论中的认识论的原理。那么从这个原理出发，结合现实，回答第二问就顺理成章了。

【相关知识】 实践是认识的来源：

（1）认识产生于实践的需要。人的认识活动是适应实践的需要，为解决和完成实践提出的问题和任务而产生的。

（2）认识形成于实践过程中。实践把主体和客体直接地、现实地联结起来，使主体能从客体中获得真实可靠的信息。客观事物只是由于实践的中介才转化为主体的认识对象和认识内容。

（3）认识源于实践并不否定间接经验。直接经验即实践经验，是亲身参加实践获得的知识。间接经验是指通过受教育获取的他人的经验。直接经验和间接经验是源流关系。一切真知皆由直接经验发源。但任何人不可能事事都有直接经验，人类文明成果依靠间接经验传承。二者互相依赖，不可偏废。

（4）认识源于实践并不否定人的生理差异对认识的影响。

35. 【答案要点】 （1）生产资料所有制是一个社会基本经济制度形成的基础。在一个社会的生产资料所有制结构中占主体地位的所有制成分决定这个社会基本经济制度的性质。资本主义和社会主义基本经济制度性质的根本区别，在于它们占主体地位的所有制成分根本不同。

（2）我国社会主义初级阶段，生产资料公有制经济占主体地位，其他经济成分是社会主义市场经济的重要组成部分。在公有制经济与非公有制经济相互联系、相互作用中，公有制经济得到巩固和发展，并取得了多种实现形式，非公有制经济也因此得到改变和发展。因此，必须毫不动摇地巩固和发展公有制经济，毫不动摇地鼓励、支持和引导非公有制经济发展。

（3）以公有制为主体、多种所有制经济共同发展，是我国社会主义初级阶段的基本经济制度。它的优越性主要表现为：第一，生产资料公有制在本质上符合生产社会化发展的要求，为生产力的发展提供了广阔的空间，有利于促进生产力的发展。第二，生产资料公有制为实行按劳分配原则提供了前提，它否定了剥削，极大地调动了广大劳动人民的生产积极性，有利于实现共同富裕。第三，它既有利于发展公有制经济，巩固和发展社会主义制度；又有利于充分发挥各种经济成分的积极作用，实现优势互补，共同发展。第四，它既克服了资本主义私有制对生产力发展的阻碍，又克服了改革开放前经济体制脱离生产力发展水平的弊端，进一步完善了社会主义经济制度。

【核心考点】　本题考查社会主义的经济成分及其之间的关系。

【解题思路】　本题的材料不难理解，但是隐含的信息比较多，而且层次比较清晰，解好题的前提是带着问题仔细阅读材料。第一问对应的材料信息主要是第三、第四句话"但是资本主义和社会主义的基本经济制度的性质是不同的。在分析我国社会主义初级阶段生产资料所有制结构问题时……"，而且以八宝粥的形象比喻来介绍，在掌握了材料中主要信息的基础上，联系平时所学的社会基本经济制度实质的标准内容组织答案回答即可。将材料中的第一句话第二句话中结论性的语句与平时所学的内容相联系，结合材料组织答案即可回答第二问。回答第三问时，材料不过是个引子，主要的答题要点需要自己结合平时的复习来组织，难度不大。

【相关知识】　我国改革开放以来的实践表明，国有经济的主导作用，应当主要体现在它对国民经济发展全局的控制力上。而要保证对经济发展全局的控制力，并不需要国有经济的一统天下，只需要由国家对那些关系国计民生的、掌握国家经济命脉的重要领域、部门和企业保持控制。为此，必须对现有国有经济：国有企业的布局进行战略调整，在调整中实施有退有进、有所为有所不为、抓大放小的方针。只有这样，才能更好地发挥国有经济的主导地位和作用。

个体经济、私营经济和外资经济等非公有制经济成分，是我国社会主义市场经济的重要组成部分，它们的存在和发展，对充分调动各方面的积极性、加快生产力发展具有重要作用。中央强调，必须毫不动摇地鼓励、支持和引导非公有制经济的发展。

要坚持和完善我国社会主义初级阶段的基本经济制度，第一，必须毫不动摇地巩固和发展公有制经济。第二，必须毫不动摇地鼓励、支持和引导非公有制经济的发展。第三，二者要统一在社会主义现代化建设的进程中，不能把它们对立起来。各种所有制经济要在充分的市场竞争中发挥各自的优势，相互促进，共同发展。

36.【答案要点】　（1）从上表可以看出，作为农村直接的剥削者，地主的户数在减少，土地占有率明显降低；直接的被剥削者，广大贫雇农的户数在减少，土地占有量有所增加；中农的户数和土地占有量明显增加。上述土地流向及各阶级、各阶层户数的增减，表明封建势力在削弱，农民的经济生活条件得到改善，农村阶级关系趋向缓和。

（2）实行减租减息政策，一方面有利于争取地主阶级的大多数站在抗日民族统一战线一边，从而最大限度地团结一切爱国力量进行抗日的民族战争；另一方面也减轻了农民的负担，改善了农民的生活，进而调动了广大农民群众的抗日积极性。

（3）上表说明，封建势力虽然有所削弱，但封建的剥削关系仍然存在，少数地主仍然占有较多的土地；广大农民，特别是贫雇农，占有的土地仍然较少，他们的经济地位并没有得到根本改变。因此，减租减息政策是一项适用于抗日战争这个特定历史时期的过渡性政策。要消灭封建剥削制度，完成新民主主义革命，必须进行彻底的土地改革。

【核心考点】 本题考查党在抗日战争时期实行的减租减息政策。

【解题思路】 回答本题的关键是仔细分析图表中的数字的变化趋势及其所反映的问题；图表前面的一段文字介绍的是对减租减息内涵的理解，提供的只是回答本题的辅助信息，不属于主要内容，考生在考试时不必在其上花费大量的时间和精力。抓住主要信息，联系后面的问题回答即可。第一问的答案可直接从表格中获得，第二、三问既要联系表格，又要将自己平时所学的书本知识联系起来才能保证问题回答得圆满。

【相关知识】 国民革命失败到中共六大之前，中国共产党所实行的土地政策虽然肯定了没收土地分配给农民的原则，但存在严重的错误：一是没收一切土地而不只是没收地主土地；二是没将富农与地主严格区分开来；三是主张土地国有或公有。1928年中共六大明确规定没收地主阶级的一切土地，确定了依靠贫雇农、联合中农的阶级路线，对富农的策略也有所调整，但土地所有权等问题依然没有解决。这个问题在1931年前后才得到解决，即农民不仅获得了土地使用权，同时也获得了土地的所有权，并基本形成了一条正确的土地革命路线，这就是，依靠贫雇农，联合中农，限制富农，消灭地主阶级，变封建半封建的土地所有制为农民的土地所有制。1931年王明"左"倾教条主义者占据中央统治地位，在土地革命中执行了"地主不分田，富农分坏田"的"左"倾政策，给根据地带来了巨大的灾难。遵义会议后，这些"左"的错误被纠正。

抗日战争时期，中国共产党的土地政策是减租减息，这是正确处理抗日战争时期民族斗争和阶级斗争关系的一种特殊的土地政策。

解放战争时期，进行土地改革的条件越来越成熟。1946年5月4日，中共中央发出《关于清算减租及土地问题的指示》，将减租减息的政策改为没收地主的土地分配给农民的政策。1947年10月，中国共产党召开了全国土地工作会议，颁布《中国土地法大纲》，这是一个彻底的比较完善的土地纲领。针对土地改革中出现的"左"的偏差，毛泽东在1947年中共中央十二月会议上强调，土地改革中必须注意两项基本原则：一是必须满足贫雇农的要求；二是必须坚决地团结中农，不要损害中农的利益。1948年毛泽东《在晋绥干部会议上的讲话》中明确提出了土地改革的总路线，即依靠贫雇农，团结中农，有步骤、有分别地消灭封建剥削制度，发展农业生产。到1948年秋，中国共产党已在解放区消灭了封建的生产关系，农民获得彻底解放，工农联盟得到巩固，并为人民解放战争的胜利提供了物质基础，翻身的农民参军支前，使人民解放战争获得了足以保证夺取胜利的人力、物力，对新民主主义革命的胜利起了决定性的作用。

37. 【答案要点】 （1）经济增长方式分为粗放型和集约型两种。粗放型经济增长方式是指主要依靠生产要素的数量扩张而实现经济增长的方式，其表现是高投入、高消耗、低产出、低效率。集约型增长方式是指主要依靠生产要素的科学合理配置、科技进步和提高劳动者素质，通过提高劳动生产率而实现经济增长的方式。从材料中可以看出，我国资源相对不足，使用效率低，资源约束已经成为我国经济发展的瓶颈。如果继续沿用原有方式将难以为继，矿产、土地、森林等资源都难以承受，经济、社会也难以实现可持续发展。因此，必须加快经济增长方式由粗放型向集约型的转变。

（2）科学发展观的主要内涵是以人为本，实现全面协调可持续发展，实现经济社会又好又快的发展。建设资源节约型、环境友好型社会是落实科学发展观，促进人与自然和谐相处，实现全面协调和可持续发展的奋斗目标。解决材料中所反映的问题，必须做到：第一，把节约资源、保护环境作为基本国策，落实"十一五"规划提出的一系列约束性和预期性指标。第二，发展循环经济，逐步建立全社会的资源循环利用体系。第三，加大环境保护力度，坚持预防为主、综合治理。第四，强化资源管理，实行有限开发、有序开发、有偿开发，加强对各种自然资源的保护和管理。

【核心考点】 本题考查资源挑战要求我们改变经济增长方式，建设资源节约型、环境友好型社会。

【解题思路】 解答本题的思路是：先看题后的问题；然后带着问题有重点地阅读材料并作答。第一个问题的答题依据主要从材料1中获得，然后联系自己平时所学知识进行回答；第二个问题的答题依据主要是材料2中所提供的信息，以及平时所积累的知识。阅读材料或者组织答案时，不要深究数字到底是多少，重点是看其所反映的问题及其发展趋势。

【相关知识】 转变经济增长方式的意义：可以缓解我国经济发展同人口多、资源相对不足的矛盾，并有利于防止生态环境的恶化；可以减少固定资产投资，抑制上新项目、铺新摊子，有利于利用现有基础和促进老企业技术改造；可以使供给结构更好地适应需求结构的需要，消除盲目投资和重复建设引起的生产能力闲置、开工不足和人财物的浪费；可以促进科技进步，更好地适应国内外竞争的需要。

如何推动经济增长方式的转变：正确处理好上新项目与利用现有基础的关系；依靠科技进步和提高劳动者素质，实施科教兴国战略；既要坚持集约经营的方向，积极发展资金、技术密集产业，又要从实际出发，继续发展劳动密集型产业。

建设资源节约型和环境友好型社会是中国社会经济可持续发展的核心。落实节约资源和保护环境的基本国策，建设低投入、高产出，低消耗、少排放，能循环、可持续的国民经济体系和建设资源节约型、环境友好型社会。这是关系到我国经济社会发展和中华民族兴衰，具有全局性和战略性的重大决策。

38. 选做题 I

【答案要点】 （1）从地图中可以看出，中东地处欧、亚、非三大洲的连接处，占据着十分重要的战略地位。里海、黑海、地中海、红海、阿拉伯海围绕其外缘或深入其内陆，为中东地区与世界各国和地区的联系提供了便利。从黑海进入地中海的通道、连接地中海和红海的苏伊士运河及波斯湾进入阿拉伯海的咽喉要道都具有重要的国际战略意义。因此，在历史的发展过程中，各种矛盾错综复杂，其重要的战略地位使其必然成为各种势力争夺的场所。在冷战时期，中东一直是美、苏两个超级大国激烈争夺的地区。冷战后，美国更是将夺取中东控制权视为其"世界新秩序"的重要一环。

（2）中东地区是世界能源的供给中心，是西方国家经济赖以生存的主要能源供应地，这里的能源运输线是西方的"生命线"。因此，谁控制了这一地区，谁就掌控了世界经济的命脉，进而左右国际关系的进程。

（3）错综复杂的民族和宗教问题也是影响中东稳定和发展及世界经济政治格局的重要因素。

【核心考点】 本题考查中东地区持续动荡不安的原因。

【解题思路】 中东地区历来就是一个战事频繁、动荡不安的地区，现在又被放入真题中来考查，答题思路试题直接提供了两点：中东区域示意图所显示的是它的地缘优势——地处亚非两个大陆、印度洋和大西洋（地中海）两个大洋相交的十字交通要道，历来是兵家必争之地；材料1告诉了另外一个原因——丰富、优质的石油资源，这是近几年这里战事频发的主要原因；此外这里的民族矛盾、宗教纠纷都是冲突迭发的重要原因。按照这个思路，通过材料揭示的，联系自己平时掌握的知识，将其结合起来就是本题的答案。

【相关知识】 影响南南合作的主要因素：第一，一些发展中国家间的民族矛盾、宗教矛盾、领土与边界纠纷错综复杂，以及由这些矛盾引发的冲突和战争，使合作无法进行。第二，经济上的矛盾。南方国家之间经济互补性较差，特别是在经济全球化的大潮下，南方国家进入世界市场的风险增大，在经济领域的竞争加剧，南南合作的外部制约因素增大。第三，地区霸权主义的影响。某些发展中国家的统治集团出于自身的利益考虑对外推行地区霸权主义和扩张主义政策，不断恶化与邻国的关系，最典型的例子就是伊拉克入侵科威特，导致了海湾战争的爆发，给中东各国都带来了严重的后果和危害，直接破坏了地区的稳定与安宁。

2006年9月12日，联合国大会第六十一届会议在纽约联合国总部开幕。此次大会由于将涉及联合国改革、反恐、发展以及联合国秘书长换届等重大议题，再加上仍悬而未决的伊朗核问题、中东问题和苏丹达尔富尔问题等世界热点问题，因而格外引人注目。在伊朗核问题上，中方主张维护国际核不扩散体系，反对核武器扩散，推动和平解决，促进中东地区和平与稳定。同时，在履行相关国际义务的前提下，各国和平利用核能的合法权利应充分尊重。通过外交谈判解决伊核问题是最佳选择，符合各方利益。中方希望所有各方耐心克制，继续灵活，坚持和平解决的正确方向。中方将一如既往为妥善解决伊核问题发挥建设性作用。在黎以冲突问题上，中方反对任何破坏地区和平与稳定的做法，呼吁全面结束冲突。中方欢迎安理会通过1701号决议，希望有关各方严格遵循，并争取早日达成持久、公正政治解决的框架协议。

选做题Ⅱ

【答案要点】 （1）和谐世界并不是无矛盾的世界。矛盾运动是事物发展的动力，同一性和斗争性是矛盾双方相互联系、相互制约的两个方面，对事物的发展都具有推动作用。同一性是指矛盾双方相互联系、相互吸引的性质和趋势；斗争性是指矛盾双方相互分离、相互排斥的性质和趋势。我们要全面地把握事物矛盾的对立和统一两个方面，能够在对立中把握统一，在统一中把握对立，做到同中求异和异中求同。世界文明有多样性的特点，不同的文明都是这个统一世界的一部分，它们在竞争中共存；任何文明都不能离开世界文明的发展而孤立地发展，要以平等开放的精神，吸收其他文明的先进科学和优秀文明成果，为我所用，相互融合，相互补充，求同存异，共同发展。

注：如果考生从个性与共性的辩证关系角度论述，言之有理，可酌情给分，不超过3分。

（2）中国坚持走和平发展道路，既通过维护世界和平来发展自己，又通过自己的发展来促进世界和平。它把中国国内发展与对外开放统一起来，把中国的发展与世界的发展联系起来，把中国人民的根本利益与世界人民的共同利益结合起来，是一种和平、开放、合作、和谐的发展，是人类追求文明进步的一条新道路，是大国崛起的一种新形式。中国始终高举和平、发展、合作的旗帜，坚持奉行独立自主的和平外交政策，在和平共处五项原则基础上积极发展对外关系，不断加强与世界各国经济文化的交流与合作。积极参与和开展多边外交，在国际和地区事务中发挥建设性作用。因此，中国的和平发展，不对任何国家、地区或集团构成威胁。相反，它有利于维护世界和平，促进共同发展，有利于争取建立国际新秩序，有利于建设一个持久和平、共同繁荣的和谐世界。

【核心考点】 本题考查不同文明在求同存异中发展，以及我国走和平发展道路的意义。

【解题思路】 本题第一问非常清晰："用辩证法的观点"，其次是"在竞争中"——"取长补短"，"在求同存异中"——"共同发展"，尽管背景不同，但是"取长补短"和"共同发展"的含义比较明显，体现了同一性对事物发展的作用。搞清楚了命题的思路、内涵的原理，结合材料回答即可。

第二问很清晰，比较简单。不需要太沉溺于材料，抓住"中国坚持走和平发展道路"和"对建设持久和平、共同繁荣的和谐世界的意义"，可知中国的发展是起点，落脚是"和谐世界"，粗粗浏览一下材料，运用所学知识直接回答即可。

【相关知识】 中国和平发展对于当今世界的意义：中国奉行独立自主的和平外交政策，把维护世界和平，促进共同发展作为对外政策的宗旨和首要目标。中国实行改革开放的国策，把发展作为第一要务，致力于增强综合国力。中国正在和平崛起。这是大国崛起的一种新形式，是历史上所没有过的。中国的和平崛起不对任何国家、地区或国家集团构成威胁，相反，它大大有利于维护世界和平，促进共同发展；有利于争取建立国际新秩序。

2006年全国硕士研究生入学统一考试政治理论试题精解

一、单项选择题

1. **【参考答案】** C

   【核心考点】 本题考查发展的永恒性。

   【解题思路】 解题的关键是抓住"唯一不变"和"变"两个关键词："唯一不变"讲的是事物运动是绝对的、无条件的；而"唯一不变"的是"变"，即事物永远处于运动和发展的变化状态。反推一下，"可变"的是"不变"，即"不变"是相对的、暂时的，就不难得出正确答案为C。选项中的干扰项是B，它虽然承认了运动、发展的绝对性，但同时把"不变"也完全否定了，与题意不符。A、D两项表述明显错误。

   【相关知识】 运动和静止的关系：（1）静止是特殊的运动，是运动的一种特殊的状态。运动和静止之间是绝对和相对的关系。

   （2）运动是绝对的无条件的，静止是相对的有条件的。

   （3）运动和静止是相对统一的，相互包含的，动中有静，静中有动。把静止绝对化就会导致形而上学的错误，把运动绝对化，就会导致相对主义和诡辩论的错误。

2. **【参考答案】** A

   【核心考点】 本题考查认识的本质和作用。

   【解题思路】 回答本题的关键还是紧扣题干句中的核心信息进行分析：只有音乐才能激起人的音乐感——说明人对客体音乐的反映过程与结果；对于没有音乐感的耳朵来说，最美的音乐也毫无意义——从反面说明了缺少主体的能动作用，客体也起不到任何作用，更谈不上结果了。因此本句话的主要意思说的是人的认识是主体与客体（对象）相互作用的过程及其是否有结果，而不是感觉层面决定人的认识过程及其结果。故选项A正确。另外，B、C、D的观点具有唯心主义的性质，本身就错误。

   【相关知识】 （1）认识是在实践的基础上主体对客体的能动反映：①认识是主体对

律的反映。②主体对客体的反映是一个能动的过程。认识主体是具有社会性和意识性的人，它在反映客体的认识过程中，根据自己已有的认识和目的，对所反映对象的内容进行选择、整理、改造。③认识作为实践基础上的能动的反映，是人与世界之间的信息变换过程。

(2) 认识的主体和客体的关系。认识的主体和客体之间具有多重复杂的关系，主要有实践关系、认识关系、价值关系和审美关系，其中实践关系是最基本的关系。

3. 【参考答案】 D

【核心考点】 本题考查人民群众是认识的主体。

【解题思路】 回答本题的突破口是紧扣一个关键词"知"，而且真正"知"的人就在自身亲临的现场或是在事情发生的环境条件下，所以，是否漏雨在屋宇下的人最清楚，政策得失老百姓的评说最重要。即人民群众通过实践获得的经验（评说）对判断政府工作的得失是十分重要的。此题选项 D 是两句古诗所蕴含的真正哲学原理。

【相关知识】 (1) 实践与认识的辩证关系。一方面，实践是认识发生的现实基础。实践是认识的来源、发展的动力、最终的目的，实践是检验真理的唯一标准。而另一方面，认识是在实践的基础上主体对客体的能动反映。

(2) 人民群众是历史的主体和历史的创造者。历史是社会的人通过自己的活动所创造的，而人民群众是社会中的大多数人，是从事各种社会活动、特别是物质生产实践的主体。

4. 【参考答案】 A

【核心考点】 本题考查人的本质。

【解题思路】 不管这句话出自何处，回答的关键还是紧扣题干中的关键句"民以食为天"，这句话强调了物质在社会经济发展中的基础性作用，故选 A。

【相关知识】 (1) 人的自然属性是指人作为一个生命有机体的存在，具有肉体特征和生物特征。人的社会属性是指人作为社会存在物所具有的特征。

(2) 人的自然属性与社会属性的关系。人的自然属性与社会属性同为人本身所固有的属性，是相互渗透、互为前提、不可分割的。一方面，社会属性离不开自然属性。因为自然属性是人类存在的基础，社会属性是以自然属性为前提的。另一方面，自然属性离不开社会属性。因为人的自然属性不同于动物那种纯粹的自然属性，而是渗透着社会属性的自然属性。

(3) 人的本质不是单个人所固有的抽象物，在其现实性上，它是一切社会关系的总和。人的本质是由人的社会属性决定的。离开了人的社会联系与社会实践，就没有现实的、具体的人。

5. 【参考答案】 D

【核心考点】 本题考查影响年剩余价值量的因素。

【解题思路】 资本家投资了 100 万，即预付资本 $C + V = 100$ 万，其中资本有机构成是 4:1，由此可知其中 80 万为不变资本，20 万为可变资本，而剩余价值率是 100%，那么资本周转一次可得剩余价值 20 万，一年资本周转 4 次，则年剩余价值量 $M = nm = 4 \times 20$ 万，就是 80 万。而年剩余价值率 $M' = nm' = 4 \times 100\% = 400\%$，故正确答案为 D。

【相关知识】 年剩余价值量 (M) 是资本家在一年中获得的剩余价值总量，$M = m'vn$。年剩余价值率 (M') 是年剩余价值量与预付可变资本的比率，$M' = M/v = m'n$。

6. 【参考答案】 A

【核心考点】 本题考查利润转化为平均利润。

【解题思路】　商业资本作为一种独立的职能资本，对剩余价值的生产和实现实际发挥了职能作用，对于商业资本家来说，其参与剩余价值的分配，不仅要获得商业利润，而且还要同产业资本一样获得平均利润，如果商业利润率低于生产部门的利润率，商业部门中的资本就会向生产部门转移；反之，如果商业利润率高于生产部门的利润率，就会引起生产部门中的资本向商业部门转移，这就是商业部门和产业部门之间竞争和资本转移的结果。但是，单纯的商品买卖活动并不创造价值和剩余价值。商业利润是产业资本家转让给商业资本家的由产业工人创造的剩余价值的一部分。题干中问的是商业资本获得平均利润的直接原因是什么，选项B、D本身没有错，但不符合题目要求。这两项只是说明了商业资本获得平均利润的真正来源，即本质，只有选项A交代了商业利润产生的直接原因。因此，正确答案是A。

【相关知识】　（1）商业资本及其运用。商业资本是产业资本运动中分离出来的商品资本的独立化形式，是专门在流通中从事商品买卖以获取利润为目的的一种独立的资本形式，是在流通中发挥作用的职能资本。

（2）商业资本获得转让的利润，转让的途径和方法是：产业资本家按照低于商品生产价值的价格把商品卖给商业资本家，商业资本家再按照生产价格把商品卖给消费者。商业资本家就从这种购销价格的差额中获得商业利润。

（3）商业利润的真正来源。是产业工人在生产过程中创造的、产业资本家转让给商业资本家的一部分剩余价值，这是通过价格差额实现的。由于商业资本家分担了销售商品、实现剩余价值的职能，所以产业资本家就不能独占全部剩余价值，而必须把其中的一部分转让给商业资本家。

7.【参考答案】　D

【核心考点】　本题考查社会主义市场经济的微观基础。

【解题思路】　现代企业制度是适应市场经济要求，依法规范的企业制度，它的典型形式是公司制。公司制企业是以法人制度为核心的企业。选项A、B、C所说的股份制、股份合作制和合伙制都是公司的不同类型或组合形式，不是现代企业制度典型形式。因此，选项D正确。

【相关知识】　（1）现代企业制度的典型形式是公司制。公司制企业是以法人制度为核心的企业。国有企业实行公司制，是建立现代企业制度的有益探索。建立与社会主义市场经济相适应的国有资产监督、管理、营运机制，是市场经济条件下国有企业经济管理体制的核心内容，也是构建以现代产权制度为基础的现代企业制度的基础。

（2）现代企业制度具有以下基本特征：①产权明晰，即明确界定了企业的财产所有权和企业法人财产权；②权责明确，即所有者（出资者）同企业经营者各自有明确的权利和责任；③政企分开，即政府和企业的职责分开；④管理科学，即建立科学的企业领导体制和组织管理制度。

8.【参考答案】　A

【核心考点】　本题考查新民主主义革命时期党的建设问题。

【解题思路】　题干中的对联来自于毛泽东在1941年5月写的著作《改造我们的学习》，主要谈的是学风问题。这里讽刺的是主观主义的学风，体现了毛泽东思想和中国特色社会主义理论体系概论最鲜明的出题特点，即史论著的结合。因此，正确选项是A。

【相关知识】　（1）中国革命的三大法宝：1947年12月，毛泽东在《目前形势和我们的任务》报告中，进一步指出："中国新民主主义的革命要胜利，没有一个包括全民族绝大多数人口的最广泛的统一战线，是不可能的。不但如此，这个统一战线还必须是在中国共产党的坚强的领导之下。没有中国共产党的坚强的领导，任何革命统一战线也是不能胜利的。"

　　巩固和扩大统一战线的关键，是坚持无产阶级及其政党对于统一战线的领导权。毛泽东指出，中国共产党掌握统一战线领导权，是中国革命发展规律的必然要求，统一战线的领导权与中国革命的领导权是相一致的，无产阶级政党不掌握统一战线领导权，中国革命不可能成功。

　　中国共产党还根据统一战线中各种社会力量的不同特性以及它们在革命发展某一阶段的不同状况，规定和实行发展进步势力、争取中间势力、孤立顽固势力的政策。这样，党就能最大限度地孤立和打击主要的敌人，最广泛地团结一切可能团结的同盟者，保证革命在全国范围的历史性胜利，并保证中国社会经过新民主主义走向社会主义。

　　（2）党的建设的基本经验。着重从思想上建党；坚持民主集中制；保持和发扬党的优良传统和作风；正确处理党内矛盾和开展党内斗争；开展整风运动，进行马克思主义思想教育。

9.【参考答案】　B

　　【核心考点】　本题考查统一战线内的两个联盟。

　　【解题思路】　本题是一道简单的识记题。在做题时可以联系中国革命的实际，很容易得出中国新民主主义革命的主要力量是广大工农联盟的力量，此外，再加上其他积极参加革命、拥护革命的力量。因此，正确答案为B。需要注意的是，"民族资产阶级"是一个较为特殊的力量群，他们有时候拥护革命，有时候反对，因此，民族资产阶级只是在某一个特殊时刻拥护中国革命的力量，并不是主要的联盟。

　　【相关知识】　（1）建立广泛的统一战线，在中国革命中具有特别重要的作用。这是由于：①半殖民地半封建中国在阶级构成上是一个"两头小，中间大"的社会。作为领导阶级的中国工人阶级虽然是中国革命中最先进的力量，但是人数少，而反革命力量异常强大，单凭工人阶级一个阶级的力量，是不能胜利的。②近代中国经济政治发展和敌我力量对比的不平衡性，又导致了中国革命的长期性与不平衡性。

　　（2）正确处理统一战线中的两个联盟的关系：一是工人阶级和其他劳动人民的联盟，主要是无产阶级和农民、城市小资产阶级等劳动人民的联盟；二是工人阶级同可以合作的非劳动人民的联盟，主要指无产阶级和民族资产阶级的联盟，也包括在特定历史条件下，无产阶级和一部分地主阶级、带买办性的大资产阶级的联盟。在这两个联盟中，第一个联盟是基本的、主要的，是统一战线的基础。必须正确处理这两个联盟的关系：第一，放手发展和加强工农联盟，使它真正成为统一战线的基础和依靠；第二，尽可能扩大第二个联盟，团结一切可以团结的力量；第三，正确地发挥两个联盟之间的相互作用，使他们互相促进。

　　（3）对资产阶级实行又团结又斗争，以斗争求团结的政策：①在同资产阶级建立统一战线时，无产阶级必须保持自己在思想上、政治上、组织上的独立性，坚持独立自主的原则，争取和坚持对统一战线的领导权。②对资产阶级采取又联合又斗争，以斗争求团结的政策。③在被迫同资产阶级（主要是大资产阶级）分裂时，要敢于并善于同大资产阶级进行坚决的武装斗争，同时继续争取民族资产阶级的同情和中立。

10.【参考答案】　C

　　【核心考点】　本题考查毛泽东思想和中国特色社会主义理论体系概论中关于中国社会的基本特征的表述。

　　【解题思路】　本题考查的也是毛泽东一篇著名的文章。根据题干提示的信息，当时中国是在许多帝国主义国家统治或半统治下处于长期不统一状态，再加上土地广大，可以得知此题考查的知识点是各种原因造成了当时中国社会政治、经济、文化发展的极端不平衡。因此，正确答案是C。

【相关知识】 （1）新民主主义革命总路线的形成。1939年，毛泽东在《中国革命和中国共产党》一文中，首次明确提出了"新民主主义革命"这个科学概念，从理论和实践的结合上对新民主主义革命的对象、任务、性质、动力和前途等问题，作了全面而深刻的论述，并把新民主主义革命概括为"无产阶级领导之下的人民大众的反帝反封建的革命"。1948年，毛泽东在《在晋绥干部会议上的讲话》中第一次全面、系统地提出了新民主主义革命的总路线和总政策，即"无产阶级领导的，人民大众的，反对帝国主义、封建主义和官僚资本主义的革命"。这是新民主主义革命总路线完整的科学表述。

（2）新民主主义革命与社会主义革命的区别和联系。毛泽东于1939年12月在《中国革命和中国共产党》一文中明确提出："民主主义革命是社会主义革命的必要准备，社会主义革命是民主主义革命的必然趋势。"

11.【参考答案】 C

【核心考点】 本题考查速度与效益的关系。

【解题思路】 实现经济增长方式的根本转变，不仅要重视发展速度，还要兼顾发展的结构、效益、质量的统一。其中，速度与效益的关系是核心。经济增长包括两个相互联系、相互制约的方面：一是经济增长的数量和规模扩大，二是经济增长的质量和效益的提高。经济增长必须坚持以提高经济效益为中心，把发展速度与经济效益提高统一起来。因此，正确答案为C。

【相关知识】 （1）经济增长方式的转变。经济增长方式是指决定经济增长的各种要素的组合方式，以及各种要素组合对推动经济增长所采用的不同方式。从经营的角度来看，经济增长分为粗放型和集约型两种。

（2）实现速度、结构、效益、质量的统一。这种统一包括：速度与效益的关系；比例协调是速度和效益的基础；速度、比例、效益是国民经济中的三个重要因素。其中经济效益处于核心地位。

12.【参考答案】 D

【核心考点】 本题考查与时俱进是马克思主义的理论品质。

【解题思路】 创新是一个民族进步的灵魂，是一个国家兴旺发达的不竭动力，也是一个政党永葆生机的源泉，马克思主义是我们认识和改造世界的强大思想武器，它不是教条，而是行动的指南。要通过理论创新来推动制度创新、科技创新、文化创新以及其他各方面的创新。要在理论上进行创新，并以理论创新为先导，以发展的理论来推动和指导制度创新、科技创新、文化创新和各个方面的创新。因此，理论创新是社会发展和变革的先导，正确答案是D。

【相关知识】 江泽民同志在"七一"重要讲话中指出："马克思主义具有与时俱进的理论品质。"这一科学论断，既阐明了马克思主义发展的特点和规律，也指出了马克思主义发展的方向和道路，对马克思主义理论创新具有极其重大而深远的意义。

首先，与时俱进是马克思主义自身的内在要求。马克思、恩格斯、列宁和毛泽东、邓小平等伟大人物从不教条，从不僵化，总是与时俱进，总是根据历史条件的变化不断发展和完善自己的理论。

其次，与时俱进是马克思主义实践的鲜明特色。马克思、恩格斯、列宁和毛泽东、邓小平，他们是理论联系实际和理论创新的光辉典范，他们也只解决了时代赋予他们的历史性课题，推动了历史的发展。新的实践，需要后人不断进行新的探索，为实践提供新的理论指导。

再次，与时俱进是马克思主义创新的正确道路。在当代，中国共产党人只有与时俱进，站在时代前列，立足于新实践，把握住时代特点，运用马克思主义基本理论研究现实中的重大问题，不断深化对共产党执政规律、对社会主义建设规律、对人类社会发展规律的认识，不断吸取一切科学的新经验、新思想、新成果，才能够对丰富和发展马克思主义作出新的贡献。

与时俱进就是党的全部理论和工作要体现时代性，把握规律性，富于创造性。

13.【参考答案】 D

【核心考点】 本题考查经济体制改革与政治体制改革两者的关系。

【解题思路】 考生在做此题时，可以紧扣关键词"经济"与"政治"，然后运用辩证唯物主义的观点来处理二者的关系，经济和政治是两个不可分割、相互作用的范畴。最后，结合我国的经济体制改革和政治体制改革的具体实际，运用自己所学的知识（经济体制改革的深化必然要求改革政治体制；经济体制改革的成果需要由政治体制改革来巩固，政治体制改革是经济体制改革取得成功的保障），就可选出正确答案 D。

【相关知识】 邓小平关于经济体制改革和政治体制改革的关系论述及其意义。经济体制改革的深化必然要求改革政治体制；经济体制改革的成果需要由政治体制改革来巩固，政治体制改革是经济体制改革取得成功的保障。邓小平深刻地阐述了政治体制改革和经济体制改革的关系，指出这两方面的改革是互为前提、互相促进的，因此，必须同步进行。这一重要思想为我国全面改革的总体布局和当前进一步加快政治体制改革的步伐提供了重要的指导原则，对其他社会主义国家的改革也有普遍借鉴意义。

14.【参考答案】 B

【核心考点】 本题考查时事政治热点问题。

【解题思路】 自 2000 年以来，是我国经济快速发展的五年，但也是资源被大幅消耗的五年，造成了社会资源的巨大浪费。《十一五规划》明确指出，经济社会发展与资源环境矛盾日益突出。这五年的经济发展给我国的资源造成了巨大的压力，而这种粗放式的发展必须得到改变。《十一五规划》明确指出"十一五"期间要做到资源利用效率显著提高，单位国内生产总值能源消耗比"十五"期末降低20% 左右。考生在平日要注意时事知识的积累。

【相关知识】 新能源成了《十一五规划》中的重点支持产业。《十一五规划》指出，把增强自主创新能力作为科学技术发展的战略基点和调整产业结构、转变增长方式的中心环节，大力提高原始创新能力、集成创新能力和引进消化吸收再创新能力。同时明确表示，实行支持自主创新的财税、金融和政府采购政策。因此，新能源行业中有望出现众多具有国际先进水平的创新型企业。

15.【参考答案】 C

【核心考点】 本题考查时事政治热点问题。

【解题思路】 2005 年 10 月 27 日，十届全国人大常委会审议通过《关于修改〈中华人民共和国个人所得税法〉的决定》，将个人所得税工薪费用扣除标准调整为 1600 元。个人所得税改革事关广大纳税人的切身利益，成为社会各方关注的焦点。选项 A 为原来的税收起征点。

16.【参考答案】 B

【核心考点】 本题考查时事政治热点问题。

【解题思路】 今年时事政治的选择题，除了直接考记忆性的知识点以外，还考查了理解性的知识点。此题中的知识点并不生疏，只不过本题变换了一下问题的问法。公投在法国、荷兰，在某种意义上已经变成了宣泄政治不满的机会，而欧盟宪法则成为牺牲品。例如在法国，近几年法国经济发展缓慢，失业率持续走高，选民普遍对政府的经济改革政策不满；在荷兰，关于一体化的所有重要决定都是由政治家做出的，这些决定作为既成事实强加给民众，造成大众与政治精英之间的不信任和隔阂。法、荷两国的公决结果反映了两国民众对欧盟一体化建设现状不满。

二、多项选择题

17. **【参考答案】** BCD

【核心考点】 本题考查人对物质世界的实践把握的基本环节。

【解题思路】 本题问的是人对物质世界的实践环节的把握，属于对记忆性的知识的考查，联系所学内容直接选择即可。A选项与题目的要求无关。

实践是以主体、中介和客体为基本框架，通过实践决策、实践目标的制定（B项）、实践的组织与管理（C项）、实践结果的检验（D项）四大主要环节实现对物质世界的实践把握，并使实践本身也在循环往复的运行过程中不断得到发展。

【相关知识】 （1）人对物质世界实践把握的主要环节：人对物质世界实践把握的基本环节包括：实践目的的确立；实践手段的实施；实践结果的出现和检验。人类实践活动正是通过目的、手段和结果的相互作用而自我运动、自我发展的客观过程。

（2）这三个环节构成人的实践活动的运行机制，主要是从实践的特点、主客体的关系等方面去分析考虑的，具体原因如下：

①实践是有目的性的客观进程，是人的意识对客观事物的超前改造，是主体把自己的内在尺度运用于客体，对客体的自在形式所进行的一种批判性、否定性的反映。

②实践具有必要的物质手段，为了使主体的理想意图得到实现，需要借助各种手段把实践方案付诸实施。实践的过程也就是目的通过手段而实现自身的过程。

③完成实践结果并根据结果对实践活动进行反馈调节。在实践的结果中，一方面，体现着完成了的实践目的；另一方面，改变了实践对象的本来状态。实践通过目的、手段而达到结果。

18. **【参考答案】** ACD

【核心考点】 本题考查社会规律及其特点。

【解题思路】 题干中马克思所说的人类探索到的社会运动的"自然规律"，是指社会也是一种自然历史过程即也是合规律的，因而，人类总体历史进程是客观的、不可超越的。但人们可以探索到社会规律，并利用它来"缩短和减轻"新的社会形态产生的痛苦，这又说明人的自觉选择、社会发展的合目的性。所以，A、C、D项正确。B项错误，因为选项中包含的自然界演变过程是自觉的观点是错误的，正确的观点应是自发的。

【相关知识】 社会生活在本质上是实践的，社会规律就是人的实践活动的规律，是"人们自己的社会行动的规律"。它有着自己的特点：形成于人的实践活动之中，离开了人们的实践活动以及个体之间的相互作用，社会规律就失去了赖以存在的载体和发挥作用的场所；只有通过人的有目的有意识的活动才能实现出来，这正是它不同于自然规律的地方。其形式主要表现为统计学规律。必须认识到尽管社会规律有其特殊性，但它仍与自然规律一样，有其客观性。

19. **【参考答案】** BCD

【核心考点】 本题考查文化和文明的辩证关系。

【解题思路】 阅读题中的事例就可知本题主要谈的是文化的社会作用，隐含的是文化与文明的关系。文明专指人类活动的积极成果，文化则包括人类活动的一切成果，B、C、D项分别讲到了两者的区别与联系，都是正确选项。很明显A项错误。

【相关知识】 （1）文化与文明的区别：

①文化作为社会历史范畴，是与自然比较而言的。文化越发展，表明人类的发展越是依赖于自己所创造的文化世界。

②文明是同野蛮、无知和愚昧相对立的，它标志着人类社会的进步程度和开化状态，另外，文明主要指人类活动的结果，而文化则包括人类活动的整个过程以及活动方式、活动手段；文明一般专指人类活动的积极成果，而文化则包括人类活动的一切成果，其中既有积极成果，也有消极成果。

（2）文化与文明又不可分割地联系着：文化发展中的积极成果就是文明；一个社会的文化进步程度越高，社会文明的发展水平相应地也就越高。文化进步与文明水平的统一通过人的发展和社会的发展表现出来，通过物质文明和精神文明的高度发展而具体化。

20. 【参考答案】 BC

【核心考点】 本题考查人的价值的问题。

【解题思路】 解答本题的关键句是"丛飞的行为"，以及别人的评价"能够从帮助别人的过程中得到快乐"，由此可知本题考查唯物史观中人的价值、人的社会价值与个人价值的关系，显然B、C项正确。A、D项的表述明显错误，排除。

【相关知识】 （1）人的价值即人对自身的意义，包括物质和精神的。即作为客体的人对社会、他人的需要的满足。

（2）人的价值具有二重性，既是价值的主体，又是价值的客体，是二者的统一。

（3）人的价值问题，从根本上说是人和社会的关系问题，它包括人的社会价值和个人价值两个方面。

（4）社会价值和个人价值作为人的价值的两个方面，在本质上是统一的，个人价值的实现离不开社会价值，社会价值是人的价值的主导方面，个人价值从属于社会价值。在社会对个人的满足与个人对社会的贡献这两个方面关系的问题上，应将后者放在首位，因为个人的贡献是实现社会进步的源泉，也是实现个人价值的基础。

21. 【参考答案】 BD

【核心考点】 本题考查个别资本增大的两种形式。

【解题思路】 在资本积累过程中，个别资本规模扩张的主要形式有两种：一是资本积聚，二是资本集中。资本积聚是通过资本积累来增大其资本总额，它受到社会财富增长程度和社会资本分散两重限制；资本集中是指由若干分散的中小资本合并成为大资本。资本集中可以采取大资本直接吞并小资本，这种增长方式不受财富增长量的限制，也不增大社会资本总额。

【相关知识】 （1）资本积聚和资本集中相互制约，相互促进。二者的区别：①资本积聚是个别资本通过剩余价值转化为资本而实现的，随着个别资本的增大，社会资本的总额会相应增加；而资本集中是通过联合或兼并使单个资本增大，只是改变社会总资本在资本家之间的分配，但并不增加社会资本总额。②资本积聚受社会现有财富绝对增长的数额限制，增长比较缓慢；而资本集中没有资本积聚所受的限制，通过兼并和联合，能在较短时间内集中起巨额资本。二者的联系：①资本积聚促进资本集中的发展。②资本的集中又利于加速资本积聚的进程。

（2）资本积累的必然性。资本积累的必然性在于资本家追逐剩余价值的内在冲动与资本家之间相互竞争的外在压力。

22. 【参考答案】 ABC

【核心考点】 本题考查垄断资本主义的基本经济特征。

【解题思路】 根据列宁的分析，垄断作为帝国主义最深厚的经济基础，垄断资本主义具有五个基本经济特征：（1）垄断组织在资本主义国家的经济政治中占据支配和主导地位；（2）在金融资本的基础上形成金融寡头的统治；（3）资本输出有了特别重要的意义；（4）瓜分世界的资本家国际垄断同盟已经形成；（5）最大资本主义列强已把世界上的领土分割完毕。对照本题选项，正确答案为A、B、C。

【相关知识】 （1）需要注意的是虽然列宁概括的帝国主义的基本经济特征，第二次世界大战后在表现形式上发生了许多重要变化，但其基本精神、基本内容，仍然是我们认识当代资本主义经济的理论武器。（2）生产集中和私人垄断的形成。生产集中是指生产资料和劳动力日益集中到少数大企业手中，这些大企业的生产在同行业中占有越来越大的比重。垄断则是指少数大企业为获取垄断高额利润而联合起来的，对某个或几个生产部门的产品和销售市场实行控制或独占。生产集中是垄断形成的物质基础，垄断是生产集中发展到一定程度的必然结果。（3）垄断和竞争的关系。垄断是与自由竞争相对立而产生的，但是，垄断没有也不可能消除竞争，而是与竞争并存，在垄断统治下的竞争更加激烈。

23.【参考答案】 AD

【核心考点】 本题考查社会主义市场经济条件下按劳分配的特点。

【解题思路】 对于本题，需要在记忆的基础上加以分析，本题的关键词是"社会主义市场经济条件下"，表明了在社会主义市场经济条件下的按劳分配，与马克思当时设想的按劳分配所依据的条件有很大的区别。按劳分配与市场经济的结合所表现出的特点主要有：第一，按劳分配中的"劳"还不是直接的社会劳动。第二，按劳分配还不能在全社会范围内统一标准实现，而只是局部范围内的。第三，按劳分配中的劳动量是以被社会承认的劳动量作为计量标准的，而不是按照劳动者实际付出的劳动量来计量的。第四，按劳分配还必须通过商品货币形式来实现。因此，对照本题选项，正确答案是A、D。

【相关知识】 （1）实行按劳分配及其客观必然性。按劳分配是社会主义公有制关系在个人收入分配领域中的具体实现形式，是社会主义经济制度的一个基本特征，是社会主义收入分配的基本原则。我国实行按劳分配的收入制度归根结底，是由社会主义生产力的发展状况所决定的，具有客观必然性。

（2）社会主义初级阶段，实行以按劳分配为主体，多种分配方式并存的个人收入分配制度，具有客观必然性。生产方式决定分配方式，生产资料所有制结构决定收入分配结构。从根本上说，在社会主义初级阶段，我国的所有制结构是以公有制为主体，多种所有制经济共同发展，这就决定了在分配制度上必须实行以按劳分配为主体、多种分配方式并存的分配制度。另外，社会主义公有制的多种实现形式和社会主义市场经济的发展，也是实行多种分配方式的重要原因。因此，在社会主义现阶段，个人收入分配制度不是由单一的分配方式构成的，而是由以按劳分配为主体，多种分配方式并存构成的。

24.【参考答案】 ABCD

【核心考点】 本题考查我国宏观经济调控政策的主要内容。

【解题思路】 宏观经济调控政策，主要包括财政政策、货币政策、产业政策、收入政策等。（1）财政政策是政府制定的关于财政工作的指导原则和行为准则，由财政收入政策和财政支出政策等组成。（2）货币政策是政府为了达到一定的宏观经济目标对货币流通进行管理和调节所确定的指导原则和行为准则，由信贷政策、利率等政策组成。（3）产业政策是政府根据经济发展需要，促进各产业部门均衡发展而采取的政策措施及手段的总和。(4) 收入政策是政府根据既定目标而规定的个人收入分配总量及结构变动方向,以及政府调节收入分配的基本方针和原则。故 A、B、C、D 都正确。

【相关知识】 (1) 宏观调控的必要性。①实行宏观调控是实现经济发展战略目标和社会主义生产目的的需要。②实行宏观调控是发展社会化大生产和保持社会总供求均衡的需要。

(2) 宏观调控的主要目标。宏观调控的主要目标是促进经济增长、增加就业、稳定物价、保持国际收支平衡。

(3) 宏观调控的主要手段。政府进行宏观调控的手段主要有计划手段、经济手段(经济杠杆)、法律手段和行政手段。

25.【参考答案】 CD

【核心考点】 本题考查不同时期毛泽东所撰写的文章或者著作。

【解题思路】 毛泽东思想在土地革命战争后期和抗日战争时期得到系统总结和全面展开而达到成熟。这个时期,毛泽东率先垂范,从事创造性的理论研究工作,撰写了《论反对日本帝国主义的策略》、《中国革命战争的战略问题》、《实践论》、《矛盾论》、《抗日游击战争的战略问题》、《论持久战》、《中国共产党在民族战争中的地位》、《战争和战略问题》、《〈共产党人〉发刊词》、《中国革命和中国共产党》、《新民主主义论》、《改造我们的学习》、《在延安文艺座谈会上的讲话》、《论联合政府》等著作。因此,正确答案为 C、D。

【相关知识】 (1) 毛泽东思想的萌芽时期。即马克思主义与中国实际的初步结合时期。《中国社会各阶级的分析》是毛泽东最早阐释新民主主义革命理论的代表性文章。

(2) 毛泽东思想形成时期。这一时期的代表作有《中国的红色政权为什么能够存在》、《井冈山的斗争》、《星星之火,可以燎原》、《反对本本主义》。

26.【参考答案】 ABD

【核心考点】 本题考查土地改革的问题。

【解题思路】 1948 年毛泽东在《在晋绥干部会议上的讲话》中明确提出了土地改革的总路线,其内容主要是:一是必须满足贫雇农的要求,赞成平分土地的要求,是为了便于发动广大人民群众迅速消灭封建土地所有制,并非提倡绝对平均主义;二是必须坚决团结中农,不要损害中农的利益。必须容许一部分中农有比一般贫农所得土地的平均水平高的水平量。民主革命时期,实行耕者有其田,是指没收地主土地归农民所有,而非归国家所有,故 A、B、D 为正确选项。C 项是民主革命时期党内错误的观点,其错误是将从阶级上消灭地主与从肉体上消灭地主这一类人混为一谈。

【相关知识】 中国共产党在各个时期对于农民土地问题的路线方针政策依次有: (1) 1928 年中共六大明确规定没收地主阶级的一切土地,确立了依靠贫雇农、联合中农的阶级路线,对富农的政策也有调整。(2) 1931 年,基本形成了一条正确的土地革命路线:依靠贫雇农,联合中农,限制富农,消灭地主阶级,变封建的土地所有制为农民的土地所有制。(3) 1931 年,王明"左"倾机会主义者实行了"地主不分田,富农分坏田"的"左"倾政策。(4) 抗日战争时期,中国共产党的土地政策是减租减息。(5) 1948 年确立了土地改革的总路线和总政策。(6) 建国后的我国土地改革。

27.【参考答案】 ABD

【核心考点】 本题考查对 1949 年到 1956 年这一时期国情的把握。

【解题思路】 中华人民共和国的成立标志着半殖民地半封建社会结束,新民主主义革命基本胜利,中国进入新民主主义社会。新民主主义社会是一个过渡时期,并不意味着中国进入了社会主义社会。直到 1956 年社会主义改造完成、社会主义制度建立,才标志我国进入社会主义社会。因此,选项 C 错误。正确答案为 A、B、D。

【相关知识】 （1）新民主主义社会的过渡性质：从1949年10月新中国成立到1956年社会主义改造基本完成，社会主义制度建立，中国社会的性质是新民主主义社会。

新民主主义社会是近代中国由半殖民地半封建社会走向社会主义社会的中介与桥梁，有以下特征：在社会形态上，它不是独立的社会形态，而是属于社会主义体系的和逐步过渡到社会主义的过渡性质的社会；在政治上实行以工人阶级为领导的各革命阶级联合专政的人民民主专政，民族资产阶级作为一个阶级还存在，并在国家政权中占有一定地位；在经济上实行国营经济主导的包括合作社经济、个体经济、私人资本主义和国家资本主义五种经济成分并存的新民主主义经济制度；在文化上实行发展以马克思主义为指导的民族的、科学的、大众的文化；新民主主义社会是中国走向社会主义的必由之路。

（2）新民主主义社会的主要矛盾：从新中国建立到1952年，主要矛盾是广大人民群众同帝国主义、封建主义、国民党残余势力之间的矛盾，主要任务是彻底完成民主革命遗留下来的任务，迅速恢复国民经济，努力争取国家财政经济状况的根本好转。1952年底，当新民主主义革命遗留任务特别是土地改革在全国完成后，国内是工人阶级同资产阶级的矛盾，国外是中国同帝国主义国家之间的矛盾上升为中国社会的主要矛盾。

28. 【参考答案】 AC

【核心考点】 本题考查"三个代表"重要思想的意义。

【解题思路】 本考题的答案很确定，也很简单。"三个代表"重要思想，在邓小平理论的基础上，进一步回答了什么是社会主义、怎样建设社会主义的问题，创造性地回答了建设什么样的党、怎样建设党的问题，集中起来就是深化了对中国特色社会主义的认识。通过识记大家容易选出正确答案A、C。

【相关知识】 （1）"三个代表"重要思想中的每个"代表"，都有其特定的内涵和要求，但它们都不是孤立的，而是相互联系、相互促进的。第一，发展先进的生产力，是发展先进文化，实现最广大人民根本利益的基础条件。第二，先进文化是人类社会的灵魂，也是人类社会发展的内在驱动力和凝聚力，是人类社会不断进化发展、实现自身本质力量的重要手段。第三，人民群众是先进生产力和先进文化的创造主体，是实现自身利益的根本力量。第四，不断发展先进生产力和先进文化，归根到底都是为了不断实现最广大人民的根本利益。代表先进社会生产力的发展要求、代表先进文化的前进方向、代表最广大人民的根本利益，这三者密切相关、辩证统一，贯穿其中的是代表最广大人民的根本利益。"三个代表"重要思想密切相联、辩证统一的关系告诉我们，先进生产力是基础和前提，先进文化是灵魂和旗帜，最广大人民的根本利益是主体和目的，三者统一于党的建设新的伟大工程和建设有中国特色社会主义的伟大实践。

（2）"三个代表"重要思想是同马克思主义、毛泽东思想和邓小平理论一脉相承的科学体系：

第一，马克思主义是关于人类社会发展与解放的科学理论和思想体系，是无产阶级及其政党科学世界观完整的理论形态，是无产阶级政党的行动指南，它的基本原理是正确的。

第二，列宁主义是帝国主义和无产阶级革命时代的马克思主义，是无产阶级政党的指导思想。

第三，毛泽东思想是马克思列宁主义在中国的运用和发展，是马列主义普遍原理同中国革命具体实践相结合的产物，是被实践证明了的关于中国革命和建设的正确的理论原则和经验总结，是中国共产党集体智慧的结晶。

第四，马克思主义理论体系中还包括邓小平理论和"三个代表"重要思想。

29.【参考答案】 BC

【核心考点】 本题考查邓小平关于计划经济和市场经济的论断。

【解题思路】 计划经济和市场经济不是区分社会主义和资本主义的标志，它们不属于社会基本制度的范畴，而是资源配置的不同方式。资本主义可以搞市场经济，社会主义也可以搞市场经济。计划和市场都是调节经济的手段，计划多一点还是市场多一点，不是社会主义与资本主义的本质区别。要把计划和市场有机结合起来，更好地发挥两种调节手段的长处。计划与市场两种手段相结合的范围、程度和形式，在不同时期和不同领域可以有所不同。因此，正确答案为B、C。

【相关知识】 社会主义市场经济首先具有市场经济的一般特征：（1）经济关系市场化；（2）企业行为自主化；（3）宏观调控间接化；（4）经营管理法制化等。

社会主义市场经济体制的特性。市场经济作为一种经济体制，总是同一定的社会基本制度结合在一起的，社会主义市场经济具有自己的鲜明特征：（1）在所有制结构上，以公有制为主体，多种所有制经济共同发展，一切符合"三个有利于"的所有制形式都可以而且应该用来为社会主义服务；（2）在分配制度上，坚持按劳分配为主体，多种分配方式并存的制度；（3）在宏观调控上，社会主义国家能够利用宏观调控手段，能够把人民的当前利益与长远利益、局部利益与整体利益结合起来，更好地发挥计划和市场两种手段的长处。

30.【参考答案】 ACD

【核心考点】 本题考查中国共产党领导的多党合作和政治协商制度。

【解题思路】 对于本题，要在了解我国的多党合作和政治协商制度的基础上，对于各个选项逐一进行分析。我国多党合作的主要方式有：各民主党派和无党派民主人士参加人大、政协参与管理国家和参政议政；共产党与各民主党派通过多渠道实行政治协商和民主监督；选项A、C、D均符合多党合作的方式。各民主党派是参政党，政府及有关部门吸收各民主党派和无党派民主人士中的优秀人才到国家机关担任领导职务，实行多党合作共事。但是这并不表示共产党和各民主党派互派成员到对方担任领导职务，选项B属于偷换概念，考生要对其认真辨别。

【相关知识】 中国共产党与各民主党派的地位：中国共产党是社会主义事业的领导核心，是执政党。各民主党派是共产党的友党，是参政党。中国共产党与各民主党派合作的基本方针是："长期共存、互相监督、肝胆相照、荣辱与共。"

31.【参考答案】 ABCD

【核心考点】 本题考查关于中国社会主义建设的依靠力量和领导核心。

【解题思路】 "三农"问题一直是我国的主要问题，因此，关于农民、农业、农村的知识点也是历年来考试的重点。本题的四个选项分别从农业、农村、农民三个方面说明了农民阶级是我国建设中国特色社会主义事业的主要依靠力量、农业对于国民经济的基础性作用、农村的稳定发展对于整个社会的重要作用。

【相关知识】 （1）农民。中国农民阶级始终是中国工人阶级在政治上最主要、最可靠的同盟军，是工人阶级队伍发展壮大的最主要源泉，是党的群众基础的基本组成部分。广大农民不但是我国新民主主义革命的主力军，而且是我国改革开放和社会主义现代化建设中人数最多的依靠力量，离开广大农民的理解、拥护和自觉参与，社会主义事业将一事无成。

（2）农业。农业不仅直接关系着我国十三亿人口的吃饭、穿衣等基本生存条件问题，而且还保证和支持着整个国民经济的运行和稳定发展。没有农业的牢固基础，就不可能有我们国家的自立，没有农业的积累和支持，就不可能有我国工业的发展，没有农业的现代化，就不可能有整个国家的现代化。

（3）农村。当代中国的改革就是从农村开始的。农村改革取得巨大成功，带动了整个改革和建设事业，乡镇企业的发展，不仅繁荣了农村经济，而且促使相当一部分农村劳动者向工人阶级转化。可以说，没有农村的稳定和全面进步，就不可能有整个社会的稳定和全面进步。

32.【参考答案】　ABCD

【核心考点】　本题考查时事政治热点问题。

【解题思路】　本题较为简单，直接考查记忆性的问题。2005年9月15日，国家主席胡锦涛在联合国成立60周年首脑会议上，发表了《努力建设持久和平、共同繁荣的和谐世界》的讲话，就建设一个持久和平、共同繁荣的和谐世界发表了四点意见。第一，坚持多边主义，实现共同安全。第二，坚持互利合作，实现共同繁荣。第三，坚持包容精神，共建和谐世界。第四，坚持积极稳妥方针，推进联合国改革。

33.【参考答案】　ACD

【核心考点】　本题考查时事政治热点问题。

【解题思路】　本题同第32题一样，也属于对时事政治的考查。只不过，相对来说，本题更为灵活。先列出一段材料，然后通过此材料说明要加强国家间合作共同面对全球性问题。本题难度也不大，考生只要稍微加强一下理解就可以选出正确答案。正确答案为A、C、D。

三、分析题

34.【答案要点】　（1）任何真理都是具体的，抽象的真理是没有的。真理的具体性是指真理是在一定的时间、地点、条件下主观对客观的符合，它要受条件的制约，并随条件的变化而变化；离开具体的时间、地点和条件，真理就是抽象的、无意义的。河水东流，石兽顺流东下，这是常理，但它是在一定条件下才是有效的。庙僧的失当之处在于离开了一定的条件，抽象地对待常理，因而判断失误。

（2）所谓辩证地思考问题，就是用联系的、发展的、全面的观点，特别是用对立统一的观点看问题，从对立中把握同一，从同一中把握对立。守河堤老兵不受已有的思维定式的束缚，根据实际中的具体情况，提出解决问题的新思路，其见解对我们的启示是，对任何问题都要加以辩证地思考，多角度地或从相反方向去思考和解决问题。（3分）举出历史上或现实生活中有关逆向思维和"换位思考"的一个事例（故事亦可），说明所蕴含的辩证思维特征。（注：如果考生从辩证法的有关原理加以分析，言之有理并举例得当，可酌情给分，不超过4分。）

【核心考点】　本题考查认识论的内容。

【解题思路】　回答本题使用演绎分析的方法，先回答相关原理，然后进行推理阐述。回答本题的第一问，先分析题干"按照常理"应是顺流而下，但事实是逆流而上了，又明白告知"从真理的具体性"进行分析，可知庙僧的失当之处就在于离开了具体事物、具体条件，孤立、静止、片面地看问题的形而上学错误。

第二问比较清晰，按照一般的思路回答即可：先说明守河堤老兵的见解对我们用联系、发展、全面、矛盾的辩证观点看问题，坚持具体问题具体分析，一切以时间、地点、条件为转移等辩证的思考问题的启示。然后举生活或工作、学习中的实例具体说明如何坚持辩证的观点看问题。

【相关知识】　（1）实践与认识的辩证关系。第一，实践是认识发生的现实基础。它是认识的来源、发展动力和认识的最终目的，同时也是检验真理的唯一标准。第二，认识是在实践的基础上主体对客体的能动反映。

（2）感性认识和理性认识的辩证关系。感性认识是认识的初级阶段，它是人们关于事物外部现象的认识，是人们在实践中通过感官直接接触外界事物而产生的关于事物的现象、各个方面和外部联系的认识。理性认识是认识的高级阶段，它是人们关于事物的本质、事物的全体、事物的内部联系的认识，是对感性认识材料的抽象和概括。二者相互区别、相互对立，同时又相互联系、辩证统一。二者统一于实践。

35.【答案要点】 （1）从表象看，两者都是牛奶供给过剩。但是，前者反映的是生产社会化与生产资料资本主义私有制之间的矛盾，是资本主义生产关系与生产力矛盾的体现；后者主要是市场体系不够完善，鲜奶销售渠道不畅导致的结果，不是经济危机的征兆。

（2）这个案例说明，价值规律是商品经济的基本规律，它通过市场机制自发地起作用，不以人的意志为转移，具有客观性。人们过多、过快地把生产资料和劳动力投入到奶牛养殖和乳品加工行业，一旦供过于求，企业就会压缩鲜奶收购量，奶农只好倒奶。这个案例还说明，市场调节具有盲目性和滞后性，导致了资源的浪费，政府有必要对市场进行适度干预，逐步提高驾驭市场的能力。

（3）由于奶农和企业往往缺乏充分的信息和对市场风险足够的认识，因此，地方政府有必要予以引导和服务。如着力帮助奶农和企业进行市场预测和分析，开展事前的供需调研；制定科学、合理的产业规划，形成较为完善的农业产业化链条；采取优惠措施，帮助企业和奶农开拓乳品市场，尤其是农村市场，扩大内需；监督奶农和企业严格执行产品质量标准，促使其改进生产技术。（注：如果考生提出的措施符合题意，可酌情给分。）

【核心考点】 本题考查社会资本运行理论和关于社会主义市场经济条件下，完善和规范市场秩序和市场体系的问题。

【解题思路】 本题的答题步骤同上。对于本题考查的混合知识点，可以分别阐述，第一问要求答出资本主义经济危机时的倒牛奶现象和目前我国倒牛奶事件的本质区别，考生要从社会制度的根源入手，指出二者的本质区别。第二问很明显，直接答出经济规律，考查的是马克思主义基本原理概论中价值规律的内容。最后一问从政府作为的角度来考查，应想到政府在社会主义市场经济下的宏观调控职能，通过政府的宏观调控来规范社会市场秩序。

【相关知识】 （1）商品经济的基本矛盾。商品经济在不同的社会经济制度下存在，与不同的社会经济制度相结合而呈某些不同特点。私人劳动和社会劳动的矛盾是简单商品经济的基本矛盾。

（2）价值规律的基本内容和表现形式。价值规律是商品经济的基本规律，它的基本内容和客观要求是：商品的价值量由生产商品的社会必要劳动时间决定；商品交换以价值量为基础，实行等价交换。而价值规律的表现形式是受供求关系的影响，价格围绕价值上下波动。这是由价格、竞争、供求关系的相互作用引起的。

（3）社会主义生产关系的实质。社会主义生产关系的实质是以生产资料公有制和按劳分配为基础，消灭剥削，消除两极分化，实现共同富裕。社会主义生产关系的基础是社会主义公有制。社会主义公有制是社会主义条件下全体劳动者或部分劳动者共同占有生产资料的所有制形式。它实现了劳动者在生产资料面前的平等。公有制是社会主义生产关系的基础，是社会主义生产关系的本质体现和社会主义经济制度的根本标志。

36.【答案要点】 （1）新中国成立，中国进入新民主主义社会。新民主主义社会是具有过渡性质的社会，在经济、政治等方面既确立了社会主义因素的领导地位，又允许非社会主义因素，包括资本主义因素的存在。允许资本家一定限度内的剥削，对安排工人就业，稳定社会秩序，恢复国民经济，发展社会生产力，建立社会主义物质基础具有积极意义，符合工人阶级根本的长远的利益。

（2）随着国民经济的恢复和发展，资产阶级唯利是图的本性和部分资本家破坏经济秩序、危害国家利益的不法行为，表明私人资本主义经济和国民经济之间的矛盾日益尖锐。国内主要矛盾已经转变为工人阶级和资产阶级、社会主义道路和资本主义道路之间的矛盾。私人资本主义经济越来越不适应国家大规模、有计划的社会主义工业化建设的需要。因此，对资本主义工商业进行社会主义改造，是为了确立社会主义生产关系，以继续解放和发展生产力，为迅速实现国家的社会主义工业化创造必要的条件。

【核心考点】 本题考查社会主义的经济成分、中国革命的两个阶段理论、社会主义改造理论，还有党对于资本主义政策的理论。

【解题思路】 本题的内容引用朱德的话。在新中国成立前夕，朱德在全国工作会议的讲话中指出，私人资本主义企业中的职工，他们还受着资本家的剥削，还必须忍受这种剥削。第一问考查的是对于资本主义工商业、社会改造基本经验的记忆和理解问题。因此，在回答时要重要说明，在新民主主义社会，也就是新中国成立之后的新民主主义社会还存在着民族资本主义，它在性质上属于资本主义性质，但是它有利国、利民的积极方面，也有追求利润的消极方面，所以党对它要采取保护、利用和限制的政策，故而职工要暂时忍受资本家的剥削。第二问考查知识点的实质是对私人资本主义知识点改造的必然性。因此，回答的关键点是要说明党领导下中国革命的两个阶段的理论。加之，土地改革完成之后，对资本主义工商业进行社会主义改造是实现国家工业化和建立社会主义制度的迫切需要。此外，还有国内主要矛盾的转移，都说明了对带有资本主义性质的私人资本主义要进行改造，以便在中国建成社会主义制度。考生把这个要点说清楚就可以了。

【相关知识】 （1）新民主主义社会的过渡性质和主要矛盾。新民主主义社会不是一个独立的社会形态，而是一个过渡性质的社会。1952年末，当新民主主义革命遗留的历史任务特别是土地改革彻底完成后，新中国社会的主要矛盾发生了变化，工人阶级同资产阶级的矛盾，社会主义道路同资本主义道路的矛盾上升为主要矛盾。

（2）资本主义工商业社会主义改造的基本经验。①对资本主义工商业采取和平改造的方针。②从中国的具体国情出发，创造了在工业中实行委托加工、计划订货、统购包销和在商业中实行经销代销等低级形式的国家资本主义，再逐步发展到公私合营、全行业公私合营等高级形式的国家资本主义。③保持和民族资产阶级的政治联盟，不剥夺其政治权利。

37.【答案要点】 （1）社会保障主要包括社会保险、社会福利、社会救济和优抚安置等几方面的内容。社会保障的内容与人民群众的基本需要和切实利益直接相关，是这些需要在不同群体、不同层次、不同领域的具体体现，是人民群众最关心、最直接和最现实的问题，以人为本，就是要把人民的利益作为一切工作的出发点和落脚点，发展为了人民，发展依靠人民，人民共享发展成果，不断满足人民多方面需求和促进人的全面发展。建立健全社会保障体系正是体现了科学发展观以人为本这一本质和核心。

（注：如果考生就社会保障内容的某一两点深入展开分析，可酌情给分。）

（2）社会保障体系具有调节收入差距，缓解各种社会矛盾，稳定社会的基本功能，是经济发展的安全网，是社会发展的稳定器，能为维护社会安定提供可靠的保证。

公平正义就是要妥善协调社会各方面的利益关系，使人民内部矛盾和其他矛盾得到正确处理，社会公平和正义得到切实维护和实现。建立健全社会保障体系不仅能为社会的低收入者和弱势群体提供基本的保障，社会全体成员的基本生活需要都能够得到满足，而且能够妥善协调社会各方面的利益关系，维护和实现公平和正义，为构建社会主义和谐社会提供所需的制度保障。

【核心考点】 本题考查构建社会主义和谐社会以及社会保障方面的内容。

【解题思路】 本题考点非常清晰，难度也不大。对于第一问，首先要把社会保障的含义和具体内容简单地写出来，然后点明科学发展观以人为本的含义，最后说明我们国家现在建立健全社会保障制度，着重体现了对公民经济权利的保障，体现了把人民利益作为一切工作的出发点和立足点，体现了以人为本的本质和核心。对相关知识点进行分点分段分层次的论述。对于第二问，考点也很明晰。首先说明社会主义和谐社会公平正义的含义，再说明社会保障制度体系具有体现和谐社会公平公正的功能，兼顾了不同方面，尤其是低收入者和低收入人民群众的利益，有利于促进和实现公平正义，最后一句话要点出，建立健全社会保障体系是实现社会主义和谐社会公平正义目标的手段，二者是目标和手段的关系，或者再加一句两者是辩证统一的。只要遵循这样的答题方向就可以了。

【相关知识】 （1）构建社会主义和谐社会的基本特征。和谐社会应该是民主法治、公平正义、诚信友爱、充满活力、安定有序、人与自然和谐相处的社会。

（2）科学发展观的内涵。党的十六届三中全会完整地提出了坚持以人为本，树立全面、协调、可持续的发展观，促进经济社会和人的全面发展；按照统筹城乡发展、统筹人与自然和谐发展、统筹国内发展和对外开放的要求，推进改革和发展的科学发展观。

38. 选做题 I

【答案要点】 （1）他们讨论的是冷战结束后国际关系领域发生的一个重大变化，即：经济技术因素对世界政治的影响越来越大，经济利益成为各国关系发展的主导因素，经济成为外交的主要内容。各国把发展经济放在优先考虑位置，发展经济贸易关系成为各国对外关系的重要目标和主要内容之一，外交不仅要服务于政治，而且要为经济服务。

（2）"现在大使如果不懂经济更会成为笑柄"正是反映了国际形势变化下外交工作的新要求。经济全球化使各国各地区经济联系日益加深，通过外交政策和外交活动维护本国利益，促进共同发展，成为各国外交关注的主要内容，大使不懂经济不行；和平与发展成为时代主题，在国家生存与安全利益得以保障的前提下，经济利益在国家利益中的地位上升，为本国经济和世界经济发展创造良好的国际环境，成为各国外交面对的重要课题；冷战的教训使各国认识到，一个国家的强盛衰败最终起作用的是综合国力，尤其是经济与技术水平，经济外交成为各国外交的重要组成部分。

【核心考点】 本题考查的是当代世界经济与政治中当今世界经济发展的趋势和特点；第二问考查的实质是经济因素在世界政治的影响日益增大的原因。

【解题思路】 本题的第一问是他们在讨论国际社会发生怎样的变化，这句话考查的是我们对当今世界经济发展趋势和特点的看法。对于考题里李波的评论，要学会分析，把关键的话展开来说，这样就比较接近答案。第二个问题问为什么现在大使如果不懂经济就会被视为笑柄。作为一个外交家必须适应世界政治和经济变化的趋势，否则不能处理好大国的关系，不能维护国家的利益，无法履行外交的职能，当今外交关系的主要内容就是经济，所以作为一个外交家如果不懂经济就会被视为笑柄，把这个意思组织一下，这个答案就出来了。

【相关知识】 （1）以科技为先导、以经济为中心的综合国力竞争不断加剧。冷战结束后，经济因素在国际政治中的地位不断上升，大国实力较量的主战场转向经济领域。为了提高国际竞争力和在世界经济中的地位，各国都在进行调整、探索、完善适合本国国情的经济体制，从而增强综合国力。而科学技术是第一生产力，它对经济具有决定作用，经济竞争其实是科学技术的竞争。

（2）经济因素和文化因素对世界政治的影响。经济因素对世界政治的影响越来越大，经济安全将成为国家安全的主要内容之一。值得注意的是，在一定时期文化因素也会成为国际社会中的突出问题，而影响国际关系的发展。

选做题 Ⅱ

【答案要点】 （1）唯物辩证法认为，世界是普遍联系的整体，事物之间及事物内部各要素之间相互联系，每一事物都是世界普遍联系中的一个成分或环节。唯物辩证法普遍联系的观点要求我们用整体的观点认识事物，正确处理整体和部分以及事物内部诸要素之间的关系。结构图所呈现的正是人类发展过程中所面临的相互联系、相互制约的三重困境，人口的增长需要有足够的经济规模来承受，而经济规模的扩大将消耗更多的资源，特别是能源、水资源的消耗将大规模增加，从而导致环境的破坏和生态的失衡。（注：如果考生根据图中箭头所示的几个方面进行分析，亦可。）

（2）人类发展走出三重困境的战略选择在于走可持续发展道路，就是既满足当代人的需要，又不对后代人满足其需要的能力构成危害的发展道路。改变粗放型的增长方式和不合理的消费方式，使经济的增长与人口、资源、环境相协调，提高经济增长质量；保持经济社会发展与自然承载力相互协调关系，坚持经济开发和节约并举，把节约放在首位，提高资源利用效率，体现资源节约型和环境友好型的理念；控制人口，使人口增长与社会生产力和资源状况相协调，实现社会可持续发展，构建共同繁荣的和谐世界。

【核心考点】 本题考查马克思主义基本原理概论中的普遍联系的原理、毛泽东思想和中国特色社会主义理论体系概论中的可持续发展的战略以及当代世界经济和政治中对全球问题的认识。

【解题思路】 本题第一问解题思路清晰：首先回答普遍联系的观点是什么，然后结合材料和图示说明人类发展面临的三种困境是什么，再回答这三种困境是怎么来的，它们之间又是怎样互动，进一步加剧了人类所面临的困境即可。

本题第二问设问比较直接，考生联系备考时所学知识——可持续发展战略、经济增长方式的转变、和谐的理念、应采取的具体措施等组织答案即可。

【相关知识】 （1）人类社会的发展必须以社会物质生活条件为前提。正确认识和处理人类社会与自然的关系，已成为当前社会发展面临的突出而尖锐的问题。自然环境和人口在社会发展中的作用越来越引起人们的重视。伴随着全球问题特别是人类生存环境的恶化，社会与自然的协调发展的问题日益成为全世界关注的焦点。

（2）可持续发展思想的核心内容就是要求实现人类社会与自然的协调发展。它认为社会发展的基本目标是为了满足人类的需求；发展不仅要满足当代人的需要，还应考虑后代人的需要；今天的人类不应以牺牲今后几代人的幸福来满足自己的需要。这一原则已被国际社会所公认。可持续发展的核心思想是：在经济发展的同时，注意保护资源和改善环境，使经济发展能持续进行下去。

2005 年全国硕士研究生入学统一考试政治理论试题精解

一、单项选择题

1.【参考答案】 B

【核心考点】 本题考查意识的能动作用。

【解题思路】 马克思主义在肯定物质对意识具有决定作用的前提下，又承认意识在认识世界和改造世界中具有巨大的能动作用。意识的能动性作用主要表现在：意识反映世界是自觉的、有目的的反映，具有目的性和自觉性；意识不仅反映事物的现象，而且反映事物的本质和规律；不仅能反映现存事物，而且能追溯过去、推测未来，创造一个理想的或幻想的世界，具有能动创造性；意识可以通过"思维操作"实现对客观事物的超前的、观念的改造，指导并通过实践把理想变成现实，从而改变、创造世界。"致富奔小康""要富口袋"是我们的目标，属于物质范畴，但其最终成为现实必须靠正确的计划、规划、蓝图等的指导，这便是精神或者意识（即"脑袋"）的作用。所以，正确答案为选项B。选项A、C、D既是错误的唯心主义的观点，也与题意不符，均排除。

【相关知识】 （1）意识的能动作用。辩证唯物主义在肯定物质对意识的决定作用的前提下，又承认意识在认识世界和改造世界中具有巨大的能动作用。意识的能动性作用主要表现在：第一，意识反映世界是自觉的有目的的反映，具有目的性和自觉性。第二，意识不仅反映事物的现象，而且反映事物的本质和规律；不仅能反映现存事物，而且能追溯过去、推测未来，创造一个理想的或幻想的世界，具有能动创造性。第三，意识可以通过"思维操作"实现对客观事物的超前的、观念的改造，指导并通过实践把理想变成现实，从而改变、创造世界。这就是列宁所说的："人的意识不仅反映客观世界，并且创造客观世界。"此外，意识还能控制人体生理活动。

（2）意识能动作用的条件性。意识的能动作用是十分巨大的，但它的发挥又是有条件的，它必须遵循物质运动的客观规律，必须把正确的思想付诸实践，必须借助一定的物质条件和手段。

2.【参考答案】 D

【核心考点】 本题考查真理的绝对性和相对性及其关系。

【解题思路】 辩证唯物主义在肯定真理的绝对性的同时，又承认真理的相对性。真理的相对性指的是在一定的历史阶段和条件之下，人类对客观物质世界及其规律的认识是相对的、有条件的，总是具有局限性，是不完全的。因为任何真理都是对无限发展的客观物质世界的一个阶段、一个局部的认识，都是有条件的、近似的。另外，任何真理都只能达到对事物的一定层次、一定程度的正确认识。这表明任何一个人对他所处时代的事物的正确认识是真理，是确定的，具有绝对性。但是随着实践的不断深入，人们对事物的属性或特征又有了新的认识，如果沿用过去的认识标准去重新度量事物，那么过去的准则就是错误的了，这说明真理又具有不确定性、相对性。在这一点上，不管是常人，还是（老）科学家，都不例外。因此，对一定时代来说不可能的事情对以后的时代来说往往就是可能的，真理也需要不断地扩展和深化。所以，正确答案为选项D。

【相关知识】 真理的绝对性和真理的相对性,并不是两个不同的真理,而是同一个客观真理在人的认识过程中两个不同的方面或两种不同的属性。任何真理都既有绝对的一面,又有相对的一面,它们之间的关系是辩证统一的:

第一,真理的绝对性和真理的相对性是相互渗透、相互包含的。相对之中有绝对,任何相对真理都包含着绝对真理的成分、颗粒;绝对之中有相对,无数相对真理的总和构成绝对真理。

第二,绝对真理和相对真理是相互转化的。一方面,真理是一个过程,它永远处于相对和绝对的转化和发展之中。我们已达到的相对性的知识越来越趋向于达到绝对真理,是从相对真理走向绝对真理,接近绝对真理的过程;同时,随着客观事物的发展和新属性的发现,已有的真理性认识暴露出局限性,使人们进一步明了其针对性和适用范围,这又使绝对真理转化为相对真理。

第三,绝对真理与相对真理的辩证统一,是与人的认识能力、思维能力的至上性和非至上性的辩证统一相联系的。从整个人类的认识来看,人能够认识无限发展的物质世界,这就是思维的至上性、无限性和绝对性。从每一个人的具体认识能力来看,由于受到种种条件的限制,人的思维又是非至上的,亦即是有限的、相对的。这样,人的认识能力、思维能力是至上性与非至上性、无限性与有限性的对立统一,它决定了认识和思维成果即真理是绝对性与相对性的统一。

3. 【参考答案】 C

【核心考点】 本题考查认识与实践的辩证关系。

【解题思路】 题目命题"取材"于未来学家尼葛洛庞蒂曾对别人说过的原话:"我不喜欢别人称为我预言家,未来科学家或者预测家。因为我反对这么做。我的首选是发明家。我的媒体实验室始终相信预见未来的最好办法就是创造未来。"

在实践和认识的辩证关系中,辩证唯物主义首先强调实践是认识的基础。因为人的认识活动是适应实践的需要,为解决和完成实践提出的问题和任务而产生的。人成为认识主体的根本原因是由于人改造世界活动的需要;客观存在的事物也是由于实践的需要,作为实践改造的对象,才逐一地成为认识的客体。科学研究的任务,科学工作的课题是由实践的需要提出,并且围绕着人类实践的需要这个中心来展开的。在这一过程中,认识的正确与否,想像的客观与否,都要经过实践的检验,而且,经过检验的、客观存在的认识才是有意义的认识,因而,未来学家尼葛洛庞蒂有此一说:"预测未来的最好办法就是把它创造出来。"这说明了实践高于认识。所以,选项C为正确答案,选项A、B、D的观点要么片面,要么不正确,均排除。

【相关知识】 (1) 实践和认识的辩证关系。实践是认识的基础,对认识有决定作用。在实践和认识的辩证关系中,马克思主义哲学首先强调实践是认识的基础,实践对认识的决定作用:实践是认识的来源;实践是认识发展的动力;实践是检验认识是否具有真理性的标准;实践是认识的目的。反过来,马克思主义哲学又承认并十分重视认识对实践的反作用。

总之,就认识的来源和基础而言,马克思主义哲学强调实践决定认识;就认识的功能和作用而言,马克思主义哲学强调以正确的认识和理论指导实践;就实践与认识的辩证关系而言,马克思主义哲学强调实践与认识的统一,强调二者的紧密结合和相互促进。

(2) 理论与实践的统一,是党的思想路线的重要内容。毛泽东说,理论与实践的统一,是马克思主义的学风,是党的思想路线的重要内容。

4.【参考答案】　B

【核心考点】　本题考查人类社会基本结构中的社会政治结构。

【解题思路】　我国宪法这一国家根本大法属于政治上层建筑范畴，它的修改体现着我国社会主义政治文明的进步。人权属于政治范畴，因而，只有B才是本题相关项，A、C、D为淘汰项。

【相关知识】　(1) 社会政治结构的定义。社会政治结构是建立在经济结构之上的政治法律设施、制度及其相互关联的方式，包括政党、政权机构、军队、警察、法庭、监狱和关于政权的组织形式以及立法、司法、宪法的规程等。

(2) 社会政治结构的构成要素。社会政治结构由政治上层建筑构成，具体要素是：①政治法律设施，包括军队、警察、法院、监狱、政府部门等国家机器。②政治法律制度，指以该社会统治阶级的社会观点、思想体系为指导思想建立起来的国家制度、司法制度和社会管理体制。③政治组织，指与政治法律制度相联系的政党组织、社团组织等。社会政治结构集中反映一定阶级的经济利益，建立在一定的经济结构之上，为一定的经济结构服务。经济决定政治，政治是经济的集中反映。

5.【参考答案】　C

【核心考点】　本题考查货币的职能（价值尺度）的特点。

【解题思路】　货币的职能是指货币在社会经济生活中的作用，它是货币本质的具体体现。价值尺度是指货币充当衡量商品所包含价值量大小的社会尺度。货币之所以能执行价值尺度职能，是因为货币自身也具有价值，因而，能以自身价值作为尺度来衡量其他商品所包含的价值量。执行价值尺度职能，并不需要现实货币，而只需观念上的货币。电脑的标价12000元一般是在电脑这种商品上贴一个标签，标签上写着货币的数额，而并不是真的金属货币或者现金，表现出来的只是电脑所包含的价值量的大小。人们在看到这个标签时就会在头脑中想像出真实的货币量。所以，正确答案为选项C。货币在执行价值尺度职能时不需要是现实的货币，选项A"实在的货币"和D"现金"都属现实货币，选项B"信用货币"是代替现实的货币执行支付手段的职能，均不正确。

【相关知识】　货币的职能是指货币在社会经济生活中的作用，它是货币本质的具体体现。货币的职能主要有价值尺度、流通手段、贮藏手段、支付手段、世界货币。其中，价值尺度和流通手段是基本职能；这些职能是货币本质的具体体现。价值尺度是指货币充当衡量商品价值量大小的社会尺度。货币充当商品价值尺度只是外在的，商品内在的价值尺度是社会必要劳动时间。货币之所以能充当商品的价值尺度，是因为本身是商品，具有价值；充当价值尺度的职能不需要现实的货币，只需要观念的货币。

6.【参考答案】　D

【核心考点】　本题考查物质磨损的计算方式。

【解题思路】　这台磨床使用年限为10年，由于使用而引起的贬值为物质磨损，那么这台磨床每年的物质磨损为20000/10 = 2000（元），使用2年带来的物质磨损即为(20000/10) × 2 = 4000（元）；所以选D。

由于劳动生产率的提高而引起的贬值则为精神磨损。一般而言，机器在使用时既有物质磨损，也有精神磨损。这台磨床使用两年总贬值为5000元，物质磨损为4000元，那么精神磨损为1000元，这尽管与本题要选的答案无关，但据此考生应该知道物质磨损和精神磨损的计算方法。

【相关知识】　(1) 物质损耗和精神损耗的内涵。固定资本的价值根据磨损程度逐步转移到新产品中去。固定资本的损耗分为有形损耗和无形损耗，有形损耗也叫物质损耗，指固定资本的物质要素由于生产使用和自然力的作用所造成的损失；无形损耗也叫精神损耗，指固定资本在其使用期内由于技术进步而引起的价值上的损失。

（2）精神损耗的分类。精神损耗又分为两种：一种是由于生产方法改进和劳动生产部门劳动生产率提高而引起的固定资本价值的贬值，如由于社会劳动生产率的提高，使得生产具有同样性能的机器设备所需要的社会必要劳动时间减少，因而使得原有机器设备贬值；另一种是由于出现新技术和新发明引起原有固定资本价值的贬值，如由于发明了比原有机器设备具有更高效能的新机器设备，使原有机器设备的继续使用变得不经济，因而缩短使用期限，提前报废。固定资本的无形损耗所造成的固定资本价值的损失，并不能完全转移到新产品中去。而当代科技进步加快，竞争加剧，使无形损耗呈上升趋势。

7.【参考答案】 C

【核心考点】 本题考查社会主义社会实行按劳分配的前提条件。

【解题思路】 社会主义社会个人收入实行按劳分配的原则，是由其客观经济条件决定的。首先，社会主义生产资料公有制是实行按劳分配的前提条件。生产资料公有制实现了劳动者在生产资料占有关系上的平等，这就排除了依靠占有生产资料无偿占有他人劳动成果的经济基础，为实行按劳分配原则提供了前提。其次，在社会主义社会，旧的分工还没有消失，劳动还存在着重大差别，劳动还是谋生的手段，这是实行按劳分配的直接原因。最后，社会主义生产力发展水平是实行按劳分配的物质条件。显然，选项C正确。

【相关知识】 （1）社会主义社会个人收入实行按劳分配的原因。社会主义社会个人收入实行按劳分配的原则，是由其客观经济条件决定的。以按劳分配为主体、多种分配方式并存，是社会主义初级阶段个人收入分配制度，实行这一分配制度具有客观必然性。①以公有制为主体，多种所有制经济长期共同发展的所有制结构，决定了以按劳分配为主体，多种分配方式同时并存的分配结构。②公有制实现形式的多样化也决定了分配形式的多样化。一切反映社会化生产规律的组织形式和经营形式都可以利用，这样，在客观上决定了与此相应的分配方式的多样性，对由此而带来的各种合法收入必须予以承认和保护。③社会主义市场经济体制的内在要求。发展社会主义市场经济，就必须遵循市场经济的规律，参与商品使用价值创造，为价值形成创造条件的各种生产要素（劳动、土地、资本、管理）都要有相应的市场评价，这些生产要素的所有者把生产要素投入到经济活动过程中，要求取得相应的收益，以在经济上实现其所有权。（2）各种生产要素也参与利益分配。

8.【参考答案】 A

【核心考点】 本题考查关于农村包围城市革命道路的重要论述。

【解题思路】 选出本题正确答案的关键是要抓住"根本"两个字。上述四个选项都是红色政权能够存在和发展的原因。国民革命的政治影响和良好的群众基础，是红色政权存在和发展的客观条件之一。全国革命形势继续向前发展，是红色政权能够存在和发展的又一个客观的条件。相当力量的正式红军的存在，共产党组织的有力量和它的政策的不错误，这是保证红色政权能够存在和发展的主观条件。但是，最为根本的原因是中国是一个经济政治发展极端不平衡的半殖民地半封建大国，换言之，就是中国国情。故选A。

【相关知识】 红色政权存在的原因和条件。毛泽东指出：一国之内，在四周白色政权的包围中，有一小块或若干小块红色政权的区域长期地存在，这是世界各国从来没有的事。这种奇事的发生，有其独特的原因。而其存在和发展，亦必有相当的条件。这些原因和条件分为主观和客观条件。（1）主观条件：人民军队的存在和不断壮大，这是红色政权能够存在和发展的必要的主观条件；共产党组织的有力量和它的政策的不错误，这是保证红色政权能够存在和发展的关键性的主观条件。（2）客观条件：中国是一个半殖民地半封建的大国，政治经济发展不平衡；国民革命的政治影响是红色政权存在和发展的客观条件之一；全国革命形势的继续向前发展，是红色政权能够存在和发展的又一个客观的条件。

9. 【参考答案】　C

【核心考点】　本题考查建国初期中国共产党在土地改革中对富农的政策。

【解题思路】　由于对富农的政策涉及对农村生产力的保护和对广大农民的团结问题，因此，民主革命时期，中国共产党对富农的政策一直都是非常慎重的。建国后，从保护农村生产力的角度出发，对于富农经济我们仍然采取保存的政策，直到对农业的社会主义改造时期，我们才开始对富农采取从限制到逐步消灭的阶级路线。故选C。

【相关知识】　农业的社会主义改造。在对农业的社会主义改造中，中国共产党创造性地运用和发展了列宁的合作化理论，通过互助合作的途径，逐步把个体农民的生产资料私有制改造为社会主义的集体所有制。主要经验有：采取了积极领导、稳步前进的方针，以及自愿互利、典型示范和国家帮助的原则，引导农民自愿联合起来；结合中国的实际情况，创造了经过社会主义萌芽性质的互助组，再到半社会主义性质的初级农业生产合作社，再到社会主义性质的高级农业合作社，由低级到高级逐步过渡的形式，引导农民逐步摆脱私有制；贯彻了依靠贫下中农、团结中农、对富农采取从限制到逐步消灭的阶级路线，把对经济制度的改造和对人的改造结合起来，把消灭剥削阶级和改造剥削阶级份子结合起来，从而团结了广大的农民，共同走上合作化的道路。

10. 【参考答案】　A

【核心考点】　本题考查群众路线的基本要求。

【解题思路】　"我们的共产党和共产党领导的八路军、新四军，是革命的队伍。我们这个队伍完全是为着解放人民的，是彻底地为人民的利益工作的。"这段话引自毛泽东的名篇《为人民服务》，如果结合马克思主义基本原理概论中学过的群众路线内容，考生就能很容易看出，这段话强调的是我们的队伍是为了群众，依靠群众的队伍。因此选A。

【相关知识】　群众路线的基本要求和群众观点。一切为了群众、一切依靠群众，这是群众路线的核心内容，也是中国共产党人的群众观点，具体说来就是：第一，一切为了群众，全心全意为人民服务，这是无产阶级政党区别于其他政党的显著标志，是党一切工作的根本出发点；第二，一切为了群众，就必须对人民负责，善于为人民服务；第三，一切依靠群众，就是要相信群众能够自己解放自己，尊重和支持人民群众的革命首创精神；第四，一切依靠群众，就必须虚心向人民群众学习。

11. 【参考答案】　D

【核心考点】　本题考查邓小平理论首要的基本理论问题。

【解题思路】　建设中国特色社会主义的首要基本理论问题是：什么是社会主义，怎样建设社会主义。这一问题贯穿邓小平理论的始终。要搞清这一问题是为了更好地坚持社会主义和发展社会主义。要搞清这一问题关键是要在坚持社会主义基本制度的基础上认清社会主义本质。这个知识点考查过很多次，除2005年外，还先后在1996年、1999年出过选择题。

【相关知识】　建设中国特色社会主义的首要的基本理论问题是：什么是社会主义，怎样建设社会主义。要搞清这一问题是为了更好地坚持社会主义和发展社会主义。要搞清这一问题关键是要在坚持社会主义基本制度的基础上认清社会主义本质。

12.【参考答案】　C

【核心考点】　本题考查的是中国特色社会主义文化建设。

【解题思路】　社会主义市场经济条件下的道德建设问题是大众普遍关注的一个现实社会问题，在历年的考题中曾多次出现，考生在备考中应该多加注意。在社会主义市场经济条件下，为人民服务仍然是我们应该强调的价值取向，坚持这一价值取向关键就是要正确处理国家、集体、个人三者之间的利益关系。

【相关知识】　（1）中国社会主义文化建设。中国社会主义文化建设包括思想道德建设和科学文化建设两个基本方面。思想道德建设要解决的是整个民族的精神支柱和精神动力问题，是文化建设的核心，决定着文化建设的性质和发展方向；教育科学文化建设，要解决的是整个民族的科学文化素质和现代化建设的智力支持问题，是物质文明和思想道德建设的重要条件。

（2）思想道德建设和科学文化建设的关系。这两个方面是相互依赖、相互渗透和相互促进的，体现在经济、政治、文化和社会生活的各个方面。

13.【参考答案】　B

【核心考点】　本题考查科学技术是第一生产力以及对"科教兴国"战略的理解。

【解题思路】　四个选项中，C、D选项显然是错误的。在A、B两项中，A选项是一个不容易排除的干扰项。与政治、军事相比，经济是决定性因素，许多考生都容易把经济实力看成是这四者中的决定性因素，但在A、B两项中，归根结底是人才竞争决定经济实力的竞争。

【相关知识】　（1）科教兴国战略。实施科教兴国战略，必须做到以下几点：第一，把握世界经济和科技发展趋势；第二，推进科技创新，加快科技进步；第三，把教育放在优先发展的战略地位，教育的根本宗旨是提高国民素质，教育的发展要面向现代化、面向世界、面向未来；第四，采取有效措施，在全社会形成尊重科学、尊重知识、尊重人才的良好风尚。

（2）胡锦涛关于加强和改进人才工作的讲话。2003年12月19日至20日，中共中央、国务院在北京召开全国人才工作会议。中共中央总书记、国家主席胡锦涛在会上发表重要讲话。加强和改进人才工作重点要抓好四个方面：第一，着眼于人才总量的增长和人才素质的提高，大力加强人才资源能力建设；第二，坚持改革创新，完善人才工作的体制和机制。要建立以业绩为重点，由品德、知识、能力等要素构成的各类人才评价指标体系，建立健全科学的社会化的人才评价机制。要建立以公开、竞争、择优为导向，有利于优秀人才脱颖而出、充分施展才能的选拔任用机制；第三，以培养造就高层次人才带动整个人才队伍建设，促进各级各类人才协调发展；第四，紧密配合国家重大发展战略的实施开发和配置人才资源，促进人才资源和经济社会发展相协调。全国人才工作会议是我国有史以来第一次专门召开的人才工作会议。

14.【参考答案】　C

【核心考点】　本题考查党和政府的重大方针和政策。

【解题思路】　"三农"问题历来是党和政府高度重视的问题，也是毛泽东思想和中国特色社会主义理论体系概论及形势与政策中考得较多的一个知识点。

【相关知识】　增加农民收入是当前的突出矛盾，也是农业结构战略性调整的基本目标。近几年农民收入增长的幅度连续下降。如果这种状况继续下去，势必严重挫伤农民的积极性。党的十六大从目前农村经济发展的实际，提出了繁荣农村经济的战略部署。第一，推进农业和农村经济结构的战略性调整。主要是调整农产品品种结构、农业生产结构、农业生产布局、农村产业结构。第二，积极推进城镇化。必须打破城乡分割的二元格局，加快推进城镇化，相应地加快农村劳动力向非农产业和城镇转移。根据我国的实际情况，实行大中小城市和小城镇并举的方针，形成分工合理，各具特色的城市体系。第三，深化农村体制改革。这个思路跳出了传统的就农业论农业、就农村论农村的框框，站在国民经济发展全局的高度研究和解决"三农"问题，能有效地促进农村经济全面繁荣。

15. 【参考答案】 B

【核心考点】 这是一道形势与政策试题，考查的是国际重大时事。

【解题思路】 这是一道识记题。以色列议会于 2004 年 10 月 26 日通过的是沙龙总理提出的单边行动计划，根据这一计划，以色列将在 2005 年底前撤出加沙地带所有的犹太人定居点和约旦河西岸 4 个定居点。"路线图"计划是 2003 年 4 月 30 日公布的。中东和平计划是 2003 年 4 月 30 日由联合国公布的。

二、多项选择题

16. 【参考答案】 AC

【核心考点】 本题考查普遍联系观点的有关内容。

【解题思路】 马克思主义认为，联系是指一切事物、现象之间以及事物内部诸要素之间的相互依赖、相互制约、相互影响和相互作用。物质世界的任何事物、现象都处于普遍联系之中，整个世界是一个普遍联系的整体。各种事物的联系不是抽象的，而是具体的，都需通过某种物质的手段或者中介来实现。所以，选项 A、C 为正确答案。事物之间的联系有些表现为自然现象之间的联系，这种联系是客观的并不是人为的，因而选项 B 片面；可以说信息是人类社会或者人与人之间普遍联系的基础，但不能说信息是整个物质世界普遍联系的基础，因为客观的、普遍的、多样的和条件性的联系也不一定需要通过意识或者信息来实现，因而选项 D 也不准确，故排除。

【相关知识】 联系的客观性、普遍性、多样性和条件性：联系是指一切事物、现象之间以及事物内部诸要素之间的相互依赖、相互制约、相互影响和相互作用。联系具有以下特征：

第一，客观性。联系是客观事物固有的本性，是独立于人的意识之外的客观存在，它不以人的意志和主观认识而转移。第二，普遍性。任何事物内部和外部都处于相互联系之中，整个世界是一个相互联系的统一整体。第三，多样性。由于事物和现象之间的联系是具体的，因而事物的普遍联系必然是复杂多样的。不同的物质与运动形式之间，不同的事物和现象之间存在不同的联系。事物之间的联系也随时间和条件的变化而变化。第四，条件性。世界上任何联系都是有条件的。离开条件，一切都无法存在，无法理解。

17. 【参考答案】 ABD

【核心考点】 本题考查规律的层次性及其属性问题。

【解题思路】 规律是事物内部的本质联系和发展的必然趋势。共产党执政规律、社会主义建设规律、人类社会发展规律都是人类（或部分人）的活动赖以遵循的规律，其中，共产党执政规律是社会主义建设规律中具有自身特殊的运动规律的诸多构成"因子"中的一个，而社会主义建设规律又是具有自身特殊的运动规律的诸多构成"因子"中的一个。不管是社会主义建设规律，还是人类社会发展规律，都是许许多多的影响范围大小不一、涉及层次高低有别的诸多规律相互作用所形成的"规律合力"（仿恩格斯的概念"历史合力"），所以说，这"三大规律"具有层次性，它们之间存在着个别、特殊和一般的关系。因此，选项 A、B、D 为正确答案。这三大规律都属于社会规律，也是客观存在的，并不是人们能够主观创造的，因而选项C错误。

【相关知识】　规律是事物内部的本质联系和发展的必然趋势。规律同本质有交叉的内涵，规律是本质的或本质之间的关系。规律性与必然性也有相交叉的内涵，事物发展的规律性也就是事物发展的必然性。规律又是稳定的联系，规律的稳定性也就是它的重复性，只要具备一定的条件，某种合乎规律的现象就会重复出现。规律是客观的，社会规律的客观性并不是指它不依赖于人的有意识的实践活动，而是指它不依赖于人的实践活动的目的、动机和意识。

18.【参考答案】　ABD

【核心考点】　本题考查对资本主义绝对地租的理解。

【解题思路】　绝对地租是租种任何等级的土地都必须缴纳的地租。绝对地租产生的条件是资本主义农业中资本有机构成低于工业中的资本有机构成，农产品按照价值出售，农业资本家获得的超额利润，形成绝对地租。绝对地租产生的原因是土地私有权垄断，由于土地私有权垄断，排斥和阻碍资本自由流动，使农业部门中的超额利润不参加利润的平均化过程，留在农业部门内形成绝对地租。不管是土地所有者得到的以地租形式存在的超额利润，还是农业资本家得到的平均利润，都是农业工人在剩余劳动时间里创造的剩余价值。所以，选项A、B、D为正确答案。选项C是级差地租的特点，故不选。

【相关知识】　(1)绝对地租是土地所有者凭借土地私有权的垄断所取得的地租，在资本主义条件下，耕种任何土地都必须向土地所有者交纳的地租。绝对地租产生的条件是资本主义农业中资本有机构成低于工业中资本有机构成，农产品按照价值出售，农业资本家获得的超额利润，形成绝对地租。(2)绝对地租产生的原因是土地私有权垄断，由于土地私有权垄断，排斥和阻碍资本自由流动，使农业部门中的超额利润不参加利润的平均化过程，留在农业部门内形成绝对地租。绝对地租是农业工人创造的剩余价值。(3)矿山地租和建筑地段的地租。在资本主义制度下，土地作为经营对象的垄断和土地作为所有权对象的垄断，不仅在农业部门中存在，而且在采掘业和建筑业这样一些直接以土地为经营对象的生产部门也同样存在，因而就形成了矿山地租和建筑地段的地租。它们和农业地租完全一样，同样包括级差地租、绝对地租和垄断地租三种形态。建筑地段地租的一个显著特征，是土地的肥沃程度并不起决定作用，而是土地的地理位置起着决定作用。另一个显著的特征，是垄断地租占有优势。

19.【参考答案】　BCD

【核心考点】　本题考查我国所有制结构中私营经济的地位和属性问题。

【解题思路】　私营经济，是指以生产资料私人占有和雇佣劳动为基础，以获取利润为生产经营目的的私有制经济。在社会主义初级阶段，坚持以公有制经济为主体，发展非公有制经济，是由我国社会主义初级阶段的低水平、多层次、不平衡的生产力发展的实际状况决定的。党的十六大再次明确个体、私营等各种形式的非公有制经济是社会主义市场经济的重要组成部分，对于充分调动社会各方面的积极性、加快生产力发展具有重要作用。所以，选项B、C、D均正确。私营经济由于其本质属性所致，在发展过程中具有很多自身固有的缺陷或与社会主义的发展大方向及最终价值目标不一致的地方，这都要通过公有制的影响和制约，使其扬长避短，发挥其积极作用，故选项A错误。

【相关知识】　非公有制经济是我国社会主义市场经济的重要组成部分。改革开放以来，各种非公有制经济在不断发展中，确实发挥了重要作用。具体地说：第一，它们已经成为国民经济发展的一个增长点。第二，它们为社会提供了大量的物质产品和劳务，在满足人民需要方面发挥了重要作用。第三，它们增加了社会资本和国家的财政收入。第四，它们吸纳了大量人员就业，为社会稳定作出了贡献。第五，它们促进了公有制经济的改革，促进了社会主义市场经济体制的建立。

20. 【参考答案】 ACD

【核心考点】 本题考查规范社会主义市场秩序所要建立的信用制度。

【解题思路】 规范市场秩序所要建立健全的社会信用制度要以道德为支撑，培育产权明晰、自主经营、行为规范的市场主体，强化法治、从严监管，切忌通过行政的手段管严管细，力避出现一收就紧、一放就松的现象，引起市场的大的波动，影响经济发展。因此选项A、C、D正确，选项B错误。

【相关知识】 市场秩序是维系市场有序运行的重要保证，它构成对市场主体行为的制约。我国当前市场秩序中存在很多问题，限制了市场机制作用的发挥。因此，整顿、规范市场秩序十分重要，应该采取多项有力措施综合治理：（1）深化流通体制改革，保证商品和生产要素的高效流动；（2）培育产权明晰、自主经营、行为规范的市场主体，使它们能够自律并约束违规行为；（3）加强信用建设。信用既属于道德范畴，又属于经济范畴。良好的社会信用，是建立规范的社会主义市场经济秩序的重要保证；（4）强化法治，从严监管。要严厉打击制假造假等违法犯罪活动。要完善行政处罚和刑事追究衔接的机制，坚决防止和纠正违法不究、以罚代刑的现象，加大对违法犯罪活动的打击力度。

21. 【参考答案】 AC

【核心考点】 本题考查近代中国社会的阶级结构。

【解题思路】 近代中国社会的阶级结构是"两头小中间大"，"两头"是指无产阶级、地主大资产阶级。中间则指农民阶级、城市小资产阶级及民族资产阶级等阶级和阶层。正是中国社会的这种特殊结构决定了无产阶级要领导和取得革命的胜利就必须团结和争取广大的中间阶级。

【相关知识】 新民主主义革命的总路线。1948年，毛泽东在《在晋绥干部会议上的讲话》中第一次全面、系统地提出了新民主主义革命的总路线和总政策，即"无产阶级领导的，人民大众的，反对帝国主义、封建主义和官僚资本主义的革命"。这是新民主主义革命总路线完整的科学表述。

新民主主义革命总路线中的"人民大众"，就是指的革命动力。弄清革命动力问题，才能正确地解决中国革命的基本策略问题。中国社会的阶级结构是"两头小中间大"，无产阶级和地主、资产阶级占少数，最广大的是农民、城市小资产阶级以及其他的中间阶级。中国无产阶级是中国社会最先进、最革命的阶级，是新民主主义革命的领导阶级。但诞生于半殖民地半封建社会的中国无产阶级人数比较少，单凭无产阶级一个阶级的力量是难以完成反帝反封建这一艰巨任务的。无产阶级要实现对中国革命的领导权，要取得新民主主义革命的胜利，必须在各种不同的情形下，团结一切可以团结的阶级和阶层。

22. 【参考答案】 ABCD

【核心考点】 本题考查新民主主义革命基本问题。

【解题思路】 A项是由于中国共产党刚刚成立，一直忙于以发动工人运动为主的实际斗争，导致理论的学习与研究落后于实践；B项是中国漫长的封建历史造成的；C项是由近代中国半殖民地半封建社会性质决定的；D项则是中国共产党成立时的国际共产主义运动大环境造成的。因此，这四个选项都是正确的。

【相关知识】 1939年10月，毛泽东在《〈共产党人〉发刊词》中把建设一个全国范围的、广大群众性的、思想上政治上组织上完全巩固的马克思主义政党称之为"伟大的工程"。建设马克思主义政党这项工程的有利条件：（1）中国共产党从成立之日起，就是以马克思主义的理论为指导的，有一个好的思想基础；（2）中国工人阶级革命最彻底，中国共产党又有一个好的阶级基础；（3）以毛泽东为代表的中国共产党领导人十分重视党的自身建设，并把马克思主义的建党学说同中国共产党的实际结合起来，形成了具有中国共产党人自己特色的建党理论。

建设马克思主义政党这项工程的特殊的困难：（1）中国共产党的理论准备不足，党成立时，马克思主义在中国传播的时间还不长，党成立后又忙于实际斗争，理论的学习与研究落后于实践；（2）半殖民地半封建中国社会的阶级状况，决定了中国共产党的党员中农民和小资产阶级出身的占着大多数，使党处在小资产阶级思想的包围之中，特别是1927年中国共产党以农村作为主要战略阵地以后，党的建设遇到了更为严重的困难；（3）中国延续几千年的封建社会历史，受封建主义思想的影响相当严重，并会侵入到中国共产党内；（4）共产国际在较长一段时间内的教条主义倾向和对中国共产党的不适当干预，也给中国共产党的自身建设带来了特殊困难。

23. **【参考答案】** BD

【核心考点】 本题考查毛泽东思想和中国特色社会主义理论体系概论中关于社会主义若干重大理论问题的探索成果，具体涉及的知识点是建国后对我国国内主要矛盾的认识。

【解题思路】 要提醒考生的是，中共八大是建国后召开的一次非常重要的会议。中共八大提出我国国内主要矛盾："已经是人民对建立先进的工业国的要求同落后的农业国的现实之间的矛盾，已经是人民对于经济文化迅速发展的需要同当前经济文化不能满足人民需要的状况之间的矛盾。"在此基础上还提出了党和国家的主要任务。考生还应该将中共八大概括的我国国内矛盾与社会主义初级阶段主要矛盾进行比较。

【相关知识】 （1）中共八大的主要内容及其意义。1956年的中共八大，是以毛泽东为代表的中国共产党人以苏联经验为鉴戒，走中国自己的社会主义建设道路的思想探索的第一个里程碑。所取得的初步成果主要表现在对于社会主义制度基本确立后中国社会的主要矛盾和党的中心工作的科学认识上。中共八大的政治报告明确指出："我国国内的主要矛盾，已经是人民对建立先进的工业国的要求同落后的农业国的现实之间的矛盾，已经是人民对于经济文化迅速发展的需要同当前经济文化不能满足人民需要的状况之间的矛盾。"因此，"党和全国人民当前的主要任务，就是要集中力量来解决这个矛盾，把我国尽快地从落后的农业国变为先进的工业国。"也就是说，要集中力量发展社会生产力，实现国家的社会主义工业化，逐步满足人民日益增长的物质和文化需要；虽然还有阶级斗争，还要加强人民民主专政，但其根本任务已经是在新的生产关系下保护和发展生产力。

（2）我国社会主义初级阶段的主要矛盾。我国社会主义初级阶段的主要矛盾是人民日益增长的物质文化需要同落后的社会生产之间的矛盾。它决定了我们必须把经济建设作为全党全国工作的中心。

24. **【参考答案】** ABC

【核心考点】 本题考查解放思想、实事求是、与时俱进。

【解题思路】 江泽民同志指出：坚持与时俱进，就是党的全部理论和全部工作要体现时代性、把握规律性、富于创造性。"注重协调性"是一个干扰项。江泽民对党的思想路线的深化认识主要是强调与时俱进，并把它作为贯彻"三个代表"重要思想的关键。这个知识点容易以单选题形式进行考查。

【相关知识】 国情和党情的深刻变化，决定了新事物新问题层出不穷，我们碰到的许多问题，需要运用马克思主义的基本原理在分析和总结新的情况和新的实践中求得解答，需要在实践中继续丰富和创造性地发展邓小平理论，需要不断地学习世界上一切先进的东西，不断跟上世界发展的潮流。为此，江泽民同志在世纪之交提出"解放思想、实事求是、与时俱进"，并且把它看成是中国共产党坚持先进性和增强创造力的决定性因素，强调党的全部理论和工作要体现时代性，把握规律性，富于创造性，从而深化了对党的思想路线的认识。

25.【参考答案】 ABD

【核心考点】 本题考查推动经济结构战略性调整，走新型工业化道路。

【解题思路】 本题根据"十六大"报告对新型工业化道路的内容规定来作答。另外，我们过去的经济主要就是依靠劳动密集型产业。大力发展劳动密集型产业与"新型"是相悖的，故选项 C 错误。

【相关知识】 党的"十六大"根据世界经济科技发展的趋势和走新型工业化道路的要求，针对我国经济建设中存在的问题作出了推进产业结构优化升级的部署，即形成以高新技术产业为先导、基础产业和制造业为支撑、服务业全面发展的产业格局。走新型工业化道路，推进产业结构优化升级，必须正确处理三方面的关系：（1）发展高新技术产业和传统产业的关系。（2）资金技术密集型产业和劳动密集型产业的关系。（3）虚拟经济和实体经济的关系。

26.【参考答案】 ABCD

【核心考点】 本题考查依法治国的意义。

【解题思路】 解答本题最需要注意的是社会主义市场经济是法治经济，因此，依法治国是发展社会主义市场经济的客观要求；至于法治在民主政治建设，社会文明进步及对社会稳定的维护方面的作用考生都能够比较容易理解。

【相关知识】 （1）依法治国的含义和意义。依法治国，就是广大人民群众在党的领导下，依照宪法和法律规定，通过各种途径和形式管理国家事务，管理经济文化事业，管理社会事务，保证国家各项工作都依法进行，逐步实现社会主义民主的制度化、法律化，使这种制度和法制不因领导人的改变而改变，不因领导人看法和注意力的改变而改变。依法治国的核心是依法办事，依法治理国家。（2）依法治国是党领导人民治理国家的基本方略。（3）建设社会主义法治国家是一个长期过程。

27.【参考答案】 ABC

【核心考点】 本题考查中国共产党的重大方针政策。

【解题思路】 当年召开的中央全会或党代会历来都是硕士生研究生入学统一考试思想政治理论课的考查重点。根据以往十年的经验来看，考生必须重点准备这一内容。

【相关知识】 中国共产党第十六届中央委员会第四次全体会议，于 2004 年 9 月 16 日至 19 日在北京举行。会议审议通过了《中共中央关于加强党的执政能力建设的决定》。《决定》提出以下几个重要问题：（1）关于党的执政经验；（2）关于党的执政能力的总体目标；（3）关于党的执政能力的主要内容和具体部署。

28.【参考答案】 ABCD

【核心考点】 本题考查中国共产党的重大方针政策。

【解题思路】 中国共产党第十六届中央委员会第四次全体会议，于 2004 年 9 月 16 日至 19 日在北京举行。会议审议通过了《中共中央关于加强党的执政能力建设的决定》。《决定》提出了九个重要问题，其中第七个问题就是坚持最广泛最充分地调动一切积极因素，不断提高构建社会主义和谐社会的能力。《决定》指出，不断提高构建社会主义和谐社会的能力主要包括：（一）全面贯彻尊重劳动、尊重知识、尊重人才、尊重创造的方针，不断增强全社会的创造活力。（二）妥善协调各方面的利益关系，正确处理人民内部矛盾。（三）加强社会建设和管理，推进社会管理体制创新。（四）健全工作机制，维护社会稳定。（五）坚持党的群众路线，加强和改进新形势下的群众工作。该题中的四个选项只是将《决定》第二、第四点合而为一，组成选项B。

【相关知识】 中国共产党第十六届中央委员会第四次全体会议作出的主要决定。本次会议全面分析了当前的形势和任务，着重研究了加强党的执政能力建设的若干重大问题，作出如下决定：一、加强党的执政能力建设的重要性和紧迫性；二、五十五年来党执政的主要经验；三、加强党的执政能力建设的指导思想、总体目标和主要任务；四、坚持把发展作为党执政兴国的第一要务，不断提高驾驭社会主义市场经济的能力；五、坚持党的领导、人民当家作主和依法治国的有机统一，不断提高发展社会主义民主政治的能力；六、坚持马克思主义在意识形态领域的指导地位，不断提高建设社会主义先进文化的能力；七、坚持最广泛最充分地调动一切积极因素，不断提高构建社会主义和谐社会的能力；八、坚持独立自主的和平外交政策，不断提高应对国际局势和处理国际事务的能力；九、以提高党的执政能力为重点，全面推进党的建设新的伟大工程。

29. **【参考答案】** ABC

【核心考点】 本题考查国际重大时事问题。

【解题思路】 朝韩双方《关于朝鲜半岛无核化共同宣言》的签订是在20世纪，而不是在2003年后。故选项D是干扰项，应排除。

【相关知识】 2004年6月23日至26日，第三轮六方会谈在钓鱼台国宾馆芳菲苑举行。会谈取得的成果：第一，各方都提出了解决问题的方案。朝方表示愿意以透明的方式放弃核武器计划，强调核冻结是弃核的第一阶段，愿意为此接受核查。朝方还提出了关于实施核冻结的具体方案。美方重申，不对朝鲜有敌对政策，并首次提出了解决核问题的全面方案。韩国首次提出了弃核第一阶段的具体实施方案。日本首次表示在一定条件下对朝鲜实施核冻结提供能源帮助。中国和俄罗斯都为推进和谈进程，解决面临的难点提出了重要的设想和建议。第二，各方就弃核的第一阶段达成共识，各方均认同实施核冻结并采取相应措施是弃核的第一阶段。第三，各方同意以循序渐进的方式，按照口头对口头，行动对行动的原则寻求核问题的和平解决。第四，各方审议通过了工作组的概念文件，确定了工作组的职责和运作方式，有利于工作组今后更为有效、规范和务实地开展工作。第五，各方原则确定了第四轮六方会谈的会期，并发表了第二份《主席声明》。这标志着会谈进程将继续下去。

30. **【参考答案】** ABCD

【核心考点】 本题考查对"以人为本"内涵的理解。

【解题思路】 四个选项实际上就是"以人为本，就是要把人民的利益作为一切工作的出发点和落脚点，不断满足人们的多方面需求和促进人的全面发展"这句话的展开，所以都正确。

【相关知识】 坚持以人为本，这是科学发展观的本质和核心。以人为本，就是要把人民的利益作为一切工作的出发点和落脚点，不断满足人们多方面的需求和促进人的全面发展。坚持以人为本，既是经济社会发展的长远指导方针，也是实际工作中必须坚持的重要原则。要注意处理好人民群众的根本利益和具体利益、长远利益和眼前利益的关系。同时也要看到，以人为本是我们的执政理念和要求，应当贯穿到经济社会发展的各个方面，贯穿到我们的各项工作中去。

三、辨析题

31.【答案要点】 （1）"该不该摘"是一个价值观问题。价值是客体的属性对主体需要的满足，即客体对主体的意义，既有客观性，又有主体性。（2）同一客体对不同主体的价值是有区别的，因此，同一主体对客体价值的追求也是有层次的，主体（人）对事物的价值要作正确的评价和选择。（3）价值问题说到底是人与人的关系问题，"该不该摘"反映了人的价值取向和精神境界。

【核心考点】 本题考查马克思主义的价值观。

【解题思路】 价值是标志客体对于主体的需要满足程度的一个关系范畴。人们总是在一定的原则指导下对客体的价值作出判断。由于受到多种因素的影响，不同的主体往往对相同的客体具有不同的价值判断。但是，并非任何价值判断都是正确的，只有在真理原则指导下，与真理原则相一致的价值判断才是正确的判断。对于本题中所提出的"梨该不该摘"的问题，不同的人有不同的判断，只有许衡一人从"心中有主"出发，不摘无主之梨，作出了自己的价值判断。"心中有主"表明了许衡能够坚持自己的主见用真理的原则来指导自己的价值判断，从而恪守自己的操行，排除外界的干扰和诱惑。许衡的做法乍看迂腐，实则是一种非常难得的做人准则，表现出了较高的精神修养和境界。许衡的做法是正确的，值得提倡。其做法对于我们在社会主义市场经济建设中坚持正确的人生价值观，提高道德修养和精神境界也具有重要的启发意义。

【相关知识】 （1）人的价值。历史唯物主义认为，所谓人的价值就是人在社会生活中的价值与意义，它是人的社会关系的一个重要方面。价值在哲学上是标志作为主体的人与客体之间的需要与满足等特定关系的范畴。在这里人是价值的主体，离开了主体的需要，任何客体都无所谓价值。人的价值就在于人对自身的价值，即人能以特殊方式创造价值以满足自身的需要。人的价值具有两重性，即人既是价值的主体，又是价值的客体，是二者的统一。（2）人的自我价值和社会价值的关系。作为价值的主体是指他有人的需要和享受的满足。作为价值客体包含两个方面，即社会价值和自我价值。社会价值是指个人对社会的和他人的责任和贡献；自我价值是指社会对个人需要的尊重和满足。在二者的关系上社会价值是首位的，但也不能忽视个人价值。

32.【答案要点】 （1）流动资本是以原料、燃料、辅助材料等劳动对象以及劳动力形式存在的生产资本。从价值周转方式看它们都是一次全部投入生产过程，并随着产品的出售，一次全部收回。

（2）用于购买劳动力的那一部分资本和以原料、燃料、辅助材料等形式存在的资本在价值回收方式上存在不同。以原料、燃料、辅助材料等形式存在的那部分资本，在物质形态上只在一次生产过程中发挥作用，随着使用价值的完全消耗，其价值也随之全部地转移到新产品中去。用于购买劳动力的那部分资本，它的价值不是转移到新产品中去，而是由工人在生产过程中创造的新价值来补偿。

【核心考点】 本题考查对流动资本的理解。

【解题思路】 回答本题必须搞清以下问题：（1）根据价值周转方式不同，将生产资本区分为固定资本和流动资本。其中的流动资本是以原料、燃料和辅助材料以及劳动力形式存在的资本，其价值通过生产过程一次性转移到产品中去，通过商品的出售一次性全部收回的那部分资本。（2）以原料、燃料、辅助材料等劳动对象以及劳动力形式存在的生产资本都属于流动资本，但二者的价值回收方式不同。（3）以原料、燃料、辅助材料等形式存在的那部分资本，其物质形式只在一次生产过程中发挥作用，通过生产过程，其原有的属性、有用性消失，其价值也随之全部地转移到新产品中去。随着商品的销售，其价值一次性收回。(4) 以劳动力形式存在的那部分资本，其价值不能转移，而是通过劳动力的抽象劳动，在必要劳动时间内再一次创造出来；而劳动力在剩余劳动时间内创造的剩余价值，则是无偿地被资本家占有了。(5) 上述命题错在没有理解劳动力是一种特殊的商品，它具有同属流动资本的以原料、燃料、辅助性材料等形式存在的资本所不具有的好多特点。其中，(3) 和 (4) 是回答本题的关键，也是理清思路、组织答案的难点。

【相关知识】 (1) 固定资本和流动资本的含义。生产资本的各个组成部分按价值周转方式不同，可以区分为固定资本和流动资本，固定资本是以劳动资料形式存在的，实物形式在多次生产过程中发挥作用，价值根据磨损程度逐步转移的那部分资本；流动资本是以原料、燃料和辅助材料以及劳动力形式存在的，需要不断地被消费，不断地购买，价值一次就转移的那部分资本。(2) 固定资本和流动资本存在着明显的区别。第一，价值周转方式不同。固定资本是一部分一部分逐渐地转移到新产品上，而流动资本的价值则是一次性地进入新产品的价值构成。第二，周转速度不同。固定资本周转一次时间长，流动资本周转一次时间短。固定资本周转一次，流动资本可以周转多次。第三，价值收回方式不同。固定资本是分批逐渐发回，流动资本是一次全部收回。第四，实物更新方式不同。固定资本可以在多次生产过程中发挥作用，在使用期内不需要实物更新，而流动资本只在一次生产过程中发挥作用，需要不断地实物更新。

33. 【答案要点】 (1) 改革、发展和稳定，三者互相促进、互相统一，不可分割。发展是目的，改革是动力，稳定是前提，发展是改革和稳定的基础。(2) 要用科学发展观统筹各方面的重大关系，要把改革的力度、发展的速度和社会可承受的程度统一起来。(3) 在改革发展中产生的新问题与新矛盾，最终要靠深化改革和继续发展来解决，要用发展的办法解决前进中的问题。离开了发展，全面建设小康社会的目标就不能实现。

【核心考点】 本题考查改革、发展和稳定的关系、科学发展观、发展才是硬道理等知识点。

【解题思路】 回答本题的关键是首先对改革、发展和稳定的关系有一个比较清楚的理解；其次是针对题中观点，提出用科学发展观来统筹三者的关系；最后，这道题的落脚点还是"发展才是硬道理"的观点。

【相关知识】 正确处理改革、发展、稳定的关系：从改革与发展的关系来看，改革是动力，发展是目的；深化改革必将加快经济发展，发展得好则会有力地支持改革，为改革创造良好环境。从改革、发展与稳定的关系来看，只有通过改革加快发展才能解决经济社会中的突出矛盾，求得社会稳定和国家长治久安；而保持稳定则是发展经济和顺利进行改革的必要条件，国家一乱则一事无成。

四、分析题

34. 【答案要点】 (1) 这一精巧的设计反映了人类实践活动中人与自然界的关系。这三个问题之间具有内在的联系，都直指人类自身。

(2) 自然界有其自身的客观规律，人类能够认识和遵循自然规律，合理利用自然资源达到自己的目的，但人类不能不顾自然规律，为所欲为。否则，最后受伤害的还是人类自身。

(3) 度是事物保持自己质的量的限度。度的辩证原理要求人们在实践活动中应当掌握"适度"原则。自然界是人类生存和发展的基础，但自然资源是有限的，人类可以而且应当充分利用自然资源，但不能无节制地过度索取。只有这样，才能保持人和自然的和谐，实现经济社会的可持续发展和人的全面发展。

【核心考点】 本题考查人类社会与自然界的互动关系问题。

【解题思路】 （1）"三扇门"的设计反映了人类实践活动中哪种基本关系？"污染环境的是谁？"从表象上看，人类污染了环境，但环境反过来又报复了人类，所以，实际上是人类污染了人类自己。那么，"饱受环境恶化之苦的是谁？"是人类自己！"保护环境的是谁？"只有人类自己！三个问题强调的都是人与自然的关系。最有意思的是，"拉开门，里面各是一面镜子，照出的是参观者自己。"这一精巧的设计反映了人类实践活动中主体客体化和客体主体化的双向互动关系，人类主体既是导致环境污染的责任者，又是环境污染的受害者，也是环境保护的主要实施者。

（2）人类要想实现可持续发展就必须正确处理人与自然的关系，而不能盲目地陶醉于对自然界的暂时的胜利之中。人类必须认识到，自然条件是人类社会存在和发展的基础与前提，人类必须保护自然环境，对自然资源进行合理开发和利用。同时，人们可以运用已经获得的对自然界的真理性的认识来指导我们的实践活动，从而达到对自然界的有效改造。人类必须努力实现人与自然的协调发展，而不能过分陶醉于对自然界盲目的胜利。

（3）度是指事物保持质不变的量的活动范围或者幅度。只有在一定的范围内，事物才能保持它自身的存在。超过了特定的范围就会向对立面转化。度是特定事物的质和量的统一体，在度中质和量的相互规定密不可分，这就要求我们在实践中坚持适度的原则使事物的变化、发展保持在适当的量的范围内，既要防止"过"又要防止"不及"。人类对于自然界的改造可利用也必须坚持适度的原则，一方面地球的自然资源是能够满足人类的合理需要的。只要人们在客观规律的指导下，坚持科学的发展观，合理开发和利用自然资源就能够有效地利用自然资源，实现人类的可持续发展；另一方面，地球的自然资源又是无法满足人类的贪婪的。

【相关知识】 （1）努力促进人类与自然的协调发展。为维护人类社会赖以存在和发展的物质生活条件，就必须努力实现人类社会与自然的协调发展。人类社会的发展必须以社会物质生活条件为前提。正确认识和处理人类社会与自然的关系，已成为当前社会发展面临的突出而尖锐的问题。自然环境和人口在社会发展中的作用越来越引起人们的重视。伴随着全球问题特别是人类生存环境的恶化，社会与自然的协调发展的问题日益成为全世界关注的焦点。

（2）可持续发展思想的核心内容就是要求实现人类社会与自然的协调发展。它认为社会发展的基本目标是为了满足人类的需求；发展不仅要满足当代人的需要，还应考虑后代人的需要；今天的人类不应以牺牲今后几代人的幸福来满足自己的需要。这一原则已被国际社会所公认。可持续发展的核心思想是：在经济发展的同时，注意保护资源和改善环境，使经济发展能持续进行下去。

（3）我国面临的可持续发展难题。目前，可持续发展已成为世界许多国家指导经济与社会发展的总体战略。作为发展中国家，我国面临着发展经济和改善环境的双重任务。我国人口众多，资源相对匮乏，生态破坏、环境污染较严重。在我国社会主义现代化过程中，必须坚持可持续发展战略。要切实保护资源和环境，不仅要安排好当前的发展，还要为子孙后代着想，要根据我国国情，选择有利于节约资源和保护环境的产业结构和消费方式，合理利用资源，克服浪费现象，加强治理污染。当前，我国人口多，增长快，与生产力发展、国民经济的增长不相适应，不利于我国的现代化建设和人民生活水平的提高。因此，必须实行计划生育政策，以控制人口的增长。要正确理解和处理人口与经济发展、人口与社会进步、人口与保护环境之间的关系。

35.【**答案要点**】 （1）从表中数据来看，20世纪90年代以来我国经济增长在保持较高速度的情况下，却没有拉动就业的同步增长。这主要是由于：体制转型深化，企业下岗失业人员增加；产业结构调整升级，资本和技术密集程度提高，结构性失业问题突出；我国人口基数大，经济增长创造的就业机会被人口增长部分抵消，劳动力的总供给大于总需求，新增劳动力对就业形成很大的压力。

（2）就业是民生之本，促进就业关系到改革发展稳定的大局和人民生活水平的提高。当前解决好就业问题的措施主要有：确立经济增长和就业增长并重的长期战略和政策，通过促进经济增长来扩大就业，又通过扩大就业来促进经济增长；在产业结构调整中，培育新的就业增长点，发展第三产业，充分发挥中、小企业吸纳就业的作用，鼓励人们自谋职业和灵活就业；继续全面落实再就业扶持政策，实施就业援助制度，增加就业和再就业资金投入，强化就业技能培训和就业指导，逐步建立城乡统筹、规范运行的劳动力市场，完善社会化的就业服务体系。

【**核心考点**】 本题考查的不是一个单一的知识点，而是考查考生对多门知识的综合运用能力。

【**解题思路**】 本题是一道典型的以考查能力为主的题目。问题（1）的回答关键是要找到就业岗位没有大幅度增长的原因（与经济增长速度比较而言）。90年代以来影响我国就业岗位增长的原因主要有：由技术进步所引起的技术岗位的减少；劳动密集型企业减少，技术密集型企业增多；我国人口基数很大，劳动力，尤其农村剩余劳动力明显供大于求。

问题（2）的回答比问题（1）的回答更加灵活，考生可以结合毛泽东思想和中国特色社会主义理论体系概论等课程中所学理论进行回答。只要是有利于增加就业的政策都可以提，这主要包括：鼓励、支持、引导非公有制经济的发展；大力发展能够大力吸纳劳动力的第三产业；加快建立健全社会保障体系，为劳动力的创业和就业提供有利的制度保障；加快推进人力资源的培训和技能开发，做好下岗人员的再就业工作；加快推进城市化和城镇化进程，促使农村劳动力向城市的合理有序流动、就业。

36.【**答案要点**】 （1）第一种观点视资产阶级为中国民主革命的主体和阶级基础，夸大资产阶级的力量和作用，忽视无产阶级，特别是农民阶级的革命主力军地位，在指导革命实践过程中容易放弃无产阶级对革命的领导权，犯右倾机会主义的错误。第二种观点混淆民主革命和社会主义革命的性质，无视民族资产阶级有参加民主革命的可能性，在指导革命实践过程中容易排斥和打击民族资产阶级，犯"左"倾教条主义和关门主义的错误。

（2）因为革命的主要敌人是帝国主义、封建主义和官僚资本主义，所以中国革命的性质不会是无产阶级的社会主义革命，只能是资产阶级性质的民主革命。由于主要的革命者是以工农联盟为主体的工人阶级同农民阶级、城市小资产阶级等其他劳动人民的联盟，其中无产阶级是革命的领导者，这就决定了中国革命又不同于一般的资产阶级民主革命，而是新式的、特殊的资产阶级民主革命，即新民主主义革命。

【**核心考点**】 本题考查对中国革命性质的认识。

【**解题思路**】 回答问题（1）时，考生应该将材料与毛泽东思想和中国特色社会主义理论体系概论中所学过的关于中国革命中对待民族资产阶级的态度的正确与错误观点联系起来答题，这样就容易找到答题的切入点。（对考生的一点提示：对民族资产阶级的认识和政策问题2004年辨析题考过，2005年又出了一道大题，因此可见，这个问题是毛泽东思想和中国特色社会主义理论体系概论中的一个非常重要的问题。）回答问题（2）时要注意结合毛泽东的"决定革命性质的力量是主要的敌人和主要的革命者"观点和毛泽东思想概论中关于新民主主义革命性质的理论进行分析。不少考生往往直接得出"新民主主义革命"或"新式的特殊的资产阶级革命"的结论,而缺少分析。

【相关知识】 新民主主义革命依然是资产阶级民主革命性质,因为它的任务是反对帝国主义、争取民族独立,反对封建主义、争取人民解放。这是资产阶级民主革命的任务。而革命的性质是由革命的任务决定的。当然,新民主主义革命不是一般的资产阶级革命,而是新式的特殊的资产阶级革命。新民主主义革命的动力包括无产阶级、农民、小资产阶级和民族资产阶级。中国社会的阶级结构是两头小、中间大,无产阶级和地主、资产阶级占少数,最广大的是农民、城市小资产阶级以及其他大资产阶级。

37. 选做题 Ⅰ

【答案要点】 (1)乌克兰东部与俄罗斯接壤,北接白俄罗斯,西与波兰、斯洛伐克毗邻,西南与匈牙利、罗马尼亚等相接,南隔黑海与保加利亚、土耳其等相望。它处于欧洲和独联体的地理交叉点,介于东方的俄罗斯、西方的北约和欧盟之间,这一地区的形势从一定程度上讲决定着整个欧洲地区的力量对比。

(2)从俄罗斯与欧盟之间的战略利益冲突而言,在欧盟扩大到25国后,乌克兰已成为其邻国,欧盟不愿看到乌克兰局面出现混乱,给欧盟带来难以预料的结果。同时,乌克兰是欧盟要拓展的重要经济战略生存空间,以此推动其经济一体化进程。欧盟现已成为乌克兰的最大贸易伙伴,因此,欧盟和俄罗斯的经济战略生存空间在乌克兰发生了冲撞。

(3)从俄罗斯与以美国为首的北约的战略利益冲突而言,乌克兰是俄罗斯传统利益范围,它们之间有数百年的历史渊源和血肉相接的人文因素,乌克兰是俄罗斯的重要贸易伙伴和原料通道,它还是阻止北约东扩的屏障。俄罗斯不能容忍北约的东扩不止,第四次扩大以来,北约东扩直接触及了俄罗斯的政治安全利益,俄罗斯的战略利益空间已大大缩减,特别是北约的疆域首次与俄罗斯接壤,使俄失去了传统的安全屏障。

【核心考点】 本题考查的是形势与政策以及当代世界经济与政治中的知识点和国际重大时事。

【解题思路】 考生首先能够根据地图和材料概要叙述乌克兰的地理位置特点,指出乌克兰介于东方的俄罗斯和西方的欧盟、北约之间,这样的地理位置决定了乌克兰在俄欧、俄美之间的重要战略地位;后面两层意义的问题核心是分析欧盟扩大经济战略生存空间与俄罗斯传统利益生存空间发生的冲突,以美国为首的北约不断东扩、挤压俄罗斯传统安全屏障而导致的利益冲突。

【相关知识】 (1)2004年3月29日,保加利亚、爱沙尼亚、拉脱维亚、立陶宛、罗马尼亚、斯洛伐克与斯洛文尼亚7国正式加入了北大西洋公约组织,这使"北约"成员国由19个增加到26个,北约实现了自1949年成立以来最重要的一次扩大。

(2)2004年5月1日,欧盟正式接纳塞浦路斯、马耳他等10国入盟,成员国由15个增至25个,实现了历史上第五次扩大,但10国不会直接加入欧元区。这次扩大是欧盟历史上规模最大的一次扩大;进一步推动了欧盟宪法的制定;将推动欧盟经济的发展;将对俄罗斯的发展和安全产生影响。

选做题 Ⅱ

【答案要点】 (1)①石油作为一种战略资源,其分布呈现不均衡特点,储存量最多的地区分别是中东、拉美和非洲地区,这些地区都属发展中地区;从消费情况看,北美、西欧和亚太是石油资源的主要进口区和消费区,而这些地区主要为发达国家或地区;中东地区是全球石油资源的最大供应地。②全球经济相互依存,相互依赖,全球经济问题必须通过世界各国共同努力才能解决。

（2）①我国的石油资源还有待于进一步合理、科学地勘探开发；消费增长速度快，对外依赖程度将日益增强，而我国战略储备严重欠缺，能源安全体系不完善；同时，国际竞争激烈，在国际市场上我们还显得弱小。②面对严峻的国际国内问题，主要对策是：调整国内产业结构，合理开发利用石油资源，提高使用效率，重视新能源和可再生能源的开发利用；完善战略储备体系，应对国际油价风险，同时，坚持"走出去"的方针，开展多元化能源外交，有效利用国际能源市场，积极参与国际市场的竞争，提高国际竞争力。

【核心考点】　本题考查运用马克思主义的基本原理，结合当今世界经济政治的发展现实，特别是与我们日常生活联系紧密的石油资源问题进行理论和现实分析的能力。

【解题思路】　问题（1）：根据表格中的数据可以分析得知，石油资源主要分布在发展中国家和地区，如中东、拉美和非洲，而消费区主要分布在发达的国家和地区，如北美、西欧和亚太地区。联系学过的知识可知，石油是发达国家的生命线，而不均衡的分布和使用必然加剧南北方国家之间的矛盾。同时，也从此可以看出在全球经济化的过程中，不同的国家之间的相互依赖、相互依存关系。彼此之间存在的矛盾必须通过各国之间的共同努力、共同协商解决。

问题（2）：必须将两组材料结合起来进行分析。从材料中可以看出，中国的消费增长速度快，仅次于美国成为世界石油的消费大国。同时我国也面临着严峻的问题（可以通过材料2总结出几点），而国际间的竞争又非常激烈，所以为了经济，我们首先必须立足国内市场、本国资源考虑自己的发展战略；同时，也尽可能提高自身的竞争力，力求"走出去"，尽力利用国际市场和资源，加快自身的发展。

【相关知识】　可持续发展思想的核心内容就是要求实现人类社会与自然的协调发展。可持续发展的核心思想是：在经济发展的同时，注意保护资源和改善环境，使经济发展能持续进行下去。目前，可持续发展已成为世界许多国家指导经济与社会发展的总体战略。作为发展中国家，我国面临着发展经济和改善环境的双重任务。

2004年全国硕士研究生入学统一考试政治理论试题精解

一、单项选择题

1.【参考答案】　B

【核心考点】　本题考查物质生产实践在人类社会存在和发展中的作用。

【解题思路】　唯物史观认为，物质资料生产（即劳动）是人类社会存在和发展的基础。正是在不断的劳动过程中，人类才得以生存，并得到长足的发展：劳动使猿"手"变成人手，促使人的手脚分化分工，使人能够直立行走，推动了语言的产生，最后促使猿脑转化为人脑，产生了人的意识，进而形成了人类社会，成为大自然的"主人"。所以，正确答案为选项B。

【相关知识】　社会生产实践和生产方式是人类社会存在和发展的基础。物质资料的生产方式是人们为了获取物质资料而改造自然的劳动方式，是生产力和生产关系的有机统一。生产方式是社会存在或社会物质生活条件中具有决定意义的因素，是社会发展中的决定力量。首先，物质资料的生产和再生产是人类社会赖以存在和发展的基础。生产劳动为人类的生存和发展提供了物质基础，为人们从事政治、科学、艺术等其他活动创造了物质条件。其次，生产方式最终决定社会制度的性质和基本面貌，决定整个社会的经济生活、政治生活和精神生活的过程。再次，生产方式的变化、发展，最终决定着社会形态的变化发展，决定着社会形态的更替。

2. 【参考答案】 D

【核心考点】 本题考查人类社会和自然界的和谐发展，以及自在世界与人类世界的关系。

【解题思路】 自然环境或地理环境是指与一定社会所处的地理位置相联系的自然条件的总和。自然环境是社会存在或社会物质生活条件的主要因素之一，是社会存在和发展的必要条件。在人与社会的关系问题上，人类实践活动要考虑自然的承载力，要合理开发利用自然，保护自然，保持生态平衡，努力实现人类社会和自然界的协调发展，实现可持续发展战略，构建和谐社会。否则，就会遭到自然界的"报复"。这是人类在社会发展的过程中由于没有处理好人的实践活动与自然的关系而导致了诸多发展问题之后的清醒认识，这也是我们一再强调要树立科学发展观、实现可持续发展、构建和谐社会的原因所在。所以，选项 D "人们应合理地调节人与自然之间的物质变换"正确；选项 A "人与自然的和谐最终以恢复原始生态为归宿"没有看到人与自然的关系是在实践基础上的一种积极关系，否认了改造自然的必要性和重要性；选项 B "人们改造自然的一切行为都会遭到'自然界的报复'"以点盖面，没有看到人在自我意识的指导下，在掌握了、并遵循自然规律的基础上能动地改造自然而不会遭到自然的"报复"的积极、主动的一面；选项 C "人在自然界面前总是处于被支配的地位"同样否认了人类在改造自然过程中的主体地位和能动作用，均属错误答案。

【相关知识】 （1）人类社会与自然的关系。为维护人类社会赖以存在和发展的物质生活条件，就必须努力实现人类社会与自然的协调发展。人类社会的发展必须以社会物质生活条件为前提。正确认识和处理人类社会与自然的关系，已成为当前社会发展面临的突出而尖锐的问题。自然环境和人口在社会发展中的作用越来越引起人们的重视。伴随着全球问题特别是人类生存环境的恶化，社会与自然的协调发展的问题日益成为全世界关注的焦点。

（2）可持续发展的含义和核心。可持续发展思想的核心内容就是要求实现人类社会与自然的协调发展。可持续发展的核心思想是：在经济发展的同时，注意保护资源和改善环境，使经济发展能持续进行下去。目前，可持续发展已成为世界许多国家指导经济与社会发展的总体战略。作为发展中国家，我国面临着发展经济和改善环境的双重任务。

（3）我国处理与自然的关系时的具体情况。我国人口众多，资源相对匮乏，生态破坏、环境污染比较严重。在我国社会主义现代化过程中，必须坚持可持续发展战略。要切实保护资源和环境，不仅要安排好当前的发展，还要为子孙后代着想，要根据我国国情，选择有利于节约资源和保护环境的产业结构和消费方式，合理利用资源，克服浪费现象，加强治理污染。当前，我国人口多，增长快，与生产力发展、国民经济的增长不相适应，不利于我国的现代化建设和人民生活水平的提高。因此，必须实行计划生育政策，以控制人口的增长。要正确理解和处理人口与经济发展、人口与社会进步、人口与保护环境之间的关系。

3. 【参考答案】 C

【核心考点】 本题考查人的价值的体现。

【解题思路】 历史唯物论认为，人的价值就在于人对自身的价值，即人能以特殊方式创造价值以满足自身的需要。它是人在社会生活中的价值与意义，是人的社会关系的一个重要方面。人的个人价值就是个人通过自己的活动来满足自己的需要。由于个人需要的满足，既要依靠自己的努力，又要依靠他人和社会，所以，社会对个人的尊重和满足是人的个人价值不可缺少的方面。

社会价值和个人价值作为人的价值的两个方面，在本质上是统一的。个人价值的实现离不开社会价值，社会价值是人的价值的主导方面，个人价值从属于社会价值。在社会对个人的满足与个人对社会的贡献这两个方面关系的问题上，应将后者放在首位，因为个人的贡献是实现社会进步的源泉，也是实现个人价值的基础。"许多患者被治愈后又捐出自己的血清，用于治疗其他患者"，充分说明了个人价值的实现主要体现在个人对社会的贡献、实现人的社会价值上，社会对其行为的尊重与赞扬又是对其个人价值的肯定，也即人的价值是在满足自身和他人、社会需要中实现的，是社会价值与自我价值的辩证统一。因此，选项C为正确答案。选项A"人的价值只体现在特定的场合和行为中"和B"人的价值必须以满足个人需要为前提"都是片面的；人的能力有大小，对社会的贡献也不同，但人的能力的强弱与人的价值的大小没有必然的联系，选项D"人的价值表现了人的能力的大小"也不对。

【相关知识】　（1）人的价值的含义。历史唯物主义认为，所谓人的价值就是人在社会生活中的价值与意义，它是人的社会关系的一个重要方面。价值在哲学上是标志作为主体的人与客体之间的需要与满足等特定关系的范畴。在这里人是价值的主体，离开了主体的需要，任何客体都无所谓价值。人的价值就在于人对自身的价值，即人能以特殊方式创造价值以满足自身的需要。（2）人的社会价值和个人价值的关系。人的价值具有两重性，即人既是价值的主体，又是价值的客体，是二者的统一。作为价值的主体是指他有人的需要和享受的满足。作为价值客体包含两个方面，即社会价值和自我价值。社会价值是指个人对社会的和他人的责任和贡献；自我价值是指社会对个人需要的尊重和满足。在二者的关系上社会价值是首位的，但也不能忽视个人价值。

4. **【参考答案】**　C

【核心考点】　本题考查社会总资本扩大再生产的前提条件。

【解题思路】　资本主义扩大再生产是指资本家把剥削到的剩余价值的一部分用于个人消费，把另一部分用于购买生产资料，雇佣劳动者，使生产规模在扩大的基础上进行。社会总资本扩大再生产的前提是第一部类生产的生产资料除了满足第一部类和第二部类在原有基础上进行正常生产所需要的生产资料以外，还有多余的可供追加，即 $I(C+V+M) > IC+IIC$，即 $I(V+M) > IIC$，故选C项。

【相关知识】　（1）资本主义扩大再生产的本质。资本主义扩大再生产是指资本家不是把剩余价值的全部用于个人消费，而是把其中一部分剩余价值转化为资本，用来购买追加的生产资料和劳动力，使生产在扩大的规模上进行。扩大再生产有外延扩大再生产和内涵扩大再生产。外延扩大再生产是指通过增加生产要素数量实现的扩大再生产，内涵扩大再生产是指通过提高生产要素使用效率实现的扩大再生产。在扩大再生产条件下，假设 m/x 剩余价值中用于资本家个人消费的部分，则 $m-m/x$ 就是用于积累的部分。

（2）社会资本扩大再生产的前提条件。社会资本扩大再生产的前提条件是：（1）第I部类生产的生产资料除了维持简单再生产的需要以外，还有剩余的生产资料，以满足扩大再生产对生产资料的追加，即：$I(c+v+m) > Ic+IIc$。（2）第II部类生产的消费资料除了满足两大部类原有资本家和工人对消费资料的需要以外，还有一定的余额，以满足扩大再生产对劳动力和消费资料的追加，即 $II(c+v+m) > I(v+m/x) + II(v+m/x)$。

（3）社会总资本扩大再生产的基本实现条件。

①社会总资本扩大再生产的基本实现条件是：第Ⅰ部类社会产品中原有的可变资本加上追加的可变资本以及本部类资本家的个人消费资金之和，必须等于第Ⅱ部类原有的不变资本与追加的不变资本之和。即Ⅰ（v＋Δv＋m/x）＝Ⅱ（c＋ΔC）。

②从社会资本扩大再生产的基本实现条件可以派生出如下两个实现条件：第一，第Ⅰ部类产品的生产必须和两大部类生产资料补偿和追加的需求相适应，并在价值上相等。用公式表示，即Ⅰ（c＋v＋m）＝Ⅰ（c＋Δc）＋Ⅱ（c＋Δc）。第二，第Ⅱ部类产品价值总和必须等于两大部类原有的可变资本，加上追加的可变资本，以及资本家个人消费的资金之和。用公式表示即Ⅱ（c＋v＋m）＝Ⅰ（v＋Δv＋m/x）＋Ⅱ（v＋Δv＋m/x）。注意理解社会资本简单再生产的三个实现过程和实现条件，以及说明的问题。

5.【参考答案】　B

【核心考点】　本题考查公司制的两种主要形式。

【解题思路】　公司制企业有多种形式，主要有两种：有限责任公司和股份有限公司。有限责任公司又称有限公司，是指由两个以上股东共同出资，每个股东以其认缴的出资额对公司行为承担有限责任，公司以其全部资产对其债务承担责任的企业法人。股份有限公司也称为股份公司，指把公司全部资本分为等额股份，股东以其出资额为限对公司承担责任，公司以其全部资产对公司的债务承担责任。在市场经济中，现代企业的组织形式都是公司制，特别是有限责任公司和股份有限公司这两种典型形式。因为，公司制比其他企业组织形式能更好地适应现代化大生产的要求，积极开发和应用先进技术成果，建立有效的现代管理体制。所以，选项B为正确答案。

【相关知识】　（1）企业的性质和组织形式的多样化：市场经济在其几百年的孕育和发展过程中，逐步形成了三种基本企业制度，即个人业主制企业、合伙制企业和公司（法人）制企业。

（2）公司制的形式。公司制企业有多种形式，主要有两种：有限责任公司和股份有限公司。有限责任公司又称有限公司，是指由两个以上股东共同出资，每个股东以其认缴的出资额对公司行为承担有限责任，公司以其全部资产对其债务承担责任的企业法人。在市场经济中，现代企业的组织形式都是公司制，特别是有限责任公司和股份有限公司这两种典型形式。因为，公司制比其他企业组织形式能更好地适应现代化大生产的要求，积极开发和应用先进技术成果，建立有效的现代管理体制。尽管公司制企业在数量上不占优势，但在社会经济生活中占据着支配地位。

6.【参考答案】　C

【核心考点】　本题考查新民主主义革命的中心内容。

【解题思路】　在当时的中国，农民问题是中国革命的主要问题，而农民问题的核心就是土地问题。在半殖民地半封建的近代中国社会，地主阶级通过封建土地所有制残酷剥削压迫农民，这严重地阻碍了中国农村生产力的发展，成为中国社会贫穷落后的主要根源之一。因此，没收封建地主阶级的土地归农民所有，是中国新民主主义革命的中心内容。故应选C项。

【相关知识】　（1）新民主主义革命的基本纲领。毛泽东提出的新民主主义三大经济纲领及其相互之间的关系。

（2）新民主主义革命的基本问题。没收封建地主阶级的土地归农民所有，是中国共产党领导的新民主主义革命的基本问题和中心内容。

（3）党在新民主主义革命不同阶段解决农民土地问题的不同政策及其原因。解放战争时期党在解放区开展的土地改革运动，毛泽东提出的党在新民主主义革命时期土地改革的总路线和土地改革必须注意的两个基本原则。

7. 【参考答案】　B

【核心考点】　本题考查首次明确提出新民主主义革命这一科学概念的著作。

【解题思路】　抗日战争时期（1939年12月），毛泽东在《中国革命和中国共产党》一文中第一次提出"新民主主义革命"的概念，并第一次对新民主主义革命总路线作了科学的概括："所谓新民主主义的革命，就是在无产阶级领导之下的人民大众的反帝反封建的革命。"该文还详细阐述了新民主主义革命的领导权、动力、对象、任务、性质和前途等一系列基本问题。因而应选B项。

【相关知识】　（1）新民主主义革命的性质：是新式的特殊的资产阶级民主主义革命，即新民主主义革命。新民主主义革命是指在帝国主义和无产阶级革命时代，殖民地半殖民地国家中的无产阶级领导的资产阶级民主革命。中国新民主主义革命的胜利，结束了帝国主义、封建主义和官僚资本主义在中国的统治，建立了人民民主专政的新中国。中国半殖民地半封建社会性质决定了中国革命性质是资产阶级民主主义革命，而不是无产阶级社会主义革命。

（2）新民主主义革命的基本纲领。毛泽东在《新民主主义论》中，首次对新民主主义的政治、经济、文化纲领作了具体阐述，其内容是：政治纲领：推翻压迫建共和——推翻帝国主义封建主义压迫，建立无产阶级领导的各革命阶级联合专政的民主共和国。经济纲领：两个没收一保护——没收封建阶级的土地归农民所有，没收蒋宋孔陈为首的垄断资本归新民主主义的国家所有，保护民族工商业。文化纲领：民族科学大众化——化指文化，是无产阶级领导的人民大众的反帝反封建的文化。

8. 【参考答案】　A

【核心考点】　本题考查关于中国共产党即将成为执政党，毛泽东主张继续加强党的建设部分。

【解题思路】　在全国革命即将胜利之际，1949年3月，中国共产党在西柏坡召开了七届二中全会。会议对革命胜利后国内外阶级斗争的新形势作了估计。在本次会议上，毛泽东针对"因为胜利党内的骄傲情绪，以功臣自居的情绪，停顿起来不求进步的情绪，贪图享乐不愿再过艰苦生活的情绪，可能生长"的现实，提出了两个"务必"。因此，这次会议解决的核心问题是中国共产党如何由革命党向执政党转变的问题。

【相关知识】　七届二中全会提出了促进革命迅速取得全国胜利和组织这个胜利的各项方针；说明了在全国胜利的局面下，党的工作重心必须由乡村转移到城市；规定了党在全国胜利以后总的任务；着重分析了当时中国各种经济成分的状况和党所必须采取的正确政策。

9. 【参考答案】　C

【核心考点】　本题考查农业社会主义改造的阶段及其性质。

【解题思路】　我国对农业的社会主义改造大致经过了三个阶段：第一阶段，从新中国成立到1953年底，以发展互助组为中心，同时试办初级社；第二阶段，从1954～1955年下半年，是大办初级社阶段；第三阶段，从1955年下半年～1956年底，是合作化运动的高潮阶段。到1956年底，我国的农业社会主义改造基本完成。在这里，互助组带有社会主义萌芽性质，初级社属于半社会主义性质，而高级社实行土地及生产资料归集体所有，实行按劳分配的原则，属于社会主义性质。

【相关知识】　（1）社会主义改造。在农业社会主义改造过程中，我党根据我国农业的特点和农民的习惯，采取互助组、初级农业生产合作社、高级农业生产合作社等由低级到高级的步骤和形式，逐步地引导农民摆脱私有制走上公有制的道路，这既能避免农村生产力的破坏，又能使农民愿意接受，顺利地完成农业社会主义改造的伟大任务。

（2）我国社会主义改造基本完成的标志。1956年底我国的农业社会主义改造基本完成，从而改变了农村生产关系，极大地解放了生产力，促进了农村经济的发展，为国家工业化积累了资金。中国5亿多农民在中国共产党的领导下走上了社会主义道路。

10.【参考答案】　D

【核心考点】　本题考查贯彻"三个代表"重要思想的关键。

【解题思路】　党的"十六大"报告指出，贯彻"三个代表"重要思想，关键在坚持与时俱进，核心在坚持党的先进性，本质在坚持执政为民。

【相关知识】　2003年考查的是本质在坚持执政为民，2004年换个角度，考查贯彻"三个代表"重要思想，关键在于坚持与时俱进。此外，考生对于坚持"三个代表"重要思想的核心是什么，也需牢记。

11.【参考答案】　C

【核心考点】　本题考查"三个代表"重要思想的本质。

【解题思路】　胡锦涛同志在2003年7月1日"三个代表"重要思想理论研讨会上指出，"三个代表"，是我们党的立党之本、执政之基、力量之源，而我们党最坚实的支持者就是广大的人民群众。所以，只有人民群众的支持和拥护，才是"三个代表"的"本"、"基"、"源"。故选C项。

【相关知识】　江泽民在党的"十六大"报告中指出，"三个代表"重要思想是同马克思列宁主义、毛泽东思想和邓小平理论一脉相承的科学体系。"三个代表"重要思想是对马克思列宁主义、毛泽东思想和邓小平理论的继承和发展，是加强和改进党的建设、推进我国社会主义制度自我完善和发展的强大理论武器，是我们党必须长期坚持和发展的指导思想。"三个代表"重要思想的本质是立党为公、执政为民，学习贯彻"三个代表"重要思想，必须以最广大人民的根本利益为根本出发点和落脚点。

12.【参考答案】　C

【核心考点】　本题考查按劳分配的收入的计算。

【解题思路】　我国社会主义初级阶段的分配制度是以按劳分配为主、多种分配方式并存，并确立了劳动、资本、技术和管理等生产要素按贡献参与分配的原则。题中该员工一年的收入既有劳动收入，也有非劳动收入。党的"十六大"报告指出，一切合法的劳动收入和非劳动收入都要得到保护，而该员工的股息收入和出租房屋收入均属于非劳动收入。只有在外资企业工作的年薪5万元、在民营企业兼职的2万元收入和技术转让所得的1万元收入属劳动所得。因此，C项是正确选项。

【相关知识】　（1）我国社会主义初级阶段的分配制度及其原因：

一个社会采取什么样的分配方式，是由该社会的生产力发展水平和与之相适应的经济制度，特别是生产资料所有制的性质决定的。社会主义社会个人消费品分配采取按劳分配原则，是由下列经济条件决定的：生产资料公有制是按劳分配的前提；劳动分工，特别是旧式劳动分工的存在是实行按劳分配的直接原因；劳动是谋生手段也是实行按劳分配的直接原因；社会生产力水平相对低下，是实行按劳分配的终极原因。社会主义社会生产力发展水平还比较低，生产的社会产品数量有限，能够用来分配的个人消费品也是有限的。因此，只能采取对全体劳动者来讲都比较公平的方式，即按劳动者为社会提供劳动量的多少来分配个人消费品，并以此来促进社会生产力的不断提高。

（2）各生产要素参与分配。要明确确立劳动、资本、技术和管理等生产要素按贡献参与分配的原则。要明确效率优先、兼顾公平；以共同富裕为目标，正确处理好收入分配的各种关系。

13. 【参考答案】 A

【核心考点】 本题考查时事热点。

【解题思路】 2003年9月14日瑞典通过全民公决，否决了加入欧元区议案。故选A项。

【相关知识】 2003年9月14日，在瑞典全民公决中，多数选民反对加入欧元区，瑞典从而成为继丹麦之后第二个决定不加入欧洲经济与货币联盟的国家。

14. 【参考答案】 A

【核心考点】 本题考查时事热点问题。

【解题思路】 2003年6月22日至27日，印度总理瓦杰帕伊对我国进行正式访问。这是印度总理10年来首次访华，访问取得了成功。两国共同签署了一份纲领性文件《中印关系原则和全面合作宣言》。故应选A项。

【相关知识】 这份纲领性文件确立了中印关系的目标和指导原则，全面规划两国在各个领域的合作，它标志着中印关系进入了一个新的发展阶段。

15. 【参考答案】 C

【核心考点】 本题考查时事热点问题。

【解题思路】 2003年中国与欧盟关系有了进一步发展，其突出表现是中国首次制定和发表了《中国对欧盟政策文件》。故选C项。

【相关知识】 早在1998年中国与欧盟就确定建立全面伙伴关系，中国与欧盟领导人年度会晤机制同时起步；2003年中国与欧盟关系发展的突出表现是中国首次制定和发表了《中国对欧盟政策文件》。

二、多项选择题

16. 【参考答案】 ABCD

【核心考点】 本题考查政治文明、党的群众观点、上层建筑等概念。

【解题思路】 政治文明指人类社会政治生活的进步状态，是人类在政治实践活动中形成的文明成果，包括政治思想、政治文化、政治传统、政治结构、政治活动和政治制度等方面的有益成果。它属于政治上层建筑的范畴。"十六大"报告指出："最大多数人的利益和全社会全民族的积极性创造性，对党和国家事业的发展始终是最具有决定性的因素。"我们党必须始终代表最广大人民的根本利益，相信人民、依靠人民，这是我们必须树立和牢牢坚持的马克思主义的基本观点。我国2003年颁布的《城市生活无着的流浪乞讨人员救助管理办法》替代1982年颁布的《城市流浪乞讨人员收容遣送办法》，说明我国上层建筑的某些方面发生了变化，从法律制度、管理方式、考虑问题的思路等方面朝着更加关注、尊重、保护人民群众的利益和生存状况及人权的方面趋于完善，这也体现了我国政治文明的进步。所以正确答案为选项A、B、C、D。上述新旧《办法》的变化不属于生产关系的范畴，更谈不上根本性变革，因此，选项E错误。

【相关知识】 现阶段我国人民群众的内涵。广大工农群众是推动我国社会发展的根本力量。历史唯物主义认为，人民群众是一个历史的范畴，在不同的历史时期，其包括的内容是不完全相同的。"十六大"报告根据我国改革开放以来社会变革的实际指出，除了包括知识分子在内的工人阶级和广大农民以外，还产生了一些新的社会阶层，他们为祖国的富强作出了自己的贡献，也是中国特色社会主义事业的建设者，因而也属于人民群众的范畴。"十六大"报告指出："包括知识分子在内的工人阶级，广大农民，始终是推动我国先进生产力发展和社会全面进步的根本力量。"调动一切积极因素，首要的是调动广大工人和农民的积极性。代表最大多数人的利益，首先要代表最广大的工人和农民的利益。因为满足最大多数人的利益要求，始终关系党的执政的全局，关系国家经济政治文化发展的全局，关系全国各族人民团结和社会安定的全局。要最广泛最充分地调动一切积极因素，不断为中华民族的伟大复兴增添新力量。对于在社会变革中出现的新的社会阶层的人们要团结，对他们的创业精神要鼓励，对他们的合法权益要保护，对他们中的优秀分子要表彰，以利于形成全体人民各尽其能、各得其所而又和谐相处的局面。

17.【参考答案】　ABDE

【核心考点】　本题考查矛盾同一性内涵和生产者与消费者之间的关系。

【解题思路】　题中的饭店和行人以矛盾的两个方面"生产者"和"消费者"的方式出现，揭示出二者之间的同一性关系：行人作为消费者到饭店吃饭，饭店作为生产者就有生意可做，而生产者（饭店）生产的产品（饭）并不是自己的最终目的，通过让渡自己的产品（饭）的实用价值实现产品（饭）的价值和应有的利润才是最终目的，饭店也可以长期经营下去，以实现在行人不挨饿的同时（需要的是饭）自己也不挨饿（实现饭的价值和利润），这说明，商品交换活动背后隐藏着的是人与人之间的关系，生产关系本质上是人与人之间的物质利益关系，生产者和消费者是相互依存的，缺少了一方，另一方即不存在，两者之间存在着同一性关系。所以，正确答案为选项 A、B、D、E。选项 C "利己是人的一切活动的出发点"属于错误观点。

【相关知识】　矛盾的同一性和斗争性的关系包括以下两方面的内容：

第一，同一是对立中的同一，对立是同一中的对立，对立和同一是矛盾的两种相反的属性，但二者又相互联系，不能分离。没有对立就没有同一，同样，没有同一也就没有对立。对立和同一作为两种相反的属性，失去其中任何一种，事物就不成其为事物。同一之所以不能脱离对立而存在，这是因为同一是以差别和对立为前提的，是差别和对立中的同一；对立之所以不能脱离同一而存在，这是因为对立是统一体内的对立，如果对立面之间没有了联系，毫不相干，也就谈不上对立。脱离对立的同一是绝对的同一，脱离同一的对立是绝对的对立，这在现实中都是不存在的。

第二，同一性与斗争性之间是相对与绝对的关系。矛盾的斗争性是绝对的、无条件的，它贯穿在事物发展的整个过程中；矛盾的同一性则是有条件的、相对的，它随时间、条件的变化而表现出不同的特征。事物的运动与发展是矛盾相对的同一性和绝对的斗争性的辩证统一。

18.【参考答案】　BD

【核心考点】　本题考查社会主义市场经济体制下按劳分配的基本知识。

【解题思路】　社会主义市场经济中按劳分配的"劳"是指劳动者提供的被社会所承认的符合社会需要（消费者需要的）的劳动产品。在社会主义市场经济条件下，劳动者的劳动还不是直接的社会劳动，还只是以企业为单位的个别劳动的组成部分。对于社会来说，企业向社会提供的劳动还只是一种带有个别劳动性质的局部劳动，只有通过交换，局部劳动才能转化为社会劳动。即通过交换让渡使用价值取得价值，使其劳动得到实现。按劳分配的对象指的是个人的消费品，其前提基础是生产资料的社会主义公有制，就我国实际而言，其实施的范围是公有制企业。所以，选项 B、D 为正确答案；这里的"劳"必须通过交换而且要被社会承认，所以选项 C "直接的社会劳动"和 E "劳动者实际支出的劳动"均不正确；选项 A "不同形式的具体劳动"创造的商品的使用价值，具有不同的属性和用途，如果其中没有无差别的一般人类劳动的凝结，也就是说如果不通过交换，就没有价值，就没法按"劳"来进行分配，所以也不正确。

【相关知识】 我国实行按劳分配收入原则的原因。社会主义社会个人收入实行按劳分配的原则，是由其客观经济条件决定的。

（1）社会主义生产资料公有制是实行按劳分配的前提条件。生产资料公有制的建立，实现了劳动者在生产资料占有关系上的平等，这就排除了依靠占有生产资料无偿占有他人劳动成果的经济基础，为实行按劳分配原则提供了前提。

（2）在社会主义社会，旧的分工还没有消失，劳动还存在着重大差别，劳动还是谋生的手段，这是实行按劳分配的直接原因。因为在这种情况下，必须承认劳动的差别，以劳动作为分配个人收入的尺度，把劳动贡献同劳动报酬紧密地联系起来，才能充分调动劳动者的积极性，促进社会主义生产的发展。

（3）社会主义生产力发展水平是实行按劳分配的物质条件。由于生产力发展水平还不够高，社会产品还没有达到极大丰富，消费品还不能充分满足人们的各种需要，只能实行按劳分配。可见，社会主义社会实行按劳分配具有客观必然性，是不以人们意志为转移的客观经济规律。

19. 【参考答案】 BCD

【核心考点】 本题考查利润转化为平均利润的过程。

【解题思路】 在资本主义社会，由于各部门的技术、设备等方面不同，在剩余价值率相同的情况下，等量资本投资在资本有机构成高低不同的部门中得到的利润高低也不同，竞争的结果是在全社会形成了一个大致相同的平均利润，即将全社会各部门生产的剩余价值进行了再平均（或者再分配）：资本有机构成比较高的部门从资本有机构成比较低的部门创造的剩余价值中分割到一部分剩余价值，即资本有机构成高的部门获得的利润高于本部门生产的剩余价值，资本有机构成低的部门获得的利润低于本部门生产的剩余价值。但对全社会而言，全社会的平均利润总额仍等于剩余价值总额。只不过在此情况下，商品的价值转化成了不变资本加上可变资本再加上平均利润三部分，即生产价格，这是出售商品时市场价格因受市场机制的作用而上下变动的依据。此时，市场价格不再是以价值而是以生产价格为基础上下波动，但生产价格的变动仍是以价值为变动基础。所以选项B、C、D为正确答案；资本有机构成的提高是以科技水平的进步为基础的，与由竞争引起的部门间为重新瓜分剩余价值而导致的利润平均化无关，故选项A不正确；利润转化为平均利润的过程是部门之间竞争的结果，此种形式的存在并不消除个别资本家由于劳动生产率高或率先提高劳动生产率而得到的超额利润的存在，因为超额利润的存在是个别资本内部的经济现象，所以选项E也错误。

【相关知识】 （1）平均利润率的含义。由于资本有机构成和资本周转不同，各部门利润率不同，不同生产部门的资本家，为了获得更高的利润率，围绕争夺有利投资场所而展开竞争，竞争的方式是资本转移，即把资本从利润率低的部门转移到高的部门，资本转移会引起各部门生产规模的变化，进而引起产品供求关系以及产品价格相应变化，使不同部门的利润率趋于一致，形成平均利润率。平均利润率是社会剩余价值总量和社会资本总额的比率，它是部门之间的竞争形成的。一定量的资本根据平均利润率获得的利润是平均利润；等量资本获得等量利润。平均利润率的形成过程实际上是全社会的剩余价值在各部门资本家之间重新分配的过程。

（2）影响平均利润率水平高低的因素。影响平均利润率水平高低取决于两个因素：一是各部门利润率水平，二是利润率不同的各部门的资本量在社会总资本中所占的比重大小。

（3）平均利润率的本质。不能把平均利润看做是各部门利润率的简单的和绝对的平均。平均利润率是一种利润率平均化的总的趋势。利润转化为平均利润进一步掩盖了资本主义剥削关系，因为平均利润形成以后，等量资本获取等量利润，资本家获得的平均利润的多少只和他的预付资本量相关，和雇佣工人的劳动无关，这使利润不仅在质上，而且在量上都表现为全部预付资本的产物。利润转化为平均利润的过程，同时也是生产要素在不同部门之间的流动过程、价值转化为生产价格的过程、资本家集团瓜分剩余价值的过程。

20. 【参考答案】 DE

【核心考点】 本题考查新民主主义革命和社会主义革命的关系。

【解题思路】 毛泽东根据中国革命的性质和新民主主义革命的特点指出：中国革命必须分两步走：第一步是改变半殖民地半封建的社会形态，使中国成为一个独立的新民主主义国家。第二步是革命继续向前发展，进行社会主义革命，建立一个社会主义国家。第一步是新民主主义革命，第二步是社会主义革命。新民主主义革命与社会主义革命是既相联系又相区别的两个阶段。新民主主义革命的任务是反帝、反封建，社会主义革命的任务是基本消灭剥削和私有制等。新民主主义革命是社会主义革命的必要准备，而社会主义革命是新民主主义革命的必然趋势。只有正确理解两者的区别和联系，才能正确领导中国革命。可见 D、E 为正确选项，A、C 两项是中国共产党内曾有过的两种错误思想，B 项错误，因为新民主主义革命的任务是改变半殖民地半封建的社会形态，建立新民主主义国家，而社会主义革命的任务是解放和发展生产力，建立社会主义制度。

【相关知识】 （1）中国共产党对于中国革命的步骤和前途的错误认识。中国共产党内对于中国革命的步骤和前途曾有过两种错误倾向：一种是陈独秀的"二次革命论"，即要在新民主主义革命与社会主义革命中间硬插上一个资产阶级专政和发展资本主义的阶段；另一种是以王明为代表的"左"倾教条主义，混淆了新民主主义革命与社会主义革命两者之间的界限，企图将两个不同性质的革命阶段并作一步走。两种错误观点都违背了中国革命的发展规律。

（2）毛泽东关于中国革命两步走的思想。毛泽东关于中国革命两步走的思想深刻揭示了中国革命的客观规律，揭示了中国革命的前途，为中国革命指明了方向，丰富和发展了马克思主义资产阶级民主革命的学说。

21. 【参考答案】 BC

【核心考点】 本题考查中国共产党的学风问题。

【解题思路】 从 1942 年春天起，中共中央、中央军委在全党全军范围内开展了一次普遍的整风运动。它的任务是：反对主观主义以整顿学风，反对宗派主义以整顿党风，反对党八股以整顿文风。毛泽东在《整顿党的作风》的报告中指出，党内的主观主义有两种：一种是教条主义，一种是经验主义。其中，教条主义更危险，因为教条主义容易装出马克思主义的面孔，吓唬工农干部，把他们俘虏起来，充作自己的佣人，而工农干部不易识破他们；也可以吓唬天真烂漫的青年，把他们充当俘虏。经验主义往往将经验绝对化，以自己的经验为满足。可见，B、C 两项符合题意。

【相关知识】 （1）王明的"左"倾教条主义错误。我们知道毛泽东思想是在同各种错误思潮特别是教条主义错误倾向作斗争的过程中逐渐形成起来的。在20世纪20年代末30年代初，中国共产党内曾一度盛行把马克思主义教条化，把共产国际决议和苏联经验神圣化的错误倾向，其中以王明的"左"倾教条主义错误在党内存在时间最长，造成的危害最大。

（2）整风运动。正是面对党内严重的教条主义情况，中国共产党从反教条主义开始，在党内开展了一次轰轰烈烈的整风运动，把反教条主义和与其同性质的经验主义作为中国共产党在把马列主义基本原理与中国革命具体实际相结合的过程中在学风问题上主要反对的倾向。

22．【参考答案】 ACD

【核心考点】 本题考查正确处理人民内部矛盾的方针政策。

【解题思路】 我国社会主义改造基本完成以后，革命时期的大规模的、急风暴雨式的群众阶级斗争基本结束，我国社会大量表现出来的是人民内部矛盾。因此，正确处理人民内部矛盾成为国家政治生活的主题。1957年毛泽东在《关于正确处理人民内部矛盾的问题》中阐述了社会主义社会的基本矛盾学说，并提出了正确处理人民内部矛盾的一系列方针、政策，诸如：在政治上实行"团结—批评—团结"的方针；在经济工作中实行对全国城乡各阶层统筹安排和兼顾国家、集体、个人三者之间的利益的方针；在中国共产党与各民主党派关系上实行"长期共存，互相监督"的方针；在科学文化工作中实行"百花齐放，百家争鸣"的方针等，以造就一个又有集中、又有民主，又有纪律、又有自由，又有统一意志、又有个人心情舒畅、生动活泼的那样一种政治局面。因而应选A、C、D三项。而B项是抗战时期我们在统一战线中对待蒋介石为首的顽固派的斗争中所采取的原则，E项是我国处理同一切国家关系的基本准则，都不选。

【相关知识】 毛泽东关于社会主义社会的基本矛盾学说。社会主义社会的基本矛盾学说，是1957年毛泽东在《关于正确处理人民内部矛盾的问题》中阐述的。毛泽东在分析社会主义社会基本矛盾的基础上，进一步提出了关于社会主义社会两类不同性质社会矛盾的学说。两类不同性质的矛盾是指敌我矛盾和人民内部矛盾。它们之间的性质以及解决矛盾的方法有着根本的不同。敌我矛盾是分清敌我的问题，属对抗性矛盾，必须采用强制的、专政的办法来解决；人民内部矛盾是分清是非的问题，属非对抗性矛盾，只能用民主的、说服教育的方法，也就是团结—批评—团结的方法来解决。为此，毛泽东阐述了正确处理人民内部矛盾的各项具体方针。

23．【参考答案】 AB

【核心考点】 本题考查关于社会主义社会的发展阶段理论。

【解题思路】 1959年底至1960年初，毛泽东在读苏联《政治经济学教科书》时开始认识到社会主义社会应当划分阶段，提出了社会主义社会的发展阶段理论，把社会主义划分为两个阶段，第一个阶段是"不发达的社会主义"，第二个阶段是"比较发达的社会主义"。先是不发达的社会主义，然后经过相当长的一段时间，到了物质产品、物质财富极为丰富和人们的共产主义觉悟极大提高的时候，才能够进到发达社会主义，而且前一阶段可能比后一阶段需要更长时间。它根据对生产力的方针和人民富裕程度的实际状况，明确提出当时的中国处于"不发达的社会主义"阶段。故选A、B两项。

【相关知识】 在社会主义经济建设的速度问题上，以毛泽东为核心的中国共产党第一代领导集体的理论探索也有积极的成果。关于社会主义经济建设的速度问题，实际上就是在中国何时建成社会主义的认识问题。在经历了"大跃进"的失败后，毛泽东在1959年底至1960年初读苏联《政治经济学教科书》时提出了社会主义社会的发展阶段理论。这一见解当时虽然没有展开，而且以后又有反复，但毕竟是当时历史条件下难能可贵的思想火花，是1978年中共十一届三中全会以后形成社会主义初级阶段理论的重要实践来源。

24. 【参考答案】 ABCDE

【核心考点】 本题考查社会主义精神文明与社会主义现代化建设的关系。

【解题思路】 从构成综合国力的重要方面讲，任何一个社会形态，都是一定的经济、政治和思想文化的统一体。同样，社会主义社会也是如此，有它的经济制度、政治制度，还有与之相适应的思想文化。建设社会主义精神文明，主要从它是我国社会主义现代化建设的重要保证方面讲：社会主义精神文明是使我国现代化建设沿着正确方向发展的保证；社会主义精神文明为社会主义现代化建设提供了强大的精神动力和文化支持、智力支持；社会主义精神文明为社会主义现代化建设创造良好稳定的社会环境提供保证。故 A、B、C、D、E 五项均选。

【相关知识】 （1）我国社会主义现代化建设的总体布局。我国社会主义现代化建设的总体布局是：以经济建设为中心，坚定不移地进行经济体制改革，坚定不移地进行政治体制改革，坚定不移地加强精神文明建设，并使这几个方面互相配合，互相促进。这一总体布局决定了社会主义精神文明建设是社会主义现代化建设的重要目标和重要保证。社会主义精神文明建设是社会主义现代化建设的重要目标。社会主义现代化建设包括经济建设、民主法制建设和精神文明建设等方面。

（2）社会主义精神文明建设的作用。社会主义精神文明建设在社会主义现代化建设中的重要战略地位和作用主要表现在为经济建设提供精神动力、为现代化建设提供智力支持、为现代化建设创造良好的社会环境、为现代化建设的正确方向提供思想保证，它还是构成综合国力的重要方面。

25. 【参考答案】 ABCDE

【核心考点】 本题考查邓小平关于社会主义本质的论断及其意义。

【解题思路】 1992 年，邓小平在视察南方的重要谈话中明确指出："社会主义的本质是解放生产力，发展生产力，消灭剥削，消除两极分化，最终达到共同富裕。"邓小平关于社会主义本质的论断主要包括两方面的含义：第一，社会主义的根本任务是解放和发展生产力，谈的是生产力；第二，消灭剥削，消除两极分化，谈的是社会主义社会的经济关系，即生产关系；最终达到共同富裕，谈的是社会主义社会的最终目的。邓小平关于社会主义本质的论断把对社会主义的认识提高到了新的水平，体现了生产力和生产关系的统一；体现了根本任务和奋斗目标的统一。题目中所有选项均正确。

【相关知识】 邓小平关于社会主义本质的概括有着自身显著的特点。它在目标层次上界定社会主义的本质，在动态中描述社会主义的本质，突出了生产力的基础地位，突出了社会主义的价值目标。这一论断突出了"解放生产力、发展生产力"的社会主义本质要求，突破了长期以来把对社会主义的认识局限在生产关系的层次，脱离生产力抽象地谈论社会主义的传统观念，反映了人民的利益和时代要求，澄清了不合乎时代进步和社会发展规律的模糊观念，摆脱了长期以来拘泥于社会主义具体模式、社会主义的基本特征，而忽略社会主义本质的错误倾向，深化了对科学社会主义的认识。邓小平对社会主义本质的科学概括，把生产力的解放和发展放在首要的基础地位，这是社会主义建设历史经验的总结。这一论断突出说明了社会主义生产关系的性质以及生产力与生产关系的辩证统一。

26. 【参考答案】 ABCE

【核心考点】 本题考查新型工业化道路的内涵。

【解题思路】 党的"十六大"报告指出："走新型工业化道路，坚持以信息化带动工业化，以工业化促进信息化，走出一条科技含量高、经济效益好、资源消耗低、环境污染少、人力资源优势得到充分发挥的新型工业化路子。"因此，选A、B、C、E。D项不是新型工业化道路的内涵，故不选。

【相关知识】 （1）科学技术是第一生产力。走新型工业化道路，必须发挥科学技术作为第一生产力的重要作用，注重依靠科技进步和提供劳动者素质，改善经济增长质量和效益。

（2）发展工业要保持可持续发展。在走新型工业化道路的同时，必须把可持续发展放在十分突出的位置，坚持计划生育、保护环境和保护资源的基本国策。稳定低生育水平。合理开发和节约使用各种自然资源。抓紧解决部分地区水资源短缺的问题，兴建南水北调工程。实施海洋开发，搞好国土资源综合整治。树立全民环保意识，搞好生态保护和建设。

27. 【参考答案】 BDE
【核心考点】 本题考查所有制的实现形式以及对股份制的认识。
【解题思路】 党的十五大报告明确指出："股份制是现代企业的一种资本组织形式，有利于所有权和经营权的分离，有利于提高企业和资本的运作效率，资本主义可以用，社会主义也可以用。不能笼统地说股份制是公有还是私有，关键看控股权掌握在谁手中。国家和集体控股，具有明显的公有性，有利于扩大公有资本的支配范围，增强公有制的主体作用"。所以选项B、D、E为正确答案。
【相关知识】 （1）企业的性质和组织形式的多样化。市场经济在其几百年的孕育和发展过程中，逐步形成了三种基本企业制度，即个人业主制企业、合伙制企业和公司（法人）制企业。

（2）公司制的两种主要形式。企业有多种形式，主要有两种：有限责任公司和股份有限公司。有限责任公司又称有限公司，是指由两个以上股东共同出资，每个股东以其认缴的出资额对公司行为承担有限责任，公司以其全部资产对其债务承担责任的企业法人。在市场经济中，现代企业的组织形式都是公司制，特别是有限责任公司和股份有限公司这两种典型形式。因为，公司制比其他企业组织形式能更好地适应现代化大生产的要求，积极开发和应用先进技术成果，建立有效的现代管理体制。尽管公司制企业在数量上不占优势，但在社会经济生活中占据着支配地位。

28. 【参考答案】 ABC
【核心考点】 本题考查"中东和平路线图"这一时政热点。
【解题思路】 "中东和平路线图"计划实施进程面临的困难主要来自以色列右翼势力的阻拦、巴勒斯坦激进组织的干扰以及美国对以色列的偏袒。故选A、B、C三项。伊拉克战争爆发在2003年3月20日，此事与"中东和平路线图"计划没有直接联系。而俄罗斯是"中东和平路线"的提议方之一，不可能对"路线图"持反对态度。故D、E两项不选。
【相关知识】 2003年4月30日，美国、联合国、欧盟、俄罗斯四方正式向巴以双方领导人公布了"中东和平路线图"计划，巴以双方在5月接受了这一计划，但计划实施困难重重。其主要压力来自以上所说三方面。

29. 【参考答案】 ABCD
【核心考点】 本题考查朝鲜核问题。
【解题思路】 2003年8月27～29日在北京举行的"六方会谈"，为和平解决朝鲜核问题迈出了重要一步。通过会谈中国、朝鲜、美国、韩国、俄罗斯、日本六方达成六点共识：通过和平对话解决问题；半岛无核化与考虑和解决朝鲜在安全等方面提出的关切；分阶段、同步或并行实施，探讨并确定公正合理的总体解决方案；不采取可能使局势升级或激化的言行；保持对话；继续六方会谈的进程，A、B、C、D四项涵盖了其中的五点共识。另外，美、朝双方未能初步达成签署互不侵犯条约的共识，故 E 项不选。

30.【参考答案】　ABCDE
　　【核心考点】　本题考查中共十六届三中全会有关内容。
　　【解题思路】　在中共十六届三中全会上，进一步提出了完善社会主义市场经济体制，其主要任务是完善公有制为主体、多种所有制经济共同发展的基本经济制度；建立有利于逐步改变城乡二元经济结构的体制，形成促进区域经济协调发展的机制、建设统一开放竞争有序的现代市场体系、完善宏观调控体系、行政管理体制和经济法律制度、健全就业、收入分配和社会保障制度、建立促进经济社会可持续发展的机制。A、B、C、D、E 五项均正确。

三、辨析题

31.【答案要点】　（1）唯物辩证法的普遍联系原理认为，任何事物都是一个整体，同时又包含各个部分，整体和部分是相互依赖的。整体由部分构成，但不是各个部分的简单总和。

　　（2）人们所从事的任何一项工作也是一个整体，都有其确定的目标和任务。它可以而且应当通过分工合作的方式来完成。但漫画中所反映的这种工作方式把一项完整的工作机械地加以分割，表面上看是把任务落实到人了，实际上是破坏了工作内部的有机联系，必然事与愿违。这是一种机械的形而上学的工作方式。

　　（注：如考生把整体和部分相互关系的原理融入对具体问题的分析中，最多可给5分；考生从分工合作等角度回答问题，而不违背本题的基本精神，可酌情给3分。）

　　【核心考点】　本题考查唯物辩证法普遍联系的原理、整体和部分的关系原理和系统论。

　　【解题思路】　以漫画的形式考查对哲学原理的理解和运用在这些年真题中所占的分量会越来越大，希望考生对此多加关注。考生回答此类题型时往往感觉有难度，不知道到底考查的是哪个原理。其实，题干和漫画中的简短文字就给了考生怎样答题、从何入手、用何原理的提示。比如本题题干"用马克思主义哲学有关原理对漫画中所反映的工作方式进行辨析"，就是要求考生①先判断用什么哲学原理，②再用相关原理结合漫画所反映的工作方式进行分析论述，这也是答题的思路。漫画中的文字"工作"和"任务终于落实到人了"便是解答本题、寻找原理的提示语：由上图的"工作"是整体、人人都在为怎样开展工作而抓耳挠腮，到下图的"工作"分割到人、每人都承担起自己的工作便可推断出整体和部分的原理。得到了原理，联系图和实际，论述起来难度就不大了。

　　【相关知识】　整体和部分的辩证关系：任何事物都是一个整体，整体中又包含各个部分；整体和部分相互依赖而存在，整体和部分都不是抽象地、独立存在着的，没有脱离整体的部分，也没有脱离部分的整体；整体由部分构成，但整体又不是各个部分的简单的相加或组合，各个部分如果实现了合理的搭配和组合，则由部分构成的整体的功能和效应要大于各个部分功能和效应的算术和，反之，则小于各个部分功能和效应的算术和。

32.【答案要点】　（1）良好的市场秩序是维系市场有序运行的重要保证，它构成对生产主体行为的制约。当前，某些不法商品生产者和经营者为了谋取自身利益生产和销售假冒伪劣产品，损害消费者利益。由政府采取建立信用档案，借助媒体曝光等多种措施，严把市场准入关，强化法制作用、从严监管十分必要，政府为市场正常运行提供了有力的制度保证。（2）政府干预与发挥市场作用并不矛盾，整顿和规范市场秩序，约束市场主体，维护广大消费者合法权益，树立诚实守信的市场道德风尚，培育和发展有序的市场，恰恰是促社会主义市场经济顺利运行的重要保证。（注：若考生回答与上述"答案要点"不完全一致，只要回答出该题的基本含义，即可酌情给3~5分。）

【核心考点】 本题考查调整、规范市场秩序。

【解题思路】 市场秩序是维系市场有序运行的重要保证，它构成对市场主体行为的制约。要发挥市场机制在资源配置中的基础作用，就必须培育和发展市场体系。没有一个发达、完善的市场体系，市场机制就缺乏发挥作用的必要条件。当前市场秩序中存在的主要问题有：交易行为不规范，违规行为屡屡发生，特别是假冒伪劣、商标侵权、虚假广告问题突出，损害消费者利益、生产者利益，直接影响了市场的健康发展。存在地区封锁、部门垄断、人为分割市场的现象，限制了市场机制作用的发挥。因此，整顿、规范市场秩序十分重要，应该采取多项有力措施综合治理，严厉打击制假造假等违法犯罪活动，完善行政处罚和刑事追究衔接的机制，坚决防止和纠正违法不究、以罚代刑的现象，加大对违法犯罪活动的打击力度。

【相关知识】 （1）市场秩序中存在的主要问题。市场秩序是维系市场有序运行的重要保证，它构成对市场主体行为的制约。当前市场秩序中存在的主要问题有：交易行为不规范，违规行为屡屡发生，特别是假冒伪劣、商标侵权、虚假广告问题突出，损害消费者利益、生产者利益，直接影响了市场的健康发展。存在地区封锁、部门垄断、人为分割市场的现象，限制了市场机制作用的发挥。

（2）治理措施。鉴于目前市场秩序中存在着以上的种种问题，因此，整顿、规范市场秩序十分重要，应该采取多项有力措施综合治理：①深化流通体制改革，发挥规模化、网络化、连锁化的现代流通方式，保证商品和生产要素的高效流动。②培育产权明晰、自主经营、行为规范的市场主体，它们能够自律并约束违规行为。市场主体自律素质的提高至关重要。③加强信用建设。信用既属于道德范畴，又属于经济范畴。良好的社会信用，是建立规范的社会主义市场经济秩序的重要保证。为此要建立现代市场经济的社会信用体系，加快建立企业、中介机构和个人的信用档案。广泛采用现代化监督手段，综合利用有关信用的信息网络资源，实现互联互通，信息共享。④强化法治，从严监管。要严厉打击制假造假等违法犯罪活动。要完善行政处罚和刑事追究衔接的机制，坚决防止和纠正违法不究、以罚代刑的现象，加大对违法犯罪活动的打击力度。

33. 【答案要点】 （1）中国共产党在新民主主义革命时期对民族资本主义的政策，基于对中国社会性质和革命性质的正确认识，并不取决于民族资产阶级的政治态度及其变化。（2）近代中国是半殖民地半封建社会，中国革命是以反对帝国主义和封建主义为基本内容的资产阶级民主革命。民族资本主义的存在与发展具有历史进步性。中国共产党在新民主主义革命过程中，对民族资本主义必须始终采取保护政策。（3）民族资产阶级是一个具有两面性的阶级，既有革命要求又有动摇性。但是，无论民族资产阶级拥护革命，还是脱离革命阵营，中国共产党都不应改变对民族资本主义的保护政策。

【核心考点】 本题考查新民主主义革命时期，中国共产党对待民族资产阶级和民族资本主义的态度问题。

【解题思路】 中国资产阶级分为民族资产阶级和官僚资产阶级，官僚资产阶级是民主革命要反对的对象，而民族资产阶级深受帝国主义的压迫和封建主义的束缚，与帝国主义、封建主义存在着矛盾，它具有一定的反帝反封建的革命性，可以成为民主革命的动力之一。因此，无产阶级不应忽视民族资产阶级的这种革命性，应和他们建立革命统一战线；另一方面，这一阶级在政治上和经济上又具有天生的软弱性，它同帝国主义和封建主义并未完全断绝联系，所以，缺乏彻底的反帝反封建的勇气，易于同敌人妥协，发生动摇。民族资产阶级的这两重性，使得其虽然能成为中国革命的动力之一，但却无法充当革命的主要力量；同时，也决定了无产阶级必须对它采取又联合又斗争的策略。即联合其革命性，斗争其妥协性。

但是，无论民族资产阶级拥护革命，还是脱离革命阵营，中国共产党都不应改变对民族资本主义的保护政策。民族资产阶级在半殖民地半封建的中国，对当时中国社会经济的发展是有进步性的，在革命时期，保护和发展他们，对于支援革命战争、改善人民生活、发展国民经济均有意义。

即使在革命胜利以后的一个相当长的时间内，还必须允许民族资本主义的存在和一定程度的发展。具有社会主义性质的国营经济控制国家的经济命脉，民族工商业不可能操纵国计民生，中国更不可能由此出现一个资本主义社会。恰恰相反，这是一个不可避免的过程，也有益于社会的向前发展。

【相关知识】　中国民族资产阶级的双重特性。中国资产阶级与欧美资产阶级的异同，中国资产阶级和资本主义的特点。

中国共产党对待民族资产阶级的正确态度。中国无产阶级在不同历史时期对待中国资产阶级和资本主义的策略、态度。

四、分析题

34.【答案要点】　（1）在人的认识过程中，除了有理性因素的作用外，还有非理性因素的参与。非理性因素是指人的情感、意志以及以非逻辑形式出现的幻想、想像、直觉、灵感等。非理性因素对认识活动能起到动力、诱导、激发等作用。在艺术活动中，由于人的认识活动中的想像等非理性因素的作用，使 $2+5=10000$ 成为可能。（2）马克思主义哲学既肯定理性因素在认识活动中的主导作用，强调非理性因素要受理性因素的制约，同时也承认非理性因素的重要作用。科学需要创新才能发展，科学创新是理性因素和非理性因素综合作用的结果。进行科学创新既要有严密的逻辑思维能力，对实际问题进行严格的理性分析和逻辑论证；还要具有科学的自信心和科学的怀疑精神，具有坚韧不拔的意志力，敢于想像，勇于探索，打破陈规，突破前人的成果及思维模式。（注：如考生回答第1个问题时谈到理性因素在认识中的作用可给1分；如考生回答第2个问题时指出理性主义和非理性主义都是片面的可给2分；如考生按自己的理解，较好地谈了理性和非理性对科学创新的意义和作用，第2个问题可给4分。）

【核心考点】　本题考查理性因素和非理性因素在认识活动中的作用。

【解题思路】　回答材料题时，一定要以材料为主、以材料为出发点，但又不要陷进材料堆中而迷失了答题的思路。回答问题是可以先看材料再回答问题的，但比较省时、比较有效的方法是先看题后的问题，然后带着问题有针对性地阅读材料，因为材料提供的信息、角度很多，只有看了问题才能知道阅读时需要猎取的主要信息，而且题后的问题往往可以提示回答问题时所需要的明晰的原理以及角度。

比如本题第一问"既然在数学领域 $2+5=7$ 是颠扑不破的，为什么在艺术领域 $2+5=10000$ 也是可能的"，回答问题的角度还难以把握的话，第二问"在认识活动中，正确处理理性与非理性的关系对科学创新有何重要意义"则明确提出了问题，也间接地提示考生回答问题时所需准确把握的所有信息：（1）什么是理性，什么是非理性：理性因素是指认识主体的理性直观、理性思维能力，指认知性的意识，包括人的理智、思维和逻辑等因素；人的非理性因素包括两类：第一类是情感、意志，包括欲望、动机、信仰、习惯、本能等；第二类是人的认识过程中不能被逻辑思维所包含的主体心理形式，如幻想、想像、直觉、灵感等。（2）需掌握和回答理性因素和非理性因素在认识过程中的作用：在认识活动中，人的理性、理智和逻辑的因素起主要的作用，是主导的因素。但这并不意味着否认人的非理性因素在认识过程中的作用，或者认为非理性因素对认识的形成只起干扰和破坏作用。（3）在认识活动中，正确处理理性与非理性的关系对科学创新有何重要意义。（4）将理性与非理性的辩证关系和材料中的相应实例"在数学领域 $2+5=7$ 是颠扑不破的"和"在艺术领域 $2+5=10000$ 也是可能的"结合起来进行分析：在人的认识过程中，除了有理性因素的作用外，还有非理性因素的参与。非理性因素是指人的情感、意志以及以非逻辑形式出现的幻想、想像、直觉、灵感等。非理性因素对认识活动能起到动力、诱导、激发等作用。在艺术活动中，由于人的认识活动中的想像等非理性因素的作用，使 $2+5=10000$ 成为可能。

【相关知识】 （1）理性因素和非理性因素的含义。理性因素是指认识主体的理性直观、理性思维能力，指认知性的意识，包括人的理智、思维和逻辑等因素。相对于感性认识，理性认识是认识的高级阶段，是人们对感性认识的材料进行抽象和概括而产生的一种对事物的本质、事物的全体、事物的内部联系的认识。人的非理性因素包括两类：第一类是情感、意志，包括欲望、动机、信仰、习惯、本能等；第二类是人的认识过程中不能被逻辑思维所包含的主体心理形式，如幻想、想像、直觉、灵感等。第一类不属于人的认识能力，而是作为一种精神力量渗透到主体的认识活动中，并对其发生影响；第二类虽属人的认识能力，但它同逻辑的、自觉的理性思维相比，具有不自觉、非逻辑性等特点，因而在广义上也属于"非理性"的因素。（2）理性因素和非理性因素在认识过程中的作用。在认识活动中，人的理性、理智和逻辑的因素起主要的作用，是主导的因素。但这并不意味着否认人的非理性因素在认识过程中的作用，或者认为非理性因素对认识的形成只起干扰和破坏作用。

35. **【答案要点】** （1）随着当代科学技术的迅速发展，生产社会化程度的日益提高，资本主义国家为缓和、克服资本主义基本矛盾，在资本主义制度范围内进行着生产关系的不断调整，以适应生产社会化发展的要求。"雇员拥有股票计划"的推行正是调整资本主义生产关系以适应生产社会化发展要求的一种措施。

（2）工人股东的第一种看法主要是从当代资本主义的本质方面来看的，也就是说，当代资本主义社会推行"雇员拥有股票计划"并不改变资本主义社会中资本与雇佣劳动关系的实质，资本与雇佣劳动之间的关系仍然是剥削与被剥削的对立关系。雇员拥有股票，只是说明了在资本主义私有制范围内，资本对雇佣劳动的剥削锁链稍有放松，但不可能改变雇佣劳动者的阶级地位。工人股东的第二种看法，看到了当代资本主义社会出现的新变化，看到了推行"雇员拥有股票计划"对资本主义经济发展的作用，这些作用主要有：使工人积极参与企业的生产管理活动，从而提高企业的生产效率；缓和劳资冲突和社会分配不平等的矛盾，有利于资本家的利润得到实现，有利于资本主义经济的稳定发展。但是，这种看法忽视了资本与雇佣劳动之间关系的实质。

【核心考点】 本题考查生产力与生产关系、资本主义的社会化生产发展的需要。

【解题思路】 回答本题的思路基本上同上一题，可以先看问题，然后带着问题阅读材料。另外，要根据问题结合材料获取应该掌握的信息。具体分析如下：

第一问"根据材料分析当代资本主义社会实行'雇员拥有股票计划'的原因"是针对第一段材料而提出的。材料第一句话罗列了实行"雇员拥有股票计划"的情况和几个典型例子，表面上讲的是实行该计划取得的成绩，其实间接地讲了实行该计划的原因："'雇员拥有股票计划'在这些公司的推行，使工人们积极地经营他们的公司，产生了一种充满活力的责任感，在生产率、高质量和低成本等方面取得了巨大的成就。"对此深究，再结合平时学习的课本知识予以拨高，就不难得到同答案要点(1)内容大致相同的答案：随着当代科学技术的迅速发展，生产社会化程度的日益提高，资本主义国家为缓和、克服资本主义基本矛盾，在资本主义制度范围内进行着生产关系的不断调整，以适应生产社会化发展的要求。"雇员拥有股票计划"的推行正是调整资本主义生产关系以适应生产社会化发展要求的一种措施。

第二问"评析工人股东的两种看法"是针对第二段发问的。在材料中找到工人股东的两种看法时细读一下就可很快抓住两种看法的实质性的差别，也可很快确定自己评价两种观点时应该持有的立场：第一种看法"有的工人股东说：'我看不出有什么变化。一切都和以前一模一样'"是透过现象看清了问题的实质：这种看法主要是从当代资本主义的本质方面来讲的，也就是说，当代资本主义社会推行"雇员拥有股票计划"并不改变资本主义社会中资本与雇佣劳动关系的实质，资本与雇佣劳动之间的关系仍然是剥削与被剥削的对立关系。雇员拥有股票，只是说明了在资本主义私有制范围内，资本对雇佣劳动的剥削锁链稍有放松，但不可能改变雇佣劳动者的阶级地位。第二种看法"也有的工人股东认为，在'雇员拥有股票计划下'，越是尽力干，得到的就越多。"看到的只是表象的变化，没有看清问题的实质：这种看法看到了当代资本主义社会出现的新变化，看到了推行"雇员拥有股票计划"对资本主义经济发展的作用——使工人积极参与企业的生产管理活动，从而提高企业的生产效率；缓和劳资冲突和社会分配不平等的矛盾，有利于资本家的利润得到实现，有利于资本主义经济的稳定发展。但是，这种看法忽视了资本与雇佣劳动之间关系的实质。

【相关知识】 (1) 战后垄断资本主义国家出现的新变化。战后垄断资本主义国家出现了一些新的变化，主要表现在以下几个方面：①科学技术和社会生产力有了很大发展；②国家垄断资本主义得到进一步发展，国家对经济生活的干预加强；③小额股票广泛发行，推进所谓"人民资本主义"；④"福利国家"出现；⑤工人劳动条件和生活条件得到改善，争取到了一定的民主权利等。

(2) 新变化的影响。但这种新变化并没有改变资本主义必然灭亡的命运：①科技革命和社会生产力的发展，国家垄断资本主义的加强，说明生产更加社会化，但没有改变生产资料的资本主义私有制，从而使得基本矛盾更加尖锐；②"福利国家"、"人民资本主义"等没有改变工人阶级雇佣劳动的地位；③资本主义的一些新变化，从总趋势上看，是为社会主义革命准备了更加充分的物质条件；④目前国际共产主义运动处于低潮，所谓低潮是指资本主义世界不具备社会主义革命的主客观条件和社会主义在一些国家遭到严重挫折。低潮和资本主义终将被社会主义所代替的客观规律是两回事。社会主义必然代替资本主义是马克思主义依据社会发展客观规律所揭示出来的历史大趋势。社会主义在一些国家遭受挫折，只是表明社会主义发展的长期性和曲折性。

36.【答案要点】 ①表中数字表明，"三农"问题是现阶段的一个突出问题，农业劳动生产率低，50%的劳动力仅创造15.9%的GDP，城镇化水平低，只有36.2%，农民人均可支配收入低，仅有2253元。这些问题说明无论是农业现代化、农村城镇化、农民收入水平都与全面建设小康社会的目标有较大差距。因此，"三农"问题对全面建设小康社会具有决定意义。没有农业现代化，就没有整个国民经济的现代化；没有农村的全面进步，就没有整个社会的全面进步；没有农民的小康，就没有全国人民的小康。所以，解决好"三农"问题是全面建设小康社会的重大任务。

②解决好"三农"问题，降低农业劳动力的比重是一个关键性的因素。解决这一问题的主要措施有：改变农村产业结构，大力发展非农产业，使更多的农民能够从事非农产业。为农民进入城镇就业创造更好的政策环境，加快农业劳动力的转移。大力推进城镇化进程，使农民变为城镇居民，并通过这些措施使农民收入得到大幅度提高。

注：回答第2个问题，考生若列举出降低农业劳动力比重的其他合理措施，也可酌情给分。

【核心考点】　本题考查"三农"问题以及解决"三农"问题的措施和意义。

【解题思路】　在我国，农业、农村、农民问题，关系改革开放和现代化建设全局。近年来，加强农业，发展农村经济，提高农民收入，一直是政府工作的重中之重。实现全面建设小康社会的目标，重点和难点在农村。中共"十六大"报告指出，"统筹城乡经济社会发展，建设现代农业，发展农村经济，增加农民收入，是全面建设小康社会的重大任务"。

城镇化滞后，农村富裕劳动力多，是我国经济社会发展面临的重大结构性问题。农民收入上不去，最根本的原因是城乡二元经济结构，城市化严重滞后于工业化。因此，解决农村问题，必须城乡统筹考虑，打破城乡分割的二元格局，加快推进城镇化。中国"十六大"报告指出："农村富裕劳动力向非农产业和城镇转移，是工业化和现代化的必然趋势。"

【相关知识】　党的"十六大"会议的有关内容以及当前比较突出的"三农"问题理论和时政热点。在毛泽东思想和中国特色社会主义理论体系概论中设置分析题，既体现了"十六大"报告的重要地位，凸现了当前中央政府的重大方针政策，又突出了多年未考的理论重点。因此熟悉了党的"十六大"会议精神，回答该题就比较容易。可见，考生一定要有与时俱进的意识和关注现实重大问题和党的基本方针政策的策略。

37. 选做题Ⅰ：

【答案要点】　（1）海湾战争起因于伊拉克侵占科威特，联合国安理会同意对伊采取军事行动。老布什讲话强调美国的行动得到了联合国的同意，联合国可以发挥维护和平的作用。小布什的讲话则以伊拉克存在"大规模杀伤性武器"，威胁世界和平与美国安全为口实，未经联合国授权，即宣布出兵伊拉克。

（2）海湾战争时，苏联尚未解体，美国的经济刚刚开始回升，大国关系错综复杂，联合国作用突出，美国需要借助联合国，以打赢海湾战争。发动对伊战争时，美国作为世界上唯一的超级大国，经济、军事实力大大增强，特别是小布什就任美国总统后，在一系列问题上推行"单边主义"。"9·11"事件后，把打击恐怖主义、确保本土安全作为主要战略任务，确立"先发制人"的战略原则。所以，美国不顾多数国家的反对，未经联合国授权，就对伊发动了战争。

（3）两次讲话都提出建立"世界新秩序"，在全世界推行西方民主价值观。这是由美国的国家利益及其谋求世界霸权的全球战略所决定的。

注：如果从分析美国发动对伊战争具体原因的角度回答问题，也可酌情给分。

【核心考点】　本题考查当代世界经济与政治部分有关联合国等主要国际组织的地位、作用和面临的挑战的相关内容。

【解题思路】 本题材料简单，问题比较清晰，回答时分析对比两段材料中所表述的观点的相同点与不同点——主要关注结论性的、评述性的语言即可，切忌过分纠缠于细节的表述。在此基础上，结合材料的背景和内容，以及自己平时所掌握的有关知识，深层次地分析其原因即可。

【相关知识】 近年来，以联合国为主的全球性、区域性组织的作用是有限的，在维护世界和平和地区稳定，促进地区经济社会发展方面，远未能发挥其应有的作用。特别是1998年底美国绕开联合国安理会空袭伊拉克，1999年3月以美国为首的北约又绕开安理会空袭南联盟，2003年美国又一次攻打伊拉克。这在冷战结束后的国际社会中开了一个危险的先例，严重影响了联合国在维护世界和平和地区稳定方面的威信。建立"世界新秩序"问题，主要是针对战后长期存在的国际政治旧秩序而言，国际旧秩序是在美苏两级对峙争夺的基础上建立起来的，其基本特征表现为：①划分势力范围，建立军事集团，组织"大家庭"、"卫星国"或"联盟关系"；②在联合国，通过安理会中大国否决权，垄断国际事务，在相当长的一段时间内，联合国成了超级大国手中的工具；③无视国际法和国际关系准则，肆意践踏他国主权。两极格局终结后，美国的霸权主义和强权政治并没有因此而结束，甚至变本加厉，有增无减。这种国际政治旧秩序的实质，就是维护超级大国的霸权地位。美国主张建立以其为主导的、"一超"独霸的国际新秩序。美国提出的国际新秩序的要点是：第一，美国有条件和必须充当未来国际新秩序的"领袖"和"灯塔"；第二，以美国为榜样，用美国的价值观改造世界，按美国的模式建立一个"和平和安全、自由与法治"的国际新秩序，即美国式的单极世界；第三，以军事实力为后盾，建立以美国军事力量为保障的国际安全机构；第四，维护美国的领导地位，奉行参与扩张战略，千方百计扩大美国在世界上的影响，必要时不惜使用武力维护美国的海外利益；第五，利用联合国等国际组织为美国利益服务。美国的国际新秩序主张的实质是实行美国独霸世界的目的。而以上总统发言就集中体现了美国当前的这种外交政策。

选做题Ⅱ：

【答案要点】 （1）20世纪80年代末90年代初，苏联东欧发生剧变是世界社会主义发展遭受的重大挫折，但这并不是社会主义的终结，也不意味资本主义是人类统治的最后形态。在这一时期，中国社会主义的发展取得了举世公认的成就。国民经济持续增长，增长速度居世界前列，经济总量大幅度跃升。这些事实说明，福山的观点是错误的。

（2）自由民主的理念属于社会的意识形态，它是社会存在的反映，是具体的、历史的，在阶级社会里是有阶级性的。资产阶级的自由民主观念及其所表现的政治制度是资本主义经济关系的反映，它只是在人类社会发展的一定历史阶段具有合理性，而不可能是永恒不变的，它必然为无产阶级的自由民主观念所扬弃，并发展为新的、更高的社会主义民主制度。

（3）社会主义国家要实现更快的发展，必须在两制的竞争中吸收和借鉴发达资本主义国家创造的一切文明成果，特别是先进的科学技术、经营方式和管理方法，但是要抵制资本主义腐朽的东西，在经济全球化的潮流中处理好开放与维护民族利益的关系，坚持社会主义道路与方向，从本国的国情出发，制定符合实际的发展战略，在与资本主义国家合作和竞争的过程中实现自身更快的发展。

【核心考点】 本题考查当代世界经济与政治部分中有关社会主义和资本主义的关系问题。

【解题思路】 美国学者弗朗西斯·福山的《历史的终结及最后之人》一书形象地揭露了西方民主制度及其意识形态的险恶用心。只要我们坚持社会主义立场，知道弗朗西斯·福山的观点是代表以美国人为首的西方社会对中国社会主义的诋毁和批判以及企图和平演变的可怕野心，我们在回答问题时就可以站稳立场，正确看待社会主义和资本主义各自的优点及其相互间的复杂关系。应当用历史唯物主义的态度和方法去具体分析，而不是像弗朗西斯·福山那样只是片面地看待问题，然后得出错误的结论。

【相关知识】 2003年考研政治中马克思主义政治经济学原理新增考点"经济全球化条件下两种社会制度的并存和发展"，在2004年试卷中即以分析题的形式予以考查，可见每年大纲新增考点在考研命题中的重要性。同时本题的第（2）问又结合了唯物史观的观点分析，符合选做题Ⅱ利用其他学科原理分析当代世界经济与政治重大问题的命题要求。这就提醒考生在复习备考时要高度重视考试大纲中的知识点和考查要求。

2003年全国硕士研究生入学统一考试政治理论试题精解

一、单项选择题

1.【参考答案】 D

【核心考点】 本题考查马克思主义哲学的创立是哲学中的伟大变革。

【解题思路】 马克思主义哲学的革命性变革表现为唯物主义与辩证法的有机结合，唯物辩证的自然观和唯物辩证的历史观的有机结合，形成辩证唯物主义和历史唯物主义。马克思主义哲学以实践为基础，回答了哲学的基本问题，即思维和存在的基本问题。在此基础上，揭示了思维与存在的统一性问题是人与自然相互作用的现实的历史过程，自然与社会的相互渗透、相互转化，形成了社会的自然与自然的社会，说明了自然史与人类史的密不可分，它把唯物主义的原则贯彻到社会历史领域，揭示了社会生活的本质和历史发展的客观规律，实现了唯物主义自然观与历史观的统一。在马克思主义哲学产生以前，在社会历史领域，始终是唯心主义占统治地位，即使实现了哲学史上巨大革命性变革的费尔巴哈也没能将唯物主义贯彻到社会历史领域。也就是说，在马克思主义哲学创立之前，没有唯物史观的存在，也就不存在唯物史观和唯心史观的对立。在古代有的只是朴素唯物论与唯心论的对立、朴素辩证法与形而上学的对立、可知论与不可知论的对立；在近代又形成了形而上学唯物论与唯心论的对立、唯心辩证法与形而上学的对立；到了近代，可知论与不可知论的争论就更为激烈。所以。选项A、B、C错误，选项D正确。

【相关知识】 （1）马克思主义哲学的创立在哲学史上的伟大变革。马克思主义哲学的产生，使哲学的对象、内容和作用都发生了革命性的变革，成为哲学发展史上的里程碑，成为真正科学的世界观和方法论。第一，在内容上，马克思主义哲学克服了旧哲学中唯物论和辩证法、自然观与历史观的分离，实现了唯物论和辩证法、自然观与历史观的有机统一，特别是唯物主义历史观的建立，使马克思主义的唯物论成为彻底的唯物论，使马克思主义的辩证法成为彻底的辩证法。第二，在对象上，马克思主义哲学克服了旧哲学企图构造包罗万象的知识体系和建立"科学之科学"的幻想，实现了哲学研究对象的科学化，正确解决了哲学与具体科学之间的关系，把哲学对象规定为研究自然、社会和思维发展一般规律的科学。第三，在作用上，马克思主义哲学克服了旧哲学的局限性，强调哲学不仅要解释世界，更重要的在于改变世界，从而实现了哲学作用的科学化和革命化，成为无产阶级和其他劳动人民认识世界和改造世界的强大思想武器。

（2）马克思主义哲学的理论形态和基本特征。马克思主义哲学是唯物主义和辩证法的统一，唯物主义自然观和历史观的统一；马克思主义哲学史是革命性和科学性相统一的哲学；解放思想、实事求是、与时俱进是马克思主义哲学的精髓。

2. **【参考答案】** C

【核心考点】 本题考查人的实践活动的作用，实践是人与世界相互作用的中介。

【解题思路】 实践是人能动地改造客观世界的物质活动，是人的存在方式，是人与世界相互作用的中介。从人的本质上看，人的本质在其现实性上是一切社会关系的总和，而现实的社会关系是在人的实践活动中生成的。"以一定的方式进行生产活动的一定的个人，发生一定的社会关系和政治关系"。正是在改造自然的实践过程中，人们之间结成了一定的社会关系。这种社会关系反过来又制约和规定着人的本质。换言之，人在实践活动中"创造、生产人的社会联系、社会本质"，从而使自己成为"社会存在物"。人在实践活动中，不仅反映客观世界及其规律，而且要依据自己的目的利用客观规律去改变客观世界的现存状态，使之成为符合人的目的和要求的新的状态。实践具有改造客体的功能，也有使实践的主体的知识、技能等方面不断得到丰富、提高、完善的功能，因此，在实践活动，在人与世界的相互作用中，人与世界同时得到了改变，并获得日益丰富的内容。因此，正确答案为C。

【相关知识】 实践构成了人类存在的基本方式：从人类生存的前提看，人类生存的第一个前提就是必须能够生活，所以人类的第一个历史活动，也是每日每时必须进行的基本活动，就是"生产物质生活本身"。正是这种实践活动不断地创造着人类生存和发展的根本条件。实践因此成为人的生命之根和立命之本。从人与动物的重要区别看，"有意识的生命活动把人同动物的生命活动直接区别开来。"从人的本质上看，人的本质在其现实性上是一切社会关系的总和，而现实的社会关系是在人的实践活动中生成的。"以一定的方式进行生产活动的一定的个人，发生一定的社会关系和政治关系"。正是在改造自然的实践过程中，人们之间结成了一定的社会关系。这种社会关系反过来又制约和规定着人的本质。换言之，人在实践活动中"创造、生产人的社会联系、社会本质"，从而使自己成为"社会存在物"。实践构成了人类的特殊生命形式，即构成人类的存在形式。

3. **【参考答案】** C

【核心考点】 本题考查人在认识过程中对信息的选择、重构的作用关系。

【解题思路】 马克思主义的认识论是能动的反映论，即认识是在实践基础上主体对客体的能动的反映，它科学地揭示了认识的本质。这种认识论提醒人们，在认识事物的过程中，首先要从对象中获取足够的、真实的信息，同时还要对这些信息进行加工、改造、选择、变换和组织等。因为人所特有的选择机制不是主观任意的，它既要受被反映客体的制约，也要受逻辑思维方式和方法的制约。如果背离认识和思维的规律进行选择，结果只能导致主观和客观的分离。在认识过程中，主体不仅要对信息进行选择、加工，而且要按照正确反映客体的要求，把这些信息在大脑中重新组合成观念的体系，通过主体的重新组织，重新构造才形成对客观对象的反映。也就是认识的能动性表现为对信息的加工、选择，以形成一定的认识。认识是在实践基础上主体对客体的能动反映，是反映与创造的统一。所以选项C"人的感觉中包含着对外界事物信息的选择、加工和转换"为正确答案，选项A"人只能认识外界物体作用于感官形成的感觉"和选项B"人的感官所具有的生理阈限是人的认识能力的界限"忽视了人类认识的主体能动性，认为人的认识能力因受到某些方面因素的限制或影响，因而是有限的，带有不可知论的色彩，都不正确；选项D"人所形成的关于事物的感觉是人自身生理活动的结果"把人的感觉看做是纯粹主体的"人自身生理活动的结果",否认了外在客体信息在形成感觉中的作用,也不正确。

【相关知识】 (1)反映与信息的关系:反映就是主体认识客体,就是主体通过一定手段从客体中获取信息,并经过加工、改造,即信息变换,使之在主体头脑中建构出一个与客体具有同构异质关系的观念系统的过程。人们要认识事物,首先要从对象中获取足够的、真实的信息,同时还要对这些信息进行加工、改造、选择、变换和组织等。(2)反映与选择的关系:主体在认识过程中对客体信息的选择,首先表现为主体以感觉器官为门户的神经生理系统所决定的选择。这种选择取决于感觉器官,只能选择感觉器官所能及的信息。在此基础上,人的思维活动还需要进行自觉的、能动的选择。抽象思维所面对作为感性映象的信息,尽管是丰富的、整体性的,但却是表面的、直观的,必须对它"去粗取精、去伪存真",把观念信息的现象联系变为逻辑联系,才能成为理性认识。(3)反映与重构的关系:人对客观事物的反映离不开重构。它是体现主体能动性的一种认识机制、认识环节,是人的认识活动内在具有的,是认识过程中主体能动性和创造性的突出表现。在认识过程中,主体不仅要对信息进行选择、加工,而且要按照正确反映客体的要求,把这些信息在大脑中重新组合成观念的体系,通过主体的重新组织,重新构造才形成对客观对象的反映。

4. **【参考答案】** B

【核心考点】 本题考查生产关系在社会生产中的地位。

【解题思路】 生产关系是人们在生产过程中形成的一定的、必然的、不以人的意志为转移的经济关系。生产关系是客观的,其性质是由生产力状况所决定的,并总是同生产力的一定发展阶段相适应。由于生产资料所有制关系决定生产关系的其他方面,有什么样的生产资料所有制关系就有什么样的人与人的关系,也就会有什么样的分配关系,可以说,生产关系本质上就是生产资料的所有制关系,是社会生活中人与人之间最基本、最本质的关系,一切社会关系都可以归结为生产关系,它也直接决定着其他的社会关系。由于人们对生产资料的占有关系不同,在生产过程中的作用不同,因而参与社会分配和得到社会产品的多少就不相同,也即获得的物质利益就不相同,这表明,生产关系就是人们之间的物质利益关系。这些生产关系的总和构成社会的经济结构或经济基础。选项A"政治法律制度"、选项C"历史文化传统"和选项D"伦理道德规范"属于在生产关系基础上形成的上层建筑的范畴,其完善与否、文明程度怎样最终都是由生产关系的总和来决定的,因此均不符合题意,正确选项为B。

【相关知识】 (1)生产关系的内涵。生产关系是人们在物质生产过程中形成的不以人的意志为转移的经济关系和物质利益关系,马克思把生产关系称为人们之间的物质关系,列宁称为物质的社会关系。由于生产资料所有制关系决定生产关系的其他方面,有什么样的生产资料所有制关系就有什么样的人与人的关系,就有什么样的分配关系,可以说,生产关系本质就是生产资料的所有制关系。生产关系构成的三个方面中,所有制问题是最基本的方面。生产关系是一种物质关系,生产关系是社会生活中人与人之间最基本的关系,一切社会关系都可以归结为生产关系,同时一切生产关系又可以归结为生产力,因此,我们才说生产力是社会发展的最终决定力量。生产关系诸方面的关系,这些知识点都要在理解的基础上加以把握。(2)经济基础和上层建筑。经济基础就是同生产力的一定发展阶段相适应的生产关系的总和。不是一个社会现实存在着的各种生产关系的总和,而是一个社会中占统治地位的那种生产关系的各个方面的综合。而上层建筑是建立在经济基础上的社会意识形态和与其相适应的制度与设施。

其中，社会意识形态包括政治思想、哲学、道德、艺术、宗教等，制度主要指政治法律制度设施；这两部分构成了庞大而复杂的上层建筑。

5.【参考答案】 D

【核心考点】 本题考查商品的使用价值和价值的矛盾的外在表现形式。

【解题思路】 商品是使用价值和价值的统一体，商品的使用价值的表现形式就是商品自身，而商品的价值的表现形式是交换价值，在商品与商品的交换关系中表现出来。从商品交换发展的历史过程看，商品的价值形式经历了从简单的、个别的或偶然的价值形式，总和的或扩大的价值形式，一般价值形式到货币形式。货币形式是随着商品交换范围的不断扩大，商品交换种类的不断增加，越来越要求将一般等价物固定在一种商品上的情况下产生的。因此，货币形式是价值形式发展的完成形式。货币是商品交换发展到一定阶段的产物，是商品内在矛盾发展的必然结果。货币的出现，使整个商品世界分为两极：一极是商品，它们都是特殊的使用价值；另一极是货币，它是一切商品价值的代表。这样，商品内在的使用价值与价值的矛盾就表现为商品与货币的外部对立。所以选项 D 正确；选项 A "商品与商品的对立"指的是简单的、偶然的商品经济的状况，它还没有达到"完备形式"的阶段；选项 B "具体劳动与抽象劳动的对立"指因商品的二因素而引起的生产商品的劳动二重性的矛盾；选项 C "私人劳动与社会劳动的对立"指的是简单商品经济的基本矛盾，均与题干不符，应排除。

【相关知识】 商品是使用价值和价值的矛盾统一体。第一，商品的使用价值和价值是统一的。表现在：使用价值是价值的物质承担者，没有使用价值，也没有价值；只有使用价值，没有价值也不成其为商品，只是劳动产品。第二，商品的使用价值和价值是不同的：两者的范畴不同，使用价值是永恒的范畴，价值是历史的范畴；反映关系不同，使用价值反映人与物的关系，价值反映商品生产者之间的关系。第三，商品的使用价值和价值又是相互排斥、相互矛盾的，商品生产者或购买者不能同时拥有使用价值和价值。商品生产者生产商品是为了获得价值，而为了获得价值，就必须让渡商品的使用价值，商品购买者为得到商品的使用价值就必须支付商品的价值。使用价值和价值的矛盾是商品内在的矛盾，必须通过交换才能解决。

6.【参考答案】 B

【核心考点】 本题考查预付资本总周转次数及其计算公式。

【解题思路】 预付资本总周转是指固定资本和流动资本的平均周转。加快资本周转速度，可以加快可变资本的周转速度，而可变资本是剩余价值的源泉，因此就可获得更多的剩余价值，从而增加年剩余价值。所以资本家竞相采取措施，加速固定资本和流动资本的周转，即加快总资本的周转。

预付资本总周转 = （一年内固定资本周转价值总额 + 一年内流动资本周转价值总额）/预付资本总额。针对本题，预付资本总周转 = （$300 \times 1/20 + 600 \times 1/10 + 100 \times 1/4 + 500 \times 3.4$）/ （$1000 + 500$）= （$15 + 60 + 25 + 1700$）/$1500 = 1.2$，答案只能是选项 B。

【相关知识】 不断重复进行的周而复始的资本循环是资本周转。资本周转速度一般用一定时期内资本周转次数表示。资本周转速度的快慢受多种因素的影响，主要有两个，一是资本的周转时间，一是生产资本的构成。资本周转时间是预付资本的价值，从一定形式出发经过循环运动，带着剩余价值回到原来出发点的时间。资本周转时间包括生产时间和流通时间；资本周转时间与资本周转速度成相反方向变化。资本周转次数指一定时间内（一般是一年）资本价值周转次数，一般用资本周转次数表示资本周转速度。资本周转速度的快慢受多种因素的影响，主要有两个：一是资本周转时间的长短或资本周转次数的多少；二是生产资本的构成，即固定资本和流动资本的比例。固定资本占的比重大，整个资本周转速度就慢，相反流动资本占的比重大，整个资本的周转速度就快。

7. 【参考答案】 B

【核心考点】 本题考查对级差地租的理解和应用。

【解题思路】 级差地租是与土地的不同等级相联系的地租。产生级差地租的原因是对土地的资本主义垄断经营。级差地租由于形成的具体条件不同有两种形态：级差地租第一形态即Ⅰ和级差地租第二形态即Ⅱ。级差地租Ⅰ是由不同地块的肥沃程度的差别和不同地块地理位置的差别等条件而形成的级差地租；它是投入不同地块的各个资本具有不同劳动生产率的结果。级差地租Ⅱ是由于在一块土地上连续追加投资的劳动生产率不同而形成的级差地租。绝对地租是土地所有者凭借土地私有权的垄断所取得的地租，在资本主义条件下，耕种任何土地都必须向土地所有者交纳的地租。所以，选项B为正确答案。

注意掌握资本主义地租的两种形式、每种形式的形成条件和原因，可出选择题或分析题，基本原理可以运用到社会主义经济中。1998年理科选择题考了级差地租的形式。文科考了论述题"改革开放以后，我国对城市土地征收使用费，并按不同地段确定不同收费标准。试分析这样做的理论依据。"2001年以选择题形式考查了这个知识点。

【相关知识】 （1）级差地租是与土地的不同等级相联系的地租，它是由农产品的个别生产价格低于社会生产价格所形成的。

（2）形成级差地租的条件是：土地有好坏和肥沃程度的不同，同量资本投入生产条件不同而使用面积相同的土地，劳动生产率和产量收益也就不同，农产品是按照由劣等地农产品的个别生产价格所决定的社会生产价格在市场上出售的，这样投资于条件较好的优等和中等土地的农业资本家，就可以获得超额利润，这个超额利润由农业资本家作为级差地租交给土地所有者，农业资本家自己获得平均利润。

（3）产生级差地租的原因是对土地的资本主义经营权的垄断，因为土地的资本主义经营垄断使得经营优等和中等地的农业资本家都能获得超额利润，土地的资本主义经营垄断，使农业中获得的超额利润可以长期稳定地存在。

（4）级差地租由于形成的具体条件不同有两种形态：级差地租第一形态即Ⅰ和级差地租第二形态即Ⅱ。级差地租Ⅰ是由不同地块的肥沃程度的差别和不同地块地理位置的差别等条件而形成的级差地租；它是投入不同地块的各个资本具有不同劳动生产率的结果。级差地租Ⅱ是由于在一块土地上连续追加投资的劳动生产率不同而形成的级差地租。

8. 【参考答案】 D

【核心考点】 本题考查新民主主义革命的根本目的。

【解题思路】 本题是2003年大纲新增知识点。考查的知识点是毛泽东思想和中国特色社会主义理论体系概论中的"新民主主义革命理论。"原题及答案均见2001年7月1日，江泽民同志在庆祝中国共产党成立80周年大会上的讲话："我们党领导的新民主主义革命，目的是取消帝国主义在中国的特权，……从根本上解放被束缚的生产力。"本题四个选项中A选项是直接目的，D选项是根本目的。

【相关知识】 （1）毛泽东阐述的政治、军事同经济的关系，即政治、军事的力量，是为了推翻妨碍生产力发展的力量；推翻妨碍生产力发展的力量，目的是为着解放生产力，发展经济。经济是政治、军事的基础，根本目的是发展经济。

（2）毛泽东在1945年4月党的七大政治报告中提出的判断一个政党好坏的根本标准即生产力标准。毛泽东说："中国一切政党的政策及其实践在中国人民中所表现的作用的好坏、大小，归根到底，看它对于中国人民的生产力的发展是否有帮助及其帮助之大小，看它是束缚生产力的，还是解放生产力的。"

9. 【参考答案】 B

【核心考点】 本题考查对没收官僚资本的双重革命性质的理解。

【解题思路】 在旧中国，以四大家族为代表的官僚资本，和国家政权结合在一起，成为国家垄断资本，垄断了全国的经济命脉，具有封建的、买办的和垄断的特点，是国民党反动政权的经济基础。它不仅压迫工人、农民，而且压迫城市小资产阶级，损害中等资产阶级，严重阻碍了中国社会生产力的发展。没收官僚资本具有双重革命的性质。没收官僚资本是新民主主义革命的目标之一，具有新民主主义革命的性质；同时，没收官僚资本，是剥夺大资产阶级，使这种控制国家经济命脉的巨大经济力量集中到新民主主义国家手中，成为社会主义性质国营经济的主要来源，并为社会主义改造创造条件。因此，没收官僚资本又具有社会主义革命性质。A、C两项是反帝反封的新民主主义革命的主要任务和内容，D项是社会主义改造时期的革命任务，其性质是社会主义的。

【相关知识】 新民主主义的三大经济纲领。1940年，毛泽东在《新民主主义论》中，第一次完整地提出了新民主主义的经济纲领；1947年，毛泽东在《目前形势和我们的任务》中，进一步提出了新民主主义的三大经济纲领，即"没收封建阶级的土地归农民所有，没收蒋介石、宋子文、孔祥熙、陈立夫为首的垄断资本归新民主主义国家所有，保护民族工商业"。

10. 【参考答案】 A

【核心考点】 本题考查全方位对外开放的格局。

【解题思路】 20世纪70年代末，我国开放了四个经济特区之后又相继开放了沿海十几个城市，90年代开发上海浦东新区并开放长江沿岸城市，我国的对外开放进入了一个新的阶段，其标志就是全方位、多层次、宽领域对外开放格局的形成。B、C两项是我国对外开放取得的具体性成果，D项是我国多层次对外开放格局形成的具体表现。

【相关知识】 我国对外开放的进程：（1）1978年，党的十一届三中全会做出了实行改革开放的重大决策。1979年，党中央、国务院批准广东、福建在对外经济活动中实行"特殊政策、灵活措施"，并决定在深圳、珠海、厦门、汕头试办经济特区，福建省成为全国最早实行对外开放的省份之一。

（2）十一届三中全会后，国民经济进入调整时期。1979年7月，党中央、国务院曾做出决定，对广东、福建两省的对外经济活动实行特殊政策和优惠措施，并决定在深圳、珠海、汕头、厦门设置经济特区，作为吸收外资、学习国外先进技术和经营管理方法的视窗。1984年4月，又进一步开放大连、秦皇岛、天津、烟台、青岛、连云港、南通、上海、宁波、温州、福州、广州、湛江、北海这14个港口城市。

（3）1980年8月18日，邓小平在中央政治局扩大会议上发表了题为《党和国家领导制度的改革》的讲话，为新时期我国政治体制的改革指明了方向。

（4）1980年9月，中共中央下发《关于进一步加强和完善农业生产责任制的几个问题》，肯定了包产到户的社会主义性质。到1983年初，农村家庭联产承包责任制在全国范围内全面推广。

（5）1984年10月，党的十二届三中全会比较系统地提出和阐明了经济体制改革

中的一系列重大理论和实践问题，确认我国社会主义经济是公有制基础上的有计划的
商品经济，这是全面进行经济体制改革的纲领性文献。政治体制的改革与经济体制的
改革基本上是同步进行的。20世纪80年代中期，我国的科技、教育、文化等各个领
域的改革也开始启动。

（6）1985年2月，增开长江三角洲、珠江三角洲、闽南三角区为经济开放区。
经过多年的实践，形成了全方位、多层次的开放格局，改革和开放得到了全国人民的
拥护，"改革开放是强国之路"成为人们的共识。

11. 【参考答案】 A
【核心考点】 本题考查党的领导是人民当家作主和依法治国的根本保证、人民当家作
主是社会主义民主政治的本质要求，依法治国是党领导人民治理国家的基本方略。
【解题思路】 选项A是正确选项。选项B是依法治国的含义和内容。选项C是社会
主义民主政治的重要体现。选项D是我国政治体制改革必须遵循的三项原则之一。
【相关知识】 民主是法制的前提和基础，法制是民主的体现和保障。发展社会主义民
主，必须加强社会主义法制，使民主制度化、规范化、程序化。

　　实施依法治国方略，必须坚持有法可依、有法必依、执法必严、违法必究的方
针，不断推进完善立法、严格执法、公正司法、全民守法的进程。实行依法治国，对
执政党本身而言，最根本的就是要提高治国理政的法治化水平。党的方针、政策是立
法的依据和执法、司法的重要指导，同法律在本质上是一致的。法律是经过实践检验
和法定程序上升为国家意志的主张。执政党要提高治理国家的法治化水平，必须加强
对立法的领导，善于把正确的政策主张上升为法律，主要依靠法律治理国家、管理社
会。党的执政主张凡是要上升为国家意志的，必须由国家权力机关经过法定程序，使
之成为法律法规或国家机关的决议、决定，再由各级各类国家机关依法实行。通过法
定程序，把党的路线、方针、政策、主张上升为国家意志，从法律制度上保证党的基
本路线、基本纲领、基本经验的长期稳定和贯彻实施，保证党始终发挥总揽全局、协
调各方的领导核心作用。国家法律既反映了全国人民的利益和意志，也反映了党的政
策和主张。法律的贯彻实施，也就是党的主张和人民的意志的贯彻实施，党的领导和
人民民主就在法律层面得到了落实。把党的领导、人民民主、依法治国统一起来，用
法律手段实现和保证党的领导、人民民主，这是国家长治久安和巩固党的执政地位的
重要保障。

12. 【参考答案】 B
【核心考点】 本题考查非公有制经济是我国社会主义市场经济的重要组成部分。
【解题思路】 非公有制经济是我国社会主义市场经济的重要组成部分，是因为：第
一，非公有制经济已成为我国的重要经济力量，对国民经济的发展起重要作用。它的
存在和发展对满足需要、增加就业、促进国民经济发展起重要作用。第二，非公有制
企业已成为社会主义市场的重要角色，对社会主义市场经济的运行和发展起重要作
用。非公有制企业与公有制企业一样，也是社会主义市场的主体，它的存在和发展，
它的投资、生产、营销活动，都直接构成社会主义市场经济的一部分，对其起重要作
用。以前我们曾经将非公有制经济当做是社会主义公有制经济的补充，中共十五大报
告明确把非公有制经济确定为社会主义市场经济的重要组成部分。
【相关知识】 （1）非公有制经济的形式。（2）对于非公有制经济在社会主义市场经
济中的作用和地位，考生一定要准确把握，既不能忽视，也不可夸大。非公有制经济
是我国社会主义市场经济的重要组成部分。非公有制经济单位是市场竞争主体。它的
市场经营活动是以市场为导向，根据市场需要来组织安排的，政府不直接干预。它依

法纳税，自主经营，自负盈亏，在市场竞争中求得生存和发展。它们作为市场的主体，在竞争中都享有平等的权利和义务。改革开放以来，非公有制经济得到了较快发展，是社会主义市场经济的重要组成部分。

13. **【参考答案】** C

【核心考点】 本题考查社会主义的生产目的。

【解题思路】 2000 年 10 月中共十五届五中全会通过的《中共中央关于制定国民经济和社会发展第十个五年计划的建议》指出："制定'十五'计划，要把发展作为主题，把结构调整作为主线，把改革开放和科技进步作为动力，把提高人民生活水平作为根本出发点，"故 C 项为正确答案。选项 A 是社会主义的本质和根本任务，其目的是提高人民生活水平，满足人民日益增长的物质文化生活需要。选项 B、D 是社会主义经济发展的必然结果。

【相关知识】 邓小平关于社会主义本质的论述：社会主义的本质是解放生产力，发展生产力，消灭剥削，消除两极分化，最终达到共同富裕。

14. **【参考答案】** D

【核心考点】 本题考查党的"十六大"报告的主要内容。

【解题思路】 "十六大"报告指出，贯彻"三个代表"重要思想：关键在坚持与时俱进（本书编者：这一条揭示了贯彻"三个代表"重要思想的根本途径），核心在坚持党的先进性（本书编者：这一条揭示了"三个代表"重要思想的真谛和精髓），本质在坚持执政为民（本书编者：这一条揭示了"三个代表"重要思想的出发点和归宿）。

【相关知识】 "三个代表"重要思想形成的社会历史条件包括时代背景、历史背景、实践基础和现实依据四个方面：（1）当今国际局势的深刻变化是"三个代表"重要思想形成的时代背景；（2）党成立 80 多年的奋斗历程和基本经验的科学总结，是"三个代表"重要思想形成的历史背景；（3）改革开放以来特别是十三届四中全会以来党和人民建设中国特色社会主义的伟大探索是"三个代表"重要思想形成的实践基础；（4）"三个代表"重要思想是在对党的现状进行科学分析的基础上形成的现实依据。因此"三个代表"重要思想是当代中国发展的必然结果。

15. **【参考答案】** A

【核心考点】 本题考查党坚持先进性和增强创造力的决定性因素。

【解题思路】 本题答案直接见"十六大"报告。注意：选项 B 是建设有中国特色社会主义首要的基本的理论问题。

二、多项选择题

16. **【参考答案】** ABCE

【核心考点】 本题考查对立统一规律，矛盾同一性和斗争性及其在事物发展中的作用以及中国传统哲学中的矛盾观。

【解题思路】 本题的原话出自《国语·郑语》一书中记载的中国西周末思想家史伯对郑桓公的谈话，而理解其谈话中的"和"与"同"这两个中国古代哲学中的概念是解答本题的关键。这里的"和"即"以它平它"，指不同的东西或不同的要素的结合，即差异性的统一；"同"指完全等同的东西或者因素的重合，即没有差异性的统一。不同性质的事物或东西相结合才能形成形态各异、属性不同的事物，这就是"和实生物"；否则，不能形成丰富多彩的事物，即"同则不继"。同样的道理，唯物辩证法也认为，任何事物都是有不同的方面或不同的要素组成，是包含着内在差别和矛盾的统一体，对立（即斗争性）和统一（即同一性）是矛盾的两种属性，事物与事物之间绝不会是完全的同一，它们之间总是有差别和对立，也正是事物内部的差别和矛盾的统一，才推动了事物的发展，所以选项A、B、C、E为正确答案；选项D"矛盾的一方只有克服另一方才能达到统一"既不是题干材料所包含的思想，又不符合辩证法思想，所以不选。

【相关知识】　对立统一规律揭示了事物发展的源泉和动力，是唯物辩证法的实质和核心，这是因为：第一，对立统一规律揭示了事物普遍联系的根本内容和事物发展的根本动力。它是联系和发展的实质，唯物辩证法认为，联系的根本内容是相互对立的矛盾双方之间的联系；发展的源泉和动力是事物内部矛盾双方的统一和斗争。正是因为事物内部存在着矛盾的斗争和统一，事物才有自己的运动和发展。第二，对立统一规律是贯穿其他规律和范畴的一条中心线索，是理解其他规律和范畴的钥匙。唯物辩证法的规律和范畴是从各个不同侧面揭示事物的联系和发展的，而对立统一规律揭示了联系和发展的最深刻的本质。因此，对立统一规律必然贯穿在其他规律和范畴之中。第三，对立统一的方法，即矛盾的分析方法是认识和改造世界的根本方法。第四，承认不承认矛盾，承认不承认事物因内在矛盾而引起变化、运动，是辩证法与形而上学对立的焦点。

17.　**【参考答案】**　BCDE

【核心考点】　本题考查人民群众是历史的主体和历史的创造者。

【解题思路】　马克思主义唯物史观认为，人民群众是社会历史发展的主体，是推动历史前进的决定力量，这表现在：人民群众是社会生产力的体现者；人民群众是社会物质财富的创造者；人民群众是社会精神财富的创造者；人民群众是变革社会制度、推动历史前进的决定力量。社会历史是由人的活动构成的，社会历史规律是人们自己的社会行动的规律，社会规律总是通过人的自觉活动来实现的。历史是人民群众创造的，但是，人民群众创造历史，在任何时候都要受社会历史条件的制约。历史唯物主义从社会存在决定社会意识，生产方式决定社会发展的基本观点出发，认为社会发展的历史从根本上说是生产发展的历史，是作为物质资料生产者的人民群众所创造的历史。所以，选项B、C、D、E为正确答案。历史的创造者是历史的参与者，但并不意味着历史的参与者就一定是历史的创造者，故选项A不正确。

【相关知识】　（1）人民群众的作用。人民群众是社会历史发展的主体，是推动历史前进的决定力量，这表现在：第一，人民群众是社会生产力的体现者。生产力是社会发展的最终决定力量，任何社会的发展，都必须适合生产力发展的要求，而人民群众，首先是劳动群众，正是社会生产力的最主要要素。第二，人民群众是社会物质财富的创造者。人民群众，特别是劳动人民，是物质生产的直接承担者。历史上的一切生产工具，从粗糙的原始石器到现代化的机器设备，都是劳动人民和知识分子创造的；人类所必需的一切衣、食、住、行等生活资料，也都是劳动人民生产的。物质文明实际上是劳动人民改造自然的物质成果。第三，人民群众是社会精神财富的创造者。①人民群众的实践活动是一切精神财富的源泉。历史上许多伟大的科学成果、艺术作品和文化成就，往往都是依据广大劳动人民创造的素材和生产斗争、阶级斗争实践经验汇总和提高的结果。脱离人民群众的社会实践，任何有价值的精神财富都不可能创造出来。②劳动群众为科学家、思想家、艺术家从事精神文化活动提供了物质前提。③劳动群众也直接参加了精神文化财富的创造活动，其中劳动知识分子在精神文化的创造和传播中起着重要作用。第四，人民群众是变革社会制度、推动历史前进的决定力量。在阶级社会中，社会制度的变革是通过阶级斗争和社会革命来实现的，而人民群众在任何历史时期都是社会革命的主力军。历史上一切真正的革命运动，实质上都是人民群众起来摧毁腐朽制度的斗争。在社会主义时期，人民也是改革的主要推动力量。（2）"三个代表"中关于"代表最广大人民群众最根本的利益"的思想。

18.【参考答案】 ADE

【核心考点】 本题考查价值规律在不同情况下、在资本主义发展的不同阶段发挥作用的表现形式。

【解题思路】 价值规律作用表现的形式是受供求关系影响，价格围绕价值上下波动，供过于求时，价格低于价值；供不应求时，价格高于价值。商品价格与价值的不一致并没有违反价值规律。在自由资本主义社会，部门之间的竞争使得利润转为平均利润，商品的价值转化为生产价格（为"生产成本＋平均利润"），在这种情况下，商品的市场价格由于受到市场机制的影响不再是围绕价值而是围绕生产价格上下波动。马克思阐明了平均利润不仅不违反价值规律，相反，它是以价值为基础形成的，生产价格是价值的转化形式。到了垄断资本主义，垄断资本家为了得到更多的利润而制定出旨在保护自己利益并且使其最大化的垄断价格（垄断高价和垄断低价）。垄断价格的制定改变了价值规律作用的表现形式。由于垄断价格是市场价格，所以，价值规律就通过垄断价格发挥作用，即市场价格围绕垄断价格上下波动。显然，正确答案为选项A、D、E。

【相关知识】 （1）价值规律的基本内容和要求。价值规律是商品经济的基本规律，它的基本内容和客观要求是：商品的价值量由生产商品的社会必要劳动时间决定，商品交换以价值量为基础，实行等价交换。（2）价格和价值的关系。价格是商品价值的货币表现，价值是价格的基础，按照价值规律的要求，价格和价值应该一致。但在现实中，价格和价值经常背离。有质上的背离，没有价值的东西也可能有价格；也有量上的背离，价格或者高于或者低于价值。这是由于供求关系与价格之间存在着供求关系影响价格波动和价格波动反作用供求关系的联系。供大于求时，价格可以降低到价值以下；供不应求，价格可以涨到大于价值。同时价格的升降，又会促使生产者增加或减少商品的供给量，从而对供求关系发生影响。价值规律作用表现的形式是受供求关系影响，价格围绕价值上下波动，供过于求时，价格低于价值；供不应求时，价格高于价值。商品价格与价值的不一致并没有违反价值规律。（3）利润转化为平均利润及其转化后的价值规律的表现形式：市场价格围绕生产价格而不是围绕价值受市场机制的作用上下波动。

19.【参考答案】 CE

【核心考点】 本题考查产业资本、商业资本和借贷资本各种资本运动的一般特征，及资本总公式的有关内容。

【解题思路】 $G—W—G'（G＋\triangle G）$之所以被称为资本的总公式，是因为它概括了产业资本、商业资本、借贷资本等各种资本运动的一般特征：不管形式如何，资本家使自己的资本处于不断运动状态的目的都是为了使资本发生价值增殖，即得到剩余价值$\triangle G$。所以选项C、E为正确答案；选项A和B是作为商品交换媒介的货币的运动过程的内容，不是作为资本的货币的特征，所以不正确；选型D本身叙述有误。

【相关知识】 从表面上看资本总公式有矛盾，资本总公式的矛盾是指价值增殖和价值规律的矛盾。按照价值规律的要求，流通中不可能有价值增殖，但资本在运动中却发生了价值增殖。有了这一增殖，货币就转化为资本。因此，解决资本总公式矛盾的条件，也就是货币转化为资本的条件，即资本是通过什么带来价值增殖的。（1）价值增殖不能在流通领域产生。在流通领域，无论是等价交换，还是不等价交换，都不能实现价值增殖。（2）离开流通领域，也不能实现价值增殖。因为离开流通领域，商品生产者只和自己的商品发生联系，不能使商品价值增殖。（3）货币转化为资本的条件是既不在流通领域，又不能离开流通领域。关键是在流通领域找到一种特殊的商品，这种商品离开流通领域到生产领域，能创造比自己价值更大的价值。这种特殊的商品就是劳动力。从而劳动力成为商品是货币转化为资本的前提。

20.【参考答案】 ACDE
【核心考点】 本题考查资本的有机构成。
【解题思路】 由技术构成决定并反映资本技术构成变化的资本价值构成，叫资本的有机构成，即C∶V。随着资本有机构成的提高，预付总资本中的不变资本（C）所占比重不增加，可变资本（V）的所占比重不断下降，也即资本对劳动力的需求呈不断下降的趋势；由于剩余价值是由可变资本（V）带来的，可变资本（V）的适量相对减少，有时会绝对减少，根据m＝v×m′，其他条件不变，即剩余价值率（m′）不变，剩余价值（m）少了，利润率下降（即选项B在其他条件不变的情况下，资本有机构成的提高会导致"利润率的提高"不正确），平均利润率随之下降；而过去的复杂劳动随着技术的不断进步变成了简单劳动，劳动力的供给不断增加，就出现了大量的过剩人口；固定资本周转速度本来就慢，其比重增加，周转速度快的可变资本比例下降，总的预付资本的周转速度就跟着减缓。所以，选项A、C、D、E为正确答案。
　　资本有机构成原理是一个重点，也是一个难点。首先要掌握资本技术构成、价值构成和资本有机构成的内涵及其相互关系。这些知识点一般以选择题形式考查。其次要掌握资本有机构成提高与资本积累、资本主义相对人口过剩、利润率的平均化过程之间的关系，这些知识点可以以辨析题和分析题的形式考查，还可以同社会主义经济发展相联系来作为另一种考查形式。
【相关知识】 资本技术构成和资本价值构成。资本主义积累过程往往伴随着资本有机构成提高。资本构成可以从两方面考查：从物质形态上看，分为生产资料和劳动力，两者的比例由生产的技术水平决定，这种由生产的技术水平决定的生产资料和劳动力的比，叫资本的技术构成；从价值形态上看，资本由一定数量的不变资本和可变资本构成，两者之间的比例叫价值构成；价值构成和技术构成之间存在着内在的联系，一般情况下，资本技术构成变化会引起资本价值构成变化，但资本的价值构成变化并不一定都是由资本技术构成引起的。马克思把由技术构成决定并反映资本技术构成变化的资本价值构成，叫资本的有机构成。随着资本主义的发展，资本有机构成有不断提高的趋势，因为资本家为了追求更多的剩余价值和增强竞争能力，必然提高劳动生产率，改进技术装备，使得资本技术构成提高，从而引起资本有机构成提高。

21.【参考答案】 ABCE
【核心考点】 本题考查股票价格与股息和利息率的关系。
【解题思路】 股票是它的持有者向股份公司投资入股并有权取得股息收入的凭证。股票价格不等于票面金额，不是它所代表的实际资本价值的货币表现，实际上是股息收入的资本化，或者说是资本化的股息收入，股票价格＝股息/利息率。它取决于股息和存款利息率（与股息收入成正比，与银行存款利息率成反比），除这两个基本因素以外，股票价格还受股票供求状况等多种因素的影响。所以，选项A、B、C、E正确，选项D不正确。
【相关知识】 （1）股票的含义和实质。股票是它的持有者向股份公司投资入股并有权取得股息收入的凭证，股票持有者根据票面额从企业赢利中获得的收入，它是剩余价值的一部分。（2）股票价格的实质。股票价格不等于票面金额，不是它所代表的实际资本价值的货币表现，实际上是股息收入的资本化，或者说是资本化的股息收入，股票价格＝股息/利息率。它取决于股息和存款利息率，除这两个基本因素以外，股票价格还受股票供求状况等多种因素的影响。以股票等有价证券形式存在的资本，与投入企业的厂房建筑、机器设备等实际资本不同，在企业生产过程中不发挥作用。它是作为实际资本的"纸制的复本"，本身没有价值，是虚拟资本。虚拟资本是一种信用工具。它的发展，一方面满足了资本主义扩大再生产筹集资金的需要，另一方面发展过热，价格暴涨会导致虚假繁荣，形成"经济泡沫"。

22. 【参考答案】 ADE

【核心考点】 本题考查马克思主义中国化的基本要求和中国化了的马克思主义的基本内涵。

【解题思路】 本题是2003年大纲新增考点。答案见2001年7月1日，江泽民同志在庆祝中国共产党成立80周年大会上的讲话："以毛泽东为核心的第一代中央领导集体和以邓小平为核心的第二代中央领导集体，带领我们党坚持把马克思列宁主义基本原理同中国具体实际紧密结合，形成了毛泽东思想、邓小平理论。这两大理论成果，是中国化了的马克思主义，既体现了马克思列宁主义的基本原理，又包含了中华民族的优秀思想和中国共产党人的实践经验。"B、C两项是邓小平理论所特有的。

【相关知识】 (1) 1938年10月，毛泽东在《中国共产党在民族战争中的地位》中提出了"使马克思主义在中国具体化"的任务。所谓马克思主义中国化，可以从两个方面理解。第一，马克思主义中国化的基本要求，就是要使马克思主义和中国实际相结合，使马克思主义具有中国的民族特点和民族形式，成为指导中国人民革命和建设的理论。第二，中国化了的马克思主义的基本内涵，是指这种具有中国作风和中国气派的马克思主义，既是马克思主义的东西，又完全是中国的东西。在内容上，它是运用马克思主义的立场、观点和方法，分析和解决中国革命的实际问题，揭示中国革命发展的客观规律，并把中国人民在长期革命斗争中所积累起来的丰富经验加以科学总结和概括，使之上升为理论，成为中国化的马克思主义。在形式上，它把马克思主义从欧洲形式，变成中国的民族形式。即：根据中国的民族特点，运用中国人民所喜闻乐见的民族形式，来深入浅出地阐述马克思主义的基本原理，阐明中国革命的理论和政策。马克思主义中国化的过程，就是毛泽东思想产生、形成并不断丰富和发展的过程。

(2) 中国共产党从诞生之日起，就把马克思列宁主义确立为自己的指导思想，努力把马克思主义普遍真理同中国的具体实际结合起来。在这个过程中有两次历史性飞跃，产生了两大理论成果——毛泽东思想和邓小平理论。党的十六大通过的新党章指出：中国共产党以马克思列宁主义、毛泽东思想、邓小平理论和"三个代表"重要思想作为自己的行动指南。

23. 【参考答案】 ABD

【核心考点】 本题考查《论联合政府》的内容，同时也是考查三大作风的内容。

【解题思路】 在1945年4月召开的中共七大上，毛泽东在《论联合政府》的报告中，概括了中国共产党的三大优良作风：理论和实践相结合的作风、和人民群众紧密联系在一起的作风、批评和自我批评的作风，三大作风是中国共产党显著区别于其他政党的主要标志，也反映了中共对待马克思主义理论、对待人民群众和对待自己及周围同志的正确态度。

【相关知识】 三大优良作风是指理论与实践相结合的作风；和人民群众紧密地联系在一起的作风；批评与自我批评的作风。

所谓理论和实践相结合的作风，就是把马克思列宁主义的基本原理同中国革命的具体实践相结合，从实际出发，实事求是的作风。所谓密切联系群众的作风，是指党的各级组织和党员干部要和党内外的群众结合在一起，密切党和人民群众的关系，一切为了群众，一刻也不脱离群众。批评与自我批评是正确处理和有效地解决党内矛盾，克服缺点，纠正错误的科学方法。

24.【参考答案】 BCDE

【核心考点】 本题考查毛泽东提出的中国共产党与各民主党派长期共存的基本依据。

【解题思路】 毛泽东在 1956 年 4 月的《论十大关系》、1957 年 2 月的《关于正确处理人民内部矛盾的问题》的讲话中，将实行这一方针的依据概括为 B、C、D、E。

【相关知识】 处理和解决人民内部矛盾的具体方针、政策概括。在《关于正确处理人民内部矛盾的问题》中，毛泽东将正确处理和解决人民内部矛盾的具体方针、政策概括为以下几个方面：

（1）对于政治思想领域内的人民内部矛盾，实行"团结—批评—团结"的方针，坚持讨论和说服教育的方法；

（2）对于物质利益、分配方面的人民内部矛盾，实行统筹兼顾、适当安排的方针，兼顾国家、集体和个人三方面的利益；

（3）对于人民群众和政府机关的矛盾，要坚持民主集中制原则，努力克服官僚主义；同时也要加强对群众的思想教育；

（4）对科学文化领域内的矛盾，实行"百花齐放，百家争鸣"的方针，通过自由讨论和科学实践、艺术实践去解决；

（5）对于共产党和民主党派之间的矛盾，实行在坚持社会主义道路和共产党领导下的"长期共存、互相监督"的方针；对于民族之间的矛盾，实行民族平等、团结互助的方针等。

25.【参考答案】 ABDE

【核心考点】 本题考查确立劳动、资本、技术和管理等生产要素按贡献参与分配的原则。

【解题思路】 在公有制为基础的商品生产过程中，活劳动创造价值，这就必须实行按劳分配并坚持其主体地位；同时，由于资本、技术和管理等生产要素是商品生产不可缺少的生产要素，这就要允许各种生产要素的所有者参与分配，取得相应的收入。把按劳分配和按生产要素分配结合起来的分配制度适合社会主义初级阶段的生产力水平，有利于调动社会成员的积极性；有利于把分散的人力物力财力动员起来投入现代化建设；有利于资源的合理配置和充分利用。按照上述原理，A、B、D、E 是按生产要素分配的依据。按生产要素分配是由于生产要素对创造价值的贡献，不是由于生产要素本身都具有价值，所以 C 项是干扰项。

【相关知识】 （1）我国社会主义初级阶段的分配制度：按劳分配为主体，按劳分配与按生产要素分配相结合的多种分配方式并存。生产要素按贡献参与分配，是市场经济的客观要求，也是我国分配制度的重大变革。尽管我国的分配制度是好的，但具体执行起来，很难达到理想效果。分配不公和收入差距的不断扩大，成为建设和谐社会的一大障碍。

中国经济的开放度越来越高，收入分配不仅受国内因素的影响，也越来越受到国际因素的影响。所以，进行收入调节也必须充分考虑经济的开放性。特别是要认识到：我国地区差别、城乡差别和居民收入差别的扩大本身，就与对外开放密切相关。

（2）我国现阶段实行按劳分配与按生产要素分配相结合的原因：①我国公有制为主体、多种所有制经济共同发展的基本经济制度决定了在分配关系中必然是以按劳分配为主体、多种分配方式并存。在公有制经济中实行按劳分配，在其他经济形式中实行按生产要素分配。②我国建立的社会主义市场经济体制要求按劳分配与按生产要素分配相结合。社会主义市场经济体制是社会主义基本制度与市场经济的结合，按劳分配是社会主义经济制度的分配原则；市场经济则要求发挥各生产要素的作用，允许生产要素按贡献参与分配。

26.【参考答案】 ABCDE

【核心考点】 本题考查党和政府在现阶段的重大方针政策。

【解题思路】 本题内容出自"十六大"报告，五个选项均正确。

【相关知识】 毛泽东思想和中国特色社会主义理论体系概论中关于我国目前正处于社会主义初级阶段，大力发展生产力的特殊重要意义：我国社会主义历史前提和时代特点，决定了必须把发展生产力，实现社会主义现代化作为全部工作的中心。社会主义初级阶段各种社会矛盾的解决，有赖于生产力的发展。我国社会主义初级阶段的主要矛盾，是人民日益增长的物质文化需要同落后的社会生产力之间的矛盾。这就决定了党和国家的工作重点是经济建设。这是对我国社会建设经验教训和社会主义主要矛盾进行科学分析得出的重要结论，是解决当代中国一切问题的关键。建设社会主义的民主政治和精神文明，也必须大力发展生产力。社会主义民主政治建设和社会主义精神文明建设，是不能脱离社会的物质基础自行发展的，需要有一系列物质条件作保证。

27.【参考答案】 ABCD

【核心考点】 本题考查党和政府在现阶段的重大方针政策。

【解题思路】 选项E是21世纪中叶要实现的社会、经济发展战略目标，为本题干扰项。根据"十六大"报告，其他各选项均为正确答案。

28.【参考答案】 ABCDE

【核心考点】 本题考查党和政府在现阶段的重大方针政策。

【解题思路】 此题内容出自中共"十六大"报告，A、B、C、D、E五个选项均为正确答案。中国主张建立公正合理的国际政治经济新秩序既是个热点问题，也是个重点问题。

29.【参考答案】 ABCD

【核心考点】 本题考查2002年国际国内重大时事。

【解题思路】 朝鲜半岛局势不仅关系到地区的和平与稳定，而且影响到整个世界的和平与稳定。2002年9月17日，日本首相小泉纯一郎访问朝鲜，双方领导人会谈后发表的《日朝平壤宣言》，对改善日朝关系、稳定朝鲜半岛局势具有积极意义，是当年世界政治的一件大事件。

30.【参考答案】 BDE

【核心考点】 本题考查国际国内的重大时事。

【解题思路】 上海合作组织是一个成立时间不长，但在维护地区安全与稳定乃至维护世界和平方面产生了重大影响的国际组织。2002年6月，上海合作组织在圣彼得堡召开峰会，签署了上海合作组织宪章、上海合作组织成员国元首宣言、关于地区反恐怖机构的协定等政治、法律文件。这既是该组织发展中的一件大事，也是对世界政治具有重要影响的一件大事。

三、辨析题

31.【答案要点】 文化是包括人们的风俗习惯、行为规范以及各种意识形态在内的复合体，是人类的精神活动及其产品的总称。

文化在社会生活中具有多方面的功能。文化是人与人之间联系和交往的精神纽带，是一个国家生命力、创造力和凝聚力的重要源泉；它具有维护和巩固特定社会制度，调控并保持其正常运转的功能。如果一个国家和民族失去其特有的文化，便意味着民族国家身份认同的特定符号已经消失，国将不国。

文化是一定社会的政治和经济在观念形态上的反映。上述说法强调了文化对一个国家生存、发展的重大作用，有一定的合理性，但不能由此把它夸大为"文化决定论"。

【核心考点】 本题考查文化的本质和功能。

【解题思路】 作为观念形态的文化是一定的社会经济制度和政治制度在观念形态上的反映。它属于社会意识的层面，对社会存在具有巨大的反作用，其功能主要是：第一，在一定社会中占统治地位的文化，具有维护和巩固这种社会制度，调控并使其正常运转的功能；第二，人类社会的进步体现在，每一代人都是在前一代人所取得的成就基础上不断发展的，而文化则起到把每一代人的知识传承下去的功能；第三，文化对人具有教化的功能，人创造文化，文化又塑造人；第四，文化的功能集中表现为建构民族心理，塑造民族性格，形成民族传统。一定形态的经济和政治首先决定一定形态的文化；然后，一定形态的文化又给予一定形态的经济和政治以影响和反作用。建设先进文化，代表先进文化的前进方向，是实现社会全面发展的必然要求，所以，要正确看待文化的积极方面，发挥其积极作用，本题题干也看到了这一点；但是，不能过分夸大文化的反作用，把它的反作用抬高到不适当的地位，本文的说法也犯了这方面的错误。

【相关知识】 （1）文化的本质：文化是一个复杂的概念，文化包括各种观念形态，但不等于观念形态。文化是包括人们的风俗习惯、行为规范以及各种意识形态在内的复合体。作为观念形态的文化，是一定的社会经济制度和政治制度在观念形态上的反映。一定形态的经济和政治首先决定一定形态的文化；然后，一定形态的文化又给予一定形态的经济和政治以影响和反作用。

（2）文化的功能主要表现在：第一，保持社会正常运转的功能。在一定社会中占统治地位的文化，具有维护和巩固这种社会制度，调控并使其正常运转的功能。第二，知识传承的功能。人类社会的进步体现在，每一代人都是在前一代人所取得的成就基础上不断发展的，而文化则起到把每一代人的知识传承下去的功能。第三，文化对人具有教化的功能，人创造文化，文化又塑造人。第四，文化的功能集中表现为建构民族心理，塑造民族性格，形成民族传统。

32. 【答案要点】 资产阶级国家直接掌握和运用国有资本，是国家垄断资本主义的主要形式之一。

资本主义基本矛盾不断加深，迫使垄断资本与国家政权相结合，凭借国家的力量来加以缓解。

资产阶级国家掌握和运用国有资本，是为资本主义整体生产过程创造必要条件，为私人垄断资本提供公共基础设施、基本产品、开发高新技术等方面的服务，支持私人垄断资本的发展以获取高额垄断利润。资产阶级国家掌握和运用国有资本，主要是为干预和调节经济运行提供必要的物质基础，以维护其垄断统治，并非直接为获取丰厚的利润。

【核心考点】 本题考查资产阶级国家掌握和运用国有资本的目的和实质。

【解题思路】 资本主义国有制是国家和垄断资本的直接融合，是由资产阶级国家直接掌握和经营的资本，即国家垄断资本。这种资本运行方式产生和发展的主要原因是资本主义社会生产力与生产关系矛盾运动导致的资本组织形式的变迁，适应高新技术产业发展和激烈的国际市场竞争的需要；为了弥补市场调节不足，为私人垄断资本发展创造有利条件，同时也增强政府调控经济的能力；为了克服经济危机，实现经济持续快速发展，保持社会稳定。资本主义国家对经济运行干预、调节的目标是：维持总需求和总供给的基本平衡，保持物价总水平的基本稳定，经济稳定增长，充分就业和国际收支平衡。作为国家和企业合营的企业，对国家来说有利于对经济进行干预和调控，对私人资本来说有利于获得垄断利润。但不管其经营方式如何，运作过程怎样，这种企业仍然是为垄断资产阶级的利益服务的，其目的是为了加强垄断资本的统治，直接获取丰厚的利润并非其根本目的。

【相关知识】 （1）资本主义国有制产生和发展的主要原因：①资本主义社会生产力与生产关系矛盾运动导致的资本组织形式的变迁，适应高新技术产业发展和激烈的国际市场竞争的需要。②弥补市场调节不足，为私人垄断资本发展创造有利条件，同时也增强政府调控经济的能力。③与克服经济危机、稳定经济的需要有关。

（2）国私混合企业。国家与私人垄断资本在企业内部结合，即国私混合企业，是国家和私人共有的垄断资本。作为国家和企业合营的企业，对国家来说有利于对经济进行干预和调控，对私人资本来说有利于获得垄断利润。因此这种企业仍然是为垄断资产阶级的利益服务的，目的是加强垄断资本的统治。

（3）资本主义国家对经济运行干预、调节的目标是：维持总需求和总供给的基本平衡，保持物价总水平的基本稳定，经济稳定增长，充分就业和国际收支平衡。干预、调节手段多样，其中最主要的是财政政策和货币政策的运用。

33.【答案要点】 社会主义改造是为了在中国确立社会主义基本经济制度，以继续解放和发展生产力；它反映了中国社会发展的历史必然，实现了中国历史上最广泛最深刻的社会变革。

社会主义改革不是对社会主义改造的否定，也不是要回到改造前的状态；而是对生产关系和上层建筑不适应生产力发展要求的部分进行调整和改革，是社会主义制度的自我完善和自我发展，目的是进一步解放和发展生产力。

【核心考点】 本题考查中国的社会主义改革与社会主义改造之间的关系。

【解题思路】 本题是一个涉及毛泽东思想与邓小平理论和"三个代表"重要思想的重要理论与实践问题。

社会主义改造是为了在中国确立社会主义基础经济制度，以继续解放和发展生产力。它反映了中国社会发展的必然要求。社会主义改造的胜利，标志着新型生产关系和上层建筑在中国形成，实现了中国历史上最广泛最深刻的社会变革，大大解放了我国的社会生产力。

中国在20世纪50年代进行的社会主义改造在后期过于急促和粗糙，出现了一些偏差和失误，遗留了一些问题。这些问题在后来的一个相当长时间内，不但没有得到及时的修正和克服，相反在一些方面有愈演愈烈之势，以致后来出现了人民公社化运动和经济建设中的高度集中的管理体制，使社会主义生产力没有得到应有的充分发展，社会主义的优越性没有能够得到充分的展示。20世纪70年代末开始的社会主义改革，就是对社会主义改造的一些遗留问题及其以后出现的偏差和失误的纠正，并在此基础上继续前进。社会主义改革不是对社会主义改造的否定，也不是要回到改革前的状态；而是对生产关系和上层建筑不适应生产力发展要求的部分进行调整和改革，是社会主义制度的自我完善和发展，目的是进一步解放和发展生产力。

无论是社会主义改造，还是社会主义改革，都统一于中国社会主义事业的实践，它们有着内在的、历史的逻辑关系。

【相关知识】 社会主义改造胜利完成的意义。社会主义改造的基本完成，标志着社会主义制度在中国的全面确立。新中国的成立和社会主义制度的建立，实现了中国历史上最伟大最深刻的社会变革，成为20世纪中国人民在前进道路上经历的第二次历史性巨大变化。中国人民开始了在社会主义道路上实现中华民族伟大复兴的历史征程。

四、分析题

34. **【答案要点】** （1）认识事物要区分粗精、真伪、表里、内外，做到去粗取精，去伪存真，由表及里，抓住事物的本质；要善于区分事物的主要方面与次要方面，抓住事物的主要方面。

（2）这是一种"按图索骥"的方法，把《相马经》当做教条，脱离实际，从本本出发，生搬硬套。

（3）思维方法是人们认识世界的中介；科学的思维方法是客观规律在人脑中的内化，它是人们认识世界、特别是理性思维的重要工具，是实践获得成功的重要条件；方法具有普遍意义，它比认识结果更为重要。只有掌握科学的思维方法，才能增强人的认识能力，做好各项工作。

【核心考点】 本题考查科学的思维方法（如感性认识到理性认识的飞跃、现象和本质的关系、辩证思维方法等）及其在认识活动中的重要性。

【解题思路】 本题材料由两个中国古代寓言"九方皋相马"和"按图索骥"组合而成，反映的正好是两种截然相反的思维方式、行为方式，得到的也是两种截然相反的结果，而题后的问题的设置也就与材料有关："九方皋相马方法的高明之处何在？""伯乐之子'相马'失败的主要原因是什么？"第三问貌似针对材料，实则提出了一个普遍性的问题让考生回答："为什么说九方皋相马的思维方法比找到千里马具有更重要的意义？"

材料是经过处理的便于考生理解的半文半白话，如果考生知道两则寓言的出处及其寓意（可以引申到哲学的有关原理）就可以帮助考生回答问题："九方皋相马"出自汉代刘安的《淮南子·道应训》，"按图索骥"出自明代杨慎的《艺林伐山》；前者主要说明了认识的主体人的知识背景在选择客体方面具有重要的作用，后者从方法论上说明了脱离实际、生搬硬套、机械教条得到的与预期结果相反的愚蠢行为。如果不知道其出处，细读材料，紧扣重点，也不难认识到题中要求的有关哲学原理，也即上面的结论。如第一则寓言故事需要紧扣的是伯乐对九方皋的评价："得其精而忘其粗，在其内而忘其外。见其所见，不见其所不见；视其所视，而遗其所不视。"这就是马克思主义基本原理概论中提到的认识事物要区分粗精、真伪、表里、内外，要去粗取精，去伪存真，由表及里，抓住事物的本质；要区分事物的主要方面与次要方面，抓住事物的主要方面；第二则寓言故事的信息点在于："伯乐之子把伯乐写的《相马经》读得烂熟。……他按照书上给出的各种图形，与他所见到的一一加以对照"，反映的是其机械教条，脱离实际，从本本出发，生搬硬套的思维方式和行为方式。只要有上述的正确思路，抓住了上述要点，第三问"为什么说九方皋相马的思维方法比找到千里马具有更重要的意义？"就不难回答，因其重要信息点在于："若皋之相者，乃有贵乎马者也"，意思是如果有像九方皋这样观察问题的方法，就有着比相马更重要的意义。即只有掌握科学的思维方法，才能增强人的认识能力，做好各项工作。因为思维方法是人们认识世界的中介；科学的思维方法是客观规律在人脑中的内化，它是人们认识世界、特别是理性思维的重要工具，是实践获得成功的重要条件；方法具有普遍意义，它比认识结果更为重要。这就是水到渠成的答案。

【相关知识】 辩证思维方法与现代科学研究：（1）现代科学研究，一般是应实践的要求，在一定的认识水平上提出假说，然后由一系列的实践或实验对这些假说进行验证，再经一系列的研究形成理论体系去指导科学实践活动。（2）辩证思维方法是进行科学研究的一般指导方法。现代科学研究可分为自然科学研究和社会科学研究，这两种研究都离不开辩证思维方法的指导。辩证思维方法渗透贯穿于科学假说的诞生、科学假说的验证以及科学理论形成的全过程。（3）辩证思维方法与现代科学研究方法在本质上是一致的。①辩证思维方法从普遍联系、永恒发展的角度揭示事物的关系，侧重于人与世界的整体关系；现代科学研究方法在确认世界普遍联系和永恒发展的前提下，深入研究世界的某些具体关系。②辩证思维方法是现代科学研究方法的方法论前提，哲学通过本体论、认识论、逻辑学等参与到科学研究中；现代科学研究方法，如控制方法、信息方法、系统方法、结构—功能方法等，又丰富和深化了辩证思维及其方法。因此辩证思维方法要从现代科学研究方法中吸取营养，以丰富自身的方法系统。③在辩证思维方法与现代科学研究方法的关系上，要防止两种错误倾向：一种是用哲学的辩证思维方法来否定和取代科学研究方法的片面倾向；另一种是用现代科学研究方法否定和取代辩证思维方法的形而上学倾向。

35.【答案要点】 （1）毛泽东科学阐述了共产主义的社会制度与共产主义的思想体系、共产主义的思想方法与在不同历史阶段实际采用的现行政策的辩证关系。

（2）人类社会必将走向共产主义是马克思主义揭示的历史发展规律，实现共产主义是中国共产党的最高纲领。但实现共产主义是一个非常漫长的历史过程，将经历许多个不同的发展阶段。中国共产党依据马克思主义的基本原理，从中国具体实际出发，制定了不同阶段的基本纲领即最低纲领。中国共产党人是最低纲领和最高纲领的统一论者。

（3）在半殖民地半封建的中国，只有经过民主主义，才能达到社会主义。中国共产党制定了新民主主义革命阶段的基本纲领，并为之努力奋斗。实现了由新民主主义向社会主义的转变。

（4）共产主义社会只有在社会主义社会充分发展的基础上才能实现。我国正处在并将长期处在社会主义初级阶段。中国共产党制定了社会主义初级阶段的基本纲领，并脚踏实地地实践这个纲领。将来条件具备时，我国社会主义建设会进入更高的发展阶段，最终走向共产主义。

【核心考点】 本题考查毛泽东关于党的最高纲领和最低纲领的论述。

【解题思路】 回答本题，首先要指出，毛泽东的论述科学地说明了党的最高纲领和一定历史阶段的最低纲领之间存在着辩证统一的关系。其次要指出党的最低纲领和最高纲领分别是什么，并强调二者必须是辩证统一关系，共产党人是最低纲领和最高纲领的统一论者。最后要从历史的角度分析中国共产党人如何坚持实现最低纲领和最高纲领的统一。

【相关知识】 1922年7月中共二大宣言开始制定出党的最高纲领和最低纲领。1940年1月，毛泽东在《新民主主义论》中说："关于社会制度的主张，共产党是有现在的纲领和将来的纲领，或最低纲领和最高纲领两部分的。在现在，新民主主义，在将来，社会主义，这是有机构成的两部分，而为整个共产主义思想体系所指导。"1944年7月，毛泽东在延安同英国记者斯坦因谈中国共产党新民主主义政策的问题时指出："任何地方的共产党必须将共产主义的思想体系，和另一件全然不同的事物即共产主义的社会制度区分开来，因为后者是这个思想体系的最终目标。""特别是在中国，我们必须严格地将观察、研究和解决社会问题的共产主义方法，同我们实际采用的新民主主义政策加以区别。""没有共产主义的思想方法，就不能正确地指导我们现在的社会革命的民主阶段；而没有新民主主义政治制度，我们就不能将共产主义哲学正确地运用于中国的实际。"1945年4月24日，他又在《论联合政府》中说："我们共产党人从来不隐瞒自己的政治主张。我们的将来纲领或最高纲领，是要将中国推进到社会主义社会和共产主义社会中去的，这是确定和毫无疑义的。我们的党的名称和我们的马克思主义的宇宙观，明确地指明了这个将来的、无限光明的、无限美妙的最高理想。"

36. 【答案要点】　(1)1997年以前是经济过热，高通货膨胀。国家主要采取了紧缩性宏观经济政策，控制总需求扩张，缩小信贷规模。宏观调控的基本目标是防止经济过热，在保持经济高增长的同时，抑制高通货膨胀，实现经济"软着陆"。1997年以后是经济过剩，总供给大于总需求，通货紧缩，国家主要采取了积极的财政政策和稳健的货币政策，增加国债，加大基础设施建设规模，扩大信贷规模。宏观调控的基本目标是防止通货紧缩，扩大内需，保持较高的增长率。(2)90年代以来，我国社会主义市场经济的实践证明，在各种因素的影响下，经济呈现波动是不可避免的。社会化大生产要求各产业、各部门之间协调发展，仅靠市场机制的自发调节是难以实现的；市场调节也有其自身的缺陷，不能解决经济和社会发展的所有问题，因而需要由国家采取宏观调控政策和措施来加以解决。

【核心考点】　本题考查宏观调控的必要性、宏观调控的目标、任务、手段与政策。

【解题思路】　本题为图表材料题，但考查的形式同34题一样，不只考查一个知识点，而是带有综合的性质，如本题考查的知识点有宏观调控的必要性、宏观调控的目标、任务、手段与政策等几个方面。对此出题动向、考查方式考生在复习备考时要多加注意，尤其要注意跨章节、跨学科（如本试卷37题选做题Ⅱ："运用矛盾力量不平衡性的原理分析解决南北问题的正确途径"）的知识的理解和运用，提高自己的综合解题能力。

　　本题第一问根据资料请回答"90年代以来，我国宏观经济运行两个阶段表现出来的基本特征，国家采取的宏观调控政策和措施，以及国家的调控目标。"回答问题时注意紧扣材料，而且问题有三问："两个阶段表现出来的基本特征"、"国家采取的宏观调控政策和措施"、"国家的调控目标"，每一点都不能忽视。通过表格提供的GDP增长率的数据：1991年的9.2%到1992年的14.2%到1993年的13.5%到1994年的12.6%到1995年的10.5%，再到1996年的9.6%，乃至1997年的8.8%，我国经济呈高速增长的态势，而同期的物价上涨率也居高不下：由1991年的3.4%经1992年、1993年的6.4%、14.7%一路上涨到1994年的24.1%，随后稍有回落，但增长率仍很高。显然，这个阶段的经济特征是GDP快速增长，经济过热，出现严重的通货膨胀；国家主要采取了紧缩性宏观经济政策，控制总需求扩张，缩小信贷规模；宏观调控的基本目标是防止经济过热，在保持经济高增长的同时，抑制高通货膨胀，实现经济"软着陆"。1997年以后，GDP增长率有所回落，但仍保持高速增长，物价上涨率下降，甚至出现负增长，出现的经济现象是经济过剩，总供给大于总需求，通货紧缩；国家主要采取了积极的财政政策和稳健的货币政策，增加国债，加大基础设施建设规模，扩大信贷规模；宏观调控的基本目标是防止通货紧缩，扩大内需，保持较高的增长率。

　　第二问重在结合实际，从理论上分析国家宏观调控的必要性。宏观调控是市场经济发展的产物，是与建立在高度发达的社会分工和社会化大生产基础上的现代市场经济紧密联系在一起的经济范畴。市场机制在社会资源配置中，能有效地发挥作用，但它不是万能的，也有其弱点和不足，即"市场失灵"，这需要由国家进行宏观调控来解决。此外，在我国由计划经济向市场经济转变的历史时期，加强宏观经济调控有其特殊的必要性。因为在新旧体制转换时期，市场体系还不完善，市场调节机制还不健全，市场运行所需要的基本条件还不具备，这些单靠市场的力量自发形成是不可能的。并且还会导致社会各方面的矛盾加剧和经济的波动，使国民经济运行出现混乱。因此，必须通过宏观经济调控，为社会主义市场经济体制的确立创造条件。社会主义宏观经济调控目标，从根本上说要服从社会主义基本经济规律的要求，满足人民日益增长的物质文化生活需要。宏观调控的主要目标是：促进经济增长、增加就业、稳定物价，保持国际收支平衡。

【相关知识】 宏观调控是市场经济发展的产物，是与建立在高度发达的社会分工和社会化大生产基础上的现代市场经济紧密联系在一起的经济范畴。建立和完善社会主义市场经济体制，除了转变企业经营机制，完善市场体系外，还要健全宏观调控体系，其客观必然性是：（1）社会化大生产的客观要求；（2）市场经济正常运行的客观要求；（3）社会主义经济制度的客观要求。社会主义宏观经济调控目标，从根本上说要服从社会主义基本经济规律的要求，满足人民日益增长的物质文化生活需要。宏观调控的主要目标是：促进经济增长、增加就业、稳定物价，保持国际收支平衡。宏观经济调控目标的实现，必须借助于宏观调控手段。在社会主义市场经济条件下，宏观经济调控的手段主要有经济计划、经济手段、法律手段和必要的行政手段。

37. 选做题 I：

【答案要点】 （1）上述材料提出的"单极稳定论"，主张建立由美国"约束和管理"世界的单极格局。其实质是为美国独霸世界提供理论支持。

一国主导的单极世界违背各国人民的意愿和利益，常常使世界不得安宁，严重阻碍世界和平与发展的进程，不利于建立公正合理的国际经济政治新秩序。相反，多极世界有利于促进世界政治经济文化的协调发展，符合世界发展的客观规律。

（2）当前世界政治格局正朝着多极化方向发展。主张多极化的国家和地区集团力量在增强；美国想建立单极世界，但力不从心，也遭到越来越多的反对。

多极化格局的形成是一个曲折的、长期发展的过程。美国谋求世界霸权的图谋给多极化进程增添了障碍；冷战思维、南北差距、民族矛盾、宗教纷争等多种因素也会对世界多极化趋势产生各种干扰和冲击，世界多极化进程会充满矛盾与斗争。

【核心考点】 本题考查世界政治多极化在曲折中发展、霸权主义和强权政治有新的表现。

【解题思路】 本题应该分为两部分来回答。第一部分：回答是什么，即批评威廉·沃尔弗斯的"单极稳定论"，指出其实质是为美国独霸世界提供理论支持；第二部分：回答怎么样，即建立单极世界违背世界人民的意愿，遭到普遍反对，是错误的。

回答本题必须把握的大思路：第一，世界政治格局多极化是大势所趋，但多极化的进程将充满曲折与斗争。第二，美国的单极主张是违背社会历史发展规律的。

【相关知识】 （1）世界政治多极化是指一定时期内对国际关系有重要影响的国家和国家集团等基本政治力量相互作用而朝着形成多极格局发展的一种趋势。

多极化趋势无论在全球或地区范围内，在政治、经济等领域都有新发展。这是因为：第一，经济全球化进程使单极世界构筑的可能性大大降低，科技和经济实力成为越来越重要的因素，在科技与经济的迅速发展中，已没有哪一种力量能够全方位占据绝对优势，随心所欲地控制世界。第二，世界政治多极化是世界经济发展不平衡规律作用的结果。世界各国综合国力的较量，必然导致世界政治的多极化格局。第三，各国文明的多样性成为世界多极化重要的社会基础。第四，多极化趋势必然发展的根本原因在于各大力量都要维护自己的国家利益，决不会牺牲或放弃自己的国家利益，屈服于别国利益。世界朝着多极化方向发展既是一个不以人们意志为转移的客观趋势，也是除美国以外的国家和国家集团所追求的目标。

（2）世界格局走向多极化的意义。第一，符合世界发展的客观规律；第二，有利于体现各国和各国人民的共同意愿和利益；第三，有利于避免新的世界大战的爆发；第四，有利于遏制霸权主义和强权政治；第五，有利于推动建立公正合理的国际政治经济新秩序；第六，有利于促进世界政治经济文化的协调平衡发展。

选做题Ⅱ：

【答案要点】　（1）工业国与发展中国家贸易的"扭曲"是南北经济关系不平等的一种反映。由于发达国家竭力维护历史上形成的国际分工格局，使大多数发展中国家仍然依附于发达国家，遭受其剥削和控制，长期处于贫穷落后状态，受到极大的伤害。

（2）和平与发展是相辅相成的。世界的和平是促进发展的前提条件；各国的共同发展是维护世界和平的重要基础。霸权主义是建立在南北力量严重失衡的基础上的。经济上的落后与贫困是引起冲突与不稳定的一个重要因素。南北问题是和平与发展的核心问题。

（3）矛盾力量的不平衡性要求抓住主要矛盾和矛盾的主要方面。南北矛盾中，发达国家是矛盾的主要方面。因此，发达国家在解决南北问题中负有主要责任，应切实支持和帮助发展中国家发展经济。

【核心考点】　本题考查的知识点是：南北经济差距进一步扩大以及建立公正合理的国际经济新秩序。

【解题思路】　本题是一道跨学科的综合分析题，要求运用马克思主义政治经济学、国际经济与政治、马克思主义哲学原理等多门学科的知识对南北经济差距拉大、南北差距拉大对世界和平进程的影响及南北矛盾的解决进行分析。考生在回答这种题目时不能局限于单一学科体系，必须在搞清各门学科相关原理的基础上，突破学科界限，注意相关知识的贯通和衔接。

问题一，实际上是考查旧的国际经济秩序的表现、实质和后果。表现之一就是工业国与发展中国家贸易的"扭曲"；实质就是发达国家对发展中国家的剥削；后果是造成并加剧发展中国家的贫困。

问题二，首先要介绍和平与发展的关系，指出这就是时代的主题；其次从和平与发展的关系入手，指出南方贫困、南北差距加大对世界和平与发展的消极影响；最后归纳和平、发展与南北关系之间的联系。

问题三，要求运用矛盾不平衡性的原理分析解决南北问题的正确途径。考生首先要了解什么是矛盾力量不平衡原理（即，主要矛盾和次要矛盾及矛盾的主要方面和次要方面的原理）；然后就南北问题指出，主要矛盾是南北关系矛盾，而南北关系矛盾中的主要方面是发达国家，因此，解决南北问题的主要途径就在于发达国家要负起责任，帮助支持发展中国家的发展。

【相关知识】　（1）世界和平是促进发展的前提条件：维护和平的主要途径。（2）各国的共同发展是保持世界和平的重要基础：谋求发展的途径；和平发展的核心问题；国际经济、政治旧秩序的基本特征与实质；解决南北问题的根本途径等。

考生在回答当代世界经济与政治的相关题目时，须注意：出发点和落脚点应该是中国的立场和看法，思考中国的国家利益。无论什么题，于中国有利者，褒扬之；于中国不利者，反驳之，批判之。这是回答当代世界经济与政治的相关题目时应把握的一个原则。

北京航空航天大学出版社
读者意见反馈表

尊敬的读者:您好!

　　首先,非常感谢您购买我们的图书。您对我们的信赖与支持将激励我们出版更多更好的精品图书。为了了解您对本书以及我社其他图书的看法和意见,以便今后为您提供更优秀的图书,请您抽出宝贵时间,填写这份意见反馈表,并寄至:

　　北京市海淀区学院路 37 号北京航空航天大学出版社教育培训事业部(收)

　　邮编:100191

　　电话:010 – 82339984　　　　　　传真:010 – 82317034

　　Email:sallytanli@ 163. com　　　　网址:www. buaapress. com. cn

　　博客:blog. sina. com. cn/u/1689582545

　　凡是提出有利于提高我社图书质量的意见和建议的读者,均可获得北京航空航天大学出版社价值 20 元的图书(价格超过 20 元的图书只需补差价)。期待您的参与,再次感谢!

《2012考研思想政治理论历年真题精解与考点透析》

读者个人信息:				
姓名:_____	性别:_____		年龄:_____	
身份:学生□	社会在职人员□		其他□	
文化程度:大专及以下□	本科□		研究生□	
电话:_____	手机:_____		Email:_____	QQ:_____
通讯地址:_____			邮编:_____	**您获知本书的来源:**
新华书店□	民营书店□	辅导班老师推荐□	网络□	
他人推荐□	媒体宣传(请说明)_____		其他(请说明)_____	
您购买本书的地点:				
新华书店□	民营书店□	辅导班□	网上书店□	其他(请说明)_____
您对本书的评价:				
内容质量:很好□	较好□	一般□	较差□	很差□
您的建议:_____				
体例结构:很好□	较好□	一般□	较差□	很差□
您的建议:_____				
封面、装帧设计:很好□	较好□	一般□	较差□	很差□
您的建议:_____				
内文版式:很好□	较好□	一般□	较差□	很差□
您的建议:_____				
印刷质量:很好□	较好□	一般□	较差□	很差□
您的建议:_____				
总体评价:很好□	较好□	一般□	较差□	很差□

影响您是否购书的因素:(可多选)

内容质量□ 体例结构□ 封面、装帧设计□ 内文版式□ 印刷质量□

封面文字□ 封底文字□ 内容简介□ 前言□ 目录□

作者□ 出版社□ 价格□ 广告宣传□ 其他(请说明)_____

您是否知道北京航空航天大学出版社:知道□ 不知道□

您是否买过北京航空航天大学出版社的图书:

买过(书名:_____)□ 没买过□

您对本书的具体意见和建议:

_____
_____
_____
_____
_____

您还希望购买哪方面的图书:

_____
_____
_____
_____

您对北京航空航天大学出版社的具体意见和建议:

_____
_____
_____
_____

其他意见和建议:

_____
_____
_____
_____

北航出版社,为您点亮人生之路!